本成果受到中国人民大学"统筹推进世界一流大学和一流学科建设"专项经费的支持（项目批准号：15XNLG09）

大国学研究文库

国学视野下之古代文学研究

Ancient Literature Research in Perspective of Chinese Classics

袁济喜　诸葛忆兵◎主编

中国社会科学出版社

图书在版编目（CIP）数据

国学视野下之古代文学研究 / 袁济喜，诸葛忆兵主编. —北京：中国社会科学出版社，2016.4
（大国学研究文库）
ISBN 978-7-5161-7978-9

Ⅰ.①国… Ⅱ.①袁…②诸… Ⅲ.①中国文学—古典文学研究—文集 Ⅳ.①I206.2-53

中国版本图书馆 CIP 数据核字（2016）第 074851 号

出 版 人	赵剑英
责任编辑	史慕鸿
责任校对	石春梅
责任印制	戴　宽

出　　版	中国社会科学出版社
社　　址	北京鼓楼西大街甲 158 号
邮　　编	100720
网　　址	http://www.csspw.cn
发 行 部	010-84083685
门 市 部	010-84029450
经　　销	新华书店及其他书店

印刷装订	三河市君旺印务有限公司
版　　次	2016 年 4 月第 1 版
印　　次	2016 年 4 月第 1 次印刷

开　本	710×1000　1/16
印　张	31
插　页	2
字　数	525 千字
定　价	112.00 元

凡购买中国社会科学出版社图书，如有质量问题请与本社营销中心联系调换
电话：010-84083683
版权所有　侵权必究

目　　录

《唐诗纪事校笺》掇误 …………………………………………… 傅璇琮（1）
圣代复元古　大雅振新声
　　——李白《古风》（其一）再解读 ………………………… 薛天纬（11）
"正始之音"再解读 ……………………………………………… 袁济喜（22）
汉末魏晋尚"清"及其文艺观念探源 …………………………… 袁济喜（43）
"说诗者，不以文害辞，不以辞害志"
　　——木斋先生《古诗十九首》主要作者为曹植说商兑 …… 袁济喜（68）
范仲淹变革思想论
　　——兼论与王安石变革之异同 ……………………………… 诸葛忆兵（91）
"以诗为词"辨 …………………………………………………… 诸葛忆兵（101）
论唐宋诗差异与科举之关联 …………………………………… 诸葛忆兵（116）
论帝王词作与尊体之关系 ……………………………………… 诸葛忆兵（135）
经纬交织与文体的多元并存格局
　　——宋代文体关系新论 ……………………………………… 谷曙光（149）
"以论为记"与宋代古文革新发微 ……………………………… 谷曙光（162）
论中国古代的露布文体及其文学价值 ………………………… 谷曙光（179）
新发现足本《听春新咏》与重新认识清嘉庆北京剧坛 ……… 谷曙光（198）
"采诗夜诵"与汉武帝之郊祀礼乐 ……………………………… 梁海燕（210）
中唐乐府诗人尚俗思想再思考 ………………………………… 梁海燕（223）
梅陶《怨诗行》析论 …………………………………………… 梁海燕（233）
唐人墓志盖题诗考论 …………………………………………… 梁海燕（244）
《诗经·唐风·扬之水》新论 …………………………………… 吴　洋（259）
从《周颂·敬之》看《周公之琴舞》的性质 ………………… 吴　洋（268）
上博（八）《鹠鷅》与《诗经·邶风·旄丘》………………… 吴　洋（275）

释"公曰左之" …………………………………… 吴 洋(283)
性别变乱与文学书写
　——隆庆二年山西男子化女事件的叙事研究 ………… 李萌昀(290)
舟船空间与古代小说的情节建构 ………………… 李萌昀(316)
江藩的"儒林正史"
　——传记文学视野下的《汉学师承记》 ……………… 李萌昀(326)
中国古代叙事诗的乐府传统 ……………………… 辛晓娟(336)
杜甫与高适蜀中关系新论 ………………………… 辛晓娟(353)
杜甫歌行中"悲"与"丽"的审美张力 ……………… 辛晓娟(366)
明清之际遗民梦想花园的构建及意义 …………… 郭文仪(378)
潘飞声《海山词》所见词体现代性转变之尝试与尴尬 ……… 郭文仪(396)
清末文人西方书写策略及其地域特征
　——以袁祖志与潘飞声的海外行旅书写为中心 ……… 郭文仪(412)
苏轼佚诗辨伪 ……………………………………… 陈伟文(426)
李清照《金石录后序》质疑 ………………………… 陈伟文(433)
论清初宋诗风的兴起历程 ………………………… 陈伟文(448)
《宾退录》作者赵与旹考 …………………………… 陈伟文(459)
位移动词"去"的词义句法演变机制 ……………… 华建光(466)
《说文》同音借用类重文疏证 ……………………… 华建光(481)

《唐诗纪事校笺》掇误

傅璇琮

南宋前期计有功编撰的《唐诗纪事》，应是唐诗研究极有文献价值的丰硕之作。其《自序》述其编撰情况，称"寻访三百年间文集、杂记、传记、遗史、碑志、石刻，下至一联一句，传诵口耳，悉搜采缮录"。全书共辑收诗人一千一百五十家，除选录其名篇外，并详辑生平事迹、诗歌评论资料，保存了大量唐代文学史料。《四库全书总目提要》卷一九五称是集"或录名篇，或记本事，兼详其世系爵里，凡一千一百五十家。唐人诗集不传于世者，多赖是书以存"。正因如此，对后世影响很大，自宋至清，也有多种校刊本。

1956年，上海古籍出版社前身中华书局上海编辑所曾出版一部点校本，后于1986年再次修订，重新出版，应是此书首次现代化的整理本。1989年巴蜀书社出版王仲镛先生《唐诗纪事校笺》，对上海古籍出版社的整理点校本既有肯定，又甚有指摘，认为该书"并不曾认真找出有关唐诗总集、别集或笔记、小说来进行参校"，其记事部分，问题更不少，"其不检原书、标点错误和随意校改之处，亦多"。于是他就广辑史料，着重于做两方面的工作，一是"在纪事方面，尽可能找到计氏搜采资料的来源出处，笺证史实"；二是对所载诗篇，尽可能根据有关唐人总集、别集，特别举唐人选唐诗之代表作《河岳英灵集》、《中兴间气集》、《极玄集》等，"加以雠校，讹者正之，缺者补之"。王仲镛先生做了不少工作，其书出版后广被采用，很引起研究者注意。2007年11月，又由中华书局重印。

20世纪90年代以来，我连续从事于《唐人选唐诗新编》、《唐五代文学编年史》、《唐翰林学士传论》等项目，在编撰过程中不断参阅《唐诗纪事校笺》（以下简称《校笺》），确受有教益。但在研读中也发现不少问题，随时有所记录，我觉得这部《校笺》中存在的问题也有如王仲镛先生对上海古籍出版社点校本指摘之处。我两年前在一高校文学院召开的学术会议上，曾向会议主持者提出，《唐诗纪事》这部极富文献价值之书，搜辑材料既如此丰硕，我们现在确有必要再次做全面的笺证工作；这可作为集体项目，个人之力恐承担不了。该校文学院专家于此正在考虑之中。我现在就已积累的笔录札记，撰为一文，供学界参考。限于篇幅，不能一一细列。（又，文中多次提及《唐诗纪事》者概称《纪事》，提及《唐诗纪事校笺》者概称《校笺》。）

一

书中有好几处明显的排校错误，如卷六一裴廷裕条，《校笺》在校中有云："《新唐书》卷五八《宗艺文志》：裴廷裕《东观奏记》三卷。"按《新唐书》之《艺文志》共四卷，即分经、史、子、集，卷五八为《艺文志》之二，即史部，而从未记有"宗艺文志"者，其"宗"字显为衍文，未校出。又如卷三〇司空曙条，《纪事》原文载有《经废宝庆寺》诗，《校笺》对此诗题有校，谓《文苑英华》卷二三六题作《废庆宝寺》。经核，《文苑英华》载司空曙此诗，为卷二三五，非卷二三六。排印之误更明显者，卷二三王諲《元夕观灯》诗（五律），其第六句"场移舞更新"有校，校记数码标为（三），而第八句"说向不来人"又有校，却标为（二），数码次序明显误倒。以上三例，中华书局重印时均未复核改正。

《纪事》所载未误，而《校笺》在笺证中却有明显错误。如卷一九苏源明条，《纪事》记苏源明于天宝十二载守东平郡，与当地官员、文士有宴饮作诗。《校笺》谓《全唐诗》卷二五五于此载有二诗，"题作苏源明《小洞庭洄源亭宴四郡太守诗》及袁广《秋夜小洞庭离宴诗》"。按苏源明确于天宝十二载在东平郡太守任，第二年秋则应召入朝，见《全唐诗》卷二五五苏源明《秋夜小洞庭离宴诗并序》。苏源明为肃宗时翰林学士，有文名，杜甫、韩愈皆有诗文赞颂之。[①]《全唐诗》卷二五五所载此二诗，实皆为苏源明所作。《秋夜小洞庭离宴诗》，苏源明有序，谓"源明从东

---

① 傅璇琮：《唐翰林学士传论·肃宗朝》，辽海出版社2005年版。

平太守征国子司业，须昌外尉袁广载酒于洄源亭，明日遂行，及夜留宴"，乃作此诗。即苏源明于天宝十三载秋离任赴朝，须昌县外尉袁广设宴送之，苏乃作此诗。而《校笺》将《全唐诗》卷二五五所载此诗为袁广作，即未认真核阅。《全唐诗》及今人补编均未载有袁广诗者。

另一例，《纪事》卷六七顾云条，记顾云"咸通中登第，为高骈淮南从事，师铎之乱，退居霅川"。此处所记大致合实。清徐松《登科记考》卷二三僖宗咸通十五年（874），据《永乐大典》引《池州府志》记顾云"咸通十五年进士第"。按咸通十五年于十一月改元乾符，则顾云登第年，确切地当为咸通末，非咸通中。《校笺》未引及，而云："按《旧唐书》卷一八三《高骈传》：'广明三年三月，蔡贼过淮口，骈令毕师铎出军御之……'"现经核，《旧唐书》之《高骈传》，为卷一八二，非卷一八三。且《旧传》载"蔡贼过淮口，骈令毕师铎出军御之"，明记为僖宗光启三年（887）三月，为光启，非广明（《资治通鉴》卷二五七所记亦为光启三年）。且广明仅一年（880），广明二年七月改元为中和，则何能云广明三年？此实为《校笺》显误。

《校笺》一书在"前言"中曾提出《纪事》存在一些问题，如弄错史实，差失原意，"或以一人而分为二人，或以两事而合为一事"，认为"若不加以澄清，必将疑误学者"，故尽量予以纠正。但现在书中在纠误中尚有不少遗漏，或误中有误，以上所举为原书未误而《校笺》出现新误，现在再举数例，指出在纠误中仍有疏失。

如《纪事》卷六七韦冰条，载韦冰《三乡》诗一首（七绝），后云："冰，唐末为鄂令。"即作此《三乡》诗之韦冰，为唐末鄂县令。《校笺》则引《新唐书》卷七四上《宰相世系表》所载"冰，鄂令"，以证实《纪事》所记，未再引其他史事。按《纪事》此卷所记和作《三乡》诗有王枧等十人，此乃据唐末范摅《云溪友议》卷中《三乡略》，记有无名氏为《三乡》和作诗所作序，时为武宗会昌二年。按会昌二年为公元842年，确为晚唐，但不能说唐末（唐王朝亡于907年）。《纪事》记为唐末，当并不确切。问题更在于曾任鄂令之韦冰并非作此《三乡》诗者。《新唐书·宰相世系表》所记曾任鄂令之韦冰，实为盛唐时人，非晚唐，更非唐末。《旧唐书》卷一〇五有《韦坚传》，记韦坚于玄宗开元、天宝时历任地方要职，多掌财赋；天宝初为宰相李林甫所忌，连遭贬谪，天宝五载七月又长流岭南临封郡，又云"（韦）坚弟将作少监兰、鄂县令冰、兵部员外郎芝、坚男河南府户曹谅并远贬"。同年十月，朝中又下令"逐而杀之，诸弟及男谅并死"。《新唐书》卷一三四《韦坚传》亦载韦坚流贬时，其弟冰为鄠令，亦贬谪。据此，则任鄠县令之韦冰为韦坚之弟，天宝前期即受累贬谪而死。《新唐书·宰相世系表》所载鄠令韦冰，前有韦兰，后有韦芝，当为兄弟，与《旧传》合。由此可证，和作《三乡》诗者韦冰为晚唐武宗时人，而《纪事》称其为唐末鄠令，误以盛唐玄宗时为鄠令之韦冰乃作此诗者，《校笺》又引《新唐书·宰相世系表》证实之，则误上加误。

又《纪事》卷二七有房白条，录其《得还字》诗一首（五绝），后云"天宝十三年阳浚侍郎下登第"。《校笺》则仅引《李咄墓志》记阳浚于天宝十三载为礼部侍郎，谓与《纪事》所记合，其他未有笺证，也未考房白事。按《全唐诗》卷二〇九载房白《送萧颖士赴东府得还字》，即此诗，小传谓"天宝中登进士第"，当即本《纪事》。徐松《登科记考》卷九当亦据《纪事》，于天宝十三载登进士第者有房白。按唐时文献，未载有房白者。清劳格、赵钺《唐尚书省郎官石柱题名考》，于度支郎中、户部员外郎、祠部员外郎皆有房由，无房白，《唐郎官考》又记戴叔伦有《襄州遇房评事由》诗（王安石《唐百家诗选》卷七）、郎士元《送新偃房由赴朝因寄钱大郎中李十七舍人》诗（《文苑英华》卷二七二）。钱大为钱起，李十七为李纾。可见房由于盛中唐际与当时著名文士多有交往。又周绍良主编《唐代墓志汇编》载有房由所撰之《大唐故永王府录事参军卢府君（自省）墓志铭》（《千唐志斋志》八九八），自署"前国子进士房由撰"，天宝十三载闰十一月十一日立。即房由于天宝十三载初进士登第，尚未能入仕，故自署"前国子进士"。当代学者陈尚君、孟二冬之唐登科记考亦有订补，皆据此认为天宝十三载于阳浚下登第者为房由。①又《全唐文》卷三九五有刘太真《送萧颖士赴东府序》，记萧颖士任职于洛京时，后辈文士乃作诗送之；《全唐诗》卷二〇九载贾邕《送萧颖士赴东府得路字》，同卷所作送行诗者有十二人。由此可见，房由于天宝十三载进士登第后，即与著名诗人如戴叔伦、郎士元、萧颖士等有文字交往。《纪事》所记之房白实为房由之讹，很可能计有功撰写时并非有误，后刊刻时乃形近而讹。《校笺》未充分注意有关文献史料，仍沿其误。

---

① 参见孟二冬《登科记考补正》卷九，北京燕山出版社2003年版。

又《纪事》卷五九崔元范条，载其诗一首（七绝），未记其诗题，仅云"元范，以监察御史为浙东幕府"，即崔元范原在朝中为监察御史，后又以监察御史任职于浙东幕府。《校笺》于此未有笺文，亦即同意《纪事》所记之"以监察御史为浙东幕府"。按《纪事》此卷在崔元范前记有李讷，谓李讷于大中时为浙东观察使，时崔元范在其幕府，"自府幕赴阙庭"，李讷乃饯送之，并作诗，幕府中亦有人和作，崔元范即亦作此和诗。《全唐诗》卷五六三即载有李讷《命妓盛小丛歌饯崔侍御赴阙》，并有杨知至、卢潘等同题之作。又据《会稽掇英集》，李讷确于宣宗大中六年八月至九年九月为浙东观察使。杜牧有《李讷除浙东观察使兼御史中丞制》（《全唐文》卷七四八），杜牧时在朝中任中书舍人，故撰有此制。按李讷饯行及崔元范诗，源于唐范摅《云溪友议》卷上《饯歌序》，中称"时察院崔侍御自府幕而拜，即赴阙庭"，李讷乃饯送之。即崔元范原为浙东幕僚，后朝中任其为监察侍御史，故李讷等作诗送之。如此，则非"以监察御史为浙东幕府"，《纪事》误。侍御史为从六品下（《旧唐书》卷四二《职官志》一），方镇幕僚不能兼有此较高官品；如杜甫后期在蜀中幕府为左拾遗，左拾遗仅从八品上。

另，《校笺》虽记有《纪事》之误，但未有充分论证者。如《纪事》卷五八霍总条，载其《郡楼望九华》诗一首，后谓"武元衡尝送总诗"，末又云"总，咸通时为池州刺史"。《校笺》云："按武元衡被盗杀于元和十年（815），去咸通（860—874）约五十年，此言霍总咸通时为池州刺史，当有误。"霍总确非咸通时人，但《校笺》仅云"当有误"，对霍总其人未有论证。按令狐楚《御览诗》收有霍总诗六首（《全唐诗》卷五九七即据载），令狐楚编此书在宪宗元和九年至十二年（814—817）间①，由此可确证霍总为中唐时人，故武元衡可有诗送之。又《全唐文》卷七八三有穆员《蝗旱诗序》，谓"甲子岁大旱"，霍总"赋旱蝗诗一章七十有二句"，甚赞赏之，故特为作序。霍总此诗后未存，但穆员谓"甲子岁大旱"，此甲子为德宗兴元元年（784）。又《旧唐书》卷一五五《穆宁传》，记穆宁仕于大历、贞元间，有四子，中有穆员，杜亚为东都留守时，曾辟其为从事。杜亚乃于德宗贞元五年至十二年（789—796）为东

---

① 参见傅璇琮编撰《唐人选唐诗新编》，陕西人民教育出版社1996年版。

都留守。① 由上所述，确可考定霍总为德宗、宪宗时人，并可纠正《纪事》所谓"咸通时为池州刺史"之误。

有时《纪事》所载之诗及所记之事，虽未有误，但间有脱略，而《校笺》皆未注出处，不符合笺证体例。如卷六〇崔澹条，《纪事》先录其《赠美人》一诗（七绝），后记云："大中末，崔铉自平章事镇淮海，杨收为支使，收状云：'前时里巷，初迎避马之威；今日藩垣，便仰向牛之代。'澹之词也。"《校笺》于此皆未有笺证。经查，《赠美人》一诗，见唐末孙棨《北里志》之《王团儿》条，有记长安北里歌妓之生活环境。至于崔铉、杨收及崔澹事，所谓"杨收为支使，收状云"，文意不清。按此见宋乐史所著《广卓异记》，记崔铉于宣宗大中末为淮南节度使，杨收时在其幕府，为支使；后杨收入朝，累仕侍御史、吏部员外郎，入为翰林学士，经两年，擢迁为宰相，时"铉未移，铉贺收状云：'前时里巷，初迎避马之威；今日藩垣，便仰向牛之代。'此崔澹之辞"。如此，则《纪事》所谓"杨收为支使，收状云"，文字当有脱略；"收状云"应为"铉贺收状云"，即崔澹此时在崔铉幕府，为其作辞以赞贺杨收拜相。按杨收于懿宗咸通二年（861）四月以吏部员外郎入为翰林学士，四年五月迁为宰相。②《广卓异记》所记，确可有助于对崔铉向杨收称贺的情况，并可补《纪事》所记之脱略。不过咸通三年冬令狐绹已任为淮南节度使，崔铉移镇襄州（参郁贤皓《唐刺史考全编》卷一二三）。《广卓异记》谓杨收擢迁为相时，崔铉仍"未移"，亦误。《校笺》于此皆未引及有关史料并加证释，确不合体例。

二

《校笺》于校勘《纪事》所载之诗，颇注意于引及今存的几种唐人选唐诗著作，其"前言"中谓"加以雠校，讹者正之，缺者补之"，"要务求其是"，"力求其善"，确花了不少功夫。但遗憾的是，在校勘时不注意同一书的不同版本，引用唐人选唐诗，只举其一种版本，即以此进行所谓补正，不免出现不少问题。

---

① 郁贤皓：《唐刺史考全编》卷四八，安徽大学出版社2000年版。
② 傅璇琮：《唐翰林学士传论·懿宗朝》，辽海出版社2007年版。

首先是意想不到的疏失，如《纪事》卷二二李嶷条，载有《少年行》三诗，其二"薄暮随天仗"句，《校笺》有校，谓："暮，《河岳英灵集》、《国秀集》俱作夜。"按盛唐时殷璠所编之《河岳英灵集》，有宋刊本、明清刊本多种（详后），但此句"薄暮"之"暮"皆作"雾"，无异字，并未有作"夜"者，《校笺》所谓作"夜"，毫无根据。又同为天宝时芮挺章编选之《国秀集》，共三卷，其卷中载李嶷诗二首：《读前汉外戚传》、《游侠》，《游侠》即《纪事》之《少年行》（《文苑英华》卷一九四同）。但《国秀集》所载此诗，仅"玉剑膝旁横"一首，即《纪事》之《少年行》第三首，《校笺》提出《国秀集》所载文字有异者为《少年行》第二首，而此第二首则为《国秀集》所未收。《校笺》如此出校，所引《河岳英灵集》、《国秀集》二书，皆无根据，甚为疏忽。

今就唐人选唐诗代表性著作《河岳英灵集》、《箧中集》、《中兴间气集》、《极玄集》，择要列举如下。

《纪事》卷二四载王昌龄《长信秋词》，《校笺》谓此诗题，《河岳英灵集》作"长信宫"，即无"秋"字。按《河岳英灵集》为殷璠于玄宗天宝后期所编，其自叙谓收诗二百三十四首，"分为上下卷"，即两卷。国家图书馆藏有此书两种宋刊本，皆为两卷，当最接近原书。而后通行的几种明刊本皆为三卷。著名藏书家、校刻家傅增湘在其《藏园群书题记》中曾特为指出，《河岳英灵集》之宋本与明本相校，字句差异极多，"盖自明代翻刻以后，沿讹袭误，已匪一日矣"。上海古籍出版社于1958年编印的《唐人选唐诗（十种）》，即据毛氏汲古阁明刻本（详参傅璇琮《唐人选唐诗新编》）。《校笺》所谓《河岳英灵集》作"长信宫"，经核，宋刊本仍作"长信秋"，与《纪事》原文同。明崇祯元年毛晋汲古阁刻《唐人选唐诗》八种，其中《河岳英灵集》有何焯（义门）批校，何校于此诗题亦作"长信秋"，即亦据宋本者。

类似者，如《纪事》同卷载殷璠评王昌龄诗，举其诗数句，其中"昏为蛟龙怒，清见云雨入"，《校笺》则谓《河岳英灵集》，"怒"作"窟"，"清"作"时"。经核，宋刊本未有此异文，与《纪事》原文同。又如卷一五，《纪事》载王湾《晚夏马嵬卿池亭即事寄京中二三知己》，《校笺》则谓《河岳英灵集》题作《晚夏马嵬卿叔池亭即事寄京都一二知己》，与此异。实则宋刊本亦与《纪事》原文同。《校笺》所据《河岳英灵集》，即据上海古籍出版社选辑之明汲古阁刻本，未知国家图书馆尚藏有宋本。其他类似情况者多有，限于篇幅，不一一列举，以下如《箧中集》等亦如此。

中唐时元结所编的《箧中集》，也有好几种版本，较早为清徐乃昌覆刻之影宋抄本（《徐氏丛书》），上海古籍出版社之《唐人选唐诗（十种）》，其中《箧中集》即据此排印。另有几种明刻本，亦各有特色，国家图书馆善本部所藏者，有冯舒、黄丕烈校并跋的明刻本，缪荃孙校并跋的明刻本，郑振铎藏明刻本《唐人选唐诗》六种，汲古阁刻本（有何焯校）。徐氏校印之影宋抄本，虽时代较早，但徐氏校文缺漏疏失甚多，傅璇琮之《唐人选唐诗新编》即据有好几例（见《箧中集》前记）。如《纪事》卷二二沈千运条，载有元结《箧中集序》，云所选诸人"皆以仁让而至丧亡"，《校笺》乃谓"仁让"原作"仁谦"，今据《箧中集》改。按徐乃昌《徐氏丛书》本确作"仁让"，但何焯所校之汲古阁旧抄本作"仁谦"。傅增湘《藏园群书题记》卷一九记《箧中集》，谓何焯跋中称曾于康熙年间从汲古阁得见一旧抄本，虽为明抄，其所据为南宋本。可见《箧中集》即有好几种版本，不能仅据其中之一即改文。

又《纪事》卷二三载张彪《北游还酬孟云卿》，此诗题，《校笺》谓"还"原作"远"，据《箧中集》改。按冯舒校评本、郑振铎藏明刻本皆作"远"，王安石《唐百家诗选》所录亦作"远"，则应作为异文校，不能仅引一种版本即据改。另，《校笺》也有漏校者，如《纪事》卷二六载王季友《寄韦子春》诗，首二句"出山秋云曙，山水已再春"，"山水"一词，《箧中集》作"山木"，《河岳英灵集》作"山色"，"山木"与"山色"均较切合诗意，而《校笺》则未校及。

又《纪事》卷二一载李嘉祐《涧州阳别驾送张侍御收兵归扬州》诗，《校笺》谓《中兴间气集》，"阳"作"王"。按中唐时高仲武所编之《中兴间气集》，现存最早者为国家图书馆所藏毛氏汲古阁影宋抄本，其他为明万历刻本、明嘉靖刻本、汲古阁刻《唐人选唐诗》本（详参傅璇琮《唐人选唐诗新编》之《中兴间气集》前记）。上海古籍出版社之《唐人选唐诗（十种）》，其《中兴间气集》即用明嘉靖刊本（即《四部丛刊初编》本）。汲古阁影宋抄本于李嘉祐此诗题，仍作"阳别驾"，未作"王别驾"。《校笺》当即引用上海古籍出版社本，未注意有影宋抄本。影宋抄本不仅时代早，而且所载高仲武对所选诗人之评语，明刻本多有缺漏；所载之诗，影宋抄本是而嘉靖本、万历本误者亦有好几处，《校笺》也多未涉及。如《中兴间气集》卷下李秀兰，高仲武评语颇长，中有记述李秀兰与诗人刘长卿相讥谑一段，云："尝与诸贤集乌程县开元寺，知河间刘长卿有阴重之疾，乃诮之曰：'山气日夕佳。'长卿对曰：'众鸟欣有托。'举座大笑，论者两美之。"按此一段，影宋抄本有，唯嘉靖本、汲古阁本无。《纪事》卷七八李秀兰条引有高仲武评语，但亦无此一段，《校笺》则仅引《太平广记》卷二七三补之。可见其未曾见引影宋抄本，仅据《太平广记》转引。

又《纪事》卷二五张继条，记张继事，有举其《送邹绍充河南租庸判官》诗，《校笺》谓："诗题《中兴间气集》作《送判官往陈留》。何焯校本'送'下有'邹'字，误。"实则《中兴间气集》影宋抄本于"送"下即有"邹"字，实不误，《纪事》以"邹"作"郯"，却误。与张继同时之诗人刘长卿有《毗陵送邹绍先赴河南充判官》诗（《刘随州集》卷五），《全唐诗》卷二四二所载张继此诗，亦作"邹绍先"。按《元和姓纂》卷四邹姓，记有："开元中有象先、绍先、彦先。"《纪事》之卷二二即有邹象先条。绍先当为象先之弟。[①] 由此可证《纪事》所载张继诗，诗题之"郯"字误，并于"郯绍"下缺"先"字，《校笺》皆未校及，有疏忽。

《纪事》卷四三于良史条，有引高仲武评，中云"良史工于清雅"，《校笺》谓《中兴间气集》作"良史诗清雅"，乃据改。按影宋抄本此句作"侍御诗体清雅"，未直称其名，称其官衔。按元辛文房《唐才子传》卷三于良史传，记其"至德中仕为侍御史"，当有所据，与影宋抄本之《中兴间气集》合。《校笺》所引，仅提及"良史"名，则未见及影宋抄本及《唐才子传》，又为疏失。

又，《纪事》卷二六苏涣条，载其《变律诗》，首四句为："日月东西行，照在大荒北。其中有烛龙，灵怪人莫测。"《校笺》有校，谓《中兴间气集》载此诗，首句同，其下三句为："寒暑冬夏易。阴阳无停机，造化渺莫测。"按此三句为明刻本《中兴间气集》，影宋抄本则大致与《纪事》所载同，唯"照在"作"不照"，"烛龙"作"毒龙"。《校笺》所引《中兴间气集》，误校、失校不少，确需普查，逐一核正。

---

① 参见傅璇琮《唐代诗人丛考·张继考》，中华书局1980年版；又《唐才子传校笺》卷三周义敢笺之《张继传》，中华书局1987年版。

《校笺》中引及《极玄集》，又有漠视现代研究成果事。按中晚唐际姚合所编之《极玄集》，一般为明以后的通行二卷本，所收二十一人诗，各人名下多有小传。《四库全书总目提要》曾谓："总集之兼具小传，实自此始，亦足以资考证也。"于所收作者名下撰有小传，《极玄集》如此作，被认为是总集体例的一大开创。过去论及中唐及大历诗人，也多引以为据。但《极玄集》今存最早者为上海图书馆所藏的影宋抄本（一卷本），此影宋抄本于所收诗人名下皆无事迹记载，今存南宋以前文献，也未有引录或提及《极玄集》小传者。复旦大学陈尚君教授曾于此影宋抄本有所考，谓此小传非姚合所撰，而是明人在将该书析为二卷时，又采掇通行所见的材料，剪辑而成①，非姚合原著（又见傅璇琮《唐人选唐诗新编》之《极玄集》前记）。这已成为唐代文学研究通识。但《校笺》却往往引《极玄集》通行本所载作为诗人事迹补正。如《纪事》卷二六刘长卿条，《校笺》谓《极玄集》载长卿"开元二十一年进士"。实则影宋抄本未有此记述。又据当代有关刘长卿事迹研究，刘长卿于玄宗天宝六载前尚未进士登第，其及第当在天宝后期（参傅璇琮《唐代诗人丛考·刘长卿事迹考述》、陈尚君《唐才子传校笺补笺》、孟二冬《登科记考补正》卷二七）。则所谓刘长卿于开元二十一年进士，不合事实。

《校笺》在文字校勘时，也仅引明刻本，如《纪事》卷二〇祖咏《兰峰赠张九皋》诗，"孤山出幔城"、"长怀魏阙情"句，《校笺》谓"幔城"原作"草城"，"魏阙"原作"魏国"，据《极玄集》等改。按此乃据明汲古阁本（即上海古籍出版社之排校本），上海图书馆所藏影宋抄本则皆作"草"、"国"，即应作异文校，不能径改，应保存原貌。另《校笺》又有失校者，如《纪事》卷二〇载祖咏《夕次圃田店》诗，末句"中夜渡泾水"。按此诗较早即见于《极玄集》，此句之"泾水"，明汲古阁本《极玄集》及清《全唐诗》（卷一三一）同，而影宋抄本、《文苑英华》（卷二九二）及郑振铎藏明刻本《唐人选唐诗》六种，均作"京水"，何焯（义门）有校，云："京，京索间也。泾字缪甚。"可见《校笺》于此失校。

---

① 参见陈尚君《唐才子传校笺补笺》之《姚合传》，中华书局1995年版。

圣代复元古　大雅振新声
——李白《古风》（其一）再解读

薛天纬

《古风》其一（大雅久不作）是李白最重要的诗篇之一，是李白以诗的形式写成的诗歌演变史，表达了李白的诗歌发展观，并宣言了在大唐盛世以振兴诗歌为己任的宏伟抱负，即裴斐先生所说："这是一首论诗诗，又是一首言志诗。"① 关于此诗立论的要旨，自南宋杨齐贤以来，注家及论者形成了基本的共识，认为李白的核心观点是复古，以"大雅"为诗歌的最高境界，由此而下，一代不如一代，直至"圣代"始迎来文运的肇兴。② "复古"之说固然不错，但若认为李白心目中唐代之前的诗歌演变史呈一线直下之势而无任何起伏，则未必符合诗人本意。而且，对诗中

---

① 裴斐：《李白与历史人物》，载《文学遗产》1990年第3期。
② 注家的观点，以杨齐贤为代表，曰："《诗·大雅》凡三十六篇。《诗序》云：'雅者，正也，言王政之所由废兴也。'大雅不作，则斯文衰矣。平王东迁，《黍离》降于《国风》，终春秋之世，不能复振。战国迭兴，王道榛塞，干戈相侵，以迄于祖龙。风俗薄，人心浇，中正之声，日远日微，一变而为《离骚》。《史记》曰：'《离骚》之作，盖自怨生也。'（纬按，'《史记》曰'三句不见于元刊萧注本，而是郭云鹏删节本文字，然概括《离骚》特点，胜于萧注。萧注原文略）屈平之后，司马相如、扬雄激扬其颓波，疏导其下流，使遂阔肆，注乎无穷。而世降愈下，宪章乖离。建安诸子，夸尚绮靡，摘章绣句，竞为新奇，而雄建之气，由此萎苶。至于唐，八代极矣。扫魏晋之陋，起骚人之废，太白盖以自任矣。"（萧士赟《分类补注李太白诗》卷二引）萧氏转引了杨齐贤的注释，表明持赞同态度。王琦注也转引这段话，仅对"吾衰"句提出不同的解释，表明在总体上也赞同杨注。论者的观点，可举赵翼《瓯北诗话》的说法为代表："青莲一生本领，即在五十九首古风之第一首，开口便说：大雅不作，骚人斯起，然词多哀怨，已非正声；至扬、马益流宕；建安以后，更绮丽不足为法；迨有唐文运肇兴，而己适当其时，将以删述继获麟之后。是其眼光所注，早已前无古人，后无来者，直欲于千载后上接风雅。"

某些关键句子的解读也还待商兑。我在研讨此诗的过程中，注意到近些年袁行霈先生和林继中先生发表了很有创意的新见，使此诗的解读获得重要进展。我们应该沿着此种进展继续前行，以求得对诗的内容更准确的把握。

一　诗之主旨

关于此诗的主旨，安旗主编《李白全集编年注释》谓"此篇即李白之诗论"，詹锳主编《李白全集校注汇释集评》谓"此太白对诗史的叙述和评论"，二说代表了研究界的"主流"看法。然而，在此之前，俞平伯先生曾提出："太白这首诗叙他自己的怀抱志趣，主要的虽说文学、诗歌，却不限于文学、诗歌。……这诗的主题是藉了文学的变迁来说出作者对政治批判的企图。"又说："他既想学孔子修《春秋》，何尝以文学诗歌自限呢。因之，局限于文学的变迁，讨论他的复古，是不易诠明本篇大意的。"[①] 俞平伯先生将目光从诗歌、文学扩展到政治，对诗旨的理解自有其独到的深度，但他将诗的结尾四句"我志在删述，垂辉映千春。希圣如有立，绝笔于获麟"理解为李白"想学孔子修春秋"，则是可以讨论的。近年，袁行霈先生著文指出，此诗所论"重点在政治与诗歌乃至整个文化的关系"[②]，对俞平伯的说法虽有所继承，但强调的是诗歌与政治的关系，则更切合于李白之诗的实际。此后，林继中先生又指出："李白并没有将政治与文学打成两截子的意思：雅颂与盛世是一表一里，没有真盛世便没有真雅颂，倡雅颂必先呼唤盛世。……与其说此诗是借文学变迁批判政治，毋宁说是对大雅'言王政之所由废兴'本质的感悟，而欲倡大雅正声以唤回盛世。"[③] 俞平伯、袁行霈、林继中三位先生的观点先后承接而呈积薪之势，兹在借鉴诸位先生高论的基础上，作进一步申说。

探求诗之主旨，必须对诗的开首两句和结尾四句有正确理解。

首二句"大雅久不作，吾衰竟谁陈"，由孔子说起，展开"史"的论

---

① 俞平伯：《李白〈古风〉第一首解析》，载《文学遗产增刊》1959年第7辑。
② 袁行霈：《李白〈古风〉（其一）再探讨》，载《文学评论》2004年第1期。
③ 林继中：《大雅正声——"盛世文学"的支点》，载《文艺理论研究》2006年第5期。

述，既指诗歌之衰，也指世道之衰。"吾衰"句由《论语·述而》"甚矣吾衰也，久矣吾不复梦见周公"二句化出，"吾衰"二字实包含了"吾不复梦见周公"的意思。周公的时代，即产生大雅的西周时代，孔子感叹"吾不复梦见周公"，就是感叹那个时代和那个时代的诗歌已经成为遥远的、不可企及的过去——因为孔子所处的时代是诗之第三句所说"王风委蔓草"的春秋时代。"竟谁陈"即找不到同道与知音，找不到倾诉的对象，译成今语就是"说给谁听呢？"这是李白设身处地地想象孔子面对诗歌与世道双双衰落时无力回天的孤独和无奈。王琦解释"吾衰"句，认为"是太白自叹吾之年力已衰，竟无能陈其诗于朝廷之上"①，不当。首先，"吾衰"二字是孔子原话，太白在这里的用典十分明显，几乎没有做另外解释的余地；其次，此诗通篇取客观评论的立场及话语方式，到结尾四句始以"我志"领起，转为第一人称的自抒怀抱，只要将全篇反复吟咏，不难领会其内在的意脉。况且，如将"吾衰"二句读为太白自叹，则此处之衰飒与结尾处的意气张扬实不相类，一篇之中诗人意绪不可能有这样的巨大反差。

结尾四句"我志在删述，垂辉映千春。希圣如有立，绝笔于获麟"，诗人借孔子故事而自言其志。这里涉及了属于孔子的"删述"和"获麟"两个典故，这两个典故是破译诗旨的锁钥。关于"删述"，有两个出处：一个出处是传为汉代孔安国所作《尚书序》：

> 先君孔子，生于周末，睹史籍之烦文，惧览之者不一，遂乃定礼乐，明旧章，删诗为三百篇，约史记而修春秋，赞易道以黜八索，述职方以除九丘。

孔颖达疏："就而减削曰删……显而明之曰述。"②"述"又见于《论语·述而》：

> 子曰：述而不作，信而好古，窃比我于老彭。

---

① （清）王琦注：《李太白全集》卷之二，中华书局1977年版。
② （清）阮元校刻《十三经注疏》，中华书局1980年版。

邢昺疏曰："作者之谓圣，述者之谓明。老彭，殷贤大夫也。老彭于时但述修先王之道而不自著作，笃信而好古事。孔子言，今我亦尔。"①今人杨伯峻释"述"为"阐述"②，张燕婴释"述"为"记述、陈述、承传旧说"③。以上"删"、"述"分说，虽各有所指，但有一个共同点，即都是指对文献的整理加工，而不是指原始创作。另一出处是《文心雕龙·宗经》：

  皇世三坟，帝代五典，重以八索，申以九丘，岁历绵暧，条流纷糅。自夫子删述，而大宝咸耀。于是易张十翼，书标七观，诗列四始，礼正五经，春秋五例，义既埏乎性情，辞亦匠于文理，故能开学养正，昭明有融。④

"删述"在这里构成了一个词，也是指对文献的整理加工。⑤ 李白诗中"我志在删述，垂辉映千春"二句上承"圣代复元古，垂衣贵清真。群才属休明，乘运共跃鳞。文质相炳焕，众星罗秋旻"六句，这六句是对圣代诗歌振兴局面的描述，因此，紧接着的"我志"二句在逻辑上和语气上都应该是针对圣代诗歌而言。李白之志的独特之处，是没有把自己置于"群才"之中，而是居高临下地观照、统揽全局。依照"删述"一词的本义，应该理解为李白欲效法孔子，对"圣代"诗歌加以总结性的整理加工，编成一部类似于"诗三百"的"圣代诗"，亦即当代的"大雅"以流传于后世。李白之志，其实是以诗坛领袖自居，在时代精神鼓舞下，他要干这样一件不朽的事业以回报"圣代"。另一典故"获麟"，出于《春秋·哀公十四年》：

  春，西狩获麟。

---

① （清）阮元校刻《十三经注疏》，中华书局1980年版。
② 杨伯峻译注：《论语译注·述而篇第七》，中华书局1958年版。
③ 张燕婴注：《论语·述而第七》，中华书局2008年版。
④ （南朝梁）刘勰著，范文澜注：《文心雕龙注》，人民文学出版社1962年版。
⑤ 当今辞书如《辞源》、《汉语大词典》，将"删述"解释为"个人著作"或"著述"，实欠准确。

相传孔子作春秋而至此绝笔。① 李白在这里使用"获麟"典故,是否表明自己也要像孔子一样写一部《春秋》？愚以为李白使用"获麟"典故,仅取其"绝笔"之意,如同"杀青",只是表明删述之事完成,而没有更多的意思。否则,按照杜预注,"获麟"原本包含了"伤周道之不兴,感嘉瑞之无应"的意思,李白绝不可能以这样的否定眼光看待大唐盛世。况且李白在其他诗文作品中从未言及欲做史家、写《春秋》的志向——除了做诗人之外,李白更高的志向是"申管晏之谈,谋帝王之术",即做政治家——因此,我们在这里实不必仅由"获麟"一典引申出李白要写一部《春秋》、要做史家的宏大意义。熟读李白诗可知,其用典往往着眼于一点而不及其余,甚至不及典故的主要意义,"获麟"即其一例耳。

李白将诗的首尾如此安排,是极富用心的。他明显是将"圣代"拟为西周,又将诗歌在当代的振兴拟为"大雅"重现。归结为两句话,就是圣代复元古,大雅振新声。圣代催生好诗,好诗又回报圣代,这是李白对大唐盛世从诗歌（文学）与政治两方面的赞美与期待,亦诗之主旨所在。

二　对汉赋及扬、马的评价

此指对"扬马激颓波,开流荡无垠。废兴虽万变,宪章亦已沦"四句的理解。多数论者认为李白在这里对扬、马及其大赋是持否定态度,如云："扬雄与司马相如二人又激扬颓波,其作品文辞繁富而内容贫乏,此后诗歌衰颓如大堤决口,一发不可收拾。"② 据我所见,当今论者最早发表不同观点的,是马里千《李白诗选》,其解释"扬马"四句说："以上四句大意是扬、马崛起,力挽颓势,虽有深远影响,但几经盛衰变迁,诗歌的法度终于废弛。"③ 继而有康怀远,他认为"扬马"二句"并不是对汉赋的指责和批评……诗中的'激'字是'冲击'的意思,指扬马汉赋对'大雅不作'和'正声微茫'的颓风反其道而行之。因为歌颂和讽谏

---

① 杜预《春秋序》："麟凤五灵,王者之嘉瑞也。今麟出非其时,虚其应而失其归,此圣人所以为感也。绝笔于获麟之一句者,所感而起,固所以为终也。"见《十三经注疏》,中华书局1980年版。
② 复旦大学古典文学教研组：《李白诗选》,人民文学出版社1983年版。
③ 马里千：《李白诗选》,三联书店香港分店1982年版。

是汉赋的两大特点,相对于楚辞它是变革的,相对于诗经它又是继承的"①。对这种正面取向的观点,十余年间未见响应。直至近年,始有论者发表相同取向的观点(但并未说明是对上述观点的回应),袁行霈曰:"意谓司马相如、扬雄等人激荡骚体已颓之波,变化出汉赋这种新的体裁,广为流传。……看字面的意思,李白用了'颓波''荡无垠',似乎是批评扬马,但是仔细琢磨,未必如此,倒是肯定了他们开流之功,至于'荡无垠'那是后人的事。"又解释"废兴"句曰:"废兴万变,意谓有废有兴,兴者应当是指汉代扬马之开流,否则这句诗就落空了。"② 林继中曰:"'扬马激颓波'。历来注家以为贬语,盖上承《汉书·艺文志》'枚乘、司马相如,下及扬子云,竞为侈丽闳衍之词,没其风谕之义'的意思。然而盛唐人对司马相如与扬雄印象不错,尤其是李白对司马相如的仰慕,其创作颇得力于汉赋。综观上下文,'扬马激颓波'句法,用意与孟浩然'文章推后辈,风雅激颓波'(《同卢明府泛舟回作》)同,'激'是振起的意思。这里是从正面提出司马相如、扬雄为代表的汉赋具有雅颂的精神,能反映汉帝国盛世的恢弘气象,使文学从哀怨之音中振起。"③

这里的关键是对"激颓波"之"激"字的理解。多数论者及注家将"激"字注为"激扬",固然是承袭了杨齐贤以来的说法,即使上引对诗句作正面解读的康怀远、袁行霈、林继中诸先生将"激"释为"冲击"、"激荡"或"振起",亦均未谛。"激"字的本义、第一义,是遏制。现代汉语中使用频率并不低的成语"激浊扬清"之"激",即为遏制义。此解不假远求,《辞源》释之颇详,兹照录其"激"字释文于下:

> 激阻遏水势。《孟子·告子上》:"今夫水,搏而跃之,可使过颡;激而行之,可使在山。"《汉书·沟洫志》贾让奏:"河从河内北至黎阳为石堤,激使东抵东郡平刚。"注:"激者,聚石于堤旁冲要之处,所以激去其水也。"后因称石堰之类的挡水建筑物为激。《水经注》二八"沔水":"沔水北岸数里,有大石激,名曰五女激。"

---

① 康怀远:《"扬马激颓波,开流荡无垠"——李白汉赋评说之我见》,载马鞍山市李白研究会主办安徽省内部报刊《李白研究》1990年第1期。
② 袁行霈:《李白〈古风〉(其一)再探讨》,载《文学评论》2004年第1期。
③ 林继中:《大雅正声——"盛世文学"的支点》,载《文艺理论研究》2006年第5期。

【激浊扬清】斥恶奖善。《晋书·武帝纪》泰始四年诏:"若长吏在官公廉,虑不及私,正色直节,不饰名誉者,及身行贪秽,谄黩求容,公节不立而私门日富者,并谨察之。扬清激浊,举善弹违,此朕所以垂拱总纲,责成于良二千石也。"《贞观政要·二·任贤》:"王珪对曰'……至如激浊扬清,嫉恶好善,臣于数子,亦有一日之长。'"

【激薄停浇】振作人心,遏制浮薄的社会风气。《梁书·明山宾传》:"既售牛(纬按,《梁书》无'牛'字,《辞源》据上文增)受钱,乃谓买主曰:'此牛经患漏蹄,治差已久,恐后脱发,去容不相语。'买主遽追取钱。处士阮孝绪闻之,叹曰:'此言足使还淳反朴,激薄停浇矣。'"①

"扬马激颓波",即扬、马遏制了颓波。卢藏用《右拾遗陈子昂文集序》曰:"崛起江汉,虎视函夏,卓立千古,横制颓波。"李白所谓"激颓波",意同卢藏用所谓"横制颓波"。韩愈《送孟东野序》云:"水之无声,风荡之鸣。其跃也,或激之;其趋也,或梗之;其沸也,或炙之。"这里的"激"即阻遏的意思。开流,开汉赋之流。荡无垠,指扬、马大赋的宏大气象及对后世的影响。产生于西汉盛世(即汉武帝时代)的以扬、马大赋为代表的汉赋,乃王国维所谓"一代之文学",开创了"中国文学发展史中一段辉煌的历史"②,流波及于后世,魏晋南北朝代有佳作,历来的评价都是正面的。因此,"荡无垠"也非负面说法。李白自己也曾仿效扬、马写作大赋,其《大猎赋序》曰:"白以为赋者,古诗之流,辞欲壮丽,义归博远,不然,何以光赞盛美,感天动神?而相如、子云竞夸辞赋,历代以为文雄,莫敢诋评。"③ 接下去,虽然表明了超越扬、马的意思,但对"辞欲壮丽,义归博远"、"光赞盛美,感天动神"的扬、马辞赋持肯定评价则是无疑的。

---

① 广东等四省辞源修订组、商务印书馆编辑部编:《辞源》,商务印书馆1981年版。
② 袁行霈主编:《中国文学史》第二编第二章,高等教育出版社2005年版。
③ (清)王琦注:《李太白全集》,中华书局1977年版。

三 对建安以来诗歌的评价

此指"自从建安来,绮丽不足珍"二句。诗将建安以来的诗歌用"绮丽"一词概括,谓之"不足珍",贬抑的意思是很明白的。这一点颇令后世读者费解,因为李白事实上对建安以来的诗歌(包括建安诗歌)并非全部否定,甚至对南朝诗人如谢朓推崇备至,以至"一生低首谢宣城"(王渔洋《戏仿元遗山论诗绝句》)。对这种矛盾现象该如何解释呢?①

俞平伯的解释是:"古人行文,抑扬之间,未可以词害意。"又具体地分为两点来说:"其一,有些批评只是相对的,看他对什么而说。如这里的'不足珍',对《诗》、《骚》而言,并不必是真不足珍。其二,'不足珍'的说法本身也是夸大的。"②"夸大"云云,似随意言之,也缺乏足够的说服力,因为此诗评说建安以来诗歌乃是出于理性分析,明显区别于诗人抒情写景时常用的"夸大"手法。但"相对"之说却给人以很大启发,平伯先生曰:"就中国诗歌的整体来看,则《诗》为正,《骚》为变,太白这看法是很明确扼要的。"③ 以《诗》之"正"为参照,连《骚》都是"变",遑论建安以来之诗!林继中先生也说:"此诗以西周盛世之雅颂为参照系,则屈骚及建安以来之绮丽哀怨皆属乱世、衰世的变风变雅,自然要落第二义。这是对时代的整体评价,并非对具体人事的评价。"④ 作为参照系,这里需要补充的,应该还有"扬马"。关于"扬马",如上节所论,李白此诗所持评价是正面的、肯定的。那么,产生于东汉末的建安诗歌,在时序上直承扬、马之赋作,扬、马"辞欲壮丽,义归博远"、"光赞盛美,感天动神"的大赋理所当然地成为其直接参照,故而以"自从"作转折,表示从建安开始,文学的发展进入了下一个时代。这个时代从汉末的建安直至南朝,政治形势是国家由统一变为分裂,

---

① 徐仁甫先生从字义的解释入手,曰:"'来'非来去之来,'来'当训'后',谓自从建安后,乃绮丽不足珍。建安本不在'绮丽不足珍'之中,读者不可不辨!"(《李太白诗别解》,载《李白研究论丛》,巴蜀书社1987年版)姑不论这种解释的勉强,退一步说,即使此说能够成立,仍无法解决李白何以仰慕谢朓的问题。
② 俞平伯:《李白〈古风〉第一首解析》,载《文学遗产增刊》第7辑,1959年。
③ 同上。
④ 林继中:《大雅正声——"盛世文学"的支点》,载《文艺理论研究》2006年第5期。

诗歌发展趋势则是"绮丽"之风日益炽盛。李白以"绮丽"来概括建安以来诗歌演进的总体特征，是极有眼力的。建安以来诗歌之"绮丽"，恰与扬、马大赋之"壮丽"形成鲜明参照。①

但以上所说的大雅、屈骚和扬马赋，对于建安以来的诗歌来说，都是面向过去，虽然可以拿来做参照，然而却不是最主要的参照系。细味李白此诗以时序论诗的内在逻辑，至"废兴虽万变，宪章亦已沦"二句，实为一小结，结束了对汉代以前诗歌发展的历史回顾，这两句诗的意思，正如袁行霈先生所说，"意谓自大雅衰微以来，虽然废兴万变，但宪章已经沦亡了，意谓未能从根本上恢复正声"②。接下来，自建安开始的长达四百年的魏晋南北朝时代，无论从历史来说，还是从诗歌来说，都是一个衰微至极的漫长时代，李白说"自从建安来"，正是指这个时代——这个国家分裂，以及与分裂之政局相应的诗歌日趋"绮丽"的时代。近读冯其庸先生写于1956—1958年的《中国文学史稿》（未刊），有如下一段论述使我颇受启发：

> 在魏晋以前的诗歌及文章，主要是注意自然音节的谐调，其原因是魏晋以前的一些被之管弦的乐府古诗，它的音乐方面的成分，主要由音乐本身来负担，"诗"不过是"合乐"而已，因此它在音律方面的要求，也只要求自然地配合音乐。魏晋以后，五言诗已成为诗歌的主要形式，文人创作的诗歌，已脱离音乐而独立，成为文人口头朗读的东西，这就需要诗歌本身比以前更注意音乐性。特别是这一时期佛教的兴盛，佛经转读的风气弥漫一时，这种转读，也影响了诗歌的诵读，于是四声八病之说因之产生。中国的诗歌，逐渐由古体走向新体，逐渐由语言的自然的音调，走向于规律化。

将魏晋时代视为诗歌由古体向新体变化的转关，十分有助于对"自从建安来，绮丽不足珍"二句的理解。从诗歌发展史的分段来看，新体诗肇始的魏晋（即"建安来"）应与新体诗占据主流的唐代相连属。正因为从

---

① 《古风》（其一）事实上是将扬、马赋纳入了诗歌发展之流来考察的。这一方面因为赋与诗在形式上有一定联系，另一方面因为赋是汉代文学的代表而汉诗本身却乏善可陈。

② 袁行霈：《李白〈古风〉（其一）再探讨》，载《文学评论》2004年第1期。

建安时代起，诗歌对声律的追求日益自觉，诗风也就日益变得"绮丽"起来。

然而，历史发展的规律总是在衰微中孕育着新变，衰微至极也就是新变到来的前夜。四百年之后，终于出现了"圣代"，出现了大唐王朝——在李白看来，这是可以和西周相提并论的盛世，故曰"复元古"。换句话说，如果要给这首诗分段，"自从"二句应该属下，语意与"圣代"紧相连接。诗的思维与表达逻辑是，"自从"二句引出"圣代"二句：就历史而言，"自从建安来"的参照是"圣代"；就诗歌而言，"绮丽"的参照是"清真"。贬抑"自从建安来，绮丽不足珍"，是为了颂扬"圣代复元古，垂衣贵清真"，这就是李白为诗的真实用意，这层道理其实是很明白的。

四　对圣代的期许

即对"圣代"六句的解释。袁行霈先生认为"清真"是"就人格、道德或气质而言，具体地说是指未经世俗沾染的本性真情，带有黄老学说的清静无为的意味"，并进而指出"'贵清真'当然就不限于个人的人格、道德，而应该扩展到国家的治理，这就带有政治的意味，意思是以清静无为达到政治的清明"，又说"'垂衣'和'贵清真'都是指政治而言，即崇尚清静无为"[①]。从政治高度着眼，给人启示良多。然就李白本意而言，"圣代"二句应仍是将政治和文学合而言之。"圣代复元古"，意谓当今时代赶上了西周盛世，这是对当时政治最高的评价，也是对文学的评价：就政治而言，是垂衣而治；就文学而言，是"大雅"传统的回归。关于"清真"的含义，林继中先生概括为"既是对盛世政治的要求，对人格、思想感情的要求，也是对文风的要求。三位一体，极大地扩展了'大雅正声'的内涵"[②]。需要强调的是，"清真"承上正是对建安以来诗歌之"绮丽"倾向的批判和反正。李白有《古风》（其三十五）曰：

丑女来效颦，还家惊四邻。寿陵失本步，笑杀邯郸人。一曲斐然

[①] 袁行霈：《李白〈古风〉（其一）再探讨》，载《文学评论》2004年第1期。
[②] 林继中：《大雅正声——"盛世文学"的支点》，载《文艺理论研究》2006年第5期。

子，雕虫丧天真。棘刺造沐猴，三年费精神。功成无所用，楚楚且华身。大雅思文王，颂声久崩沦。安得郢中质，一挥成风斤。

前面十句，就是"绮丽"最好的注脚。"安得"二句则是对"清真"诗风的形象展现。"清真"之诗歌艺术，从根本上说，就是人工痕迹彻底消失，只留下一片天然真气的运行。这是盛唐诗歌的艺术特质，李白之诗正是盛唐诗歌艺术特质的最高体现。李白在提倡着，也在实践着。

下来，"群才"、"众星"是指盛世文人的群体，他们"乘运共跃鳞"，既要在政治上有所作为，也要在文学上有所建树；"文质相炳焕"，既指他们在人格修养上达到"文质彬彬"的君子境界，也指他们在文学创作方面如魏徵在《隋书·文学传序》中所要求的合南北文学之两长，达到"文质彬彬，尽善尽美"的境界。李白自己其实也包括在这个群体之中，只不过他的理想抱负更为高远，即结尾所表达的"希圣如有立"，这符合李白放言述志的一贯精神。

总括言之，李白《古风》（其一）是以"复古"表达对大唐盛世在政治与文学两方面的期待。以复古寄寓理想，是古人惯常的理论思维与理论表述方式，李白之《古风》（其一）亦然。然而，李白之复古乃是树立一个"大雅正声"的终极目标，并将大唐盛代之诗引向那个目标。复古为了创新，李白绝不是简单的复古者，而是怀着宏伟抱负的创新者。

（原载《江淮论坛》2012年第1期）

"正始之音"再解读

袁济喜

在中国历史上,"正始"指三国时期魏国齐王曹芳的年号(240—249),共为十年。而正始文学与正始玄学作为一个时代的思想文化,一般指从正始元年开始,迄至晋武帝司马炎代魏建立西晋之时,也就是240年至265年,共约二十五年时间。① 这一时代的思想文化波诡云谲,风云变幻,出现了王弼、何晏与阮籍、嵇康等人物,与相隔一代人的建安文学相邻,留下了永远的遗响。后世人往往用"正始之音"来加以指称。

而围绕着"正始之音"的界定与评价之争也一直没有停止过,它不仅关涉文学研究,还涉及许多人文与历史的问题。近年来,这一问题继续受到关注。2001年3月,叶枫宇先生在《福建师范大学学报》(哲学社会科学版)2001年第2期上发表《"正始之音"辨》一文,对高等教育出版社1999年出版的面向21世纪课程教材中袁行霈先生主编的《中国文学史》第四册(魏晋南北朝部分)将正始时期以阮籍、嵇康为代表的正始文学称为"正始之音"提出了质疑。认为:"既然人们将唐诗称为唐音,那么将正始文学称作'正始之音'也并非绝对不行,但如果不加说明地借用这一哲学史概念,则难免在客观上造成读者对'正始之音'这一哲学史概念在理解上的混乱。"此后,2004年,穆克宏先生发表《袁编〈中

---

① 徐公持编:《魏晋文学史》,人民文学出版社1999年版,第18页,指出:"三国后期文学,指曹植卒后至司马炎代魏称帝(233—265)之间三十余年文学。其间以正始最长,且正始末发生了高平陵事变,是为司马氏篡政之始,以故文学史常以'正始文学'代指本期文学,犹以'建安文学'代指三国前期文学。"

国文学史〉魏晋南北朝部分的几个问题》一文①,也对于该书的第一章《从建安风骨到正始之音》的提法,提出了不同意见,认为"正始之音"是指魏晋玄谈之风,不宜指称正始时代以阮籍、嵇康为代表的诗文创作。尔后,该书的编者之一丁放先生则撰文予以回应,认为"正始之音"可以用来指正始时期的诗歌,而且这种用法在北齐人邢劭、隋初人王贞、唐初人李善的文章中即已出现;陈子昂《与东方左史虬修竹篇序》中的正始之音也指的是正始诗歌。② 穆克宏先生随后针对丁文发表再商榷之文章,引发了一场讨论。③ 不过,迄今为止,关于"正始之音"的内涵,以及所涉及的整个魏晋文学史的研究方法,一直未能取得研究上的进展。本文认为,对于这一问题的探讨,不仅是概念的辨析,而且涉及整个中国文学史的学科建设,以及研究方法与立场问题,因此,本文想对此问题再作一些辨析与讨论,以冀对于这一问题的研究有所推进。

一 关于"正始之音"概念的形成与内涵

从文献上来看,"正始之音"的称谓,最早出现于南朝刘宋刘义庆编著的《世说新语·文学》中:

> 殷中军为庾公长史,下都,王丞相为之集,桓公、王长史、王蓝田、谢镇西并在。丞相自起解帐带麈尾,语殷曰:"身今日当与君共谈析理。"既共清言,遂达三更。丞相与殷共相往反,其余诸贤略无所关。既彼我相尽,丞相乃叹曰:"向来语,乃竟未知理源所归。至于辞喻不相负,正始之音,正当尔耳。"明旦,桓宣武语人曰:"昨夜听殷、王清言,甚佳,仁祖亦不寂寞,我亦时复造心;顾看两王

---

① 穆克宏:《袁编〈中国文学史〉魏晋南北朝部分的几个问题》,《福建师范大学学报》(哲学社会科学版) 2004年第2期。

② 丁放:《关于正始之音含义等问题的辨析——兼答穆克宏先生》,《北京大学学报》(哲学社会科学版) 2007年第3期。

③ 穆克宏:《关于"正始之音"等问题辨析之辨析》,《福建师范大学学报》(哲学社会科学版) 2008年第1期。

掾，辄晏如生母狗馨。"①

这里的"正始之音"，是指东晋诸名士清谈时所追慕的正始年代的何晏、王弼、夏侯玄、嵇康、钟会等人的玄学与清谈。当然，依陈寅恪先生的研究，正始年代的玄学与清谈接近政治，而东晋清谈更为超逸一些。另一段记载，见于《世说新语·赏誉》："王敦为大将军，镇豫章，卫玠避乱，从洛投敦，相见欣然，谈话弥日。于时谢鲲为长史，敦谓鲲曰：'不意永嘉之中，复闻正始之音。阿平若在，当复绝倒。'"②唐人所编修的《晋书》，主要采自这些材料，例如《晋书·卫玠传》记载："是时大将军王敦镇豫章，长史谢鲲先雅重玠，相见欣然，言论弥日。敦谓鲲曰：'昔王辅嗣吐金声于中朝，此子复玉振于江表，微言之绪，绝而复续。不意永嘉之末，复闻正始之音，何平叔若在，当复绝倒！'"③而《辞海》、《辞源》解释"正始之音"时所引的《晋书》，并非原始文献。

东晋名士采用"正始之音"的说法来概括正始时代名士精神生活内容，显然涵盖面是很宽泛的。它不仅包括王弼、何晏等玄学家，也包括嵇康这样玄学与文学兼擅的名士。《世说新语·文学》记载：

> 旧云，王丞相过江左，止道《声无哀乐》、《养生》、《言尽意》，三理而已，然宛转关生，无所不入。④

这里记载的是东晋名流与丞相王导在过江之后，酷爱嵇康的《声无哀乐》、《养生》，以及言意之辨，并且将其融会贯通，指导自己的人生与施政。王导经常邀集名流在府中清谈。他自己也精于玄学与清谈，正始名流成为他执政时的榜样。从这些文献来看，"正始之音"原初的含义是指正始名士的玄谈，人物则包括王弼与何晏，以及嵇康、阮籍等人。因为正是这位聚集诸名士在府中彻夜清谈时发出"正始之音，正当尔耳"的王丞相，是嵇康玄学的拥戴者，他们清谈之内容，应当包括嵇康等人的玄理在

---

① （南朝宋）刘义庆撰，（南朝梁）刘孝标注，余嘉锡笺疏：《世说新语笺疏》，中华书局1983年版，第250—251页。
② 同上书，第533页。
③ 《晋书》卷三六，中华书局1974年版，第1067页。
④ （南朝宋）刘义庆撰，（南朝梁）刘孝标注，余嘉锡笺疏：《世说新语笺疏》，第249页。

内。嵇康、阮籍在东晋名士中仍然具有很高的地位，不亚于王弼等人。《世说新语·言语》记载："周仆射雍容好仪形。诣王公，初下车，隐数人，王公含笑看之。既坐，傲然啸咏。王公曰：'卿欲希嵇、阮邪？'答曰：'何敢近舍明公，远希嵇、阮！'"① 这里说的是周顗这样的东晋名臣，在与王导调侃时，将嵇康、阮籍风度与王导作比较，从中也可以看出嵇康、阮籍在东晋名士心目中之地位。

我们再来看作为"正始之音"中"音"的概念辨析。先秦时的《礼记·乐记》就将声、音、乐三者视为互相递进的概念，"凡音者，生人心者也。情动于中，故形于声。声成文，谓之音"②，声为自然之声，音指通过作者创作而形成的音乐，乐则指诗乐舞一体的艺术。《乐记》认为音乐中可以传达出伦理内容，"是故治世之音安以乐，其政和。乱世之音怨以怒，其政乖。亡国之音哀以思，其民困。声音之道，与政通矣"③。而人们的思想与感情又是在一定的社会环境下形成的，所以作者提出通过审音而知政："是故审声而知音，审音以知乐，审乐而知乐，而治道备矣。"中国传统的文艺观十分重视艺术之中的社会蕴涵，认为统治者可以从中捕捉社会情绪，以调整自己的统治。到了东汉《毛诗序》将《乐记》的话引来论诗："情发于声，声成文谓之音。治世之音安以乐，其政和；乱世之音怨以怒，其政乖；亡国之音哀以思，其民困。故正得失，动天地，感鬼神，莫近于诗。先王以是经夫妇，成孝敬，厚人伦，美教化，移风俗。"④ 后来这一思想也被刘勰《文心雕龙·时序》所接受："故知歌谣文理，与世推移，风动于上，而波震于下者。"⑤ 因此，在传统文化中，"音"往往指文艺精神，林庚先生后来提出的"盛唐之音"为大家所接受，也正是着眼于"音"的这一特定内涵。我们认为，"正始之音"，基本的含义是指正始时代涵盖玄学与诗文创作为一体的时代精神。虽然当时最早的文献《世说新语》主要指王弼、何晏等人的玄学清谈，但并不排除嵇康、阮籍这些兼擅玄学与文学的人物。也正因为如此，后世人们很自

---

① （南朝宋）刘义庆撰，（南朝梁）刘孝标注，余嘉锡笺疏：《世说新语笺疏》，第120页。
② （清）孙希旦：《礼记集解》，中华书局1989年版，第978页。
③ 同上。
④ （汉）毛亨传，郑玄笺，（唐）孔颖达疏：《毛诗正义》，北京大学出版社1999年版，第7—10页。
⑤ （南朝梁）刘勰著，范文澜注：《文心雕龙注》，人民文学出版社1958年版，第671页。

然地将"正始之音"兼容竹林名士与正始名士两类人物。

魏明帝曹睿死后托孤于曹爽与司马懿。在齐王曹芳即位后的正始年代，权倾一时的曹爽集团联系何晏等人秉政，对抗日渐强大、图谋不轨的以司马懿与他的两个儿子司马师、司马昭为核心的集团。正始年代的政治与思想文化日趋紧张而又诡异多变，而玄学一变成为曹魏中人与司马氏标榜的名教之治相斗争的思想武器。刘勰《文心雕龙·论说》中指出："迄至正始，务欲守文；何晏之徒，始盛玄论。于是聃周当路，与尼父争途矣。"[1]"正始之音"在文学创作领域中的表现同样十分明显。它主要体现在阮籍、嵇康、向秀、刘伶等人的诗文创作中，同时也在何晏、王弼等人的诗文中得到展现。玄学有一种强烈的生命意识，它是士人在当时极端险恶的政治环境中，寻求超越与逍遥的理想境界，因此，强烈的忧患意识与人生追求形成当时特定的"忧生之嗟"。玄学其实是一种理想人格的形而上之哲学境界建构，因此，它对于文学的影响主要是一种精神境界与创作方式，体现在文本上往往以特定的迷离恍惚、意在言外的意象与韵味而得以展现。正始文学对于这种玄学境界的表现，从文体上来说，大抵有文章与诗歌两种方式。阮籍的《达庄论》、《通老论》、《通易论》、《大人先生传》、《清思赋》，嵇康的《养生论》、《释私论》、《难自然好学论》、《声无哀乐论》、《琴赋》便是这种借文章抒写老庄与玄学的文体形态。还有向秀的《难养生论》是通过与嵇康就养生问题进行论辩，宣扬自己人生哲学的文章。老庄与玄学推崇清峻通脱的人生哲学，因此，这类文章也词旨豁朗，气盛言宜。

正始玄学对于诗歌的创作产生的影响更为明显。诗歌是吟咏情性的，但好的诗歌往往"尚意兴而理在其中"。萧统《文选序》提出"事出于沈思，义归乎翰藻"，"沈思"包含哲理，"翰藻"属辞采，好的文学作品依赖于思想与辞采的结合。玄学作为一种理性精神与哲学思想，对于当时诗歌的渗透是很直接的。《文选》列阮籍《咏怀诗》十七首，李善注引颜延年曰："说者阮籍在晋文代，常虑祸患，故发此咏耳。"在注释第一首"夜中不能寐，起坐弹鸣琴"时指出："嗣宗身仕乱朝，常恐罹谤遇祸，因兹发咏。故每有忧生之嗟，虽志在刺讥，而文多隐避。百代之下，难以

---

[1] （南朝梁）刘勰著，范文澜注：《文心雕龙注》，第327页。

情测，故粗明大意，略其幽旨也。"① 指出了《咏怀诗》的这种现实与诗境特点。这种忧生之嗟在向秀的《思旧赋》表现得更为明显。向秀精于庄子与玄学，《世说新语·文学》记载："初，注庄子者数十家，莫能究其旨要。向秀于旧注外为解义，妙析奇致，大畅玄风。"向秀的这种玄学思想也浸润其文学写作。《文选》注引臧荣绪《晋书》曰："向秀，字子期，河内怀人也。始有不羁之志，与嵇康、吕安友。康既被诛，秀应本州计，入洛。太祖问曰：'闻有箕山之志，何以在此？'秀曰：'以为巢许未达尧心，是以来见。'反自，役，作《思旧赋》，后为黄门郎，卒。"② 司马昭在杀害嵇康后，向秀被迫入洛，司马昭见到向秀后还对嵇康与向秀当初不肯就范之事耿耿于怀，向秀只好服软，内心却无比悲哀，写了这篇赋。此赋的表现特点受玄学言不尽意影响十分明显，刚开了头就煞了尾，赋是追怀当初与嵇康、吕安交好的情景，慨叹"悼嵇生之永辞兮，顾日影而弹琴。托运遇于领会兮，寄余命于寸阴"。李善注引司马彪曰："领会，言人运命，如衣领之相交会，或合或开。"赋的结尾留下无尽的哀思，"听鸣笛之慷慨兮，妙声绝而复寻"，最后两句犹如余音袅袅，回味无穷，是玄学思想对于赋的意境的滋润。

如果说，曹丕的时代是一个文学自觉时代，强调"诗赋欲丽"与文体自觉，那么，正始文学将人生哲学自觉融入诗歌审美境界之中，这一点，在嵇康的精神世界中表现得尤为明显。《文选》卷二四中选录了嵇康五首《赠秀才入军》四言诗，诗中想象兄长嵇喜在从军入伍途中的英姿："息徒兰圃，秣马华山。流磻平皋，垂纶长川。目送归鸿，手挥五弦。俯仰自得，游心泰玄。嘉彼钓叟，得鱼忘筌。郢人逝矣，谁与尽言？"李善注"俯仰自得，游心泰玄"两句诗曰："泰玄，谓道也。《淮南子》曰：'自得者，全其身者也。全其身，则与道为一矣。'"③ 诗中借用《庄子》中的典故，写出了服膺庄玄，与道合一的审美理想。《文选》卷二九中还选录一首嵇康的《杂诗》："微风清扇，云气四除。皎皎亮月，丽于高隅。兴命公子，携手同车。龙骥翼翼，扬镳踟蹰。肃肃宵征，造我友庐。光灯吐辉，华幔长舒。鸾觞酌醴，神鼎烹鱼。流咏太素，俯赞玄虚。孰克英

---

① （南朝梁）萧统编，（唐）李善注：《文选》，上海古籍出版社1986年版，第1067页。
② 同上书，第719页。
③ 同上书，第1129页。

贤，与尔剖符。"这首诗玄学味道更浓。李善注释"流咏太素，俯赞玄虚"两句曰："《列子》曰：'太初，形之始。太素，质之始。'《老子》曰：'玄之又玄，众妙之门。'《管子》曰：'虚无形，谓之道。'《史记》太史公曰：'老子所贵道，虚无应用，变化无方。'"① 这首诗传达了嵇康作为"正始之音"的代表人物那种擅长思辨，追求玄藻的人生趣味。

"正始之音"的另一重要人物何晏，也是一位富有哲学与文学修养的人物。司马光在《资治通鉴》卷七五嘉平元年评论："何晏性自喜，粉白不去手，行步顾影。尤好老、庄之书，与夏侯玄、荀粲及山阳王弼之徒，竞为清谈，祖尚虚无，谓六经为圣人糟粕。由是天下士大夫争慕效之，遂成风流，不可复制焉。"② 司马光的看法并不符合事实。何晏所注的《论语集解》，成为后人所编的《十三经注疏》中的《论语注疏》的主体，他并没有以六经为糟粕。③ 据《三国志》卷九《曹爽传》附《何晏传》记载："晏，何进孙也。母尹氏，为太祖夫人。晏长于宫省，又尚公主，少以才秀知名，好老庄言，作道德论及诸文赋著述凡数十篇。"④《世说新语·文学》注引《魏氏春秋》曰："晏少有异才，善谈《易》、《老》。"⑤何晏不仅著有《论语集解》，而且著有《道》、《德》二论，他的文章如《冀州论》、《九州论》等也体现出正始文章简洁明了、气势流畅之风格。何晏还作有两首《言志诗》。其一咏叹："鸿鹄比翼游，群飞戏太清。常恐夭网罗，忧祸一旦并。岂若集五湖，顺流唼浮萍。逍遥放志意，何为怵惕惊？"诗中抒发出何晏身处高位而忧心如焚的心情。《世说新语·规箴》注引《名士传》云："晏有重名，与魏姻戚，内虽怀忧，而无复返也。"萧统《文选》卷一一收录有何晏的《景福殿赋》。这首赋的内容是描写魏明帝为避暑在许昌大起宫殿建造景福殿的情形，与两汉时的宫苑类大赋相似，但辞采壮丽，文华灿然，因此被《文选》作为宫殿类赋作收录。正始玄学另一代表人物王弼也富有文才，他的《周易注》、《老子注》从注疏体的角度，阐发经典中的义理，辞采清峻简洁，行文流畅明快，可谓是

---

① （南朝梁）萧统编，（唐）李善注：《文选》，第1366页。
② 《资治通鉴》，中华书局1956年版，第2381页。
③ 关于何晏与儒学之关系，可参见王晓毅《王弼评传》附录《何晏年谱》、《何晏著作历代著录及考辨文字》，南京大学出版社1996年版，第344、38页。
④ 《三国志》卷九，中华书局1959年版，第292页。
⑤ （南朝宋）刘义庆撰，（南朝梁）刘孝标注，余嘉锡笺疏：《世说新语笺疏》，第231页。

中国古代散文的一大创造。刘师培在《中国中古文学史》中将他的文章与嵇康、阮籍并列为正始文章的两大流派，给予很高的评价。① 徐公持先生的《魏晋文学史》专门加以评价："总之王弼长于论说，其文精微玄妙，人所钦服；但不娴于诗赋，纯文学作品很少，文学史上地位不及何晏。"② 但在当时，纯文学的现象确实不曾有过，到了南朝齐梁时代，才渐趋形成现代文学观念意义上的作品。

此外，《文选》收录有应璩的《百一诗》一首，李善注引《文章叙录》曰："曹爽多违法度，为诗以讽焉。"《三国志·魏书·王粲传》注引《文章叙录》曰："曹爽秉政，多违法度，璩为诗以讽焉。其言虽颇谐合，多切时要，世共传之。"应璩的《百一诗》有一百三十多篇，主要是批评曹爽的政策。人物品评专家刘劭以《人物志》而蜚声后代，但也作有《赵都赋》。《三国志·魏书》本传记载："劭尝作《赵都赋》，明帝美之。""时外兴军旅，内营宫室，劭作二赋，皆讽谏焉。"这些作品虽然为明帝时期所作，但从宽泛的意义上来说，也可以纳入正始文学的范畴。曹魏后期的文士创作体现出精神世界的多样性，以及多才多艺的风姿。西晋士人夏侯湛在《张平子碑》中赞扬张衡："若夫好学博古，贯综谟籍：坟典丘索之流，经礼训诂之载，百家九流之辩，诗赋《雅》《颂》之辞，金匮玉板之奥，谶契图纬之文，音乐书画之艺，方技博奕之巧，自《洪范》、彝伦，以逮于若郯子之所习，介卢之所识者，网不该罗其情，原始要终；故能学为人英，文为辞宗，绍羲和之显迹，系相如之遐风。"③ 我们在王弼、嵇康、阮籍身上，可以看到这种"学为人英，辞为文宗"的文化人格境界。《世说新语》中列有专门的《文学》一科，但是这里的文学是一个大的范畴，我们看到，其中既有士人的清谈，亦有诗文品藻，既有文学的内容，也有哲学思辨的内容，相当于现代的人文学概念。同样，"正始之音"是一个文华与哲思集于一体的精神文化的概念。

从刘勰《文心雕龙》中对于正始文士的态度来说，也是加以辩证看待的。一方面，他对于何晏、王弼的玄学风尚加以批评。刘勰在《文心

---

① 刘师培：《中国中古文学史　论文杂记》，人民文学出版社1959年版，第35页。
② 徐公持：《魏晋文学史》，第172页。
③ （清）严可均校辑：《全上古三代秦汉三国六朝文·全晋文》卷六九，中华书局1958年版，第1858页。

雕龙·时序篇》中指出："至明帝纂戎，制诗度曲，征篇章之士，置崇文之观，何刘群才，迭相照耀。少主相仍，唯高贵英雅，顾盼合章，动言成论。于时正始余风，篇体轻澹，而嵇阮应缪，并驰文路矣。"① 这里所说的"正始余风，篇体轻澹"，显然是指正始玄风影响下文风轻澹，而嵇康、阮籍、应璩等人能自成一体。刘勰在《文心雕龙》的《明诗篇》中还批评："乃正始明道，诗杂仙心；何晏之徒，率多浮浅。唯嵇志清峻，阮旨遥深，故能标焉。若乃应璩《百一》，独立不惧，辞谲义贞，亦魏之遗直也。"② 这里显然也有批评何晏等人浮浅而赞扬嵇康、阮籍、应璩的意思在内。

另一方面，刘勰对于何晏、王弼的文学作品加以实事求是地评价。《文心雕龙·才略》对于曹魏后期文学创作曾加以评论："刘劭《赵都》，能攀于前修；何晏《景福》，克光于后进；休琏风情，则《百壹》标其志；吉甫文理，则《临丹》成其采；嵇康师心以遣论，阮籍使气以命诗，殊声而合响，异翮而同飞。"③ 而在《论说篇》中，刘勰则将何晏、王弼、夏侯玄、傅嘏与阮籍、嵇康等人的论说文章合在一起，加以称叹："迄至正始，务欲守文；何晏之徒，始盛玄论。于是聃周当路，与尼父争途矣。详观兰石之《才性》，仲宣之《去代》，叔夜之《辨声》，太初之《本玄》，辅嗣之《两例》，平叔之二论，并师心独见，锋颖精密，盖人伦之英也。"④ 刘勰称道他们的论说为"师心独见，锋颖精密"，为人伦之英。这里的"正始"概念则是涵盖整个正始年代的思想文化界。也可以说是"正始之音"的代名词。刘勰在《明诗篇》中还指出："晋世群才，稍入轻绮。张潘左陆，比肩诗衢，采缛于正始，力柔于建安。或析文以为妙，或流靡以自妍，此其大略也。"⑤ 而这里的正始，是指正始诗风，包括何晏、阮籍、嵇康等人。

正因为"正始之音"的这种通约性，运用"正始之音"来指称正始文学在北朝时代就产生了。例如，《全北齐文》卷三载有邢邵《广平王碑文》：

---

① （南朝梁）刘勰著，范文澜注：《文心雕龙注》，第 674 页。
② 同上书，第 66—67 页。
③ 同上书，第 700 页。
④ 同上书，第 327 页。
⑤ 同上书，第 67 页。

　　　　侍讲金华，参游铜雀。出陪芝盖，入奉桂室。充会友之选，当拾遗之举。发言为论，受诏成文。碧鸡自口，灵蛇在握。方见建安之体，复闻正始之音。公年方弱冠，而位居僚右。①

这是一篇用当时流行的骈体文写成的碑文，其中"建安之体"与"正始之音"对举，都是指当时的文章创作风范，"正始之音"显然包括玄学与文学。这可以视为最早移用《世说新语》中"正始之音"概念来形容文章写作的事例。梁代沈约等编修的《宋书》卷六二《王微传》记载："微为文古甚，颇抑扬，袁淑见之，谓为诉屈。微因此又与从弟僧绰书曰：……微报之曰：'卿少陶玄风，淹雅修畅，自是正始中人。吾真庸性人耳，自然志操不倍王、乐。'"②这里所说的"玄风"与"正始中人"，是指正始时代的玄学与文章。唐修《晋书》卷七〇《应詹传》记载应詹上书："魏正始之间，蔚为文林。元康以来，贱经尚道，以玄虚宏放为夷达，以儒术清俭为鄙俗。永嘉之弊，未必不由此也。"③显然，这里的正始"蔚为文林"，是对于整个正始文化而言的，其中应包括玄谈与诗文等内容。南宋时的严羽在《沧浪诗话·诗体》中指出："以时而论则有建安体（郭注：汉末年号，曹子建父子及邺中七子之诗）、黄初体（魏年号，与建安相接，其体一也）、正始体（魏年号，嵇阮诸公之诗）、太康体（晋年号，左思、潘岳、二张、二陆诸公之诗）……"④郭注明确将"正始体"列为嵇康、阮籍的诗作，显然，它是包括在"正始之音"范围之内的，将阮籍、嵇康的诗作排除在"正始之音"外，是不符合历史事实的。

　　就当时名士所属的思想流派来说，汤用彤先生在《魏晋思想的发展》一文中指出："三国以来的学者，在'名教'与'自然'之辨的前提下，虽然一致推崇'自然'，但是对于'名教'的态度并不完全相同，我们此刻不妨把一派称作'温和'派，另一派名为'激烈派'。"他将同属玄学

---

① 《全上古三代秦汉三国六朝文·全北齐文》卷三，第3842页。
② 《宋书》卷六二，中华书局1974年版，第1666、1669页。
③ 《晋书》卷七〇，中华书局1974年版，第1858—1859页。
④ （宋）严羽著，郭绍虞校释：《沧浪诗话校释》，人民文学出版社1983年版，第52页。

营垒中的何晏、王弼划为"温和派",而阮籍、嵇康则为"激烈派"。① 因此,硬要区分"正始之音"与正始文学是不同的两类文化,恐非事实。罗宗强先生在《魏晋南北朝文学思想史》一书的第二章《正始玄风与正始之音》中指出:"太和六年(232),代表着建安文学思想的最后一位作家曹植去世,文学思想史上的建安时代也就结束了。另一批重要文人,如何晏、阮籍、嵇康、向秀等相继出现,文学思想史的发展也就进入了一个新的阶段。这是一批崇尚老、庄的士人,他们大畅玄风,开始了一个思想史上的新时代。他们的人生理想、人生情趣、审美趣味、生活方式,都受着玄风的深刻影响。这些影响,很自然地也反映到文学思想上来。……事实上,这是把哲学思想引入文学创作的开始,是对文学的非功利特质认识的进一步拓展。建安时期对于文学非功利特质的认识,止于抒情,强调了抒发个人情怀的作用,而正始则在抒情的基础上,加进哲理思索。"② 很显然,罗先生所采用的"正始之音"概念与正始玄风对举,是指正始文学,而非正始玄风。书中是在约定俗成的基础之上来用这个概念的,并没有专门来加以辨正,因为这本来就不是一个问题。

景元四年(263),嵇康被害,阮籍病逝。士人思想与活动陷入低迷,"正始之音"作为一种时代精神渐趋衰微。进入西晋初年,正始玄学在一度沉寂之后又得到了复兴,"正始之音"作为一种时代精神与文化现象,在西晋受到推崇。不仅"竹林七贤"中的王戎、山涛在西晋任职当官,广有影响,而且西晋后期还出现了以王衍为代表的玄学人物,他们祖述王弼与何晏的学说,"衍既有盛才美貌,明悟若神,常自比子贡。兼声名藉甚,倾动当世"③。当时,用老庄与玄学的理论来创作文学作品的现象不乏其有。比如西晋末年的庾敳。《晋书》卷五〇《庾敳传》记载:"敳见王室多难,终知婴祸,乃著《意赋》以豁情,犹贾谊之《鵩鸟》也。其词曰:'至理归于浑一兮,荣辱固亦同贯。存亡既已均齐兮,正尽死复何叹……'从子亮见赋,问曰:'若有意也,非赋所尽;若无意也,复何所赋?'答曰:'在有无之间耳!'"④ 庾敳是比正始名士晚一辈的名士,好

---

① 汤用彤:《魏晋玄学论稿》,《汤用彤学术论文集》,中华书局1983年版,第301页。
② 罗宗强:《魏晋南北朝文学思想史》,中华书局1996年版,第43—44页。
③ 《晋书》卷四三,第1236页。
④ 《晋书》卷五〇,卷1395页。

老庄，作《意赋》而出名，有阮籍遗风。他与当时的郭象齐名，然而却有着不同的人生志趣与经历，表现出魏晋名士分化日益明显。他论《意赋》创作"在有无之间"的理念，明显地表现出正始玄学中的"言意之辨"对于文学创作的影响。庾敳擅名以清谈，身处西晋险恶的政治斗争中，在感到压抑的同时向往着逍遥于政治之外的玄旷之域。他以"正在有意无意之间"调解了自身与政治之间的矛盾，明哲保身，期望将自己置身战乱杀伐之外。而他对《意赋》创作的此种"若有意若无意"的状态对后来文艺创作精神产生了一定的影响。但他同样没有逃脱嵇康与何晏由于政争而遇害的悲剧。因此，"正始之音"兼容文学与哲学的特点在这里仍然得到了传承。

作为西晋太康之英的陆机、陆云兄弟虽然为儒学与贵族世家出生，但在陆机的《文赋》中，玄学的影子也是存在的。陆机《文赋序》指出："每自属文，尤见其情。恒患意不称物，文不逮意。"他的创作构思论的基础是玄学中的言意之辨。他论创作过程中也强调"课虚无以责有，叩寂寞而求音"，明显地受到玄学之影响。陆云在致书兄长陆机论文学的信中，也屡次出现贵清省的文学观念。在西晋的成公绥的《啸赋》、皇甫谧《释劝论》等作品中，玄学的痕迹十分明显。与此同时，正始玄学开创的贵无论在西晋受到挑战与辩论，《晋书》卷三五《裴頠传》："頠深患时俗放荡，不尊儒术，何晏、阮籍素有高名于世，口谈浮虚，不遵礼法，尸禄耽宠，仕不事事；至王衍之徒，声誉太盛，位高势重，不以物务自婴，遂相放效，风教陵迟，乃著崇有之论以释其蔽曰……"[①]《崇有论》是与"贵无论"分庭抗礼的思想，在"有"和"无"的玄学话题上进行论争，对文学理论批评的崇儒思想产生影响，同时也启迪了佛学般若学对于文论的建构作用。刘勰《文心雕龙·论说篇》中说："夷甫、裴頠，交辨于有无之域；并独步当时，流声后代。然滞有者，全系于形用；贵无者，专守于寂寥；徒锐偏解，莫诣正理。动极神源，其般若之绝境乎？逮江左群谈，惟玄是务；虽有日新，而多抽前绪矣。"指出了贵无与崇有之争给予两晋文学的波荡。

西晋还出现了乐广这样的清谈人物，被誉为王弼、何晏的再现。《晋书》卷四三《乐广传》记载："尚书令卫瓘，朝之耆旧，逮与魏正始中诸

[①] 《晋书》卷三五，第1044页。

名士谈论,见广而奇之,曰:'自昔诸贤既没,常恐微言将绝,而今乃复闻斯言于君矣。'命诸子造焉,曰:'此人之水镜,见之莹然,若披云雾而睹青天也。'王衍自言:'与人语甚简至,及见广,便觉己之烦。'其为识者所叹美如此。"①乐广与潘岳文笔相配的故事传为美谈。《乐广传》记载:"广善清言而不长于笔,将让尹,请潘岳为表。岳曰:'当得君意。'广乃作二百句语,述己之志。岳因取次比,便成名笔。时人咸云:'若广不假岳之笔,岳不取广之旨,无以成斯美也。'"②乐广与潘岳文笔相配而美文的故事,也说明了类似"正始之音"那样哲学与文学结合相得益彰的事并非偶然,在西晋也得到了印证。

《晋书·卫玠传》记载王敦在西晋永嘉时对谢鲲赞叹卫玠"不意永嘉之末,复闻正始之音!"正是在这种氛围中产生的。在这种情况下,玄学对于文学的影响是很自然的。所以出现了我们所熟知的钟嵘《诗品序》中的感叹玄学对于诗歌的浸润:"太康中,三张、二陆、两潘、一左,勃尔复兴,踵武前王,风流未沫,亦文章之中兴也。永嘉时,贵黄、老,稍尚虚谈。于时篇什,理过其辞,淡乎寡味。爰及江表,微波尚传,孙绰、许询、桓、庾诸公诗,皆平典似《道德论》,建安风力尽矣。"东晋时代出现了玄言诗的高峰,并不是偶然的,而是"正始之音"作为兼容哲学与文学为一体的文化精神在两晋时代的发酵。玄言诗正是文学与哲学相结合的产物,虽然存在着"理过其辞"的弊病,但是对于晋宋初年谢灵运的山水诗与陶渊明的田园诗的影响巨大却是不争的事实。

当然,我们在指出"正始之音"兼收并蓄哲学与文学蕴涵,再现彼时思想文化情境的同时,也不应忽视"正始之音"内涵中的各个方面因素的关系,本着既要看到总体性逻辑,又要充分顾及个体性的原则,分析"正始之音"中的文学与哲学的分立与互动的具体情况,不能用大而化之的方法解读"正始之音"。从"正始之音"的代表人物阮籍、嵇康的创作来说,他们既有成功将玄思融化诗文创作的作品,同时也存在着一些玄学过度浸润诗文创作,从而影响诗文审美价值的现象,毕竟"吟咏情性"的文学与玄思有所区别。在嵇康与阮籍的诗文中,存在着理过其辞、玄虚费解的倾向,这是毋庸讳言的,后世在接受"正始之音"中王弼、何晏

---

① 《晋书》卷三四三,第1243页。
② 同上书,第1244页。

与阮籍、嵇康思想与创作的同时，见仁见智，各取所需的情况十分明显。南朝时代，文坛重要人物颜延之的《五君咏》，江淹《杂体诗三十诗》中的《嵇中散〈言志〉》、《阮步兵〈咏怀〉》二首，沈约的《七贤论》都可以视为对于"正始之音"重要人物的追怀。当然，南朝对于正始名士的负面评价也不乏其有，如萧绎的《金楼子》、颜之推的《颜氏家训》等。

对于"正始之音"的正面传播，我们还可以从南朝梁代萧统的《文选》编选中可以看出。《文选》对于"竹林七贤"品的收录，选录阮籍《咏怀》十七首。选录阮籍《为郑冲劝晋王笺》、《诣蒋公》两篇文章，选录向秀《思旧赋》一篇，收录刘伶《酒德颂》一篇。山涛、王戎则没有作品收录。一方面，他们的作品不符合萧统的选文标准；另一方面，联系到颜延年《五君咏》中将此二人排除出去的看法，萧统不选此二人的作品，大约也与不屑他们人品的观念相关。嵇康的作品最受青睐，选录最多，共计收录有《琴赋》、《幽愤诗》、《赠秀才入军》五首、《杂诗》一首、《与山巨源绝交书》、《养生论》等篇章。此外，还收入何晏《景福殿赋》一首、应璩《百一诗》一首。萧统在《文选序》中慨叹："自姬汉以来，眇焉悠邈。时更七代，数逾千祀。词人才子，则名溢于缥囊；飞文染翰，则卷盈乎缃帙。自非略其芜秽，集其清英，盖欲兼功，太半难矣！"可见，凡是选入的作品至少都属于"清英"。《文选》通过选本的方式，对于"正始之音"的传播与接受是功不可没的。

解读"正始之音"传播的另一重要典籍，便是人们熟悉的南朝刘宋刘义庆编著、梁代刘孝标作注的《世说新语》，此书被鲁迅先生在《中国小说的历史变迁》中称作"一部名士的教科书"；冯友兰先生在《论风流》一文中也称之为"中国的风流宝鉴"。在此书中，对于"正始之音"中涉及的名士，如"竹林七贤"与王弼、何晏、夏侯玄等名士的风流放荡、清谈玄思多所记载，企羡之情溢于言表。在《世说新语》的《赏誉》与《文学》等篇章中，首次出现了"正始之音"的说法："敦谓鲲曰：'不意永嘉之中，复闻正始之音。阿平若在，当复绝倒。'"（《世说新语·赏誉》）这些都是用赞美的口气来说的。唐初房玄龄主修的《晋书》中的许多材料，来自《世说新语》等笔记。阮籍、嵇康虽然在魏景元四年（263）即已离世，没有活到西晋代魏之时，不属于晋人，但是《晋书》仍然将此二人列入传中，其中的一个主要原因，即是对于嵇康与阮籍人格魅力、诗文创作与风度仪表的仰慕。《晋书》在给嵇康、阮籍等正始名士作传中，充满着赞叹之情，文学色彩极浓。《旧唐书·房玄龄传》这样评价唐修《晋书》："以臧荣绪《晋书》为主，参考诸家，甚为详洽。然史官多是文咏之士，好采诡谬碎事，以广异闻；又所评论，竞为绮艳，不求笃实，由是颇为学者所讥。"《四库全书》卷四十五批评唐修《晋书》："其所载者大抵弘奖风流，以资谈柄。取刘义庆《世说新语》与刘孝标所注一一互勘，几于全部收入。"不过，从接受史的角度来看，这也反映了唐初文化一方面批评魏晋南朝文化的文过其质，另一方面却对于六朝风流心向往之的心态。在这种文化氛围中，作为"文咏之士"的陈子昂对于"正始之音"的解读，自然也受到了影响。

二　如何解读陈子昂的"正始之音"论述

关于"正始之音"能否用来指称正始诗文，还集中体现在对于陈子昂《修竹篇序》的理解上面。从文献上来看，陈子昂在该序中，正式沿用了"正始之音"的说法：

> 文章道弊五百年矣。汉魏风骨，晋宋莫传。然而文献有可征者。仆尝暇时观齐梁间诗，彩丽竞繁，而兴寄都绝，每以永叹。思古人常恐逶迤颓靡，风雅不作，以耿耿也。一昨于解三处，见明公《咏孤桐篇》，骨气端翔，音情顿挫，光英朗练，有金石声。遂用洗心饰视，发挥幽郁，不图正始之音，复睹于此，可使建安作者相视而笑。[①]

对于文中所说的"正始之音"，郭绍虞、王文生主编的《中国历代文论选》认为指正始时代阮籍的诗歌。[②] 穆克宏先生认为，陈子昂所说的正始

[①] 周祖譔主编：《隋唐五代文论选》，人民文学出版社1990年版，第70页。
[②] 郭绍虞、王文生主编：《中国历代文论选》第二册《与东方左史虬修竹篇序》释云："正始，魏齐王芳年号（公元240—248年）。作为文学史上的所谓正始时代，是泛指魏王朝后期的。代表作家有何晏、阮籍、嵇康。这里所说'正始之音'，指的是嵇、阮的诗。《世说新语·赏誉》云：'不意永嘉之末，复闻正始之音。'那是指玄谈，与此文所云，含义不同。"上海古籍出版社1979年版，第56页。

之音"指的是过去所说的一种雅正的诗风",而非指正始诗文①,而黄霖、蒋凡主编的《中国历代文论选新编》中对"正始之音"的解释在引用《世说新语·赏誉》"敦谓鲲曰:'不意永嘉之中,复闻正始之音。阿平若在,当复绝倒'"这段话之后,指出:"其时名士喜好玄谈,为后人所企羡。此借用其语,实指上文'汉魏风骨'而言。"②这样就出现了三种不同的看法。

陈子昂这里所说的"正始之音",显然不是指《世说新语》中所说的王敦赞扬卫玠时所说的"正始之音",那主要是特指正始年代何晏、王弼的清谈,同时也涵括嵇康、阮籍等人的内容。而陈子昂这里所说的"正始之音"特指阮籍、嵇康为代表的正始文学。毕竟时代过去很久了,陈子昂心目中的正始之音,不可避免地带有自己的印象与解读。

对于陈子昂所说"正始之音"的理解,应当结合他的"兴寄"概念来解读。陈子昂对于"正始之音"与玄学并不反感,《新唐书》卷一九九《儒学传》记载:孔若思"子季诩,字季和。永昌初,擢制科,授秘书郎。陈子昂常称其神清韵远,可比卫玠。终左补阙"③。卫玠乃东晋玄谈的重要人物,《世说新语》记载他因为善于清谈受到王敦称赞:"不意永嘉之中,复闻正始之音",被称作东晋的王弼。从陈子昂对于孔季诩的称赞中,我们可以知道他对"正始之音"传人卫玠的推崇。陈子昂是一个初唐时代由进士跻身官僚集团的人物,这个阶层的人物与六朝年代的世族人物漠视政治,唯以家族利益为重的人生价值观念不同,他们对社会人生与大唐王朝具有执着的责任感与忧患意识,其所服膺的儒家人生信条投射到文学观念上,便是对于《左传》上所说的人生"三不朽"境界的追求,文学创作成了他们在立德、立功皆不就情况下的追求与慰藉,他们在文学中往往寄托着深远的人生意蕴。陈子昂这篇文章慨叹"文章道弊五百年矣",就是指汉魏风骨与正始之音到了晋宋之后失传了,迄至齐梁时代,文人创作"彩丽竞繁,而兴寄都绝"。他所说的"兴寄",是指凝聚在诗作中的社会人生内涵。而"兴寄"是正始之音的特点之一,钟嵘《诗品

---

① 穆克宏:《袁编〈中国文学史〉魏晋南北朝部分的几个问题》,《福建师范大学学报》(哲学社会科学版)2004年第2期。

② 黄霖、蒋凡主编:《中国历代文论选新编》(先秦至唐五代卷),上海教育出版社2007年版,第287页。

③ 《新唐书》卷一九九,中华书局1975年版,第5684页。

序》提出"文已尽而意有余，兴也"，钟嵘《诗品》将阮籍五言诗列入上品，评价："而《咏怀》之作，可以陶性灵，发幽思。言在耳目之内，情寄八荒之表。洋洋乎会于《风》、《雅》，使人忘其鄙近，自致远大，颇多感慨之词。厥旨渊放，归趣难求，颜延年注解，怯言其志。"① 钟嵘以言意关系来看待比兴问题，正是吸取了"正始之音"中的言意之辨成果。王弼论言意关系提出，得意在忘象，得象在忘言。嵇康在他的四言诗中，一再援用言意概念来抒发他的心志。追求兴寄是"正始之音"的哲学与文学象征特征。原因是由那个时代士人的心态与政治情境所决定的。而陈子昂的心态与正始名士有相通之处，他虽然积极参与武后之政治，提出了许多改革的主张，但并不为所重，他受到县令段简这样的宵小所害，时时有一种"前不见古人，后不见来者，念天地之悠悠，独怆然而涕下"的时空虚无感，也与阮籍的孤独感十分相似。友人卢藏用在《右拾遗陈子昂集序》中指出："道丧五百岁而得陈君，惜乎，湮厄当世，道不偶世时，委骨巴山，年志俱夭，故其文未极也。"②

陈子昂早年在《上薛令文章启》中就感叹："斐然狂简，虽有劳人之歌；怅而咏怀，曾无阮籍之思。徒恨迹荒淫丽，名陷俳优，长为童子之群，无望壮夫之列。"③ 他深深感叹自己不能建功立业，只能寄迹文章，却又不能像阮籍那样写出寄托深远的《咏怀诗》，只能写出迹荒淫丽之作来。在这种充满忧愤与牢骚的话语中，我们还是能够看出他对兴寄诗学的赞同，以及对齐梁一些无病呻吟诗文的鄙薄。在《喜马参军相遇醉酒歌序》中，他感慨平生："吾无用久矣。进不能以义补国，退不能以道隐身……夫诗可以比兴也，不言曷著？"陈子昂认为，传统的比兴说可以寄托自己的微思隐忧，是自己失落的心态与遭际的慰藉，从而使他的兴寄说与刘勰的比兴说，以及钟嵘的"文已尽而意有余"的兴论相融合。陈子昂对正始之音的代表作家阮籍的《咏怀诗》产生了强烈的共鸣。在他看来，汉魏风骨、"正始之音"、建安作者这些观念都是同一范畴的概念，它们有深沉的寄慨、遒壮的辞采，与齐梁间诗的"彩丽竞繁，而兴寄都绝"是迥然不同的。他倡导汉魏风骨，开一代诗文革新之风气。欧阳修

---

① 曹旭：《诗品集注》，上海古籍出版社1994年版，第123页。
② 《四部丛刊》影印明本《陈伯玉文集》卷首。
③ 周祖譔主编：《隋唐五代文论选》，第71页。

在《新唐书》卷一〇七《陈子昂传》中一方面称赞陈子昂："唐兴，文章承徐、庾余风，天下祖尚，子昂始变雅正。初，为《感遇诗》三十八章，王适曰：'是必为海内文宗。'乃请交。子昂所论著，当世以为法。大历中，东川节度使李叔明为立旌德碑于梓州，而学堂至今犹存。"[1] 另一方面也批评陈子昂的怀才不遇与天真可笑："子昂说武后兴明堂太学，其言甚高，殊可怪笑。后窃威柄，诛大臣、宗室，胁逼长君而夺之权。子昂乃以王者之术勉之，卒为妇人訕侮不用，可谓荐圭璧于房闼，以脂泽污漫之也。瞽者不见泰山，聋者不闻震霆，子昂之于言，其声謷欤。"[2] 欧阳修认为陈子昂政治上过于幼稚，不懂武则天的权谋，就此而言，他的政治智慧远不及阮籍高超，故阮籍在司马氏的恐怖统治下犹得以终其天年，而陈子昂却死于非命。这些评论，足以说明陈子昂的悲凉压抑的心境。

在此情况下，陈子昂对于"正始之音"代表作家阮籍产生强烈的心灵共鸣，也是可以理解的。他的《修竹篇》与《感遇诗》三十作首效仿阮步兵也是顺理成章的。陈子昂所说的"不图正始之音，复睹于此"，显然涵盖正始玄谈与正始文学这两方面的概念。在他心目中，本来这就是一个表达特定年代士人心志的范畴。我们有什么必要去替古人强行掰开呢？我们从这个大的环境中去认识陈子昂《修竹篇序》中所指的"正始之音"含义，也就比较清楚了。因为，对于一些大的概念要义的理解，不仅应从字面去训诂，更应当从整体上去把握，才不致胶柱鼓瑟。

陈子昂是初唐文学发展史上的重要人物，他这篇序言所言之"正始之音"绝非率尔言之，后世对于"正始之音"的认识也大体同此。唐初李善《上文选注表》中提出："楚国词人，御兰芬于绝代，汉朝才子，综鞶帨于遥年。虚玄流正始之音，气质驰建安之体。长离北度，腾雅咏于圭阴；化龙东骛，煽风流于江左。爰逮有梁，宏材弥劭。"[3] 李善所上《文选》有三十多种文体，诗歌只是其中一种，因此，正始之音在这里指正始文学整体风貌，而不是指正始玄谈，这是再清楚不过的。李善作为学识渊博、文华卓越的唐代士人，他不可能滥用"正始之音"的概念，而是在审慎的基础之上考量这一概念的。

---

[1] 《新唐书》卷一〇七，第4078页。
[2] 同上书，第4079页。
[3] （南朝梁）萧统编，（唐）李善注：《文选》，第4页。

对于"正始之音"与正始诗文关系产生的分歧原因有两个,一是对于"正始之音"作为玄学与文学合一概念的误读,二是传统学术分科观念的导致。虽然进入 20 世纪 80 年代以来,随着人文社会科学领域思想的解放,对于玄学的评价,学界开始摆脱唯物与唯心两分法的套路,对于玄学与当时文艺思想与创作的积极作用开始了深入研究,产生了许多有影响的学术著作。但是对于玄学之于文学的关系,持否定观点的并不少见。由于多年形成的文史哲分科的学术理念并未得到厘正,人们对于"正始之音"习惯于从分科观察的方法加以分析,而没有认识到在汉魏两晋南北朝时代,并没有那么严格的界限。魏晋玄学的一个基本观点,就是倡导"大象无形"与"大音希声"的审美与认识方式,反对过于苛细的剥离对象与观察对象。因此,许多论文往往提出"正始之音"是作为哲学史的概念还是作为文学史的概念,这样画地为牢,肯定无法得到"正始之音"的完整面目。

从学术史的演变来看,也印证了这一点,20 世纪学者论正始时代的文学与哲学时,往往注重综合研究。例如刘师培在 20 世纪 20 年代写作的《中国中古文学史》第四课《魏晋文学之变迁》的导言中指出:"魏代自太和以迄正始,文士辈出。其文约分两派:一为王弼、何晏之文,清峻简约,文质兼备,虽阐发道家之绪,实与名法家为近者也。此派之文,盖成于傅嘏,而王、何集其大成;夏侯玄、钟会之流,亦属此派;溯其远渊,则孔融、王粲实开其基。一为嵇康、阮籍之文,文章壮丽,摛采骋辞,虽阐发道家之绪,实与纵横家言为近者也。此派之文,盛于竹林诸贤,溯其远源,则阮瑀、陈琳已开其始。"[①] 刘师培对于正始文学流派划分为何晏、王弼与阮籍、嵇康两派,他的追溯源流虽然不尽符合事实,但是他立足于正始文学与正始思想的内在关系,打通二者之间的关节,将正始文学作家放到一个总体平台上去看待,既关注其中的个体性,又重视其综合因素,这种研究方法相对于人为分科的现在的文学研究视域,更为切中肯綮。他虽然没有用"正始之音"的概念,但这种从综合因素去考量正始文学的方法,与"正始之音"的用法有相通之处。阮籍在现代学人看来,是正始文学的代表人物,而陈寅恪先生在 1947—1948 年清华大学历史研究所讲授的《魏晋南北朝史讲演录》中,则将阮籍作为魏晋清谈的代表人物,

---

① 刘师培:《中国中古文学史 论文杂记》,第 35 页。

用来取代王弼、何晏。他指出："清谈兴起，大抵由于东汉末年党锢诸名士遭到政治暴力的摧残与压迫，一变其具体评仪朝廷人物任用的当否，即所谓清议，而为抽象玄理的讨论。启自郭泰，成于阮籍。他们都是避祸远嫌，消极不与其时政治当局合作的人物。"[①] 陈寅恪从史学的角度认为，阮籍不独是诗文作家，而且首先是玄学精清谈的代表，这种看法是较为全面而辩证的。

但到了"文革"前出版的哲学史与思想史著论，对于"正始之音"的看法，往往附会当时的学术观念，例如侯外庐先生的《中国思想通史》第三卷中对于"正始之音"是这样表述的："我们可以这样说，'正始之音'是清谈论辩的典型，它是在特别的题目、特定的内容、一定的方式、共认的评判之下，展开胜理的辩论，所谓'清谈'仅指其名，而重在于'理赔'。这一商讨的形式，是不论年辈而平等会友的，与两汉师授之由上而下的传业，完全不同。应该指出，这就是区别儒林和谈士的要点之一。"[②] 而研究"正始之音"的内涵与外延往往局限于哲学史与思想史，对于涉猎的文学与美学等丰富内容则根本不顾及。同样，研究中国文学史的教科书也不会涉及哲学与美学方面的内容。在这样的学术理念下，出现了1979年版的《辞海》将正始之音解释成玄谈风气。[③] 这样对于"正始之音"的理解当然会陷入各执一端的思维方式之中，难得其确解。不过我们也欣喜地看到，随着近年来中国学术界观念的进化、思想的解放，许多著论开始打破传统的文史哲分科的思路，从哲学与文学的联系中去认识魏晋南北朝时期的思想文化，例如，我们在任继愈先生主编的多卷本《中国哲学发展史》的魏晋南北朝卷中，看到了这种学术樊篱的突破。在这本1988年出版的由任继愈、孔繁、牟钟鉴、余敦康、李申、郭熹微等先生编著的书中，出现了与"文革"前出版的高校教材《中国哲学史》（第二册）大为不同的一些体例与观点，有许多新思维与改革。比如第三

---

① 万绳楠整理：《陈寅恪魏晋南北朝史讲演录》，黄山书社1987年版，第44页。
② 侯外庐等编著：《中国思想通史》第三卷，人民出版社1957年版，第75页。
③ 《辞海》（1979年版），"正始之音"条云："指魏晋玄谈风气。正始是三国时魏齐王芳的年号（240—249）。这一时期的学风，以何晏、王弼为首，用老、庄思想糅合儒家经义，开创了玄学清谈的风气。谈玄析理，放达不羁；名士风流，盛于洛下。世称'正始之音'。"《晋书·卫玠传》："昔王辅嗣（王弼——引者注）吐金声于中朝，此子复玉振于江表，微言之绪，绝而复续。不意永嘉之末，复闻正始之音！"

章《阮籍、嵇康的自然论》列于第二章《王弼的贵无论》之后，作为重要的哲学人物与思想来论述。全书还专门列入第七章《魏晋玄学和文学》作为哲学史来写，分为《魏晋玄学和文学理论》、《情性问题在魏晋文学中的地位》、《魏晋玄学言意之辨和文学创作》、《魏晋玄学和人物批评、文学批评》、《魏晋玄学和音乐思想》等章节，其中《文赋》、《文心雕龙》、《诗品》都列入章节之中，尽管有些观点尚需讨论，但是毕竟回归了中国古代学术的原初面目，追求古代学术自身的有机联系。其中谈到正始哲学与文学时指出：

> 阮籍、嵇康的自然论的玄学思想是从何晏、王弼的贵无论的玄学思想发展而来的，典型地反映了正始之后的知识分子的心路历程。只有着眼于这种演变进行动态的分析，才能比较准确地把握阮籍、嵇康的玄学思想的特征。①

> 玄学宇宙论的提出，极大地提高了哲学的抽象思辨性，它影响各种精神领域，自然也有助于提高文学创作和理论的思维水平，正始以后，笃信玄学的诗人著名者有阮籍和嵇康，他们受王弼何晏"贵无"思想影响，以玄学眼光观察生活，指导创作。②

阮籍与嵇康的这种将哲学文学融会贯通的精神修养与活动，与王弼、何晏等人一起，共同构建了"正始之音"，"正始之音"是一个兼哲学、文学与时代精神等多重蕴涵为一体的概念，既可以指玄学，也可以包括文学。"他山之石，可以攻玉"，倒是从治中国哲学史的学者眼中，看出了"正始之音"的玄机，它也启发我们，只有在这种宏观与微观相结合的视域中去观察"正始之音"的蕴涵，方能找到正确的路径。当然，对于"正始之音"中的具体内容，需要进行细致的分析，对于"正始之音"的原初含义，及其在流变过程中的变化，特别是今天运用时需要加以必要的前置与解释，以利读者的理解，避免过度解读，产生歧义，这同样也是很重要的。

---

① 任继愈主编：《中国哲学发展史》（魏晋南北朝卷），人民出版社1988年版，第149页。
② 同上书，第299页。

汉末魏晋尚"清"及其文艺观念探源

袁济喜

汉末魏晋兴起尚"清"风尚，延及社会生活的各个领域，先秦儒道思想中的尚清意识演变成士人活动及其文艺观念。近年来，对于中国文化与美学的尚清范畴研究的成果，大多着重于从范畴与观念的角度去探讨[①]，而对于其现实情境的深入探讨则不够，本文认为，尚清作为一种文化现象与文艺心理，有着深刻的现实生活情境，特别是在汉末魏晋时代，尚清作为社会生活的重要现象与文化心理，生发于特定年代，并非偶然，其中蕴含的深挚的人文思想，更是构成中国文化与美学尚清的底蕴，本文鉴于此，重点从现实情境与历史活动维度去加以初步讨论，以冀引起进一步的关注。

一

中国传统社会与思想尚清是很明显的，有着深层的原因可以追溯。"清"字本作水清之义[②]，引申出道德领域的"清廉"、"清白"、"清高"等概念，旁及和文艺相关的"清丽"、"清朗"、"清爽"、"清秀"、"清

[①] 代表性成果有韩经太的《清淡美论辨析》，百花洲文艺出版社2005年版；何庄的《尚清审美趣味与传统文化》，中国人民大学出版社2007年版；陈聪发的博士论文《中国古典美学清范畴研究》等。

[②] 《说文解字》："清，朖也。澄水之貌。从水青声。"也就是水净透明、清澄无滓的样子。与"浊"相对。《孟子》："沧浪之水清兮。"《诗·魏风·伐檀》："河水清且涟猗。"引申出清廉、清贞、清洁、清白等道德概念。《尚书·舜典》："夙夜惟寅，直哉惟清。"《淮南子·原道》："圣人守清道而抱雌节。"《楚辞·离骚》："伏清白以死直兮。"《楚辞·渔父》："举世皆浊我独清，众人皆醉我独醒。"《礼记·玉藻》："视若清明。"《荀子·解蔽》："中心不定，则外物不清。"《史记·乐书》："正直清廉而谦者，宜歌风。"

雅"等概念。"清"作为范畴或者文化关键词，深刻地反映出古代中国人将天地人视为一体的思维方式。《老子·三十九章》云：

> 昔之得一者：天得一以清，地得一以宁，神得一以灵，谷得一以盈，万物得一以生，侯王得一以为天下正。其致之。

这段话最典型地反映出古人将"清"作为构通天地人之间一种形态的心理。王弼注曰："昔，始也。一，数之始而物之极也。各是一物之生，所以为主也。物皆各得此一以成，既成而舍以居成，居成则失其母，故皆裂、发、歇、竭、灭、蹶也。各以其一致此清、宁、灵、盈、生、贞。"① 老子将道作为万物的始基，他采用"一"的概念来说明，而这个"一"在天地人之间的表现各有不同，"清"与"宁"、"灵"、"正"等概念都是理想之道的不同表现而已。《庄子》中也提出："天无为以之清，地无为以之宁，故两无为相合，万物皆化。"秦汉之际形成的《周易》更是系统地建立了天地人"兼三材而两之"的宇宙论，即将天地人三者关系用阴阳二气与八卦的演绎而加以说明，揭示万事万物的生成与变化，即庄子所说"《易》以道阴阳"（《庄子·天下》）。

"清"作为天人合一的范畴，也是当时诸多元典所认同的概念。荀子《乐论》和《礼记·乐记》都用清明说明天地之乐与人类之和："是故清明象天，广大象地，终始象四时，周还象风雨。五色成文而不乱，八风从律而不奸，百度得数而有常。小大相成，终始相生，唱和清浊，迭相为经。故乐行而伦清。耳目聪明，血气和平，移风易俗，天下皆宁。"文中提出清明乃音乐之审美理想，而清浊唱和则可以达到"乐行而伦清"的境地。"清"在这里既是境界，也是达到音乐和谐境界的范畴。《荀子·天论》还提出："圣人清其天君，正其天官，备其天养，顺其天政，养其天情，以全其天功。"西汉的《淮南子·天文训》中指出："天坠未形，冯冯翼翼，洞洞灟灟，故曰太昭。道始生虚霩，虚霩生宇宙，宇宙生气。气有涯垠，清阳者薄靡而为天，重浊者凝滞而为地。清妙之合专易，重浊之凝竭难，故天先成而地后定。"这样，清浊又进入了元气的范畴，用来阐明宇宙生成论问题。三国时曹丕《典论·论文》提出"气之清浊有体，

---

① 楼宇烈：《王弼集校释》，中华书局1980年版，第106页。

不可力强而致",将"清"的概念引入了气论的领域。这也说明了清浊概念有通用性与广泛性。

从哲学上来说,虽然从先秦开始,尚"清"意识就成为各家各派都曾用过的概念,但对它的内涵理解却并不一致。在早期记录孔孟言行的书中,关于"清"的论述并不多见,以"清"品人是在汉末三国两晋时代流行起来的。东汉应劭《风俗通》中指出东汉风尚"言人清高,如冰之洁"(《文选》卷四七《汉高祖功臣颂》李善注引)。道家尚"清"的意识则与儒家有所不同。班固《汉书·艺文志》中指出:"道家者流,盖出于史官,历记成败存亡祸福古今之道,然后知秉要执本,清虚以自守,卑弱以自持,此君人南面之术也。"《庄子·天下篇》中称赞:"关尹、老聃乎,古之博大真人哉!"关尹为当时与老子齐名的哲人,他曾说:"在己无居,形物自著。其动若水,其静若镜,其应若响。芴乎若亡,寂乎若清。"关尹用水的清澄与镜子的光洁形容精神的清纯,主张人的心灵与精神的虚静无为。① 道家尚"清",重在精神宁静,摒弃外在道德对于精神的干扰。在两汉与魏晋南北朝时期,儒道这两家论"清"的观念是互相渗透的,也影响到文艺观念的领域,例如《文心雕龙》提出的"风清骨峻"等思想,就包含有儒道玄等思想内容在里面。

在两汉时代,尚清的思想观念全面进入社会生活,呈现出一种结构性的层次,内容更加趋于丰富多彩。东汉与西汉不同,将儒学与社会生活的各个方面联系起来,表现在对于人才的选举上。《东汉会要》卷二六《选举上》中列有汉代人才选取时的名目有"贤良方正直言敢谏"、"至孝"、"有道"、"敦厚质直"、"明经"、"仁贤"等内容,而这些都是以儒家道德作为标准的。② 东汉王朝的统治者意识到,对于人才道德源流的褒扬与摒弃,是美化社会风气,培养人才的重要标准,必须加以大力关注与提倡。我们在两汉皇帝的下诏中,可以经常看到"清"成为对于人物加以褒奖的话语。例如,东汉章帝在《报朱晖诏》中指出:"补公家之阙,不累清白之素,斯善美之士也。俗吏苟合,阿意面从,进无謇謇之志,却无

---

① 韩经太先生在《清淡美论辨析》一书中指出:"道家关尹学派具有鲜明的'水原'思维特征,而其表征于核心范畴正是一个'清'字。讨论'清'流文化而不首先关注'关尹贵清',是无论如何也讲不通的。"(《清淡美论辨析》,第3页)

② (宋)徐天麟:《东汉会要》,上海古籍出版社1978年版,第383页。

退思之念，患之甚久。惟今所言，适我愿也。生其勉之！"(《后汉书·朱晖传》)东汉安帝在《举刺史以下诏》中也提出："三公、中二千石，举刺史、二千石、令、长、相，视事一岁以上至十岁，清白爱利，能致身率下，防奸理烦，有益于人者，无拘官簿。刺史举所部，郡国太守相举墨绶，隐亲悉心，勿取浮华。"(《后汉书·安帝纪》)汉顺帝在《封黄琼伉乡侯诏》中赞扬黄琼："太尉黄琼，清俭不挠，数有忠謇，加以典谋深奥，有师傅之义，连在三司，不阿权贵，疾风知劲草，朕甚嘉焉。其封琼伉乡侯。"(袁宏《后汉纪》卷二一)汉顺帝还在《会葬宋汉策》中追思大臣宋汉："太中大夫宋汉，清修雪白，正直无邪。……其令将相大夫会葬，加赐钱十万，及其在殡，以全素丝羔羊之洁焉。"(《后汉书·宋宏传》)东汉永康元年(167)，桓帝死去，窦太后临朝，诏曰："夫民生树君，使司牧之，必须良佐，以固王业。前太尉陈蕃，忠清直亮。其以蕃为太傅，录尚书事。"(《后汉书·陈蕃传》)东汉最昏庸的皇帝灵帝刘宏在《征处士荀爽等诏》中也提出："顷选举失所，多非其人，儒法杂揉，学道浸微。处士荀爽、陈纪、郑玄、韩融、李楷，耽道乐古，志行高洁，清贫隐约，为众所归。其以爽等各补博士。"(袁宏《后汉纪》卷二五)可见，统治者求取良吏尚清廉以救乱，成为东汉晚期政治的重要内容。

上有所好，下必甚焉。两汉时代，以"清"论人，逐渐成为社会心理，并非偶然，而是东汉鉴于西汉王朝虽然至汉武帝时，立五经博士，兴太学，设乐府，所谓外兴礼乐，内崇礼官，兴废继绝。但是儒学只是成为士人拾取青紫的工具，儒学并没有与人格精神相结合，因此，自东汉开国时的光武帝遂将人才选用与官员录用与道德教化、学问品行相联系，经明行修成为一种普遍的用人标准，而"清"作为儒家道德标准与概念，借此获得社会各个阶层的认同与赞许，从先秦时代的道德概念，走向了广泛的社会用人与品人领域。顾炎武《日知录》曾比较两汉对于儒学之不同，认为东汉统治者与西汉相比，将经明行修的道德用人标准代替了西汉士人将经学成为利禄之路的做法，促成了东汉士人道德风气的形成。[①] 比如

---

① 参见顾炎武《日知录》卷一三"两汉风俗"条："汉自孝武表章六经之后，师儒虽盛，而大义未明，故新莽居摄，颂德献符者，遍于天下。光武有鉴于此，故尊崇节义，敦厉名实，所举用者莫非经明行修之人，而风俗为之一变。至其末造，朝政昏浊，国事日非，而党锢之流、独行之辈，依仁蹈义，舍命不渝，风雨如晦，鸡鸣不已。三代以下，风俗之美，无尚于东京者！"[《日知录集释》(全校本)，上海古籍出版社2006年版，第752页]

《后汉书》卷四〇《班固传》记载，班固于东汉明帝永平年间向东平王刘苍推举时贤："扶风掾李育，经明行著，教授百人，客居杕陵，茅室土阶。京兆、扶风二郡更请，徒以家贫，数辞病去。温故知新，论议通明，廉清修洁，行能纯备，虽前世名儒，国家所器，韦、平、孔、翟，无以加焉。宜令考绩，以参万事。"桓帝时，尚书杨乔《上书荐孟尝》中提出："尝安仁弘义，耽乐道德，清行出俗，能干绝群。"（《后汉书·循吏传》）东汉袁安之孙袁彭，"顺帝初，为光禄勋，行至清，为吏粗袍粝食，终于议郎。尚书胡广等追表其有清洁之美，比前朝贡禹、第五伦。未蒙显赠，当时皆嗟叹之"（《后汉书·袁安传》）。这些，都足以说明慕清与尚清在东汉的盛行，与儒家风教和人才选举制度的结合有着直接的关系。

东汉朝代，注重人物与著文的关联。因此，东汉尚清的风习，我们可以从碑文中清晰地见出。刘勰《文心雕龙·诔碑篇》慨叹："写远追虚，碑诔以立。铭德纂行，光采允集。观风似面，听辞如泣。石墨镌华，颓影岂戢。"碑铭凝聚着生与死，过去与未来，是最有人文底蕴的中国古代文体形态之一。汉末树碑立传蔚为大观，形成了时尚，这与当时人们重视风教有关，固然有谀墓不实之处，但是也可以看出人们的审美心理所向。而碑文中的关键词即为"清"，其中既有儒家的道德高尚纯粹之义，亦有道家清逸高远之韵。蔡邕为当时碑文名家，他的碑文中多次出现尚"清"的词语。例如，在《汝南周巨胜碑》中他写道："玄懿清朗，贞厉精粹，体仁足以长人，嘉德足以合礼。"①《太尉杨秉碑》有："公自奉严敕，动遵礼度。量材授任。当官而行，不为义疚。疾是苛政，益固其守。厨无宿肉，器不镂雕。凤衰嫔俪，妾不嬖御。可谓立身无过之地，正直清俭该备者矣。"②蔡邕最有名的碑文为《郭有道林宗碑》，文末赞叹："委辞召贡，保此清妙。降年不永，民斯悲悼。爰勒慈铭，摛其光耀。嗟尔来世，是则是效。"③蔡邕在给自己的业师胡广写的《胡公碑》中赞美他："扬惠风以养贞，激清流以荡邪，取忠肃于不言，消奸宄于爪牙。是以君子勤礼，小人知耻。"④《陈太丘碑》中赞叹陈寔"含圣哲之清和，尽人材之

---

① 邓安生：《蔡邕集编年校注》，河北教育出版社2002年版，第23页。
② 同上书，第97页。
③ 同上书，第143页。
④ 同上书，第160页。

上美"①。蔡邕还有赞扬高士的碑文，采用的也是尚"清"的概念，如《处士圈典碑曰》："天真淑性，精微周密，包括道要，致思无形，临殁顾命曰：知我者蔡邕，乃为铭曰：载书休美，俾来昆裔，永有讽诵，以知先生之德，混其若浊，徐然后清，绰其若焕，终其益贞。"（《艺文类聚》卷三七）《文心雕龙·诔碑》指出："自后汉以来，碑碣云起。才锋所断，莫高蔡邕。观杨赐之碑，骨鲠训典；陈郭二文，词无择言；周胡众碑，莫非清允。其叙事也该而要，其缀采也雅而泽；清词转而不穷，巧义出而卓立；察其为才，自然至矣。孔融所创，有摹伯喈。"刘勰分析了后汉碑碣兴起，标志性的作品便是蔡邕所作，"清词转而不穷，巧义出而卓立"，指出其善用清词来写作。孔融在《卫尉张俭碑铭》中赞叹："君禀乾刚之正性，蹈高世之殊轨，冰洁渊清，介然特立，虽史鱼之励操，叔向之正色，未足比焉。"（《艺文类聚》卷四九）也贯彻着尚"清"的理念。孔融的碑铭明显摹仿蔡邕。并且影响到汉末建安文学，建安七子之一的刘桢在《处士国文甫碑》中也赞美："先生执乾灵之贞洁，禀神祇之正性，咳笑则孝悌之端著，匍匐则清节之兆见……外清内白，如玉之素。逍遥九皋，方回是慕。"（《艺文类聚》卷三七）因此，汉末尚清是很普遍的一种观念。

值得注意的是，两汉时代社会生活之尚"清"，儒道兼融，随着朝代的变化互相消长。与士人主体情状相关，对于清范畴之中的儒道蕴涵接受也复杂多变。西汉时代的文景之治时，采用黄老之治与儒家学说相结合，以安抚人心，与民休息，因此，黄老清静无为的观念广泛流行，两汉时，许多高士以践行黄老之学而得到社会的推尚。西汉末年的扬雄可谓启其端。《汉书·扬雄传》记载："雄少而好学，不为章句，训诂通而已，博览无所不见。为人简易佚荡，口吃不能剧谈，默而好深湛之思，清静亡为，少耆欲，不汲汲于富贵，不戚戚于贫贱，不修廉隅以徼名当世。"他曾写作《解嘲》以应对时人，其中自谓："爱清爱静，游神之廷；惟寂惟莫，守德之宅。世异事变，人道不殊，彼我易时，未知何如。"可见，他是自觉地写作辞赋来构建精神家园。东汉灵帝时士人高彪作有《清诫》："涤荡弃秽累，飘邈任自然。退修清以净，吾存玄中玄。澄心剪思虑，泰清不受尘。恍惚中有物，希微无形端。智虑赫赫尽，谷神绵绵存。"（《艺

---

① 邓安生：《蔡邕集编年校注》，第389页。

文类聚》卷二三）这种采用道家的清静之就来立身行事，体现出对于人生的自我意识。东汉初年的大臣冯衍即彰显出这种士人精神。冯衍写过著名的《显志赋》，刘勰《文心雕龙·才略》对此有过评论："敬通雅好辞说，而坎壈盛世，《显志》自序，亦蚌病成珠矣。"冯衍一生郁郁不得志。他在《显志赋》中吟咏："游精神于长兮，抗玄妙之常操；处清静以养志兮，实吾心之所乐。"（《后汉书·冯衍传》）冯衍在赋序中自谓："显志者，言光明风化之情，昭章玄妙之思也"，可见，此赋是东汉士人幽愤作品代表作之一。

东汉后期自顺帝时起，外戚与宦官之斗争日趋激烈，许多士人深感在夹缝中生存之不易，于是企羡道家的清静无为。例如，张衡"虽才高于世，而无骄尚之情。常从容淡静，不好交接俗人……衡不慕当世，所居之官，辄积年不徙。自去史职，五载复还，乃设客问，作《应闲》以见其志……，"乃作《思玄赋》以宣寄情志。其辞曰：……仰矫首以遥望兮，魂惝惘而无畴。逼区中之隘陋兮，将北度而宣游。行积冰之砯砯兮，清泉沍而不流。寒风凄而永至兮，拂穹岫之骚骚。玄武缩于壳中兮，螣蛇蜿而自纠。鱼矜鳞而并凌兮，鸟登木而失条。……双材悲于不纳兮，并咏诗而清歌"（《后汉书·张衡传》）。在这篇赋中，可以隐约看到张衡内心的纠结，他向往道家远离尘世的生活境界。赋中多次出现"咏诗而清歌"、"澄湸涊而为清"、"涉清霄而升遐兮"、"俟河之清祗怀忧"这样的字句，有些并非指人生境界，而是指自然与音乐的类型，但是这种慕"清"的心志却是很明显的。东汉另一位名士仲长统也有类似的经历与心志。《后汉书·仲长统传》记载："统性俶傥，敢直言，不矜小节，默语无常，时人或谓之狂生。每州郡命召，辄称疾不就。常以为凡游帝王者，欲以立身扬名耳，而名不常存，人生易灭，优游偃仰，可以自娱。欲卜居清旷，以乐其志，论之曰……蹰躇畦苑，游戏平林，濯清水，追凉风，钓游鲤，弋高鸿。讽于舞雩之下，咏归高堂之上。安神闺房，思老氏之玄虚；呼吸精和，求至人之仿佛。与达者数子，论道讲书，俯仰二仪，错综人物。弹《南风》之雅操，发清商之妙曲。消摇一世之上，睥睨天地之间。不受当时之责，永保性命之期。如是，则可以陵霄汉，出宇宙之外矣。岂羡夫人帝王之门哉！又作诗二篇，以见其志。"仲长统代表着东汉晚期一批不满世俗，意欲恢复正道的人士。再加以老庄人生无常与汉末逍遥精神的感召，作赋以言其志。赋中的"清水"、"清商"之意象，婉曲地表达出他的士人心态。于是"清"的概念发展到此时，具有了超越具体道德层面，与理想人格境界相联系的特点，尤其是诗中"叛散《五经》，灭弃《风》、《雅》"的呼喊，发出思想解放的先声，体现出魏晋人生自觉的精神人格，而"敖翔太清，纵意容冶"的心态，更是将汉魏之际士人的转变写得生动而简洁。仲长统是由东汉直接沟通魏晋的人物，《后汉书·仲长统传》记载："尚书令荀彧闻统名，奇之，举为尚书郎。后参丞相曹操军事。每论说古今及时俗行事，恒发愤叹息。因著论名曰《昌言》，凡三十四篇，十余万言。献帝逊位之岁，统卒，时年四十一。"他的思想与人生经历，也可以说明汉魏之际士人思想演变的路径，这就是早年笃志儒学，积极用世，批评时政，转而服膺老庄养生之说，清静无为，但是内心终归无法克服用世与遁世的矛盾，因此，后来还是投奔曹操，发愤著书，叹息时事。《后汉书·逸民传》在分析那些遁世愤世的逸民时分析评论曰："或隐居以求其志，或回避以全其道，或静己以镇其躁，或去危以图其安，或垢俗以动其概，或疵物以激其清。然观其甘心畎亩之中，憔悴江海之上，岂必亲鱼鸟、乐林草哉！亦云性分所至而已。"所谓"疵物以激其清"，正道出了那些逸民与高士企图通过批评时流，抗拒世风以达到恢复儒学，清洁世道的目的。

迄至汉末建安年代，曹氏秉政，汉室衰微，新的道德价值观念兴起，曹操运用循名督实的名法思想，大力裁抑汉末浮华交游的风尚，清峻与通脱相结合，而建安文士中尚清的人物得到了褒扬。曹操《为张范下令》："邴原名高德大，清规邈世，魁然而峙，不为孤用，闻张子颇欲学之。吾恐造之者富，随之者贫也。"（《三国志·魏书·邴原传》注引《原别传》）《三国志·魏书》卷二一《王粲传》记载："（徐）幹为司空军谋祭酒掾属，五官将文学。"注引《先贤行状》曰："幹清玄体道，六行修备，聪识洽闻，操翰成章，轻官忽禄，不耽世荣。建安中，太祖特加旌命，以疾休息。后除上艾长，又以疾不行。"曹丕在《与吴质书》中赞美徐幹："观古今文人，类不护细行，鲜能以名节自立。而伟长独怀文抱质，恬淡寡欲，有箕山之志，可谓彬彬君子矣。著中论二十余篇，辞义典雅，足传于后。"（《三国志·魏书》卷二一《王粲传》）曹植在建安十七年所作的《光禄大夫荀侯诔》中赞美荀侯："如冰之清，如玉之洁。法而不威，和而不亵。"（《艺文类聚》四九）曹植在《与吴季重书》中赞美吴质："文采委曲，晔若春荣，浏若清风，申咏反覆，旷若复面。"（《文选》卷四二）陈琳则在《答东阿王笺》中称赞曹植之作："音义既远，清辞妙句，焱绝焕炳，譬犹飞兔流星，超山越海，龙骥所不敢追，况于驽马，可得齐足！"（《文选》卷四十）可见，这种尚清的风习融合儒道，在汉魏之际得到了传承，影响到文士的人格精神与文学创作之观念。刘师培指出："两汉之世，户习七经，虽及子家，必缘经术。魏武治国，颇杂刑名，文体因之，渐趋清峻。"① 简要地点出了汉魏之际文风变迁是由繁复演变为清峻，正始年代的嵇康之诗也以清峻为特点，刘勰《文心雕龙·明诗》称"嵇志清峻"，也指出了这种时代风格。

东汉的尚清，不仅指道德品行，也指清鉴远识。东汉后期，品评人物风气流行，而品评人物，贵在识见，清识与清谈相结合，促成了魏晋清谈与玄学的发展。尚清的风尚由具体趋于抽象，于是"清"变为思辨的对象与境界。《后汉书·黄宪传》记载："郭林宗少游汝南，先过袁阆，不宿而退，进往从宪，累日方还。或以问林宗。林宗曰：'奉高之器，譬诸汎滥，虽清而易挹。叔度汪汪若千顷陂，澄之不清，淆之不浊，不可量也。'"郭太比较了袁奉高与黄宪的人格涵养，认为袁奉高虽然清洁而易于度量，而黄宪的器度则兼有孔孟与老庄，不可度量。但黄宪却没有实际的才干，《后汉书·黄宪传》记载："宪初举孝廉，又辟公府，友人劝其仕，宪亦不拒之，暂到京师而还，竟无所就。年四十八终，天下号曰'征君'。"《世说新语·德行》记载："李元礼尝叹荀淑、钟皓曰：'荀君清识难尚，钟君至德可师。'"《世说新语·德行》记载："王戎云：'太保居在正始中，不在能言之流。及与之言，理中清远，将无以德掩其言。'"《世说·赏誉》记载："王戎目阮文业：'清伦有鉴识，汉元以来未有此人。'"《世说新语·言语》记载："会稽贺生，体识清远，言行以礼。不徒东南之美，实为海内之秀。"这种人格类型，正是魏晋玄学与清谈所崇尚的精神境界，也凝聚成文艺的审美境界之"清"。

到了西晋统一后，这种尚清的观念依然得到了传承。尽管西晋年间的君臣精神世界鄙俗不堪，朝野贪婪成性，骄奢淫逸之风盛行，但是统治者在选举官员与人才时，还是沿用尚清的观念。晋武帝在《王祥致仕诏》中赞扬王祥："太保高洁清素。"（《晋书·王祥传》）在《以贾充守尚书令诏》中称赞贾充："忠允清正，通理经远，兼迪文武，谟勋弘著，其以

---

① 刘师培：《中国中古文学史 论文杂记》，人民文学出版社1959年版，第11页。

充守尚书令。"(《全晋文》卷三）实际贾充为人并不清廉。在《以卫瓘为青州刺史诏》中还称道："征东将军卫瓘，忠允清识，有文武之才，宜令宣风万里，为青州刺史，以统戎政。"(《全晋文》卷三）武帝司马炎还在咸宁初发布的《以山涛为太子少傅诏》赞扬："涛秉德冲素，思心潜通，清虚履道，有古人之风。虽使辅导东宫，宜兼督朝事。"(《全晋文》卷五）还在《以山涛为右仆射诏》中曰："山涛自典官人之任，志在澄清风俗。朕将倚之，以弘训范，庶人伦有日新之美，其以为右仆射。"(《全晋文》卷五）而山涛在著名的山公启事中，也以清作为重要的录用人才的标准。例如《世说新语·赏誉》记载："山公举阮咸为吏部郎，目曰：'清真寡欲，万物不能移也。'"刘孝标注引《山公启事》："吏部郎主选举，宜得能整风俗理人伦者。史曜出处缺，散骑侍郎阮咸真素寡欲，深识清浊，万物不能移也。若在官人之职，必妙绝于时。"后来晋武帝因为阮咸耽酒浮虚，遂用陆亮。"旧选尚书郎极清望，号称大臣之副，州取尤者以应。雍州久无郎，前尚书郎傅祗坐事免官，在职日浅，其州人才无先之者。请以补职，不审可复用否？"(《全晋文》卷三四）"皇太子东宫多用杂材为官属，宜令纯取清德。太子舍人夏侯湛，字孝若，有盛德，而不长治民，有益台阁，在东宫已久。今殿中郎缺，宜得才学，不审其可迁此选不。"(《全晋文》卷三四）只是西晋统治者尚清往往名不符实，他们用名教治国，然而自身并不遵守礼教，贪冒淫鄙，受到后人的诟病。

　　东晋偏安江左，于是正始玄学与诗风复得振兴，人格境界也以清为贵。《世说新语·赏誉》记载："殷中军道王右军云：'逸少清贵人。吾于之甚至，一时无所后。'"注引《文章志》曰："羲之高爽有风气，不类常流也。"其时诗文成为世族名流的心境抒托，玄言诗盛行，《世说新语·文学》记载："简文称许掾云：'玄度五言诗，可谓妙绝时人。'"注引檀道鸾《续晋阳秋曰》："询有才藻，善属文。自司马相如、王褒、扬雄诸贤，世尚赋颂，皆体则诗、骚，傍综百家之言。及至建安，而诗章大盛。逮乎西朝之末，潘、陆之徒虽时有质文，而宗归不异也。正始中，王弼、何晏好庄、老玄胜之谈，而世遂贵焉。至过江，佛理尤盛。故郭璞五言始会合道家之言而韵之。询及太原孙绰转相祖尚，又加以三世之辞，而诗、骚之休尽矣。询、绰并为一时文宗，自此作者悉体之。至义熙中，谢混始改。"大体上指出了东晋玄言诗的形成过程。沈约在《宋书·谢灵运传论》中也指出："降及元康，潘、陆特秀，律异班、贾，体变曹、王，缛旨星稠，繁文绮合。缀平台之逸响，采南皮之高韵，遗风余烈，事极江右。有晋中兴，玄风独振，为学穷于柱下，博物止乎七篇，驰骋文辞，义单乎此。自建武暨乎义熙，历载将百，虽缀响联辞，波属云委，莫不寄言上德，托意玄珠，遒丽之辞，无闻焉尔。"沈约此说，因袭了檀道鸾的观点。而玄言诗的特点在于清虚。钟嵘《诗品序》中指出："永嘉时贵黄、老，江表微波尚传，孙绰、许询平典似道德论。"《诗品》卷下评晋骠骑王济、征南将军杜预、廷尉孙绰、征士许询诗曰："永嘉以来，清虚在俗。王武子辈诗贵道家之言。爰及江表，玄风尚备。真长、仲祖、桓、庾诸公犹相袭。世称孙、许，弥善恬淡之词。"可见，以清淡、清虚为特点的玄言诗在东晋的出现有着历史情境与思想文化上的原因。

二

汉魏两晋尚"清"风尚的流变，是在东汉末年的时局影响下形成的。当时特殊的社会与政治形态，促成了士人精神的直接转变。这是最深层与最直接的原因。

汉末清议之风始于政治的形态变化，东汉时代的政治出现了诡异的变化。在中国历史上具有独特之处。迄至东汉中期之后，皇帝年幼，大多由外戚，即娘家人秉政，外戚擅权自立，不顾皇帝的利益与权力，例如东汉顺帝时的外戚梁冀，不仅毒死了汉质帝，而且杀害了直言的李固等士大夫，《后汉书·梁冀传》记载："冀立质帝。帝少而聪慧，知冀骄横，尝朝群臣，目冀曰：'此跋扈将军也。'冀闻，深恶之，遂令左右进鸩加煮饼，帝即日崩。复立桓帝，而枉害李固及前太尉杜乔，海内嗟惧"，最后被灭。皇帝长大后则依赖身边的宦官除掉外戚，宦官一旦得势后，为害更烈，皇帝往往为他们所操纵，导致朝政混乱，贪暴猖獗，无人能管。东汉后期的朝局，出现了外戚与宦官轮番秉持朝政、互相斗争的局面，而士大夫官僚与太学生等身不由己地卷入其中而不能自拔。东汉时代士大夫的儒学教育与人格精神，至此显示出风骨与气节来。许多不甘朝政毁灭的士大夫，以儒学信仰作精神武器，对宦官的为害进行了殊死的搏斗。这些士大夫体现出一种"群体的自觉"，而所持的思想武器，则是儒家的清洁之道。例如，东汉著名大臣杨震在《谏为王圣修第疏》中批评当时奸佞之人当政，贪污受贿："宰司辟召，承望旨意，招来海内贪污之人，受其货赂，至有臧锢弃世之徒，复得显用。白黑溷淆，清浊同源，天下讙哗，咸曰财货上流，为朝结讥。"东汉晚期大臣李固上疏陈事曰："臣闻气之清者为神，人之清者为贤。养身者以练神为宝，安国者以积贤为道。"（《后汉书·李固传》）这正是当时士人以清自居的理论依据。汉顺帝时的直臣左雄上书批评朝政，多及清洁之道。《后汉书·左雄传》记载："永建初，公车征拜议郎。时，顺帝新立，大臣懈怠，朝多阙政，雄数言事，其辞深切。"左雄上疏陈事曰："汉初至今，三百余载，俗浸雕敝，巧伪滋萌，下饰其诈，上肆其残。……朱紫同色，清浊不分。故使奸猾枉滥，轻忽去就，拜除如流，缺动百数。"左雄为此提议："乡部亲民之吏，皆用儒生清白任从政者，宽其负算，增其秩禄，吏职满岁，宰府州郡乃得辟举。如此，威福之路塞，虚伪之端绝，送迎之役损，赋敛之源息。循理之吏，得成其化；率土之民，各宁其所。追配文、宣中兴之轨，流光垂祚，永世不刊。帝感其言：申下有司，考其真伪，详所施行。雄之所言，皆明达政体，而宦竖擅权，终不能用。"可见，当时宦官羽翼已丰。另一位士大夫官僚朱穆的命运也是如此，虽然志在匡世，而最终一事无成，活活气死。他在任官时严惩宦官赵忠，皇帝不明是非，袒护赵忠，将朱穆下狱，太学书生刘陶等数千人诣阙上书讼穆曰："伏见施刑徒朱穆，处公忧国，拜州之日，志清奸恶。诚以常侍贵宠，父兄子弟布在州郡，竞为虎狼，噬食小人，故穆张理天网，补缀漏目，罗取残祸，以塞天意。由是内官咸共患疾，谤讟烦兴，谗隙仍作，极其刑谪，输作左校。"（《后汉书·朱穆传》）他指出朱穆"处公忧国"、"志清奸恶"，批评皇帝听信谗言，从中也可以考见崇尚清洁，是当时士大夫的共同心理。

不幸的是，刘陶自己最后竟也因直言惹怒皇帝而被害。《后汉书·刘陶传》记载："陶为人居简，不修小节。所与交友，必也同志。好尚或殊，富贵不求合；情趣苟同，贫贱不易意。"当时，大将军梁冀专朝，连岁荒饥，刘陶上疏陈事曰："窃见故冀州刺史南阳朱穆，前乌桓校尉臣同郡李膺，皆履正清平，贞高绝俗。穆前在冀州，奉宪操平，摧破奸党，扫清万里。膺历典牧守，正身率下，及掌戎马，威扬朔北。斯实中兴之良佐，国家之柱臣也。宜还本朝，挟辅王室，上齐七燿，下镇万国。臣敢吐不时之义于讳言之朝，犹冰霜见日，必至消灭。臣始悲天下之可悲，今天下亦悲臣之愚惑也。"书奏不省。刘陶赞美朱穆与李膺"履正清平，贞高绝俗"，但恰恰犯了皇帝忌惮臣下结党犯上之心态，最后刘陶因得罪昏君而受害。但他的"所与交友，必也同志"，也开了党锢之祸中的同志之游先河。

而汉末发生的"党锢之祸"中的党人群体，更是秉承传统儒学精神道德，以澄清天下为己任。《世说新语·德行》记载："陈仲举言为士则，行为世范，登车揽辔，有澄清天下之志。为豫章太守，至，便问徐孺子所在，欲先看之。主簿白：'群情欲府君先入廨。'陈曰：'武王式商容之闾，席不暇暖。吾之礼贤，有何不可！'"《后汉书·陈蕃传》记载，东汉党人领袖人物陈蕃，"年十五，尝闲处一室，而庭宇芜秽。父友同郡薛勤来候之，谓蕃曰：'孺子何不洒扫以待宾客？'蕃曰：'大丈夫处世，当扫除天下，安事一室乎！'勤知其有清世志，甚奇之。……太尉李固表荐，征拜议郎，再迁为乐安太守。时，李膺为青州刺史，名有威政，属城闻风，皆自引去，蕃独以清绩留。郡人周璆，高洁之士。前后郡守招命莫肯至，唯蕃能致焉。字而不名，特为置一榻，去则县之。"陈蕃在东汉末年与李膺齐名，是一位由士人进入官僚阶层的人物，以刚直义烈著称，志在扫除天下浊秽。后在党锢之祸中被宦官所害。范晔指出："陈蕃芜室，志清天纲。人谋虽绌，幽运未当。言观殄瘁，曷非云亡？"赞美陈蕃的志向与人格，在当时具有"澄清天下"的作用。清代史家王鸣盛在《十七史商榷》中赞美："《陈蕃传》论推明忠义心事，悲愤壮烈，千载下读之凛凛犹有生气。"[①]

另一位与陈蕃齐名的李膺也为清流领袖。《后汉书》卷六七《党锢列传》："是时朝廷日乱，纲纪颓阤，膺独持风裁，以声名自高。士有被其容接者，名为登龙门。……膺免归乡里，居阳城山中，天下士大夫皆高尚其道，而污秽朝廷。"李膺等人物以风教与人格为士人所重。《后汉书》卷六八《郭太传》还记载："（郭太）善谈论，美音制。乃游于洛阳。始见河南尹李膺，膺大奇之，遂相友善，于是名震京师。后归乡里，衣冠诸儒送至河上，车数千两。林宗唯与李膺同舟而济，众宾望之，以为神仙焉。"《世说新语·言语》记载："孔文举年十岁，随父到洛。时李元礼有盛名，为司隶校尉。诣门者，皆俊才清称及中表亲戚乃通。"《后汉书》卷六七《党锢列传》记载，范滂"少厉清节，为州里所服，举孝廉，光禄四行。时冀州饥荒，盗贼群起，乃以滂为清诏使，案察之。滂登车揽

---

① （清）王鸣盛：《十七史商榷》，凤凰出版社2008年版，第205页。

辔,慨然有澄清天下之志。乃至州境,守令自知臧污,望风解印绶去。其所举奏,莫不厌塞众议"。范滂后来也被宦官所害,其悲壮情节令世人感叹。不过,党人精神虽然可歌可泣,但是难免矫枉过正。范晔在《后汉书·党锢列传》中论述两汉士人精神人格时说过这样一段话:"逮桓、灵之间,主荒政缪,国命委于阉寺,士子羞与为伍,故匹夫抗愤,处士横议,遂乃激扬名声,互相题拂,品核公卿,裁量执政,婞直之风,于斯行矣。夫上好则下必甚,桥枉故直必过,其理然矣。若范滂、张俭之徒,清心忌恶,终陷党议,不其然乎?"范晔认为,像范滂与张俭等人的"清心忌恶,终陷党议",他们自身的缺损也是很明显的。其实,清洁王道也可以成为迫害政敌的口实,《世说新语》记载,钟会诟害嵇康,用的理由就是清洁王道。① 范滂在执政用人时,合己则用之,不合己则去之,而清浊对举,此时成了不可调和之概念,矛盾越来越趋于激烈,《后汉书·党锢列传》记载:"滂在职,严整疾恶。其有行违孝悌,不轨仁义者,皆扫迹斥逐,不与共朝。显荐异节,抽拔幽陋。滂外甥西平李颂,公族子孙,而为乡曲所弃,中常侍唐衡以颂请资,资用为吏。滂以非其人,寝而不召。资迁怒,捶书佐朱零。零仰曰:'范滂清裁,犹以利刃齿腐朽。今日宁受笞死,而滂不可违。'资乃止。郡中中人以下,莫不归怨,乃指滂之所用以为'范党'。"范滂以清洁作为用人的标准,对于浊流加以排斥,虽然对于时风有所匡正,但是也会加剧矛盾,使人难以容忍。范晔在叙说范滂临刑就义后,不禁赞叹:"李膺振拔污险之中,蕴义生风,以鼓动流俗,激素行以耻威权,立廉尚以振贵势,使天下之士奋迅感概,波荡而从之,幽深牢破室族而不顾,至于子伏其死而母欢其义。壮矣哉!子曰:'道之将废也与?命也!'"但司马光在《资治通鉴》卷五六中对此却持不同看法,认为并不值得。② 事实上,在两次党锢之祸后,士人对于东汉灵帝这

---

① 《世说新语·雅量》注引《文士传》曰:"吕安罹事,康诣狱以明之。钟会庭论康,曰:'今皇道开明,四海风靡,边鄙无诡随之民,街巷无异口之议。而康上不臣天子,下不事王侯,轻时傲世,不为物用,无益于今,有败于俗。昔太公诛华士,孔子戮少正卯,以其负才乱群惑众也。今不诛康,无以清洁王道。'于是录康闭狱,临死,而兄弟亲族咸与共别。"

② 司马光在《资治通鉴》卷五六中评论:"天下有道,君子扬于王庭,以正小人之罪,而莫敢不服;天下无道,君子囊括不言,以避小人之祸,而犹或不免。党人生昏乱之世,不在其位,四海横流,而欲以口舌救之,臧否人物,激浊扬清,撩虺蛇之头,践虎狼之属,以至身被淫刑,祸及朋友,士类歼灭而国随以亡,不亦悲乎!夫唯郭泰既明且哲,以保其身,申屠蟠见几而作,不俟终日,卓乎其不可及已!"

样的昏君早已失望,转投另外的政治强人。《后汉书·党锢列传》记载,李膺之子李瓒,"位至东平相。初,曹操微时,瓒异其才,将没,谓子宣等曰:'时将乱矣,天下英雄无过曹操。张孟卓与吾善,袁本初汝外亲,虽尔勿依,必归曹氏。'诸子从之,并免于乱世"。

在这时候,社会生活中的清与浊的冲突达到空前尖锐的地步,清浊对立演变成一种意识形态化的斗争,这就是汉末的清议之风。《后汉书·党锢列传》记载党锢之祸缘由时指出:"初,桓帝为蠡吾侯,受学于甘陵周福,及即帝位,擢福为尚书。时同郡河南尹房植有名当朝,乡人为之谣曰:'天下规矩房伯武,因师获印周仲进。'二家宾客,互相讥揣,遂各树朋徒,渐成尤隙,由是甘陵有南北部,党人之议,自此始矣。后汝南太守宗资任功曹范滂,南阳太守成瑨亦委功曹岑晊,二郡又为谣曰:'汝南太守范孟博,南阳宗资主画诺。南阳太守岑公孝,弘农成瑨但坐啸。'因此流言转入太学,诸生三万余人,郭林宗、贾伟节为其冠,并与李膺、陈蕃、王畅更相褒重。学中语曰:'天下模楷李元礼,不畏强御陈仲举,天下俊秀王叔茂。'又渤海公族进阶、扶风魏齐卿,并危言深论,不隐豪强。自公卿以下,莫不畏其贬议,屣履到门。"可见,党事之起,源起于两家豪族的门客互相讥讽,而这种讽刺流入太学,于是引起舆论对于早已不满的官场及其政治的清议。第一次党锢之祸后,人们对于时政更为不满,掀起了更大的清议风潮,"自是正直废放。邪枉炽结,海内希风之流,遂共相标榜,指天下名士,为之称号"(《后汉书·党锢列传》)。这种清议之风,在当时具有实际的政治斗争意义,而到了东晋时代,则趋于玄虚,变得抽象起来,陈寅恪先生对此有过论述。[①] 魏晋玄学中的尚清则是对此的哲学化。玄学起于汉末的人物清议与品评,哲学化之后,则由王弼、何晏通过注释《论语》、《周易》、《老子》等儒道经典,加以演绎,形成系统的玄学贵无论思想体系,从而使"清"变成思想文化范畴,覆盖社会生活的各个方面,在两晋时代蔚为风气。而文艺思潮受其影响亦为自然之事。

[①] 陈寅恪先生指出:"当魏末西晋即清谈之前期,其清谈乃日常政治上之实际问题,与其时士大夫出处进退至有关系,盖藉此以表示本人态度及辩护自身立场者,非若东晋一朝即清谈后期,已失去政治上之实际性质,仅作为名士身份之装饰品者也。"(陈寅恪:《陶渊明之思想与清谈之关系》,《金明馆丛稿初编》,上海古籍出版社1980年版,第180页)

三

汉魏两晋尚"清"之风尚，正是缘着上述社会形态与思潮的变迁而发生变化的。这种变化路径，不是泛泛地从社会学角度便能加以考量而得出结论的，而是有着内在的经络，它反映出中国古代文艺理论的人生血脉，反映出古代文艺理论与社会人生既有着直接的联系，同时也不断丰富着自身，反过来也充实着道德伦理观念。在社会剧烈动荡与变化的年代，这种变化更为微妙复杂，它既呈现在个案中，也游走在整个社会心理变化之中。

在文学批评领域，直接用"清"的概念来进行辞赋批评的，莫过于东汉后期的王逸。王逸（生卒年不详），东汉安帝与顺帝时人。他曾作《楚辞章句》，是最早的完整注本。王逸针对班固《离骚序》中对于屈原的误读，在《楚辞章句序》中指出："今若屈原，膺忠贞之质，体清洁之性，直若砥矢，言若丹青，进不隐其谋，退不顾其命，此诚绝世之行，俊彦之英也。而班固谓之露才扬己，竞于群小之中；怨恨怀王，讥刺椒兰，苟欲求进，强非其人；不见容纳，忿恚自沈，是亏其高明，而损其清洁者也。昔伯夷、叔齐让国守分，不食周粟，遂饿而死，岂可复谓有求于世而怨望哉！且诗人怨主刺上曰：'呜呼小子，未知臧否。匪面命之，言提其耳。'风谏之语，于斯为切。然仲尼论之，以为大雅。引此比彼，优游婉顺，宁以其君不智之故，欲提携其耳乎？而论者以为露才扬己，怨刺其上，强非其人，殆失厥中矣。"王逸赞美屈原人格光明正大，"膺忠贞之质，体清洁之性"，显然这是采用东汉尚清的观念来从事文学批评。班固说屈原"露才扬己"，王逸则认为恰恰是屈原的伟岸之处。王逸认为《诗经》中也不乏"风谏之语"，孔子也承认这些"怨刺其上"的诗合乎大雅，并未加以否弃；屈原之词"优游婉顺"，目的是谏劝君王，这难道是"怨刺其上，强非其人"吗？可见班固自己的话就不公道，"殆失厥中矣"。王逸还在《离骚经序》中赞扬屈原"不忍以清白久居浊世，遂赴汨渊，自沈而死"，首先肯定屈原的人格，然后指出《离骚》"其词温而雅，其义皎而朗。凡百君子，莫不慕其清高，嘉其文采，哀其不遇，而愍其志焉"。人们在欣赏《离骚》时，深深同情屈原的不幸遭遇，悯惜其高尚志向。这样，便将屈原的清高与文采的瑰丽相结合，推翻了班固强加在屈原身上的不实之辞，恢复屈原人格与文章的光采，后来刘勰写作《文心雕龙·辨骚》时，汲取了王逸的观点。

汉末建安年代，用清浊二气来构建新的文学批评观念的，首推曹丕的《典论·论文》。如果说，王逸用"清"的人格与道德之概念来评价屈原，不脱两汉论清之特点，那么，曹丕《典论论文》论"清"，则较多地运用《淮南子》与王充等人的思想方法，用天地清浊二气来论文。而清浊二气着眼于人的个性特征，而不是抽象的人格道德观念，从而使尚清的理念与文艺学的内在规律相结合，大大迈进了一大步。《典论·论文》是这样论述"文气"的："文以气为主，气之清浊有体，不可力强而致，譬诸音乐，曲度虽均，节奏同检，至于引气不齐，巧拙有素，虽在父兄，不能以移子弟。"曹丕认为文章当以"气"为主。这种"气"体现在每个作家身上，又因人而异，好比吹奏音乐时，乐器构造虽同，由于吹奏人用气不齐，巧拙有分，所以音调也各不相同，这种先天素质就是父亲也不能移给儿子，哥哥也不能传给弟弟。"清"为高爽朗畅的风力，"浊"指纡缓沉滞的风格。曹丕在古代美学史上第一次把原来说明自然现象和社会现象的"清浊"概念用来划分文学风格，极大地丰富和发展了古代文论的风格论。

汉末建安年代，气为清浊阴阳，而逐渐脱离了两汉赋予的"清"的道德观念属性，清往往指一种凄清悲凉之风格。在音乐中，清气之乐则指五音中的清商之音乐，建安年代以悲为美，因此，我们在当时人的诗文中，常常看到用清来形容和描写音乐之悲的句子。阮籍之父、建安七子之一的阮瑀《筝赋》咏叹："惟夫筝之奇妙，极五音之幽微。苞群声以作主，冠众乐而为师。禀清和于律吕，笼丝木以成资。身长六尺，应律数也，故能清者感天，浊者合地，五声并用，动静简易。"（《艺文类聚》四四）徐幹《齐都赋》中吟咏："含清歌以咏志，流玄眸而微眄。"（《艺文类聚》六一）繁钦在《与魏太子书》中感叹："暨其清激悲吟，杂以怨慕，咏北狄之遐征，奏胡马之长思，凄入肝脾，哀感顽艳。是时日在西隅，凉风拂衽，背山临溪，流泉东逝。同坐仰叹，欢者俯听，莫不泫泣殒涕，悲怀慷慨。"（《艺文类聚》四三）文中真实地写出了羁旅之中对于悲音的感受，透露出建安文艺以悲为美之心态。在魏晋诗歌中，这种对于凄清之美的吟咏颇多，诗赋中的意象也多以清风、清商、清流等出现。曹丕《与朝歌令吴质书》描写与建安文士的游宴情景："每念昔日南皮之游，诚不可忘。既妙思六经，逍遥百氏，弹棋闲设，终以六博，高谈娱心，哀筝顺耳。驰骛北场，旅食南馆，浮甘瓜于清泉，沈朱李于寒水。白日既匿，继以朗月，同乘并载，以游后园，舆轮徐动，参从无声，清风夜起，悲笳微吟。"（《文选》卷四二）写出了当时与文士夜以继日的游宴情形，曹丕及其文士当日游宴时，乐往哀来之心境伴随着清风夜起，悲笳微吟，传达出他们人生无常、及时行乐与建功立业之想法。

汉魏尚"清"的风尚与意识，在魏晋易代之际的阮籍、嵇康等人的"正始之音"中获得长足的发展。《文心雕龙·明诗》云："及正始明道，诗杂仙心；何晏之徒，率多浮浅。唯嵇志清峻，阮旨遥深，故能标焉。"王弼等玄学家在注《老子·七十二章》"民不畏威，则大威至。无狎其所居，无厌其所生"时指出："清静无为谓之居，谦后不盈谓之生，离其清净，行其躁欲，弃其谦后，任其威权，则物扰而民僻，威不能复制民，民不能堪其威，则上下大溃矣，天诛将至，故曰，民不畏威，则大威至。无狎其所居，无厌其所生，言威力不可任也。"① 王弼将清静无为作为最高的社会理想与人生理想，反映出正始玄学的特点。他在注《周易》中"渐"卦中的卦辞"上九：鸿渐于陆。其羽可用为仪，吉"时指出："进处高洁，不累于位，无物可以屈其心而乱其志。峨峨清远，仪可贵也，故曰'其羽可用为仪，吉'。"② 可见，王弼认为，君子体清贵玄，志意清远，无为而治。阮籍、嵇康的诗文尚清特征十分明显。然而二人所尚之清有所不同，阮籍所贵之清多与逍遥之境联系，而嵇志清峻则多与现实人格相联系。二人殊途同归，高扬了汉末党人精神与建安文学之"清"，以深刻的精神内涵为核心，而缘之以高迈之神韵，是从人生志趣来构建清峻高逸之文学境界。阮籍在其诗文中，通过对于理想人世的讴歌来表达尚清之心态。在《首阳山赋》中，他写道："且清虚以守神兮，岂慷慨而言之？托言于夷齐，其思长，其旨远。"③ 通过对于伯夷、叔齐高尚志向的歌颂来传达出他的清迈志向。阮籍《东平赋》："漱玉液之滋怡兮，饮白水之清流。遂虚心而后已兮，又何怀乎患忧。重曰：嘉年时之淑清兮，美春阳

---

① 楼宇烈：《王弼集校释》，第179页。
② 同上书，第486页。
③ （清）严可均校辑：《全上古三代秦汉三国六朝文·全三国文》卷四四，商务印书馆1997年版，第468页。

以肇夏。托思飙而载行兮，因形骸以成驾。"① 《晋书·阮籍传》记载："及文帝辅政，籍尝从容言于帝曰：'籍平生曾游东平，乐其风土。'帝大悦，即拜东平相。籍乘驴到郡，坏府舍屏鄣，使内外相望，法令清简，旬日而还。"② 可见，他作《东平赋》是其现实政治理想与人生理想的写照。阮籍尚清的人生理想，往往通过对于庄子的阐扬来表达。在《达庄论》中他写道："清静寂寞，空豁以俟，善恶莫之分，是非无所争，故万物反其所而得其情也。……故至人清其质而浊其文，死生无变而未始有云。"③ 在《大人先生传》中形容道："气并代动变如神，寒倡热随害伤人，熙与真人怀大清。精神专一用意平，寒暑勿伤莫不惊，忧患靡由素气宁。浮雾凌天恣所经，往来微妙路无倾，好乐非世又何争，人且皆死我独生。"④ 阮籍的尚清意识表现在他著名的《清思赋》中，这是一首直接用清思来表现自己对于清思向往的赋作。赋中写道："余以为形之可见，非色之美；音之可闻，非声之善。昔黄帝登仙于荆山之上，振咸池于南口之冈，鬼神其幽，而夔牙不闻其章。女娲耀荣于东海之滨，而翩翻于洪西之旁，林石之陨，从而瑶台不照其光。是以微妙无形，寂寞无听，然后乃可以睹窈窕而淑清。故白日丽光，则季后不步其容；钟鼓闻铙，则延子不扬其声。"⑤ 阮籍在汉魏赋作中，首次将清思作为表现的对象，力图将审美境界与逍遥之境相联系，强烈地传达出他希望摆脱当时的险恶社会，达到精神自由的心志，并且将人生理想与审美理想相融合，"夫清虚寥廓，则神物来集；飘遥恍惚，则洞幽贯冥；冰心玉质"，清虚与淑清之境界就是至美至善的境界，而这种境界是大言希声、大象无形，需要于微妙无形、寂寞无听中获得这种审美享受的。所以这篇赋作也是魏晋文论与美学的重要文献。

嵇康则与阮籍不同，其尚清表现在对于现实人格的建构上。在《养生论》中，他提出："清虚静泰，少私寡欲；知名位之伤德，故忽而不营，非欲而强禁也；识厚味之害性，故弃而弗顾，非贪而后抑也；外物以

---

① 《全上古三代秦汉三国六朝文·全三国文》卷四四，第467页。
② 《晋书》卷四九，中华书局1996年版，第1360页。
③ 《全上古秦汉三国六朝文·全三国文》卷四五，第481页。
④ 同上书，卷四六，第492页。
⑤ 同上书，卷四四，第469页。

累心不存，神气以醇白独著。"① 嵇康认为养生在于"清虚静泰，少私寡欲"。此种尚清由人生境界而臻于音乐与诗歌之审美境界。在《琴赋》中，嵇康认为古琴是最能抒发心灵世界的，心灵世界的最高形态则是清真虚缈："愔愔琴德，不可测兮。体清心远，邈难极兮。良质美手，遇今世兮。纷纶翕响，冠众艺兮；识音者希，孰能珍兮？能尽雅琴，唯至人兮！"② 在《声无哀乐论》中，嵇康甚至强调音乐声响与心灵的相对分离，原因在于心灵的幽缈与人们听到的音响差别至大，人们很难从外在的声响中获得真正的心灵本体的，他指出："琴瑟之体，间辽而音埤，变希而声清，以埤音御希变，不虚心静听，则不尽清和之极，是以听静而心闲也。"③ 这里的"清"，具有了老子所说的"大音希声"之意思，是一种幽缈难识的音声，包括自然之声与音乐之声。嵇康《四言赠兄秀才入军诗》深感内心的孤独无人知晓，屡屡发出这样的哀叹："虽有好音，谁与清歌。虽有姝颜，谁与发华"；"操缦清商，游心大象。倾昧修身，惠音遗响。钟期不存，我志谁赏"；"嘉彼钓叟，得鱼忘筌。郢人逝矣，谁与尽言"。④ 诗中的"清歌"、"清商"显然是指一种无声之乐，是一种心灵感应而无法表现的音乐意境。嵇康清高自傲，刚肠疾恶，在他身上，汉末党人精神时时可见，观其与好友山涛之绝交，与钟会之交恶，特别是非汤武、薄周孔，更是得罪了司马昭，最后罹祸而亡。⑤

西晋年间，尚清的文艺思想在陆云与乃兄陆机讨论作文的文学批评中得到彰显。《晋书·陆机传》记载："机天才秀逸，辞藻宏丽，张华尝谓之曰：'人之为文，常恨才少，而子更患其多。'弟云尝与书曰：'君苗见兄文，辄欲烧其笔砚。'后葛洪著书，称'机文犹玄圃之积玉，无非夜光焉，五河之吐流，泉源如一焉。其弘丽妍赡，英锐漂逸，亦一代之绝乎！'其为人所推服如此。然好游权门，与贾谧亲善，以进趣获讥。所著文章凡三百余篇，并行于世。"⑥ 可见陆机文才华茂，然而喜好华丽之辞，

---

① 《全上古秦汉三国六朝文·全三国文》卷四四，第502页。
② 同上书，卷四七，第496页。
③ 同上书，卷四九，第514页。
④ 逯钦立：《先秦汉魏晋南北朝诗·魏诗》卷九，中华书局1988年版，第482页。
⑤ 陈寿《三国志·魏书》卷二一《王粲传》注引《魏氏春秋》记载："及山涛为选曹郎，举康自代，康答书拒绝，因自说不堪流俗，而非薄汤、武。大将军闻而怒焉。"
⑥ 房玄龄：《晋书》卷五四，第1481页。

《世说新语·文学》记载：“孙兴公云：'潘文烂若披锦，无处不善；陆文若排沙简金，往往见宝。'”① 东晋诗人孙绰评论潘岳与陆机诗歌风格不同，潘无处不善，而陆机的诗文则需要取粗存精。而陆云则嗜好清省。《晋书·陆云传》记载：“云字士龙，六岁能属文，性清正，有才理。少与兄机齐名，虽文章不及机，而持论过之，号曰'二陆'。幼时吴尚书广陵闵鸿见而奇之，曰：'此儿若非龙驹，当是凤雏。'后举云贤良，时年十六。吴平，入洛。”② 陆云善于持论，在文学批评上与陆机的《文赋》文学观念有所不同。郭绍虞先生在《中国文学批评史》中说：“晋初文学首推二陆，即就文学批评言，二陆亦较为重要。”③ 刘勰《文心雕龙·才略》篇云：“陆机才欲窥深，辞务索广，故思能入巧，而不制繁；士龙朗练，以识检乱，故能布采鲜净，敏于短篇。”陆机、陆云都重视诗文的审美风貌，由于个体的才性不同，这种倾向反映到陆机的文学思想中，形成了"缘情绮靡"的审美要求；反映到陆云的文学思想中，形成了主"清"的审美理想。明张溥在《汉魏六朝百三家集题辞》之《陆清河集》中云：“士龙与兄书，称论文章，颇贵'清省'。”④ 清严可均《全晋文》辑《与兄平原书》有三十五篇，其中三十一篇基本为论述文学见解之作。⑤

陆云则在与兄长讨论文章时，一再申明自己崇尚清省、清工的美学观念，他在致陆机的书信中提出："云再拜：省诸赋，皆有高言绝典，不可复言。顷有事，复不大快，凡得再三视耳。其未精，仓卒未能为之次第。省《述思赋》，流深情至言，实为清妙，恐故复未得为兄赋之最。兄文自为雄，非累日精拔，卒不可得言。《文赋》甚有辞，绮语颇多，文适多体便欲不清，不审兄呼尔不？《咏德颂》甚复尽美，省之恻然。《扇赋》腹中愈首尾，发头一而不快，言乌云龙见，如有不体。《感逝赋》愈前，恐故当小不？然一至不复灭。《漏赋》可谓清工。兄顿作尔多文，而新奇乃尔，真令人怖，不当复道作文。"陆机一方面赞扬兄长所作为高言绝典，不可复言；另一方面也坦言兄长所作之《文赋》"绮语颇多"，原因在于

---

① （南朝宋）刘义庆校笺，徐震堮著：《世说新语校笺》，中华书局1984年版，第143页。
② 《晋书》卷五四，第1481页。
③ 郭绍虞：《中国文学批评史》，天津百花文艺出版社1999年版，第77页。
④ （明）张溥著，殷孟伦注：《汉魏六朝百三家集题辞注》，中华书局2007年版，第175页。
⑤ （晋）陆云著，黄葵点校：《与兄平原书》，中华书局1988年版，第134—147页。

"文适多体便欲不清",不知道兄长是否意识这一点。在评论具体的这一组作品时,他赞扬"《述思赋》,流深情至言,实为清妙","《漏赋》可谓清工",陆云认为,陆机所作新奇固然可贵,但清妙、清工的文学风格理为重要。陆云还反省了自己的文学情趣经历先辞后情到先情后辞的演变过程:"往日论文,先辞而后情,尚絜而取不悦泽。尝忆兄道张公文子论文,实自欲得。今日便欲宗其言,兄文章之高远绝异,不可复称言。然犹皆欲微多,但清新相接,不以此为病耳。若复令小省,恐其妙欲不见,可复称极,不审兄由以为尔不?《茂曹碑》皆自是《蔡氏碑》之上者,比视蔡氏数十碑,殊多不及,言亦自清美,愚以无疑不存。《三祖赞》不可闻,《武帝赞》如欲管管流泽,有以常相称美,如不史,愿更视之。小跋几而悦奕为尽理。"陆云在此信中回顾了从往日论文,先辞而后情到先情而后辞的过程,慨叹:"云今意视文,乃好清省,欲无以尚,意之至此,乃出自然。"他的文学观念,乃是汉魏以来尚清文学观念与华丽文学观念并行不悖,互相冲突又互相融会的结果。

汉魏两晋尚清的风尚与文艺观念,我们还可以从《世说新语》中见出。《世说新语》中蕴涵着丰富的审美资料与文艺观念。这已经是当今学界的共识了。通过其中论人与论文的记载,我们可以清晰地发现其中的尚清观念。《世说新语》是一部当时世族名流的"风流宝鉴"与名士教科书,而世族名流的身份特征便是以清为贵。清谈则是这种风流的资质,而清的基本特点便是身份显贵或者高士:"嵇康身长七尺八寸,风姿特秀。见者叹曰:'萧萧肃肃,爽朗清举。'"(《容止》)"谢幼舆曰:'友人王眉子清通简畅,嵇延祖弘雅劭长,董仲道卓荦有致度。'"(《赏誉》)"王公目太尉:'岩岩清峙,壁立千仞。'"(《赏誉》)由人物之清旁及自然万物,融入审美观念之中。《世说新语》之中,这类品藻很多:"会稽贺生,体识清远,言行以礼。不徒东南之美,实为海内之秀。"(《言语》)"刘尹云:'清风朗月,辄思玄度。'"(《言语》)我们在这些品藻中,不仅看到这些人物出身、教养与精神涵养,而且用自然界的风物形容赞赏他们的精神涵养与风度之美。而"清"引申到品评识鉴人物领域,则成了一种识见:"山公举阮咸为吏部郎,目曰:'清真寡欲,万物不能移也。'"(《赏誉》)"王戎目阮文业:'清伦有鉴识,汉元以来未有此人。'"(《赏誉》)当时在清谈中,言辞不仅是表达意思的产物,也是修养提炼的结果,可以使名士间心心相印:"许掾尝诣简文,尔时风恬月朗,乃共作曲室中语。襟情之咏，偏是许之所长。辞寄清婉，有逾平日。简文虽契素，此遇尤相咨嗟，不觉造膝，共叉手语，达于将旦。"（《赏誉》）而清言之美则是这种尚清在清谈交往中的表现，从品鉴人物尚清到品评文章尚清，这是必然的逻辑："乐令善于清言，而不长于手笔。将让河南尹，请潘岳为表。潘云：'可作耳，要当得君意。'乐为述己所以为让，标位二百许语，潘直取错综，便成名笔。时人咸云：'若乐不假潘之文，潘不取乐之旨，则无以成斯矣。'"（《文学》）这是说乐广虽擅长清谈而不善于写文章，然而通过善于写作的潘岳的转化，他的清言之美得到了升华。《世说新语·文学》注引《文士传曰》："（潘）尼字正叔，荥阳人。祖勖，尚书左丞。父满，平原太守。并以文学称。尼少有清才，文词温雅。初应州辟，终太常卿。"可见，清言之美影响到文学批评亦为题中应有之义。

南朝齐代刘勰的《文心雕龙》便是汉魏两晋尚清伦理与文学观念之集大成者。汉魏两晋以清为美的观念与风尚在这部文论巨典中获得极大的提升。刘勰在《宗经篇》中指出："故文能宗经，体有六义：一则情深而不诡，二则风清而不杂，三则事信而不诞，四则义直而不回，五则体约而不芜，六则文丽而不淫。扬子比雕玉以作器，谓五经之含文也。夫文以行立，行以文传，四教所先，符采相济。励德树声，莫不师圣，而建言修辞，鲜克宗经。是以楚艳汉侈，流弊不还，正末归本，不其懿欤！"刘勰强调，文章的功用在于宗经，而文章宗经的功用体现在于学习经典的体式，到达正末归本之目的，而六义之一即是"风清而不杂"。在《风骨篇》中他提出："《诗》总六义，风冠其首，斯乃化感之本源，志气之符契也。是以怊怅述情，必始乎风；沈吟铺辞，莫先于骨。故辞之待骨，如体之树骸；情之含风，犹形之包气。结言端直，则文骨成焉；意气骏爽，则文风清焉。"风是内容范畴，而骨是文辞范畴，而文风清焉，是指内容的清雅端正。刘勰在《风骨篇》中最后提出："若能确乎正式，使文明以健，则风清骨峻，篇体光华。"在《体性篇》评论著名作家时，刘勰赞扬："是以贾生俊发，故文洁而体清；长卿傲诞，故理侈而辞溢。"清显然是指一种清简而隽永的内格，而辞溢则指文辞的华靡。在《明诗篇》中他提出："至于张衡《怨篇》，清典可味；《仙诗》《缓歌》，雅有新声。"在对各类文体进行分析论述时，刘勰也将清作为重要的尺度。例如，他在《诔碑》中指出："自后汉以来，碑碣云起。才锋所断，莫高蔡邕。观杨赐之碑，骨鲠训典；陈郭二文，词无择言；周乎众碑，莫非清允。其叙事也该而要，其缀采也雅而泽；清词转而不穷，巧义出而卓立；察其为才，自然而至。"评价蔡邕碑文写得好在于它的自然清丽。在《哀吊篇》中他分析："自贾谊浮湘，发愤吊屈。体同而事核，辞清而理哀，盖首出之作也。"在《章表篇》中，他指出："所以魏初表章，指事造实，求其靡丽，则未足美矣。至于文举之《荐祢衡》，气扬采飞；孔明之辞后主，志尽文畅；虽华实异旨，并表之英也。琳瑀章表，有誉当时；孔璋称健，则其标也。陈思之表，独冠群才。观其体赡而律调，辞清而志显，应物掣巧，随变生趣，执辔有馀，故能缓急应节矣。"刘勰认为，曹植的章表之所以独冠群才，在于他"辞清而志显"，随变生趣，达到了很高的水准。《文心雕龙》的体大思精，独冠群书，与刘勰充分汲取汉魏以来尚清的人文思潮是直接相关的。

如果说，《文心雕龙》尚清染有较多的经学价值观念，从宗经的维度去弘扬清的审美价值，而钟嵘的《诗品》则重在五言诗自身的审美价值来品清。清在钟嵘的诗学批评中，不再指宗经的体现，而是五言诗的风格特点。《文心雕龙·明诗》有云："若夫四言正体，则雅润为本；五言流调，则清丽居宗。华实异用，唯才所安。"钟嵘正是本着惟才所安的方法来论清，在《诗品》的上品中，固然多用清来品评诗作。如说"刘越石仗清刚之气"，叹赏《古诗十九首》"人代冥灭，而清音独远"，汉婕妤班姬《团扇》短章"词旨清捷，怨深文绮"。同时，这种清有时也指风格特点，在《诗品》卷中，钟嵘将嵇康五言诗列为中品，品评曰："颇似魏文。过为峻切，讦直露才，伤渊雅之致。然托喻清远，良有鉴裁，亦未失高流矣。"所以清产并不一定就为上品，只是一种诗格而已。在卷中列为中品的刘琨，钟嵘品之为："善为凄戾之词，自有清拔之气。琨既体良才，又罹厄运，故善叙丧乱，多感恨之词。"尤其是对于后人赞为绝品的陶渊明，钟嵘列为中品，称之为"文体省净，殆无长语。笃意真古，辞兴婉惬。每观其文，想其人德。世叹其质直。至如'欢言酌春酒'、'日暮天无云'，风华清靡，岂直为田家语邪！古今隐逸诗人之宗也"。因此，清靡之语，只是诗歌风格的一种特点，并没有特别的褒意在内。对于范云与丘迟之诗，钟嵘评价颇高，誉为："范诗清便宛转，如流风回雪。丘诗点缀映媚，似落花依草。故当浅于江淹，而秀于任昉。"可见，仅有清便等特点还不能构成上品，还须体现出《诗品序》所说"宏斯三义（赋比兴），酌而用之，干之以风力，润之以丹彩，使味之者无极，闻之者动心,是诗之至也"之思想。而对于过于清虚的玄言诗,钟嵘是持批评态度的:"永嘉以来,清虚在俗。王武子辈诗,贵道家之言。爰泊江表,玄风尚备。真长、仲祖、桓、庾诸公犹相袭。世称孙、许,弥善恬淡之词。"对于当时的文坛重镇沈约,钟嵘批评他:"观休文众制,五言最优。详其文体,察其馀论,固知宪章鲍明远也。所以不闲于经纶,而长于清怨。"只是将其列为中品,也受到后人的猜测,认为他求誉不成而报复沈约,现在看来,并无实据。

宗白华先生在《中国美学史中重要问题的初步探讨》中指出:"魏晋六朝是一个转变的关键,划分了两个阶段。从这个时候起,中国人的美感走到了一个新的方面,表现出一种新的美的理想。那就是认为'初发芙蓉'比之于'错采镂金'是一种更高的理想。"[①] 李白诗云:"清水出芙蓉,天然去雕饰。"以清真素朴之美在六朝的形成,并非趣味与观念本身的演变,而有着非常现实与具体之历史情境之刺激所致,而在迄今为止的研究中,这方面的考量远远不够,即使谈到当时的政治与社会现实,也只是作为一般的背景交待,而没有对尚"清"风尚深入考量,本文鉴于此,而作初步的讨论,以冀对于中国古代文论与美学范畴的研究有所裨补。

---

① 宗白华:《美学散步》,上海人民出版社1981年版,第29页。

"说诗者,不以文害辞,不以辞害志"

——木斋先生《古诗十九首》主要作者为曹植说商兑

袁济喜

在两汉时代,原本有许多无名而作者未详的"古诗",钟嵘《诗品》卷上所列的古诗就包括这类作品,经过梁代昭明太子萧统《文选》的编选后,《古诗十九首》形成了独立的单元,俨然变为汉魏六朝文学的名片,奠定了五言诗的地位,成为《诗经》、《楚辞》之后的古典诗歌之祖祧。

不过,关于《古诗十九首》的作者,自古以来就存在争议。《文选》卷二九《杂诗》上收录有《古诗一十九首》。李善注曰:"并云古诗,盖不知作者。或云枚乘,疑不能明也。诗云:驱马上东门。又云:游戏宛与洛。此则辞兼东都,非尽是乘明矣。昭明以失其姓氏,故编在李陵之上。"梁代徐陵编《玉台新咏》卷一杂诗类列"西北有高楼"等古诗九首于枚乘名下,其中有五首为今本《古诗十九首》中所有,其他则为拟作。曹旭先生在《诗品集注》(增订本)中指出:"今人多以为'古诗'乃东汉末年无名文人所作,未为确论,尚可进一步研究。"[1] 木斋先生近年来对于《古诗十九首》的作者与内容近年来发表了一系列独到的见解[2],他的观点主要是《古诗十九首》的主要作品为曹植所作,内容多缘于曹植与甄后之"隐情"。这些观点虽非创新,在钟嵘《诗品》卷上即提到古诗

---

[1] 曹旭:《诗品集注》(增订本),上海古籍出版社2011年版。
[2] 参见木斋《古诗十九首与建安诗歌研究》,人民出版社2009年版。

十九首"旧以为陈、王所作"。但是木斋详加考证,运用新方法对于他的论点进行了演绎与论述,涉及基本的研究方法,笔者读罢也颇受启迪,不过同时也产生了许多疑虑,想对此作一些商兑,以冀不仅对于这一具体的中国古代文学研究问题有所裨补,同时探讨如何在今天既秉承中国传统的治学方法,又不断创新的问题。《文心雕龙·序志》指出:"及其品列成文,有同乎旧谈者,非雷同也,势自不可异也;有异乎前论者,非苟异也,理自不可同也。同之与异,不屑古今,擘肌分理,唯务折衷。按辔文雅之场,环络藻绘之府,亦几乎备矣。"① 这种学术精神,也是我们今天应恪守不弃的。

一 曹植与甄氏"隐情"能如此考辨吗

木斋先生的系列论文,首先论证曹植与甄氏的隐情,继而说明《古诗十九首》有关男女情事的作品缘于二人私密"隐情"。阅读《古诗十九首》,不再是传统的"文温以丽,意悲而远"所涵括的,而是可以从中探索到男女之间的私密"隐情"。可以说,私密版的《古诗十九首》是木斋先生刻意打造出来的模型。

其中一个重要论据便是,木斋刻意将发生在魏文帝曹丕黄初二年(221)两件并没有内在联系的事情,即曹植受到监国使者灌均弹劾而被处罚,与甄后赐死联系在一起,以证明他们因恋情败露受到曹丕报复,"曹植黄初二年之罪与甄后之死应该是同一个罪名,而不会是曹植争位"②。但从他引证的材料来看,并不能证明这一点。而且,这种对于原始文献的误读是值得我们质疑的。

关于黄初二年曹丕对于曹植与甄后的处置的原来经过,我们先来看甄后于是年被杀的原委。甄氏因为后人将曹植的《洛神赋》与曹植的恋情联系在一起,于是有了后世许多传说,近年来更是有以相同题材而演绎出来的娱乐性文艺作品。但是明清以来的学者早就辨其虚妄。从我们现在看到的《三国志·魏书》卷五的《后妃传》来看,甄氏原来面貌并不复杂。(1)她出身于汉末县令家庭,"中山无极人,明帝母,汉太保甄邯后也,

---

① (南朝梁)刘勰著,范文澜注:《文心雕龙注》,人民文学出版社1958年版,第727页。
② 木斋:《古诗十九首与建安诗歌研究》,第184页。

世吏二千石。父逸，上蔡令。后三岁失父"。裴松之注引《魏书》曰："（甄）逸娶常山张氏，生三男五女：长男豫，早终；次俨，举孝廉，大将军掾、曲梁长；次尧，举孝廉；长女姜，次脱，次道，次荣，次即后。（甄）后以汉光和五年十二月丁酉生。"但裴松之注引《魏书》随后所叙多荒诞不经之词："每寝寐，家中仿佛见如有人持玉衣覆其上者，常共怪之。逸薨，加号慕，内外益奇之。后相者刘良相后及诸子，良指后曰：'此女贵乃不可言。'"《魏书》在叙述三国时魏国的史事时，多溢美不实之词，已成史学史之常识，西晋的陈寿及刘宋时的裴松之即已多处加以订正与指谪。（2）甄氏后来为袁绍替家中老二袁熙所娶。袁熙出为幽州牧守，将其留在邺城，邺城破而甄氏为曹丕所得，曹丕得袁熙之妻甄氏，"擅室数岁"，随后为妻，最后立为后，甄氏曾深受曹丕宠爱，并生明帝曹睿。《三国志·魏书》卷五《后妃传》记载："建安中，袁绍为中子熙纳之。熙出为幽州，后留养姑。及冀州平，文帝纳后于邺，有宠，生明帝及东乡公主。"（3）曹丕纳甄氏与他后来杀甄氏，乃是同一原因，即以色决之，色浓则宠，色衰则弃，没有什么不好理解的。《三国志·魏书》卷五《后妃传》又记载："黄初元年十月，帝践阼。践阼之後，山阳公奉二女以嫔于魏，郭后、李、阴贵人并爱幸，后愈失意，有怨言。帝大怒，二年六月，遣使赐死，葬于邺。"这些记载是很清楚的，并没有什么不明白的地方。

曹丕之于女色，十分任性与无度，他曾在其父曹操死后即将曹操的妾全部据为己有，被卞太后所痛骂[1]，同时在为其父曹操服丧期间享受伎乐百戏，为后人诟病。[2] 往上追溯的话，也可以发现乃父曹操也一样的德

---

[1] 《世说新语·贤媛》记载："魏武帝崩，文帝悉取武帝宫人自侍。及帝病困，卞后出看疾。太后入户，见直侍并是昔日所爱幸者。太后问：'何时来邪？'云：'正伏魄时过。'因不复前而叹曰：'狗鼠不食汝余，死故应尔！'至山陵，亦竟不临。"

[2] 曹丕在曹操死后不久设伎乐百戏，引起后世非议。《晋书·礼志中》记载："魏武以正月崩，魏文以其年七月设妓乐百戏，是则魏不以丧废乐也。（晋）武帝以来，国有大丧，辄废乐终三年。"《资治通鉴》卷六九记载并评论："甲午，王次于谯，大飨六军及谯父老于邑东，设伎乐百戏，吏民上寿，日夕而罢。孙盛曰：三年之丧，自天子达于庶人。故虽三季之末，七雄之敝，犹未有废衰斩于旬朔之间，释麻杖于反哭之日者也。逮于汉文，变易古制，人道之纪，一旦而废，固已道薄于当年，风颓于百代矣。魏王既追述汉制，替其大礼，处莫重之哀而设飨宴之乐，居贻厥之始而堕王化之基，及至受禅，显纳二女，是以知王龄之不遐，卜世之期促也。"

性，曹操为了政治上的需要，将三个女儿都嫁给汉献帝①，在女色上也毫无顾忌。② 史有明载，陆机在《吊魏武帝文》中对曹操进行评论："悲夫！爱有大而必失，恶有甚而必得，智惠不能去其恶，威力不能全其爱。故前识所不用心，而圣人罕言焉。若乃系情累于外物，留曲念于闺房，亦贤俊之所宜废乎！于是遂愤懑而献吊云尔。"③ 实际上，曹操乃宦官后代，曹氏家族在男女关系上并没有那么多的顾忌。曹氏家族对亲女儿尚且如此，更何况对抢来的女人！

曹丕赐死甄氏，是因为他与甄氏的关系原本就缘于美色，因美色而将敌人的妻子据为己有，甄氏得宠始于美色，终因色衰有怨，激怒曹丕而被杀。《三国志·魏书·后妃传》裴松之注引《魏略》曰："熙出在幽州，后留侍姑。及邺城破，绍妻及后共坐皇堂上。文帝入绍舍，见绍妻及后，后怖，以头伏姑膝上，绍妻两手自搏。文帝谓曰：'刘夫人云何如此？令新妇举头！'姑乃捧后令仰，文帝就视，见其颜色非凡，称叹之。太祖闻其意，遂为迎取。"裴注还引《世语》曰："太祖下邺，文帝先入袁尚府，有妇人被发垢面，垂涕立绍妻刘后，文帝问之，刘答'是熙妻'，顾揽发髻，以巾拭面，姿貌绝伦。既过，刘谓后'不忧死矣'！遂见纳，有宠。"④ 至于注引《魏书》关于甄氏贤淑的故事，都是作者王沈的溢美，可信度不高。曹丕后来有了新宠，甄氏为曹丕所厌弃，甄氏屡出怨言，再加上郭氏的逸言，曹丕赐死甄后也是很自然的，司马光《资治通鉴》卷六九黄初二年记载此事，同《三国志》陈寿记载略有不同，加上了郭氏所潜内容："太祖之入邺也，帝为五官中郎将，见袁熙妻中山甄氏美而悦之，太祖为之聘焉，生子叡。及即皇帝位，安平郭贵嫔有宠，甄夫人留邺不得见。失意，有怨言。郭贵嫔谮之，帝大怒。六月，丁卯，遣使赐夫人

---

① 《后汉书》卷一〇《皇后纪下》记载："建安十八年，（曹）操进三女宪、节、华为夫人，聘以束帛玄纁五万匹，小者待年于国。十九年，并拜为贵人。"《后汉书》卷九《孝献帝纪》记载："十一月丁卯，曹操杀皇后伏氏，灭其族及二皇子。二十年春正月甲子，立贵人曹氏为皇后。"

② 《三国志·魏书·武帝纪》记载："（建安）二年春正月，公到宛。张绣降，既而悔之，复反。公与战，军败，为流矢所中，长子昂、弟子安民遇害。"《三国志·魏书》卷八《张绣传》记载："太祖南征，军淯水，绣等举众降。太祖纳济妻，绣恨之。太祖闻其不悦，密有杀绣之计。计漏，绣掩袭太祖。太祖军败，二子没。"

③ （南朝梁）萧统编，（唐）李善注：《文选》，中华书局1977年版，第834页。

④ 《三国志·魏书·后妃传》，中华书局1982年版，第160页。

死。帝以宗庙在邺，祀太祖于洛阳建始殿，如家人礼。"① 而甄氏之死乃自己口不关风与郭氏之谗而被赐死，《三国志·魏书·后妃传》注引《魏略》曰："明帝既嗣立，追痛甄后之薨，故太后以忧暴崩。甄后临没，以帝属李夫人。及太后崩，夫人乃说甄后见谮之祸，不获大敛，被发覆面，帝哀恨流涕，命殡葬太后，皆如甄后故事。"引《汉晋春秋》曰："初，甄后之诛，由郭后之宠，及殡，令被发覆面，以糠塞口，遂立郭后，使养明帝。帝知之，心常怀忿，数泣问甄后死状。郭后曰：'先帝自杀，何以责问我？且汝为人子，可追仇死父，为前母枉杀后母邪？'明帝怒，遂逼杀之，敕殡者使如甄后故事。"② 从这些记载来看，甄氏之死的原因是宫闱中争风吃醋而引起的，并不复杂。另外，《魏略》与《汉晋春秋》的史实性远非《魏书》可比，应当是可信的。

从这些留存下来的基本史料来看，甄氏的面貌及死因并不难查勘，也合乎情理。因为在曹氏父子当政的年代，后宫的命运大抵因为帝王个人的因素而不同。曹丕的儿子魏明帝曹叡对待后妃也是如此。《三国志·魏书·后妃传》记载："明悼毛皇后，河内人也。黄初中，以选入东宫，明帝时为平原王，进御有宠，出入与同舆辇。及即帝立，以为贵嫔。太和元年，立为皇后。后父嘉，拜骑都尉，后弟曾，郎中。……帝之幸郭元后也，后爱宠日弛。景初元年，帝游后园，召才人以上曲宴极乐。元后曰'宜延皇后'，帝弗许。乃禁左右，使不得宣。后知之，明日，帝见后，后曰：'昨日游宴北园，乐乎？'帝以左右泄之，所杀十余人。赐后死，然犹加谥，葬愍陵。迁曾散骑常侍，后徙为羽林虎贲中郎将、原武典农。"③ 明帝曹叡因为毛皇后嫉妒郭元后而口出怨言，最后也被明帝赐死，如明帝的生母一样的下场，这在当时为正常之事。对于《魏书》中所叙甄氏所死之事曲意掩饰之事，裴松之指出："臣松之以为《春秋》之义，内大恶讳，小恶不书。文帝之不立甄氏，及加杀害，事有明审。魏史若以为大恶邪，则宜隐而不言，若谓为小恶邪，则不应假为之辞，而崇饰虚文乃至于是，异乎所闻于旧史。推此而言，其称卞、甄诸后言行之善，皆难

---

① （宋）司马光：《资治通鉴》，中华书局1956年版，第2232—2233页。
② 《三国志·魏书·后妃传》，第166—167页。
③ 同上书，第167—168页。

以实论。陈氏删落，良有以也。"①　裴松之指责王沈《魏书》处心积虑粉饰曹丕与甄氏之关系，虚构了许多故事，陈寿作《三国志》时，将其刊落削除也是顺理成章的。

当然，曹丕赐甄后死之后，内心也不无歉疚之意，他立甄后之子曹叡为太子，即位为帝，也未尝没有补偿的意思在内。《三国志·魏书·明帝纪》记载："生而太祖爱之，常令在左右。年十五，封武德侯，黄初二年为齐公，三年为平原王。七年夏五月，帝病笃，乃立为皇太子。丁巳，即皇帝位，大赦。"注引《魏略》曰："文帝以郭后无子，诏使子养帝。帝以母不以道终，意甚不平。后不获已，乃敬事郭后，旦夕因长御问起居，郭后亦自以无子，遂加慈爱。文帝始以帝不悦，有意欲以他姬子京兆王为嗣，故久不拜太子。"引《魏末传》曰："帝常从文帝猎，见子母鹿。文帝射杀鹿母，使帝射鹿子，帝不从，曰：'陛下已杀其母，臣不忍复杀其子。'因涕泣。文帝即放弓箭，以此深奇之，而树立之意定。"②　曹叡作为甄后之子，其母被杀，十分痛苦，他之所以被立为太子，即皇帝位，固然因为祖父曹操的宠爱，也与曹丕赐死甄后之后为了填补内心的歉疚有关。

木斋先生为了论证甄后与曹植隐情，竭力强调甄后之死不可能因为嫉妒而激怒曹丕被赐死，而肯定另有原因，这就是与曹丕之弟曹植的隐情，遂置公认的《三国志》中基本的史料于不顾，而对于多溢美与附会之辞的《魏书》中有关传说加以解释，作者一再强调，美丽贤惠的甄氏始终得到曹丕的宠爱，如果不是因为与曹植有隐情而惹怒兄长，是断不可能被曹丕所赐死的，这种推导既没有史实可证，也并不符合情理。从现有的史料来看，甄后死于因失宠有怨与郭后的谗言，是证据确凿的。木斋先生对于《三国志·魏书·后妃传》中记载甄氏因为有怨而被曹丕赐死感到不可思议，"甄后为一代名后，是当时最为美丽贤惠的女性，并且为曹丕生有一儿一女，难道就因为争宠就能赐死么？"③　同时，以"'后愈失意，有怨言'寥寥数语就能向满朝文武大臣交代么？"进而推断甄氏被曹丕赐死缘于与曹植的隐情。这种理由是不充分的，至于说"甄后为一代名后，是当时最为美丽贤惠的女性"，也是与事实不符合的，东汉末年是一个尚

---

① 《三国志·魏书·后妃传》，第161页。
② 《三国志·魏书·明帝纪》，第91页。
③ 木斋：《古诗十九首与建安诗歌研究》，第176页。

名节的时代，甄氏这样的女人，凭自己的姿色而得以苟活，不顾自己的夫君袁熙为曹操所杀，为曹丕所获，受到恩宠又与新宠争风吃醋，即使在当时也不会被认可。

南朝刘宋时期刘义庆编著的《世说新语》的《惑溺》第一条就记载："魏甄后惠而有色，先为袁熙妻，甚获宠。曹公之屠邺也，令疾召甄，左右白：'五官中郎已将去。'公曰：'今年破贼正为奴。'"刘孝标注引《魏氏春秋》曰："五官将纳熙妻也，孔融与太祖书曰：'武王伐纣，以妲己赐周公。'太祖以融博学，真谓书传所记。后见融问之，对曰：'以今度古，想其然也。'"① 可见，在曹操父子心目中，甄氏貌美有姿色，是吸引他们的主要动因，父子两人为甄氏而险些发生争执，正是缘于好色之欲望，刘宋范晔的《后汉书·孔融传》也记载："初，曹操攻屠邺城，袁氏妇子多见侵略，而操子丕私纳袁熙妻甄氏。融乃与操书，称'武王伐纣，以妲己赐周公'。操不悟，后问出何经典。对曰：'以今度之，想当然耳。'"② 孔融乃东汉名士与大儒，对于阉寺出身的曹氏家族自然是看不起的，在他心目中的甄氏与妲己同属一类。除了容貌外，道德品行上无论如何也谈不上"为一代名后，是当时最为美丽贤惠的女性"。至于后人附会甄氏与曹植的故事本无足稽。

而黄初二年发生的监国使者灌均弹劾曹植导致他受处分的事，与甄后被赐死这两件事之间并没有任何联系。至少从我们目前所看到的材料来看是这样的。《三国志·魏书》卷一九《陈思王传》记载："植与诸侯并就国。黄初二年，监国谒者灌均希指，奏'植醉酒悖慢，劫胁使者'。有司请治罪，帝以太后故，贬爵安乡侯。其年改封鄄城侯。三年，立为鄄城王，邑二千五百户。"注引《魏书》记载："诏曰：'植，朕之同母弟。朕于天下无所不容，而况植乎？骨肉之亲，舍而不诛，其改封植。'"③ 这件事显然说的是监国使者灌均弹劾曹植因醉酒而劫胁使者，曹丕因为太后原因而没有对曹植治罪，只是将其改封鄄城王。《资治通鉴》则于是年记载曹丕杀甄后，而根本没有提到曹植是年受灌均劾奏之事。司马光认为曹植自曹丕代汉称帝后，自然交上了华盖运。这件事本身就是曹植任性不拘，

---

① （南朝宋）刘义庆撰，徐震堮著：《世说新语校笺》，中华书局1984年版，第489页。
② 《后汉书·孔融传》，中华书局1965年版，第2271页。
③ 《三国志·魏书·陈思王传》，第561—562页。

性格躁锐系列事件中的一起,并不值得专门记载。

木斋先生为了证明曹植黄初二年之后受到处分后与甄后赐死之事有联系,还对于一些基本的文献进行曲解。首先举了《三国志·魏书·方术传》中术士周宣与曹丕对话,证明曹丕与曹植兄弟二人不和是因甄氏而争风吃醋,引起家事纠纷。《三国志·魏书·方术传》记载:"文帝问宣曰:'吾梦殿屋两瓦堕地,化为双鸳鸯,此何谓也?'宣对曰:'后宫当有暴死者。'帝曰:'吾诈卿耳!'宣对曰:'夫梦者意耳,苟以形言,便占吉凶。'言未毕,而黄门令奏宫人相杀。无几,帝复问曰:'我昨夜梦青气自地属天。'宣对曰:'天下当有贵女子冤死。'是时,帝已遣使赐甄后玺书,闻宣言而悔之,遣人追使者不及。帝复问曰:'吾梦摩钱文,欲令灭而更愈明,此何谓邪?'宣怅然不对。帝重问之,宣对曰:'此自陛下家事,虽意欲尔而太后不听,是以文欲灭而明耳。'时帝欲治弟植之罪,逼于太后,但加贬爵。以宣为中郎,属太史。"① 从这段记载可以看出,周宣对曹丕所说的"此自陛下家事,虽意欲尔而太后不听",是指曹丕与曹植因争帝位兄弟阋于墙。《世说新语·文学》记载:"文帝尝令东阿王七步中作诗,不成者行大法。应声便为诗曰:'煮豆持作羹,漉菽以为汁。萁在釜下燃,豆在釜中泣;本是同根生,相煎何太急?'帝深有惭色。"② 而太后不听是指史有明载的卞太后卫护曹植之事,使得曹丕不敢加害曹植。根本不是作者所说的曹丕与曹植因不甄氏而闹生分之事。《三国志·魏书》的《后妃传》也记载"文帝即王位,尊后曰王太后,及践阼,尊后曰皇太后,称永寿宫"。注引《魏书》曰:"后以国用不足,减损御食,诸金银器物皆去之。东阿王植,太后少子,最爱之。后植犯法,为有司所奏,文帝令太后弟子奉车都尉兰持公卿议白太后,太后曰:'不意此儿所作如是,汝还语帝,不可以我故坏国法。'及自见帝,不以为言。""臣松之案:文帝梦磨钱,欲使文灭而更愈明,以问周宣。宣答曰:'此陛下家事,虽意欲尔,而太后不听。'则太后用意,不得如此书所言也。"③ 则可知周宣所谓"陛下家事",正是指曹丕因曹植屡次犯法因太后保护不得治罪而感到纠结的家事,与曹植、甄氏的所谓"隐情"没有任

---

① 《三国志·魏书·方术传》,第810—811页。
② (南朝宋)刘义庆撰,徐震堮著:《世说新语校笺》,第134页。
③ 《三国志·魏书·后妃传》,第157页。

何关系，不知木斋先生何以将这并不难懂的史实解释成了曹丕因家丑不可外扬而烦闷的故事，以证明曹植与甄氏的隐情早已为曹丕所知晓，曹丕于黄初二年的赐甄后死与贬爵曹植是为惩治此二人。但细检史料，则发现根本与此无涉，这两件事并没有必然的联系。

从根本上来说，所谓曹植与甄氏的恋情与隐情等，完全是魏晋以来笔记小品的产物。最早将曹植与甄氏联系在一起的，是唐代李善注《文选·洛神赋》时引用的：" 《记》曰：魏东阿王，汉末求甄逸女，既不遂，太祖回与五官中郎将。植殊不平，昼思夜想，废寝与食。黄初中入朝，帝示植甄后玉镂金带枕，植见之，不觉泣。时已为郭后谗死，帝意亦寻悟。因令太子留宴饮。仍以枕赉植。植还，度轘辕，少许时，将息洛水上，思甄后，忽见女来，自云：我本托心君王，其心不遂。此枕是我在家时从嫁前与五官中郎将，今与君王。遂用荐枕席，欢情交集，岂常辞能具。为郭后以糠塞口，今被发，羞将此形貌重睹君王尔。言讫，遂不复见所在。遣人献珠于王，王答以玉珮，悲喜不能自胜，遂作《感甄赋》。后明帝见之，改为《洛神赋》。"① 这段记载，显然属魏晋志怪小说一类，赵幼文在《曹植集校注》的《洛神赋》题解中指出："有谓此赋为曹植的甄后恋爱一篇纪念文，完全是羌无故实依据之虚构，明清文士已作了许多驳正。无须诘难。"②

魏晋人好神怪之说，而唐人亦乐此不疲，唐人对于魏晋时代的名士，在他们的各种传记中，亦不乏这种神异传说，比如《晋书》中关于嵇康、陆机等名士的传记中就充斥着这些传说。李善注《文选》时广泛采用了各种书籍，其中难免良莠不齐。后来的五臣注对他加以指责也不是没有道理的。王力先生评价为："李善是唐高宗时代（7世纪）的人，是著名文学家和书法家李邕的父亲。他从曹宪受文选之学……后来历代有人揭发五臣窃据李善注，巧为颠倒。至于李善的注则非常渊博，他引用了诸经传训一百余种，小学三十七种，纬候图谶七十八种，正史杂史之类将近四百种，诸子之类一百二十种，兵书二十种，道释经论三十二种，诏表笺启诗赋颂赞等文集将近八百种。这些书籍多已亡佚，所以《文选》的注成为很重要的一种文献。即以训诂而论，李善注与五臣注相比，也显示了优越

---

① （朝南梁）萧统编，（唐）李善注：《文选》，第269页。
② 赵幼文校注：《曹植集校注》，人民文学出版社1984年版，第293页。

性。李善的老师曹宪本来就是精通小学的，李善由于师承的关系，所以引用小学的书多至三十七种，而自己所注释又多平稳无疵。"① 可见，李善引用的书籍多少有些鱼龙混杂，不仅对于曹植的《洛神赋》引用了这些神怪传说，而且在注刘宋时颜延之《五君咏》中关于嵇康"形解验默仙，吐论知凝神"这两句时，就引证了这类说法："顾恺之《嵇康赞》曰：南海太守鲍靓，通灵士也。东海徐宁师之，宁夜闻静室有琴声，怪其妙而问焉。靓曰：嵇叔夜。宁曰：嵇临命东市，何得在兹？靓曰：叔夜迹示终，而实尸解。《桓子新论》曰：圣人皆形解仙去。言死，示民有终。"② 前人对于李善注《洛神赋》引用这类笔记作品的真实性已经作了辨别，兹不重复。李善在注"恨人神之道殊兮，怨盛年之莫当。抗罗袂以掩涕兮，泪流襟之浪浪"时指出："盛年，谓少壮之时，不能得当君王之意。此言微感甄后之情。《楚辞》曰：揽茹蕙以掩涕兮，沾予襟之浪浪。泪下貌。"③ 李善力图证明曹植此赋与暗恋甄氏有关。但笔者只是想说，今天我们重新研究古诗十九首的作者问题时，即使没有新材料，也不能回到前人早已辨正过的老路上去。从常识来说，曹植生前只见过甄氏一次，在纲常森严、法度严密的当时，一个受到严格监管的诸侯王要想与自己的兄长、苛刻异常的曹丕宠爱的皇后发生"隐情"与暧昧之关系，根本是不可能的。木斋先生提出曹植《洛神赋》是曹植向曹丕表白自己与甄氏的恋爱是精神恋爱，进行"辨诬"的自证之作④，更是让人觉得匪夷所思，既然按木斋先生所论，曹丕绝对不能容忍这类乱伦与犯上的行径，乃至于在黄初二年赐死甄后，处罚曹植，那么，曹植作《洛神赋》向曹丕坦白自己与甄氏之"隐情"，岂不是不打自招，授人以柄？这完全是不合逻辑的。

二 怎样看待魏明帝重编曹植集与《古诗十九首》之关系

我们再来看木斋先生为了论证《古诗十九首》主要作者为曹植所作，

---

① 王力：《中国语言学史》，复旦大学出版社2007年版，第82页。
② （南朝梁）萧统编，（唐）李善注：《文选》，第303页。
③ 同上书，第271页。
④ 木斋：《古诗十九首与建安诗歌研究》，第232页。

在曹植自编的集子中原本存在《古诗十九首》中的部分作品，曹叡即位后，为了替母亲遮丑与替父亲出气，对于叔叔曹植深以为恨，于是在景初二年借整理曹植的集子，将这些古诗作品全部删除。这些看法，也并不符合历史上的事实。

曹植生前极为看重自己作品的收集与编集。曾在晚年编成《前录》并作《前录自序》，《艺文类聚》卷五五作《文章序》："故君子之作也，俨乎若高山，勃乎若浮云，质素也如秋蓬，摛藻也如春葩，泛乎洋洋，光乎皓皓，与雅颂争流可也，余少而好赋，其所尚也，雅好慷慨，所著繁多，虽触类而作，然芜秽者众，故删定别撰，为前录七十八篇。"[1] 赵幼文校注《曹植集校注》作《前录自序》，列入太和年间所作，认为：此序之作"必在晚年"[2]。

曹植此序，宣明了他创作诗文的审美理想。从《前录》的自序来看，曹植的写作观还是较为正统的，立足于传统的"三不朽"与文质彬彬、尽善尽美的观念，同时也表现出魏晋文学自觉的审美观念。《文心雕龙·明诗》指出："若夫四言正体，则雅润为本；五言流调，则清丽居宗，华实异用，惟才所安。故平子得其雅，叔夜含其润，茂先凝其清，景阳振其丽，兼善则子建、仲宣，偏美则太冲、公幹。"[3] 钟嵘《诗品》列曹植五言诗为上品："魏陈思王植：其源出于《国风》。骨气奇高，词采华茂，情兼雅怨，体被文质，粲溢今古，卓尔不群。嗟乎！陈思之于文章也，譬人伦之有周孔，鳞羽之有龙凤，音乐之有琴笙，女工之有黼黻。"[4] 沈约在《宋书》卷六七《谢灵运传论》中指出："至于建安，曹氏基命，二祖陈王，咸蓄盛藻，甫乃以情纬文，以文被质。自汉至魏，四百余年，辞人才子，文体三变。相如巧为形似之言，班固长于情理之说，子建、仲宣以气质为体，并标能擅美，独映当时。"[5] 指出曹植诗文创作的美学特点。同时，曹植明确地指出，自己早年的作品"雅好慷慨，所著繁多，虽触类而作，然芜秽者众，故删定别撰，为前录七十八篇"。在他早年的作品中，我们无从得知曹植所指的"芜秽者众"的作品到底是什么，但可以

---

[1] （唐）欧阳询等编：《艺文类聚》，中华书局1965年版，第996页。
[2] 赵幼文校注：《曹植集校注》，第435页。
[3] （南朝梁）刘勰著，范文澜注：《文心雕龙注》，第67页。
[4] （南朝梁）钟嵘著，曹旭注：《诗品集注》，上海古籍出版社1994年版，第97—98页。
[5] 《宋书·谢灵运传论》，中华书局1974年版，第1778页。

肯定的是，在曹植晚年所编集的作品，大部分是比较雅正慷慨的，不大可能包含什么"隐情"一类的作品。隋末大儒王通是一位非常正统的儒家学者，常以继承孔子衣钵自居。他在《文中子·事君篇》说："文士之行可见……徐陵、庾信，古之夸人也，其文诞。"① 他之所以批评庾信，认为庾信是夸人，乃在于庾信不符合他理想中的"君子"标准。王通对曹植褒扬有加，称之为"君子哉，思王也！其文深以典"。可见，曹植的创作符合传统的写作观念，并不以艳俗为特点。曹植留给儿子曹志的作品及目录，也不会有这些艳俗作品。《三国志·魏书》卷一九《陈思王传》记载："初，植登鱼山，临东阿，喟然有终焉之心，遂营为墓。子志嗣，徙封济北王。景初中诏曰：'陈思王昔虽有过失，既克己慎行，以补前阙，且自少至终，篇籍不离于手，诚难能也。其收黄初中诸奏植罪状，公卿已下议尚书、秘书、中书三府、大鸿胪者皆削除之。撰录植前后所著赋颂诗铭杂论凡百余篇，副藏内外。'志累增邑，并前九百九十户。"② 笔者完整地引述《三国志》的这段记载，是为了说明明帝对于曹植的看法与态度应当说还是可取的。他刊除有关公卿大夫弹劾曹植之文书，用现在的话来说，就是在档案中去除这些不利于本人的材料，同时编定曹植的集子，这个编定肯定与曹植自己编定并留存家族中的集子是有所不同的，《晋书》卷五〇《曹志传》记载："帝尝阅《六代论》，问志曰：'是卿先王所作邪？'志对曰：'先王有手所作目录，请归寻按。'还奏曰：'按录无此。'帝曰：'谁作？'志曰：'以臣所闻，是臣族父冏所作。以先王文高名著，欲令书传于后，是以假托。'帝曰：'古来亦多有是。'顾谓公卿曰：'父子证明，足以为审。自今已后，可无复疑。'"③ 晋武帝司马炎曾问曹植之子曹志关于《六代论》的著作权问题，曹志查考家传曹植文集目录，称无此文，可见，官方与民间所传的曹植集与曹植自订的文集，有所不同。不过，我们可以肯定的是，从现有的资料来看，当时收集到的曹植的作品并没有影射甄氏隐情的作品，自然也不存在故意删除古诗十九首那些隐射曹植与甄氏情感的作品。

---

① （隋）王通：《文中子》，《二十二子》，上海古籍出版社缩印浙江书局1986年版，第1314页。
② 《三国志·魏书·陈思王传》，第576页。
③ 《晋书·曹志传》，中华书局1974年版，第1390页。

明帝与曹植的关系，比之乃父曹丕来说，要好了许多，在中国历史上，大抵父辈们的恩怨，儿子一般不会涉及太多，正如雍正与几个弟兄为争帝位之事，到了乾隆时代，一般会宽容一些，明帝此人，对于曹植来说，还算比较优容的。明帝时代，曹植因为皇叔的原因，以及在曹操生前差一点被扶为太子的缘故，在群臣中还是很有影响的。

魏明帝曹叡当政的第二年，也就是太和二年，发生了一件令明帝与曹植都很震惊的事件，《三国志·魏书·明帝纪》记载："蜀大将诸葛亮寇边，天水、南安、安定三郡吏民叛应亮。遣大将军曹真都督关右，并进兵。右将军张郃击亮于街亭，大破之。亮败走，三郡平。丁未，行幸长安。夏四月丁酉，还洛阳宫。"注引《魏略》曰："是时讹言，云帝已崩，从驾群臣迎立雍丘王植。京师自卞太后群公尽惧。及帝还，皆私察颜色。卞太后悲喜，欲推始言者，帝曰：'天下皆言，将何所推？'"① 这件涉及谋反的事件，明帝与曹丕处置魏讽事明显不同。他采取了息事宁人的方式，对于曹植也没有加以追究。"三年，徙封东阿。"②

其后，曹叡对于曹植的上书，至少表面上还是比较客气的。《资治通鉴》卷七二记载：太和五年七月，"黄初以来，诸侯王法禁严切。吏察之急，至于亲姻皆不敢相通问。东阿王植上疏曰……诏报曰：'盖教化所由，各有隆敝，非皆善始而恶终也，事使之然。今令诸国兄弟情礼简怠，妃妾之家膏沐疏略，本无禁锢诸国通问之诏也。矫枉过正，下吏惧谴，以至于此耳。已敕有司，如王所诉。'"③ 太和五年，"八月，诏曰：'古者诸侯朝聘，所以敦睦亲亲协和万国也。先帝著令，不欲使诸王在京都者，谓幼主在位，母后摄政，防微以渐，关诸盛衰也。朕惟不见诸王十有二载，悠悠之怀，能不兴思！其令诸王及宗室公侯各将适子一人朝。后有少主、母后在宫者，自如先帝令，申明著于令。'"④ 从这些记载来看，曹叡对于他的这位文豪叔叔还是比较尊重的，当然，对于他的这位叔叔，他也很防范，因为曹植确实也威胁过他与父亲两代人的政治地位，"植每欲求别见独谈，论及时政，幸冀试用，终不能得。既还，怅然绝望。时法制，

---

① 《三国志·魏书·明帝纪》，第94页。
② 《三国志·魏书·陈思王传》，第569页。
③ 《资治通鉴》，第2313—2316页。
④ 《三国志·魏书·明帝纪》，第98页。

"说诗者,不以文害辞,不以辞害志"　81

待藩国既自峻迫,寮属皆贾竖下才,兵人给其残老,大数不过二百人。又植以前过,事事复减半,十一年中而三徙都,常汲汲无欢,遂发疾薨,时年四十一"。① 可见,曹植晚年境遇确实很不好。他始终处于漂泊流离的凄苦心境中。《三国志·魏书》卷一九《陈思王传》注曰:"植常为琴瑟调歌,辞曰:吁嗟此转蓬,居世何独然!长去本根逝,夙夜无休闲。东西经七陌,南北越九阡,卒遇回风起,吹我入云间。自谓终天路,忽焉下沉渊。惊飚接我出,故归彼中田。当南而更北,谓东而反西,宕宕当何依,忽亡而复存。飘飘周八泽,连翩历五山,流转无恒处,谁知吾苦艰?愿为中林草,秋随野火燔,糜灭岂不痛,愿与根荄连。"② 魏明帝曹叡,对于他的这位叔叔的上书,"辄优文答报",然而,始终没有放弃对于他的戒备。但是,这种戒备与防范,以及采取的各种措施,并非针对曹植一个人,而是自乃父曹丕以来,鉴于曹操生前与死后诸王与曹丕存在着争夺帝位的情况。因此,曹丕采用这种对于诸侯王严加防范的措施,也引起后世的诸多批评,《资治通鉴》卷七二评论:"黄初以来,诸侯王法禁严切。吏察之急,至于亲姻皆不敢相通问。"曹叡即位后也对于过于苛刻的诸侯王政策作过调整,但未能从根本上改变这一状况。

对于曹植的功过得失,西晋史家陈寿将他与曹操的另一个儿子曹彰比较:"任城武艺壮猛,有将领之气。陈思文才富艳,足以自通后叶,然不能克让远防,终致携隙。传曰'楚则失之矣。而齐亦未为得也',其此之谓欤!"曹植为才高八斗的文人,并不适合从政,这是基本的事实。曹操最后没有选他为太子,另选了曹丕继位大统,也是正确的选择。明帝时期采取对于曹植较为优容又加以防范的策略,也是必然的。但并不能说明曹叡对于这位叔叔因为他与生母的隐情而加以报复,最后借编曹植集子将涉及与生母相关的诗文统统销毁的事情。木斋先生解释《三国志·魏书》卷一九《陈思王传》中"有司请治罪,帝以太后故,贬爵安乡侯,其年改封鄄城侯"这几句话时,发挥道:"鄄城即是甄城,甄、鄄古字通用,袁绍曾劝曹操以鄄城为都,其书却写为'甄城',亦可知当时两字通用。将曹植封地定在鄄城,这一巧合其本身可能就是植、甄隐情在暴露之后曹丕报复的结果,其中暗含的意谓可能是:你不是爱甄么?那就永远到甄去

---

① 《三国志·魏书·陈思王传》,第576页。
② 同上。

吧。这种事例古代非常多，宋人鲁直的贬谪地在宜州，子瞻的贬谪地在儋州，子由的贬谪地在雷州，以文字游戏来施加报复，这是当权者阴暗仇恨心理的一种习惯表现。"① 这些，恐怕都是木斋先生的想象吧。

《三国志·魏书·明帝纪》记载了对于明帝的评价，其中引用的《魏书》与作者陈寿的评价有所不同。《魏书》评曰："帝容止可观，望之俨然。自在东宫，不交朝臣，不问政事，唯潜思书籍而已。即位之后，褒礼大臣，料简功能，真伪不得相贸，务绝浮华谮毁之端，行师动众，论决大事，谋臣将相，咸服帝之大略。性特强识，虽左右小臣官簿性行，名迹所履，及其父兄子弟，一经耳目，终不遗忘。含垢藏疾，容受直言，听受吏民士庶上书，一月之中至数十百封，虽文辞鄙陋，犹览省究竟，意无厌倦。孙盛曰：闻之长老，魏明帝天姿秀出，立发垂地，口吃少言，而沉毅好断。初，诸公受遗辅导，帝皆以方任处之，政自己出。而优礼大臣，开容善直，虽犯颜极谏，无所摧戮，其君人之量如此之伟也。然不思建德垂风，不固维城之基，至使大权偏据，社稷无卫，悲夫！"② 陈寿的评价则是："明帝沉毅断识，任心而行，盖有君人之至概焉。于时百姓凋弊，四海分崩，不先聿修显祖，阐拓洪基，而遽追秦皇、汉武，宫馆是营，格之远猷，其殆疾乎！"③ 明帝与乃父曹丕相比，对待臣下要更加宽容一些，但是耽于逸乐，好大喜功，不顾民生，宫馆是营，虽然高堂隆这样的直臣屡谏也不思改过，对于曹爽与司马懿集团的争斗无法做出正确的处置，魏国自他之后，进入多事之秋。因此，将明帝与曹植的关系放大到因为甄氏的关系，将他们的关系演绎成莎士比亚的《哈姆雷特》中哈姆雷特与叔叔的关系那样，进而推断明帝将原本存于世间的曹植涉及的与甄后恋情的《古诗十九首》中的作品删削去掉，以证明《古诗十九首》的部分作品为曹植所作，这是缺少证据的臆测，值得商榷。

三 如何认识《古诗十九首》的作者问题

"古诗眇邈，人世难详"，关于《古诗十九首》的作者问题，历来是

---

① 木斋：《古诗十九首与建安诗歌研究》，第183页。
② 《三国志·魏书·明帝纪》，第115页。
③ 同上。

一个有争议的问题，但综观历史与古诗的情貌，是汉代所作大体是能够成立，这不仅是一个文献考据的问题，而且是对于文学作品核心的价值与特质的认识问题。

最早从这一点来论述的应当首推钟嵘的《诗品》。钟嵘的序言中说："昔《南风》之词，《卿云》之颂，厥义夐矣。夏歌曰'郁陶乎予心'，楚谣曰'名余曰正则'，虽诗体未全，然是五言之滥觞也。逮汉李陵，始著五言之目矣。古诗眇邈，人世难详，推其文体，固是炎汉之制，非衰周之倡也。自王、扬、枚、马之徒，词赋竞爽，而吟咏靡闻。从李都尉迄班婕妤，将百年间，有妇人焉，一人而已。诗人之风，顿已缺丧。东京二百载中，惟有班固《咏史》，质木无文。降及建安，曹公父子，笃好斯文；平原兄弟，郁为文栋；刘桢、王粲为其羽翼。次有攀龙托凤，自致於属车者，盖将百计。彬彬之盛，大备于时矣。"① 钟嵘认为古诗年代遥远，人世难详，但是从诗歌的时代特征来看，"固是炎汉之制，非衰周之倡也"，大体上应是汉代的作品，钟嵘的观点，并不只是从古诗的作者考论出发的，因为那样的作者臆测，往往是见仁见智，且不说我们现在，在六朝时代，关于古诗的作者已经是众说纷纭了。钟嵘《诗品》卷上评论古诗曰："其体源出于《国风》。陆机所拟十四首，文温以丽，意悲而远，惊心动魄，可谓几乎一字千金！其外'去者日以疏'四十五首，虽多哀怨，颇为总杂。旧疑是建安中曹、王所制。'客从远方来'、'橘柚垂华实'，亦为惊绝矣！人代冥灭，而清音独远，悲夫！"② 从钟嵘所列的古诗来看，是一个颇为宠杂的诗集，包括陆机的拟作十四首，共计有五十多首，"虽多哀怨，颇为总杂"，可以看出非一人所作，由于当时作者众多，形成风气，因而拟作与原作不易分别，正始钟嵘所说，魏晋以来，就有一些人将其归为曹植与王粲所作。但显然钟嵘已经不采这些旧说。至于《文心雕龙》的《明诗篇》，则认为是西汉枚乘所作："又古诗佳丽，或称枚叔，其《孤竹》一篇，则傅毅之词。比采而推，两汉之作乎？观其结体散文，直而不野，婉转附物，怊怅切情，实五言之冠冕也。"③ 认为主要为两汉所作。徐陵编集的《玉台新咏》，亦将古诗十九首的部分作品认定为西汉

---

① （南朝梁）钟嵘著，曹旭注：《诗品集注》，第5页。
② 同上书，第75页。
③ （南朝梁）刘勰著，范文澜注：《文心雕龙注》，第66页。

文士枚乘所作。很明显，刘勰与钟嵘的判断，不同于那些猜测，主要是从诗的特质去说的。近代梁启超、马茂元、李泽厚先生等人的研究，也是从这一维度去探讨的。

今天大部分的研究者认为，《古诗十九首》的作者大都为东汉末年的人物，这是有着相当的道理的，至少我们目前可以从整体上来看，这些诗的格调风气，不同于魏晋六朝时代的产物，判断一个文学作品，不仅要靠文献考据，最重要的是以文学作品自身最本质与最核心的审美特性，以及它的文学性出发，去解读与判断，刘勰所说的"观其结体散文，直而不野，婉转附物，怊怅切情"，恰恰抓住了文学作品的时代特性，而这种时代特性，是通过特定时代的审美社会情感与心理融入文学作品与艺术作品，中国古代有所谓"声音之道，与政通矣"，刘勰提出"歌谣文理，与世推移"，钟嵘《诗品》更强调知人论世的必要性，他提出"五言居文词之要，是众作之有滋味者也，故云会于流俗。岂不以指事造形，穷情写物，最为详切者耶？"而诗歌创作与人的心灵和时代情绪相通，"嘉会寄诗以亲，离群托诗以怨。至于楚臣去境，汉妾辞宫；或骨横朔野，魂逐飞蓬；或负戈外戍，杀气雄边；塞客衣单，孀闺泪尽；或士有解佩出朝，一去忘返；女有扬蛾入宠，再盼倾国。凡斯种种，感荡心灵，非陈诗何以展其义？非长歌何以骋其情？故曰：'《诗》可以群，可以怨。'使穷贱易安，幽居靡闷者，莫尚于诗矣。故词人作者，罔不爱好"[①]。今人古直笺曰："《去者日以疏》诸篇，温丽淳厚，自是汉风，试取建安篇什，与之同诵，鸿沟立判矣。旧疑曹、王所制，必不然已。"[②] 正是这种深厚的文学性与人生蕴涵的统一，使得《古诗十九首》超越具体的人事，而与后世人们心灵发生共鸣。《世说新语·文学》记载："王孝伯在京，行散至其弟王睹户前，问：'古诗中何句为最？'睹思未答。孝伯咏'所遇无故物，焉得不速老？'此句为佳。"[③] 人们总是结合自己特定的人生价值观念来解读经典文学的，不仅是古诗，就是对于《诗经》也是如此。《世说新语·文学》记载："谢公因子弟集聚，问《毛诗》何句最佳？遏称曰：'昔我往矣，杨柳依依；今我来思，雨雪霏霏。'公曰：'訏谟定命，远猷

---

① （南朝梁）钟嵘著，曹旭注：《诗品集注》，第36页。
② 同上书，第83页。
③ （南朝宋）刘义庆撰，徐震堮著：《世说新语校笺》，第149页。

辰告。'谓：'此句偏有雅人深致。'"① 可见，魏晋人对于诗歌作品的领会重在精神实质，而字面上的意思则是导入因素。光靠字面的意思是无法得其精神实质的。

因此，对于优秀的文学作品的解读与体会，字面的意思固然是入门的途径，但是内在精神的领会才是最根本的，《文心雕龙·知音》中提出："夫缀文者情动而辞发，观文者披文以入情，沿波讨源，虽幽必显。世远莫见其面，觇文辄见其心。岂成篇之足深，患识照之自浅耳。夫志在山水，琴表其情，况形之笔端，理将焉匿？故心之照理，譬目之照形，目了则形无不分，心敏则理无不达。"② 刘勰强调文学作品的生成是缀文者情动而辞发的过程，而观文者则是披文以及情的过程，这与今天所说的接受美学的意思有相似之处。披文以入情的过程主要依靠心灵的体会，这种心领神会过程是解读《古诗十九首》优秀诗歌的重要门径，即钟嵘所说的"惊心动魄，一字千金"的过程。南宋严羽则用妙悟来说明这一过程，他在《沧浪诗话·诗辨》中指出："惟悟乃为当行，乃为本色。然悟有浅深，有分限，有透彻之悟，有但得一知半解之悟。汉魏尚矣，不假悟也。谢灵运至盛唐诸公，透彻之悟也。他虽有悟者，皆非第一义也。"③ 他在《沧浪诗话·诗评》中又提出："诗有词、理、意兴。南朝人尚词而病于理，本朝人尚理而病于意兴，唐人尚意兴而理在其中，汉魏之诗词理意兴无迹可求。汉魏古诗气象混沌难以句摘。"④ 这种汉魏古诗难以句摘并不是说没有字面意思可以考索，而是不能从字面的意思去胶柱鼓瑟。对于那些汉魏之际常常见到的拟作，严羽指出："《胡笳十八拍》混然天成，绝无痕迹，如蔡文姬肺肝间流出。拟古惟江文通最长，拟渊明似渊明，拟康乐似康乐，拟左思似左思，拟郭璞似郭璞，独拟李都尉一首不似西汉耳。虽谢康乐拟邺中诸子之诗，亦气象不类。至于刘休玄拟行行重行行等篇，鲍明远代君子有所思之作，仍是其自体耳。"⑤ 那些拟作虽然形似而神遗，即使如陆机所拟的古诗，今天我们见到的《文选》中仍存有十二首，但对比《古诗十九首》，字句不可谓不相似，而神韵天然与无迹可求则远非

---

① （南朝宋）刘义庆撰，徐震堮著：《世说新语校笺》，第128页。
② （南朝梁）刘勰著，范文澜注：《文心雕龙注》，人民文学出版社1958年版，第715页。
③ （宋）严羽著，郭绍虞校释：《沧浪诗话校释》，人民文学出版社1961年版，第10页。
④ 同上书，第137—138页。
⑤ 同上书，第189—192页。

前作可比。这并不仅是作家个人的才气与风格问题,而是汉代诗歌的混然天成是无法步迹的。

正因为《古诗十九首》在东汉末年陆续生成后,染上了当时特定的时代情绪,抒发了士人的心态情志,因此,在汉末建安以来,受到许多士人的仿效与拟作,形成了建安文学的一大特点。乃至于后人将《古诗十九首》视为曹植与王粲等人的作品,与传说的枚乘、傅毅等人的创作混同一体,因此,钟嵘发出了"人代冥灭,而清音独远,悲夫"的慨叹,但作者是谁并不重要,重要的是它发出了东汉末期的士人的人生觉醒,体现出文的自觉,这一点应当是无可质疑的。在中国古代文学乃至文化史上,许多优秀的作品的作者至今无考,这并不是什么遗憾的事,而是有其必然性的,因为,毕竟年代久远,传播的渠道又比较狭窄,所以留下许多遗憾也是无奈而又正常的。我们没有必要强行去"破译",去强作解语。

诚如木斋先生所列,建安时代的曹丕与曹植等人今存的五言诗中,有不少是与古诗的句式很相像的,这说明了当时的拟作风气很浓,文士们从民间乐府与文士诗中吸取滋养,形成风尚。钟嵘《诗品》卷上指出:"魏文学刘桢:其源出于《古诗》。仗气爱奇,动多振绝。真骨凌霜,高风跨俗。但气过其文,雕润恨少。然自陈思已下,桢称独步。"[①] 刘勰《文心雕龙·明诗》中指出:"暨建安之初,五言腾踊,文帝陈思,纵辔以骋节;王徐应刘,望路而争驱;并怜风月,狎池苑,述恩荣,叙酣宴,慷慨以任气,磊落以使才;造怀指事,不求纤密之巧,驱辞逐貌,唯取昭晰之能:此其所同也。"[②] 但曹植的诗歌与《古诗十九首》有着明显的不同。钟嵘《诗品》卷上论曰:"其源出于《国风》。骨气奇高,词采华茂,情兼雅怨,体被文质,粲溢今古,卓尔不群。嗟乎!陈思之于文章也,譬人伦之有周孔,鳞羽之有龙凤,音乐之有琴笙,女工之有黼黻。俾尔怀铅吮墨者,抱篇章而景慕,映余晖以自烛。故孔氏之门如用诗,则公幹升堂,思王入室,景阳、潘、陆,自可坐于廊庑之间矣。"[③]

曹植的诗体现出建安诗歌中"骨气奇高,词采华茂,情兼雅怨,体被文质"的特点,与《古诗十九首》的天工自然,放驰情志,文温以丽,

---

① (南朝梁)钟嵘著,曹旭注:《诗品集注》,第110页。
② (南朝梁)刘勰著,范文澜注:《文心雕龙注》,第66页。
③ (南朝梁)钟嵘著,曹旭注:《诗品集注》,第97—98页。

意悲而远，虽然有些相似之处，但从根本上来说，体现了两个不同时代的诗歌风格与人生精神。前者更多地具备汉末桓灵时代士人的心态，而后者则是建安风骨的体现，是不同的时代精神的彰显与表述。这些虽然不是什么新见解，但历史事相是不怕重复的。前人早就指出曹植等人诗歌对于《古诗十九首》的效仿，明代谢榛《四溟诗话》卷三指出："《古诗十九首》，平平道出，且无用工字面，若秀才对朋友说家常话，略不作意。如'客从远方来，寄我双鲤鱼。呼童烹鲤鱼，中有尺素书'是也。及登甲科，学说官话，便作腔子，昂然非复在家之时。若陈思王'游鱼潜绿水，翔鸟薄天飞。始出严霜结，今来白露晞'是也。此作平仄妥帖，声调铿锵，诵之不免腔子出焉。魏晋诗家常话与官话相半，迨齐梁开口，俱是官话。官话使力，家常话省力；官话勉然，家常话自然。"① 可见，曹植诗中与《古诗十九首》的相似句式的大量存在，不仅不能证明这些诗是曹植所作，而且证明了曹植仿效学习中难脱斧凿痕迹的事实，王国维《人间词话》中指出："'昔为倡家女，今为荡子妇。荡子行不归，空床难独守。''何不策高足，先据要路津？无为久贫贱，轗轲长苦辛。'可谓淫鄙之尤。然无视为淫词、鄙词者，以其真也。"② 很显然，这些真率自然，不拘礼法的诗境，在曹植诗中是不存在的。毕竟他是建安时代的王侯人物，受到雅正之音的影响。

木斋先生为了论证《古诗十九首》为曹植所作，考辨了其中的一些代表作，其中最具代表性的《西北有高楼》为曹植思恋甄氏所作。两诗如下，《西北有高楼》："西北有高楼，上与浮云齐。交疏结绮窗，阿阁三重阶。上有弦歌声，音响一何悲！谁能为此曲，无乃杞梁妻？清商随风发，中曲正徘徊。一弹再三叹，慷慨有余哀。不惜歌者苦，但伤知音稀。愿为双鸿鹄，奋翅起高飞。"曹植《七哀》诗："明月照高楼，流光正徘徊。上有愁思妇，悲叹有余哀。借问叹者谁，言是宕子妻。君行逾十年，孤妾常独栖。君若清路尘，妾若浊水泥。浮沉各异势，会合何时谐？愿为西南风，长逝入君怀。君怀良不开，贱妾当何依。"李善注"西北有高楼，上与浮云齐"两句云："此篇明高才之人，仕宦未达，知人者稀也。西北，乾位，君之居也。"曹旭先生在《古诗十九首与乐府诗选评》一书

---

① （明）谢榛：《四溟诗话》，人民文学出版社1961年版，第66—67页。
② 王国维著，彭玉平疏证：《人间词话疏证》，中华书局2011年版，第424页。

中指出:"这是一首听曲而感叹知音稀少,怀才不遇的诗。"① 从我们今天来读的话,《古诗十九首》这首作品没有确指的对象,基本上是一位士人通过西北高楼女子弹琴的情景,抒发作者内心渴望知音的情感。这些诗句唯因天工自然,没有确指,一唱三叹,使味之者无极。马茂元先生在《古诗十九首探索》中指出:"陆时雍评这首诗说:'空中送情,知向谁是?言之令人悱恻','空中送情',就是这首诗的'秘密'。是诗人真正从自己生活经验中所产生的东西。"② 曹植《七哀诗》"诗的意境,从本篇脱化而出"③。写的是,处于动乱时代里怀抱着坚贞高洁的情操而又是孤苦无依的思妇的哀怨。曹植诗作的拟作痕迹很重,从诗韵到用句无不体现出形相似而神相异的特点。特别是"君若清路尘,妾若浊水泥。浮沉各异势,会合何时谐"这类句子,对仗工整,工巧太甚,与《古诗十九首》的天韵自然不是一回事。明代胡应麟《诗薮》在列举了曹植的诗句与《古诗十九首》的相似句子后指出:"子建诗学十九首,此类不一,而汉诗自然,魏诗造作,优劣俱见。"

木斋先生通过对这两首诗在句式与篇章、字词上的比较,进而提出:"其本事应该是黄初元年到二年之际,曹丕带着他心爱的一些妃子去洛阳登基,而把甄氏抛弃在邺城,曹植此作,应该是对甄氏充满了同情而写作的。"④ 作者强调:"上面的论证,初步得出了《西北有高楼》应为曹植所作的判断,诗中的女主人公应为甄后。但其中还有疑点:倘若为曹植所作,其具体的时间和地点,似乎与史书记载不能吻合。此两首玩其语意,《西北有高楼》发生在前,是在女性不知情情况下的男性独白;《七哀诗》发生在后,是双方对话之后,侧重在女方的对白,'愿做西南风,长逝入君怀',以前都解做曹植对曹丕的兄弟君臣比兴,现在则可以理解为曹植代甄后立言,诗中的'君'仍然可以是曹丕,但诗中的主人公叙说视角,却不再是曹植,而是长时间被抛弃的甄后的痛苦表白。其发生地点无疑也应该是在邺城,也就是甄氏黄初二年仍然所在的铜雀台;其发生时间,最为可能的时间,是黄初二年甄后被残忍处死之前夕。"⑤ 在其他的作品论

---

① 曹旭:《古诗十九首与乐府诗选评》,上海古籍出版社2002年版,第13页。
② 马茂元:《古诗十九首初探》,陕西人民出版社1981年版,第67页。
③ 同上书,第68页。
④ 木斋:《古诗十九首与建安诗歌研究》,第220页。
⑤ 同上书,第227页。

证中，这种简单索引的方法也比比皆是。如提出《洛神赋》为曹植的辩诬之作；《行行重行行》与《塘上行》应为植甄互赠的诗篇；十九首《青青陵上柏》，当为曹植作于黄初四年，跟随曹丕从宛城回洛阳所作；《涉江采芙蓉》为曹植早期思甄之作。这种索引式的探讨，充满着主观的猜测，而论证方法上的偏颇，主要在于罔顾文学作品的总体把握重在精神韵致的体会，而不能光靠字句上的索引。

《孟子·万章上》记载了孟子和他的弟子咸丘蒙论诗时提出："故说诗者，不以文害辞，不以辞害志。以意逆志，是为得之。"也就是说，说诗者，不能因字面的意思去妨害辞义，不能因表面的文辞去妨害作者的本义，而要根据自己的理解去正确解读作者的创作原意。这才可能获得真正的意思。明代谢榛《四溟诗话》卷一提出："诗有可解，不可解，不必解，若水月镜花，勿泥其迹可也。"如果说一味拘泥于文字层面，反而会略迷失其本意神。到了宋代严羽《沧浪诗话》时，就特别强调学诗、赏诗时要依靠"悟"。所谓"悟"就是借用禅宗妙悟天机的直觉感悟的方式去进行赏评。孟子的"以意逆志"当然不同于"悟"，但它和严羽都涉及审美赏析与批评是一项主观性极强的活动，不能依靠简单的字面把握。当然，以意逆志不能等同于主观猜测。所以孟子既重"以意逆志"，同时也强调"知人论世"；"以意逆志"的"意"即主观之意并不是脱离诗作之外的任意猜测，而是依据作者与环境，以及作品本身的特征去说的。就这一点而言，它与"知人论世"可以互补。因为批评者对于作品的主观赏评与分析，不能游离于作品所赖以产生的客观的时代背景与作者本人情况，否则就成了痴人说梦。王国维在《玉溪生诗年谱会笺序》一文中，谈到"善哉，孟子之言诗也。曰：'故说诗者，不以文害辞，不以辞害志。以意逆志，是为得之。'顾意逆在我，志在古人，果何修而能使我之意，不失古人之意乎？此其术，孟子亦言之曰：'颂其诗，读其书，不知其人，可乎？是以论其世也。'是故由其世以知其人，由其人以逆其志，则古诗虽有不能解者寡矣。"[①] 王国维认为孟子的这两段话可以互相发明、互相参照。如果没有知人论世的功夫，就很难避免将"以意逆志"变成主观臆断。

鲁迅先生1927年9月在广州夏期学术演讲会所作的《魏晋风度及文

[①]《王国维文集》第一卷，中国文史出版社1997年版，第76页。

章与药及酒之关系》,开宗明义即指出:"中国文学史,研究起来,可真不容易,研究古的,恨材料太少,研究今的,恨材料又太多,所以到现在,中国较完全的文学史尚未出现。今天讲的这个题目是文学史上的一部分,也是材料太少,研究起来很困难的地方。因为我们想研究某一时代的文学,至少要知道作者的环境,经历和著作。"[①] 汉魏六朝时代的文学史研究,材料欠少,因此研究起来适度的推量是必要的,但是过度阐释,无限遐想,则会背离作者与作品的本意,学术研究的创新有着基本的规则,这就是文献与论理的有机结合,古人所云,义理、考据与文章相结合的治学途径,与西方学术方法并行而不悖,完全适合于当代,也引导着中国学术生生不息,新陈代谢,不致被时流所左右。

---

① 鲁迅:《魏晋风度及文章与药及酒之关系》,《鲁迅全集》第3卷,人民文学出版社1991年版,第501页。

范仲淹变革思想论
——兼论与王安石变革之异同

诸葛忆兵

范仲淹以天下为己任，励志变革现实政治，最终在庆历年间获得时机，略展身手。"庆历新政"很快夭折，给后代仁人志士留下无限遗憾。南宋吕中甚至将其与王安石变法比较总结说："使庆历之法尽行，则熙丰元祐之法不变；使仲淹之言得用，则安石之口可塞。今仲淹之志不尽行于庆历，安石之学乃尽用于熙丰。"（《宋大事讲义》卷一）南宋人士普遍认定王安石变法为导致北宋覆亡的根本原因之一。依吕中之意，"庆历新政"得以实施，就不会有后来的"靖康之难"。范仲淹"庆历新政"之内容，历来罗列叙述较多，比较辨析不够。如果将其与王安石变法比较论析，确实更容易理清宋人的施政理念以及北宋政治的演进变革之过程。

一 "庆历新政"前范仲淹政治变革思想之演变

范仲淹"慨然有益天下之心"[①]，初入仕途，即以革新现实政治为己任。范仲淹二十七岁进士及第，出仕为官，一直到庆历三年（1043）五十五岁主持《上张右丞书》，朝政变革，其间经历了二十八年时间。在这漫长的官宦生涯中，范仲淹矢志不移，在力所能及的范围内推动新政实施。然而，范仲淹的变革思想，有一个从朦胧到清晰、从大概到具体的发展历程。

---

① 《上张右丞书》，《范仲淹全集》卷九，凤凰出版社2004年版。

最能体现"庆历新政"前范仲淹政治变革思想演变过程的是《奏上时务书》和《上执政书》二文。

1.《奏上时务书》

《奏上时务书》作于天圣三年（1025）四月二十日，时范仲淹三十七岁，任大理寺丞、监泰州西溪盐仓，入仕已经十年。范仲淹此时远离京城，官职低微，朝政变革与他没有任何干系。然而，范仲淹却抑制不住自己的政治热情，上书皇太后、皇帝两宫，陈述自己的政治变革思想。

在这篇文章中，范仲淹提出变革文风、讲求武备、注重人才、勉励谏官、抑制恩荫五个方面的主张。首先，范仲淹认为"国之文章，应于风化"，文风关系到世风的厚薄。朝廷应该"敦谕词臣，兴复古道"，追求文质相宜的文风。且以台阁文风感化各个阶层，最后达到"厚人伦、移风俗"的教化作用。其次，范仲淹认为治理天下，"文经武纬"，文武两道并重。北宋重文轻武，范仲淹于是专门提出武备问题。要求朝廷"居安虑危"，"大臣论武于朝"。推举"忠义有谋之人"委以边防重任，选拔"壮勇出群之士"用于军队，以保证国家的安全。再次，范仲淹认为朝廷任命职官，必须"以贤俊授任，不以爵禄为恩"。具体地说，应该重视馆殿人才储备，重视科第出身，为国家选拔栋梁之材。第四，范仲淹认为谏官、御史，是朝廷的"耳目之司"。朝廷应该广开言路，勉励谏官"进药石"之言，对忠言谠论的谏官"宜有赏劝"。第五，范仲淹认为时下恩荫过滥，权贵之家，"簪绂盈门，冠盖塞路"。而且，考评官员，只注重资历，不考核政绩，以致"贪忍之徒"，"仕路纷纭"。朝廷应该"澄清此源"，"以治乱为意"。

论述了自己变革现实政治五个方面主张之后，范仲淹特地对两宫提出仁慈、节俭、勤勉、公正四点要求。帝王应该"敦好生之志，推不忍之心"，"示天下之慈也"；"耻珠玉之玩"，"少度僧尼，不兴土木，示天下之俭也"；"孜孜听政"，"访问艰难，此皇王之勤也"；"贵贱亲疏，赏罚惟一"，"示天下之公也"。范仲淹还要求帝王用人"好正直以杜奸邪"；不要轻出"巡幸"；应该"纳远大之谋"，如"言政教之源流，议风俗之厚薄，陈圣贤之事业，论文武之得失"等，不要为刑法、钱谷等"浅末之议"所迷惑；应该兼采"群议"，不可偏听独断；慎重对待密奏，警惕"亲近小臣"。

这篇奏疏，可以分为两个角度评价。从一个角度来说，范仲淹"庆历新政"的部分内容萌芽于此,如明黜陟、抑侥幸、择官长、修武备等等。从另一个角度来说,范仲淹此时的政治变革思想更多地表现为笼统模糊、不成体系。这从以下三个方面可以看出:其一,核心思想不突出。范仲淹这次讨论中,多次提到人才或任官的问题,"庆历新政"也以此为核心,可见这个问题是范仲淹政治变革的核心问题。不过,关于这个问题,散落在这篇奏疏的各个段落中,没有得到集中论述。奏疏首论文风变革,让人们有轻重不分、主次颠倒之感觉。范仲淹以后关于现实政治变革的论述中,再也没有给予文风变革以如此重要的地位,可见这次论述之不成熟。其二,具体讨论不深入。对现实存在的问题,略有分析,却失之简单。如讨论注重人才、勉励谏官两个问题时,都是匆匆一言带过。对朝廷的建议,多数大而化之,提不出具体落实之措施。如关于"慈、俭、勤、公",只有比较笼统的概括和要求。奏疏中往往提出问题,没有提出解决问题的方法。其三,文章思路不清晰。阐述自己的政治主张,没有一个完整的思路。前面简单地讨论变革思想的五个方面,后面又针对两宫再发一通议论,前后层次较乱,多有重复。如,关于纳谏,在前文"谏官、御史,耳目之司"段落中已经讨论完毕,后文讨论不可"偏听"时话题重提。在讨论抑制恩荫冒滥时,话题又转向官员的好逸恶劳,再转向官员的平庸贪婪,中间又提到"师道既废,文风益浇",等等,既与前面文风讨论重复,逻辑层次也不清楚。

范仲淹入仕十年,都是在京城以外任职,官职低微,这就限制了范仲淹的政治视野。况且,从青年走向中年的范仲淹,现实政治经验积累也不够丰厚。范仲淹此时政治变革思想当然显得不够成熟。

2.《上执政书》

《上执政书》作于天圣五年(1027),时范仲淹三十九岁,丁母忧居南京应天府(今河南商丘)。丁忧闲居,范仲淹有了比较充裕的时间整理自己的从政经验和政治变革思想。范仲淹不愿"以一心之戚,而忘天下之忧",遂将自己的政见写成长篇《上执政书》,提交给朝廷执政大臣。

这篇文章有了明确的现实问题意识。范仲淹认为现实存在六个方面问题:"朝廷久无忧","苦言难入","国听不聪";"天下久太平","倚伏可畏","奸雄或伺其时";"兵久弗用","武备不坚","戎狄或乘其隙";"士曾未教","贤材不充","名器或假于人";"中外方奢侈","国用无度","民力已竭";"百姓困穷","天下无恩","邦本不固"。针对这一系列问题，范仲淹提出六点具体变革应对措施："固邦本，厚民力，重名器，备戎狄，杜奸雄，明国听"。

对于这六点应变措施和如何具体落实，范仲淹有了相对详尽的剖析。第一，固邦本，落实为"举县令，择郡长，以救民之弊"。地方长官用人不当，便有"簿书不精、胥吏不畏、徭役不均、刑罚不中、民利不作、民害不去、鳏寡不恤、游堕不禁、播艺不增、孝悌不劝"等诸多弊病产生。换言之，地方行政弊病的总根源在于地方长官。范仲淹推测朝廷以往不愿改变这种现状的原因是担心引起中下层官员阶层的骚动。针对此种顾虑，范仲淹建议：朝廷可以通过加恩升官的"善退"方式，让县令中"昏迈常常"者离开亲民的职位。对于州郡长官，朝廷还可以派出使者出巡，无政绩者"奏降"。而后"精选"行政业绩出众者加以特别委任。"如此行之，三五年中，天下县政可澄清矣。"第二，"厚民力"，落实为"复游散，去冗僭，以阜时之财"。具体措施为：限制"释道"、淘汰"老弱之兵"、不用珠玉"奇货"、鼓励农业生产。第三，"重名器"，落实为"慎选举，敦教育"，以达到"政无虚授"、"代不乏人"的目的。具体做法是：改革科举制度，"先策论，次诗赋"，以科举制度促动士人刻苦读书。兴办地方学校，"得天下英材而教育之"。恢复"制科"考试，选拔特殊人才。第四，"备戎狄"，落实为"育将材，实边郡，使夷不乱华"。具体做法是："搜智勇之器堪将材者，密授兵略，历试边任。"设立武举考试，选拔专门人才。"置本土之兵，勤营田之利。"再命"沿边知同"，"专谋耕桑"，充实军库储备。第五，"杜奸雄"，"以绝乱之阶"。具体做法是：约束"国家戚近之人"、戒土木兴建工程、均官僚俸禄、抑制恩荫、修复纲纪。第六，"明国听"，落实为"保直臣，斥佞人，以致君于有道"。

范仲淹这次上书阐述自己的变革思想，重点突出，思路成熟，措施具体，层次分明，自成体系，"庆历新政"的大致构思在这里已经形成。范仲淹把官僚队伍的变革放在首位讨论，核心问题得以明确，从而确立了范仲淹变革思想体系，"庆历新政"就是围绕着这一核心展开。朝廷的一切政策措施，都要通过地方州郡长官和县令们得以贯彻实施。范仲淹此前的任职都在地方基层，对地方中下层官员的现状比较了解。这一方面，这篇文章的讨论非常详尽，应变措施也非常具体。文章的第三点"重名器"和最后两点"杜奸雄"、"明国听"，依然涉及干部队伍变革的核心问题。

换言之，全文讨论六个方面问题，有四个方面都是围绕干部队伍建设问题展开。文章讨论的第二个重点问题是"厚民力"，也就是提升国家经济实力，改善百姓生存、生活水平问题。这应该是体现中央或地方政府政绩最主要的一个方面。这个问题在两年前的《奏上时务书》中基本没有涉及。朝政变革，不涉及国计民生重大问题，表明范仲淹从政经验的缺乏和思考问题的不成熟。这一方面缺陷，在这次上书中得以纠正。当然，范仲淹认为："县令长既得其才，然后复游散，去冗僭，以阜时之财"，经济发展或变革的前提是干部队伍的变革。北宋仁宗年间外患严重，北宋"积贫积弱"，无以应对。所以，范仲淹每次上书倡言变革，都要涉及军队建设问题。两年前要求朝廷文武二道相经纬，这次具体化为"备戎狄"，"庆历新政"时推出"修武备"变革条文，这在范仲淹的变革思想中是一以贯之的。范仲淹这时比较切实具体的变革措施，在后来他主持西北前线军政大局时许多得以贯彻落实。在抵御西夏入侵的过程中，发挥了重大作用。①

这次上书，依然在多个方面表现出范仲淹政治上的稚嫩。例如，认为通过整顿清理，三五年之间，官员队伍可以得到彻底改变，地方行政可以得到"澄清"。这个问题在后来的"庆历新政"中无法解决，在整个北宋时期无法解决，在整个封建专制社会阶段无法解决，范仲淹在这里却会有这样轻易的认识。文章讨论的最后两个方面"杜奸雄"和"明国听"，仍旧是相当简略笼统，表现出地方下层官员对中央朝政的陌生。

二 "庆历新政"之内容

"庆历新政"的内容在范仲淹《答手诏条陈十事》一文中有完整体现。

《答手诏条陈十事》作于庆历三年（1043）九月，时范仲淹五十五岁，任参知政事，入仕已经二十八年。范仲淹丁母忧闲居结束之后，历任地方和中央要职。如，在地方曾知睦州、苏州、饶州、润州、越州等，且在西北前线握军政大权三年有余；在中央曾任右司谏、枢密副使、参知政

---

① 详况参见诸葛忆兵《论范仲淹"积极防御"的守边策略》，《南京师范大学学报》2007年第1期。

事等，且一度权知开封府。范仲淹因此对民政和军政都有了更加深入透彻的了解，积累了丰富的从政经验。庆历三年四月，范仲淹从西北前线被诏回朝廷，仁宗准备最大限度地发挥范仲淹的政治作用。八月，范仲淹出任参知政事。九月，仁宗开天章阁，诏范仲淹等人条陈朝政变革构想。范仲淹由此作《答手诏条陈十事》。

这次条陈的十事为：明黜陟、抑侥幸、精贡举、择官长、均公田、厚农桑、修武备、减徭役、覃恩信、重命令。变革核心围绕两个方面展开：官僚队伍建设和经济生产。这次上书的方式与以往不同，以往是向朝廷提供自己的变革思路，这次是直接回答皇帝应该如何变革。提供思路，某些部分可以模糊笼统一些，采纳者可以进一步完善；回答皇帝的诏问，必须具体落实，在现实中可以直接操作。与《上执政书》比较，范仲淹这次的大致变革思路不变，只是更易于操作实施。具体内容如下：

第一，明黜陟。北宋官员升迁实行"磨勘"制，"文资三年一迁，武资五年一迁"，升官晋级凭资历而不问能力政绩，"愚暗鄙猥"者"坐致卿、监、丞、郎"。范仲淹建议：依据政绩升官晋级，有特殊才能或政绩者"特恩改迁"，不在"磨勘"之列；对在中央政府任职的官员采取更为严格的"磨勘"制度，逼迫"权势子弟肯就外任"，"知艰难"后或许成为好的行政官员；"老疾愚昧"等"不堪理民"者，另外单独处理。第二，抑侥幸。北宋恩荫太滥，"积成冗官"，"政事不举"。范仲淹建议：减少恩荫人数，限制恩荫范围。又，北宋设馆阁储备人才，而后进补馆阁之职过于容易。范仲淹建议：进士前三名及第者，一任回京可以参加考评，分成五等，第一、第二等再由帝王"召试"，优等者"补馆阁职事"。权势子弟不可以进入馆阁，馆阁缺员则由大臣联名荐举。第三，精贡举。北宋沿袭唐代"辞赋取进士"的科举制度，一直为倡言变革者所诟病。范仲淹建议：各地设立学校培养人才；考试则"进士先策论而后诗赋，诸科墨义之外更通经旨"；逐步实行"逐场去留"的淘汰方式。外郡考核发解的考生，"更不封弥试卷"，重点考察考生"履行无恶、艺业及等"；礼部考试则"封弥试卷，精考艺业，定夺等第"。进士、诸科优等及第者，"放选注官"；"次等及第者，守本科选限"。第四，择官长。地方长官关系到"百姓休戚"。范仲淹建议：委任中央重臣推荐转运使、提点刑狱、大郡知州，转运使、提点刑狱推荐知州、知县、县令，知州和通判同举知县、县令，获得更多人推荐者先得到任命。第五，均公田。宋真宗复职田制度，以求厚禄养廉。职田不均，基层官员的日常生活问题就得不到很好的解决。范仲淹建议：重新议定外官职田，"有不均者均之，有未给者给之"。"然后可以责其廉节，督其善政。"第六，厚农桑。北宋"不务农政，粟帛常贵"。范仲淹建议：每年秋天农闲时间，政府主持兴修水利工程。"如此不绝，数年之间，农利大兴。"第七，修武备。范仲淹在西北前线主持军政大局多年，有诸多变革举措，这方面非常熟悉。范仲淹建议："召募强壮之人"，充实京师六军。军队"三时务农"，减少国家军政开支；"一时教战"，可以防御外敌。京师禁军召募完毕，各地方军队的整顿仿照京师做法。第八，减徭役。这是节省民力、解民穷困的重要方法之一。范仲淹建议：合并行政区域，减少官府"公人"人数，让他们回归务农。如此，"但少徭役，人自耕作，可期富庶"。第九，覃恩信。朝廷时而大赦天下，免除百姓赋税、徭役等，然地方官吏往往不予执行。范仲淹建议：严厉处罚不执行中央大赦命令的官员，不再追究百姓天禧年以前的"欠负"。朝廷精选官员派往各地，"察官吏能否，求百姓疾苦"，监督朝廷政令"一一施行"。第十，重命令。国家令出则行，否则便"烦而无信"。范仲淹建议：今后朝廷颁布政令，必须经两府详议，"必可经久，方得施行"。官吏故意违背朝廷诏令，严惩不息。

范仲淹答仁宗诏问的前五点都旨在建设一支高效廉洁的官僚队伍，从教育培养到科举选拔，从考核升迁到抑制庸滥，从推荐才能突出者到均公田养廉，范仲淹的变革措施相对详尽。早期的"厚民力"到此时具体化为"厚农桑"，并且补充了"减徭役"内容。最后，增加"覃恩信"和"重命令"两项，以保证朝廷的政策得到贯彻落实。全篇没有泛泛议论，文字简洁凝练，重在实用。至此，范仲淹完成了从"怎么想"到"怎么做"的转变。"庆历革新"便在范仲淹等人的主持下，全面开展。

三　范仲淹与王安石变革之比较

范仲淹主持的"庆历新政"与王安石主持的"熙宁变法"比较，时间相对较短，收效相对较少。关于范、王二人主持的朝政变革之异同，李存山先生有扼要的概括："庆历新政与熙宁变法的根本不同就在于：庆历新政是以整饬吏治为首要，以砥砺士风、改革科举、兴办学校、认明经旨、培养人才为本源，兼及军事、经济等领域，而熙宁变法则转向为

'以理财为方今先急'。"① 范、王二人政治革新之成败和功过，在这里可以找到答案。

宋代文人士大夫与皇室共忧患，以天下为己任，对国计民生关切的热情，超过了以往任何时代。② 如早在太宗端拱二年（989），即范仲淹出生那一年，右拾遗王禹偁针对内政就提出五点变革主张：并省官吏、艰难选举、信用大臣、不贵虚名、禁止游堕，变革的目的之一就是"厚民力"。③ 真宗即位后，王禹偁应诏言事，又增加了"减冗兵并冗吏"、"沙汰僧尼"、"亲大臣远小人"等内容。④ 翻检北宋文人士大夫文集，上书朝廷或执政、要求变革朝政者，数不尽数。如欧阳修在范仲淹答仁宗诏问的前四个月，也曾上书朝廷，认为：救民疾苦，"择吏为先"，朝廷应该"立按察之法"，考察官吏政绩，明"黜陟"。⑤ 范仲淹"庆历新政"的方方面面内容，在以往的士大夫上书言事中都被不同程度地提及过。

纵览宋人种种关于政治革新的言论或作为，可以概括为"择吏为先"四字。范仲淹的变革思想沿着这条线索演变。从《奏上时务书》的笼统模糊认识，到《上执政书》的中心突出明确，到《答手诏条陈十事》的具体落实操作，范仲淹变革思想的发展轨迹非常清晰。苏轼嘉祐年间总结说："天下有二患，有立法之弊，有任人之失。""当今之患，虽法令有所未安，而天下之所以不大治者，失在于任人，而非法制之罪也。"⑥ 苏轼这段议论，表达了北宋文人士大夫对现实政治的一种共识。"庆历新政"将主要精力放在"任人之失"问题上。即使革新理念与范仲淹、欧阳修、苏轼等士大夫群体发生激烈冲突的王安石，熙宁以前也认为："方今之急，在于人才而已。"其思想观念合乎士大夫主流倾向。神宗即位，认为"理财最为急务"⑦，王安石是"逐渐俯从于这个旨意的"⑧。

中国古代社会，是封建专制社会，皇帝独裁专断，遵行的是"人治"

---

① 李存山：《"庆历新政与熙宁变法"补说》，《中州学刊》2005年第1期。
② 详况参见诸葛忆兵《宋代士大夫的境遇与士大夫精神》，《中国人民大学学报》2001年第1期。
③ （宋）李焘：《续资治通鉴长编》卷三〇，中华书局2004年版。
④ （宋）吕祖谦：《宋文鉴》卷四二，吉林出版集团2005年版。
⑤ 详见《续资治通鉴长编》卷一四一。
⑥ 《策略三》，《苏轼文集》卷八，中华书局1996年版。
⑦ 《宋史全文》卷一一，黑龙江人民出版社2005年版。
⑧ 李存山：《王安石变法的再评价》，《博览群书》2006年第9期。

原则。整个官僚机构同样是按照"人治"原则设置的，缺乏必要的监督机制。在这种体制中，各级官员之唯上是从、瞒上欺下、贪污腐败、平庸无能是极其常见的。北宋士大夫阶层普遍认识到朝廷的"任人之失"，要求政治变革"择吏为先"，就出现在这样的政治背景之下。这种认识和要求可以说是切中要害、一针见血的。人治社会中，只要官吏任用不当，一切利民的变革措施可能都会产生相反的社会效果，贪官污吏都可以借变更之际再度盘剥百姓、中饱私囊。以北宋为例，王安石推出系列变法措施，其宗旨当然是利国利民。然而，在执行过程中，许多变法条文却演变为害民的举措。被时人和后人指责最多的"青苗法"，其旨意是政府低息贷款给百姓，帮助他们度过青黄不接的时期，扶持农业生产，抑制兼并。基层官员或强行借贷，或借贷时以次充好、克扣分量，使得该法规精神完全走样。新政当以"择吏为先"是针对这种痼疾提出的。范仲淹等士大夫所见所论，皆极为精当。

"庆历新政"失败的原因，论者有诸多分析，大致说：仁宗立场不坚定、保守势力过于强大、触犯官僚集团利益、变革派自身缺陷，等等。诸家分析，都有相当的历史依据，能够说明部分史实。但是，都没有切中要害，没有一语道破新政流产的核心问题究竟是什么。在以"人治"为特征的封建专制社会，要变革官僚阶层，建设一支高效廉洁的干部队伍，无疑是要拔着自己的头发离开地球。变革的要求，与社会根本性制度相矛盾冲突，失败是必然的。所以，多数有识之士都能认识到问题之所在，范仲淹等见解也极精当，就是没有办法改变现状，就是没有办法落实变革措施。封建专制社会，瞒上欺下、腐败无能的官僚源源不绝地产生，这是"人治"社会无法治愈的"癌症"。社会发展到"法治"时代，回头看历史上的问题，就比较容易理解宋人的政治热情是如何地浪费掉的。但是，生活在那个时代，士大夫根本不可能意识到这是制度问题，今人也不可以苛求古人。

王安石逐步调整变革思路，最终与神宗合拍，将理财作为变法的首要任务。宋代士大夫，不仅仅翱翔于纯思辨领域，他们是现实社会的管理者，必须每日面对诸多的现实问题。国家的富强、百姓的衣食住行，无不与"利"字息息相关。所以，宋代士大夫就不能离开现实，回避"逐利"。对待"利"字，宋人有着较新的观念。欧阳修说："衣被群生，赡足万类，此上之利下及于物，圣人达之以和于义也。利之为道，岂不大哉？"① 范仲淹同样认为："利者何也？道之用也。于天为膏雨，于地为百川，于人为兼济，于国为惠民、为日中市，于家为丰财、为富其邻。……统而言之，义之和也。"② 王安石在《答曾公立书》中，更是理直气壮地说："理财乃所谓义也。一部《周礼》，理财居其半，周公岂为利哉？" 熙宁以前，士大夫倡言变革，"厚民力"、"厚农桑"等富民强国的内容就是他们的第二大关注点。王安石的"熙宁变法"，具有这样广泛的思想基础，在一定程度上是能够被北宋士大夫接受的。更重要的是，王安石变法重点在变更朝令法规，并不去触动体制根本性的问题，具有相当的可行性。王安石变法，与范仲淹新政比较，触及的是封建社会的皮毛，所以，能够在相当的一段时间内得以持续，且获得一定的成效。触及体制根本性问题，最终会导致体制的崩溃，在当时社会历史背景下必然失败；触及皮毛枝节问题，一定的修正变更有利于维护现行体制，反而能够得以实施。北宋的诸多政治或经济变革如此，中国封建时代其他的政治或经济变革亦如此。

---

① 《夫子罕言利命仁论》，《欧阳修全集》卷六〇，中华书局 2001 年版。
② 《四德说》，《范仲淹全集》卷八，凤凰出版社 2004 年版。

"以诗为词"辨

诸葛忆兵

"以诗为词"是宋人对苏轼词创新的一个综合评价，由此也成为词史上一种重要的创作现象，成为词学研究中的一个重要命题。今人对"以诗为词"之理解，众说纷纭，有许多误解。所以，对"以诗为词"的讨论虽然已经很多，却仍有必要回到宋人的语境中，对"以诗为词"重新进行正本清源之辨析。在正本清源辨析前提下，"以诗为词"创作之特征、得失、地位，才能够得到科学之认识。

一 "以诗为词"之涵义

评说古代文学所使用的概念或术语，有的是今人的概括，当然由今人对之下定义。更多的概念或术语则是古人提出来的，那么，就必须回到古人提出此概念或术语时的语境中，把握其比较确切的涵义，由此做出较为科学的判断。"以诗为词"是宋人提出的，今人的研究也在努力还原宋人的词学观念。然而，由于古今所关注的词学重点或热点问题有相当的距离，以致今人在一定程度上误解宋人，造成今天学术界对"以诗为词"涵义之讨论的混乱。或曰："以诗为词"之根本在音乐一项；或曰："以诗为词"的核心是"诗人句法"[1]，或者干脆否定"以诗为词"的命题意义。[2] 如此一来，辨明"以诗为词"之涵义，就成为这项词学研究命题的首要任务。对"以诗为词"正本清源之辨析，首先关系到宋人的文体学

---

[1] 孙维城：《宋韵》，安徽大学出版社2002年版，第128页。
[2] 崔海正：《东坡词研究》，山东大学出版社1992年版，第5—21页。

观念。即：宋人认为诗与词有何不同文体特点？宋人在使用"以诗为词"概念时，具体涉及哪些诗的文体特征在填词过程中得到体现？其间，宋人认定的"以诗为词"最重要的特征是什么？明了上述命题，方能纲举目张，把握"以诗为词"之实质。

1. 诗词之辨质疑：合燕乐歌唱

唐宋词是配合燕乐歌唱的歌辞，词为音乐文学，音乐是词体的重要特征之一。这样的观点已经得到专业学者的一致认同。所以，许多学者就从是否合燕乐歌唱来辨别词与诗之不同。当代学者对此有非常明确的辨析："'诗'、'词'之间的区别从根本说来仅在音律一项。就词与徒诗来说，在于合不合乐，就词与其他合乐诗（如乐府）来说，在于合什么乐。"[①]学者发现仅以是否合乐作为诗与词的区分界线并不科学，因为《诗经》、汉乐府等大量诗歌皆合乐可歌，于是特别提出"合什么乐"的问题。唐宋词是合燕乐歌唱的，燕乐形成于隋唐之际，如此，就将唐宋词与先前合乐诗区分开来了。上述观点在当今学界甚为流行，可称为"主流观点"。

但是，问题并不是这么简单。

其一，唐代有大量的合乐之诗，称为"声诗"。唐人"旗亭唱诗"的故事传播遐迩。李清照《词论》云："乐府、声诗并著，最盛于唐开元、天宝间。"任半塘《唐声诗》夹注云："揣原意：'乐府'指长短句词，'声诗'指唐代诗歌，二者同时并著。"[②] 有相当部分唐诗合乐歌唱，所合之乐即为隋唐时期流行的燕乐，这样的学术观点已经得到学界的一致认同。如果以合燕乐否作为诗体与词体的分界线，那么，"唐声诗"归入哪一文体呢？"唐声诗"是诗，而不是词，这一点相当明确。

其二，宋室南渡之后，大量歌谱不断流失乃至失传。南宋词人所创作的部分词作当时就已经不能歌唱，只是成为案头欣赏的作品。这一客观事实也已经得到学界的一致认同。龙榆生云："词所依的曲调，发展到了南宋，渐渐僵化了。……已到了奄奄一息的地步。"[③] 施议对不同意龙榆生

---

① 刘石：《试论"以诗为词"的判断标准》，《词学》第12辑，华东师范大学出版社2000年版，第24页。

② 任半塘：《唐声诗》上册，上海古籍出版社2006年版，第8页。

③ 龙榆生：《词曲概论》，上海古籍出版社1980年版，第10—11页。

的观点，订正说："词在南宋仍有其合乐歌唱的条件。"① 施议对的订正，其前提是承认南宋相当部分词作不能歌唱，只是认为龙榆生夸大事实了。再读南宋人的自述。张炎《国香序》云："沈梅娇，杭妓也，忽于京都见之。把酒相劳苦，犹能歌周清真《意难忘》、《台城路》二曲，因嘱余记其事。"② 此序明言，南宋时周邦彦词之曲谱大量失传，能歌唱二首周词之歌妓，已经是凤毛麟角，值得特别一记。南宋方千里、杨泽民等和周邦彦词，亦步亦趋，其所作自然不可歌。张炎《西子妆慢序》云："吴梦窗自制此曲，余喜其声调妍雅，久欲述之而未能。甲午春，寓罗江，与罗景良野游江上。绿荫芳草，景况离离，因填此解。惜旧谱零落，不能倚声而歌也。"③ 可见，张炎所填这首《西子妆慢》是"不能倚声而歌"的。现将张炎《西子妆慢》引述如下：

> 白浪摇天，青荫涨地，一片野怀幽意。杨花点点是春心，替风前万花吹泪。遥岑寸碧，有谁识朝来清气？自沉吟，甚流光轻掷，繁华如此！　斜阳外，隐约孤舟，隔坞闲门闭。渔舟何似莫归来，想桃源、路通人世。危桥静倚，千年事、都消一醉。谩依依，愁落鹃声万里。

如果以是否合乐歌唱作为诗体与词体的分界线，南宋"不能倚声而歌"之词作归入哪一文体呢？南宋诸多"不能倚声而歌"之词，属于词体，而非诗体，此一事实也不会有任何学者质疑。而且，完全没有学者用"以诗为词"来评价方千里、杨泽民、张炎"不能倚声而歌"之词作。

回到苏轼词之讨论，能否合乐及是否合燕乐，同样不可以成为"以诗为词"的划分标准。苏轼绝大多数词能歌，前人论之甚详。沈祖棻云："苏轼对词乐具有相当修养，他的词在当时是传唱人口的。"④ 即使苏轼"以诗为词"之作，亦依然能歌。陆游《老学庵笔记》云："公非不能歌，

---

① 施议对：《词与音乐关系研究》，中国社会科学出版社1985年版，第96页。
② 唐圭璋编：《全宋词》第5册，中华书局1980年版，第3465页。
③ 同上书，第3475页。
④ 沈祖棻：《苏轼与词乐》，见《宋词赏析》，中华书局2008年版，第285页。

但豪放，不喜剪裁以就声律耳。试取东坡诸词歌之，曲终，觉天风海雨逼人。"①苏轼有"天风海雨"逼人气势的豪放词，配合燕乐能歌，当为不争之事实。这不妨碍宋人对此类词作"以诗为词"的评价。宋人更多的时候是批评苏轼词"不协音律"，很多学者据此认为苏轼词"不能歌"。王小盾说："他们便把格律和音乐这两个不同的概念混为一谈。"② 总之，将"能否合乐及是否合燕乐"作为"以诗为词"的划分标准，"忽视了近体诗和长短句同样可以纳入曲子歌唱的事实，以及宋以后词往往脱离音乐而成为案头之作的事实（按：南宋已有此种创作现象）"③。

综上所述，诗体与词体在是否合燕乐歌唱这一问题上应当作如下归纳：大部分唐宋词可以合燕乐歌唱，大部分唐近体诗不可以合燕乐歌唱。合燕乐歌唱不能作为诗体与词体区分的根本标准。

2. 诗词之辨实质：教化与娱乐

批评了"主流观点"的不科学性之后，那么，宋人观念中的诗词之辨关键何在？

关于诗词之辨，前人又有另一非常流行的观点：诗言志，词言情。言情之情，指向狭义的男女之艳情，故词又被目之为"艳词"。诗言志，其功能目的为政治教化；词言情，其功能目的为声色娱乐。诗体、词体，判然有别。

《尚书·舜典》云："诗言志，歌永言，声依永，律和声，八音克谐，无相夺伦，神人以和。"为古典诗歌之创作定下基调，被后人奉为圭臬。于是，作为文学体裁之一的诗歌，被剥夺了文学的独立性，依附于现实社会和政治，成为统治者教化民众的工具。《诗经》作为儒家经典著作之一，在儒者眼中不是文学读本，而是政治和社会教科书。所以，"兴于诗，立于礼，成于乐"（《论语·泰伯》）。孔子教育子弟说："小子！何莫学夫诗？诗，可以兴，可以观，可以群，可以怨。迩之事父，远之事君。多识于鸟兽草木之名。"（《论语·阳货》）换言之，"诗三百，一言以蔽之，曰'思无邪'"（《论语·为政》）。《诗大序》对"诗言志"有

---

① 唐圭璋编：《词话丛编》第2册，中华书局1986年版，第1176页。按：中华书局1997年版《老学庵笔记》单行本，卷五所载这段话，少"试取东坡诸词歌之，曲终，觉天风海雨逼人"一句。

② 王小盾：《隋唐五代燕乐杂言歌辞研究》，中华书局1996年版，第2页。

③ 同上。

了更加具体的解释和要求:"诗者,志之所之也。在心为志,发言为诗。……故正得失,动天地,感鬼神,莫近于诗。先王以是经夫妇,成孝敬,厚人伦,美教化,移风俗。"

从这样的立场读解《诗经》,《诗经》中大量抒写男女情爱的篇章便被后世儒者生拉硬扯得面目全非。《关雎》篇,乃"周之文王生有圣德,又得圣女姒氏以为之配。宫中之人,于其始至,见其有幽闲贞静之德,故作是诗"①。《汉广》篇,乃"文王之化,自近而远,先及于江汉之间,而有以变其淫乱之俗。故其出游之女,人望而见之,而知其端庄静一,非复前日之可求矣"②。对一些实在无法歪曲解说的情爱诗,儒家学者便直接加以拒斥。如斥《静女》篇为"淫奔期会之诗",《将仲子》篇为"淫奔者之辞",《溱洧》篇为"淫奔者自叙之辞",等等(均见朱熹《诗集传》)。牵强附会,或干脆呵斥,强调"男女授受不亲"。儒家学派在"诗言志"的大前提下,又为诗歌创作划出一块禁区:诗歌创作不许谈论情爱,不许涉及男女情欲!诗歌抒写男女情爱的娱乐功能被彻底取消。因此,中国古代文人诗歌,没有描写男女情爱的传统,只有偶尔零星之作。③

"词为艳科"。燕乐乃隋唐之际人们在歌舞酒宴娱乐场所演奏的音乐,又有歌词配合其演唱。在这样灯红酒绿、歌舞寻欢的娱乐场所,让歌妓舞女们演唱一些什么样内容的歌曲呢?是否可以让她们板着面孔唱:"朱门酒肉臭,路有冻死骨"?或者让她们扯开喉咙唱:"天生我材必有用,千金散尽还复来"?这一切显然与眼前寻欢作乐的歌舞场面不谐调,大煞风景。于是,歌唱一些男女相恋相思的"艳词",歌妓们装做出娇媚慵懒的情态,那是最吻合眼前情景的。"艳词"的题材取向是由其流传的场所和娱乐功能决定的。故张炎云:"簸弄风月,陶写性情,词婉于诗。盖声出于莺吭燕舌间,稍近乎情可也。"④ 词言情,就是基于这样的立场对词体的读解。南宋人甚至对歌词所言之情有如此具体的说明:"唐宋以来词人

---

① (宋)朱熹:《诗集传》,上海古籍出版社1980年版,第1页。
② 同上书,第6页。
③ 参见诸葛忆兵《性爱描写与词体的兴起》,《文学评论》2004年第3期。
④ (宋)张炎:《词源》卷下,唐圭璋编:《词话丛编》第1册,第263页。

多矣，其词主乎淫，谓不淫非词也。"① 所谓的"淫"，就是被儒家学者严厉排斥的男女之情。

唐宋时期，人们对此种诗体与词体之根本区别有非常明确的认识。一提及歌词，立即就与"艳情"或声色娱乐等发生关联。唐宋词人的填词行为及其论词热点，都集中在这一方面。举数则资料以证之：

> 晋相和凝少年时好为曲子词，布于汴、洛。洎入相，专托人收拾，焚毁不暇。然相国厚重有德，终为艳词玷之。契丹入夷门，号为"曲子相公"。（孙光宪《北梦琐言》卷六）

> 文章豪放之士，鲜不寄意于此者，随亦自扫其迹，曰：谑浪游戏而已也。（胡寅《酒边集序》）

> 晏叔原见蒲传正云："先公平日小词虽多，未尝作妇人语也。"传正云："'绿杨芳草长亭路，年少抛人容易去。'岂非妇人语乎？"晏曰："公谓'年少'为何语？"传正曰："岂不谓其所欢乎？"晏曰："因公之言，遂晓乐天诗两句云：'欲留年少待富贵，富贵不来年少去。'"传正笑而悟。然如此语，意自高雅尔。（胡仔《苕溪渔隐丛话》前集卷二十六引《诗眼》）

> 黄鲁直初作艳歌小词，道人法秀谓其以笔墨诲淫，于我法中，当堕泥犁之狱。（陈善《扪虱新话》卷三）

和凝被称为"曲子相公"、宋人填词或"自扫其迹"、晏几道强词夺理为晏殊"未尝作妇人语"辩护、法秀指责黄庭坚作词"以笔墨诲淫"，都表明唐宋词人关于词体的一个核心观念：词写男女艳情，是"谑浪游戏"之作，其创作目的仅仅是声色娱乐。此类文献记载，在宋代比比皆是。

苏轼"以诗为词"有推尊词体的意义，所以，从理论上宋人就会论证诗词同体，以证明词体应有的地位。北宋黄裳为自己词集作序，就以

---

① （宋）汪莘：《方壶诗余自序》，金启华等编：《唐宋词集序跋汇编》，江苏教育出版社1990年版，第227页。

"风雅颂赋比兴"六义比拟,云:"六者圣人特统以义而为之名,苟非义之所在,圣人之所删焉。故予之词清淡而正,悦人之听者鲜,乃序以为说。"① 南宋胡寅《酒边集序》更加清楚地论证说:"词曲者,古乐府之末造也;古乐府者,诗之旁行也。诗出于《离骚》楚辞,而骚词者,变风变雅之怨而迫、哀而伤者也。其发乎情则同,而止乎礼义则异。名曰曲,以其曲尽人情耳。……及眉山苏氏,一洗绮罗香泽之态,摆脱绸缪宛转之度,使人登高望远,举首高歌,而逸怀豪气,超然乎尘垢之外。于是《花间》为皂隶,而柳氏为舆台矣!"② 胡寅论说煞费苦心。既要强调词曲的特征,又要与骚雅诗体相联系,以推尊词体,为下文盛赞苏轼"以诗为词"作为铺垫。宋人试图模糊"诗言志、词言情"的文体分界线,正好从一个相反的角度说明了宋人对诗体与词体区分的理解。

或曰:诗词之辨亦在风格。苏轼词以诗歌风格入词,开创豪放一派,此为"以诗为词"之一端。此说言之有据。诗庄词媚,文体不同,风格迥异。然而,推究苏轼词风之变异,问题将重新回到苏轼词之取材及歌词创作意图、功能之改变这一根本点上。脱离灯红酒绿的创作环境,摆脱歌舞酒宴的传播场所,改变男欢女爱的娱乐功能,歌词取材和功能向诗歌看齐,其词风必然发生变化。作品的风格是与其所描写的题材、所抒发的情感相一致的。即:诗词风格之辨,最终落实到题材和功能的层面上。

换一个角度观察问题,宋人几乎不关心词是否可以合乐歌唱。因为,在燕乐流行的年代,这不成为一个问题。如同今人并不关心流行歌曲是否合乐,而是关心其是否美听。只有到了燕乐完全失传之后,研究者逐渐开始关心词乐问题,同时亦逐渐将词乐问题推至一个过高的地位,认为是宋人提出"以诗为词"的根本依据。是否合乐歌唱,确实是诗体与词体的重要区分标准之一,却不是宋人所关心的问题。宋人最为关注的是词不同于诗的抒情内容和娱乐功能,"以诗为词"就是在这样的创作观念背景中提出。换言之,宋人评价苏轼"以诗为词",就是指苏轼词摆脱"艳情",抒写了种种人生志向,向"诗言志"靠拢,其创作功能指向教化。

---

① (宋)黄裳:《演山居士新词序》,金启华等编:《唐宋词集序跋汇编》,第38页。
② (宋)胡寅:《酒边集序》,金启华等编:《唐宋词集序跋汇编》,第117页。

南宋孙奕云："苏子瞻词如诗,秦少游诗如词。"① 这种说法在宋代非常流行,在宋人讨论歌词时多处可见。② 以秦观创作为对比项,宋人所关注的诗体与词体之特征区分就非常明显。这里指的不是秦观诗能合燕乐歌唱,而是指秦观创作的"女郎诗"。元好问说："有情芍药含春泪,无力蔷薇卧晓枝。拈出退之山石句,始知渠是女郎诗。"③ 秦观部分诗题材似词,故有"女郎诗"之评价。南宋汤衡对此有过更加详尽的论说："昔东坡见少游《上巳游金明池》诗,有'帘幕千家锦绣垂'之句,曰:学士又入小石调矣。世人不察,便谓其诗似词。不知坡之此言,盖有深意。夫镂玉雕琼,裁花剪叶,唐末诗人非不美也,然粉泽之工,反累正气。东坡虑其不幸而溺乎彼,故援而止之,惟恐不及。其后元祐诸公,嬉弄乐府,寓以诗人句法,无一毫浮靡之气,实自东坡发之也。"④ 汤衡此处诗体与词体的讨论,重点落实在"镂玉雕琼,裁花剪叶"和"浮靡"等问题上,与音乐完全没有关系。宋人诗体、词体对举,或云"以诗为词",或云"诗如词",皆指其不同创作内容和创作功能而言,涵义相当明确。

二 "以诗为词"之演进及得失

辨明诗言志之教化和词言情之娱乐为诗体与词体根本区别之所在,而后可以梳理"以诗为词"的发展演变历程,明确"以诗为词"在歌词发展史上的得失和地位。

1. 词体之形成

隋唐之际燕乐趋于成熟,配合其歌唱的曲子词随之出现。王重民《敦煌曲子词集》收录作品一百六十一首,集中表现了曲子词的初始风貌。王重民《敦煌曲子词集·叙录》一段话被后来学者反复引用,以证

---

① (宋)孙奕:《示儿编》卷一六,薛瑞生笺证:《东坡词编年笺证》,三秦出版社1998年版,第740页。

② 《吕圣求词序》:"世谓少游诗似曲,子瞻曲似诗。"《燕喜词序》:"议者曰:少游诗似曲,东坡曲似诗。"《于湖先生雅词序》:"苏子瞻词如诗,秦少游诗如词。"金启华等编:《唐宋词集序跋汇编》,第128、150、165页。

③ (金)元好问:《论诗三十首》之二十四,《元好问全集》,山西人民出版社1990年版,第339页。

④ (宋)汤衡:《张紫微雅词序》,金启华等编:《唐宋词集序跋汇编》,第164页。

实曲子词最初取材之宽泛，及最初词体与诗体之趋同。王曰：

> 今兹所获，有边客游子之呻吟，忠臣义士之壮语，隐君子之怡情悦志；少年学子之热望与失望，以及佛子之赞颂，医生之歌诀，莫不入调。其言闺情与花柳者，尚不及半。①

此一阶段，是曲子词的初创期，词体尚未独立，与诗体混淆是一种必然的现象。任何一种文体初始阶段都有过与其他文体混淆、文体特征不明显的过程。针对这一阶段的曲子词创作，不可以使用"以诗为词"的概念。因为，"以诗为词"是指词体成熟独立之后，接受诗体的影响而在创作中产生的变异现象。词体尚未从诗体中独立出来，遑论"以诗为词"？

以往学者反复引用王重民这段话，往往是为了说明曲子词在民间或在初始期是有着开阔的题材取向的，与诗歌并无二致。只是到了后来文人手中，才逐渐演变而形成委婉隐约叙说艳情的创作特征。此说是对词体之形成的重大误解。如前所言，词体特征之形成是由其传播之场所、演唱之环境、娱乐之功能所决定，无论是在民间持续发展还是到了文人手中，走向委婉叙说艳情是歌词的必然创作趋势。即以敦煌曲子词为例，在敦煌曲子词中写得最好、最多的依然是言男女情爱的作品。如果将《敦煌曲子词集》做一次分类归纳，就能发现言闺情花柳的作品占三分之一以上，所占比例最大。这类作品在敦煌曲子词中也写得最为生动活泼，艺术成就最高。如《抛球乐》（珠泪纷纷湿罗绮，少年公子负恩多。当初姊妹分明道，莫把真心过于他。子细思量着，淡薄知闻解好么）、《望江南》（天上月，遥望似一团银。夜久更阑风渐紧，为奴吹散月边云，照见负心人）之类，深受后人喜爱。初始阶段的曲子词创作，已经明确表现为走向艳情的趋势。

唐代的《云谣集》是现存最早的曲子词集，录词三十首，创作主体已经转移为乐工歌妓，作品题材也就集中到"艳情"方面。"除了第二十四首《拜新月》（国泰时清晏）系歌颂唐王朝海内升平天子万岁，第十三首《喜秋天》感慨人生短促、大自然更替无情之外，余二十八首词都与

---

① 王重民辑：《敦煌曲子词集》，商务印书馆1954年版，第8页。

女性有关，或者出于女性之口吻，或者直接以女性为描写对象。"① 这些"艳情"之作大体有三种类型："征妇之怨"，"女性姿色"，"求欢与失恋"。② 至《云谣集》，词体特征初步形成。

中唐文人刘禹锡、白居易、张志和等亦填词，然拘泥于儒家之"诗教"，其词或写江南风光，或叙隐逸之志，与艳情无关。这样的创作不符合歌词的发展趋势，无助于词体特征之形成，故中唐文人歌词之创作便异常冷清萧条，唐代极少追随者。

唐末五代之《花间词》，收录十八位词人的作品五百首，男女艳情几乎成为唯一的话题。"春梦正关情，镜中蝉鬓轻"，"门外草萋萋，送君闻马嘶"（温庭筠《菩萨蛮》）之送别相思，"深夜归来长酩酊，扶入流苏犹未醒"（韦庄《天仙子》），"眼看惟恐化，魂荡欲相随"（牛峤《女冠子》）之宿妓放荡，几乎构成一部《花间集》。词中女子在性爱方面甚至大胆到"妾拟将身嫁与、一生休。纵被无情弃，不能羞"（韦庄《思帝乡》）的地步。欧阳炯《花间词序》云：

> 镂金雕琼，拟化工而回巧；裁花剪叶，夺春艳以争鲜。……则有绮筵公子，绣幌佳人，递叶叶之花笺，文抽丽锦；举纤纤之玉指，拍按香檀。不无清绝之词，用助娇娆之态。自南朝之宫体，扇北里之娼风，何止言之不文，所谓秀而不实。有唐以降，率土之滨，家家之香径春风，宁寻越艳；处处之红楼夜月，自锁嫦娥。③

欧阳炯将"花间词"的题材取向、创作环境、作品功能叙说得清清楚楚。花前月下，浅斟低唱，娱乐遣兴，与歌词创作相伴随。稍后于"花间词"之南唐词人，承续"花间"作风，充分发挥歌词的娱乐功能。陈世修《阳春集序》云："公以金陵盛时，内外无事，朋僚亲旧，或当宴集，多运藻思为乐府新词，俾歌者倚丝竹而歌之，所以娱宾而遣兴也。"④ 至此，

---

① 萧鹏：《群体的选择——唐宋人选词与词选通论》，台北：文津出版社1992年版，第71页。
② 同上。
③ （五代）欧阳炯：《花间集序》，李一氓校：《花间集校》，人民文学出版社1981年版，第1页。
④ （宋）陈世修：《阳春集序》，金启华等编：《唐宋词集序跋汇编》，第8页。

歌词艳情之取材、委婉之叙说、娱乐之作用等词体特征最终形成，词体基本上独立于诗体。

2. "以诗为词"之启端

词体一经独立，文体间的相互作用也就开始了。换言之，晚唐五代词体完全成熟，词体特征得以确立，"以诗为词"的创作随之发生。最为典型的体现在冯延巳、李煜的部分词作中。南唐国势倾危，君臣预感到国家必然灭亡的末日一天天临近，内心深处有摆脱不了的没落感和危机感。于是，他们便在歌舞酒宴之中寻求精神的寄托和暂时的逃避。那种沉重的没落感和危机感渗透到词作中，就使作品具有了士大夫的身世家国感慨，与"诗言志"的传统暗合。冯煦评价冯延巳词云："俯仰身世，所怀万端，缪悠其辞，若显若晦，揆之六义，比兴为多。"[①] 明确将冯词比拟诗歌，从比兴言志的角度加以评说。李煜入宋之后的词作，肆意抒写身世家国之感，完全走出"艳情"范围，诗词同调。王国维就是从这样的角度认识冯延巳和李煜的这部分词作，云："冯正中虽不失五代风格，而堂庑特大，开北宋一代风气。"又云："词至李后主而眼界始大，感慨遂深，遂变伶工之词而为士大夫之词。"[②] 所谓"堂庑特大"、"眼界始大"、"为士大夫之词"，皆指冯、李词作于艳情之外别有寄寓，向诗歌靠拢。冯、李词作有此成绩，皆因身世背景使之然，非有意"以诗为词"。

北宋建国，大力弘扬儒家伦理道德准则，通过学校、科举等多种途径推广儒家思想教育，建立新一代的士风。士风的转变直接影响到文风的转移。戴复古总结说："本朝师古学，六经为世用。诸公相羽翼，文章还正统。"[③] 北宋初年士风、文风的改变，"文章还正统"之创作风气的逐渐形成，非常不利于"主乎淫"之歌词创作。文人们自然地摒弃淫乐享受之表述，追求言志咏怀之表达，在创作中形成新的潮流。翻检《全宋词》，宋初约八十余年时间里，有作品留存的词人一共十一位，保留至今的词作共三十四首。[④] 其中，写艳情的只有八首。其他则涉及仕途感慨、景物描写、游乐宴席、感伤时光流逝、颂圣等等，与诗歌取材相同。这与"花

---

① （清）冯煦：《阳春集序》，金启华等编：《唐宋词集序跋汇编》，第8页。
② 王国维：《人间词话》，齐鲁书社1982年版，第10、93页。
③ （宋）戴复古：《谢东倅包宏父三首癸卯夏》其一，傅璇琮等主编：《全宋诗》，北京大学出版社1998年版，第33460页。
④ 参见诸葛忆兵《宋初词坛萧条探因》，《文学遗产》2009年第2期。

间词"一边倒的艳情创作倾向形成鲜明对比,反而与中唐张志和、白居易等人的创作情况近似。宋初八十余年之词坛创作,堪称"以诗为词"占据主流的创作时期。这是由社会风尚、政治环境、文坛风气所造成的。文人们已经失去了创作歌词的兴趣,偶尔为之,亦将词体等同于诗体,下意识地采用"以诗为词"的创作手段。歌词脱离艳情,失去其文体特征,宋人称之为非"当行本色",其创作必然走向萧条。王灼云:"国初平一宇内,法度礼乐,浸复全盛。而士大夫乐章顿衰于前日,此尤可怪。"[①]从词体失去特征、"以诗为词"的角度,可以合理解释"此尤可怪"的创作现象。

晏、欧登上词坛之际,宋词创作进入新的全盛期。其标志是歌词重新走回歌舞酒宴,重新歌唱男女艳情,娱乐功能被重新强化,所谓"一曲新词酒一杯"、"酒宴歌席莫辞频"(晏殊《浣溪沙》)。晏、欧率意作词,不经意间士大夫的胸襟怀抱亦流露于歌词之中,欧阳修表现尤为突出。论者皆指出晏、欧词承继冯延巳而来。刘熙载云:"冯延巳词,晏同叔得其俊,欧阳永叔得其深。"[②] 即与三者歌词中之胸襟怀抱相关。所以,晏、欧之创作,虽然在恢复歌词创作传统方面居功甚伟,但是亦不排斥"以诗为词"。李清照《词论》将晏、欧与苏轼相提并论,称他们词作为"句读不葺之诗",就是基于对他们三人部分"以诗为词"之作的理解。

3. 苏轼之"以诗为词"

苏轼登上词坛,带来了更多的创新之作,对词体形成更大的冲击。苏轼在词坛上的创新作为,可以归纳为"以诗为词"。换言之,"以诗为词"之创作进入了全新的阶段。

苏轼为人为文,皆洒脱自然,不拘泥于常规。其《答谢民师书》倡导创作时"大略如行云流水,初无定质,但常行于所当行,常止于所不可不止,文理自然,姿态横生"[③]。清许昂霄《词综偶评》故云:"东坡自评其文云:'如万斛泉源,不择地皆可出。'唯词亦然。"[④] 这种自然畅达的创作态度表现到歌词创作之中,就出现了"以诗为词"之有意识的

[①] (宋)王灼:《碧鸡漫志》卷二,巴蜀书社2000年版,第32页。
[②] (清)刘熙载:《艺概》卷四,上海古籍出版社1978年版,第107页。
[③] 《苏轼文集》第4册,中华书局1996年版,第1418页。
[④] (清)许昂霄:《词综偶评》,唐圭璋编:《词话丛编》第2册,第1575页。

作为。苏轼《答陈季常》云："又惠新词，句句警拔，诗人之雄，非小词也。但豪放太过，恐造物者不容人如此快活。"① 《与蔡景繁》云："颁示新词，此古人长短句诗也，得之惊喜。"② 即：苏轼非常欣赏友人"以诗为词"之作。《与鲜于子骏》云："近却颇作小词，虽无柳七郎风味，亦自是一家。呵呵！数日前，猎于郊外，所获颇多。作得一阕，令东州壮士抵掌顿足而歌之，吹笛击鼓以为节，颇壮观也。"③ 即：苏轼对自己"以诗为词"之作亦颇为自得。信中所言"壮观"之词，乃《江城子·密州出猎》。故南宋俞文豹《吹剑录》记载一段广为流传的趣事：

> 东坡在玉堂日，有幕士善歌，因问："我词何如柳七？"对曰："柳郎中词，只合十七八女郎，执红牙板，歌'杨柳外晓风残月'。学士词，须关西大汉，铜琵琶、铁绰板，唱'大江东去'。"东坡为之绝倒。④

由此可见，苏轼填词时时以柳永为靶子，融诗体于词体，努力追求一种新的审美风格。顺便说一句，宋人比较苏轼词与柳永词，同样并不关心其是否合乐歌唱，而是演唱的内容和风格。于是，苏轼词叙说报国志向和仕途风波险恶、关心民生疾苦、袒露人生旅程中种种复杂心态、诉说亲朋好友之真情。诗歌能够触及的题材，在苏轼笔下皆可入词。刘熙载评价云："东坡词颇似老杜诗，以其无意不可入，无事不可言也。"⑤ 诗言志，词亦言志。在这个意义上，诗词同体，"以诗为词"的作风得到了大张旗鼓的确立。

苏轼对歌词做如此大刀阔斧的变革，在当时就理所当然地引起广泛的关注。对苏轼词"以诗为词"的综合评价是与苏轼同时代的论者提出的。最先提出这种批评的是苏轼门生陈师道："退之以文为诗，子瞻以诗为词，如教坊雷大使之舞，虽极天下之工，要非本色。"⑥ 陈师道的观点，

---

① 《苏轼文集》第 4 册，第 1569 页。
② 同上书，第 1662 页。
③ 同上书，第 1560 页。
④ 《历代词话》卷五，唐圭璋编：《词话丛编》第 2 册，第 1175 页。
⑤ （清）刘熙载：《艺概》卷四，第 108 页。
⑥ （宋）胡仔：《苕溪渔隐丛话》前集卷四九引《后山诗话》，人民文学出版社 1962 年版，第 336 页。

获得时人及后人的广泛认同。如李清照《词论》云："至晏元献、欧阳永叔、苏子瞻，学际天人，作为小歌词，直如酌蠡水于大海。然皆句读不葺之诗尔，又往往不协音律。"彭乘云："子瞻尝自言平生有三不如人，谓著棋、吃酒、唱曲也。然三者亦何用如人？子瞻之词虽工，而多不入腔，正以不能唱曲耳。"[1]

与苏轼同时代的词人、词论家，多数对苏轼的作为持批评态度。他们批评的依据就是词体不同于诗体，二者不应该混淆。李清照《词论》在批评了柳永、晏殊、欧阳修、苏轼等人后云："乃知别是一家，知之者少。"所谓"别是一家"，即谓词需始终保持"本色"，不仅合乎音律，而且不同于诗和文，别具一格。苏轼门生李之仪亦云："长短句于遣词中最为难工，自有一种风格。稍不如格，便觉龃龉。"[2] 苏轼词不合"本色"、"别是一家"、"自有一种风格"之审美要求，故导致北宋诸多词人、学者的批评。

北宋亦有为苏轼"以诗为词"辩护的声音。赵令畤转引黄庭坚语，云："东坡居士曲，世所见者数百首。或谓于音律小不谐，居士词横放杰出，自是曲子缚不住者。"[3] 南宋以后，半壁江山沦陷的家国巨大变化逼迫歌词走出风花雪月的象牙塔，将目光投向更为开阔的社会现实，苏轼"以诗为词"的作为因此得到越来越多的肯定。王灼干脆认为诗词同体，不必强为区分，云："东坡先生以文章余事作诗，溢而作词曲，高处出神入天，平处尚临镜笑春，不顾侪辈。或曰：长短句中诗也。为此论者，乃是遭柳永野狐涎之毒。诗与乐府同出，岂当分异？"由此，王灼大力肯定说："东坡先生非心醉于音律者，偶尔作歌，指出向上一路，新天下耳目，弄笔者始知自振。"[4] 刘辰翁《辛稼轩词序》亦云："词至东坡，倾荡磊落，如诗如文，如天地奇观，岂与群儿雌声学语较工拙。"[5] 辛派爱国词人，标举"以诗为词"之大旗，在宋词发展史上留下浓重一笔，其成就早就为人们所熟知。换言之，"以诗为词"拓宽歌词表现范围，成就

---

[1] （宋）彭乘：《墨客挥犀》卷四，中华书局 2002 年版，第 324 页。
[2] （宋）李之仪：《跋吴思道小词》，金启华等编：《唐宋词集序跋汇编》，第 36 页。
[3] （宋）赵令畤：《侯鲭录》卷八，中华书局 2002 年版，第 205 页。又，此条材料南宋吴曾《能改斋漫录》卷一六转引时，称其为晁补之语，语意大致相同。
[4] （宋）王灼：《碧鸡漫志》卷二，第 34、37 页。
[5] （宋）刘辰翁：《辛稼轩词序》，金启华等编：《唐宋词集序跋汇编》，第 173 页。

歌词新的审美风格，对歌词发展做出巨大贡献。

"以诗为词"之弊端，南宋人已有所言及。沈义父云："近世作词者，不晓音律，乃故为豪放不羁之语，遂借东坡、稼轩诸贤自诿。"[①] 后人对此有更深刻的认识。明王世贞云："以气概属词，词所以亡也。"[②] 理由非常简单，淡化或取消文体的独立性，该文体存在的意义同时被淡化或取消。即："以诗为词"是一双刃剑，从文体学的角度考察，"以诗为词"功过并存。

---

① （宋）沈义父：《乐府指迷》，唐圭璋编：《词话丛编》第1册，第282页。
② （明）王世贞：《艺苑卮言》，唐圭璋编：《词话丛编》第1册，第393页。

论唐宋诗差异与科举之关联

诸葛忆兵

唐宋诗歌演变,前人论述已多。影响宋人生活和思维方式的一切因素,都会在文学创作的层面得到相当的体现,从而对一代诗歌的创作产生作用。由唐至宋,科举制度发生了巨大变化。在"学而优则仕"的年代,科举制度在很大程度上决定着绝大多数文人的生活和思维模式,因而也会对诗歌嬗变产生巨大影响。迄今为止,没有学者从这一角度讨论唐宋诗之差异。本文试图就此做一些初步探讨,以引起学界的注意和讨论。宋代科举制度的变革,大致完成于北宋年间。所以,本文讨论唐宋诗之差异,亦着重于由唐至北宋这一历史时段。

一 纳卷行卷的衰歇与诗歌创作

现存宋诗数量远远超过现存唐诗,此得益于宋代印刷等相关文化事业的发达。宋诗整体创作水平,则远逊唐诗,历代已有定评。今人甚至有读宋诗"味同嚼蜡"之说。宋人也认为时人之作不能媲美唐诗,除了厚古薄今的传统文化因子作用之外,某种程度上也是历史真实。宋人对此作如下解释。严羽《沧浪诗话·诗评》云:"或问:唐诗何以胜我朝?唐以诗取士,故多专门之学。我朝之诗所以不及也。"[1] 杨万里亦云:"唐人未有不能诗者,能之矣亦未有不工者。……无他,专门以诗赋取士而已。诗又

---

[1] (清)何文焕:《历代诗话》,中华书局1982年版,第695页。

其专门者也，故夫人而能工之也。"① 他们共同将唐宋诗创作成绩的差异归于科举制度。

就此，可以提出质问：唐代开元以来进士科考试需试诗赋，北宋很长时段内进士科考试同样试诗赋，何以唐代由此促进诗歌创作繁荣，宋代则盛况不再？其实，理解"以诗取士"四字，不应该仅仅局限于考场之内，而是要将考试前后能够影响科举录取结果的相关制度和因素考虑在内。在唐代，决定"以诗取士"的制度还有纳卷制，以及由此衍生出来的"行卷"活动。

科举考试，在规定的时间和地点，就规定的题目进行创作，就是天才也难以创作出优秀的作品。所以，唐代省题诗几乎没有佳作，时常被人们提及的也只有钱起的《湘灵鼓瑟》、祖咏的《终南山望余雪》等寥寥几首。宋代省题诗更是乏善可陈。如果仅仅停留在省题诗的层面讨论问题，就难以找出唐宋之间的差别。唐代纳卷、行卷等制度或作为，在"以诗取士"过程中发挥更大的作用，因而对唐诗创作产生更为巨大的推进作用。

纳卷，是指唐代进士应省试前，选择自己的优秀作品交纳给主试官。此项制度起源于唐玄宗天宝年间。《旧唐书》卷九二《韦陟传》载："（韦陟）后为礼部侍郎。陟好接后辈，尤鉴于文。虽辞人后生，靡不谙练。曩者，主司取与皆以一场之善，登其科目，不尽其才。陟先责旧文，仍令举人自通所工诗笔，先试一日，知其所长，然后依常式考核。片善无遗，美声盈路。"② 形成制度后，主试官因种种原因无法短时间内遍览举子所纳省卷，或识鉴不精，又衍生出"行卷"作为。"所谓行卷，是应试的举子将自己的诗文向社会上有地位的人呈献，请求他们向主司即主持考试的礼部侍郎推荐。"③ 诸多举子，唯恐一次行卷无效，便一投再投，谓之"温卷"。考试落第，唐人就需要反复纳卷、行卷。李商隐《与陶进士书》云："时独令狐补阙最相厚，岁岁为写出旧文纳贡院。"④ 如此一来，

---

① （宋）杨万里：《周子益训蒙省题诗序》，《杨万里集笺校》卷八三，中华书局2007年版，第3337页。
② 刘昫：《旧唐书》，中华书局1986年版，第2958—2959页。
③ 傅璇琮：《唐代科举与文学》，陕西人民出版社1995年版，第262页。
④ （唐）李商隐著，刘学锴、余恕诚注：《李商隐文编年校注》，中华书局2002年版，第434页。

纳卷与行卷的数量就相当庞大。与此关联，又有"通榜"之说。所谓"通榜"，即考前就有收罗具备才情名望举子姓名的"通榜帖"，有时主考官甚至委派专人进行这种采访，制作"通榜帖"，简称通榜，供主考官录取时参考。主考官则往往依据"榜帖"内定及第者及名次。

唐人通过纳卷，特别是通过行卷，得主试官赏识，考取功名，如此佳话比比皆是，白居易、朱庆余、杜牧、项斯等皆其例。反之，诗才匮乏者，必须剽窃或抄袭，设法通过纳卷和行卷这一关。这类记载在唐人史料或笔记中，也时时可见。纳卷和行卷，需要有佳篇警句，方能打动读者。唐代举子因此苦练写诗本领。且需殚精竭虑，处处寻找诗材，时时将所见所感所思转变为诗作。"一日不作诗，心源如废井。"（贾岛《戏赠友人》）这在唐代是一种普遍的社会现象。中唐"苦吟"诗风的出现，就与此密切关联。一旦非常娴熟地掌握了诗歌创作的技能技巧，即使进入仕途之后，唐人时而"技痒"，不忘诗歌创作，这是必然的。纳卷和行卷，跳出了规定时间和地点、规定诗题的限制，自由地发挥诗人的才情和才华，所创作出来的诗作，当然不能与省题诗同日而语。可以这么说，唐代士人是将绝大多数的聪明才智投向诗歌创作。只有从纳卷、行卷等角度，以更加开阔的视野看待唐代"以诗取士"问题，才能理解严羽"唐诗何以胜我朝"的归纳总结。

唐代纳卷和行卷在"以诗取士"过程中之所以发挥重要作用，关键点在于科举考试采取不封弥考生姓名的做法，主试官面对考生姓名直接确定录取名单及名次。北宋真宗年间，科举制度有了重大变革，逐步建立起完善的糊名制和誊录制。糊名，又称封弥、弥封，即糊去试卷上考生姓名等个人信息，以号码作为试卷的编号。景德四年（1007），真宗"命知制诰周起、京东转运使祠部员外郎滕元晏封印举人卷首，用奉使印；殿中丞李道监封印院门。进士、诸科试卷，悉封印卷首，送知举官考校，仍颁其式。知举官既考定等级，复令封之进入，送复考所考毕，然后参校得失。凡礼部封印卷首及点检程试别命官，皆始此"①。与此相关，朝廷派遣专门人手，将考生试卷重新抄录，以免考生笔迹被认出，此为誊录制。《宋史·选举志一》载：真宗大中祥符八年（1015），"始置誊录院"。至此，比较完善的糊名、誊录制都已经建立。

---

① （宋）李焘：《续资治通鉴长编》卷六七，中华书局2004年版，第1512页。

与此关联，又有编排制、锁院制等。编排，指弥封过程中的编号。真宗大中祥符四年（1011），"内出新定条制：举人纳试卷，内臣收之，先付编排官，去其卷首乡贯状，以字号第之。付弥封官誊写校勘，用御书院印，始付考官，定等讫，复弥封送复考官，再定等。编排官阅其同异，未同者再考之；如复不同，即以相附近者为定。始取乡贯状字号合之，乃第其姓名差次并试卷以闻，遂临轩唱第"①。锁院，指朝廷公布考官名单后，考官们立即进入考试场所——贡院，不再与外界接触，直到录取名单公布才离开贡院。这项制度始于太宗淳化三年（992）。这一年的正月六日，"命翰林学士承旨苏易简等同知贡举。既受诏，径赴贡院以避请求。后遂为常制"②。

考官无法知晓考生姓名，纳卷、行卷、通榜等制度或方式立即失去所有的效用。宋代科场考试，"一切以程文为去留"③，努力摒除考场外对录取工作的种种影响，较大地改变了考生的思维和行为模式。

真宗之前，延续唐人风气，"行卷"之风依然。太宗属僚郭贽的机遇很有典型性。《春渚纪闻》载：

> 先友郭照为京东宪日，尝为先生言：其曾大父中令公贽，初为布衣时，肄业京师皇建院。一日方与僧对弈，外传南衙大王至。以太宗龙潜日，尝判开封府，故有南衙之称。忘收棋局，太宗从容问所与棋者，僧以郭对。太宗命召至，郭不敢隐，即前拜谒。太宗见郭进趋详雅，襟度朴远，属意再三。因询其行卷，适有诗轴在案间，即取以跪呈。首篇有《观草书》诗云："高低草木芽争发，多少龙蛇眼未开。"太宗大加称赏，盖有合圣意者。即载以后乘归府第，命章圣出拜之。不阅月而太宗登极，遂以随龙恩命官。尔后眷遇益隆，不十数年位登公辅，盖与孟襄阳、贾长江不侔矣。④

再举数例。薛奎，太宗淳化三年登进士第。《东斋记事》载："薛简肃贽

---

① 《续资治通鉴长编》卷七六，第1740页。
② 同上书，卷三三，第733页。
③ （宋）陆游：《老学庵笔记》卷五，中华书局1997年版，第69页。
④ （宋）何薳：《春渚纪闻》卷七，中华书局1997年版，第107页。

谒冯魏公，首篇有'囊书空自负，早晚达明君'句。冯曰：'不知秀才所负何事？'读至第三篇《春诗》云：'千林如有喜，一气自无私。'乃曰：'秀才所负者此也。'"① 王曾，真宗咸平五年（1002）状元及第。《石林燕语》载："初，文正携行卷见薛简肃公，其首篇《早梅》云：'如今未说和羹事，且向百花头上开。'简肃读之，喜曰：'足下殆将作状元了，做宰相耶？'"② 王随，与王曾同年，以第四人登第。《青箱杂记》载："王公随雅嗜吟咏，有《宫词》云：'一声啼鸟禁门静，满地落花春日长。'又《野步》云：'桑斧刊春色，渔歌唱夕阳。'皆公应举时行卷所作也。"③ 依据这些资料记载，真宗初年行卷之风复盛，这与北宋社会趋于安定相关。

太祖、太宗两朝，内外战争连绵，不利于士人的漫游和行卷，故有关行卷的记载并不多见。真宗初年士人的作为，正表现出全面追赶唐人的态势。上述科举制度的变革，骤然改变了世风和士风。行卷不再对科场考试产生任何影响，就没有更多的士人愿意白费力气。真宗景德年间之后，就很少见到类似唐人般作为的行卷了。苏颂总结说："自庆历初罢去公卷，举人惟习举业外，以杂文、古律诗、赋为无用之言，而不留心者多矣。"④ 范镇亦云："初，举人居乡，必以文卷投贽先进。自糊名后，其礼寝衰。贾许公为御史中丞，又奏罢公卷，而士子之礼都亡矣。"⑤

北宋中叶以来，再有投卷者，大致目的有二：获得声誉，得到前辈指点。晁说之《晁氏客语》载：

> 元祐中，举子吴中应大科，以进卷遍投从官。一日，与李方叔诸人同观，文理乖谬，抚掌绝倒。纯夫偶出，见之，问所以然，皆以实对。纯夫览其文数篇，不笑亦不言，掩卷他语，侍坐者亦不敢问。他日，吴中请见。纯夫谕之曰："观足下之文，应进士举且不可，况大科乎？此必有人相误。请归读书学文，且习进士。"吴辞谢而去。⑥

---

① （宋）范镇：《东斋记事》卷三，中华书局1997年版，第23页。
② （宋）叶梦得：《石林燕语》卷六，中华书局1997年版，第85页。
③ （宋）吴处厚：《青箱杂记》卷六，中华书局1997年版，第61页。
④ （宋）苏颂：《苏魏公文集》卷一五，中华书局2004年版，第215页。
⑤ （宋）范镇：《东斋记事》卷三，第23页。
⑥ 《全宋笔记》第一编，大象出版社2003年版，第125—126页。

这位举子大约只是为了获得考前声誉。秦观有多次行卷行为。《能改斋漫录》载:"李尚书公择初见秦少游上正献公投卷诗云:'雨砌堕危芳,风檐纳飞絮。'再三称赏,云:'谢家兄弟得意诗,只如此也。'"① 秦观《谢王学士书》亦云:"以近所为诗文合七篇献诸执事。伏惟阁下道德文章为一时君子之所望,鄙陋之迹固已获进于前日矣。宜更赐指教,水导而木植之,使驽骀蹇服,知所趋向,不缪于先进之迹,亦君子乐育人材之义也。"② 秦观投卷,两种目的兼而有之。品味书信意味,更多还是想要得到前辈指点。北宋中后期,有众多士人以诗文投入苏轼门下,成为苏门弟子,其作为与秦观类似。

宋代另有一类行卷在入仕之后。宋代制度规定各级官员需向朝廷荐举下属官员或人才,官员的升迁需要一定数量的"举主"。由此,官场行卷,得到上级荐举,在宋代时有所见。《东轩笔录》载:

> 夏郑公竦以父殁王事,得三班差使,然自少好读书,攻为诗。一日,携所业,伺宰相李文靖公沆退朝,拜于马首而献之。文靖读其句,有"山势蜂腰断,溪流燕尾分"之句,深爱之,终卷皆佳句。翌日,袖诗呈真宗,及叙其死事之后,家贫,乞与换一文资,遂改润州金坛主簿。③

凡此种种,与考场录取或名次确定无关。以"苏门六君子"之一李廌为例。陆游《老学庵笔记》载:

> 东坡素知李廌方叔。方叔赴省试,东坡知举,得一卷子,大喜,手批数十字,且语黄鲁直曰:"是必吾李廌也。"及拆号,则章持致平,而廌乃见黜。故东坡、山谷皆有诗在集中。初,廌试罢归,语人曰:"苏公知举,吾之文必不在三名后。"及后黜,廌有乳母年七十,

---

① (宋)吴曾:《能改斋漫录》卷一一,上海古籍出版社1979年版,第342页。
② (宋)秦观著,徐培均笺注:《淮海集笺注》卷三七,上海古籍出版社1994年版,第1200页。
③ (宋)魏泰:《东轩笔录》卷二,中华书局1997年版,第20页。

大哭曰："吾儿遇苏内翰知举不及第，它日尚奚望？"遂闭门睡，至夕不出。发壁视之，自缢死矣。鷹果终身不第以死，亦可哀也。①

这与唐人科场考试之前确定录取名单和名次的作为大相径庭，正是糊名制等带来的必然结果。宋代士人由此转向两耳不闻窗外事之闭门苦读，反复揣摩试题类型，模拟写作。"苦读才疲即伏枕"（王令《寄李伯常满粹翁》）、"知有人家夜读书"（晁冲之《夜行》）、"闭门读书声琅琅"（吕本中《尹穑少稷方斋》）、"闻向秋山苦读书"（林希逸《七月二十三日奉寄瀨溪书堂吴景朔因讯旧游》），此类叙说，时时可见。真宗《劝学文》所言："书中自有千钟粟"、"书中自有黄金屋"、"书中车马多如簇"、"书中有女颜如玉"，所倡导的就是闭门苦读。

闭门不出，就缺少生活和情感的阅历，缺乏创作的激情。模拟省题诗之作，当然与性灵、性情无关。宋人再也不需要时时面对现实生活，寻觅佳篇佳句，作诗的热情和投入时间都锐减。宋诗总体质量不如唐诗，首先是因为科举制度的演变，宋人并未将更多的聪明才智投向诗歌创作。

苏辙《题韩驹秀才诗卷》云："唐朝文士例能诗。"② 除了表达对唐人仰慕之意以外，还透露出诸多宋朝文士不能诗的事实。对相当部分宋人而言，诗歌创作成了纯粹的科举敲门砖。他们考前既不需要纳卷、行卷，考后亦无需依赖诗歌创作揄扬声名。即：前期学艺不精，后期基本不写。所以，一旦进入仕途，他们就很少有诗歌创作，甚至视诗歌创作为畏途。

以宫廷赏花钓鱼诗会为例。北宋沿袭五代习俗，每年春天在宫中举行赏花钓鱼诗会，诸多达官贵人必须参加。真宗朝，"大宴于后苑，赏花、钓鱼。上赋诗，从臣皆赋。吏部尚书张齐贤、刑部尚书温仲舒、工部尚书王化基，以久在外任，求免应制，不许"③。三人皆为北宋名臣，都惧怕写诗。依据《全宋诗》，温仲舒没有诗歌留存，王化基存诗二首、残句二，张齐贤存诗八首，确实不擅长诗歌创作。更有甚者，许多大臣不会写诗，又要应付一年一度赏花钓鱼诗会的场面，避免当众出丑的尴尬，往往事先请人捉刀，将现成作品记诵于心，现场"作弊"，蒙混过关。范镇

---

① （宋）陆游：《老学庵笔记》卷一〇，第125页。
② （宋）苏辙：《苏辙集》，中华书局1999年版，第938页。
③ 《续资治通鉴长编》卷六五，第1449页。

《东斋记事》载：

> 赏花钓鱼会赋诗，往往有宿构者。天圣中，永兴军进"山水石"，适置会，命赋"山水石"，其间多荒恶者，盖出其不意耳。中坐优人入戏，各执笔若吟咏状。其一人忽仆于界石上，众扶掖起之。既起，曰："数日来作一首赏花钓鱼诗，准备应制，却被这石头擦倒。"左右皆大笑。翌日，降出其诗令中书铨定。秘阁校理韩羲最为鄙恶，落职，与外任。①

此事发生在仁宗天圣八年（1030），《续资治通鉴长编》亦载，云："（仁宗）幸后苑，赏花钓鱼，观唐明皇山水字石于清辉殿。命从官皆赋诗，遂燕太清楼。每岁赏花钓鱼所赋诗，或预备。及是，出不意，坐多窘者，优人以为戏，左右皆大笑。翌日，尽取诗付中书，第其优劣。度支员外郎、秘阁校理韩羲所赋独鄙恶，落职，降司封员外郎、同判冀州。"② 又，"时将作监丞富弼献所为文，命试馆职。弼以不能为诗、赋辞，上特令试策、论"③。可见宋朝文士不能诗是一种相当普遍的现象。如果有纳卷、行卷的巨大压力，逼迫文人热衷诗歌创作，进入仕途后就不会有此尴尬了。

二 漫游的衰歇与诗风转移

配合行卷过程，唐人科名有成之前，必须外出漫游。主考官为什么会对某人"情有独钟"，朝廷权贵或文坛前辈为什么会推荐某人呢？这既取决于一个人的才华，更取决于一个人的名望。一个人的名望，需要靠广泛交往而获得。即使再有才气，只是苦守书斋，老死乡里，恐怕也得不到他人的推荐。于是，"行万里路"之漫游，拜见权贵或文坛前辈，广结天下朋友，成为唐代文人必经的人生历程。在考取以前，唐代文人总是辛勤奔走，漫游各地，多方结交名流，向他们投献诗文。漫游过程，同时又是增长生活阅历，向现实中寻找诗歌题材的过程。唐人诸多优秀诗篇都产生于

---

① （宋）范镇：《东斋记事》卷一，第3—4页。
② 《续资治通鉴长编》卷一○九，第2537页。
③ 同上书，卷一二○，第2826页。

漫游途中。

宋代糊名等制度的推行,将宋人逼向考前闭门苦读。漫游不但对科举无助,而且耽误读书时间。所以,宋代漫游风气衰歇是一种必然现象。宋人喜欢躲进相对与世隔绝的山中寺庙,刻苦学习。《渑水燕谈录》载:"李尚书公择,少读书庐山五老峰白石庵之僧舍,书几万卷。"[1] 范仲淹早年亦入长白山澧泉寺苦读,《墨客挥犀》载:

> (范仲淹)因道旧日某修学时,最为贫窭。与刘某同在长白山僧舍,日惟煮粟米二升,作粥一器,经宿遂凝。以刀为四块,早晚取二块,断虀十数茎,醋汁半盂,入少盐,暖而啖之,如此者三年。[2]

宋代书院兴盛,许多著名书院皆在山中,就是为了求得相对宁静的读书环境。如:岳麓山之岳麓书院,衡山之石鼓书院,庐山之白鹿洞书院,嵩山之嵩阳书院,泰山之徂徕书院,等等。范仲淹后来一度掌管应天府书院,亦以此种刻苦求学精神要求诸生。《涑水记闻》载:"仲淹常宿学中训督学者,皆有法度,勤劳恭谨,以身先之。夜课诸生读书,寝食皆立时刻。"[3] 父母亦如此要求儿子。"张密学奎、张客省亢母宋氏,白之族也。……宋氏不爱金帛,市书至数千卷,亲教督二子使读书。客至,辄于窗间听之。客与其子论文学、政事,则为之设酒肴;或闲话、谐谑,则不设也。"[4] 苏洵就是在家乡眉山督导苏轼、苏辙二子苦读,学成后率二人进京赴考。更有甚者,"小儿不问如何,粗能念书,自五六岁即以次教之五经。以竹篮坐之木杪,绝其视听"[5]。

生活经历或阅历的不同,自然会在诗歌创作中得以体现。宋人被逼向闭门苦读之后,喜欢在书本中寻觅诗歌创作题材,强调"无一字无来历",形成"以文字为诗"的作风,这些人们都已熟知。即使同类别诗歌题材,与漫游衰歇相关,唐宋诗人创作也有很大的不同。这是人们以往所

---

[1] (宋)王辟之:《渑水燕谈录》卷九,中华书局1997年版,第116页。
[2] (宋)彭乘:《墨客挥犀》卷三,中华书局2002年版,第305页。
[3] (宋)司马光:《涑水记闻》卷一○,中华书局1997年版,第182页。
[4] 同上书,第179—180页。
[5] (宋)叶梦得:《避暑录话》卷上,《宋元笔记小说大观》第3册,上海古籍出版社2001年版,第2617页。

忽略的。

上述创作现象在风景诗中表现较为明显。唐人"行万里路"之漫游,同时饱览沿途风光,有大量的浏览景物诗之创作。况且,唐人时而将漫游与"终南捷径"结合在一起,入名山大川,结交方外高人,所谓"五岳寻仙不辞远,一生好入名山游"(李白《庐山谣寄卢侍御虚舟》)。如此,名山大川之大好风光,成为漫游途中的主要诗歌创作题材之一。

最为著名的是杜甫的《望岳》。杜甫有《望岳》诗三首,流传最广的是早年写于漫游途中望东岳泰山一诗。诗歌写出泰山雄伟壮阔的气势和巍峨险峻的景象,更表达了自己漫游求仕途中"会当凌绝顶,一览众山小"的雄心壮志。年轻的蓬勃朝气,积极的向上志向,泰山的壮丽景色,完美地融合在一起。《读杜心解》甚至将此诗推许为杜诗"压卷"之作。[①] 翻检杜诗,此类漫游途中描写景物之作甚多。即以仇兆鳌《杜诗详注》卷一开篇依次编排的前四首诗歌为例,第二首《望岳》已见上述,第一首《游龙门奉先寺》云:"阴壑生虚籁,月林散清影。天阙象纬逼,云卧衣裳冷。"第三首《登兖州城楼》云:"浮云连海岱,平野入青徐。孤嶂秦碑在,荒城鲁殿余。"第四首《题张氏隐居二首》其一云:"春山无伴独相求,伐木丁丁山更幽。涧道余寒历冰雪,石门斜日到林丘。"首首有漫游途中所见景物的描写,处处透露出诗人对自然风光景象的热爱。早年漫游,阅历较少,挫折不多,杜甫这段时期都是以比较欢欣鼓舞的心态对待外界景物。

唐人漫游途中写景之作,俯拾皆是。李白《东鲁门泛舟二首》其一云:"日落沙明天倒开,波摇石动水萦回。轻舟泛月寻溪转,疑是山阴雪后来。"《游泰山六首》其三云:"平明登日观,举手开云关。精神四飞扬,如出天地间。黄河从西来,窈窕入远山。凭崖览八极,目尽长空闲。"刘长卿《关门望华山》云:"雷雨飞半腹,太阳在其颠。翠微关上近,瀑布林梢悬。"刘禹锡《华山歌》云:"烘炉作高山,元气鼓其橐。俄然神功就,峻拔在寥廓。灵踪露指爪,杀气见棱角。凡木不敢生,神仙聿来托。"贾岛《北岳庙》云:"岩峦叠万重,诡怪浩难测。人来不敢入,祠宇白日黑。有时起霖雨,一洒天地德。"不胜枚举。贾岛等中唐以来的

---

① (清)浦起龙《读杜心解》卷一云:"杜子心胸气魄,于斯可观。取为压卷,屹然作镇。"中华书局1981年版,第2页。

诗歌创作，景物中往往渗透了一份应举求仕的艰辛。景物的荒凉孤僻，与诗人的凄苦落寞，也得到很好的融合表现。

早年生活阅历不够丰富，唐人行卷之作寻觅佳句佳篇，时常从自然景物入手。白居易《赋得古原草送别》云："离离原上草，一岁一枯荣。野火烧不尽，春风吹又生"；杨衡残句诗云："一一鹤声飞上天"①；朱庆余《泛溪》云："鸟飞溪色里，人语棹声中"，皆其典型例句。王定保《唐摭言》卷二又载：

> 白乐天典杭州，江东进士多奔杭取解。时张祜自负诗名，以首冠为己任。既而徐凝后至。会郡中有宴，乐天讽二子矛盾。祜曰："仆为解元，宜矣。"凝曰："君有何嘉句？"祜曰："《甘露寺》诗有'日月光先到，山河势尽来'。又《金山寺》诗有'树影中流见，钟声两岸闻'。"凝曰："善则善矣，奈无野人句云'千古长如白练飞，一条界破青山色'。"祜愕然不对。于是一座尽倾。凝夺之矣。②

张祜和徐凝所标举的自己得意诗篇佳句，都是游览写景之作。中唐诗人之"苦吟"，多数是在景色描写诗句上反复推敲，以求行卷时醒人耳目。贾岛苦吟得"独行潭底影，数息树边身"（《送无可上人》），便有诗题其后，云："二句三年得，一吟双泪流。知音如不赏，归卧故山秋。"

总之，唐人将漫游途中所见山山水水写入诗篇，精心打造。这些诗篇，既写出千姿百态的风光景物，又融入唐人求仕过程中喜怒哀乐之复杂情感，是唐诗中最炫丽多彩的篇章之一。

宋代漫游衰歇，相关的创作随之消失。宋人赶赴京城参加科举考试，时间紧促，且全部注意力都集中在即将来临的考试上，没有闲情逸致赏识或浏览沿途风光，当然也没有这方面的诗作流传。苏轼、苏辙兄弟，嘉祐元年（1056）三月随父离开家乡，赴京赶考，五六月间至京，历时约三个月，途径成都、剑门、横渠、扶风、长安、华清宫、关中、渑池等地，其

---

① （五代）王定保《唐摭言》卷二载："杨衡后因中表盗衡文章及第，诣阙寻其人。……其自负者，有'一一鹤声飞上天'之句。初遇其人颇愤怒，既而问曰：'且"一一鹤声飞上天"在否？'前人曰：'此句知兄最惜，不敢辄偷。'衡笑曰：'犹可恕矣。'"《唐摭言校注》，上海社会科学院出版社2003年版，第35—36页。

② 同上书，第34—35页。

间却没有一首诗歌创作流传至今。① 苏轼兄弟登第后即丁母忧返乡，守丧期满，嘉祐四年三苏再度离乡赴京，沿途就有大量的诗歌创作，这些诗文后来汇为《南行前集》，苏轼为之作序，云："己亥之岁，侍行适楚，舟中无事，博弈饮酒，非所以为闺门之欢。而山川之秀美，风俗之朴陋，贤人君子之遗迹，与凡耳目之所接者，杂然有触于中，而发于咏叹。盖家君之作与弟辙之文皆在，凡一百篇，谓之《南行集》。"② 前后赴京途中作为迥异。以酷爱作诗、天赋过人的苏轼兄弟尚如此，其他赴考举子作为可想而知。

宋人欣赏山光水色之风景诗，大都作于登第入仕之后。身份不同，境遇不同，心情也就不一样。展现在诗歌中的人物风貌，以及表现出来的整体诗风，都会有很大的不同。以苏轼嘉祐四年赴京途中所作为例，《江上看山》云：

> 船上看山如走马，倏忽过去数百群。前山槎牙忽变态，后岭杂沓如惊奔。仰看微径斜缭绕，上有行人高飘渺。舟中举手欲与语，孤帆南去如飞鸟。

此度进京，是为了守官待阙，等待朝廷具体的差遣任命。以苏轼兄弟登第后所获得的声望，仕途前景锦绣。所以，苏轼以相当从容平和的心境浏览沿途景色。舟行江上，饱览两岸山景。或"槎牙变态"，千奇百怪；或"杂沓惊奔"，目不暇接。微径缭绕，高入云端，上有行人，飘渺行走，如同神仙世界。诗人自然产生"举手欲语"超尘脱俗之想。这次赴京途中，苏轼多写风光景色，其心境及诗风都与《江上看山》相似。《初发嘉州》云："锦水细不见，蛮江清可怜。奔腾过佛脚，旷荡造平川。"《过宜宾见夷中乱山》云："朦胧含高峰，晃荡射峭壁。横云忽飘散，翠树纷历历。"《牛口见月》云："山川同一色，浩若涉大荒。"苏轼兄弟此行多同题之作，苏辙此际心境和诗风与苏轼相同。苏辙《江山看山》云："前山更远色更深，谁知可爱信如今？唯有巫山最秾秀，依然不负远来心。"苏辙《初发嘉州》云："巉巉九顶峰，可爱不可住。飞舟过山足，佛脚见江浒。"苏辙《江上早起》云："日出江雾散，江上山纵横。区区茅舍翁，

---

① 孔凡礼：《苏轼年谱》卷二，中华书局1998年版，第42—44页。
② （宋）苏轼：《南行前集叙》，《苏轼文集》卷十，中华书局1996年版，第323页。

晓出露气腥。"

与唐人相比，这些诗歌少了对仕途功名的热望渴求，少了求仕艰辛带来的落寞凄苦。苏轼兄弟为宋代最为杰出的诗人之一，平和的心态，平和的情感，使得他们此类诗作远逊唐人。等而下之的宋代诗人，此类诗歌的艺术成绩，就更不能与唐人比较了。

宋人在苦读和应试阶段无暇浏览风景，初入仕途，政务繁杂，亦无此闲暇。大约出任地方郡守之后，就有较多的休闲时间览景赏物，怡情悦心。这在北宋时期表现尤为突出。北宋时期，政治相对清明，文官待遇优厚，特别是地方郡守，就能悠闲地赏识当地的风景。因此，宋人大量的风景诗写于居官期间。文同《野径》云：

> 山圃饶秋色，林亭近晚晴。禽虫依月令，药草带人名。排石铺衣坐，看云缓带行。官闲惟此乐，与世欲无营。

官闲无事，与世无争，唯有浏览风光美景，方可愉悦心志。诗人铺衣就石而坐，观赏山圃之秋色、晚晴之林亭、缓行之白云，陶醉其间。文同此类诗作甚多。《亭口》云："林下翩翩雁影斜，满川红叶映人家。岩头孤寺见横阁，有客独来登暮霞。"《题象耳山寺》云："转谷萦岩路始穷，隔林遥望一门通。溪山俱在见闻外，台阁尽藏怀抱中。"《残秋郊外》云："昨夜星霜和月落，满林红叶隔烟飞。已嗟北渚莲叶老，更惜东篱菊渐希。"其他诗人同类之作亦多。杨亿《郡斋西亭即事十韵招丽水殿丞武功从事》云："桃李成蹊春尽后，鱼盐为市日中时。桑麻万顷晴氛散，丝竹千门夕照移。吟际岭云飞冉冉，望中垄麦秀离离。烟迷乔木莺迁早，水满芳塘鹭下迟。"范仲淹《游乌龙山寺》云："高岚指天近，远溜出山迟。万事不到处，白云无尽时。异花啼鸟乐，灵草隐人知。"司马光《寿安杂诗十首·神林谷》云："石下泉声蔓草深，石上露浓苍藓遍。山禽惊起飞且鸣，叶坠空林人不见。"王安石《太白岭》云："太白巃嵷东南驰，众岭环合青纷披。烟云厚薄皆可爱，树石疏密自相宜。阳春已归鸟语乐，溪水不动鱼行迟。"苏颂《西湖》云："椒泽疏源势不休，绕城冰玉湛寒流。凫鹥容与菰蒲乱，占得江山一望秋。"

官至郡守，宋人多数都已在中年之后，他们看待世间万物，相对淡定宁静。将这一份淡定宁静转移到风景诗中，就表现为与苏轼兄弟相同的从容平和作风。

宋人亦有部分风景诗，写于贬官期间，诗人些许不平或愁苦的情绪会转移到山川风物之上。王禹偁《村行》云：

> 马穿山径菊初黄，信马悠悠野兴长。万壑有声含晚籁，数峰无言立斜阳。棠梨叶落胭脂色，荞麦花开白雪香。何事吟余忽惆怅？村桥远树似吾乡。

诗人以清丽的笔调，描绘出山村秋日黄昏动人风景。王禹偁此际贬官商州（今陕西省商县），诗歌通过对家乡的思恋，透露出一丝愁绪。王禹偁再度贬官滁州期间，作《八绝诗》，咏当地八景，其景物或荒凉残破，也是诗人情绪的一种表现。《八绝诗·明月溪》云："涨溪者为谁？人骨皆已朽。我来寻故迹，溪荒乱泉吼。"《八绝诗·清风亭》云："兹亭废已久，厥址尤在哉。清风为我起，疑有精灵来。"《八绝诗·归云洞》云："怪石拥左右，势若貔虎蹲。旁行数十步，漆黑不可扪。"但是，诗人的愁绪并不浓烈，与中唐苦吟诗人的表现依然有很大的差异。

宋人有时在风景诗中所表达的愁绪，只是一种应景点缀，并无太多真情实感。刘敞《过思乡岭南茂林清溪啼鸟游鱼有佳趣》云：

> 山下回溪溪上峰，清辉相映几千重。游鱼出没穿青荇，断蛛蜿蜒奔白龙。尽日浮云横暗谷，有时喧鸟语高松。欲忘旅思行行远，无奈春愁处处浓。

诗人所说的"春愁处处浓"，是因为经过思乡岭由地名而引发，大概是一种旅思之愁。品味全诗，确实体会不到诗人有多少愁绪，诗人的兴致全集中在眼前景物"佳趣"方面。

总而言之，由于身份与境遇的改变，宋人风景诗的情感强烈度远不如唐人，诗歌的艺术感染力也就不如唐人。

三 科举录取名额的改变与诗歌成就

唐宋皆重进士科，录取名额却有非常大的差异。唐代进士科一届录取的名额，少则不到十名，多则也只有二三十名。宋初沿袭唐制，太祖朝每科进士录取名额在十人左右，唯开宝八年（975）"得进士王嗣宗以下三十人"①，这是太祖朝最后一次科举考试。至宋太宗时才发生根本改变。太平兴国二年（977），太宗朝首次开科取士，进士科"得河南吕蒙正以下一百九人"②。据统计，太宗朝进士录取的名额，比太祖朝平均增长了近十五倍。真宗朝继续增加进士录取名额。咸平三年（1000），"赐陈尧咨以下二百七十一进士及第"③。仁宗景祐元年（1034）一科，居然"得进士张唐卿、杨察、徐绶等五百一人"④。换言之，宋代进士科录取名额是唐代的十倍以上，甚至是数十倍。

与此关联，唐代进士科录取之后，士人没有直接授官资格，他们还需要通过吏部的专门考试。宋代进士登科，直接授官，且升迁较快。以吕蒙正为例，他太平兴国二年（977）状元及第，太平兴国八年（983）十一月为参知政事，前后只有七年时间。宋代宰辅中，通过进士科考试进入仕途，迅速得以升迁，如此事例甚多。《春明退朝录》卷上载："国朝宰相：赵令、卢相、文潞公四十三登庸，寇莱公四十四，王沂公四十五，贾魏公四十八。枢密副使：赵令三十九，寇莱公三十一，晏元献公三十五，韩魏公三十六。参知政事：苏侍郎易简三十六，王沂公三十九。"⑤ 其中，唯宋初赵普非进士出身。

宋代科举录取名额的大幅度增长，进士登科之后授官制度的改变，进入仕途后得以迅速升迁，这一切都与宋朝帝王"佑文"的基本国策相关。"佑文"政策所及，宋代帝王对贬官者亦多有照顾。贬官去所，往往是风景秀丽的富饶地区。范仲淹前后被贬至睦州（今浙江桐庐等地）、苏州、饶州（今江西鄱阳）、润州（今江苏镇江）、越州（今浙江绍兴）等地，都是风光秀美的鱼米之乡。故范仲淹自言："薄责落善地"（《酬叶道卿学士见寄》）、"谪官却得神仙境"（《和葛闳寺丞接花歌》）。这与唐代将贬官者流放到荒蛮的穷乡僻壤之做法大相径庭。宋人不畏惧贬官，甚至自求贬官。仁宗朝范仲淹言事被贬，太子中允、馆阁校勘尹洙就此自求贬谪，

---

① 《续资治通鉴长编》卷一六，第336页。
② 同上书，卷一八，第393页。
③ 同上书，卷四六，第998页。
④ 同上书，卷一一四，第2671页。
⑤ （宋）宋敏求：《春明退朝录》卷上，中华书局1997年版，第1页。

云:"臣常以范仲淹直谅不回,义兼师友,自其被罪,朝中多云臣亦被荐论。仲淹既以朋党得罪,臣固当从坐。"① 上文言及宋人贬官期间所作风景诗,诗中并无太多愁绪,就与宋代这种整体政治、文化环境相关。

文学创作,穷而后工,不平则鸣。宋代文人从参加科举考试开始,带来人生一系列的变化。录取名额的增长,使更多的文人通过科举进入仕途;"佑文"政策的推行,使进入仕途后的文人更少体验人生挫折或苦难。这在北宋时期表现尤为突出。宋诗创作整体成就不如唐诗,与宋人更少体验挫折或苦难有关,与宋人日常心态转向平和宁静有关,与宋人生活中悲剧感的失落有关。这是笔者通读《全宋诗》过程中获得的一种强烈的阅读感受。凡此种种,不可以归结为单一的原因,然而,科举制度的演变必然是其中最为重要的原因之一。

宋人居官,喜自言清闲无事,优游卒岁。文同《新秋读书》云:"官居幸少事,署案日几行?"刘敞《昼寝上府公》云:"长日无所为,高卧聊自如。清风拂庭树,萧萧窗户虚。"司马光《复用三公燕集韵酬子骏尧夫》云:"官闲虚室白,粟饱太仓红。朝夕扫三径,往来从二公。"在这样平和平静的情绪和状态下,宋人的诗歌写得波澜不惊。这在上述风景诗中已经有充分的表现。宋人更多的是休闲或宴饮之际的酬唱应答。或为朝廷官府的宴会酬唱,或是工作之余朋友与同僚相聚休闲时的相互唱和。这类诗苏颂写得非常多。其《暮春同诸同僚登钟山望牛首》云:

> 清明天气和,江南春色浓。风物正繁富,邦人竞游从。官曹幸多暇,交朋偶相逢。并驱出东郊,乘兴游北钟。陟险不蜡展,扶危靡措笻。上登道林祠,俯观辟支峰。辞山次阡陌,长江绕提封。萧条旧井邑,茂盛新杉松。揽物思浩浩,怀古心颙颙。念昔全盛时,兹山众之宗。天门对双阙,霸业基盘龙。六朝递兴废,百代居要冲。人情屡改易,世事纷交攻。当时佳丽地,一旦空遗踪。惟有出岫云,古今无变容。

诗人"官曹多暇",与友人登钟山游乐览胜。诗中有风物描写,有怀古幽思,情感始终平稳畅达。苏颂自言:"唱和今还到北燕"(《和李少卿寄吴

---

① 《续资治通鉴长编》卷一一八,第 2786 页。

仲庶》）、"诸贤酬唱无闲日"（《和北游》）、"幕府赓歌笔不闲"（《接伴北使至乐寿寄高阳安抚吴仲庶待制》）。苏颂用得最为频繁的诗题是"和某某"或"次韵某某"，或者是"分题"、"分韵"、"探韵"、"同赋"、"同韵"、"依韵"、"奉酬"、"奉和"等等。和得兴起，就有《和前三篇》、《再和三篇》这样的大量诗作出现。据《苏魏公文集》统计①，苏颂存今诗篇共五百九十八篇，其中酬唱之作高达五百三十四篇。其余六十四篇，某些诗篇从诗题中不能确定是否为酬唱之作。苏颂使辽诗多数标明"和某某"，如《和题会仙石》、《和宿鹿儿馆》、《和过神水沙碛》等；一些诗题中未标出"和"字者，或许依然是和诗，如《契丹帐》、《奚山路》等。所以，苏颂酬唱之作比上述统计只多不少。苏颂叙述他人创作云："或颂圣歌功，赓唱迭和，公卿倩代，二府简讨，涵濡应答，殆无虚日。"② 这段话可以用来描述他自己的日常创作情景。几乎所有的诗歌创作都是为了日常应酬，这样的创作是空前的，在唐人是不可想象的。其他宋人的酬唱之作，比例肯定没有苏颂高，但数量依然是非常庞大的。

宋人许多酬唱之作写于送别同僚或友人的时候。仕途送往迎来，是官场上的经常性应酬。宋代许多官场送别诗，仅仅停留在应酬的层面上。《送容州杜秘丞》云：

> 官满一舟轻，高怀俗背驰。家藏唯翰墨，民政在声诗。气劲秋霜并，吟多夜月知。知贤无路荐，何以报明时？

这类诗大致内容为称赞对方政绩，连带夸奖对方人品，描写彼此间的友情。余靖《送曲江知县赵节推》云："刀盾无私蓄，耕桑有复还。居民此休息，遗惠重丘山。"《送陕州推官》云："决科雠汉策，佐郡得荆关。地胜诗锋锐，兵销檄笔闲。"《送栾驾部》云："赋政古循良，恩威著一方。疲民恋冬日，黠吏畏秋霜。"与宋代"佑文"政策相关，这类诗时而从诗才出众、藏书丰富、阅读广泛等角度推许对方。余靖官场应酬送别诗甚多，据《全宋诗》统计③，余靖存今诗歌一百四十首，官场送别之作二十

---

① （宋）苏颂：《苏魏公文集》，中华书局2004年版。
② （宋）苏颂：《吕舍人文集序》，《苏魏公文集》卷六〇，第1012页。
③ 傅璇琮等：《全宋诗》第4册，北京大学出版社1995年版，第2654—2684页。

首，其他送人之作九首。将余靖所有应酬之作合计起来，高达八十五首。苏颂应酬之作中，就有相当部分官场送别诗。自己为官平稳顺利，对方为官平稳顺利，送别诗也写得平稳妥溜。

非官场送别诗，宋人也写得波澜不惊。余靖《送岳师归赣川》云：

> 千里起归思，脩然物外身。海山经处雾，梅岭到时春。药更开新楮，庭应长旧筠。年衰重方术，聊此送行人。

末句"年衰重方术"对现实略有感慨，不改变诗歌整体冲和恬淡的作风。这些诗内容单一，风格平稳，情绪色彩淡漠。

唐人则不同。唐人科场考试坎坷曲折，仕途发展挫折多难，人生旅途风波跌宕，其送别诗渗透了个人抑郁怨苦的情感。官场送别诗亦如此。王勃《送杜少府之任蜀州》脍炙人口。"无为在歧路，儿女共沾巾"的豪迈劝说中，蕴涵了"同是宦游人"的无尽辛酸悲苦之情。孟郊《送谏议十六叔至孝义渡后奉寄》云："浪凫惊亦双，蓬客谁将僚？别饮孤易醒，离忧壮难销。"韩愈《送侯参谋赴河中幕》云："送君出门归，愁肠若牵绳。默坐念语笑，痴如遇寒蝇。"元稹《送崔侍御至岭南二十韵》云："逸翮怜鸿鹭，离心觉刃劙。……遥想车登岭，那无泪满衫？"为赴任者担忧和不平，诉说自己愁肠寸断，官场送别诗内涵比较丰富。此外，唐人官场送别诗数量远少于宋人。孟郊存诗近五百首，官场送别诗仅二十余首；元稹存诗七百余首，官场送别诗仅十余首；柳宗元存诗一百六十四首，无官场送别之作。孟郊四十六岁登进士科，元稹十五岁明经擢第，柳宗元二十一岁登进士科，他们进入仕途时间有早有晚，官场送别诗的数量都写得极少。

唐人官场之外的送别诗，更是写得有声有色，名篇佳句叠出。有的送别诗写于漫游或求仕途中，时而将诗人复杂情感写入诗中。韩愈《落叶一首送陈羽》云：

> 落叶不更息，断蓬无复归。飘摇终自异，邂逅暂相依。悄悄深夜语，悠悠寒月辉。谁云少年别，流泪各沾衣。

陈羽德宗贞元八年（792）与韩愈同年进士登第，这首诗作于两人未第之时。诗歌借咏落叶叙写送别时的深挚友情。"断蓬"、"飘摇"等咏落叶至为确切，同时是两人求仕艰辛、飘零无依的生活体验。

写于漫游途中最为著名的送别诗应该是李白的《黄鹤楼送孟浩然之广陵》。"孤帆远影碧空尽，唯见长江天际流。"深情款款，无限留恋，感动了千百年的读者。李白与孟浩然相聚日短，即有如此深情。宋人同僚数年，私交亦很好，却写不出这样深情绵绵的好诗。不能简单归结为宋人诗才整体不如唐人，也不是宋人情感就比唐人淡漠，而是身份和境遇改变所带来的变化。李白漫游途中对亲人、家乡的思恋，漂流各地的孤寂，都糅入眼前的送别情景之中。如此拓宽视野，方能更深品味李白这首送别诗的内涵。

苏轼《徐州鹿鸣燕赋诗序》对宋人宴饮酬唱情景有一段典型的描述，云："君子会友以文，爰赋笔札，以侑樽俎。载色载笑，有同于泮水；一觞一咏，无愧于山阴。真礼义之遗风，而太平之盛节也。"[1] 宋人应酬之作大都是在这样的情景下创作出来的。秦观《会稽唱和诗序》称赞程师孟、赵抃"二公之诗，平夷浑厚，不事才巧"。原因是"二公内无所激，外无所夸"[2]。秦观对程、赵二人酬唱诗风和成因的总结，在宋代具有普遍性。"内无所激，外无所夸"，情感平稳，悲剧感失落，是宋诗整体成就不如唐诗的最重要原因之一。

唐宋诗之差异与科举制度之关联，涉及面相当广泛。细微之处，笔者以往论文《论宋人锁院诗》、《论宋人落第诗》已有涉及。此文就其重要者，综而论之，以求教于大方之家。

---

[1] 《苏轼文集》卷一〇，第322页。
[2] （宋）秦观著，徐培均笺：《淮海集笺注》卷三九，第1265页。

论帝王词作与尊体之关系

诸葛忆兵

词之发展历程中，一直存在着"尊体"的需求。这种"尊体"的呼声和作为，到清代常州词派而登峰造极。以往，学界关注"以诗为词"、词之雅化、词之格律化等演变过程与"尊体"之关系。帝王，作为一个特殊的创作群体，于"尊体"过程中所发挥的特别作用，没有被提及。

一　帝王骄奢淫靡的生活与歌词创作

与"尊体"相对，词体初始阶段存在着"不尊"、卑下的问题。这与词的产生环境和作用密切相关。"词为艳科"，其初始阶段，词乃配合燕乐演唱的歌辞。燕乐则是隋唐之际人们在歌舞酒宴娱乐场所演奏的音乐。在这样灯红酒绿、歌舞寻欢的娱乐场所，歌妓舞女们大都歌唱一些俚俗浅易的男女相恋相思之"艳词"。换言之，"艳词"的题材取向是由其流传的场所和娱乐功能决定的。故张炎云："簸弄风月，陶写性情，词婉于诗。盖声出于莺吭燕舌间，稍近乎情可也。"[1] 词言情，就是基于这样的立场对词体的读解。南宋人甚至对歌词所言之情有如此具体的说明："唐宋以来词人多矣，其词主乎淫，谓不淫非词也。"[2] 所谓的"淫"，就是被儒家学者严厉排斥的男女之情。儒家要求文学创作能够起到"经夫妇，

---

[1] （宋）张炎：《词源》卷下，唐圭璋编：《词话丛编》第1册，中华书局1986年版，第263页。
[2] （宋）汪莘：《方壶诗余自序》，金启华等编：《唐宋词集序跋汇编》，江苏教育出版社1990年版，第227页。

成孝敬，厚人伦，美教化，移风俗"的教化作用。词之作为，与之大相径庭，故被称为"小词"、"艳词"。其体不尊，与生俱来。

"普天之下，莫非王土。"帝王，享尽人间荣华富贵，在放纵享乐、沉湎声色之世风淫靡的时代，帝王往往是始作俑者。能文之帝王，在享受娇娃美姬和浅斟低唱之际，自己也参与创作。其作品之艳俗流荡，与青楼之作相同。孙光宪《北梦琐言·佚文五》载：

> 蜀后主自裹小巾，其尖如锥，卿士皆同之。宫妓多衣道服，簪莲花冠，每侍燕酣醉，则容其同辈免冠，鬟然其髻，别为一家之美。因施胭脂，粉颊莲额，号曰"醉妆"。国人效之。又作歌词云："者边走，那边走，只是寻花柳。那边走，者边走，莫厌金杯酒。"①

这首词以最为直白的口吻，诉说对醉生梦死、寻花问柳生活的迷恋。其赤裸裸的欲望和浅俗的语言，都是当时"黄色歌曲"的典型特征。词体之不尊，于此可见。

五代十国小君主，混同流俗，创作的小词都是描写纵情声色的颓靡生活场景。写得最多的是歌舞酒宴之间美人的容貌、体态、风情，以及"巫山云雨"的色情画面。后唐庄宗《阳台梦》云："薄罗衫子金泥缝，困纤腰怯铢衣重。笑迎移步小兰丛，舝金翘玉凤。　娇多情脉脉，羞把同心撚弄。楚天云雨却相和，又入阳台梦。"后蜀孟昶《木兰花》云："冰肌玉骨清无汗，水殿风来暗香满。绣帘一点月窥人，欹枕钗横云鬓乱。　起来琼户启无声，时见疏星渡河汉。屈指西风几时来，只恐流年暗中换。"将宫廷荒淫无耻生活写得最为雅致的是南唐后主李煜，其《浣溪沙》云：

> 红日已高三丈透，金炉次第添香兽。红锦地衣随步皱。　佳人舞点金钗溜，酒恶时拈花蕊嗅。别殿遥闻箫鼓奏。

宫廷中通宵达旦寻欢作乐，一直到次日"红日已高三丈透"之时。歌舞与滥饮相掺杂，狂欢醉舞到踩皱红锦地毯，舞落金钗，酒恶反胃。最妙的

---

① 《全宋笔记》第一编，大象出版社2003年版，第264页。

是结句点出:"别殿遥闻箫鼓奏。"不仅是李煜所在的宫殿是如此放纵享受,其他宫廷隐隐传来"箫鼓"乐声,也在狂歌醉舞。李煜的宫殿简直就是一个大的"夜总会"。五代十国君主们大都过着这种生活,李煜词语言相对雅丽,其生活情调依然低俗庸浅。李煜《玉楼卷》云:"归时休放烛花红,待踏马蹄清夜月。"写得很有诗情画意,也仍然是歌舞声色生活的叙说。

与此相关,五代十国君主也会有香艳送别、恋情相思的抒写或敷衍。后唐庄宗《如梦令》云:"曾宴桃源深洞,一曲清歌舞凤。长记别伊时,和泪出门相送。如梦!如梦!残月落花烟重。"南唐中主李璟《摊破浣溪沙》云:"菡萏香销翠叶残,西风愁起绿波间。还与韶光共憔悴,不堪看! 细雨梦回鸡塞远,小楼吹彻玉笙寒。多少泪珠何限恨?倚阑干。"宫廷中有的是美艳佳丽,君主是不会切身体验生离死别之苦恋的。离别相思云云,只是他们仿照秦楼楚馆之流行歌曲而创作。

凡此种种,王灼《碧鸡漫志》卷二归纳说:"诸国僭主中,李重光、王衍、孟昶、霸主钱俶,习于富贵,以歌酒自娱。而庄宗同文,兴代北,生长戎马间,百战之余,亦造语有思致。"①

宋代帝王中,生活极端奢靡荒淫且又擅长填词的是宋徽宗。徽宗特别喜爱淫俗谑浪、靡丽侧艳的词作,平日与群小相互戏谑、游乐,无所不至,俚俗的艳曲时常与这种享乐生活相伴随,群小也因此获得高官厚禄。徽宗自然有类似五代十国君主的创作,其《探春令》云:

> 帘旌微动,峭寒天气,龙池冰泮。杏花笑吐香犹浅。又还是、春将半。 清歌妙舞从头按,等芳时开宴。记去年、对著东风,曾许不负莺花愿。

词写宫廷赏春与饮宴生活。"清歌妙舞"中,时光过得非常快,从"峭寒天气"的初春到"杏花笑吐"的春半,词人日日笙歌,夜夜歌舞。结尾将时光回溯到"去年",去年的日子也是过得如此优游欢快,并约定今年春来时的"不负莺花愿"。如今,得以偿愿。可见,徽宗年年、日日都是过着这样歌舞升平的生活。这首词语言也是相对清丽文雅,其内容还是写

---

① 唐圭璋:《词话丛编》第1册,第82页。

宫中歌舞酒宴寻欢的生活。此外，宋代其他帝王虽然没有类似词作，但是，他们对香艳俚俗歌词的喜爱，大致相同。宋仁宗号称"留意儒雅，务本理道，深斥浮艳虚薄之文"①，且公开对柳永词多有诟病。另一方面，《后山诗话》称柳永词"天下咏之，遂传禁中。仁宗颇好其词，每对酒，必使侍妓歌之再三"②。

创作和喜爱香艳小词，帝王与其他词人并无二致。然其特殊的身份，起到有力的推波助澜作用，香艳小词之创作迅速蔓延与之相关。词体不尊与卑下，帝王难辞其咎。至北宋仁宗年间，歌词已成文坛创作的主要文体之一，不容任何忽视。

二　帝王特殊身份带来的相关题材歌词创作

歌词"尊体"，在两宋期间是一个有起有落的渐变过程。在这个过程中，尊体的作为一旦达到一定的程度，理论上的自觉呼声随之出现。宋代帝王词作内容的特殊性，在尊体过程中发挥了极其重要的作用。

帝王身份特殊，生活经历便有独特之处。某些生活阅历或生活感受，是帝王独有的，写入词中，别具一格，引人注目。从题材角度归纳，大约为两类：亡国巨痛，歌咏太平。

首先，帝王有别于他人的是抒写亡国巨痛之作。晚唐五代直至两宋，多经改朝换代之变故，国破家亡之胁迫或深悲巨痛，帝王的感受当然与众不同。晚唐昭宗因兵变逃离京城，逃难途中有《菩萨蛮》二首，其一云：

> 登楼遥望秦宫殿，茫茫只见双飞燕。渭水一条流，千山与万丘。远烟笼碧树，陌上行人去。安得有英雄，迎归大内中？

眺望故国与京城，本来是朕之"千山万丘"，如今烟云飘渺，茫然一气。他的另一首《菩萨蛮》云："思梦时时睡，不语长如醉！"政权和江山失控的无力感，难以遏制的苦痛，重归大内而再度乾坤独尊的渴望，都是唐昭宗的独特感受。

---

① （宋）吴曾：《能改斋漫录》卷一六，上海古籍出版社1979年版，第480页。
② （宋）胡仔：《苕溪渔隐词话》卷一，唐圭璋：《词话丛编》第1册，第163页。

从帝王沦为阶下囚、亡国奴,南唐后主李煜的感受最为强烈,词作最多。其《虞美人》云:

> 春花秋月何时了,往事知多少?小楼昨夜又东风,故国不堪回首月明中。　雕阑玉砌应犹在,只是朱颜改。问君能有几多愁,恰似一江春水向东流!

亡国之后,以泪洗面,长夜无眠,故国不堪回首。无休无尽之愁苦,如一江春水,滔滔不绝。所谓"追维往事,痛不欲生;满腔恨血,喷薄而出"①。李煜此类词作,脍炙人口,流传甚广,如《浪淘沙》(帘外雨潺潺)、《破阵子》(四十年来家国)、《忆江南》(多少恨)、《相见欢》(林花谢了春红),等等。王国维击节赞叹:"词至李后主而眼界始大,感慨遂深,遂变伶工之词而为士大夫之词。……'自是人生长恨水长东','流水落花春去也,天上人间',《金荃》、《浣花》能有此气象耶?"②

北宋末年,徽宗被金人俘获北去,途中作《燕山亭·北行见杏花》:

> 裁剪冰绡,轻叠数重,淡着胭脂匀注。新样靓妆,艳溢香融,羞杀蕊珠宫女。易得凋零,更多少无穷风雨?愁苦!问院落凄凉,几番春暮?　凭寄离恨重重,这双燕,何曾会人言语。天遥地远,万水千山,知他故宫何处?怎不思量,除梦里有时曾去。无据,和梦也新来不做。

词咏杏花。词人借盛开之后便不得不凋零的杏花,寄寓了自己国破家亡的哀思,以及对故国的凄苦追恋。词人先用拟人法极写杏花无比艳丽,笔触轻灵浓艳。而后,笔锋顿转,写杏花的凋零,实际也就是北宋王朝的零落残败。继而转为对故国的思恋。在令人绝望与无可奈何之际,作者只好把希望寄托于梦中。但可悲的是,近来连做梦的机会都不可得,借助梦魂归国的希望也完全破灭了。此词写得纡徐曲折,沉郁顿挫,感人肺腑。王国

---

① 唐圭璋:《唐宋词简释》,上海古籍出版社1981年版,第43页。
② 王国维著,滕咸惠注:《人间词话新注》,齐鲁书社1982年版,第93页。

维说:"后主之词,真所谓以血书者也,宋道君皇帝《燕山亭》词略似之。"① 梁启勋评曰:"下半阕愈含忍,愈闻哽咽之声,极蕴藉之能事。"②

与徽宗同时被掳北去的钦宗,亦有三首词传今,抒写亡国哀痛。其《西江月》云:"塞雁嗈嗈南去,高飞难寄音书。只应宗社已丘墟。愿有真人为主。　岭外云藏晓日,眼前路忆平芜。寒沙风紧泪盈裾,难望燕山归路。"虽艺术功力不如徽宗,亦别具一种撕心裂肺之痛苦。

国破家亡的经历是极为罕见的,帝王词作的转变也是被迫的,并非创作主体的自觉行为。虽"变伶工之词而为士大夫之词",在"尊体"过程中发挥一定的作用,但是,这样的创作基本上不能被复制或模仿,对当时词坛创作的影响也就相对有限。

其次,帝王有别于他人的是歌咏太平之作。帝王作为专制社会的独裁者,最喜歌咏太平盛世的谀颂之作。汉大赋的"劝百讽一",唐初"上官体"的"绮错婉媚",宋代"西昆体"的"穷妍极态",以及后来明初"台阁体"的吟咏太平,皆其例。回到唐宋词创作的环境中,词是都市繁荣的衍生物,都市的歌楼妓院是催生歌词的温床,都市繁华常常成为歌词情感抒发的生活背景。一旦将画面上的歌舞场景和娇艳女子淡化,凸现出来的就是都市的繁盛,以及对太平盛世的谀颂,便能投合帝王之心意。

帝王时而带头创作此类歌词。宋仁宗传《合宫歌》词一首,乃皇祐二年飨明堂之作。宫廷大典之作,就是以"颂圣"为主,如云:"广大孝休德,永锡四海有庆。""唐舜华封祝,如南山寿永。"宋代最醉心于此类词作的是徽宗,其《声声慢》云:

> 宫梅粉淡,岸柳金匀,皇州乍庆春回。凤阙端门,棚山彩建蓬莱。沉沉洞天向晚,宝舆还、花满钩台。轻烟里,算谁将金莲,陆地齐开。　触处笙歌鼎沸,香鞯趁,雕轮隐隐轻雷。万家帘幕,千步锦绣相挨。银蟾皓月如昼,共乘欢、争忍归来。疏钟断,听行歌、犹在禁街。

处处笙歌,万家灯火,徽宗真的是昏聩地认为自己治下乃太平盛世。上之

---

① 王国维著,滕咸惠注:《人间词话新注》,第95页。
② 梁启勋:《词学》下编,中国书店1985年版,第6页。

所好，下必随之，宋代不乏创作谀颂词的作家。这类作品是可以被大量模仿创作，甚至形成创作潮流的。徽宗崇宁四年（1105）建大晟府，府中网罗一批懂音乐、善填词的作家，专职从事点缀升平的歌词创作。李昭玘《晁次膺墓志铭》云："大晟乐即成，八音克谐，人神以和，嘉瑞继至。宜德能文之士，作为辞章，歌咏盛德，铺张宏休，以传无穷。士于此时，秉笔待命，愿备撰述，以幸附托，亦有日矣。……（晁端礼）除大晟府按协声律。"①《碧鸡漫志》卷二载：万俟咏"政和初招试补官，置大晟府制撰之职。新广八十四调，患谱弗传，雅言请以盛德大业及祥瑞事迹制词实谱。有旨依月用律，月进一曲"②。《铁围山丛谈》卷二载：江汉"为大晟府制撰，使遇祥瑞，时时作为歌曲焉"③。因此，徽宗年间谀颂词作大量涌现，成为当时歌词创作的主要题材之一。

　　谀颂词内容空泛，格调不高，然在"尊体"过程中却发挥了重要作用。"尊体"最为重要的诉求是扩大歌词的创作题材，改变其淫俗的风貌，提高其品位。吟咏升平、歌颂盛世，在独裁专制体制下，永远被认为是时代的重大题材。大晟词人以前，偶尔有歌颂太平盛世的词作，向来受到一致肯定。如柳永词以"骩骳从俗"、"词语尘下"而备受斥责，然其中一小部分再现承平盛世的作品，却屡受称赞。范镇云："仁宗四十二年太平，镇在翰苑十余载，不能出一语歌咏，乃于耆卿词见之。"④ 黄裳云："予观柳氏乐章，喜其能道嘉□中太平气象，如观杜甫诗，典雅文华，无所不有。"⑤ 将吟咏太平的歌词与杜甫诗相提并论，品位已极尊崇。黄裳是北宋最早以"诗教"解说和规范歌词创作的作家，他的《演山居士新词序》完全用"赋比兴"之义解释歌词创作，认为自己的词作"清淡而正，悦人之听者鲜"。如此重视词作思想内容的作家，肯定并高度评价歌颂太平之作，代表了时人对这一类型题材作品的态度。后人重读这些谀颂词，感觉其阿谀夸张，令人肉麻。然对当时的词人来说，则心安理得地认为自己正在描写时代的重大题材，以词服务于现实政治，发挥歌词的社会和政治效用。正如今人重读"文革"期间创作出来的大量"万寿无疆"

---

① （宋）李昭玘：《乐静集》卷二八，四库全书文渊阁本。
② 唐圭璋：《词话丛编》第1册，第87页。
③ （宋）蔡绦：《铁围山丛谈》，中华书局1997年版，第28页。
④ （宋）祝穆：《方舆胜览》卷一一，上海古籍出版社1991年版，第136页。
⑤ （宋）黄裳：《书〈乐章集〉后》，《演山集》卷三五，四库全书文渊阁本。

之颂歌,很难理解这些就是当时最为重大的题材和创作者严肃庄重的态度。总而言之,以帝王为表率、大量御用词人蜂拥而上的谀颂之作,主观上有扩大词的社会效用的意图。在他们手中,词不仅仅描写男女艳情,局限于"艳科"的狭小范围,只是作为娱乐工具;而且还直接服务于现实社会政治,与诗文一样肩负起沉重的社会使命。谀颂词正悄悄改变着词的内质成分,为南宋词的更大转移做好铺垫。

三 宋高宗"尊体"的倡导和创作

中国古代专制社会是一个政教合一的政体,帝王既是世俗最高独裁者,又是普世的精神领袖,理论上同时是伦理道德最完美的典范。所以,中国古代诸多帝王,哪怕是满肚子的男盗女娼,在对外场合,也必须摆出一副仁义道德的模样,时时代表国家倡导高雅,屏斥淫俗。徽宗年间,由于帝王的极度喜爱,淫俗词创作成风。[①]朝廷另一方面却假惺惺地颁布政令,排斥俚俗,倡导高雅。《宋史》卷一二九《乐志》载:崇宁五年(1106)九月诏曰:"宜令大晟府议颁新乐,使雅正之声被于四海";政和三年(1113)五月,尚书省立法推广大晟新乐,"旧来淫哇之声,如打断、哨笛、呀鼓、十般舞、小鼓腔、小笛之类,与其曲名,悉行禁止。违者与听者悉坐罪"。

最为荒淫无耻的宋徽宗,也要颁布如此冠冕堂皇的政令。部分有明确政治诉求、治国理念的帝王,更是以身作则,积极倡导。回到宋词创作领域,以明确政治诉求规范歌词创作、意图将之导向雅正的帝王是南宋第一个君主宋高宗。高宗在南渡初期戎马倥偬之际,为了重建国家政权,有意识地反思北宋覆亡的原因,对徽宗年间的所作所为进行政治清算。高宗公开宣称:"朕最爱元祐"[②],高宗对元祐时期的文坛领袖苏轼也有特别喜好。[③]在歌词创作方面,一方面,高宗于南渡初年战乱频仍之时,特意下

[①] 详见诸葛忆兵《徽宗词坛研究》,北京出版社2001年版,第112—145页。

[②] (宋)李心传:《建炎以来系年要录》卷七九,上海古籍出版社2008年版,第326-100页。

[③] 参见沈松勤《宋代政治与文学研究》,商务印书馆2010年版,第309—336页。

诏到扬州，销毁曹组词集的刻板，以扫除淫俗。[①] 另一方面，高宗喜好清雅醇正之作，以此作为朝廷中兴气象之粉饰与点缀。宋高宗曾带头亲制祭享乐章和"雅词"，其流传至今的一组《渔父词》十五首，清雅超俗。词云：

> 一湖春水夜来生，几叠春山远更横。烟艇小，钓丝轻，赢得闲中万古名。

> 薄晚烟林淡翠微，江边秋月已明晖。纵远柂，适天机，水底闲云片段飞。

> 云洒清江江上船，一钱何得买江天。催短棹，去长川，鱼蟹来倾酒舍烟。

> 青草开时已过船，锦鳞跃处浪痕圆。竹叶酒，柳花毡，有意沙鸥伴我眠。

> 扁舟小缆荻花风，四合青山暮霭中。明细火，倚孤松，但愿尊中酒不空。

> 侬家活计岂能明，万顷波心月影清。倾绿酒，糁藜羹，保任衣中一物灵。

> 骇浪吞舟脱巨鳞，结绳为网也难任。纶乍放，饵初沉，浅钓纤鳞味更深。

> 鱼信还催花信开，花风得得为谁来？舒柳眼，落梅腮，浪暖桃花夜转雷。

[①] （宋）王灼《碧鸡漫志》卷二："（曹）组潦倒无成，作《红窗迥》及杂曲数百解，闻者绝倒，滑稽无赖之魁也……组之子，知阁门事勋，字公显，亦能文。尝以家集刻板，欲盖父之恶。近有旨下扬州，毁其板云。"唐圭璋：《词话丛编》第1册，第82页。

暮暮朝朝冬复春，高车驷马趁朝身。金拄屋，粟盈囷，那知江汉独醒人。

远水无涯山有邻，相看岁晚更情亲。笛里月，酒中身，举头无我一般人。

谁云渔父是愚翁，一叶浮家万虑空。轻破浪，细迎风，睡起篷窗日正中。

水涵微雨湛虚明，小笠轻蓑未要晴。明鉴里，縠纹生，白鹭飞来空外声。

无数菰蒲间藕花，棹歌轻举酌流霞。随家好，转山斜，也有孤村三两家。

春入渭阳花气多，春归时节自清和。冲晓雾，弄沧波，载与俱归又若何？

清湾幽岛任盘纡，一舸横斜得自如。惟有此，更无居，从教红袖泣前鱼。

词前小序云："绍兴元年七月十日，余至会稽，因览黄庭坚所书张志和《渔父词》十五首，戏同其韵，赐辛永宗。"这居然是高宗颠沛流离之仓皇逃难途中所作。词写渔夫悠闲隐逸、洒脱率性的生活场景，几乎不见人间烟火味，很难想象这是战火纷飞途中所写。南宋汪莘在《方壶诗余自序》中曾总结说："唐宋以来，词人多矣。其词主乎淫，谓不淫非词也。"[1] 即使写超尘出俗、清逸飘举的渔父生活，也时而会与艳情发生某种关联。黄庭坚有《浣溪沙》写渔父生活，云："新妇矶头眉黛愁，女儿浦口眼波秋，惊鱼错认月沉钩。青箬笠前无限事，绿蓑衣底一时休，斜风吹雨转船头。"苏轼评说此词云："鲁直此词，清新婉丽。问其最得意处，

---

[1] 金启华等编：《唐宋词集序跋汇编》，第227页。

以山光水色替却玉肌花貌，真得渔父家风也。然才出新妇矶，又入女儿浦，此渔父无乃太澜浪乎？"① "太澜浪"的渔父，却是宋词"主乎淫"之本色。回到《渔父词》中，也有类似创作。南宋薛师石《渔父词》云："邻家船上小姑儿，相问如何是别离。双坠髻，一湾眉，爱看红鳞比目鱼。"渔父眼睛盯瞩的是邻船小姑，关心的是别离愁绪，亦是宋词"主乎淫"之本色。高宗一组《渔父词》，彻底摆脱艳情，《历代词话》卷七转引廖莹中《江行杂录》云：

> 光尧当内修外攘之际，尤以文德服远，至于宸章睿藻，日星昭垂者非一。绍兴二十八年，将郊祀，有司以太常乐章篇序失次，文义弗协，请遵真宗、仁宗朝故事，亲制祭享乐章。诏从之。自郊社宗朝等共十有四章，肆笔而成，睿思雅正，宸文典赡，所谓大哉王言也。至于一时闲适寓景而作，则有《渔父词》十五章，又清新简远，备骚雅之体。……词不能尽载。观此数篇，虽古人之骚人词客，老于江湖，擅名一时者，不能企及。②

南宋臣僚对帝王文学创作的意图揣摩得非常到位，所谓"以文德服远"。《渔父词》"备骚雅之体"，文体极尊，可以与《诗经》、《离骚》相提并论。高宗在重建南宋军事力量的同时，亦着手国家的政治建设和文化建设。对曹组词版本的销毁和《渔父词》的创作，成为政治和文化建设的有机组成部分。更加有力的是，帝王可以通过国家机器引导和强化这种政治和文化之建设，使之迅速深入人心，乃至相当程度地改变时人的文学观念。确切地说，高宗是通过科举考试中的"童子举"来达到预设目的的。

宋代科举之"童子举"，规定"凡童子十五岁以下，能通经作诗赋，州升诸朝，而天子亲试之"③。"童子举"非常科，北宋年间时设时废。据《宋会要辑稿·选举九·童子出身》统计④，北宋年间童子举概况如下：太宗朝两次，真宗朝十二次，仁宗朝十二次，神宗朝四次，哲宗朝三次，

---

① （宋）黄庭坚：《山谷词》，上海古籍出版社2001年版，第255页。
② 唐圭璋：《词话丛编》第2册，第1212页。
③ 《宋史》卷一五六《选举二》，中华书局1986年版，第3653页。
④ （清）徐松：《宋会要辑稿》，中华书局1997年版。以下统计数据和所有未加标注引文，皆出自《宋会要辑稿·选举九·童子出身》，不一一注明。

徽宗朝八次。其间，帝王多次发布政令，停止"童子举"。宋仁宗皇祐三年（1051）九月十五日诏："今后诸处更不得申奏及发遣念书童子赴阙。"宋哲宗元祐元年（1086）五月十二日诏礼部："自今乞试童子诵书，所属毋得令收接。"宋徽宗政和二年（1112）九月七日诏："童子陈乞诵书，今又九人，愈见滋多。所有近令辟雍长贰等通试人数，并今来并不试验。"而且，北宋年间"童子举"，据《宋会要辑稿·选举》载，皆为儒家经典，如《诗经》、《尚书》、《周易》、《礼记》、《春秋》、《论语》、《孝经》、《孟子》等，偶尔增加《老子》、《太玄经》等。宋高宗特别重视"童子举"，登基后第二年便开始亲试童子。《宋史》载："建炎二年，用旧制，亲试童子，召见朱虎臣，授官赐金带以宠之。后至者或诵经、史、子、集，或诵御制诗文，或诵兵书、习步射，其命官、免举，皆临期取旨，无常格。"[①] 宋高宗朝童子举一共有二十六次，数量居两宋之冠。高宗南渡之后拨乱反正的政治和文化建设，有意识地"从娃娃抓起"，频频亲试童子，倡导风气。尔后，宋孝宗承继高宗，亲试童子十八次。孝宗朝之后，"童子举"越来越罕见，乃至最终被废弃。

高宗于国破家亡之大动乱时代，仓皇登基，帝王和小朝廷的威望亟需重新确立。因此，高宗在亲试童子时，增加了"诵御制诗文"一项内容，御制诗文与儒家经典具有同样崇高重要的地位。检索《宋会要辑稿·选举九·童子出身》，有如下记载：

> （绍兴十三年）十二月五日，诏："饶州童子朱绶与免文解一次。"绶九岁，诵御制《劝学》、《渔父词》及经子书十四种。

> （绍兴）十五年正月二十一日，诏："饶州童子宁伯拱与免文解一次。"伯拱七岁，诵御制《建炎古诗》、《渔父词》及经子书十六种。

> （绍兴十五年）十一月一日，诏："饶州童子戴松、戴槐与免文解一次。"松十岁，诵御制《渔父词》及经子书九种，讲《禹贡》、《说命》、《无逸》、《周官》。槐八岁，诵御制《渔父词》及经子书

---

① 《宋史》卷一五六《选举二》，第3653页。

九种。

御制诗文中,《渔父词》赫然在目。这与晚唐五代乃至北宋初期词体卑下的观念,大相径庭。歌词与诗骚一样,具有儒家经典般的地位。叶梦得《避暑录话》卷二记载:宋人望子成龙之风甚盛,"小儿不问如何,粗能念书,自五六岁即以次教之五经,以竹篮坐之木杪,绝其视听"。高宗时期,"竹篮"书籍中增加了《渔父词》之类的"御制诗文"。这一代孩子长大或登上文坛之后,心目中的词体观念肯定不同于前辈。

宋孝宗相当程度上承继和贯彻了高宗的政治文化策略。歌词创作方面,孝宗有《阮郎归·远德殿作和赵志忠》,云:"留连春意晚花稠,云疏雨未收。新荷池面叶齐抽,凉天醉碧楼。　　能达理,有何愁,心宽万事休。人生还似水中沤,金樽尽更酬。"作品摆脱艳情和享乐生活,写晚春饮酒赏景之际的达观,清新洒脱,颇得高宗《渔父词》风范。

与之相应,尊体之"复雅"呼声贯穿南渡后的整个词坛。南渡初期,王灼就明确提出雅俗之辨的问题,《碧鸡漫志》卷一云:"或问雅、郑所分?曰:中正则雅,多哇则郑。至论也。"① 杨万里同样将诗词相提并论,其《诗话》云:诗词要"微婉显晦,尽而不污",要"好色而不淫"②。刘克庄则直接通过歌词宣称自己的创作观点,其《贺新郎》云:"粗识《国风·关雎》乱,羞学流莺百啭。总不涉闺情春怨。……我有平生《离鸾操》,颇哀而不愠、微而婉。"歌词内容题材上从"闺情春怨"中摆脱出来,风格上走向"哀而不愠、微而婉",与儒家所倡导的"上以风化下,下以风刺上,主文而谲谏"之怨而不怒、哀而不伤的"诗教"完全合拍。至南宋末年,张炎《词源》卷下总结说:"词欲雅而正,志之所之,一为情所役,则失其雅正之音。"③ 宋末元初的陆辅之作《词旨》,明确归纳出"以雅相尚"的创作标准,说:"雅正为尚,仍诗之支流。不雅正,不足言词。"并说:"凡观词须先识古今体制雅俗。"④ 南宋词论,多

---

① 唐圭璋:《词话丛编》第1册,第80页。
② 《杨万里诗文集》,江西人民出版社2006年版,第1796、1797页。
③ 唐圭璋:《词话丛编》第1册,第266页。
④ 同上书,第301、302页。

以"雅"论词①；南宋词集，多以"雅"题名②。南宋词坛上轰轰烈烈的尊体"复雅"活动，与南渡后的现实政治背景相关，也与高宗的特别倡导相关。高宗这组《渔父词》清雅飘逸，再通过广泛背诵改变人们的词体观念，词体由卑而尊，在南宋就是一件必然的事情。

晚唐五代乃至两宋帝王，词作数量不多，在歌词的演变发展历程中，却发挥了特殊的作用。从带头创作淫靡歌词，到有意识倡导高雅，帝王的影响是其他因素所无法替代的。帝王作为国家的形象代表和人们心中的伦理道德典范，在歌词创作领域，推尊词体，走向高雅，又是一种必然的趋势。

---

① 张炎《词源》卷下："美成负一代词名，所作之词，浑厚和雅。""清空则古雅峭拔，质实则凝涩晦昧。""皆景中带情，而存骚雅。"沈义父《乐府指迷》："下字欲其雅，不雅则近乎缠令之体。""施梅川……读唐诗多，故语雅淡。""孙花翁……雅正中忽有一两句市井句，可惜。""吾辈只当以古雅为主。"

② 如曾慥之《乐府雅词》、鲖阳居士之《复雅歌词》、张安国之《紫微雅词》、南宋诸家词集之丛刻《典雅词》等等。

经纬交织与文体的多元并存格局[*]
——宋代文体关系新论

谷曙光

钱钟书在《中国诗与中国画》一文中指出中国古代文体犹如"梯级或台阶，是平行而不平等的，'文'的等次最高"[①]。古代文体的平行而不平等现象无疑是耐人寻味的。

宋代的文学文体主要是诗、词、文、小说、戏曲五大类。这五种文体虽然在宋代并存，但发展的规模、演进的程度各有不同，所占主次地位也高低差别很大。有的文体在宋代勃兴，有的文体渐趋式微。新生的文体并非凭空产生，大多是汲取了旧有文体的部分特征；衰落文体也不是完全退出历史舞台，而是把自身的某些体制特征传递给其他文体。文体间的因革流变关系十分复杂，纵横交错，你中有我，我中有你，时时处于变化之中。在宋代的几种文体中，谁是一代之文学的最佳代表者？有没有地位、影响在其他文体之上的"核心文体"或"纽带文体"？各种文体是关门各搞一套，井水不犯河水；还是相互渗透、相互融合、相互竞争？宋代诸文体的关系，无疑是值得深入探究的新鲜话题，当能从一个侧面对宋代文学和文体学获得新的认识。

---

[*] 本文为教育部人文社科一般项目《宋代文体学研究》之阶段性成果，同时受中国人民大学国学院"985"工程科研项目资助。

[①] 钱钟书：《中国诗与中国画》，载《七缀集》，上海古籍出版社1985年版，第4页。

一 "一代有一代之所胜"

王国维《人间词话》云："四言敝而有《楚辞》，《楚辞》敝而有五言，五言敝而有七言，古诗敝而有律绝，律绝敝而有词。盖文体通行既久，染指遂多，自成习套。豪杰之士亦难于其中自出新意，故遁而作他体以自解脱。一切文体所以始盛终衰者，皆由于此。故谓文体后不如前，余未敢言。但就一体论，则此说固无以易也。"① 这实际是一种文体代变说。文体处在不断的运动演化中，发展到巅峰也就意味着僵化的开始，一旦陈陈相因，必然被淘汰；与此同时，新的顺应时代潮流的文体会应运而生。王国维在《宋元戏曲史》自序里明确标举了每个时代的代表性文体："凡一代有一代之文学：楚之骚，汉之赋，六代之骈语，唐之诗，宋之词，元之曲，皆所谓一代之文学，而后世莫能继焉者也。"② 指出历朝文学各有其所胜。"一代之文学"的实质是指每个时代最有原创性、最有生命活力的代表性文体。王氏之后，"一代有一代之文学"的论点在中国文学研究、文学史编写，乃至文化舆论和阅读导向上，都产生了极大的影响。就宋代文学而论，"一代之文学"显然指词，这已成定论。宋代文学原是个诗、文、词三足鼎立的时代，为何宋词后来被称为"一代之文学"？词作为宋代的代表性文体与其他文体的关系如何？这些都可从"一代有一代之文学"和文体的多元并存角度作一些学术思考。

"一代有一代之文学"虽在王氏之后影响日大，但它实非一朝一日形成，而是金元以来世代累积而成的一种文学发展史观。我们可以作一些文献考索，以便厘清此说的源流脉络。

1. 元人罗宗信《中原音韵·序》云："世之共称唐诗、宋词、大元乐府，诚哉。"③

2. 元人虞集云："一代之兴，必有一代之绝艺足称于后世者：汉之文章，唐之律诗，宋之道学。国朝之今乐府，亦开于气数音律之盛。"④

---

① 王国维：《人间词话》，人民文学出版社1982年版，第218页。
② 王国维：《宋元戏曲史》"自序"，上海古籍出版社1998年版，第1页。
③ （元）周德清：《中原音韵》，中华书局1978年版。
④ （元）孔齐：《至正直记》，上海古籍出版社1987年版，第96页。

3. 明人茅一相《题词：评〈曲藻〉后》："夫一代之兴，必生妙才；一代之才，必有绝艺：春秋之辞命，战国之纵横，以至汉之文，晋之字，唐之诗，宋之词，元之曲，是皆独擅其美而不得相兼，垂之千古而不可泯灭者。"①

4. 明人叶子奇《草木子·谈薮篇》云："传世之盛，汉以文，晋以字，唐以诗，宋以理学。元之可传，独北乐府耳。宋朝文不如汉，字不如晋，诗不如唐，独理学之明，上接三代。"②

5. 明人息机子《古今杂剧选》自序云："一代之兴，必有鸣乎其间者。汉以文，唐以诗，宋以理学，元以词曲，其鸣有大小，其发于灵窍一也。"③

6. 明人王思任《唐诗纪事序》云："一代之言，皆一代之精神所出。其精神不专，则言不传。汉之策，晋之玄，唐之诗，宋之学，元之曲，明之小题，皆必传之言也。"④

7. 明人王骥德给陈与郊《古杂剧》撰写序言云："后三百篇而有楚之骚也，后骚而有汉之五言也，后五言而有唐之律也，后律而有宋之词也，后词而有元之曲也。代擅其至也，亦代相降也，至曲而降斯极矣。"⑤

8. 清人李渔《闲情偶寄·词曲部》之"结构第一"云："历朝文字之盛，其名各有所归，汉史、唐诗、宋文、元曲，此世人口头语也。《汉书》、《史记》，千古不磨，尚矣；唐则诗人济济，宋有文士跄跄，宜其鼎足文坛，为三代后之三代也。"⑥

9. 清人顾彩《清涛词序》云："一代之兴，必有一代擅长之著作，如木火金水之递旺，于四序不可得兼也。古文莫盛于汉，骈俪莫盛于晋，诗律莫盛于唐，词莫盛于宋，曲莫盛于元。昌黎所谓以鸟鸣春，以雷鸣夏，以虫鸣秋，以风鸣冬者，其是之谓乎！"⑦

---

① 转引自王水照主编《宋代文学通论》，河南大学出版社1997年版，第44页。
② （明）叶子奇：《草木子》卷四之上，中华书局1983年版，第70页。
③ （明）息机子：《古今杂剧选》序言，载《古本戏曲丛刊》第四集，商务印书馆1958年版。
④ 载王思任《王季重十种·杂序》，浙江古籍出版社1987年版，第75页。
⑤ （明）王骥德：《古杂剧》序言，载《古本戏曲丛刊》第四集。
⑥ （清）李渔：《闲情偶寄》，浙江古籍出版社1985年版，第2页。
⑦ （清）顾彩：《清涛词》卷首，康熙丙戌刊本。

10. 清人焦循《易余籥录》云:"夫一代有一代之所胜,舍其所胜,以就其所不胜,皆寄人篱下者耳。余尝欲自楚骚以下,至明八股,撰为一集。汉则专取其赋,魏、晋、六朝至隋则专录其五言诗,唐则专录其律诗,宋专录其词,元专录其曲,明专录其八股,一代还其一代之所胜。"①

上面迻录了十条有代表性的文献材料,把它们略作梳理,有几点似可注意:

首先,评述的路径方式约有两种。一种从文学的角度谈"一代之盛",如材料第1、7、8、9、10条;另一种把文学、艺术乃至学术等放在一起,综合判断所谓"一代之绝艺",如材料第2、3、4、5、6条。

其次,结果的差异。看问题的方式不同,结果自然会有差异。把词作为一代之所胜的最多,有第1、3、7、9、10条;道学第2条,理学第4、5条,宋学第6条;宋文第8条。第2、4、5、6条都是讲宋代的学术,可以合并。那么,从文学的角度谈一代之所胜的结果就只有宋词和宋文两种观点了,而且认同词的占了绝大多数。

最后,耐人寻味的是,赞同宋词为一代文学之所胜的,一般都是曲论家。在传统的文学观念中,诗、文自是正统,词已差了一等,小说、戏曲等俗文学样式更是难登大雅之堂。为了抬高元曲的地位,将其置于主流文学之列,于是就把唐诗、宋词、元曲作为一个序列并提,实则暗含给元曲争地位的意思,这不妨看作一种文学批评的策略。在某一朝代,也许某一文体受重当时,而蜚声后世的却极可能是另一种文体。"一代之文学"在当时的特定历史情景下并不一定是最显赫的。

如前所言,有宋一代诗、词、文皆盛,三者是鼎足而立的局面。但是,词为何能在众多文体中脱颖而出,成为一代之文学的最佳代表,而诗或文却没能获此殊荣?

事实上,"一代之所胜"的桂冠都是在文体发展的纵向比较中获得的。有必要简要梳理一下散文、诗和词三种文体的发展历程。先看散文和诗。文在任何时代都是最重要的文体,因为它的实用性最强,和日常生活联系最紧密。先秦两汉时期的诸子散文和历史散文是一个高峰,沉寂数百年后,唐代的韩愈、柳宗元又树立了新的散文典范。宋文在偏于雄奇的唐

---

① (清)焦循:《易余籥录》卷一五,丛书集成续编本,上海书店出版社2002年版。

文之后，建立了平易流畅的新传统，"唐宋八大家"里宋人占据六席。元明清三代散文主要以宋文为楷模，继承多而开拓少。客观地定义宋文的历史地位，应该称宋文是散文史上的几个兴盛时期之一；但如果把宋文说成散文史上的最高峰，恐怕很难取得一致意见。

诗的流变更为复杂。先秦的诗、骚是两大源头，汉魏时期文人五言诗兴起。齐梁开始，在古体诗外，又有一种新体格律诗酝酿，至唐代声律风骨兼备，形成中国诗史上最辉煌灿烂的黄金时代。宋诗的可贵之处是在盛极难继的唐诗之外，开拓出另一种风格意味的诗歌范型，足以与唐诗相提并论。宋以后诗歌格局规模渐小，以承袭为主。可见，宋诗虽有创新开拓之功，但总笼罩在唐诗的巨大光环下，难以取得诗体文学的桂冠。

从词体的发展历程看，词发轫于中晚唐，兴于五代；至宋则盛极一时，达到巅峰状态；元、明之词已是"下山路"，乏善可陈；清词再度振起，是为词学中兴的时代。清词固然不错，但和宋词相较，创造性和开拓力终究差了一截，"已落第二义矣"（借用严羽论诗之语）。循此，则宋词确是整个词史上最有原创性、最有生命活力的时代文体。在这个前提下，把宋词和汉赋、唐诗、元曲等并列，作为"一代之文学"，才显得合乎情理。词体冲破了向来的"诗言志"、"文载道"的藩篱，擅长表达文人内心最幽微的情愫，这是诗、文都办不到的。

将宋代的诗、词、文分别放到各自文体的发展历程中加以观照，有助于看清定义宋词为"一代之文学"的合理性。

尊词为"一代之文学"，没有问题；但同时，不能因此而忽略了诗和文。实际上，横向比较宋代的诗、词、文，它们的地位和成就正难分轩轾。从观念上说，宋人在文体认识上有尊卑高低之分。文无疑是他们最看重的，诗次之，词则最不足道。从宋代诗、词、文作品的存世数量上比较，可知词远不及诗、文，这说明宋人对诗、文创作的热情和投入是大大超过了词的。从艺术成就上看，宋代诗、文、词都在各自领域内大有作为、大放异彩，更难以强分高下。

前人关于"一代之文学"的表述容有不同，"一代之绝艺"，"一代之兴"，"一代之言"，"一代之擅"，"一代之所胜"，等等，不一而足。这些说法都从一个侧面肯定了某一文学体式在特定时代的代表性地位，而王国维的提法变成"一代之文学"后，竟成定论。不过，"一代之文学"给人的感觉总有些排他的意味。尤其对众体兼备的宋代文学来说，把最富有原创性的宋词视为"一代之所胜"、"一代之擅"或许更显得富有余地；"一代之文学"的说法似乎有点唯我独尊的味道，掩盖了宋代文学峰峦迭起、丰富多彩的面貌。

二 以散文为中心的时代

法国文艺理论家丹纳在他的名著《艺术哲学》中写道："艺术家本身，连同他所产生的全部作品，也不是孤立的。有一个包括艺术家在内的总体，比艺术家更广大，就是他所隶属的同时同地的艺术宗派或艺术家家族。"文学史上的许多中小作家，在同时代大宗师的耀眼光环的映衬下显得暗淡无光；但要深入了解那位大师，仍然需要把某些与他相关的中小作家集中在他周围，"因为他只是其中最高的一根枝条，只是这个艺术家庭中最显赫的一个代表"[①]。丹纳讲的是一个时代代表作家与其周围中小作家之间的关系，而一个时代文体之间的关系，也有类于此。当一个民族的文学进入成熟阶段以后，每个朝代都不可能只有单一的某种文体，而是多种文体共同存在、共同发展。各种文体的协调发展是一项系统工程，犹如大自然的生态环境，文体之间具有相互依存的关系。

我们还可以把某朝代的文体比作一个大家庭，每种文体是一个个的家庭成员，成员间有着或亲或疏的关系，一方面，它们都有独立的人格和各自的事业；另一方面，又荣辱与共，有某种程度上的共同利害关系。那么，在这个大家庭里，一般得有个"主心骨"来组织引导文体间的关系。不过，"主心骨"的势力有大有小，情况不同。比如唐代，处在诗歌发展的高潮期，唐诗具备丰富多样的体裁与风格，它在同时代各种文体中是最具活力的，既有辐射、渗透其他文体的影响力，又有吸纳其他文体优长的受容性，完全可称为唐代的"核心文体"。宋代的情况有所不同，各体文学的发展较为均衡，已经没有像唐诗那样定于一尊的文体。但这样说并不意味着宋代文体间是杂乱无章、不分主次的。退一步说，宋代即使没有所谓"核心文体"，也应该存在一个协调诸种文体关系的纽带。那么，这个联系纽带是谁？答案似乎不难查找。

[①] 此段参看丹纳《艺术哲学》的第一章"艺术品的本质"，人民文学出版社1981年版。

胡小石《中国文学史讲稿》之"宋代文学"章云："至于文学方面，是以散文为中心，而显出四通八达的变化。"这是极有见地的。胡先生又认为"中国散文最发达的两个时代，一为战国时代，一即宋代"，而散文的发达"是和争辩密切联系的"。"综而言之，观察宋人文学，应以散文为中心。"①

胡小石论述精辟，首先揭橥了宋代散文的特殊地位。在看到胡著前，笔者也已推断联系宋代各文体的纽带是散文。这个结论似不难推敲。因为唐宋两代古文运动，使以奇句单行为特征的古文，成为文体主流和无施不可的应用工具。刘师培综论宋代古文云："宋代之初，有柳开者，文以昌黎为宗。厥后苏舜钦、穆伯长、尹师鲁诸人，善治古文，效法昌黎，与欧阳修相唱和。而曾、王、三苏咸出欧阳之门，故每作一文，莫不法欧而宗韩。古文之体，至此大成。即两宋文人，亦以韩、欧为圭臬。试推其故，约有三端：一以六朝以来，文体益卑，以声色词华相矜尚，欲矫其弊，不得不用韩文；一以两宋鸿儒，喜言道学，而昌黎所言，适与相符，遂目为文能载道，既宗其道，复法其文；一以宋代以降，学者习于空疏，枵腹之徒，以韩、欧之文便于蹈虚也，遂相效法：有此三因，而韩、欧之文，遂为后世古文之正宗矣。"② 六朝以来的骈偶文体日益显出弊端，古文勃兴正是矫革浮艳的一股反拨潮流；加之宋人崇尚理学，要求文以载道，自然只有古文才能担当载道的重任；任何文体想写好了都不容易，但偶俪文体显然比古文更需要才华学问，综合上述各端，散体古文终于成为宋代文体里最受重视的一种。金代王若虚云："散文至宋人，始是真文字。诗则反是矣。"③ 宋代散文不但自身成就高，而且对诗、词、辞赋、骈文等其他文体都产生了广泛的影响。除了散文，在宋代找不出另一种有如此巨大辐射沾溉力的文体。胡小石的过人之处在于能从争辩的角度分析宋文兴盛的原因，堪称新颖独到。

此外，胡小石书中还以散文为中心列了一幅图：

---

① 胡小石：《胡小石论文集续编》，上海古籍出版社1991年版，第175—177页。
② 刘师培：《论文杂记》，人民文学出版社1998年版，第121页。
③ （金）王若虚：《滹南遗老集》卷三七，文渊阁四库全书本，台湾商务印书馆1983年版。

```
         赋  诗→词
             ↑   ↑
      语录 ← 文 → 四六
         ↓
        诨词    说部
                小说
```

图中的说部指宋代笔记、诗话类；语录指理学诸公的讲学记录；诨词小说即今之所谓宋代话本小说。应该说明的是，胡先生这部讲稿的宋代部分，由学生金启华根据胡先生20世纪40年代的讲课零星笔记整理而成。时代既久，有些文学史的名词术语不同于今，亦不足为奇。

以图画来说明宋代散文和其他文体间的关系，更为直观可感。下面我们就这张图，分别考察宋代散文和诗、词、赋、四六、小说、戏曲的错综复杂关系。诗歌方面，从唐代杜甫、韩愈开始，就尝试着把散文的章法、句法、字法借鉴到诗歌创作中去，宋代诗人为了冲破唐人藩篱，借重的也是"以文为诗"这一利器，凭借以古文入诗，宋诗方能在唐诗外另辟疆土。词接受散文的影响较诗为弱，还是和诗的关系更为密切。不过，既然诗和散文的碰撞结出了硕大无朋的果实，那么有雄心的词人为什么不能试一试呢？于是辛弃疾这样的"词中豪杰""以文为词"，用经用史，为宋词打开了一个新局面。赋历经骚体、散体、律体几次变化，在宋代也有点难以为继了，好在停滞不前的局面并没有维持多久，宋代赋家在"寻求外援"的时候，也从散文那里获得了艺术启示，文赋的出现解决了陈陈相因、缺乏新意的大难题，赋也"凤凰涅槃"了。宋代骈文获得了一个专名"宋四六"，可见骈文在宋必有不同于前代的新变之处，而出新的主要表现就是借鉴采用一些散文的气势和笔调，"以古入骈"。上述文体都应算作"雅文学"的代表，俗文学方面，宋代的小说和戏曲都与散文密不可分。宋代小说分文言和话本两种，文言小说中的叙事、描写自然多用散体古文，话本小说采用的则是接近当时口语的散文，或称"语体文"。戏曲文本分唱辞与宾白，唱辞是诗，而宾白也和话本一样，是一种口语化的散文。由此可见，散文在宋代占据影响了整个文坛，如水银泻地般无所不在。

结论明摆在那里，并不神秘；而引发结论的原因却颇费人思量。哪些因素导致宋代以散文为中心而四通八达？日本学者吉川幸次郎说："在中国人的意识里，做文章——把想用语言表现出来的东西用文字写下来——

是人间诸生活中最重要的事情。……文章作为人格的直接象征，在中国人的生活中，至少在以往的生活中，占有着极其重要的位置。"① 在古人看来，作文一直比吟诵诗词更为重要。

导致散文站到宋代文体中央的关键原因之一就是唐宋两代的古文运动。六朝至中唐文坛的主流语言系统属骈偶语言，骈偶文是核心文体，但过度讲究文章形式带来了很多弊病。陈寅恪分析说："对偶之文，往往隔为两截，中间思想脉络不能贯通。若为长篇，或非长篇，而一篇之中事理复杂者，其缺点最易显著，骈文之不及散文，最大原因即在于是。吾国昔日善属文者，常思用古文之法，作骈俪之文。"② 于是中唐韩、柳倡导了古文运动，希望复归散文，可惜他们搞骈散对立，冰炭不能同炉，结果并未解决问题，晚唐时骈文就很快回潮。至北宋中叶兴起诗文革新运动，欧阳修、曾巩、王安石、苏轼等大家再度推波助澜，辩证地处理了骈与散的关系，终于让散文占领和影响了整个文坛（包括雅与俗两方面）。文体方面，如日记、书简、山水游记、注疏、语录等，皆用散文。俗文学方面，话本、平话、戏曲中的宾白、各种俗曲中的叙事成分，亦皆使用散体文，散体文乃无处不在矣。

唐钺在《中国文体的分析》一文里说："论起文章的形式，当然以散文为最自由：只求文从字顺，此外差不多没有旁的拘束。"散文和诗、词、骈文等比较起来，确是束缚最少、最为自由的一种文体。唐钺把散文以外的都称作"非散文"，"非散文除守文法外，还要含一个或一个以上的构成素。这种构成素有六件：一是整，二是俪，三是叶，四是韵，五是谐，六是度"③。解释一下唐氏提出的六要素。整是说前后句所含的字数相等，俪是说奇偶两句的意义要相平行，叶是说奇偶两句中的字的平仄要以次相对，韵是说句脚的字要在同一韵中，谐是说全篇中一切字音的声调都有一定的规定，度是说每句及全篇的字数一定。循此六要素，唐氏列了一张文体构成表：

---

① ［日］吉川幸次郎：《中国文章论》，载王水照编选《日本学者中国文章学论著选》，上海古籍出版社1992年版，第259页。

② 陈寅恪：《论再生缘》，载《寒柳堂集》，生活·读书·新知三联书店2001年版，第72页。

③ 此段参看唐钺《中国文体的分析》，《唐钺文集》，北京大学出版社2001年版，第257—262页。

构成素	文体
整	偈，佛经文之一部分，公牍文字一部分
韵	古诗一部分，箴铭等之一部分，有韵的自由诗
整、俪	骈文
整、韵	古诗大部分，古赋
整、俪、叶	四六（律骈文）
整、俪、韵	文赋（赵宋时）
整、俪、叶、韵	律赋
整、叶、韵、谐、度	绝句
整、俪、叶、韵、谐、度	律诗
韵、谐、度	词，曲
六素全缺	散文，自由诗

之所以不惮繁琐地引录唐氏的说法，是因为"文体构成素"的剖析很清晰地展示出文体间同质和异质的东西，有助于看出文体与文体的区别和联系。唐氏的说法在文体学研究上是成一家之言的。不难看出，构成素越多的文体，要遵循的规则越多，其自由的空间越有限。因为构成素的关系，有些文体无法和其他文体发生关系。散文和其他文体比较起来，是束缚最少、最为自由的一种文体。它就像现在某些球类比赛规则中的"自由人"，既能和其他任何文体发生关系，又在众多文体中扮演了一个协调人的角色。因此，要在众多文体中找出一个"润滑剂"，非散文莫属。这是一般性的规律，具体到每个朝代情况又有所不同。再回到宋代。宋代散文的最大特点是平易自然，这就像流水一样，"上善若水，水善利万物而不争"①，它以一种润物无声的方法沾溉影响了其他文体。宋代的其他文体都有这样那样的原因，不适合当"中间人"。

我们还可以想到宋代一些特有的原因。比如科举考试也是促使宋人更

---

① （三国魏）王弼注，楼宇烈校释：《老子道德经校释》第八章，新编诸子集成本，中华书局2008年版，第20页。

重视散文的原因之一。南宋周必大《论发解考校之弊》云："本朝取士虽曰数路，然大要以进士为先。"① 唐、宋两代科举考试诸科中，最受社会和举子重视的都是进士科。此科与文学关系亦最为密切。唐代主要考诗赋，所以人人都为诗赋；宋代科举考试几经变迁，宋初沿袭唐五代旧例，试以诗赋；王安石当政的熙宁时期罢诗赋而专考经义；元祐年间诗赋、经义兼收并试；绍圣时再罢诗赋；南宋初年又把诗赋、经义两科分立。不难看出，宋代科举的策论经义显然比诗赋重要。唐人编选了好些诗格、诗句图，以指导写诗；而宋代层出不穷的是文章选本，还有所谓"苏文熟，吃羊肉；苏文生，吃菜羹"②的诙谐说法。苏轼《拟进士对御试策（并引状问）》云："昔祖宗之朝，崇尚辞律，则诗赋之士，曲尽其巧。自嘉祐以来，以古文为贵，则策论盛行于世，而诗赋几至于熄。"③ 这话可谓道破了科举考试对文体盛衰的影响。

从更深层次挖掘，宋文显赫的缘由还和宋人的好学深思与宋代的人文精神有关。宋代文化的重要特征之一是自由的思想和怀疑创新的开拓精神。陈寅恪说："六朝及天水一代思想最为自由，故文章亦臻上乘。"④ 思想自由则好思辨、好发议论，而思辨、发议论的最佳文字载体就是散文。"开口揽时事，论议争煌煌"⑤，何止是论时事，经济仕宦、讲学论道、说文谈艺，皆成一代文章的重要内容。宋人自诩："本朝百事不及唐，然人物议论远过之。"⑥ 于是两宋散文的议论功能就受重一时，并横扫文坛，文学有了普遍散文化的倾向。"不仅为文议论，诗也议论，词也议论，赋也议论。作品中议论之多，超过了战国以来的任何朝代。"⑦ 这从一个侧面反映出宋人的思辨文化性格带给文学的深刻影响。

如果再上升到古今之变的高度考虑，封建社会在中唐—北宋阶段发生了巨大变化。陈寅恪论述中国古代的文化学术演进历程，以中唐为转关、

---

① （宋）周必大：《文忠集》卷一三六，文渊阁四库全书本。
② （宋）陆游：《老学庵笔记》卷八，中华书局1979年版，第100页。
③ （宋）苏轼：《拟进士对御试策（并引状问）》，《苏轼文集》卷九，中华书局1986年版，第301页。
④ 陈寅恪：《论再生缘》，《寒柳堂集》，第72页。
⑤ （宋）欧阳修：《镇阳读书》，《欧阳修全集》卷二，中华书局2001年版，第35页。
⑥ （宋）陆九渊：《象山语录》卷一引王顺伯语，文渊阁四库全书本。
⑦ 郭预衡：《中国散文史》，上海古籍出版社1993年版，第381页。

赵宋一代为鼎盛。唐以前的文化话语权更多地掌握在贵族手中，宋代开始则"文化权力"发生由上至下的缓缓变化，有了一定的"近代指向"意义，中下层的知识分子和市民逐渐有享受文化的权力。这对文体的深层影响也是必然的。中国古代的文章分有韵、散文两大文体类型。韵文和散文的消长是影响古代文学、文体变化的一大因素。在宋以前，文坛的主流文体是韵文，这也可以说是一种贵族或少数人的文章形式。经过唐宋两代古文运动，散文获得了新生命，成为整个社会都趋向的一种文体，宋代是真正能使散文扬眉吐气的时代。

三 宋代文体的多元并存格局

应该指出，"一代之所胜"和一代的核心文体是既有联系，又有区别的两个概念，不容混淆。前者主要立足于文体的纵向发展，同时考虑时代因素；后者则是横向的，在同时代的共存文体中找出一个核心，两者的内涵与外延并不一样。本文选择纵与横两个角度研究宋代诸文体的关系，是希望凭借不同的参照物来观照宋代文体间的错综复杂关系。

无论是"一代有一代之所胜"，还是"以散文为中心"的时代，这些提法都是有前提的。"一代有一代之所胜"纵向定位一时代的代表性文体，侧重于文体的新变与更替，而"以散文为中心"横向关注同一时代中最有辐射力和影响力的文体，揭示一个时代文体的轴心。这样的表述把宋代文体的经与纬搞清楚了，有利于看清代表性文体与同时其他文体的关系，有利于理解诸种文体多元并存的复杂状态。

文学是一种多元化的活动，任何时代都不可能只有一种文体，诸种文体多元并存才是文体发展的真实格局。文体与文体间的相互碰撞、渗透和吸收，不但有可能让旧有文体找到新的发展途径，还可能会产生一些模糊文体间界限的边缘文体。对于宋代文学，词和诗、文等文体既竞争又合作。以词体为例，宋词的发展实得益于不同文体之间的交流互动。一方面要看到词是"一代之文学"；另一方面，应关注词和其他文体的并立与融摄。宋词的演进，既靠文体本身的革新嬗变，更离不开对其他文体的吸收借鉴。词在宋代，正如豆蔻年华的少女，有着极强的可塑性与美好的发展前景。在与其他文体的交流互动中，词体对众体之长兼收并蓄，屡次突破体制上的束缚，扩大恢张，新机重启，逐渐达于鼎盛。比如柳永为了增强慢词的铺叙功能，把"敷陈其事而直言之"的赋法移植入词；"以诗入词"则是苏轼变革词风、自成一家的利器；周邦彦"多用唐人诗语，隐括入律，浑然天成，长调尤善铺叙，富艳精工，词人之甲乙也"[①]；辛弃疾的"以文入词"更如神龙见首不见尾，散文、骈文辞赋的手法都能信手拈来，用在词中而不露痕迹。由此可见，宋词和其他朝代的汉赋、唐诗、元曲等一样，都是当时朝代最有代表性的文学，但它们在其时并不是孤立地一枝独秀，而是与其他多种文体并立共存，相互间扶持、交流，乃至竞争，使文体在发展过程中不断有来自各方面的新鲜血液和助推力量。因此，宋词是一代之所胜，但绝非一代之专擅，其他文体同样很有光彩，且词的大放异彩端赖"文体大家庭"的众星拱月、一力扶持。

虽然宋代的各体文学发展较为均衡，但并不意味着宋代文体的发展是平行的，没有主次的；通过对宋代诗、词、散文、赋、骈文、话本等主要文体的流变及其相互关系进行稽考梳理，可以得知诗、词、赋、骈文、话本等都或多或少接受了来自散文的影响。宋代以散文为中心对其他文体起到巨大的辐射作用，"以文为诗"、"以文为词"、"以文为赋"、"以文为四六"等，多方面接受散文影响，突破传统体制的束缚，增强了文体持续发展的能力，推动了传统文体的更新和新兴文体的发展，从而使宋代文学出现多次重大开拓。

[①] （宋）陈振孙：《直斋书录解题》卷二一，上海古籍出版社1987年版，第618页。

"以论为记"与宋代古文革新发微

谷曙光

文体有多种解释，最常见的一种指文章的体制、样式。某种文体一旦形成，就会有相对稳定的规格、体例，不容随意逾越，简称"尊体"；如果不遵循，则通常被认为是"失体"。这是问题的一方面，但文体亦非铁板一块，它还有变革开放的另一面，文体间的相互打通、参变现象代不乏例，故又有"破体"①为文的种种尝试。"尊体"与"破体"是文体发展演进过程中一对相反相成的辩证因子，它"古已有之，于宋为烈"，成为贯穿于宋代文体理论批评和创作实践中的一条基线。

宋人好议论、好争辩，于是在文学史上就有了一系列有意思的学术公案。宋人最感兴趣的文学议论话题之一就是关于尊体与破体的争论，几百年间意见纷纭、交相辩难。长期以来，学界对于"以文为诗"、"以诗为词"这两桩著名的公案多有关注，研讨较为深入，"以文为诗"、"以诗为词"分别代表了宋人对诗、词这两种主要文体发展流变和相互间关系所持的理念观点。除了诗词，在宋代文学批评领域，还有关于"以论为记"的争论，彰显的是宋人对古文文体发展流变的理念观点。研究文学批评史上"以论为记"的争辩，并关注文学史上"以论为记"的创作实践，对于考察宋人关于记体散文的观点，进而探讨宋代古文文体的创新发展，乃

---

① 关于"破体"，最早可能是用在书法上，唐代李颀《赠张谞诗》有句曰"小王破体咸支策"，人皆不明破体为何意。清人倪涛《六艺之一录》引徐浩释云："钟善真书，张称草圣，右军行法，小王破体，皆一时之妙。破体谓行书小纵绳墨，破右军之体也。"据此，则破体指超出常规绳墨之外。李商隐《韩碑》云"文成破体书在纸"，这是把破体用在文章写作方面的最早文献，与我们所说的破体为文意思略近。此外，古人还把破体用在形容人的性格行为上，欧阳修《新五代史·唐臣传》云："儒士亦破体邪？仁者之勇，何其壮也！"

至理解宋代古文革新，无疑都是很有意义的。

一　宋人"以论为记"的学术公案

在古代文体中，有专门的"记"体。先秦著作《考工记》、《礼记》等都以"记"名篇。萧统编《文选》，尚未列记体。《文心雕龙》辟《书记》一篇云："书记广大，衣被事体，笔札杂名，古今多品。"①刘勰把那些难以归类的杂文著述都纳入"书记"之中，这与本文要讲的记体并不是一回事。一般认为，"记"单独成为一种文章体式，大约定型于唐代的韩愈和柳宗元。从宋代起，记体创作日益增多，堂庑扩大，并逐渐讲求文体规范体制。宋代真德秀云："记以善叙事为主。前辈谓《禹贡》、《顾命》，乃记之祖，以其叙事有法故也。后人作记，未免羼杂以论体。"②可知记乃一种以叙事为主的文体，题材多样，贵在记叙雅洁，同时尽量不要羼杂议论。

宋代文学评论中谈记体的渐多，由记体还引发了一系列有意义的争论，主要涉及韩愈、范仲淹、欧阳修、王安石、苏轼等大家的几篇著名的记体文，而争辩者，或为当事人，或为一时名公巨手，争论甚至绵延至明清而不绝。这在古代散文批评上，是非常突出的个案，值得深入剖析。

先说欧阳修的《醉翁亭记》公案。宋人朱弁《曲洧旧闻》载："《醉翁亭记》初成，天下莫不传诵，家至户到，当时为之纸贵。宋子京得其本，读之数过，曰：'只目为《醉翁亭赋》，有何不可？'"③陈师道《后山诗话》转述秦观的观点说："少游谓《醉翁亭记》亦用赋体。"④欧阳修的《醉翁亭记》乃记体中的杰构，何以与赋扯上了关系？这其实涉及宋代散文与赋之间的互参互融现象。宋祁、秦观都敏锐地洞察到《醉翁亭记》和赋体有着不易察觉的艺术关联。《醉翁亭记》把写景与抒情巧妙地熔为一炉。写景先写滁州的形胜和醉翁亭周遭的环境，由远及近，逐步缩小，自然引出醉翁亭来。接下来铺叙醉翁亭的四时美景和宴游之乐，而作

---

① （南朝梁）刘勰著，范文澜注：《文心雕龙注》，人民文学出版社1998年版，第457页。
② （宋）王应麟编：《玉海》卷二〇三《辞学指南》，王水照编：《历代文话》，复旦大学出版社2007年版，第1007页。
③ （宋）朱弁：《曲洧旧闻》卷三，中华书局2002年版，第120页。
④ （宋）陈师道：《后山诗话》，何文焕辑：《历代诗话》，中华书局1981年版，第309页。

者深沉的感慨和疏放的襟怀也在精整雅丽的文字中一唱三叹地流露出来。全文连用二十一个"也"字，体制上散中带骈，骈散相间。由此言之，说《醉翁亭记》借鉴融摄了"铺采摛文，体物写志"的赋体，自然说得通。宋祁、秦观的辨体意识颇强，指出欧文有出位之思，不过并未加以褒贬。即便如此，宋人仍有为欧阳修辩护者。陈鹄《耆旧续闻》云："余谓文忠公此记之作，语意新奇，一时脍炙人口，莫不传诵，盖用杜牧阿房赋体，游戏于文者也。但以记其名醉为号耳。……公岂不知记体耶！"① 只不过是游戏之作，追求语意新奇而已。像欧阳修这样的大文豪，难道还不知道记体的规范吗？陈氏的辩辞，掷地有声。

关于《醉翁亭记》的讨论并不止此，黄庭坚的一篇跋文扩大了论辩的范围：

> 或传王荆公称《竹楼记》胜欧阳公《醉翁亭记》，或曰，此非荆公之言也。某以为荆公出此言未失也。荆公评文章常先体制而后文之工拙，盖尝观苏子瞻《醉白堂记》，戏曰："文词虽极工，然不是《醉白堂记》，乃是韩白优劣论耳。"以此考之，优《竹楼记》而劣《醉翁亭记》，是荆公之言不疑也。②

王禹偁，字元之，《竹楼记》全称《黄州新建小竹楼记》，这是作者谪居黄州时写的一篇围绕竹楼即景抒情的名文。黄庭坚的短跋记载了一则传闻。有人传言王安石声称王禹偁的《黄州新建小竹楼记》胜过欧阳修的《醉翁亭记》，又有人觉得这不像荆公之言，莫衷一是。对此，黄庭坚没有轻下断言，而是结合王安石的平日言论做了细致分析。王安石一直就非常重视文章体制，评价文章往往先看是否得体，再论工拙。他曾经对苏轼的《醉白堂记》作过批评，觉得虽工于文辞，但议论说理太多，不符合记体的体制。据此，黄庭坚认为王安石褒《黄州新建小竹楼记》而贬《醉翁亭记》，正在情理之中，不必怀疑。不同文体有不同的内容要求，《醉翁亭记》、《醉白堂记》文章虽工，但借题发挥多而就题叙写少，不如

---

① （宋）陈鹄：《耆旧续闻》，上海古籍出版社1993年版，第80页。
② （宋）黄庭坚：《书王元之竹楼记后》，《山谷集》卷二六，文渊阁四库全书本，台湾商务印书馆1986年版。

《黄州新建小竹楼记》严守记体文的体制。这则跋文虽短，但体现的是北宋大家王安石在散文文体上的尊体观念，还有黄庭坚对此公案的辨析，包含很丰富的学术信息。

大文豪苏轼对王安石的批评有所回应。《宋朝事实类苑》"王苏更相是非"条载："王文公见东坡《醉白堂记》，徐云：'此定是韩白优劣论。'东坡闻之，曰：'若介甫《虔州学记》，乃是学校策耳。'二公相诮或如此。"① 看来苏轼并不服气，针锋相对地指出王安石本人也有"以论为记"的情况，其《虔州学记》犹如大发议论的策论，乃是现成的标靶。苏之反驳略显负气之意。苏轼还对韩愈的《画记》和欧阳修的《醉翁亭记》作过一番评说：

> 永叔作《醉翁亭记》，其辞玩易，盖戏云尔，又不自以为奇特也，而妄庸者亦作永叔语，云："平生为此文最得意。"又云："吾不能为退之《画记》，退之又不能为吾《醉翁亭记》。"此又大妄也。仆尝谓退之《画记》近似甲乙帐耳，了无可观。世人识真者少，可叹亦可愍也。②

苏轼只把欧阳修的《醉翁亭记》看成一时戏作，无甚奇特；而韩愈的《画记》铺叙罗列，近似甲乙账簿，更不足观。对于推崇这两篇文章的人，苏轼斥为"妄庸者"，尊体态度明确。

苏门的陈师道在"以文为诗"、"以诗为词"等问题上，表现出强烈的尊体观点，是个不折不扣的文体本色派。③ 在散文方面，他也坚持一贯看法，兹引《后山诗话》的两则：

> 退之作记，记其事耳，今之记乃论也。④

---

① （宋）江少虞：《宋朝事实类苑》卷三九，上海古籍出版社1981年版，第508页。
② 载《东坡志林》卷二，宋人陈鹄《西塘集耆旧续闻》卷一〇略有异文。
③ 参看陈师道《后山诗话》里的两则："黄鲁直云：杜之诗法出审言，句法出庾信，但过之尔。杜之诗法，韩之文法也。诗文各有体，韩以文为诗，杜以诗为文，故不工尔。""退之以文为诗，子瞻以诗为词，如教坊雷大使之舞，虽极天下之工，要非本色。今代词手，惟秦七黄九尔，唐诸人不迨也。"
④ （宋）陈师道：《后山诗话》，何文焕辑：《历代诗话》，第309页。

> 范文正公为《岳阳楼记》，用对语说时景，世以为奇。尹师鲁读之曰："传奇体尔。"《传奇》，唐裴铏所著小说也。[1]

第一则，陈师道指出韩愈的记符合传统体制，以纪事为主；而宋人的记则以议论为主。他虽未明确表示自己的观点，但显然对宋代记体的变异暗含不满。南宋陈模批驳了陈师道的观点："后山……盖言其体制，然亦不可拘于体制。若徒具题目兴造之由，而无所发明，则滔滔者皆是。须是每篇有所发明，有警策过人处，方可传远。"[2] 陈师道的观点较为保守，只关注文体固有规范，没有看到文体灵活变通的一面。从唐到宋，"记"体在逐渐发展演进，并非凝滞不流的一潭死水。作家不可拘于体制，流于平庸，而要努力创新，有所发明，立一篇之警策。陈模的辨析，可谓入情入理。

第二则，范仲淹的名文《岳阳楼记》竟"世以为奇"，表明在当时一定引发了争论，可惜具体内容已不得而知。尹洙称为"传奇体"，就更耐人寻味了。这反映出当时文人是看不起传奇小说的，尹洙把范文比作传奇，显然暗寓褒贬。撰写《直斋书录解题》的陈振孙为范仲淹作了辩解："然文体随时，要之理胜为贵，文正岂可与传奇同日语哉！盖一时戏笑之谈耳。"[3] 文体随时代变迁，论理精微者为贵，千古名篇岂可目为传奇小说？不过是笑谈罢了。

其实，范文争议的关键即在"用对语说时景"一句。《岳阳楼记》先写岳阳楼的形胜大观，再即景生情，因情发诸议论，堪称写景、抒情、议论俱佳的名篇。此文骈散结合，交互运用，既有散体古文的疏朗流畅，也吸收骈文对称、音调铿锵的优长。具体而言，《岳阳楼记》叙事、议论用散体，写景用骈体。叙事、议论用散体能把事情的来龙去脉和论述的观点清楚表达出来，这本没有问题。问题就出在写景用骈体上。照道理讲，记属于散体古文，写景用骈体便不符合"记体"之本色。但《岳阳楼记》"用对语说时景"在艺术上却取得了极大的成功。诸如文中的"阴风怒号，浊浪排空；日星隐耀，山岳潜形"；"春和景明，波澜不惊；上下天

---

[1] （宋）陈师道：《后山诗话》，何文焕辑：《历代诗话》，第310页。
[2] （宋）陈模：《怀古录》，王水照编：《历代文话》，第523页。
[3] （宋）陈振孙：《直斋书录解题》，上海古籍出版社1987年版，第322页。

光，一碧万顷"等，用排偶的语言，抑扬顿挫的声调，有声有色、有动有静地把岳阳楼不同时节的景色铺叙描绘出来，带给读者诗情画意般的美的享受。尹洙只看到《岳阳楼记》的文采藻饰，便贬低其为"传奇体"，未免论之过苛。宋代的诸多批评者都只看到不同文体间的壁垒森严，却忽略了文体间也有交叉渗透的情况。倒是陈振孙的观点较为通达，文体随时代变化，乃是一定的，正不必斤斤计较于传统的窠臼。

在与南宋对峙的金代，批评家王若虚的《滹南遗老集》对记体多有辨析，针对上文谈到的北宋王安石、黄庭坚、陈师道等人的尊体意见，他逐条予以批驳，表现出较为通脱达观、与时俱进的观点。《滹南遗老集》云：

> 陈后山云："退之之记，记其事耳。今之记乃论也。"予谓不然。唐人本短于议论，故每如此。议论虽多，何害为记？盖文之大体，固有不同，而其理则一。殆后山妄为分别，正犹评东坡以诗为词也。且宋文视汉唐，百体皆异，其开廓横放，自一代之变。而后山独怪其一二，何邪？[①]

王氏对陈师道的观点每每不以为然，屡加批驳。他认为文之大体虽各有不同，但亦存在相通相融处。对每种文体都划出严格的界限，实不利于文体的发展。故而在记体中发议论并没有什么不好。何况宋文成就卓越，视汉唐无愧色，岂可拘泥于细枝末节？

《滹南遗老集》又云：

> 宋人多讥病《醉翁亭记》，此盖以文滑稽。曰何害为佳？但不可为法耳。荆公谓王元之《竹楼记》胜欧阳《醉翁记》，鲁直亦以为然，曰："荆公论文，常先体制而后辞之工拙。"予谓《醉翁亭记》虽涉玩易，然条达迅快如肺肝中流出，自是好文章。《竹楼记》虽复得体，岂足置欧文之上哉![②]

[①] （金）王若虚：《文辨》，《滹南遗老集》卷三五，丛书集成初编本，中华书局1985年版。

[②] 同上书，卷三六。

王安石、黄庭坚看重的是文章体制，而王若虚更重视好文章的艺术表现力和感染力，以合不合体制定文章的工拙，未免太拘谨。由此而论，欧阳修的《醉翁亭记》虽然嬉笑怒骂，连用二十一个"也"字，有出格的嫌疑，仍是第一流的好文章；而王禹偁的《黄州新建小竹楼记》固然得体，但平淡无奇，必不能胜过脍炙人口的《醉翁亭记》。

《滹南遗老集》再云：

> 荆公谓东坡《醉白堂记》为韩白优劣论，盖以拟伦之语差多，故戏云尔，而后人遂为口实。夫文岂有定法哉！意所至则为之，题意适然，殊无害也。①

针对王安石戏称苏轼的《醉白堂记》为"韩白优劣论"，王若虚大声疾呼"夫文岂有定法哉"，为苏轼作了充分的辩解。文有法而无刻板不变的定法，只要文题相应，随意挥洒，言之有物，就是好文章。这一番解说堪称王若虚的不刊之论。

上文引述了多则宋金时人对记体的材料，并加以按断，争辩的核心可归纳总结为"以论为记"。记与论都是古代的文体，一重叙事，一重议论，各自独立。但如在记体文中羼杂议论，乃至用写论的技法来写记，就形成了"以论为记"。反对这种文体互参的，是尊体，反之为破体。诗、词、文的尊体与破体虽然主要是文体学问题，但诸家态度的背后隐含的是他们的文学观念，更与当时的文学创作和学术风尚密切相关。以宋代的"以文为诗"为例，主张严守诗文界限的，一般都是唐音的推崇者和追随者；而持有诗文借鉴相参观点的，更多是宋诗大家及其提倡者。这样看来，"以文为诗"争论的深层意蕴是尊唐抑或崇宋的诗学观念与派别之争。"以论为记"的情况也有类于此。值得注意的是，宋代持记体尊体理论的，大多是古文家。古文家多提倡复古、反对骈俪，所以他们把那种骈散结合、大发议论的记体斥为"失体"，评论的背后透露出宋代的骈散之争问题。令人困惑的是，虽然观念上对记体说理颇有微词，但实际创作中却大力践行"以论为记"的，恰恰也是这批古文家，尤其是欧、苏一派的古文家和追随者。需要对这种理论和实践的背离和断裂，做出合理的

---

① （金）王若虚：《文辨》，《滹南遗老集》卷三六，丛书集成初编本。

解释。

　　元人祝尧云："宋时名公于文章必辨体。"① 可知宋人热衷于辨体。辨体，而后识界限、明体制，下一步才谈得上在固有格式上的创新。欲破旧立新，须知旧框框的位置在哪里，结构如何。如果连文体基本体制都弄不清楚，创新云云，发展云云，实是痴人说梦。宋人好辨体，正说明其文体意识强、辨析透彻。今人常说"守正出新"，如把守正与出新比作尊体与破体，则尊体不是抱残守缺，而是为创新进行理论上的准备；破体更不是走火入魔，而是求新求变的必由之路。由此言之，热衷于辨体者、持文体本色观念者，往往就是打破旧框架、开拓新天地的文体变革者。从这个意义上，不妨说辨体是为创新作准备。宋代大家如王安石、苏轼等，在记体上理论和实践的背离，就是现成的例证。

　　所谓他人是非易断，自家官司难了。王安石在文体理论上持尊体观点，但创作中却屡屡破体为之。他的"以文为诗"是出了名的，而散文创作的"以论为记"亦显著，其《游褒禅山记》就是一篇记游和说理结合的"变体"之记。他本人已陷入一种"理论尊体"和"实践破体"的自相矛盾之中，却浑然不觉。一贯通脱达观的苏轼在记体文观念上似乎也略嫌保守。不过，他本人的记体创作倒是和欧、王一调，几乎篇篇以议论申发旨趣，名虽曰"记"，而用意实在"论"。这与王安石的批评与实践创作的脱节，如出一辙。要之，王、苏等人精熟于各种文章体制，一眼就能看出旁人文章的技法和用心。破体相参，瞒不过他们的法眼。对文体精微辨析的背后，暗含着他们要求创新的自觉诉求。理论与创作是一对剪不断、理还乱的孪生兄弟。理论越辩越明，而创作也在理论的交相诘难中，迂回前行，被推进到一个新的境地。宋代记体文，就在理论和创作的"纠缠不清"，甚至背道而驰中得以演进。

二　宋代古文大家"以论为记"的创作实践

　　南宋大家叶适第一个对唐宋记体文的流变作了有见地的评论，他高度赞赏宋代记体的开拓新变："韩愈以来，相承以碑、志、序、记为文章家大典册；而记，虽愈及宗元犹未能擅所长也。至欧、曾、王、苏始尽其变

---

①　（元）祝尧：《古赋辨体》卷八，文渊阁四库全书本。

态，如《吉州学》、《丰乐亭》、《拟岘台》、《道山亭》、《信州兴造》、《桂州修城》，后鲜过之矣。若《超然台》、《放鹤亭》、《筼筜偃竹》、《石钟山》，奔放四出，其锋不可当，又关钮绳，约之不能齐，而欧、曾不逮也。"① 目光锐利地看出唐记尚未臻成熟，虽韩、柳不能曲尽其妙；而宋记才能"尽其变态"，并历数王禹偁、欧阳修、王安石、曾巩、苏轼等的记体作品，认为足为楷式，其中苏轼尤佳，"奔放四出，其锋不可当"。确实，宋记是宋人的拿手好戏，而欧、曾、王、苏这些古文大家，最擅长写作记体，是文体新变的杰出代表。

宋人对好的记体文也提出了标准。朱熹云："记文当考欧、曾遗法，科简刮摩，使清明峻洁之中，自有雍容俯仰之态。"② 王应麟云："记序以简重严整为主，而忌堆叠窒塞；以清新华润为工，而忌浮靡纤丽。"③ 既然是散体古文，自以简而有法、避免堆砌为宜，风格以清新华润为宜。

前文谈过，大约唐代，记体才定型于韩、柳之手，确立了以叙事为主的文体轨范。故以文体形制言之，叙事为记体第一要义。纯粹叙事的记体，算是最合文体轨范的。因为记体文施用的范围极广，汗漫无归，故而也较难写。连清代古文大家方苞都慨叹："散体文惟记难撰结。论、辨、书、疏有所言之事，志、传、表、状则行谊显然，惟记无质干可立，徒具工筑兴作之程期，殿观楼台之位置，雷同铺序，使览者厌倦，甚无谓也。"④ 事物总是一分为二的，最合乎轨范的，往往墨守成规，未必精彩，反而有可能陷入刻板而因循守旧的境地。既然难写，怎样才能找到突破点？"故昌黎作记，多缘情事为波澜，永叔、介甫则别求义理以寓襟抱，柳子厚惟记山水，刻雕众形，能移人之情。"⑤ 对于宋人而言，"别求义理"恰是记体文创新的一大法门，舍此别无他法。这犹如宋人的"以议论为诗"。宋代记体文的名作，多是有出位之思的"以论为记"之作。王禹偁的《待漏院记》不同于唐人一般的亭壁记，欧阳修的《醉翁亭记》大变于唐人的楼台亭阁记，苏轼的《筼筜谷偃竹记》亦与唐人画记有异，变化创新的例证不胜枚举。

---

① （宋）叶适：《习学记言序目》，中华书局1992年版，第733页。
② （宋）王应麟编：《玉海》卷二〇三《辞学指南》，王水照编：《历代文话》，第1007页。
③ 同上。
④ （清）方苞：《答程夔州》，《方苞集》，上海古籍出版社2008年版，第165—166页。
⑤ 同上书，第166页。

"以论为记"有多种表现形式,概括而言,曰叙议结合,曰夹叙夹议,曰通篇议论。苏轼堪称议论的宗师,他在诗里议论、词里议论,文章里更要议论。苏轼的议论,有何特色?叶适称赞云:"独苏轼用一语,立一意,架虚行危,纵横倏忽,数千百言,读者皆如其所欲出,推者莫知其所自来,虽理有未精,而词之所至莫或过焉,盖古今论议之杰也。"① 任何文体,到了苏轼手里,不议论似乎就不能畅抒胸臆,不议论似乎就不能体现"东坡风范"。纵然有时理或未精,但议论的纵横开阖、酣畅淋漓,是古今独步的。试以苏轼的记体文为例,说明"以论为记"的形式。叙议结合者,或先叙后议,如《放鹤亭记》;或先议后叙,如《超然台记》。夹叙夹议者,或首尾记叙而中间夹以议论,如《醉白堂记》;或首尾议论而中间夹以记叙,如《石钟山记》、《张君墨宝堂记》。通篇议论者,或正面立论,或故作翻案文章,如《庄子祠堂记》、《李太白碑阴记》、《思堂记》。总之,视不同情况,叙事、抒情、议论在苏轼的文章中交错并行,暗相照映,不可一概而论。

记体文的题材异常芜杂,在古代还有刻石上碑与否的差异。近人林纾云:"所谓全用碑文体者,则祠庙、厅壁、亭台之类。记事而不刻石,则山水游记之类。然勘灾、浚渠、筑塘、修祠宇、纪亭台,当为一类;记书画、记古器物,又别为一类;记山水,又别为一类;记琐细奇骇之事,不能入正传者,其名为书某事,又别为一类;学记则为说理之文,不当归入厅壁;至游宴觞咏之事,又别为一类:综名为记,而体例实非一。"② 可见应用范围的广大。近人张相把记体文分为记物和记事两大类,其中记物又分为山水、斋阁、名迹、寓言、图记、画记、杂物等;记事分为宴集、记人、记言、杂事等。张氏还指点了记体的作法,如山水记,要纪实、寓情、议论、考据四者错综为用;而斋阁记则在纪实、寓情、议论之外,还有敬勉。③ 为便于论述,下面就以欧、曾、王、苏的诸体记文为例,说明宋人的"以论为记",题材则以宋人擅长且较有代表性的楼堂亭台记、书画器物记、学记、山水游记等几类为主。

宋人楼堂亭台记量多质高,欧、王、苏等尤为擅长。欧阳修的记体文

---

① (宋)叶适:《习学记言序目》,第744页。
② 林纾:《春觉斋论文》,人民文学出版社1959年版,第70页。
③ 参见张相《古今文综评文》第四部第二编志记类,中华书局1916年版。

里，被古人推为诸记第一的是《丰乐亭记》。此记的佳妙之处，即在叙中夹论，于纡徐流畅的叙写中，寄寓历史感慨，以叙事行议论，错综混成，了无痕迹，最是风神独具。文章结构上是三段，首尾叙，中间议。唐介轩评云："题是丰乐，却从干戈用武立论，辟开新境，然后引出山高水清，休养生息，以点出丰乐正面。此谓纡徐为妍，卓荦为杰。"① 一篇普通的亭记，却能在其中俯仰古今，所谓小题目生发出大议论，堪称"以论为记"的典范。《画舫斋记》由一篇斋记，阐发了名利关乎安危的官场道理。纵然安居陆地，而心系名利，犹有风涛之险；虽终日舟行，而抛撇名利，则高枕无忧。此文的议论，好在有韵致，见风度，时而波澜跌宕，时而气定神闲，不愧作手。《相州昼锦堂记》则"以史迁之烟波，行宋人之格调"，可知是善于叙事而自具宋人面目。衣锦还乡，乃是俗事，"而欧阳公却于中寻出第一层议论发明，古之文章家地步如此"②。不得不佩服欧阳修善于避俗出新。王安石《度支副使厅壁题名记》的识见、笔力超卓，谈国家理财之道，议论宏大，却又顾盼自如。苏轼的《庄子祠堂记》亦有特色。东坡好《庄子》，而此记别出只眼，辨庄子不诋诃孔子，且引为同调，故为奇瑰之论，出人意表。

书画器物记，是宋人另一种较有特色的记体文。如被视为欧公诸记代表作的《王彦章画像记》，先写五代时名将王彦章之忠勇，次寓今时才难之慨叹，末由画像赞将军名垂千古。文章以叙带论，叙议融合无迹，颇得太史公神韵。孙月峰评云："议论叙事相间隔，纵横恣肆，如蛟腾虎跃，绝为高作。"③《菱溪石记》因石立论，抒发石长在而人不在，功名富贵实不可恃的感叹。孙琮评云："此篇记石，记菱溪，平平无奇。至记石为刘金故物，忽然发出一段兴废之感来，无限低徊，无限慨叹，正如晨钟朝发，唤醒无数梦梦，不止作悲伤憔悴语也。"④ 兴废之感，油然纸上。王安石《庐山文殊像现瑞记》才百余字，类《读孟尝君传》，而议论简劲无

---

① （清）唐德宣：《古文翼》，高海夫主编：《唐宋八大家文钞校注集评》，三秦出版社1998年版，第2308页。
② （明）茅坤：《唐宋八大家文钞评文》之《宋大家欧阳文忠公文钞》，王水照编：《历代文话》，第1871页。
③ （清）孙琮：《山晓阁唐宋八大家选·欧阳庐陵》，高海夫主编：《唐宋八大家文钞校注集评》，第2341页。
④ 同上书，第2280页。

匹。如茅坤所赞："其长在简古，而多深沉之思。"①

宋人学记是新创题材，纯以说理为工，王安石、曾巩最称独步。王安石的《虔州学记》、《繁昌县学记》、《慈溪县学记》，皆名作，论古今州县学兴废始末，苦口劝学，义理严谨高华。曾巩的《宜黄县学记》亦有名，劝学之意，详明亲切；论学之旨，博雅正大。王、曾都是深探经术、学问渊博之人，故而撰写学记，举重若轻，游刃有余，连欧、苏都有所不及。

山水游记，唐时柳宗元享大名，宋人推其波而扬其澜。苏轼的《石钟山记》久负盛名，被清人刘大櫆誉为"坡公第一首记文"②。此记写景佳而议论更佳。其中记夜游石钟山一段，绘影绘形，饶有风致。特别处是带有考辨性质，围绕石钟山山名的来历，寓考辨于游览，立论、驳论兼用，最后水到渠成，得出切不可"事不目见耳闻而臆断其有无"的结论。

其实，对于记体发议论的批评，并不是从宋代开始的，唐人封演云："为记之体，贵其说事详雅，不为苟饰。而近时作记，多措浮辞，褒美人材，抑扬阀阅，殊失记事之本意。"③ 可见唐人已对当时的记体颇有微词，所谓"多措浮辞，褒美人材，抑扬阀阅"云云，正是讥讽记体里的议论横生、高谈阔论。然则，记体是否一涉议论，就失体裁？追根求源，为何要在记中发议论？明人吴讷《文章辨体》对唐宋记体文有一番论析，专门谈在记体里发议论的问题："记之文，《文选》弗载，后之作者，固以韩退之《画记》、柳子厚之游山诸记为体之正。然观韩之《燕喜亭记》，亦微载议论于中。至柳之记新堂、铁炉步，则议论之辞多矣。迨至欧、苏而后，始有专以议论为记者，宜乎后山诸老以是为言也。大抵记者，盖所以备不忘，如记营建，当记日月之久近、工费之多少、主佐之姓名，叙事之后，略做议论以结之，此为正体。至范文正公之记严祠、欧阳文忠公之记昼锦堂、苏东坡之记山房藏书、张文潜之记进学斋、晦翁之作《婺源书阁记》，虽专尚议论，然其言足以垂世而立教，弗害其为体之变也。学者以是求之，则必有以得之矣。"④ 记体犹如今之记叙文，记事物，备始

---

① （明）茅坤：《唐宋八大家文钞评文》之《宋大家王文公文钞》，王水照编：《历代文话》，第1915页。
② （清）姚鼐：《古文辞类纂》，上海古籍出版社1998年版，第711页。
③ （唐）封演著，赵贞信校注：《封氏闻见记校注》，中华书局2005年版，第41页。
④ （明）吴讷：《文章辨体序说》，人民文学出版社1998年版，第42页。

末，用散体文字叙事当然是其最大功能；但亦不能把此看作刻板不变的规范。唐人已涉议论，宋人则专力议论，在记中把议论发挥得淋漓尽致。记体有正体、变体，而正变之间，恰以议论为评判的标准。只要议论正大，有益世道人心，虽为变体，亦不妨事。这是个错综复杂的问题，除了创新的动力，还有不得不尔的自然道理，有时并非作家们刻意为之。唐彪《读书作文谱》辩辞更深入一层："或言作记一着议论，即失体裁，此言非也。凡记名胜山水，点缀景物，便成妙观，可以不着议论。若厅堂亭台之记，不着议论，将以何说，撰成文字？岂栋若干、梁柱若干、瓦砖若干，便足以成文字乎？噫！不思之甚矣。"① 犹如一声棒喝。确实，山水游记，不议论尚可；至于厅堂亭台记、画记，乃至学记，不议论，则根本无以成文。总之，宋人以论为记、变记为论的倾向明显，需要具体分析。

其实，宋人有那么多关于记体的争论，跟记体自身的特殊性质也有密切关系。元代潘昂霄云："记者，纪事之文也。……《古文苑》载后汉樊毅《修西岳庙记》，其末有铭，亦碑文之类。"② 须注意，那些庙宇楼亭厅壁记，一般是要刻石上碑的。既然属于碑板文体，自然要典重简洁，法度森严。刻石上碑往往拘泥于碑石的大小尺寸，容纳内容有限。想在金石上畅所欲言，显然是不现实的。南宋黄震曾大为赞叹韩愈记体文的随物赋形，不拘一格，同时对宋人之记的墨守成规不以为然，他说："近世为记者，仅述岁月工费，拘涩不成文理，或守格局，各成窠段，曰：此金石之文，与今文异。呜呼，异哉！"③ 这是有感而发。笔者推断，宋人创作的记体文种类繁杂，数量又多，一些原本应刻石上碑的，可能都没有施行，而成为一种无实际应用的"徒文"。更有甚者，诸多作家以游戏态度撰写记体文，作为消遣，用以陶写性情，高谈义理。在这种情况下，许多宋代记体文失去了应用性质，个性化增强，遂大变于古，可见议论风发也是事出有因的。

总之，宋人的"以论为记"，写法多元，技巧高妙。有的将游戏小事翻作绝大议论，凭空陡现波澜；有的叙议打成一片，如盐溶水，了无痕迹；有的故为翻案文章，新人耳目；有的论寓叙中，让人浑然不觉；有的

---

① （清）唐彪：《读书作文谱》，王水照编：《历代文话》，第3562页。
② （元）潘昂霄：《金石例》，王水照编：《历代文话》，第1478页。
③ （宋）黄震：《黄氏日钞》读文集一，《历代文话》，第607页。

议论娓娓如话家常，层层剥笋，清华朗润。宋人在"以论为记"的普遍实践中，完成了记体文的变革之路。其实，记叙和议论的结合，从来就是中国文学的一大特色。刘师培云："中国文学之特长，有评论与记事相混者，即所谓夹叙夹议也。……夫记事与评论之不宜分判，殆犹形影之不能相离。倘能融合二者，相因相成，则既免词费，且增含蓄，较诸反复申明，犹可包孕无遗，岂非行文之能事乎？"[①] 记叙与议论，犹如形与影，融合起来，事半功倍。"以论为记"，就是记叙融合议论的典范。

三 破体相参与宋代古文的新发展

"以论为记"既普遍存在于宋代文学创作中，又屡见于宋人的文学批评，其中透露的丰富信息是耐人寻味的。宋代"以文为诗"、"以诗为词"和关于"记"体的争论，涉及的都是具体文体的辨体讨论，但其本质一样，皆是关乎尊体与破体的错综纠葛，反映出宋人的文体意识。季宋俞文豹有一段话："诗不可无体，亦不可拘于体。盖诗非一家，其体各异，随时遣兴，即事写情，意到语工则为之。岂能一切拘于体格哉？"[②] 虽然专论诗体，实则可将此论移至一切文体。文体既要有章法规则，又不可一味拘泥定法，传承和开拓本是一而二、二而一的事。

宋代古文中最脍炙人口，且具有较高审美价值的作品，有相当一部分是记体文，如《岳阳楼记》、《醉翁亭记》、《丰乐亭记》、《石钟山记》、《墨池记》等都是千古名篇，不但反映宋代古文的成就，而且体现宋代文化的特质。记体文在宋代得到新发展，其主要的变革途径就是"以论为记"。破体相参，让记体堂庑日大，内涵越深，给记体开拓出一个新的世界，让记体实现了深刻的变革。文体有变化才是常态，如果凝滞不动，则成死文体矣。有意味的是，宋人不但可以"以论为记"，反过来"以记为论"也固优为之。宋人王明清《挥麈后录》里记载了一个例证：

> 元祐中，东坡知贡举，以《光武何如高帝》为论题，张文潜作参详官，以一卷子携呈东坡云："此文甚佳，盖以先生《醉白堂记》

---

① 刘师培：《汉魏六朝专家文研究》，商务印书馆2010年版，第160页。
② （宋）俞文豹：《吹剑录》，古典文学出版社1958年版，第32页。

为法。"东坡一览，喜曰："诚哉是言。"攫置魁等。后拆封，乃刘煮无言也。①

不管是"以论为记"，还是"以记为论"，都是宋人在记体与论体的相互交融渗透中突破传统体制的束缚，给各自发展注入新鲜活力。明人归有光《庄骚太史所录论》云："文体之工，自文法之变始，愈变而愈工。……夫文之正者无奇，无奇则难工。世之君子争为一家之奇言，则其法不容以不变，变亦多正益远，工亦益甚。"② 对于文体而言，抱残守缺意味着死亡，有所发明，与众不同，才是出路。所以，不但可以"以文为词"、"以诗为词"，还可以"以论为记"、"以记为论"，宋代的散文应该有兼收并蓄的开放性胸怀，不断参照融摄其他文体的艺术表现力，丰富自身的艺术技巧，才能创造独树一帜的文学面貌。破体相参，往往有一定的界限，过犹不及。不过，对于记而言，情况较为特殊。因为记的内容庞杂，题材宽泛，表现力极强，故而其破体尺度视情况，可大可小，这也让作家施展本领和手段的空间较为裕如。

"以论为记"的本质是文体革新，对记体文在宋代的勃兴有极大的推动作用。从表现内容上说，"以论为记"对记体文的疆域拓展具有重要意义，帮助记体文扩大了叙议的范围，几乎无施不可，使其成为宋人古文创作中的代表文体之一；从艺术手法上说，"以论为记"突破了向来的文体规范，采取更为自由灵活的表现方式，破体相参，从容得体地表述，让文章仪态横生，别具韵致；从创作精神上说，"以论为记"有助于作家对所记叙的事物阐发义理，写出他对外部世界的观察和思考，从而把宋人"文以载道"的创作理念贯穿于古文领域。

再往深处论析，"以论为记"与宋代的古文革新也有不易察觉的关联。北宋大家的记体创作是在宋代文化学术高度繁荣和诗文革新的大背景之下进行的。宋代文化思辨色彩浓厚，宋人尚思辨，不但长于义理，且深于义理，他们要在文章里表现学识和理趣，进而体现"文以载道"的庄严宏旨。反映到记体文的新变中，就是议论的空前加强，宋人或议政论史，或感怀述志，或阐发妙悟。宋人富有文人雅致，日常文化生活的方方

---

① （宋）王明清：《挥麈后录》，上海书店出版社2009年版，第130页。
② （明）归有光：《补刊震川先生集》卷八，续修四库全书本，上海古籍出版社1995年版。

面面，都要写入文章中，不但自娱，而且娱人。包罗万象的记体，正好给了宋人一个抒写襟怀、借题发挥的利器。记体在宋代得以大发展，还与宋人读书和文化生活的丰富密不可分。举凡山水、楼台亭阁、图画、宴集、人物、杂记等等，文人生活的雅量高致、审美情趣，都可借记体随意挥洒。

之前论述宋代古文革新，侧重于政治背景、文化环境、学术思潮等，同时对古文大家欧、曾、王、苏等的个案研究亦夥。其实，从文体角度切入，探究古文革新，乃是一个极佳的视角。因为文体革新是古文革新的题中应有之义，只有文体革新成功，古文革新才能谈得上成功。宋代古文革新的实质是，增强古文表现力、创新古文技法、开拓古文疆域，让古文成为日常应用的主要文体。而记体文的新变和发展，正是在宋代古文革新的背景下进行的，且与之相表里，算得上是古文革新中的一个成功范例。从这个意义上说，"以论为记"是富有创造力的宋文大家们，在提升古文的表现力、开拓古文的疆域上，做出的积极努力，反映了古文革新的目的和诉求。

平心而论，在宋代古文的发展革新中，记体文的演进创变是较为突出的。清人孙梅云："有宋诸子，厥体（指记——引者注）尤繁。"① 古文中的诸种文体，发展程度各不相同，到了宋代，要在古文上有大的开掘，必定要在一些主要的古文文体上实现突破，取得成就。而记体，就属于前代已有，但尚有较大发展余地的方兴未艾的古文文体。在以欧阳修、曾巩、王安石、苏轼为代表的古文革新中，记体文从题材、写作技法、表现力、格局等方面，都有大的进展，可谓宋代古文文体中异军突起，能显示宋文新成就、新境界的代表文体之一。另外，宋代科举考试中，记体始终是词科的考试内容，士人们阐发义理，润色宏业，也客观推动了宋记的进一步发展。

唐宋记体文虽是散体古文，但并不意味着它排斥骈文。这也与宋代古文革新息息相关。其实，宋代大家，如欧阳修、苏轼等，都善于吸取骈偶文的长处，借以激发古文的活力，丰富古文的艺术表现力。宋代记体骈散结合的例证颇多。千古名篇《岳阳楼记》、《醉翁亭记》是骈散结合，而王安石、黄庭坚等人认为"得体"的王禹偁《黄州新建小竹楼记》，在写

---

① （清）孙梅：《四六丛话》，王水照编：《历代文话》，第4661页。

景上又何尝不是骈散相间？还是欧阳修讲得好："偶俪之文，苟合于理，未必为非，故不是此而非彼也。"① 骈与散相互补益，才能相得益彰。

文末引一段明人孙矿的论述：

  《醉翁亭记》、《赤壁赋》自是千古绝作，即废记、赋法何伤？且体从何起？长卿《子虚》，已乖屈、宋；苏、李五言，宁规四《诗》？《屈原传》不类序乎？《货殖传》不类志乎？《扬子云赞》非传乎？《昔昔盐》非排律乎？……故能废前法者乃为雄。②

孙矿是明代万历年间的一位状元，他历数了文学史上种种破体为文的实践，雄辩地证明破体相参乃变革文体、促进文体演变的一条规律。他用"能废前法者乃为雄"这样的豪言壮语来赞誉破体为文的新变功绩，实是探本溯源之论。类似的话，还有南朝梁萧子显《南齐书·文学传》里的"若无新变，不能代雄"。"以论为记"是理解宋代古文革新的一把钥匙。凭借"以论为记"，宋代记体文找到突破口，实现文体革新，成为宋代古文革新中成功的"这一个"。独创和革新才能让文体和文学立于不败之地，记体文在宋代的新变和发展就印证了这一点。

---

① （宋）欧阳修：《论尹师鲁墓志》，《欧阳修全集》，中华书局2001年版，第1046页。
② （明）孙矿：《与余君房论文书》之一一，《孙月峰先生全集》卷九，清嘉庆刻本。

论中国古代的露布文体及其文学价值

谷曙光

作为中国古代一种独特的文体类型，露布专用于战争后的奏凯报捷，其应用的体制和功能都是特定的。露布的研究价值多元，概而言之，在文学、文体学、新闻学、历史学、军事学、古代礼制等多方面都有研讨的价值和意义。自20世纪80年代以来，学术界已有多篇论文研讨露布[①]，笔者遍览后，认为这些论文的切入点、视角各不相同，已有的研究可谓各有发明；但遗憾的是，纵观研究成果，仍未能厘清露布文体的流变，至于露布研究的重要方面之一——文学、美学价值的研究，亦付阙如。研究中，更有陈陈相因、错引材料、以讹传讹的疏漏之处。有鉴于此，需要对露布文体进行系统精确的探究，以考镜源流，订正错讹，并补上露布文学性研究的一环。

一 露布成为一种独立的文体

任何文体，都有其独特的发展演进历程，从萌芽到初创，从成立到成熟，再到变革，乃至消歇或"参体重生"，过程异常复杂，原非一蹴而就。平心而论，文体绝非"生而有之"，故不会先于作品而存在，总是先有作品，之后再逐渐形成规范、程式，为众人所认同，于是文体宣告成立；文体形成后再反作用于作品，凡是写作此种文体，皆应遵循其规范、

---

① 如徐明《露布考释》（《河北大学学报》1997年第2期）、黄春平等《论汉代露布》（《深圳大学学报》2007年第3期）、陈光锐《论露布文体的演变和定型》（《安徽理工大学学报》2011年第1期）等，还有多篇关于露布的知识介绍性文章。

程式，通常不得逾矩。这是一般文体发展演变的规律，露布亦是如此。

唐代封演云："露布，捷书之别名也。诸军破贼，则以帛书建诸竿上，兵部谓之露布。盖自汉以来有其名。"①

南宋赵升云："露布，诛讨奏胜之书也。"②

清人孙梅云："露布者，师出有功，捷书送喜者也。"③

可知，从唐到清，露布都指军事上的奏胜捷报。然而，这是露布文体成熟定型后的含义，考其初始，本非此意。古代文献中，较早出现露布字样的，是东汉时期。蔡邕《独断》云："凡制书，有印使符，下远近皆玺封，尚书令印重封。唯赦令、赎令，召三公诣朝堂受制书，司徒印封，露布下州郡。"④ 这里的"露布"谓信息的公开，意指将赦赎令之类的官方文书昭告天下、传布于人。故唐封演云："所以名露布者，谓不封检，露而宣布，欲四方速知。"⑤ 有意不加封检，让更多的人知晓，是露布的本意。此外，《汉书》《后汉书》等文献中有所谓"露章"或"露布上书"等，通俗解释，就是给皇帝的"公开信"，亦是强调公之于众，不再作繁琐引证。清人赵翼对此认识清晰："露布之名，汉已有之，但非专用于军旅耳。"⑥ 显然，露布在汉代，只能算是公文的传播形式，指公文露而不封，咸使闻知。只要需要，诸多公文都可以采用这种形式，不拘上行文、下行文。所以，汉代虽已有"露布"之名，但仅具"公诸于众"的形式，并没有专用于军旅之事，显然还不是一种独立的文体。

作为文体的露布发生变化，并得以"独立成体"，是在魏晋南北朝时期。魏晋时，露布的一个突出特点，是与檄混用。郑樵《通志·艺文略》军书类，言魏武帝有《露布》九卷，又有《杂露布》十二卷，惜不传，未晓内容。刘勰《文心雕龙》"檄移"篇云："檄者，皦也。宣露于外，皦然明白也。张仪檄楚，书以尺二，明白之文，或称露布。露布者，盖露

---

① （唐）封演：《封氏闻见记》卷四，中华书局2005年版，第30页。
② （宋）赵升：《朝野类要》卷四，中华书局2007年版，第93页。
③ （清）孙梅：《四六丛话》卷二四，人民文学出版社2010年版，第454页。
④ （汉）蔡邕：《独断》卷上，文渊阁四库全书本。
⑤ （唐）封演：《封氏闻见记》卷四，第30页。
⑥ （清）赵翼：《陔余丛考》卷二一，河北人民出版社2003年版，第392页。

板不封，布诸视听也。"① 径直把"露布"等同为"檄"。"檄"也是一种独立的文体，其特征在"告伐"，也就是说，檄是征讨前对敌人的挞伐。刘勰将"露布"与"檄"等同起来，说明两者有共同点，就在于"露板不封，布诸视听"。在公开传播这一点上，两者确实一致，以致一度混用。魏明帝有《露布天下并班告益州》，"露布"用法与汉代同，取公诸天下意，但内容实为声讨檄文，

此前研究露布的学术论文，一般会引用下面两则材料作为例证。《三国志·王肃传》裴注引《魏略》："马超反。超劫洪（贾洪），将诣华阴，使作露布。洪不获已，为作之。司徒钟繇在东，识其文，曰：'此贾洪作也。'及超破走，太祖召洪署军谋掾，犹以其前为超作露布文，故不即叙。"②《世说新语·文学》载："桓宣武北征，袁虎时从，被责免官。会须露布文。唤袁倚马前令作。手不辍笔，俄得七纸，殊可观。"③ 其实，这两则材料恰恰都不是作为捷书文体的露布。请注意，马超谋反，乃召贾洪作露布；桓温北伐，于是唤袁虎作露布。贾洪和袁虎所作，显然是战前的征讨檄文，而非战后的报捷露布。因为马超和桓温后来都失败了，失败了还作什么报捷露布？引用者不加按察，遂有南辕北辙之误，细玩文意自明。这充分说明魏晋时期，露布仍未独立成体。有趣的是，曹操对于贾洪为马超作檄文一事，耿耿于怀。也许是贾洪在征讨露布里，把曹操骂得太苦，让堂堂丞相太没有面子吧。

但是六朝时的情形较复杂，又不可一概而论。《三国志·钟会传》裴松之注云："（虞松）弱冠有才，从司马宣王征辽东，宣王命作檄，及破贼，作露布。"④ 征讨前，作檄文；打了胜仗，再作露布，分工明确，这已是后来独立文体意义上的檄文和露布。

南北朝是文体学蓬勃发展的时期，多种文体定型于此时，而文人辨体的意识和理论，日益精确细密。在这种时代背景下，露布和檄，在辨体后分道扬镳，成为顺理成章的事情。秦蕙田《五礼通考》云："誓辞之体，本同于檄，又或混于露布，核而论之，檄者，致师之际，声罪而致讨；露

---

① （南朝梁）刘勰撰，杨明照校注：《增订文心雕龙校注》，中华书局2000年版，第281页。
② 《三国志》卷一三，中华书局1982年版，第421页。
③ （南朝宋）刘义庆撰，徐震堮校笺：《世说新语校笺》，中华书局2001年版，第147页。
④ 《三国志》卷二八，第785页。

布者,战胜之后,驰词以扬功。"① 汉末开始,露布用于军事,六朝而来,专以告捷。不妨说,专用战后告捷,标志着露布文体的正式成立,且与檄明确区分开来。

对于露布和檄而言,在六朝得以大发展,还有一个重要的时代原因,那就是南北朝时战乱频仍,露布和檄恰恰是服务于战争的文体,无论是战前的"告伐",还是战后的"奏捷",彼时都是使用频繁的。于是在时代背景、文体理论和实践等的多重原因综合作用下,露布和檄终于各自成为独立的文体。

露布作为一种捷报应用文体,具体确立于何时?唐代杜佑《通典》云:"后魏每攻战克捷,欲天下闻知,乃书帛,建于漆竿上,名为露布,自此始也。其后相因施行。"② 笔者认为,把露布文体的确立,定在后魏(即北魏),是较为合适的。③ 这段话还揭示了露布具体应用的形式、过程。露布写出之后,要书诸帛上,再用竹竿高高挑起,一路之上大张旗鼓地宣扬,以充分体现报喜报捷的初衷。《魏书·彭城王传》载:"高祖令勰为露布,勰辞曰:臣闻露布者,布于四海,露之耳目,必须宣扬威略,以示天下。臣小才,岂足大用。"④ 北魏孝文帝之弟、彭城王元勰,少负文才,其兄令其撰写露布,他却推辞,并精要概括了露布的特征,表示难以措手。这说明对于露布文体的基本特质和应用功能,元勰已有清晰的体认。一是要大张旗鼓地宣传,二是要专用于军旅之事。且作者非大才不办。这也算是露布定型于北魏的文献证据之一。

北朝尤其重视露布,在史书中颇多关于露布的记载。北魏名将杨大眼虽武人,不通文墨,但令人作露布,"皆口授之,而竟不多识字也"⑤,让人称奇。才思敏捷者撰写露布,可以援笔立就。《周书·吕思礼传》载:"沙苑之捷,命为露布,食顷便成。太祖叹其工而且速。"⑥ 吕思礼一顿饭的工夫,就可以撰成一篇精彩的露布,足见文才,难怪得到皇帝的赞赏。

---

① (清)秦蕙田:《五礼通考》卷二三八,文渊阁四库全书本。
② (唐)杜佑:《通典》卷七六,文渊阁四库全书本。
③ 明人徐师曾《文体明辨序说》曰:"露布之作,始于魏晋,而杜佑以为自元魏始,误矣。"笔者认为魏晋时露布,尚未与檄文区分开来,故不取徐说。
④ 《魏书》卷二一下,中华书局1974年版,第573页。
⑤ 《魏书》卷七三,第1636页。
⑥ 《周书》卷三八,中华书局1971年版,第683页。

《魏书·邢峦传》载："（邢峦）从征汉北，峦在新野，后至。……高祖曰：'至此以来，虽未擒灭，城隍已崩，想在不远。所以缓攻者，正待中书为露布耳。'"① 眼看就要奏凯，但为了等大手笔邢峦撰写露布，竟然可以在战场上放慢节奏，推迟取胜的时间。自古以来，文武双全是绝大多数人的理想，而《魏书》里就有这样一个人物："高祖每叹曰：上马能击贼，下马作露布，唯傅修期耳。"② 孝文帝的赞许，令人对傅永的风采很是神往，可惜他的露布没有流传下来。有时，擅长撰写露布，甚至有意想不到的妙用。《北史·卢思道传》载："遇同郡祖英伯及从兄卢昌期等举兵作乱，（卢）思道预焉。柱国宇文神举讨平之。思道罪当斩，已在死中，神举素闻其名，引出，令作露布。援笔立成，文不加点。神举嘉而宥之。"③ 反叛者卢思道因为有文才，平叛后非但未被处决，反而得到礼遇，受命撰写露布，真是出人意料。不过，让反叛之人撰写自己失败的露布，既有羞辱之意，也是莫大的讽刺。

北朝时，露布的使用已经极其频繁，甚至到了过犹不及的程度。每打胜仗，必作露布，非如此不足以言捷，而不论有无实际的需要。《魏书·韩显宗传》载："高祖诏曰：'卿破贼斩帅，殊益军势。朕方攻坚城，何为不作露布也？'显宗曰：'臣顷闻镇南将军王肃获贼二三，驴马数匹，皆为露布。臣在东观，私每哂之。近虽仰凭威灵，得摧丑虏，兵寡力弱，擒斩不多。脱复高曳长缣，虚张功捷，尤而效之，其罪弥甚。臣所以敛毫卷帛，解上而已。'"④ 如果真是破贼斩帅，攻克坚城，自是有作露布的必要；而"获贼二三，驴马数匹，皆为露布"，确乎是小题大做了，有借露布故意夸耀、邀功请赏之意，也让露布文体变得庸俗化、细碎化。

到了隋朝，露布不但成熟，而且进一步被礼仪化了，成为宣扬国威、激发士气的重要仪式，这也让露布在国家政治生活中的重要性大大增强。《隋书·礼仪志》载："开皇中，乃诏太常卿牛弘、太子庶子裴政撰宣露布礼。及九年平陈，元帅晋王，以驿上露布。兵部奏，请依新礼宣行。"⑤ 隋文帝时，专门命人制定了"宣露布礼"。隋代肇其始，唐朝遂承其制而

---

① 《魏书》卷六五，第1438页。
② 《魏书》卷七〇，第1552页。
③ 《北史》卷三〇，中华书局1974年版，第1076页。
④ 《魏书》卷六〇，第1344页。
⑤ 《隋书》卷八，中华书局1973年版，第170页。

不易。按，宣露布礼，是唐代军礼的一种。《五礼通考》曰："军礼之分，曰亲征，曰遣将，曰宣露布，曰讲武，曰狩田，曰大射。而其节，则有旗鼓刀矟弓矢跪起偃伏之节焉。"① 关于"宣露布礼"的步骤细节，《新唐书》里有详细描述。② 仪式是相当庄严隆重的，文武百官毕集朝堂，穿着庄重的礼服，由兵部侍郎奏请宣布，中书令义正辞严地高声诵读，百官扬尘舞蹈，一拜再拜。

要之，露布字面的意思，指露而不封，布诸视听。作为文体的露布，产生于汉末，开始与檄混用，既可"告伐"，又可"告捷"，未能截然分来。之后，文体演进，体制渐趋明确，约在南北朝时独立成体，专门用于"告捷"，成为一种奏胜捷报。隋唐时，进一步礼仪化，成为宣扬国威的军礼之一。

二　从唐到宋：露布流变的重大转折

从文献角度考察，南北朝时露布虽已独立成体，应用日广，但遗憾的是，没有一篇典型意义的应用露布保存下来。③ 现存具有典型文体价值的露布，最早是唐代，骆宾王、张说、樊衡、于公异、杨谭等都有露布流传。综观现存唐代露布，一般都是具有重大历史意义的战役，或平服叛军，或征讨蛮夷，或扭转大局、收复失地，才写作露布，如张说《为河内郡王武懿宗平冀州贼契丹等露布》、樊衡《河西破番贼露布》、于公异《李晟收复西京露布》、杨谭《兵部奏剑南节度破西山贼露布》等。还有

---

① （清）秦蕙田《五礼通考》卷首第三，文渊阁四库全书本。
② 参看《新唐书》卷一六《礼乐六》："贼平而宣露布。其日，守宫量设群官次。露布至，兵部侍郎奉以奏闻，承制集文武群官、客使于东朝堂，各服其服，奉礼设版位于其前，近南，文东武西，重行北向。又设客使之位。设中书令位于群官之北，南面吏部、兵部赞群官、客使，谒者引就位。中书令受露布，置于案。令史二人绛公服，对举之以从。中书令出，就南面位，持案者立于西南，东面。中书令取露布，称有制。群官、客使皆再拜。遂宣之，又再拜，舞蹈，又再拜。兵部尚书进受露布，退复位。兵部侍郎前受之。中书令入。群官、客使各还次。"（中华书局1975年版）
③ 南朝梁代释僧祐编的《弘明集》里，有一篇释宝林的《破魔露布文》，乃借露布宣扬佛法，属"游戏变体"，后文再论。

些名作，如李凝古制露布进黄巢首级，"冠绝一时，天下仰风"①，可惜未保存下来。王维文集里有一篇《兵部起请露布文》，对于高仙芝征讨西域诸国获胜，专门奏请，拟写作露布。又，宋人编《事文类聚》列"小捷不作露布"条，可知露布是大文章，关乎军机大事，轻易不作，且有报批程序，非常慎重。

晚唐五代，战乱频仍，礼制崩坏，而露布的应用却更加频繁。这是因为在武风甚烈的五代，君主们要借露布来炫耀武功。清人芮长恤《纲目分注拾遗》"露布"条载："晋王擒刘守光，命掌书记王缄草露布。缄不知故事，书之于布，遣人曳之，令仁恭、守光皆荷校于露布之下。胡身之曰：'魏晋以来，每战胜，则书捷状，建之漆竿，谓之露布。盖暴其事以布告天下，非书之于布也。'（下为按语）此细事，分注不录。然由此观之，可见唐之将亡，非独忠臣义士遁迹无闻，即辞华赡给之流，亦寥寥无可指数。天地闭塞，至此极矣。"② 这则材料透露的信息很有意味。五代时晋王李存勖征讨刘守光，大获全胜，为庆祝计，特命掌书记王缄撰写露布，而作为刀笔记室的王缄，竟然把露布真的写在"布"上，再令人两边拽扯，并让降将守光等背负露布，似乎是负荆请罪的意思。王缄不熟悉露布的应用规矩，闹了笑话。③ 这是个信号，看来晚唐五代通晓露布应用体制者已少，以致连专门从事记室秘书工作的文士，也不清楚其仪式之来龙去脉了。还有一个例证，宋初平定岭南刘铢之乱后，朝廷欲行盛大献俘之礼，却无人知晓礼制，于是太祖派人问已致仕的张昭，昭为耆宿，博通学艺，"方卧病，口占以授使者"④。文士们再参酌古今，才制定出献俘之礼，而宣露布成为其中的一个环节。可见五代宋初，礼崩乐坏，人文凋敝，统治者虽欲应用露布，却苦于无精通之人。

由唐入宋，露布又发生了重大变化，不仅表现在礼仪制度上，更突出表现在应用方面。从礼制上考察，从唐到宋，作为军礼的宣露布发生了一

---

① （五代）王定保撰，姜汉椿校注：《唐摭言校注》，上海社会科学院出版社2003年版，第214页。
② 芮长恤：《纲目分注拾遗》卷四，文渊阁四库全书本。
③ 这也算是一桩小公案，宋人洪迈、清人赵翼对此有不同看法，认为不足为奇，参看《容斋随笔》、《陔余丛考》。其实，对于此事的反应，无论是为议者所讥，还是认为本无足怪，争论的背后都说明当时露布的应用日少，一般人对其仪式皆模糊。
④ 《宋史》卷二六三，中华书局1985年版，第9091页。

定的变化。唐代《大唐开元礼》卷八四有"平荡贼寇宣露布",而宋时《政和五礼新仪》卷一五九则是"御楼献俘宣露布",唐代的宣露布礼仪较为独立,而宋时将宣露布与献俘受俘之礼结合起来,独立性似有所削弱。

至于宋代露布的应用,更发生了重大变化,宋代露布非但少有使用,更逐渐失去其应用功能。其实,露布的应用有不同的层次,或者举行盛大的仪式宣露布,或者仅仅是单纯的"上露布"而已。宣露布可谓是露布的最高应用形式,虽有钦定官书,但由于种种原因,在历史上并不一定实行。查宋史,仅有的两次宣露布,一为上文提到的擒刘鋹,还有一次是宋末史嵩之破蔡灭金。宋初行事,是承袭五代;而宋末以露布告金亡,是宋人报仇雪耻。而两宋之间漫长的三百余年,史书竟再无宣露布的记载。这说明什么问题?

其实,作为军礼的宣露布,应用与否,原与治国方略、军事形势和礼仪制度等密不可分。宋代实行崇文抑武的国策,追求以儒术治国,而尚武和用兵则退居次要地位。作为军礼之一的宣露布,虽在朝廷钦定的《政和五礼新仪》等书里规定得头头是道、条分缕析,但现实中却被废弛不用,成为纸上空文。此外,宋代的"文治"称隆,而"武功"却乏善可陈。叶适云:"天下之势弱,而历数古人之为国,无甚于本朝者。"[1] 宋朝先后受辽、西夏、金、蒙元侵扰,屡败于外族之手,丧尽颜面,而报捷的露布在宋代也逐渐失去用武之地。以上所论,向来为研究者所忽略。

再有,宋代废弃宣露布,还与宋人的个性和行事风格有关。《宋史·南唐李氏世家》载,曹彬扫灭南唐,上露布,宋太祖却"诏有司,勿宣露布"[2]。宋灭南唐之后,虽然写了露布,但赵匡胤认为李煜不同于负隅顽抗的刘鋹,尝奉正朔。为了给亡国之君李煜及其降臣留面子,没搞声势浩大的宣传和仪式。这也体现出赵匡胤的谋略。已经取得实际的胜利,何必再搞盛大的仪式羞辱投降者,让失败者太难堪?这个事件,虽是孤立的,但表明了宋朝皇帝对露布的一种态度,也可以看作宋人后来逐渐废弃露布的一个原因。一般认为,唐人倾心事功,张扬奋发;而宋人注重思辨,内敛含蓄。唐人高调宣扬露布,符合其外向型的性格、心态;而宋人

---

[1] (宋)叶适:《水心别集》卷一四,丛书集成续编本。
[2] 《宋史》卷四七八,第13860页。

渐弃露布，则暗合其低调、不事铺张的行事作风。从赵匡胤不宣露布来看，宋朝的皇帝是内敛含蓄的做派，不喜欢虚张声势的花架子。

矛盾的是，露布在宋代虽然逐渐被弃置不用，但保存下来的宋代露布数量却数倍于唐代。从北宋到南宋，刘攽、慕容彦逢、翟汝文、周必大、吕祖谦、洪适、唐士耻、王应麟等的文集里皆有露布，唐士耻撰六篇，"三洪"之一的洪适更有八篇之多。除文集外，宋人笔记里还记载了露布的零星片断，如李正民、薛嘉言、秦桧、王壁、石延庆等皆有。既然宋代露布的实际应用绝少，何以宋人创作露布的热情不减反增？请注意宋人文集里露布的标识说明，如慕容彦逢是《拟试宏词露布》，周必大注明系"词科旧稿"，吕祖谦标"宏词进卷"，洪适径称"词科习稿"，王应麟注为"词科试拟进卷"。考上述作者，皆有应试"词科"的经历，原因已不言自明。宋代科举的"词科"，要考露布，于是文人们纷纷拟作，有的将应试之作收入文集，有的甚至连日常的习作也收入。

对于宋代词科的沿革情况，宋人陈振孙的叙说要言不烦："初，绍圣设科，但曰宏辞，不试制、诰，止于表、檄、露布、诫谕、箴、铭、颂、记、序九种，亦不用古题。及大观，改曰词学兼茂，去诫谕及檄，而益以制、诰，亦为九种四题，而二题以历代故事。及绍兴，始名博学宏辞，复益以诰、赞、檄，为十一种，三日试六题，各一今一古，遂为定制。"① 宋代词科虽然改了好几次，但露布始终在考试范围之内。檄文甚至都一度不考，而露布却属于必考内容。可见当政者是颇为看重露布奋发雄壮、润色鸿业的功能的。考试的要求，从不用古题，到历代故事，再到一今一古，几经变迁。露布不用古题，宋人只好写当朝的胜仗，如刘攽的《拟岭南道行营擒刘铱露布》、翟汝文的《拟擒获杭州军贼露布》等；如是历代故事，则宋人又要依据史实，对于前代（特别是唐代）的赫赫武功，驰骋一番想象，如周必大的《唐交河道行军大总管破高昌露布》、《唐定襄道行军大总管破突厥露布》，零星也有唐以前的，如吕祖谦的《晋征虏将军征讨大都督破苻坚露布》等。

宋代词科为什么要考露布？这涉及皇帝、文书机构对于馆阁词臣的要求。宋代的馆阁词臣皆一时俊彦，各种文体都要博览，所谓"明于仁义礼乐，通于古今治乱，其文章论议，与之谋虑天下之事，可以决疑定策，

---

① （宋）陈振孙：《直斋书录解题》卷一五，上海古籍出版社2005年版，第451页。

论道经邦"①，"优游议论，渐知朝廷之治体；群居讲习，以议国家之故事"②。可知宋代词臣，既要有渊博的知识储备，又要精擅各种公文的起草撰写。而露布恰是一种极好的辞章锻炼，兼具记叙、议论、史笔、文采，以此练笔，训练了在严谨的格式规定下，调动广博的历史知识，来描述国家重大军事行动，以张大国威、鞭笞逆贼；加之露布讲求辞章的高华典雅、议论的宏通正大，可谓锻炼大手笔、选拔词臣的良好手段。

笔者发现，唐宋露布的篇幅有较大差别。唐人封演云："近代诸露布，大抵皆张皇国威，广谈帝德，动逾数千字。其能体要不烦者鲜云。"③的确，唐代露布的篇幅一般都在两千字左右，张说的《为河内郡王武懿宗平冀州贼契丹等露布》竟超过三千字，洵称宏文巨制。而宋人露布的篇幅就小得多，超过千字的都少，翟汝文的《拟擒获杭州军贼露布》仅区区三百余字。何以篇幅上有那么大的差距？打个不恰当的比方，唐人是"真露布"，有气象；而宋人是"假露布"，乏神采。唐人露布有历史现场感，由于是亲历者，铺陈排比起来，得心应手，纵笔挥洒；而宋人露布是书房里的历史想象，搜肚刮肠，揣摩推测，难以落实到细节。此前，研究者屡称，宋代露布的特征是简洁、要言不烦，其实非宋人有意为简洁，而是历史现场难以虚构、细节实况不可复制，不得已而为之。故从篇幅上，也能侧面证明唐宋露布应用性的变迁。

前文已言，宋代露布逐渐减弱应用价值，有成为"徒文"的趋势，仅是科举考试诸多文体中的一种。也许有人疑惑，宋人露布是否真的失去其报捷的实际应用性？但从现存宋人文献中，确实找不到一篇有真实应用价值的露布。④ 说"完全"失去应用性，自是武断；说应用功能日益削弱，则比较客观。此前，包括曾枣庄《宋文通论》里的"露布"一节、陈戍国《中国礼制史》以及多篇学术论文，在谈及宋代露布时，都没有揭橥唐宋间露布的这一重大变化，反而大引《岭南道行营擒刘鋹露布》、

---

① （宋）欧阳修：《乞补馆职札子》，《欧阳修全集》卷一一四，中华书局2001年版，第1726页。
② （宋）胡宗愈：《请令带职人赴三馆阁供职札子》，《历代名臣奏议》，文渊阁四库全书本。
③ （唐）封演：《封氏闻见记》卷四，第30页。
④ 明人郑真《荥阳外史集》卷三七有"录永国公灭金露布"条，言南宋史嵩以露布告金亡。然而郑氏认为"残灰余烬，莫辨伪真"，"未必出永国公之手"。明人就认为真伪莫辨，然而，即便这篇真伪难辨的露布，也没有流传下来。

《升州行营擒李煜露布》，并结合具体历史事实来说明宋人露布的特征、价值和应用。按，这两篇露布的作者是北宋后期的刘跂，他受知于徽宗，彼时高文典册，多出其手。但请注意，刘跂与潘美平岭南、曹彬破南唐的历史时代相隔甚远，根本不是当事人。而且两篇露布的第一个字都是"拟"，说明刘跂露布乃拟作。而《宋文通论》等恰恰阙"拟"，以至于以讹传讹，议论失去依据。笔者曾考察何以如此多的论著皆犯同样错误，原来这是个已经承袭千年的讹误。《宋文鉴》卷一五〇收录了这两篇露布，已无"拟"字。由于前一篇《玉友传》就是署名刘跂，故而此二篇未再标明作者，这在古籍中也是常有之事。而宋末王应麟编《玉海》，抄录《宋文鉴》，将《岭南道行营擒刘钅长露布》作例证，已让人对作者产生疑惑；明人《文章辨体》卷一九收录《岭南道行营擒刘钅长露布》，径直署名"宋潘美"，更误；清人徐松编《宋会要辑稿》又承宋人之误，而后人续承其误而不察，一千年间，遂一误再误。

由唐入宋，露布由奋发雄壮的奏胜捷报，逐渐变为文人书案上的历史想象。这是露布演进中的一大转折。宋以后露布写作，仍以拟作为主，或为应试，或练笔，或为游戏。为词科应试的露布，如元人元好问《秦王擒窦建德降王世充露布》、郝经《隋晋王广灭陈禽陈叔宝露布》、张养浩《拟唐河东节度使李克用破黄巢露布》等；锻炼手笔的露布，如明人高启《拟唐平蜀露布》、屠隆《拟岭西大捷露布》，清人施闰章《拟平滇黔露布》等；游戏露布如明人杨慎《戏作破蚊阵露布》，写夏夜大战蚊子报捷，可算想落天外，出人意表[1]。因明代"阁试"（翰林院对庶吉士的考试）仍考露布，故而"馆课"中仍不时练习露布。

明清因国力较强，崇尚古礼，露布除文人拟作外，实际应用又有所恢复。盖中国古代为礼法社会，而露布对国家的仪式性意义，诸如显扬国威、整肃军容、激发士气、震慑敌人等，都是显而易见的。《明史》中记载的军礼"奏凯献俘"中，有"大将奏凯仪"，"先期，大都督以露布闻。……"在整个仪式中，宣露布为其中一环节，专设"露布案"，"宣露布位"亦固定，且有专门的"宣露布官"[2]。当然，礼法典册上的规定，现实中未必每次都严格执行。清代的康乾盛世，由于疆域广大，军功较

---

[1] 清人游戏露布如《讨蠹鱼露布》。
[2] 参见《明史》卷五七《礼一一》，中华书局1984年版，第1435页。

隆，为张皇国威，亦偶有露布应用。如平定苗疆，是乾隆帝"十大武功"之一，馆阁词臣纪昀、刘锡嘏、周兴岱皆撰有《平定两金川露布》，炫耀扬功，极一时之盛，可视为露布之"压轴戏"。此后露布即不绝如缕。

总体而言，元明清露布，不过是唐宋以来的递相模效，如屋下架屋、床上施床，格局既小，更难有超越。故不细论。

三 露布独具一格的文学价值

现存露布都是以骈文来写作的，《文章缘起》陈懋仁注云："（露布）皆用俪语，与表文无异。不知其体本然乎？抑源流之不同也。"[①] 的确，由于较早的露布未能流传下来，让后人考察早期露布的程式和写作上的要求，都失去了依据。

众所周知，骈文本来就是美文，最大特征是骈俪对偶，故而以骈文为露布，其美学价值和文学意义都是很显著的。宋人真德秀给露布立了标准："露布贵奋发雄壮，少粗无害。不然，则与贺胜捷表无异矣。"[②] 奋发雄壮四字可谓扼要精到，揭示了露布的基本要求。而做到这一点，没有文学性是无法想象的。由于唐宋露布的数量既多，成就又高，下文就以唐宋露布为例，说明其文学特征、美学价值。[③]

宋元明清各时期的文章学著作中，多有关于露布文体的写作指南，如宋末王应麟《辞学指南》和元代潘昂霄的《金石例》，都总结了露布写作的格式，称为"露布式"："尚书兵部……臣某言：臣闻云云。恭惟皇帝陛下云云。臣等云云。臣无任庆快激切屏营之至。谨遣某官奉露布以闻。"元人陈绎曾《文筌》的概括更精当："（露布）出师胜捷播告之文。一冒头，二颂圣，三声罪，四叙事，五宣威，六慰喻。"[④] 简言之，露布先自报家门，说明禀报者；之后是"帽段"，说一通义正辞严的大道理；接着再颂圣，张显皇威；其次声讨，申说逆贼嚣张（这一段类似檄文而

---

① 《文章缘起注》，旧题任昉撰，丛书集成初编本。
② （宋）王应麟《玉海》卷二〇三《辞学指南》引，载王水照编《历代文话》，复旦大学出版社2007年版，第989页。
③ 下文所引唐宋露布，一般据《全唐文》（中华书局1985年版）、《全宋文》（上海辞书出版社2006年版），为省篇幅，不再一一出注。
④ 载王水照编《历代文话》，第1271页。

简略）；再次出师讨贼，详述用兵破贼经过；最后宣扬军威，并将胜利归功于圣德，以套话结束。由此可见，露布有严格的文体规范，并不容易撰写。

遍览现存古代露布后，笔者心目中的露布压卷之作，倒不是骆宾王、张说、周必大、吕祖谦等唐宋大手笔，而是唐代名不见经传的樊衡①的《为幽州长史薛楚玉破契丹露布》和《河西破蕃贼露布》。当然，品评高下原是仁者见仁、智者见智的事。但樊衡的这两篇露布，确乎雅洁精整，叙写高妙，既具慷慨奋发之气势，又有俊丽雄伟之辞藻，不愧为上乘之作。

从文学、美学的角度研究露布，首先是形式上具有整饬对称的建筑美、语言上具有典雅藻饰的瑰丽美。露布形式极为整饬，尤多排比句，甚至多长句铺排，裁对工整，以收奋发雄壮、气势夺人之效。露布对于语言的要求亦极高，非文辞斐然、流光溢彩，不足以传诸后世。而且，露布一般都讲究气盛词壮，声威震慑，英气、喜气逼人，容易令人产生阅读欣赏的愉悦诉求。笔者曾尝试高声诵读过数篇露布，皆词义贞刚，典雅富赡，铿锵有力，朗朗上口，让诵读者在不知不觉中进入历史语境，飘飘然生出一种基于国家强盛、军威远震而带来的欣忭之感。故露布不但有形式美、辞藻美，亦有铿锵蕴藉的音乐美。《四六法海》卷九云："读姚州露布二篇，如入五都之市，令人目不给赏。"② 指的是骆宾王《姚州道破逆贼诺没弄杨虔柳等露布》、《兵部奏姚州破贼设蒙俭露布》。这两篇辞采瑰伟，气机流走，响亮字多，掷地作金石声，读来特别酣畅淋漓。如《姚州道破逆贼诺没弄杨虔柳等露布》里的颂圣一段："登翠妫以握图，宪紫微而正象。玄功不宰，混太始以凝神；至道无为，仁华胥而得梦。阐文教以清中夏，崇武功以制九夷。环海十洲，通波太液之水；邓林万里，交影甘泉之树。"本是官样套话，但由于形制高华、词采雅茂，读来不同凡响，可谓俗套不俗。又如叙写决战一段：

> 臣率某等横玉弩以高临，挝金钲而直进。玄云结阵，影密西郊；赤茎挥锋，气冲南斗。飞尘埃而布地，白日为之昼昏；积氛祲以稽

---

① 樊衡是盛唐时人。诗人崔颢有《荐樊衡书》，称其"才能绝伦"，"有雄胆大略"。
② （明）王志坚：《四六法海》卷九，文渊阁四库全书本。

天，沧溟为之晦色。兵交刃接，鸟散鱼惊，自卯及申，追奔逐北。斩首千余级，转战三十里。激流膏而为泉，似变苌弘之血；委乱骸而挤壑，若泛鳖灵之尸。

大决战直杀得天昏地暗，红日无光，读之如亲临战阵。激战之惨烈，鲜血染红河流；死伤之众多，几如河中鱼虾。之所以富于艺术感染力，就在于形式的整饬，恰到好处；兼之语言上辞采焕发，譬喻绝妙，可谓增一字则费、减一字则阙。清人孙梅认为好的露布要"汪洋恣肆，不可方物。若能资彼奇情，助兹壮采，岂不足张吾三军，加人一等乎？"[①] 揆诸骆宾王的露布，完全符合这一标准。

其次，露布最有文学价值的部分，在详述出师讨贼、用兵破贼经过一节。这不但是露布的核心内容，具有实质意义；也是最能吸引人、打动人，乃至感动人的地方。以文体功能论，这部分主要是叙事。举凡主帅用兵之谋略、行军布阵之安排、逆贼气焰之嚣张、交锋对垒之残酷、破贼擒王之艰苦、乘间偷袭之隐蔽、乘胜追击之气势，头绪繁多，剪裁不易。而文学艺术价值较高的露布，都是在这部分出彩。徐徐叙来，条理明晰，详略得当，波澜蔚起，令人身临其境，如历战阵般亲切有味。一篇露布所叙，往往是一次大的战役，里面通常包含大小战斗若干，历时持久，过程复杂，如果平铺直叙，则无精彩可言；而好的露布则能择要而叙、奇峰突起，抓住大战中的关键环节，开阖波澜，重点渲染。樊衡的《河西破蕃贼露布》叙用兵破贼一段，错综用笔，跌宕起伏，极见精彩。先写主帅用兵布阵之谋略安排，再表明这是正义之师对贼寇的训惩，之后就进入正式对垒阶段。两军于季冬月十二日第一次交锋：

左右横集，而兵气初锐，马逸不止，弓矢三注而连发，长剑四按而无前。初颓废与苟在，终踩践而皆尽。谁为其后，徒言魂魄归天；不报国恩，翻闻肝脑涂地。则向之为寇，今已歼焉。

将士奋勇当先，誓报国恩而不惜命，首获大捷。十六日二阵，因战略战术安排得当，又获胜利。正在兴高采烈之际，突起波澜，敌虏救兵潜伏到

---

① （清）孙梅：《四六丛话》卷二四，第454页。

来,"在山满山,在谷满谷,顾盼之际,合围数重",局势万分紧急。兵法云,置之死地而后生。于是一场背水恶战拉开帷幕。好在"谋夫一心,战士倍力",唐军同仇敌忾,不畏强敌,更采用夜半突袭的妙策,杀敌人一个措手不及:"候暴夜之时,望归路而突之。其初也,衔枚屏气,鬼神无声;既出则奋臂大呼,天地摇动。"唐军又在极端艰苦的条件下乘胜追击:"且战且行,一千余里,马无龀草之所,人无抔饮之地。共食冰雪,传飡糗粮。犹能夜盗虏之召,使自攻杀;朝拔虏之帜,争为致师。"凡七八日间,大小三百余阵,真可谓是惊心动魄,历尽艰辛。至此犹未完结,拉锯战继续进行。唐军孤军深入,敌寇又断唐军后路,唐军再驰救兵,往来杀伐,历经多个回合,唐军终获完胜。作者总结道:

> 且李陵之兵尽矢穷,绁为之虏;秦人之劳师袭远,再败其师,未有如今之深入能胜归者。……季冬之月,天地严凝,赍孤军十月之粮,入绝域重阻之地,横跳千里,连鼓数军,讨而复擒,归而复袭,一日三捷,震天声而凯旋。

确乎艰苦卓绝,取得胜利,难能可贵。露布切忌写成"战后总结",平平如流水账。而这篇露布的叙事就极其精彩,整个战役的来龙去脉,尤其是几次重要战斗,战中套战,一波未平,一波又起,勾人心魄,犹如情节紧张曲折又"具体而微"的长篇巨制,非大手笔不办。史书中恐难找到如此精彩绝伦的战争描写。

再次,形式、文辞、叙事皆优,已是第一流的露布,但若悬以更高标准,则要以情动人,打动心灵。光是歌功颂德,平铺直叙,显然是苍白无力的。有时光有一副腔调,一股气势,整体上感觉不错,但总觉得缺少点内在的东西。这个内在的东西,就是露布的"风神",要笔端带有感情地叙写,才能让文章形神兼备。唐德宗时,于公异撰写了《李晟收复西京露布》(又称《破朱泚露布》)。李肇《唐国史补》载:"德宗览李令收城露布,至臣已'肃清宫禁,只谒寝园,钟簴不移,庙貌如故',感涕失声,左右六军皆呜咽。"[①] 德宗时,国家已是内忧外患,建中年间又发生泾原之变,德宗仓惶出奔,国事几乎不可收拾。李晟是唐朝名将,他挽狂

---

① (唐)李肇:《唐国史补》卷上,上海古籍出版社1984年版,第26页。

澜于既倒,大破朱泚叛军,收复长安,成为大唐中兴的功臣。差点做了亡国之君的德宗看到胜利的露布,失声痛哭,也是感同身受,有切肤之痛,情使之然。对于逆首朱泚,露布怒斥为"包藏谋逆,参会凶德,浸氛其气,豺虎其心。背先皇亭育之恩,伤陛下玄默之化。汉之莽卓,未有如此之大者也"。对于德宗,露布曲为宽慰,"或者上天之意,申儆于巨唐;中兴之期,光启于陛下。不然,何王师奋发,势无驻于建瓴;丑类抢攘,功有轻于折箠"。大约这是上天对大唐的惩戒吧,陛下是中兴之主,大唐犹有厚望。言来极为得体。清人孙梅称赞:"敷陈事实,妙极情文,著语不多,九重动色,可为师法耳。"① 写作露布的于公异,吴人,建中二年(781)进士,是李晟诏讨府的掌书记。他追随名将李晟,一路破贼,鞍马艰辛,深悉破贼平叛的实况,故而露布写来,笔端带有真挚的感情,绝非平庸的歌功颂德式的官样文章可比。于公异因这一篇露布,遂留名历史。

与唐人露布相比,宋人露布的特征是严守体制,精于技法,善于裁对用典,但虚笔多、套话多。最重要的问题,是缺乏历史鲜活感。故而宋代露布的文学、美学价值已不如唐代,文辞、风格等,都与唐代有异。存在差别的根本原因就在于宋代是"拟作",近乎游戏。这也无法苛责宋人。让没有经历过行军打仗的文人,撰写军旅之事,除了向书本讨生活之外,别无他法。然而,又不得不佩服宋人,纵然无真实经历,却能把想象之词装扮得中规中矩,甚至有以假乱真之妙,以至于蒙蔽了不少后人,认为宋代露布如《岭南道行营擒刘铢露布》、《升州行营擒李煜露布》等,仍是真实应用,这又是宋人的不可及处。

正因为是文人书房里的历史想象,故而宋人的露布更精整凝练,专注于裁对的整齐对称,隶事用典的含蓄典雅。如吕祖谦《晋征虏将军征讨大都督破苻坚露布》写谢玄破苻坚云:"时惟谢玄,功冠诸帅,以八千之剽悍,剪百万之腥膻。苻坚流落草莱,间关险阻。伤既深于流矢,食不厌于壶飧。颠踬穷途,过项籍乌江之窘;零丁匹马,犹本初官渡之归。"形容苻坚失败后受伤,落荒而逃,凄惨狼狈,句式精整之至;而用项羽、袁绍的典故,亦熨帖恰当。又如洪适《唐定襄道行军大总管破突厥露布》之结尾:"此盖上穹助顺,列圣储休,成兹不世之功,允谓非常之庆。坐

---

① (清)孙梅:《四六丛话》卷二四,第454页。

明堂而献寿，行持万岁之觞；作彝器以铭功，永纪一人之烈。"用整饬对称的句式，把颂圣的意思表达得正大光明，轰轰烈烈。唐士耻《拟河北宣抚使平贝州露布》有句云："国家大业无疆，重明四叶。书同文，车同轨，恩波匝雨露之滋；仁也柔，义也刚，政理若日星之照。"裁对之工、声律之严，到了无以复加的地步。

宋人已有对露布写作技法上的思考、提炼和总结，如吕祖谦云："头四句后再用两句散语，须便用两事。如蛮夷则用前代伐蛮夷之事，盗贼则用前代僭乱之事。"① 关于格式、句法、用典等，指示详切，非常具有可操作性。正因为有理论技法上的讲求，故而创作才能有法可依。宋代露布还有的题材相同，如吕祖谦、洪适皆有《晋征虏将军征讨大都督破苻坚露布》② 和《拟唐定襄道行军大总管破突厥露布》，因是当时词科出的试题，故而两人都有拟作。

露布的美学风格，以"壮美"为上，不宜趋于"优美"。因为追求张皇威武、忠义奋发，所以要刚健、气盛、词壮。最上者，挟天风海雨之势，达摧枯拉朽之效。清人孙梅对此认识很精到："若达心而懦，无乃失辞；即美秀而文，犹为不称。必其胸藏武库，抵十万之甲兵；律中奇音，振五声之金石。"③ 露布"软"了不行，阴柔之美更不称。最好胸中就有一座辞藻的武器库，刀枪剑戟，运用裕如；斧钺钩叉，安排得当。露布的目的是宣扬军威，基调是雄壮高昂，故而语言、叙事、情感等都要显出豪放、壮美的美学意味，方为得体。

总之，露布文体具有建筑美、辞藻美、音乐美，其中叙写战争环节，为核心内容，立一篇之警策。在古代文学、历史著述中，少有能将战争描述得如露布那样故事曲折、文采瑰伟、气势雄健的。杜甫的诗被称为诗史，是因为提供了比史书更鲜活、更有意味的历史现场；而露布中的战争描述，也比史书中的战争更绘影绘形、奋发雄壮，有历史现场感，令人身临其境，故能打动人、激励人、感动人。当然，露布为表功、邀功，有时虚张声势，夸大其词，带有一定的虚构成分，这也让露布记述的战争区别于史书，而更贴近文学，天然具有一定的文学色彩。要之，在文学史上，

---

① （宋）王应麟《玉海》卷二〇三《辞学指南》引，载王水照编《历代文话》，第988页。
② 吕祖谦此文在宋代总集《五百家播芳大全文粹》卷九一中题为王安石之作，实误。
③ （清）孙梅：《四六丛话》卷二四，第455页。

露布描述战争的价值和意义独具一格，无可替代，堪称战争文学中的奇葩。

余 论

宋以前撰写露布者，有随军文官、主帅的机要秘书等，如观察使或节度使的掌书记。

唐代大手笔张说的露布就是在任武攸宜幕府掌书记时所作。有时，主帅为了打胜仗之后有一篇高华典雅的露布，甚至特意带上有才华的文人随军，专司战后露布的撰写。正如清人顾汧《亲征葛尔旦大捷凯歌》之七云："文学诸臣载后车，枚皋捷笔胜相如。忽闻夜报擒渠帅，磨盾飞挥露布书。"[①] 可谓实录。宋以后撰写露布的，多为词科应试者和以露布练笔者。

露布又有"正体"、"变体"。正体指符合露布体制功能的规范之作；而变体，则指在体式、体裁等方面有所变化突破。前文提到，南朝释宝林的《破魔露布文》，将露布应用于护法御侮、弘道明教，就属于"变体"，有游戏之意。按，这里的"魔"，乃特指佛教中的"魔"，魔王窃神器，是邪恶之师，故而佛祖率众扫荡魔军。文章讲说佛法，"虚陈诡异"，使用佛典亦多，风格则恢张奇伟，阐耀威灵。这从侧面说明，南北朝时的露布已经脍炙人口，故而佛教徒想到利用露布来传法明教。后来的佛教露布还有《平心露布文》。

官方军事上的露布，专为报捷。但民间一直也在使用露布，与汉代的用法类似，取广而告之之意，非独立文体。一直到民国时期，街头巷尾的告示、广告，报刊上的启事等，常常径称为"露布"。如民国报刊上常有"本刊露布"、"编辑室露布"、"谜语露布"、"悬赏征文露布"等。笔者收藏有一张20世纪20年代，京剧名伶在天津演出的大幅招贴广告，标题上竟然也标明"露布"，可知露布在民间和日常生活中应用的广泛。但民间广而告之的露布与本文所论官方的报捷露布，并不是一回事。故点到为止，不再细论。

最后，以清人方濬颐的新乐府《飞露布》一首作结：

[①] （清）顾汧：《凤池园诗文集》诗集卷七，清康熙刻本。

飞露布，表战功，如荼如火尺幅中，字向纸上光熊熊。国家军兴将一纪，纷然屯聚众蜂蠆。捷书到今不知数，乘除试觅算博士。拍手齐呼烂羊头，沙虫凄楚猿鹤羞。何时灵台偕偃伯，铙歌一片催骅骝。①

露布恰如纸上的烈火，熊熊燃烧，催人奋进。露布佳作，尺幅之中，能见出万里的磅礴气势。它虽然只是用来表叙战功、宣扬军威，但大而言之，为古代国家、民族和人民找到军事的自信和胜利的喜悦。小而言之，也为文人锻炼手笔、发思古之幽情，提供了良好的习作机会。

---

① （清）方濬颐：《二知轩诗钞》卷七，续修四库全书本，第516页。

新发现足本《听春新咏》与重新认识清嘉庆北京剧坛

谷曙光

《听春新咏》是清代嘉庆年间刊刻的一部"梨园花谱"性质的戏曲史料。由于它的成书年代较早，且体例编排颇有特色，在清代戏曲史料中是较为重要的一种。其书能够进入研究者的视野，而不至于湮没无闻，端赖民国时张次溪将其收入《清代燕都梨园史料》。笔者在研读张次溪辑校本时，发现其内容不全，缺失甚多。其一，根据《听春新咏》之例言：

> 先以昆部，首雅音也；次以徽部，极大观也；终以西部，变幻离奇，美无不备也。至蒋、陶诸人，音艺兼全，盛名久享，自不屑与侩等伍，特以别集标之。①

此书本应有昆部、徽部、西部、别集四卷，但现在张氏辑校本整个"昆部"都缺失了。其二，依据徽部之目录，著录徽班优伶五十四人，而现在的张氏辑校本仅有前十八人的内容，其余三十六人均付阙如。整体来看，张氏辑校本《听春新咏》缺失内容占到整本书的一大半。然而，遗憾的是，长期以来，学术界似乎对此既没有发觉，亦无人尝试去解决问题，找出缺失的内容。从周贻白《中国戏剧史长编》、胡忌等《昆剧发展史》、王芷章《中国京剧编年史》等研究著作来看，对《听春新咏》都有

---

① 本文所引《听春新咏》，系征引自国家图书馆藏清嘉庆四卷刻本，下面不再出注。另，由于张次溪编纂的《清代燕都梨园史料》错讹较多，为严谨计，本文所引清代文献史料，一般都找到清代原刻本校对，特此说明。

新发现足本《听春新咏》与重新认识清嘉庆北京剧坛　199

引用，但著者所见皆非全本。

　　笔者近年来，一直想解决这一问题。在多家图书馆爬梳文献过程中，先在首都图书馆找到戏剧研究家马彦祥收藏的《听春新咏》，一函四册，三卷，令人振奋的是，其书的徽部卷是全备的，遂抄录缺失部分，但仍缺昆部。后又查阅到国家图书馆亦藏有一部一函四册的《听春新咏》，笔者原本以为，马氏收藏的戏曲书籍多珍本、善本，既然他的私人藏本都不全，国图藏本恐怕也难免缺佚。总之，对于找到昆部未抱多少期望。然而，翻阅之下，意外发现国图藏本乃是四卷的足本，辗转多次抄录，此书终成全璧。20世纪80年代，周育德在王芷章的指点下，找到并整理出乾隆年间刻本《消寒新咏》（据周作人藏书），成为晚近清代戏曲史料一个较重要的发现；事隔多年，笔者发现并补足嘉庆年间的《听春新咏》，又为学术界提供了清中期戏曲研究的珍稀史料。

　　此书的编著者，题留春阁小史辑录、小南云主人校订、古陶牧如子参阅，三人生平皆不详。大约都是由江南来京城参加科举考试的书生。据书之序言、缘起，留春阁小史"浪迹都门"，醉心梨园，惯于听歌，"十年箫管"，"爱取鞠部诸郎"，"写就伶人小名"，"所及者，犁为四部，各缀数言"，再呼朋引类，"求此友声"，遂与小南云主人、古陶牧如子等"往来商榷"，相互唱和，汇聚诗词，编辑成书。

　　足本《听春新咏》的篇幅约五万字，在清代已知同类书籍中是篇幅最大的；更重要的是，其书体例上有新的创造，特色鲜明，不落前人窠臼。此书在编排上的最大特点就是分部排列，昆部、徽部、西部、别集的分类，是前此未见的。书之例言云："梁溪派衍，吴下流传，本为近正；二簧、梆子，娓娓可听，各臻神妙，原难强判低昂。然既编珠而缀锦，自宜部别而次居。"当时的一般文人，总觉得昆剧雅致，而高看一眼；对于二簧、梆子等花部乱弹，则大率不屑，看不上眼。但《听春新咏》的编著者非常客观公允，对于各部、各剧种一视同仁。那种认为二簧、梆子也各臻神妙，与昆剧难以强判高下的观剧态度，在嘉庆年间的文人墨客里实在难得。昆、西、徽并列，确是有新意的编排方式。此外，编著者将三部中年齿稍长、久负盛名的优伶单列为别集，加以品评月旦也是合适的。

　　书内天涯芳草词人撰写之《弁言》云："尝阅《燕兰小谱》、《日下看花记》诸书，皆所重在人，题咏俱出一手，观者每有挂漏之疑焉。小史此集，编珠排玉，专采诗词，不为群花强分去取，亦不为群花强判低昂。"假如对某部有所偏爱，在入册优伶的挑选和评价上就有可能主观随意，难以做到一视同仁，其书则不能客观反映当时剧坛的真实状况；鉴于此前同类著述存在的问题，《听春新咏》采撷广，搜罗富，且客观真切，不妄加主观判断，其史料价值自然胜过一般的同类书籍。对于同部优伶的评判，书之例言云："各部中群芳林立，霞蔚云蒸，孰轾孰轩，难以强定。今惟以得诗之先后为次第。至若兼咏群花，一时并集，不得不稍分位置，然亦遍采舆评，不敢略存私臆。"尽量做到吸收大多数人的意见，公正恰当，并不掺杂多少个人的主观私心，予以强判甲乙，这也是难得的态度。故而天涯芳草词人有《浣溪沙》赞云："赏识从无似此真，排珠比玉部居匀，惜花判得费精神。"堪称允当。总之，这部书在同类梨园花谱里，是体例新颖，史料丰富，有较高文献价值的一种。

此前，学术界所看到和引用的，一般都是张次溪《清代燕都梨园史料》辑校本；现在发现了足本的《听春新咏》，有助于对清嘉庆年间的北京剧坛重新作一番巡礼和认识。

首先，关于嘉庆朝北京剧坛的格局问题。

清代乾隆一朝，戏曲空前勃兴，演出极为繁盛，是戏曲声腔剧种演变的承上启下阶段。当时的帝都北京，市肆繁华，娱乐业发达，是全国戏曲演出的荟萃集散之地，来自全国各地的戏班剧种在京城急管繁弦，各奏其能，相互竞争，此消彼长。正如小铁笛道人《日下看花记》所云："有明肇始昆腔，洋洋盈耳。而弋阳、梆子、琴、柳各腔，南北繁会，笙磬同音，歌咏升平，伶工荟萃，莫盛于京华。"① 从乾隆到嘉庆，京城剧坛几经变迁，发生了深刻的变化：

> 往者，六大班旗鼓相当，名优云集，一时称盛。嗣自川派擅场，蹈跃竞胜，坠髻争妍，如火如荼，目不暇给，风气一新。迩来徽部迭兴，踵事增华，人浮于剧，联络五方之音，合为一致，舞衣歌扇，风调又非卅年前矣。②

乾隆时，京腔六大班、魏长生的"川派"先后在京师剧坛各领风骚，彼

---

① （清）小铁笛道人：《日下看花记》，国家图书馆藏清嘉庆八年刻本。
② 同上。

此消长。接着徽部勃兴，风调为之一新。到了嘉庆中期，北京剧坛的发展状况又是如何？据前引之《听春新咏》例言，嘉庆朝的演剧活动似乎已不再是那种百舸争流的局面，而是由"天下大乱、群雄并起"渐趋于"割据山河、三足鼎立"。昆部，自然是雅部正声的昆剧。而西部，则以秦腔为主。但此秦腔又非陕西甘肃之原始秦腔。《听春新咏》云："盖秦腔乐器，胡琴为主，助以月琴，咿哑丁东，工尺莫定，歌声弦索，往往龃龉。"其伴奏乐器用胡琴、月琴，艺人多出自本京，又喜追慕学习魏长生"川派秦腔"的路数，综合判断，西部实乃融合了京腔、川派秦腔等的"新秦腔"。徽部的情况最复杂，"联络五方之音，合为一致"，昆、乱兼演，是多种声腔剧种的聚合。昆、西、徽，这是当时京城剧坛最有影响的三部。

需要指出，三部并不是势均力敌的态势。根据足本《听春新咏》综合统计，昆部录优伶二十人，西部录优伶十六人，而徽部录优伶竟然达到空前的六十九人！（别集杂录名伶二十人，其中昆、徽、西三部皆有，已分别计入各部。）从中不难窥探京城剧坛剧种之间的势力消长。昆剧，是老的优势剧种，虽然乾隆朝后期已显出颓势，但毕竟是正声雅音，根基深厚，同时还受到清廷的提倡，故仍占据重要的一席。此前未发现《听春新咏》的昆部，如只看到张次溪整理本里的徽部与西部，可能会认为昆剧在嘉庆年间已经衰落得不成样子了。这显然与历史事实不符，也不利于从整体上宏观把握当时的剧坛。以魏长生为代表的川派秦腔在乾隆后期的京城耸动一时，但因其过于淫靡泼辣，发展受到朝廷的限制，且较俚俗，难入中上层人士之耳目，势头已有衰退。嘉庆时，势力最强、锋头最健、最具人气的，还得数徽部。

打个比方。虽然是"三足鼎立"，但徽部犹如三国时的曹魏，势力最大，最有一统天下之气概；而昆部、西部则如东吴、西蜀，地盘既小，又随时有被曹魏蚕食鲸吞之危险。那么，诸剧种之间是何关系？它们如何相处？笔者认为，各剧种之间并非泾渭分明，也绝不是一味的王霸之争，更重要的是取长补短、相互融合的一面。任何剧种都有自身的优长，事实上，任何时代都不可能只是单打一的某一剧种，而是多种剧种共同存在、共同发展。各剧种的协调发展是一项系统工程，犹如大自然的生态坏境，剧种之间具有相互竞争、相互依存、相互融合的错综复杂关系。诸剧种在交流中发生变化，碰撞中产生火花，竞争中引发新陈代谢。比如同一剧目，昆部、徽部、西部皆演绎，各具其妙。据《听春新咏》记载，昆部迎福部凌吉庆的"《偷诗》一剧，冷面热肠，描摹曲肖。殆与徽部李菊如（添寿，四喜部）作赵家姊妹矣"。同是《偷诗》，但昆部与徽部演来各得其妙，各擅胜场。《香山》，也是徽部、西部皆演，而有所不同，"盖西部《香山》与徽部稍异。徽部服饰庄严，西部则止穿背甲，非雪肤玉骨者，不轻为此"。服饰大不相同，演来也意趣有别。西部双和部李小喜演《香山》一剧，"双湾纤藕，百啭新莺，与徽部张芝香各极其妙"。对于不同剧种的优伶演绎相同剧目的情况，观剧者肯定会作品评、比较，而戏班的优伶之间也肯定会互通有无、扬长避短。各剧种争奇斗艳，各不相让，最后留在舞台上的，一定是经过竞争后的最有魅力、最有生命力的艺术。

学术界一般认为，京剧诞生于1840年前后，其实在京剧诞生之前一定有相当长的一段孕育时期。从《听春新咏》来看，嘉庆年间的徽部势力浩大，最有前途。以徽部为主要力量，融汇昆部、西部等，助推剧种的交流衍变，乃是大势所趋，也是水到渠成。《听春新咏》清晰地反映和彰显了这一点，毋庸置疑。故而此书对于研究清中后期戏曲剧种的交流、竞争、嬗变，特别是京剧的形成，有着特殊的价值和意义。

其次，重新认识"联络五方之音"的徽部。

书中徽部列出三庆、四喜、和春、三和、春台五部。如前所言，昆部专演昆剧；至于西部，演秦腔；然则，徽部演的是什么戏？如果笼统地说徽部演的是"徽剧"、"徽调"，那恐怕只是想当然的望文生义。客观而论，徽部的情况更为复杂。书里虽提到了"二簧"，但何谓二簧，学术界众说纷纭，尚未取得一致意见，不如姑置不论。笔者认为，不妨从徽部演出的实况来考察一番。乾隆年间《消寒新咏》的作者说："余到京数载，雅爱昆曲，不喜乱弹腔，讴哑咿唔，大约与京腔等。（徽部）惟搬杂剧，亦或间以昆戏。"[1] 这位作者是在谈徽部优伶时讲这番话的。可知徽部虽然主唱乱弹，但实际也演昆剧。从《听春新咏》的实际来看，情况更复杂，徽部中实昆乱兼演。徽部的艺人特别善于博采众长，徽部的演出，有昆剧，有乱弹，包括二簧、秦腔，甚至各种小曲等。所谓徽部，包容性最强，实乃合众多声腔于一部。徽部兼容并蓄的特色，在当时是最为突出的。

---

[1] 《消寒新咏》，国家图书馆藏清乾隆乙卯年三益山房刻本。

以三庆部郑三宝为例。他"浓纤合度,亦雅亦庄,挹其丰采,如于纷红糅绿中忽睹牡丹一朵,艳丽夺目,使人爱玩不置。工于昆剧,偶作秦声,非其所好。《思凡》、《交账》诸剧,淡宕风华,好声亦为四起,毋谓阳春白雪必曲高而和寡也"。再结合《众香国》里的记载:"(郑)瘦小有神,所到处色舞神飞,刻无宁暇,座客俱为忘倦,盖生成水性也。演《小盘》、《卖肉》诸出,情致描摹,声音嘹喨,固有未可忽视者。"① 他在徽部,演二簧是题中应有之义,但同时又工于昆剧,还能偶作"秦声",故而笔者推测郑三宝是"全能演员",诸多声腔剧种都能兼擅,这就是徽部的特色,也是徽部最有市场、最有前途的原因。

徽部有的优伶在艺工昆剧的同时,还兼唱秦声。如三庆部谢添庆,"《絮阁》、《寄柬》诸剧,歌喉圆亮,态度春容,出字收音,颇遵法律",虽唱昆剧,但"间唱秦声,亦委婉多风,靡靡动听"。一个人同时兼擅昆剧与秦腔,这在乾隆年间是比较少见的,纯粹的昆班中人更不屑为。但到了嘉庆年间,却由徽部中人完成了昆、秦艺术的交融。再如三庆部陈庆寿,"演《铁弓缘》,声音浏亮,体度褊褼,论者谓有刘朗玉之风焉;至《佳期》、《藏舟》,则传派既佳,更臻妙境矣"。《铁弓缘》乃西部名剧,要博得好评,得走魏长生、刘朗玉的泼辣淫靡路子,庆寿演来,得心应手;难得的是,他演昆剧也有法有度、中规中矩,这就不易了。三和部的吴寿林"雅擅秦声曲调新","演《香山》、《赠镯》诸剧,吭滑停云,肤光耀雪,能使观者如堵墙";和春部王双秀也是"昆腔诸剧,节奏俱工",可知兼擅多种声腔的,不在少数。

徽部演昆剧,不仅不下于昆部,有时甚至比纯演昆剧的伶人还要高明。春台部黄玉林,"《水斗》、《瑶台》诸剧,神韵颇似雪梅(张七官,金玉部),而闲暇尤胜"。玉林演的《水斗》、《瑶台》,不但富于神韵,表情气度似更胜昆部优伶一筹。

三部之中,徽部可以兼演昆乱,诸腔杂陈,但西部却不宜兼演昆剧。至于昆部,更是壁垒森严,放不下身价,一心守着雅部正声的正统地位,最不易与其他声腔剧种发生关联。毕竟昆剧已经是非常成熟的剧种,流动性较弱,本无足怪。三部比较,徽部无疑最具活力,既有辐射渗透其他剧种的影响力,又有吸纳其他剧种忧长的熔铸性。值得注意的是,一些有识

---

① 《众香国》,国家图书馆藏清嘉庆刻本。

见的昆部伶人似乎已经意识到徽部的发展潜力，出于经济利益或其他的考虑，而接近徽部，向徽部学习。比如庆宁部的钱德明，在演昆剧之外，"工唱《满江红》小调，又善弹三弦子"，金玉部的孙喜林也是"思春小曲独绝一时"，可见都是别有所长的。

以前讲徽部，过于强调它腔调的"新"；笔者认为，徽部海纳百川的包容性实更重要。徽部能"联络五方之音"而"极大观"，其实是兼收并蓄、诸腔杂奏的结果。较之昆部、西部，徽部在艺术上是兼容并包、细大不捐的，名为"徽部"，实则是"合班"，这是徽部的最大特色，也是徽部得以立足并迅速发展、蓬勃壮大的根本原因。其实，徽部也抓住了难得的发展机遇。乾隆和嘉庆朝，两度打压禁止魏长生一派秦腔的演出，这也给徽部的争夺市场、发展壮大提供了良机。

再次，规模庞大、富有新鲜活力的徽部。

当时徽部班社的规模，在《听春新咏》里也有所反映。拿和春部为例，"群芳林立，几至百人，派戏难以遍及"，以至于该部很优秀的艺人李巧林都不太排得上戏。一个班社，竟有上百人，规模之大，可想而知。当时徽部中又以四喜部人才最盛："盖徽部得人，四喜最盛。自集中所录诸人外，如陈天福之音韵铿锵，中添喜之神情淡雅，朱宝林之折矩周规，双喜之玲珑跳脱，至宝玉、祥林、王添然、田寿林辈，或则风华妍媚，或则绰态娇憨。冀北空群，江南撷秀，几谓人材之美尽于斯矣。"四喜部除了入册的十余人，尚有不少遗珠之憾，可谓极一时之盛。徽部兴盛，人才自然如小溪之归江海，尽归于斯，这也是向来人才流动的规律使然。徽部的优伶文武昆乱不挡，雅俗共赏，自然最得观众欢迎。至于昆部、西部班社的规模，虽无确切记载，但应该不如徽部大。

徽班具有新鲜活力的一个重要表现是，延请昆部的名教师教授子弟。相反，如果昆部请徽部、西部伶人教授，那是不可想象的。如昆旦张蕙兰，早年在《燕兰小谱》里就有记载："苏伶张蕙兰，吴县人。昔在保和部，昆旦中之色美而艺未精者。常演《小尼姑思凡》，颇为众赏，一时名重。"[①] 张氏后来教授过诸多的徽部优伶，如三庆部赵庆龄，"近得吴下名师张莲舫（蕙兰字莲舫），留心问业，更益精纯。故《思凡》、《藏舟》、《佳期》等剧，宫商协律，机趣横生。《春睡》一出，星眼朦胧，云罗掩

---

① 《燕兰小谱》，国家图书馆藏清乾隆刻本。

映，尤得'半抹晓烟笼芍药，一泓秋水浸芙蓉'之妙，转觉卿家燕瘦，较胜环肥矣"。得到张蕙兰的悉心传授，赵庆龄技艺大进，不但演唱技巧得到提高，演戏的神情意态等深层次的技艺，也有了明显进步。和春部的许茂林也是张氏弟子，"尝见其《园会》、《楼会》二剧，一写风情，一摹病态，各极其妙。后知为张莲舫所授，瓣香一缕，直接吴门，宜有是金科玉律也"。徽部中人，得了昆剧老伶工的教授，演起昆剧来，也是规规矩矩，切中绳墨的。三多部的陈庆寿同样是张氏入室弟子。张氏当时在京城堪称菊坛名师，徽部中人纷纷向其请益，"盖自莲舫入都，仅经数月，而珊瑚半归铁网，桃李遍植金台。古人所云：伯乐一过，而冀北空群者"。真可谓桃李满都下。笔者推测，张氏有可能是徽部专门请到京城来教授学生的。此外，四喜部黄庆元的师傅是唱昆剧的朱宝林。徽部优伶，致力于研习昆剧，会在声腔身段，乃至气质格调等多方面有超凡脱俗的变化，这对于融合贯通、提高演技，乃至艺术创新是极有帮助的。

复次，嘉庆时北京优伶的地理籍贯和流动性。

就徽部、昆部、西部来说，徽部优伶的来源最复杂，五十四人中，扬州三十二人，苏州七人，安徽七人，皖江两人，本京两人，直隶一人，湖北两人，湖南一人，其中扬州人最多、最活跃，苏州、安徽人次之，直隶、湖南、湖北等地仅有零星优伶。虽曰徽部，其实并非以安徽人为主，主要是江苏人，这尤其要加以注意。昆部十九人中，十八人皆苏州人，仅一个安徽人，说明昆部规范严整，地域色彩最浓，最难通融。西部十二人，扬州四人，本京四人，直隶一人，陕西一人，山东一人，山西一人。西部虽以"西"字冠名，但优伶来自西北、四川等地的非常少，反倒以扬州和本京人为主。这也说明，西部虽最初来自西北，但唱红后，京师和其他地方的优伶打破地域界限，竞相学习。别集共计二十人，徽部占到十五人，其中苏州五人，扬州四人，皖江三人，安徽两人，太仓一人；昆部一人，苏州人；西部四人，四川两人，本京一人，陕西一人。别集仍是以苏、皖优伶为多。

综合《听春新咏》全书，徽部竟达六十九人，昆部二十人，西部十六人。比较可知，徽部的包容性最强，优伶的籍贯最复杂，来源最广泛。徽部之中扬州有三十六人，西部中扬州有八人，扬州人差不多占了嘉庆时整个京城剧坛乱弹的半壁江山。值得注意的是，兼擅诸种声腔的，多为扬州人。可见，扬州班最没有门户之见，最善于博采众长，因为扬州班本身就是"合班"。通过《听春新咏》，可让学术界对扬州戏曲人才和班社在乾隆、嘉庆年间的北京，所占的突出地位、所起的杰出作用，有更全面深刻的认识。

过去，有的学者把徽班、扬班分别而论，认为不是一回事。现在看来，显然有问题。据《听春新咏》，嘉庆时的徽部优伶，以扬州人为主，徽班和扬班在某种意义上实际是一回事。扬州人在乾隆后期到嘉庆末的较长一段时间内，是北京剧坛的主力军。

据《听春新咏》，清嘉庆时优伶的流动性已较频繁，但流动的方向是有一定规律的。徽部勃兴后，优伶由昆部、西部转到徽部的情况尤其多，反之则少见。庆宁部的潘寿林，"后入迎福，转隶四喜。今秋复归本部"，在昆部、徽部之间跳了好几次槽。王桂林"初隶金玉，与陆朗仙真馥、朱香芸后先济美。后入富华，与陶柳溪、朱素春同享盛名"，先在昆部，再转至徽部的三庆部，但"演剧全仿柳溪，同守梁溪正派"，演的仍是正宗的昆剧，可知徽部最不排斥人才。陶双全也是"昔在霓翠、富华与云谷（蒋金官——引者注）齐名"，后转入三庆部的。西部大顺宁部的苏桂林，后来也转入三庆部。有的甚至亲兄弟都不在一部，一个徽部，一个西部。优伶流动的背后，是经济利益、师承关系、演技水平、班社包容性等因素的综合反映。但一般来说，经济利益是占首要地位的。昆部、西部的优伶，较多转入徽部，也从一个侧面说明了徽部的演出市场好、效益好，且更能吸纳人才。

最后，《听春新咏》记载的嘉庆时各部演出剧目和对表演艺术的品评。

根据《听春新咏》统计，各部的演出剧目情况如下。（未计别集）

徽部：《思凡》、《藏舟》、《佳期》、《春睡》、《盘殿》、《杀四门》、《烤火》、《番儿》、《絮阁》、《偷诗》、《水斗》、《断桥》、《盗令》、《杀舟》、《独占》、《卖身》、《孔雀裘》、《园会》、《铁弓缘》、《十二红》、《小寡妇上坟》、《送灯》、《卖胭脂》、《庙会》、《踢球》、《顶嘴》、《思春》、《醉归》、《金盆捞月》、《交账》、《楼会》、《寄柬》、《茶叙》、《问病》、《顶嘴》、《卖饽饽》、《雄黄阵》、《背娃》、《洛阳桥》、《借扇》、《赠珠》、《扇坟》、《关王庙》、《拷红》、《炳灵公》、《荡湖船》、《醉归》、《闯山》、《捉奸》、《戏洞》、《施公案》、《打面》、《檀香坠》、《巧姻缘》、《花鼓》、《珠配》、《扯伞》、《雪夜》、《别妻》、《琴挑》、《醉妃》、《双官诰》、《寄子》、《盒钵》、《折柳》、《淫骗》、《香山》、《赠镯》、《瑶台》、《醉妃》、《庆顶珠》、《打线》、《度卜》、《盘丝洞》、《挑帘裁衣》、《斋饭》、《打饼》、《回头岸》等，共计七十余出。

昆部：《羞父》、《痴梦》、《盗令》、《反诳》、《秋江》、《跪池》、《姑苏台》、《惨睹》、《白罗衫》、《思凡》、《荡湖船》、《拾画》、《叫画》、《跳墙》、《下棋》、《拷红》、《巧姻缘》、《游街》、《偷诗》、《折柳》、《絮阁》、《水斗》、《活捉》、《和乐》、《雷峰塔》、《翠屏山》、《赏荷》、《长亭》、《窥醉》、《藏舟》、《番儿》、《千秋鉴》、《花报》、《和番》、《瑶台》、《游园》、《惊梦》、《盘秋》、《阳告》、《夜课》、《教子》、《思夫》、《相约》、《讨钗》等，共计四十余出。

西部：《赐环》、《梅降雪》、《富春楼》、《血汗衫》、《背娃》、《百花亭》、《换布》、《打都卢》、《吞丹》、《戏叔》、《裁衣》、《剃头》、《写状》、《捉奸》、《赠镯》、《檀香坠》、《香山》、《卖胭脂》、《缝带》、《登楼》、《揭帐》、《卖艺》、《别窑》、《九钟罩》等，共计二十余出。

综合来看，徽部的剧目是最丰富的，且文武昆乱兼备，折子戏和整本戏俱有。昆部的剧目较"纯"，以折子戏为主，一般不会羼杂乱弹。值得注意的，是那些两部或三部都演的相同剧目，而这些，往往是徽部优伶借鉴、改编或直接向昆部、西部学习的。三部中徽部和昆部剧目的重合最多。笔者没有对徽部剧目作更进一步的分析，譬如细分某剧是秦腔、某剧是二簧等，因为笔者认为，有些剧目可能是多剧种共同演绎的，演法不止一路，难以考镜源流。以徽部剧目为例，有些是徽部原本有的，有些可能是移植的，有些可能是改编的，情况较复杂，不便一概而论。但是，研究者可以从上述三部剧目里，探查嘉庆时期北京剧坛有哪些剧目较流行；而那些多剧种都演的剧目，可能是当时观众喜闻乐见的，从某种程度上反映出班社对剧目的选择和剧坛的审美风尚。

《听春新咏》一书，对于嘉庆时优伶的表演艺术，时有会心赏评。观剧者有着独特的艺术品位和审美见解，不抱门户之见，尤为难得。《听春新咏》例言云："只取登场情景，众所共见者，铺叙数语。……间作一二点缀，神之所注，笔亦随之。"可知编著者看重的是"场上"，是优伶的舞台技艺，表演艺术，而非津津于优伶之色相。那种以舞台演出为主，片言居要的批评方式，其实来源于古代传统的诗词品评。对于戏曲演出，"场上"情况稍纵即逝，早已风流云散，最难探究；而《听春新咏》恰恰关注嘉庆时的"场上",提供了研究当时舞台实况、优伶演技的珍贵史料。

譬如,对于旦角妖娆泼辣一派的演法,《听春新咏》就提出了不同流俗的独特见解。本来,魏长生是这路戏的祖师爷,后来者皆学他。但《听春新咏》认为,"婉卿(即魏——引者注)《滚楼》等剧,形容太尽,毕竟少一'含蓄'",反而是后来的姚翠官"酝酿深醇,含情不露",姚的"《温凉盏》诸剧,绘影摩神,色飞眉舞,动合自然,绝无顾盼自矜习气"。由此见出著者偏于含蓄蕴藉的艺术品味,而这可能也是魏长生的川派演法在嘉庆时已随时代和观者审美而变化的一种反映。韩四喜走的也是妖娆妩媚一路,书中评价他"《背娃进府》能与姚翠官争长,而双翘莲瓣绝类婉卿(魏三),为近来诸部之冠。且其珠藏川媚,极色飞眉舞之奇;舌底澜翻,集巷语街谈之巧"。韩演戏不但有风月之浓情,眉眼留媚,又善道白,引观者解颐,真是擅绝一时,名下无虚。

《听春新咏》中还有对于嘉庆优伶各种演技的描述。如飞来凤"《蓝家庄》一剧,描摩醉色,由白而红,非强为屏息者所能仿佛,歌坛中绝技也"。这是赞赏优伶对于醉酒情态的细腻描摹。大顺宁部的何玩月,擅长武戏,"《无底洞》、《杀四门》、《庆顶珠》等剧,戎衣结束,莲瓣飞扬,握槊持刀,有雪舞风回之妙,娘子军中殊堪领队"。武戏为徽部、西部所擅长,这些描述,非常珍贵鲜活地反映出嘉庆京城舞台上的优伶实况,富有研究价值。

有趣的是,《听春新咏》还对旦角优伶演唱时的"口型"问题作了分析。书云:

> 《断桥》《刺梁》诸剧,精神融结,曲调清脺。赵仿云(小庆龄)、郝秋卿(桂宝)每称其口齿颇清,而强作解事者,动欲吹毛求疵。然余闻广平叶氏云(吴人,最精音律,著有《中原音韵》、《纳书楹》等书行世):"旦色止取神韵,于字面不宜苛求,如'皆'、'来'之张口,'车'、'遮'之参牙,不到十分则其音不足,必使小小樱桃不逾分寸,即西施、王嫱亦变成嫫母矣。"此虽怨词,实为确论,则潘郎之妙,宁第在引商刻羽间哉。

有的字,如讲究字正腔圆,演唱时势必要五官移位,甚至龇牙咧嘴,口型难看，而且角又无胡子遮挡，无疑有破坏美的形象的忧虑。那么，演唱时，究竟是斤斤计较于字音，还是点到为止，以保持女性的美丽形象为上呢？《听春新咏》似乎还是倾向于后者，所谓"潘郎之妙，宁第在引商刻羽间哉"。毕竟演戏不能太较真，过于吹毛求疵，反而失去了舞台上美的形象。

《听春新咏》生动反映了嘉庆年间北京剧坛各剧种、戏班搬演的实况，犹如当时的"观剧指南"，兼具文献和理论价值。此书足本的发现，为学术界重新认识嘉庆年间的北京剧坛，提供了珍贵的史料。从乾隆到嘉庆，再到道光，北京剧坛发生了深刻的变化，各剧种声腔的交流、融合、衍变是发展主流。嘉庆一朝，在徽部、昆部、西部的三足鼎立中，以徽部为主导，荟萃五方之音，呈现洋洋大观。嘉庆时北京剧坛的优伶，以江苏、安徽人为最多。在苏、皖人主导的徽班里，诸腔杂奏，急管繁弦，不经意间孕育着新的声腔，潜移默化中发生着新的变化。以前经常讲昆乱合流，其实不够全面。所谓合流，既有乱弹与昆剧的交流，也有乱弹内部的交流，而且合流的主导方是乱弹，主要是乱弹吸收昆剧的优长，主流是乱弹融合昆剧，昆剧间接影响乱弹。昆剧本身早已定型，壁垒森严，不易于变化了。

剧种之间的竞争、交流、融合，乃是孕育产生新腔调、新剧种的基础。以前学术界研究京剧的形成，向上注重乾隆朝，往下关注道光朝，似乎夹在中间的嘉庆朝可有可无。现在看来，嘉庆朝正处在承接上下的枢纽地位，道光后期，京剧已经基本形成，而嘉庆一朝，实是京剧形成的前夜，其重要性可想而知。过去，因为史料匮乏，对嘉庆年间的北京剧坛缺乏全面了解、认识，现在根据《听春新咏》，再加上《日下看花记》等书，可以让学术界更清晰地辨识嘉庆剧坛的真实状况，了解京剧形成前夜，北京剧坛在进行着怎样错综复杂的激烈竞争和新陈代谢。

"采诗夜诵"与汉武帝之郊祀礼乐[*]

梁海燕

一直以来，学界有一种观点，认为汉武帝时期朝廷举行的郊祀仪式中，乐府机关所执行的"采诗夜诵"行为是演练或挑选民歌曲调，以便为文人诗赋配乐提供"新声曲"之用。[①] 本文仔细分析了汉武帝重定郊祀礼的思想背景和宗教文化背景，认为学界目前的这种观点系对班固原文意的误解。笔者经研究发现，乐府之"采诗夜诵"与《郊祀歌十九章》的生成并无直接的关系。"夜诵"实为乐府艺人在郊祀仪式中歌诵俗乐歌诗以娱乐神灵的活动，内容即采自民间的"赵、代、秦、楚之讴"。"采诗夜诵"体现了汉武帝时期郊祀仪式中乐府艺人以民间新俗乐娱祭神灵的宗教艺术功能。

一

元鼎五年（前112）前后，汉武帝初步确立了"甘泉祭太一"、"汾阴祭后土"的天地祭祀仪式，郊祀乐舞的制作遂被提上议程。《汉书·郊

---

[*] 本文为中国人民大学科学研究基金项目"乐府诗的风格与音乐关系研究"（10XNB017）阶段性成果。

[①] 如元代吴莱《论乐府主声》："及武帝定郊祀，立乐府，举司马相如等数十人作为诗赋，又采秦、楚、燕、代之讴，使李延年稍协律吕，以合八音之调。"（明唐顺之《荆川稗编》卷三七引）张永鑫《汉乐府研究》："从字面上看，'采诗夜诵，有赵、代之讴，秦、楚之风'，给人以一种采集民间诗歌的感觉，但在实际上，它只是从事于创制新声曲，亦即新雅乐而已。"（江苏古籍出版社1992年版，第62页）赵敏俐《汉代乐府制度与歌诗研究》："汉武帝采歌谣的主要目的并不是为了娱乐，而是为了'夜诵'，为了以其为参考来制作新的颂神歌。"（商务印书馆2009年版，第74页）

祀志》记载：

> （元鼎五年）其春，既灭南越，嬖臣李延年以好音见。上善之，下公卿议，曰："民间祠有鼓舞乐，今郊祀而无乐，岂称乎？"公卿曰："古者祠天地皆有乐，而神祇可得而礼。"……于是塞南越，祷祠泰一、后土，始用乐舞。益召歌儿，作二十五弦及空侯瑟自此起。①

这段文字经常被后人引述，用来说明汉武帝欲重用李延年因之决定制作郊祀乐。实际上，它也揭示出汉武帝时期的郊祀礼乐与民间"鼓舞乐"之间存在着一重特别关系的史实。汉武帝决定为新的郊祭礼配备乐舞是有一定的参照体的，那就是民间祠祀所用的"鼓舞乐"。所谓"鼓舞乐"，正指代民间祭祀中具有突出娱乐性、观赏性和神秘狂热特点的世俗宗教乐舞。汉代民间社会普遍祭拜山川、自然神等，人们往往使用热烈、繁杂的音乐歌舞进行祭祀。桓宽《盐铁论·散不足》中就有"富者祈名岳，望山川，椎牛击鼓，戏倡儛像。中者南居当路，水上云台，屠羊杀狗，鼓瑟吹笙"②的记录。"戏倡"即由巫倡等人表演杂戏，"儛像"是偶戏表演，具有突出的娱乐人神色彩是这类乐舞的共同特征。其中，"椎牛击鼓，戏倡儛像"又较"鼓瑟吹笙"更高一级，更为丰盛。这类乐舞正是汉武帝所谓民间祭祀"鼓舞乐"的典型形态。

那么，是什么原因促使汉武帝决定仿照民间的世俗祠乐制作朝廷郊祀乐呢？这个问题并不陌生。若就秦汉音乐史之嬗变情形看，一如人们常说的，汉武帝之世雅乐衰微、俗乐新声竞起已为时代必然趋势，朝廷郊祀乐不得不受民间俗乐影响，何况又有擅长俗乐新声的李延年的参与。但在这个问题上，显然仍有进一步思考的必要。究竟是什么东西融通了朝廷"郊祀乐"与民间"鼓舞乐"之间的阶层隔阂呢？笔者认为，此事与当时的宗教文化背景以及人们的宇宙神学信仰有相当重要的关系。

众所周知，汉武帝复位郊祀礼，主要内容就是确立了"太一"这一至上神在国家祭祀中的核心地位。"太一"，也作"泰一"，其名谓在战国中后期已广泛出现。太一信仰在南方楚地尤其盛行。成书于战国晚期、传

---

① 《汉书》卷二五上，中华书局1962年版，第1232页。本文所引《汉书》皆据此版本。
② （汉）桓宽：《盐铁论·散不足》，《诸子集成》第7册，中华书局1954年版，第34页。

为楚人所著《鹖冠子》①书中《泰鸿篇》曰:"泰一者,执大同之制,调泰鸿之气,正神明之位者也。"又曰:"中央者,太一之位,百神仰制焉。"②宋玉《高唐赋》又曰:"进纯牺,祷琁室。醮诸神,礼太一。"③20世纪60年代以来,战国楚墓出土的大量卜筮祭祷竹简,为我们进一步揭示了楚地民间盛行的"太一"信仰及其祭祷情况。早期人类已经意识到音乐歌舞是沟通人神关系的最好媒介。用乐舞"乐神",用"巫觋"降神、迎神正是楚地传统风俗。天星观一号楚墓简、新蔡葛陵楚墓简中有多处文字述及祭祷仪式用乐的情形。新蔡楚简中"乐之"一词还常与"百之"、"赣之"连在一起,构成祭祷仪式中三个连续的环节。④屈原作《九歌》也与楚地民间盛行的鼓舞祠乐有密切关系,王逸《楚辞章句·九歌序》曰:"昔楚国南郢之邑,沅、湘之间,其俗信鬼而好祠。其祠,必作歌乐鼓舞以乐诸神。"⑤透过屈原的文字描述,我们仿佛看到东皇太一祭坛上那绮丽缤纷的乐舞场面。"扬枹兮拊鼓,疏缓节兮安歌,陈竽瑟兮浩倡。灵偃蹇兮姣服,芳菲菲兮满堂。五音纷兮繁会,君欣欣兮乐康。"⑥巫倡杂陈,音声繁浩;人神共娱,歌舞满堂。汉朝统治者来自楚地,心理上亲近楚文化,推举楚地所信奉的太一神为至上神也符合汉武帝的固本心理。依情理推测,汉武帝郊祀"太一"众神也当有巫倡乐伎等人参与。

原始宗教用乐舞来降神、飨神,达到人与神沟通的神秘境界,这一宗教思维在文明时期的民间祭祷乃至国家祭典中长期保留着。⑦汉代社会的宗教信仰在很大程度上仍然接近上古时期具有浓烈迷狂性、神秘性以及对

---

① 《汉书·艺文志》:"《鹖冠子》一篇。楚人,居深山,以鹖为冠。"《汉书》卷三〇,第1730页。

② 黄怀信:《鹖冠子汇校集注》,中华书局2004年版,第222、240页。

③ (战国)宋玉:《高唐赋》,严可均辑:《全上古三代秦汉三国六朝文》,中华书局1958年版,第73页。

④ "赣"字同"贡",指向神灵进献供品。"百"字,通后世之"貉"或"貊"字,也是与祭祀祝祷有关的仪式。祭祀起始先用乐舞降神,故"乐之"居首,随后进献飨神物品,进行祝颂。参见杨华《新蔡简所见祭祷礼仪二则》,《楚地简帛思想研究》第2辑,湖北教育出版社2005年版,第254页。

⑤ (宋)洪兴祖撰:《楚辞补注》,中华书局1983年版,第55页。

⑥ 同上书,第56—57页。

⑦ 可参考日本学者田仲一成《中国戏剧史》(云贵彬、于允译,北京广播学院出版社2002年版)、《中国祭祀戏剧研究》(布和译,北京大学出版社2008年版)中对中国古代祭祀与巫系戏剧关系的论述。

于天神无比敬畏、万分信赖之情感的普世宗教神学。以汉武帝为例，他的复位郊祀礼行为，若从政治的层面看，"太一"至上神的产生适应了大一统帝国在思想文化方面一统化的要求，统治者进一步借助宗教神学力量强化中央集权。但我们也看到，《郊祀歌十九章》中有些篇章以求仙为主旨，直接表达汉武帝个人的成仙欲望，与政权统治、祈祷民生并无关系。汉武帝举一国之力举行郊祀祭礼，与民间社会的"祈名岳，望山川"、"南居当路，水上云台"等里俗之祀，只是规模有差，双方在天人关系的理解上，在对自然神的仰望心理上，却是近乎平等的。虽然祈祷的内容因人因事而异，但用以通神、礼神的环节以及飨神的方式，确乎有着难以超越时代风俗的规定性。在汉人的神学理念中，其所祭拜的众神在很大程度上尚未脱离世俗，飨神时必备音乐歌舞、美酒佳肴等。

汉初宗庙祭祀中就有与民间祠乐相类的乐舞宴戏场面。用楚声演奏的《安世房中歌》唱道："《七始》《华始》，肃倡和声。神来宴娭，庶几是听。""娭"字，颜师古释为"戏也"，"宴娭"就是宴戏。"神来宴娭"四字，描绘出在震澹人心的歌声舞态中，神灵翩然降临祭坛与世人一同宴戏娱乐的动人场景，这正是祭者所努力追求的神秘境界。当然，这个"神"不可能是真正的神，而是由"巫"所扮演。"房中乐有演奏、歌唱、舞美，场面宏大，陈设华美，整个活动追求一种人神感应，人神同娱的神秘性、戏剧性的效果。"[①] 宗庙祭祀如此，天地祭祀当无例外。看来，不仅民间社会有深远而广泛的娱祭灵祇传统，汉代宗庙祭祀也早有用戏娱性乐舞表演吸引祖先神灵的先例。从这样的社会文化背景和时代宗教观念出发，再来审视汉武帝之建议仿民间"鼓舞乐"为新的郊祀礼制作乐舞，此举也就不会令人感到费解了。

二

楚地民间广为流行的"太一"祭祀，民间社会对于"太一"天神的信仰，以及偏重娱乐艺术的民间祠乐，等等，对于汉武帝的郊祀祭仪产生深刻的影响。不过在汉武帝新定的祭仪中，"太一"不再是主管南方天空的一方星神，而是跃升为主宰万物、监督众神、俯察九州岛的至上神。太

[①] 钱志熙：《汉魏乐府的音乐与诗》，大象出版社2000年版，第53页。

一神的这一重要职能转换，客观上也要求有一套与其新身份相匹配的礼乐制度。郊祀乐的具体制作及施用情形，班固在《汉书·礼乐志》中有进一步说明：

> 至武帝定郊祀之礼，祠太一于甘泉，就乾位也。祭后土于汾阴，泽中方丘也。乃立乐府，采诗夜诵，有赵、代、秦、楚之讴。以李延年为协律都尉，多举司马相如等数十人造为诗赋，略论律吕，以合八音之调，作十九章之歌。以正月上辛用事甘泉圜丘，使童男女七十人俱歌，昏祠至明。夜常有神光如流星止集于祠坛，天子自竹宫而望拜，百官侍祠者数百人皆肃然动心焉。①

上述文字基本概括了汉武帝"定郊祀之礼"的主体内容，包括举行祭祀的时间、方位，祀神乐章的来源、施用情况以及祭祀时的壮观场景。但人们对于乐府机关在新祭仪中的艺术功能仍有不少困惑。例如，何为"夜诵"？"采诗夜诵"与"赵、代、秦、楚之讴"系何关系？他们与后面的"十九章之歌"有无直接关联呢？下面，试从郊祀乐与民间鼓舞祠乐的关系着眼对这些问题加以解答。

先说"采诗夜诵"。"采诗"即广采四方诗谣，不包括"司马相如等数十人造为诗赋"的作品。《汉书·艺文志》也说："自孝武立乐府而采歌谣，于是有代赵之讴，秦楚之风。"明言乐府所采为"代赵秦楚"等民间讴谣。至于《郊祀歌十九章》的来源，即由"多举"文人诗赋得来。一为"采"，一为"举"，显然有所区别。"夜诵"一词，历来争议较多。②在我看来，"夜诵"就是夜中歌诵的意思，"诵"的内容正是后面的"赵、代、秦、楚之讴"等民间俗乐歌诗。由于"诵"能产生抑扬顿挫的节奏感，广义上也可归入歌讴一类。"诵"在先秦时期本是"乐语"之一种。《周礼·春官·大司乐》载："以乐语教国子：兴、道、讽、诵、言、语。"但汉乐府的"夜诵"，与先秦时期宫廷的瞽诵、蒙诵并不完全等同。先秦时期"瞽诵诗"并不司事祭祀。汉代文献虽有提及"瞽人夜

---

① 《汉书》卷二二，第1045页。
② 参见王先谦《汉书补注》、范文澜《文心雕龙·乐府篇》注。

诵"的情况①，但皆侧重于文意的讽诵。"瞽人夜诵"与汉乐府之"采诗夜诵"看似相通，实为不同领域的两种行为。正因为"诵"所产生的音韵、节奏感近于"歌"、"讴"的效果，有时人们在"诵"与"歌"、"讴"的词义分辨方面也不甚严格。②《汉书·朱买臣传》就有这样的记载：

> （买臣）家贫，好读书，不治产业，常艾薪樵，卖以给食，担束薪，行且诵书。其妻亦负戴相随，数止买臣毋歌讴道中。买臣愈益疾歌，妻羞之，求去。③

"歌讴"即"歌讴"也。这里的"诵"与"歌"、"讴"便可互训。不少学者认为，"采诗夜诵"是祭祀前的"选诗配乐"行为，也即利用民歌声调制作颂神歌，但这种解释并不能解决"夜中"歌诵的时限问题。其时的郊外祭祀是"昏时夜祠，到明而终"，此"诵"必于"夜中"进行显然由祭祀礼制所决定。合理的解释只能是，"夜诵"为直接参与郊祀典礼的礼乐行为，而非"选诗配乐"的前期准备工作。

那么，"夜诵"的行为主体是谁呢？是"夜诵员五人"，还是乐府中的其他艺人？据孔光、何武为汉哀帝奏上的罢乐府名录，曰："外郊祭员十三人，诸族乐人兼《云招》给祠南郊用六十七人，兼给事雅乐用四人，夜诵员五人……皆不可罢。"④ 由"夜诵员五人"数量一无裁损的待遇可知，"夜诵员五人"不可能是"赵、代、秦、楚之讴"的直接承担者，而是属于典领"夜诵"艺人的管理人员。众所周知，乐府主要典领俗乐，乐府艺人以擅长俗乐表演的倡伎、讴员最为突出。司马相如《上林赋》赞颂上林苑中的天子之乐，就提及"巴渝宋蔡，淮南干遮，文成颠歌。……荆、吴、郑、卫之声，《韶》、《濩》、《武》、《象》之乐，阴淫案衍之音"。这场音乐盛会几乎汇聚了全国各地的俗乐新声。此文虽作于

---

① 刘向《列女传·母仪·周室三母》言古者妇人胎教："夜则令瞽诵诗，道正事。"四部丛刊本，第9页。《后汉书·马廖传》："愿置章坐侧，以当瞽人夜诵之音。"中华书局1965年版，第854页。
② 可参考刘昆庸《"歌"与"诵"、"造篇"与"诵古"》，《学术探索》2007年第2期。
③ 《汉书》卷六四上，第2791页。着重号为引者所加。
④ 《汉书》卷二二《礼乐志》，第1073页。

汉武帝"乃立乐府"前，但这个曾供奉于上林苑专供武帝游猎结束后宴乐之用的演出团体，正可视为"乐府"的前身。汉哀帝罢乐府员名单中，也出现了楚倡、秦倡、蔡讴员、齐讴员等人称字样。班固所言之"赵、代、秦、楚之讴"理当由这些艺人担当。此外，还有一则材料可辅证乐府中的倡讴乐人直接参与了郊祭仪式。汉成帝初即位，丞相匡衡建言罢省郊祀祭仪，上疏曰："紫坛伪饰女乐、鸾路、骍驹、龙马、石坛之属，宜皆勿修。"[1] 从匡衡对泰畤紫坛的描述可知，在汉武帝的郊祀仪式中除了"七十童男女"的合唱队外，还有一类"女乐"。这些"女乐"供奉于泰畤紫坛，直接服务于太一神。《郊祀歌十九章》中用于迎神的《练时日》篇中所描绘的"众嫭并，绰奇丽，颜如荼，兆逐靡。被华文，厕雾縠，曳阿锡，佩珠玉"，应该就是指这些祀神"女乐"的表演，如此妖艳柔媚和极具诱惑力的歌舞情态显非"童男女"所能具备。这些"女乐"应该来自乐府，或即为乐府名单中的"倡人"、"讴员"之类。这些"女乐"以及乐府机构中的其他倡伎、讴员都具备用民间俗乐祭祀神祇的条件，承担起用娱乐性、艺术性都较高的民间新俗乐娱乐人神的宗教艺术功能。乐府设置专门的"夜诵员"，正意味着此"诵"非一般之诵，而是具有特定规定性和象征性的礼乐行为。又因"夜诵"任务相当繁重，故特设五位夜诵员以统领众艺人。在歌诵俗乐过程中，可能还伴有其他杂戏乐舞表演，诸种风格的乐舞竞相辉映，共同营造出"神来宴娭"、"灵其有喜"（《郊祀歌十九章·天地》）的神秘效果。

如此看来，"采诗夜诵"才是汉武帝"乃立乐府"的首要任务。"有赵、代、秦、楚之讴"正是对承担"夜诵"任务的乐府艺人用所采俗乐娱祭神灵的乐舞场面的简洁概括。"采诗夜诵，有赵、代、秦、楚之讴"的演艺场面，正相当于民间祀神的"鼓舞乐"表演。可惜，汉乐府究竟以什么内容的俗乐歌舞进行祭祀，除了"赵、代、秦、楚之讴"这条材料外，竟无从知晓了。《汉书·艺文志》著录汉歌诗数种，仅存题名，无载歌辞。不过，从两汉时期的音乐属性看，当时乐府所采的民间歌诗或说那些用于郊祀的"赵、代、秦、楚之讴"，无疑是属于相和清商一类的新兴俗乐。据《宋书·乐志》言："《相和》，汉旧歌也。丝竹更相和，执节

---

[1] 《汉书》卷二五下《郊祀志下》，第1256页。

者歌。本一部，魏明帝分为二，更递夜宿。"① "夜宿"或与"夜诵"有所关联，同样要求乐府艺人于"夜"中承担某种演艺任务。《宋书·乐志》所录汉"乐章古词"，如《江南可采莲》、《乌生》、《十五》、《白头吟》之类，略可反映"汉世街陌谣讴"之风格情调。此外，南朝"吴声歌曲"中保留了一组吴地民间的祭神乐章《神弦歌》，尽管不能用后事证前事，但仍为我们理解汉郊祭礼中乐府艺人以四方俗乐娱乐神灵的礼乐功能提供一个参考。

《郊祀歌十九章》与"赵、代、秦、楚之讴"绝非同类性质的乐歌。《汉书·李延年传》记载："延年善歌，为新变声。是时，上方兴天地诸祠，欲造乐，令司马相如等作诗颂。延年辄承意弦歌所造诗，为之新声曲。"② 随后，李延年获封协律都尉，担当起为这些文人"诗颂"配乐的任务。从题材内容看，《郊祀歌十九章》可分两类：一是有针对性地祭拜各类神祇的乐章，包括祭祀天地的《练时日》、《惟泰元》、《天地》、《后皇》、《天门》、《华烨烨》、《赤蛟》，祭五帝的《帝临》、《青阳》、《朱明》、《西颢》、《玄冥》及《五神》，祭日神的《日出入》。二是歌颂祥瑞、上报功德的《景星》、《齐房》、《朝陇首》、《象载瑜》及《天马》二首。从歌辞内容方面看，前一类题材的乐章均宜定为颂神歌。如《惟泰元》篇，开篇即言"惟泰元尊，媪神蕃釐"，颜师古注云："天神至尊，而地神多福也。"③ 自"经纬天地"至"咸循厥绪"，极力歌颂"泰一"、"后土"的皇皇之功。"继统恭勤，顺皇之德"两句，是歌者在歌颂完天神地祇的功德后，发誓顺应天意，行天之德。"鸾路龙鳞"以后，祭者一面向神灵展示祭坛上的贡品，包括"鸾路龙鳞"、"嘉笾"、"钟鼓竽笙"、"云舞翔翔"和"灵旗"等，一面把自己的愿望祷告于神，望四海宾服、尽皆来归。其他诗章的内容大体类此，祝颂色彩十分鲜明。第二类题材的乐章往往掺杂祭者个人意志，祝颂色彩更加突出。总之，《郊祀歌十九章》更符合作为祝颂歌诗的功能属性。其实，《汉书·李延年传》已经明言司马相如等人所作的是"诗颂"，《礼乐志》又称"诗赋"。李延年的工作就是通过"略论律吕，以合八音之调"，使这些文人"诗颂"变成合

---

① 《宋书》卷二〇《乐三》，中华书局1974年版，第603页。
② 《汉书》卷九三，第3725页。
③ 《汉书》卷二二《礼乐志》，颜师古注，第1057页。

乐的"颂诗"。《郊祀歌十九章》的歌辞与民间诗谣风格相去甚远，部分乐章仍然延续了周颂雅乐的语词风格，班固以其为选自司马相如等文人的创作是可以信从的。

虽然我们不排除李延年利用"新声曲"配乐，但《郊祀歌十九章》的生成与"夜诵"以及"赵、代、秦、楚之讴"未必有直接的联系。李延年本人精通音乐，以"好音见上"，如果说他还需采纳民歌的声调才能完成配乐工作，有些说不过去。《天地》篇曰："千童罗舞成八溢，合好效欢虞泰一。""发梁扬羽申以商，造兹新音永久长。"《郊祀歌十九章》的演唱主体正是那七十人规模的"童男女"合唱团，这是与紫坛上的"女乐"无论在人员构成还是所承担礼乐功能上，都有着明显区别的歌唱团队。换言之，"采诗夜诵，有赵、代、秦、楚之讴"与"作十九章之歌"虽然都以"定郊祀之礼"为背景，其实是两项不相干的事情①，前者叙广采民间新俗乐娱乐神祇，后者言祝颂歌诗的协律配乐工作。回过头再看班固《汉书·礼乐志》的叙述，其实本来是明白的，只是后人对于"夜诵"一词理解有差，并且"赵、代、秦、楚之讴"这部分乐章歌辞的文本也难具体落实，以致人们常将这两件事混为一谈。

三

倡优俗乐参与国家祭典，自然不被正统儒家、史家赞同。司马迁《史记·乐书》《封禅书》中皆未提及泰畤紫坛上的"女乐"。班固语焉未详。《汉书·艺文志》又说乐府采歌谣"可以观风俗，知薄厚"，不仅淡化汉武帝广采民间俗乐进行祭祀的巫祀色彩，且将武帝之"采诗夜诵"与周代的采诗察政制度联系起来。不过，班固终在著录《郊祀歌十九章》后直言论之："今汉郊庙诗歌，未有祖宗之事，八音调均，又不协于钟律。而内有掖庭材人，外有上林乐府，皆以郑声施于朝廷。"② 意思是，除了不言祖宗事、不协钟律的《郊祀歌十九章》外，尚有掖庭之女乐材人及上林之乐府艺人，后者"皆以郑声"供奉朝廷。"上林乐府"指的就是云阳（今陕西淳化）甘泉宫内承担郊祭礼乐的由武帝"乃立"的"乐

---

① 钱志熙先生近期在其《汉魏乐府的音乐与诗》修定书稿中也指出这一点。
② 《汉书》卷二二《礼乐志》，第1071页。

府"机关。①

乐府机关以"赵、代、秦、楚之讴"娱乐神祇虽遭到时人非议,影响却不容忽视。汉武帝之赋予乐府机关采集民间俗乐进行礼神的新国家郊祭仪式,除保存俗乐歌诗、提升俗乐的地位外,在天文星占学领域也得到反映,后一点鲜有人提及。如前所述,汉武帝"定郊祀之礼……乃立乐府"其实折射出汉人对于天人关系的理解。汉武帝举行的郊外祭祀,不仅有政治的动机,有宗教的理念,也有古天文星相学方面的依据。汉武帝本人"尤敬鬼神之祀",对于民间巫祠非但不排斥且时有崇隆之举。在汉武帝定郊祀礼这一重大政教活动中,巫祝、方士等人发挥了积极作用。无论是他们倡言的祭祀法术,还是天人相感、灵异应验等学说,都构筑了一个充满神秘氛围、带有浓厚巫术色彩的天地祭仪。从太一祭坛的设置、祭品的摆放,到祭祀时间的选择,无不反映了此期儒学方士对于天人相感、灵异应验等学说的信从。《汉书·武帝纪》载汉武帝首次郊祭甘泉太一时时,下诏曰:"亲省边垂,用事所极。望见泰一,修天文禅。辛卯夜,若景光十有二明。"② 已经明言郊祀所修的是"天文禅",这提醒我们在认识"乐府"的礼乐职能时不应忽视这方面的作用。

古人对于宇宙天体的认识总是与当世人的宗教神学意识结合在一起。早在先秦时期,太一"就已经是一种兼有星、神和终极物三重含义的概念"③。太一为楚地天神,又是地位最尊的天官星神。《汉书·天文志》曰:"中宫天极星,其一明者,泰一之常居也。"④ 在世人的想象中,太一神如世间最高统治者一样,拥有自己的宫殿,命曰紫宫或太微宫。举行郊祀祭礼时,太一祝宰要求"衣紫及绣"也是这个原因。太一还拥有自己的嫔妃、辅卫、藩臣、工匠、乐伎等等。翼星,便被人们赋予了亲娱太一、款待夷宾、昌兴礼乐等一系列与音乐礼仪相关的职责,这显然是比附人间朝廷所设的"乐府"机关。再看如下材料:

---

① 参见姚生民《汉甘泉宫遗址勘查记》,《考古与文物》1980 年第 2 期。王根权、姚生民《淳化县古甘泉山发现秦汉建筑遗址群》,《考古与文物》1990 年第 2 期。尚丽新《西汉上林乐府所在地考》(《兰州大学学报》2003 年第 5 期)认为武帝所立乐府在"长安城西,建章宫北,与平乐观相邻之处"。

② 《汉书》卷六,第 185 页。

③ 李零:《中国方术续考》,东方出版社 2000 年版,第 237 页。

④ 《汉书》卷二六,第 1274 页。

《史记·天官书》:"翼为羽翮,主远客。"正义曰:"翼二十二星为天乐府,又主夷狄,亦主远客。占明大,礼乐兴,四夷服;徙,则天子举兵以罚乱者。"①

《春秋元命苞》曰:"翼星主南宫之羽仪,文物声明之所丰茂,为乐库,为天倡,先王以宾于四门而列天庭之卫。主俳倡,近太微而尊。"②

《春秋合诚图》:"翼为天倡。"③

《后汉书·五行志》曰:"翼主倡乐。时上好乐过。"④

《晋书·天文志》曰:"翼二十二星,天之乐府,主俳倡戏乐,又主夷狄远客、负海之宾。星明大,礼乐兴,四夷宝。动则蛮夷使来,离徙则天子举兵。"⑤

"翼星"是南方朱雀七宿中的第六宿,属荆楚分野。上述材料出现"翼为乐府,主天倡"的观点应该不是巧合。不妨推测,汉武帝"乃立乐府"的初衷即为太一特设一个"乐府"机关为其服务。在汉人的神学观念中,这是一个隶属于天宫专为太一神服务的礼乐机关。乐府艺人正是通过"夜诵"这一特殊行为,将四方俗乐歌舞上达天庭,供神享用。如此看来,在祭祀典礼中,祭坛上的歌舞表演、场景布置、供物摆设等,都为虚拟地显现天域中以太一为至上神的宫廷宴乐场景罢了。临祭者所追求的,是尽力借助这种虚拟表演获得最接近真实的祀神效果,汉武帝之以"定郊祀之礼"为契机"乃立乐府"当然也是出于这个目的。

虽然史籍及考古文物均显示,在汉武帝定郊祀礼之前,乐府机关已经

---

① 《史记》卷二七,中华书局1959年版,第1303页。
② (唐) 虞世南《北堂书钞》卷一一二释"翼为天倡"引,文渊阁四库全书本。
③ 虞世南《北堂书钞》卷一五〇引,文渊阁四库全书本。
④ 范晔:《后汉书》志一八,中华书局1965年版,第3368页。
⑤ 《晋书》卷一一,中华书局1974年版,第303页。

存在。但是，以翼星为"天乐府""主天倡"的记载目前并不见于西汉前期的文献资料。唐瞿昙悉达所著《开元占经》"翼宿占六"曾引"石氏"曰："翼，天乐府也，主辅翼，以卫太微宫。"① 笔者按，《开元占经》中冠以"石氏曰"字样的引文，一般认为出自战国后期魏国人石申的天文著作。但石申的著作，没能完整地流传下来，汉、魏以后出现不少续作，这些书也多冠以"石氏"字样。《开元占经》所述"石氏曰：翼，天乐府也"这条材料，仅此一见，孤证难从。《史记·天官书》虽多引石氏《星经》文字，也只是说"翼为羽翮，主远客"，并未言及"翼星"与"天乐府"的关系。不过，既然《春秋元命苞》、《春秋合诚图》都讲"翼为天倡"，《晋书·天文志》、《史记》张守节正义也都表达了类似观点，至少可以认为"翼主乐府天倡"的观点来自西汉后期谶纬学家的附会阐发。也就是说，汉武帝立乐府以俳倡俗乐娱祭太一在先，影响所及，西汉后期的纬书遂出现了"翼主天倡"、"翼为天乐府"等说法。要之，这一后续文化现象，恰也印证了以民间新俗乐娱乐神祇才是参与郊祭"太一"的乐府机关，也即武帝"乃立"之"乐府"，在郊祀仪式中所要承担的最基本礼乐功能。

综上所述，汉武帝以"定郊祀之礼"为契机"乃立乐府"，本身赋予乐府机关两项礼乐职能：其一，通过"采诗夜诵"，发挥乐府艺人以民间俗乐娱乐神祇的娱神功效，乐舞有"赵、代、秦、楚之讴"等；其二，举选文人诗赋，充当祭仪中的祝颂歌诗，代表作即《郊祀歌十九章》。这两类乐歌同为郊祀礼乐的组成部分，在祭仪行程中，两者各司其职，并行不悖。"采诗夜诵，有赵、代、秦、楚之讴"与《郊祀歌十九章》的生成并无直接关系。"夜诵"是乐府艺人直接参与郊祀，并以诵"赵、代、秦、楚之讴"等俗乐歌诗的方式娱祭神灵的礼乐行为。在汉武帝时期的郊祀礼乐中，乐府机关承担以民间新俗乐娱祭神灵的功能不仅有民间祭祀渊源可寻，也在其后出现的纬书、星占著作中得到反映。

众所周知，汉武帝复位郊祀礼是中国文学史，尤其是乐府文学史上的大事，乐府之"采诗夜诵"又是其时郊祀礼仪重要环节和组成部分，因此，弄清楚"采诗夜诵"与郊祀礼乐之间的关系，不仅有助于深入

---

① （唐）瞿昙悉达撰，常秉义点校：《开元占经》卷六三，中央编译出版社2006年版，第437页。

认识汉武帝"乃立"之乐府机构在当时朝廷礼乐政治当中具备的功能角色，同时，对汉代郊祀歌诗之演艺背景和艺术环境的考察也具有实际意义。

（原载《国学学刊》2011 年第 1 期）

中唐乐府诗人尚俗思想再思考[*]

梁海燕

处于中唐复古革新文学思潮中的新乐府诗人，提倡风教政治，重视风俗教化，创作中表现出明显的"尚俗"倾向，这一点基本为学界所共识。罗宗强先生《隋唐五代文学思想史》辟专章论述张籍、王建、白居易、元稹的"尚实、尚俗、务尽"的诗学思想，并对元、白的"主张通俗"给予积极评价。但在这一论题上，仍有继续思考的必要。中唐乐府诗人的创作，究竟在哪些层面复苏了乐府的俗体性能？此期文人的通俗乐府诗，与民间盛行的俗体诗有无关系？如有关系，具体表现又是什么？本文拟就这些问题展开讨论。

一 张王乐府之"俗化"

中唐乐府诗能开出通俗一路，大变盛唐乐府之雅正格调，诗人们所运用的艺术法则值得研究。张籍、王建进一步加重乐府诗体应用于民间风教的导向色彩，写作了大量反映世俗风情的乐府诗，作者面向世俗民间的思想情怀十分突出。其艺术表现可归纳为两个方面。

其一，选取平民视角，客观再现世俗民情。杜甫的乐府歌行，"率皆即事名篇，无复依傍"，立新题写时事，写实精神与汉乐府一致。但是杜甫的新题乐府诗，时出议论或说理，诗人的个体形象是站在作品当中的，作品外溢出的仍是浓浓的文人情怀。而在张王的乐府诗中，诗人对于笔下

---

[*] 本文系教育部人文社科青年项目"唐代民间俗体诗的文本整理及诗学研究"（项目批准号10YJCZH081）阶段性成果。

的人情事物一般持观看的态度，尽量消隐诗人个体的形象，采用平民的视角来叙述、抒情。如张籍《江村行》，诗写江南农村生活，重在揭示百姓心态。从容不迫的叙述节奏下，蕴藏着农人对于穷苦生活现状的无奈接受和默默承担。直至句末"一年耕种长苦辛，田熟家家将赛神"，方为前面的黯淡情调添上一抹亮彩。作者已经跳出自我的世界，变身为世俗民间的一员，以最普通、最平常人的心理和视角反映生活的所遇所感。平民视角的选取和应用，影响到作品的语言风格、文法结构，使这些作品与本出民间俗体的汉乐府在气质、风貌上达到很高相似程度。王建的《赛神曲》，写的是以家庭为单位的祭神活动，首言"男抱琵琶女作舞，主人再拜听神语"。之后新妇献酒，巫神作颂。观其祈祷内容，实与民间祝颂词无异。"使尔舅姑无所苦"、"但愿牛羊满家宅"等，也是广大农村家庭最朴实的心理愿望。诗人切实而冷静的叙述态度，与杜甫新题乐府中经常设置自我形象有很大的不同。再看王建《神树词》：

> 我家家西老棠树，须晴即晴雨即雨。四时八节上杯盘，愿神莫离神处所。男不著丁女在舍，官事上下无言语。老身长健树婆娑，万岁千年作神主。[①]

祝颂内容涉及祈雨、家事、官事等。这里的叙述者，俨然是民众群体的代言人。《镜听词》、《簇蚕辞》诸篇中诗人也基本持观看态度，并不投入太过激烈的感情，至多于篇末微讽。这种叙述方式或使某些作品篇旨不甚集中，但若溯源乐府诗体的原始性能，其作为民间的徒歌或诗谣，与作家着意创作、寄寓个人思想观念的作品本来就有区别。或许我们可以认为，这些风俗乐府诗，正缘于作者对古乐府"观风俗"性能的会意，从而在审美效果上，与民间自然艺术状态下的俗体诗歌风貌趋同。

张王乐府中还有一类体制介于歌谣与乐府杂歌的谣体乐府，讲述普通人的生活经验、人生感受，客观上稍复谣体乐府的俗文学本色。歌谣是考察一地风俗和人文心理的重要门户，汉乐府中就有许多歌谣体。但后世文人对于乐府体中的杂歌谣辞并未发生大的兴趣，同题拟作现象不太突出，

---

① 本文所引王建诗皆出自《王建诗集校注》，巴蜀书社2006年版。张籍诗皆出自《张籍诗集》，中华书局1959年版。

直至中唐这一情况始获改观。受复古思潮影响，中晚唐诗人始有意识地拟作或效法汉乐府中的杂歌谣辞进行创作。张籍的《白鼍吟》、《云童行》、《春水曲》、《长塘湖》等，皆为反映世俗生活的风谣乐府。如《白鼍吟》辞曰："天欲雨，有东风，南溪白鼍鸣窟中。六月人家井无水，夜闻鼍声人尽起。"古人认为鼍鸣预兆有雨。宋陆佃《埤雅》记载："今狖将风则踊，鼍欲雨则鸣，故里俗以狖谶风，以鼍谶雨。"① 张籍《白鼍吟》仍用古谣三七杂言体，却写六月久旱人们听到鼍鸣欣悦而起的反映，巧妙展示了当地的民俗信仰。王建《雉将雏》、《独漉曲》等，触及人性最基本的领域。《雉将雏》是一首新题乐府，郭茂倩《乐府诗集》将其收入"新乐府辞"。诗人以细腻的笔触将母对子的怜爱之情写得真切动人，风格颇类汉铙歌《雉子班》。《独漉歌》总结人生经验，写人心曲直。亲情关系、家庭关系、社会关系，是每一个处于社会生活中人的直接情感来源。此类带歌谣风味的乐府诗，再次体现了诗人已将自身转化为世俗民众的一员，细致地感受世俗风尚，代俗众倾吐心声。在这类作品中，诗人的自我形象、自我人生经验并不占主体，自我的消隐，也为群体情感的传达预留出更多空间。

其二，古朴通俗的语体风格运用。诗歌语言的俗化，在张、王、元、白的乐府诗创作中成为有意识的创造。与韩孟派诗人取经、史、子、集之语造就"古格"不同，张王乐府更多效法民间诗体的语言形式，形成婉转流利、浅易通俗的语体风格。值得留意的是，这种风格创造的意义已经超出个性范畴，标志着一种趋于集体化、大众化的言说方式在中唐诗坛的定型。这种言说方式，又在晚唐五代罗隐、杜荀鹤等人的俚俗说理诗中被广泛运用。

张王使用大量俗语化的叠字强化作品的通俗流易风味，尤具特色的是大量拟声叠字的运用。如张籍《塞上曲》："将军阅兵青塞下，鸣鼓冬冬促猎围。"《洛阳行》："六街朝暮鼓冬冬，禁兵持戟守空宫。"《羁旅行》："晨鸡喔喔茅屋傍。"王建《镜听词》："嗟嗟嚓嚓下堂阶。"《捣衣曲》："秋天丁丁复冻冻，玉钗低昂衣带动。"《田家行》："五月虽热麦风清，檐头索索缲车鸣。野蚕作茧人不取，叶间扑扑秋蛾生。"《古宫怨》："乱乌哑哑飞复啼，城头晨夕宫中栖。"《凉州行》："城头山鸡鸣角角。"这些拟声叠字多为作者提炼于实际生活，模声绘色，生动鲜活，有些就是民间的

---

① （宋）陆佃著，王敏红校点：《埤雅》卷二，浙江大学出版社2008年版，第11页。

口语词，如"鼓冬冬"、"鸡喔喔"、"乌哑哑"等。张王还将民间俗语化用入诗，如王建《促刺词》"我身不及逐鸡飞"，与杜甫《新婚别》中的"生女有所归，鸡狗也得将"一样，乃化用"嫁鸡随鸡，嫁狗随狗"这一民间俗语。① 张籍《促促词》云："愿教牛蹄团团羊角直，君身常在应不得。""牛蹄团团羊角直"这里指办不到的事，牛为偶蹄类动物，蹄形非团，而弯曲的羊角也是不可能变直的。牛蹄、羊角这些字眼入诗在视觉上也欠清雅。此外，张王乐府还使用大量的俗语数量词，如王建《温泉宫行》："宫前内里汤各别，每个白玉芙蓉开。"俗语量词"个"之入诗，杜甫诗中已见先例。王建《关山月》："冻轮当碛光悠悠，照见三堆两堆骨。""三堆两堆"用语也极通俗。清翁方纲《石洲诗话》云："张、王乐府，天然清削，不取声音之大，亦不求格调之高，此真善于绍古者。"② "不求格调之高"，正是张王乐府相对于盛唐乐府的一种新变。

张王还尝试用其时民间的俗体格写作乐府诗。现存《宛转歌》始辞为晋刘妙容的二首作品，全篇三、五、七言均用。唐代郎大家宋氏、刘方平所作皆循旧例。张籍《宛转行》全篇用五言，已是变体。王建《宛转词》又用民间游戏杂诗之体，曰："宛宛转转胜上纱，红红绿绿苑中花。纷纷泊泊夜飞鸦，寂寂寞寞离人家。"民间诗中本有一种句用叠字的格式，如敦煌曲子词中的《菩萨蛮》（霏霏点点回塘雨）、长沙窑瓷器题诗"日日思前路，朝朝别主人。行行山水上，处处鸟啼新"。王建突变《宛转词》之古格，似有意模仿唐代民间的俗体诗格。逐句用叠字，造成游戏为文的效果，如敦煌遗书、长沙窑瓷器题诗中的游戏诗"日日昌楼望，山山出没云"、"夕夕多长夜，一一二更出"等。再举王建《独漉曲》为例。《独漉曲》本晋《拂舞歌》之一体，本辞叙写复仇之事，至南朝已演变为刺时局浑浊的乐府诗题。李白所拟《独漉篇》保持了篇幅较长的晋辞特征。王建却采用了古歌谣的体式，曰："独漉独漉，鼠食猫肉。乌日中，鹤露宿，黄河水直人心曲。"以刺世道浊、人心曲为篇旨。叠词"独漉"开始，下面一口气列出四种颠倒的行为：老鼠吃猫肉，乌鸦居日中，

---

① （清）施鸿保《读杜诗说》卷七："俗有嫁鸡随鸡，嫁狗随狗语，或当时已云，公诗固有用俗语者，此或亦是。"上海古籍出版社1983年版，第62页。

② （清）翁方纲著，陈迩冬校点：《石洲诗话》卷二，人民文学出版社1981年版，第64页。

鹤宿于露草,黄河水道变直。① 此诗法或仿效汉乐府铙歌《上邪》为之。其实这种笔法在民间俗文体中也一直保留着,如著名的敦煌曲子词《菩萨蛮》(枕前发尽千般愿)即是。明高棅《唐诗品汇》曰:"大历以还,古声愈下,独张籍、王建二家,体制相似,稍复古意。或旧曲新声,或新题古义,词旨通畅,悲欢穷泰,慨然有古歌谣之遗风,皆名为乐府。虽未必尽被于弦歌,是亦诗人引古以讽之义欤?抑亦唐世流风之变而得其正也欤!"② 道出张王不拘形体,远溯乐府之风歌俗谣体性功能,以变近体乐府绮丽之风。

张王对民间风谣构思方式也多所效习。如张籍《山头鹿》,篇首以"山头鹿,双角芰芰尾促促"句起兴,其后转述"贫儿多租输不足,夫死未葬儿在狱"的现实情况,就是采用民间诗惯用的起兴笔法。《长塘湖》又云:"长塘湖,一斛水中半斛鱼。大鱼如柳叶,小鱼如针锋,水浊谁能辨真龙。"前面云塘、云鱼,似乎与末句"水浊谁能辨真龙"并非同一层面的意思,类似民间歌谣中经常出现的跳跃联想思维。张籍《云童行》:"云童童,白龙之尾垂江中。今年天旱不作雨,水足墙上有禾黍。""云童童"为雨前征兆,对于遭遇久旱的人们自然生起无限期盼。一旦雨水充足,连墙头上都能生长禾黍,以最省净的文辞传达了农人的祈雨心理。

历史上对于张王乐府诗的评论,以"古质"与"俚俗"两说为多。尽管褒贬不一,但都道出张王乐府相对于盛唐乐府以及延续盛唐乐府风调的"时流"文风所发生的转变。这一转变,正是乐府诗体向风诗、汉乐府本初意义功能回归的一次尝试,再次系紧了乐府诗与政治教化、风俗教化之间的纽结。

二 白居易《新乐府》之"俗诗格"

强调乐府诗之传风俗、行教化的功能,不仅是对已充分发展了的文人

---

① 欧阳询《艺文类聚》卷九〇引周处《风土记》:"鸣鹤戒露,此鸟性警,至八月白露降,流于草上,滴滴有声,因即高鸣相警,移徙所宿处,虑有变害也。"上海古籍出版社1982年版,第1564页。《艺文类聚》卷九二引《春秋元命苞》:"火流为乌,乌,孝鸟。何知孝鸟?阳精,阳天之意,乌在日中,从天,以昭孝也。"(第1591页)

② (明)高棅:《唐诗品汇·七言古诗叙目》,《四库文学总集选刊》,上海古籍出版社1993年版,第15—16页。

抒情型乐府的必要补充，也是关乎文风改革、关涉文坛走向的极有意义的尝试。正是基于对乐府诗体特殊功能的认识，方使张王大胆融合古今之俗语，施于风教之用。白居易《读张籍古乐府》称许张籍乐府可讽放佚君、诲贪暴臣、感悍妇、劝薄夫，极赞张籍乐府诗之化俗功能。而元白的新乐府，因为有着更为明确的施政要求，理论说明也较自觉。《新乐府序》曰：

> 其辞质而径，欲见之者易谕也。其言直而切，欲闻之者深诫也。其事核而实，使采之者传信也。其体顺而肆，可以播于乐章歌曲也。①

显然，白居易希望创作出最宜于讽谏、最具感化效果的诗歌体式。所谓"质而径"，是强调语言的质朴无华，不过多考虑诗歌语言的发兴感物作用。"直而切"，则强调直率、激烈的情感表达，与传统文人诗"主文而谲谏"的委婉表达方式有别。而"顺而肆"之体调，主要得益于诗人对民间歌谣俗曲的借鉴②，仔细阅读《新乐府》各篇作品会发现，这种借鉴不仅仅是体式上的，也有文体功能的考虑。

首先，《新乐府》中三三七以及三七杂言体的运用较之变文灵活丰富得多，诗人刻意经营这一形体结构，不仅取其节奏上的通俗流利，也考虑到了这种句式的内容表达功能。③ 三三七体有独特的节奏感，便于口头传播，易于记诵，且有广泛的民间接受传统，隋唐以来常被佛家取来用以宣扬释门义理、劝化俗众。白居易之《新乐府》既以"行风教"为意，自然考虑到作品的实际接受情况。换言之，《新乐府》多用三三七及三七杂言句体正是乐天出于特殊的意图对民间通俗文体常用的三七杂言文体优越性的一种体认。

其次，《新乐府》的语言功能与俗体诗谣在很大程度上具有相似性。诗人通过简洁鲜明的对比，一语中地表达是非、爱恶。如《立部伎》

---

① （唐）白居易撰，顾学颉校点：《白居易集》卷三，中华书局1979年版，第52页。
② 关于《新乐府》多用三三七或三七杂言之句式特征问题，陈寅恪先生在《元白诗笺证稿》中曾有论述，指出新乐府与民间歌谣俗曲有关联。
③ 梁海燕：《新乐府之创作理念新说》，《沈阳师范大学学报》2008年第5期。

所言："立部贱，坐部贵。"一下子就把作者的观念立场宣告出来。《华原磬》诗云："华原磬，华原磬，古人不听今人听。泗滨石，泗滨石，今人不击古人击。"《天可度》："天可度，地可量，唯有人心不可防。"这正是诗人在《序》中所说的"质而径"、"直而切"的表达效果。《采诗官》诗中说："君兮君兮愿听此，欲开壅蔽达人情，先向歌诗求讽刺。"这种表达，在历代文人乐府中并不多见，却是民间歌谣的一贯精神。诗人还有意在句首用叠字造就流谐语感，如《法曲》。这种句法在民间俗体歌谣中广泛存在，如民间的《黄獐歌》、《蜥蜴求雨歌》等。白居易于诗中反复使用"法曲"一词，既表现出俗谣的风调，又有俗谣"取物发兴"之思维特点。

《唐音癸签》卷七引陈绎曾"白诗祖乐府，务欲为风俗之用"条下有胡震亨按语："乐府古与俗正可无论，患在易晓易尽，失风人微婉义耳。白尝规元：'乐府诗意太切理，欲稍删其繁而晦其义。'亦自知诗病概然故云。"① 所谓"乐府古与俗正可无论"意即在乐府这一诗体上，"古"与"俗"其实是没有可比性的，今之"古"就是往之"俗"，今之"俗"必成来日之"古"。时人皆以元白新乐府用俗事、俗语为病，是因为不善于提炼镕裁，致使言尽意尽，失却了"主文而谲谏"的微婉义旨。孰不知，这正是白居易致力于创造的艺术效果。当然，处理好"俚俗"与"格古"这两方面的关系是一种更高的艺术追求。郭茂倩"新乐府辞序"言："采歌谣，被声乐，其来盖亦远矣。……倘采歌谣以被声乐，则新乐府其庶几焉。"② 意即若行"采歌谣以被声乐"之事，则"新乐府"差不多可以了。"新乐府"可以充当"采歌谣被声乐"的角色，首先在于其"讽兴当时之事"的功能近于歌谣，同时不排除语言、体式等方面与歌谣的近似性。观其上下语意，这里的"新乐府"主要指元白的新题乐府创作。

林聪明在《敦煌俗文学研究》书中指出："白居易的新乐府，不仅要求'其辞质而径，欲见之者易喻'，且须'其体顺而肆，可以播于乐章歌

---

① （明）胡震亨：《唐音癸签》卷七，上海古籍出版社1981年版，第69页。
② （宋）郭茂倩：《乐府诗集》卷九〇，上海古籍出版社1998年版，第955页。

曲'，此种诗体的来源，自当是当时盛行的民歌。"[1] 其说甚是。若绝对一点说，或者在白居易作《新乐府》时，潜意识里就是把它们作为一种俗体诗或俗体歌谣创造的。这种意识在张王乐府中已经表露出来，在白居易手中，又有更为明确的理论主张。

三　复古—通俗：中唐乐府俗化之诗法

众所周知，乐府本为民间之俗体。现存汉乐府中的大多数，在当时未被采入乐府机构时，原是分散于各地的民歌或诗谣。作品的技艺形式以及所体现的精神面貌、情感意志等，都是属于大众群体的。除少数作品外，汉乐府根本上代表了汉代俗体诗歌的样态。汉代文人写作乐府诗，也以模仿这种民间的俗体为主，个性并不突出。魏晋南北朝时期，对于乐府民歌的模拟与学习，仍是文人接触民间俗体的重要途径。在乐府诗创作方面，除了袭用前人作品的本事内容外，文人又创"赋题法"，即"采用专就古题曲名的题面之意来赋写的作法，抛弃了旧篇章及旧的题材和主题"[2]，至此文人乐府诗的个性始为突出。不过，受整体历史文化进程影响，六朝文人诗的艺术成就和综合影响力尚不足以对渊源深厚的民间诗学发生大的影响，民间的乐歌、徒诗基本上仍独立于文人诗学之外，其代表作便是南朝乐府中的吴声和西曲。但此时，文人们仍然有很高的热情去仿作或改进这些俗体乐歌，某些艺术技巧还在近体诗创作中得到运用，这一诗史现象充分说明了文人诗学对于民间诗学的借鉴和吸纳。

文人诗学因有文化个体参与，能动性较强。到了唐代，近体诗很快成为文士阶层中最为流行的诗体，诗人的高超创造力使得他们几乎可以用近体诗抒写任何情感。尤其到盛唐，诗人们极度丰富的内心世界和高涨的个性精神，似乎可以打破任何诗体的藩篱。与此同时，历经南北朝时期，文人诗的传统已经十分强大和顽固，自我性与排他性异常突出。唐代文人诗是南北朝士族文人诗学传统的直接延续，当唐代文人将本与音乐密切结合

---

[1] 参见林聪明《敦煌俗文学研究》第五章《敦煌通俗诗考述》，东吴大学中国学术著作奖助委员会，1984年。

[2] 钱志熙：《齐梁拟乐府诗赋题法初探——兼论乐府写作方法之流变》，《北京大学学报》1995年第5期。

着的乐府歌辞当作诗体进行创作时，势必遵循文人诗的艺术规则将乐府的俗体转化为雅体。所以，无论李白如何花大力气地写作古题乐府，其主体展示的终究还是文士精神，是面向自我的情感宣泄。我们看到，最能保留俗体意味的乐府诗体，以及由乐府而衍生的歌行体，在李白手中却成为最能体现他的个性精神的诗歌体裁。至此，乐府艺术的群体诗性正在慢慢消隐，乐府的俗体性能也逐步退化了。

但在另一方面，乐府诗体起源时就与"采诗察政"联系在一起。即使在并未真正实施采诗制的唐代，乐府诗的这一原始性能仍具权威性。安史乱后，唐朝国运进入衰退期，在时代感、责任心的驱使下，文人们开始寻求诗文创作的"道"之所在。当此之时，乐府诗体，因其与民间社会以及朝廷政教之间存在着的关联传统，遂成为最易被诗人选择用来"载其道"的诗体形式，张、王、元、白的乐府诗创作便体现了他们试图修复、维系这一传统的努力。这批诗人希望在真正意义上恢复乐府诗"观风俗，知薄厚"的功能。而文人诗的正职乃是抒写性情，或说"吟咏性情"，"观风俗，知薄厚"以及实施风俗教化等，正是俗体文艺的主要功能属性。那么，从客观效果来看，新乐府诗人在立意恢复乐府诗体"观风知政"意义功能的同时，已经意味着选择了与格高调逸的盛唐乐府分道扬镳了。

在白居易之前，杜甫的主要贡献是在歌行乐府中体现了美刺讽谕、题写时事的思想传统，张王的主要贡献则是使乐府创作向着风教政治所需的通俗训化功能的一端倾斜，开创出乐府诗写作新思路。也就是说，与李白取古乐府之题目抒发个性精神不同，张籍、王建的乐府诗创作是本之古乐府的意义功能、文体属性，试图还原乐府诗体之古俗风貌，而在客观效果上，作品也更趋于通俗化和平民化。这其中一个重要的原因就是描写风俗、寄寓风教思想的作品都有特定的写作对象和接受对象。在这一点上，白居易的《新乐府》从内容到形式都有一定示范作用。《新乐府序》明确提出"辞质而径"、"体顺而肆"等文体标准，正与张王乐府"不取声音之大，亦不求格调之高"的诗学思想一致，共同体现了这批诗人在乐府诗创作方面的俗化审美追求。

作为中唐儒学复古运动的文坛表现，与韩柳古文运动并驾齐驱的就是以张籍、王建、白居易、元稹为代表的乐府诗创作新思潮。同样要求介入现实，同样反对空疏绮靡，同样寓革新于复古，但因古文与乐府诗所远绍始祖的文体属性不同,乐府诗人选择了以外在之"通俗"(语言、体制等)达致内在之"复古"(主要是意义功能)的创作新思路。张、王有意识地将"诗教"中的"化下"思想引入乐府诗体,着意复苏乐府诗之"观风俗"、"行教化"的俗体功能,并以引进"今俗"之乐府新歌的形式助其意旨之推行。在实际创作中,诗人于作品的题材性能和修辞艺术方面也表现出对于民间俗体诗学的有意借鉴。清管世铭《读雪山房唐诗序例》曰:"张文昌、王仲初创为新制,文今意古,言浅讽深,颇合《三百篇》兴、观、群、怨之旨。"[①] 所谓"文今意古,言浅讽深",正是"复古—通俗"这一理念指导下形成的张王乐府的独特风格。从这个层面看,张王的通俗乐府正是对隋唐以来文人乐府极度个人抒情化趋向的反拨,是对乐府诗俗体精神的复苏,而乐府的俗体性能也由之得到一定程度的恢复。我们将白居易《新乐府》单独拿出来论述也有特别考虑,因为此期诗人还没有形成自己整体的通俗诗风,那么,他在乐府诗中率先尝试走通俗化的道路,显然更有价值。毫无疑问,张王与元白,当时所引领的乐府俗化诗潮,是一种有意识的革新之举。一言以蔽之,以革新为目的,取通俗为手段。

综上所述,我们从乐府诗体的雅、俗嬗变历程中,重新审视中唐新乐府诗人在同一时期倡导恢复乐府诗之俗体性能的努力,由此,我们对于他们的"主张通俗"可以有一个更为恰当的诗学定位。若从理论层面讲,这种尚俗诗学思想的出现,正是文人诗学中的个体成员对于民间群体诗学的又一次向往。就其创作实际来看,这批诗人所取得的成就,以及由之形成的风格导向,也对整个诗坛产生影响。

(原载《文艺理论研究》2011年第4期)

[①] 郭绍虞编选,富寿荪校点:《清诗话续编》下册,上海古籍出版社1983年版,第1549页。

梅陶《怨诗行》析论[*]

梁海燕

梅陶，字叔真，《晋书》无传，生卒年及年岁并不详。经曹道衡、沈玉成两位先生考证后，其生平仕履约略可晓。梅陶当在永嘉南渡前已入仕，但其行为事迹主要见于东晋元帝、明帝、成帝三朝，属于东晋前期的一位作家。[①]《梅陶集》二十卷，唐代尚存十卷[②]，宋以后不见公私书目记载，应已亡佚。今仅存残文三篇、诗二首。由于作品散失严重，梅陶的整体文学思想及其艺术成就我们已经无法获悉，但其拟乐府古辞而作的《怨诗行》，却是现存东晋前期文人笔下的唯一一篇拟乐府诗，其意义不当忽视。但直到目前，这首《怨诗行》基本上是被学界忽略掉了。

一

梅陶的《怨诗行》，最早见载于宋代郭茂倩的《乐府诗集》中，为相和歌辞"楚调曲"《怨诗行》题下作品之一。此后，明代冯惟讷的《古诗纪》、梅鼎祚的《古乐苑》皆予以著录。关于此诗篇旨，或认为是"写隐

---

[*] 本文是中国人民大学科学研究基金项目"乐府诗的风格与音乐关系研究"（10XNB017）阶段性研究成果。

[①] 梅陶于晋元帝建武元年（317），担任王敦大将军的咨议参军。太兴中（320年左右），官御史中丞。明帝太宁二年（324），王敦病卒势败，梅陶受到牵连。旋因陶侃表论起为尚书。后终于光禄大夫。参见曹道衡、沈玉成编撰《中国文学家大辞典·先秦汉魏晋南北朝卷》"梅陶"条（中华书局1996年版，第399页）、《中古文学史料丛考》"梅陶行事"（中华书局2003年版，第193页）。

[②] 参见《隋书·经籍志》、《旧唐书·经籍志》、《新唐书·艺文志》的记载。

居之乐，与古辞快意人生的主题有一定关联"①。但在我看来，事实恰恰相反。今存《怨诗行》古辞为：

> 天德悠且长，人命一何促。百年未几时，奄若风吹烛。嘉宾难再遇，人命不可续。齐度游四方，各系太山录。人间乐未央，忽然归东岳。当须荡中情，游心恣所欲。②

篇中虽不时流露及时行乐之想，言嘉宾难遇、恣情所欲，但整篇乐歌的基调是悲情伤感的。言人命短促如风中残烛，欢乐未及，忽归东岳，抒情主体的忧生叹世思想极为明显。所谓"当须荡中情，游心恣所欲"，实为抒情主体面对"天德悠且长，人命一何促"之悲观命运时无可奈何的人生选择。整体来看，这篇古辞的主题应是抒情主体对于生命短暂、人生无常的悲伤感慨，与诗题"怨诗"情调相协。同时，晋乐府所奏曹植的《怨诗行》、《怨歌行》篇中都有"吾欲竟此曲，此曲悲且长"的唱辞，照理梅陶对《怨诗行》的悲怨曲风应该不会陌生。就此来看，认为梅陶《怨诗行》"写隐居之乐"，不仅与所拟古辞之主题相去甚远，而且也不符合晋乐府所奏《怨诗行》"悲且长"的音乐风格。

笔者以为，梅陶的《怨诗行》非但不写"隐居之乐"，实为抒发作者免官赋闲时的忧闷心境。其辞曰：

> 庭植不材柳，苑育能鸣鹤。鼓枻游畦亩，栖钓一丘壑。晨悦朝敷荣，夕乘南音客。昼立薄游景，暮宿汉阴魄。庇身荫王猷，罢蹇反幻迹。③

首两句化用庄子论"材与不材"的典事。《庄子·山木篇》记载：

> 弟子问于庄子曰："昨日山中之木，以不材得终其天年；今主人之雁，以不材死；先生将何处？"庄子笑曰："周将处乎材与不材之

---

① 参见王志清《晋宋乐府诗研究》，河北大学出版社2007年版，第37页。
② （宋）郭茂倩编：《乐府诗集》卷四一，中华书局1979年版，第610页。
③ 逯钦立：《先秦汉魏晋南北朝诗·晋诗》卷一二，中华书局1983年版，第872页。

间。材与不材之间,似之而非也,故未免乎累。若夫乘道德而浮游则不然。……物物而不物于物,则胡可得而累邪!"①

梅陶诗首句即用此典,可见作者思索的是如何全身远害、处世无累等生命哲学问题。无论"植柳",还是"育鹤",都在试图解决如何全身远祸这一人生尤其是仕途方面的难题,并非实写隐居生活乐趣。联系后面出现"南音客"、"汉阴魄"等语词,可知此诗作于诗人因受王敦事累,罢官闲居武昌之时。同一时期,梅陶曾仿效贾谊作《鵩鸟赋》,序中交待:"余既遭王敦之难,遂见忌录,居于武昌,其秋有野鸟入室,感贾谊鵩鸟,依而作焉。"② 梅陶的《鵩鸟赋》今已不存,但贾谊《鵩鸟赋》感叹人生如寄、福祸无常,认为"天不可预虑兮,道不可预谋",只有"德人无累,知命不忧"。梅陶的《鵩鸟赋》既然是"依而作焉",主题当与之不远。但实际上,梅陶并未参与太宁二年(324)王敦反抗明帝讨伐的战争,他此次被免官,仅仅因为他曾经是王敦的僚属。被免之前,梅陶于朝中担任御史中丞之职,因执法严明,为主上所敬。梅陶曾在《自叙》中说:"余居中丞,曾以法鞭皇太子傅。……后皇太子特见延请,赐以清宴之礼,敬之如师。"③ 这里提到的皇太子就是后来的晋明帝司马绍。可知梅陶本为司马绍所敬重,在朝中颇有威望,不料短短几年之后,却因王敦旧事被朝廷免官。这次人生起伏对梅陶的思想影响很大,在其《怨诗行》、《鵩鸟赋》中都明显流露出关于全身远害、出处行藏等人生问题的思考。

由西晋至东晋,玄学思想逐渐弥漫开来,在解决如何做到处世无累的问题上,以谈玄为尚的门阀士族引领与塑造了"悟玄"与"体自然"的人生行为模式。通过游览山水,体会自然之道,从而祛除俗世情累的萦绕,获得精神愉悦。如郭璞诗云:"得意在兰荪,忘怀寄萧艾。"许询《农里诗》云:"亹亹玄思得,濯濯情累除。"梅陶《怨诗行》以解决全身远害问题为起点,后面"鼓枻游畦亩,栖钓一丘壑。晨悦朝敷荣,夕乘南音客"四句就援用了玄学风尚下士人普遍采用的纵情自然的行为方

---

① (清)王先谦:《庄子集解》卷五,中华书局1987年版,第167页。
② (清)严可均校辑:《全上古三代秦汉三国六朝文·全晋文》卷一二八,中华书局1958年版,第2195页。
③ 同上。

式，希望从中体悟出宏达之旨，以消解免官赋闲时的忧闷情绪。但在立身处世方面，梅陶的思想终究不以老庄玄学为主导，而是秉奉儒家之教的（这一点后面还要论述）。山水自然或可消其一时忧闷，但并不能令他完全超脱现实人生的追求。于是，诗人未能如当时众多的玄言诗作者那样，以幽思所得的玄学义理结束诗篇，而是生出"昼立薄游景，暮宿汉阴魄"的人生无常之叹。昼日尚能行走观游，日暮却遽为汉阴之鬼魄，正与古辞"人间乐未央，忽然归东岳"句意呼应。可见，尽管诗人周游山水田园、遍历轻舟栖钓，却并未获得真正解脱，反而生出更深层的忧虑。我们不禁要问：诗人心中究竟有何情结？他真正要追寻的是什么呢？诗的末句给出了答案："庇身荫王猷，罢蹇反幻迹。""王猷"，即王道，特指儒家王化之道。《诗经·小雅·巧言》曰："秩秩大猷，圣人莫之。"郑玄笺云："猷，道也。大道，治国之礼法。"① "王猷"一词于晋人诗文中多有使用，如西晋束皙《补亡诗·崇丘》云："周风既洽，王猷允泰。"② 东晋曹毗《歌太祖文皇帝》诗："太祖齐圣，王猷诞融。仁教四塞，天基累崇。"③ 都特指儒家王化大道。"庇身荫王猷"即说自己得以庇护身体都是因为朝廷王道的恩泽。看来，诗人于山水自然中未能悟出物我齐一、出处同归等道家玄学人物用于祛情去累的哲理要义，皆因心中仍存王道之念。既然如此，怎能为了明哲保身甘作无用之材呢？于是诗人"罢蹇"而还。"幻迹"即指前述"鼓枻"、"栖钓"等内容，"罢蹇反幻迹"其实也昭示了诗人对于玄学人物所倡导的避世悟玄、明哲保身人生行为模式的最终否定。

这样看来，梅陶的这篇《怨诗行》乃基于诗人免官赋闲境遇下对于人生出处行藏、生命价值问题的思索而作，抒写其无奈赋闲、隐而不乐的忧闷心境。钟嵘在《诗品序》中说："嘉会寄诗以亲，离群托诗以怨……故曰'诗可以群，可以怨'。使穷贱易安，幽居靡闷。"④ 而梅陶这篇《怨诗行》正是"离群托诗以怨"之作。

---

① 《毛诗正义》卷一二，《十三经注疏》本，北京大学出版社1999年版，第757页。
② 逯钦立：《先秦汉魏晋南北朝诗·晋诗》卷四，第641页。
③ 同上书，卷一九，第1071页。
④ （南朝梁）钟嵘著，陈延杰注：《诗品》，人民文学出版社1961年版，第2—3页。

二

客观而言，在《乐府诗集》著录的众多怨诗作品中，梅陶的这首诗艺术成就并不十分突出。无论与其前晋乐所奏曹植的《怨诗行》"明月照高楼"篇相比，还是与其后陶渊明的《怨诗》（即陶诗本集之《怨诗楚调示庞主簿邓治中》）相较，梅陶的这首《怨诗行》在文学史地位及后世影响上皆未能与之并论。或许正因为这个原因，此诗几乎从未真正进入研究者的视域。但是，如果将其放在东晋特定的历史环境及诗学背景下，梅陶的《怨诗行》也自有其不当忽视的意义。

作为现存东晋前期文人笔下唯一的一篇拟乐府诗，梅陶的《怨诗行》至少在下述两个方面值得关注：

其一，彰显东晋士人对于个体生命价值的思索，在一定程度上深化与提升了《怨诗行》这一乐府诗题的思想内涵。

《怨诗行》，一名《怨歌行》，是汉唐乐府诗史上颇为重要的乐府题名，历代拟作者甚多。根据郭茂倩在《怨诗行》题名下面的注解，这一乐府诗题的本事来源有二：一是《琴操》所记卞和献玉遭刖刑而"作怨歌"；二是班婕妤失宠"作怨诗以自伤"。不过现存《怨诗行》的古辞，既无关卞和献玉，也不涉及宫怨内容。从语言运用及篇中流露出的忧生意识判断，此"古辞"非常接近《驱车上东门》、《生年不满百》等汉代无名氏文人的古诗，表明这篇"古辞"即使不是乐府曲《怨诗行》创调时的始辞，也的确是《怨诗行》较早的配乐歌辞。汉末建安诗人阮瑀曾拟此古辞为《怨诗》篇，曰：

> 民生受天命，漂若河中尘。虽称百龄寿，孰能应此身。犹获婴凶祸，流离恒苦辛。①

阮瑀诗完全延续了古辞的忧生主题，叹息人命本已短促，而凶祸总是无端降临，其泛化抒情模式也与古辞相仿。稍后曹植作《怨歌行》言"为君既不易，为臣良独难。忠信事不显，乃有见疑患……"感叹君臣关系难

---

① 俞绍初辑校：《建安七子集·阮瑀集》，中华书局1989年版，第156页。

处,侧重于为臣之难,则可能受到卞和献玉这一本事传说的影响。然而,无论是忧生畏祸的主题,还是叹息君臣关系的主题,在南朝刘宋以后的历代《怨诗行》、《怨歌行》同题乐府创作中,都没有得到广泛传承。反而是晋人采撷曹植《七哀诗》"明月照高楼"篇制成的新歌辞,成为后世流传最广、模拟最多的《怨诗行》主题模式。曹植"明月照高楼"篇抒发爱而不见的悲想,成为闺怨题材乐府诗的经典之作,在绾合了班婕妤"作怨诗以自伤"的历史传说后,《怨诗行》、《怨歌行》两题始合铸为具有悲伤怨叹色彩的闺怨、宫怨类型的乐府诗题。据此看来,两晋时期,在实际传播过程中《怨诗行》至少已经形成三类主题:一是源于卞和故事的君臣关系主题;二是源于古辞的忧叹生命主题;三是源于班婕妤故事以及晋乐府所奏曹植"明月照高楼"篇形成的闺怨、宫怨主题。虽然在南朝以后,闺怨、宫怨几乎成为《怨诗行》的唯一主题,但至少在两晋时期,这三类主题却是同时并存的。在这种情况下,梅陶选择《怨诗行》这一乐府诗题进行士人生命价值问题的思索,就不是简单地模拟某一旧篇,而是对这一乐府诗题内涵具有独特理解和体会之后进行的歌诗创作。

尽管东晋乐府创作风气不盛,但在某种时候东晋士人似乎比西晋士人更强调音乐歌诗的讽咏感化性能。如《晋书·桓伊传》记载桓伊在孝武帝面前歌唱《怨诗》,影射孝武帝对谢安的猜忌:

> 奴既吹笛,(桓)伊便抚筝而歌《怨诗》曰:"为君既不易,为臣良独难。忠信事不显,乃有见疑患。周旦佐文武,《金縢》功不刊。推心辅王政,二叔反流言。"声节慷慨,俯仰可观。安泣下沾衿,乃越席而就之,捋其须曰:"使君于此不凡!"帝甚有愧色。[①]

桓伊所唱之《怨诗》正是曹植的《怨歌行》,其"声节慷慨"的唱奏极富感染力,令闻者失声悲泣,产生强烈情感共鸣。通过这一事例又可知,两晋时期《怨诗行》不仅为宫廷乐府所奏,其在士人阶层中也有自抚琴弦、悲歌遣怀的唱奏形式。陶渊明所作《怨诗楚调》,篇中出现"离忧"、"吁嗟"、"慷慨"、"悲歌"等一连串带有鲜明情绪色彩的语词,知其所

[①] 《晋书》卷八一,中华书局1974年版,第2119页。

歌之楚调《怨诗》极为悲怨激切。此外，我们从钟雅后来弹劾梅陶的奏辞中①，可知梅陶本热衷于丝竹之乐，具有欣赏歌舞音乐的喜好和素养。可想而知，当梅陶无端罹难，被迫赋闲之时，生平济世怀抱陡然无处施展，其内心能无怨乎？古诗云："长歌可以当泣，远望可以当归。"诗人方居荆楚之地，奏以楚调《怨诗》、悲歌遣怀也是自然而然的事。诗人有感于《怨诗行》古辞的忧生之叹，中承汉末阮瑀《怨诗》之婴祸主题，再联系个人现实身世遭遇，遂引发出对于士人生命意义以及出处行藏等问题的喟叹。梅陶这篇《怨诗行》很有可能也是抚弦而歌，具有实际入乐演唱性能的歌辞文本。

由汉古辞、魏阮瑀《怨诗》、晋梅陶《怨诗行》以及稍后陶渊明之《怨诗楚调》这一系列作品，可以看出至少在两晋时期，汉魏乐府《怨诗行》慨叹生命的主题，并未因宫廷乐府的奏辞而中断。而在以梅陶、陶渊明为代表的东晋士人手中，《怨诗行》古辞泛化抒情的模式已经转化为个体文人的抒情言志，对于生命短促、人生无常的消极堕落，已经转化为贤士失路时的悲忧伤感，诗人们以个体生命价值的思索进一步深化与提升了《怨诗行》这一乐府诗题的思想内涵。

其二，折射出东晋前期部分士人对于玄学人生模式的反思，试图用儒家、法家济世、务实的思想调和道家的玄虚无为，带有深刻的时代印记。

东晋前期，王朝偏安局面未稳，希图复兴王室的使命感促使部分士人开始反思时下流行的谈玄风尚。尤其是梅陶，过江后即任王敦大将军的咨议参军，从他效力于王敦以及营救陶侃、议复肉刑等一系列政治行为看，梅陶在政治上是倾向于中兴实务一派的。他曾谏阻王敦杀害陶侃，在与曹识的书信中说："陶公机神明鉴似魏武，忠顺勤劳似孔明，陆抗诸人不能及也。"② 将陶侃比作曹操与诸葛亮之流，推重其谋略策划之能、勤奋忠诚之德，从中约略反映出梅陶平素的志向和政治取向。

梅陶曾参与东晋初年朝廷关于恢复肉刑的讨论。肉刑是以伤残身体为

---

① 《晋书·钟雅传》："时国丧未期，而尚书梅陶私奏女妓，雅劾奏曰：'臣闻放勋之殂，八音遏密，虽在凡庶，犹能三载。自兹以来，历代所同。肃祖明皇帝崩背万国，当期来月。圣主缟素，泣血临朝，百僚惨怆，动无欢容。陶无大臣忠慕之节，家庭侈靡，声伎纷葩，丝竹之音，流闻衢路，宜加放黜，以整王宪。请下司徒，论正清议。'穆后临朝，特原不问。"《晋书》卷七〇，第1877—1878页。

② （清）严可均校辑：《全上古三代秦汉三国六朝文·全晋文》卷一二八，第2195页。

手段，如墨、劓、刖等，对犯罪之人进行惩罚。西汉文帝诏令去除肉刑，被后人誉为"千古之仁政"。但相对于"大辟"（死刑）来说，墨、劓、刖等肉刑尚属次一级的刑罚。东晋元帝时关于恢复肉刑的讨论由廷尉卫展的上书引起，其书曰："古者肉刑，事经前圣，汉文除之，增加大辟。今人户凋荒，百不遗一，而刑法峻重，非句践养胎之义也。愚谓宜复古施行，以隆太平之化。"① 可见卫展倡议恢复肉刑以替代死列，是基于东晋初年"人户凋荒，百不遗一"的现实国情，希望通过减轻刑罚，增加人口。换言之，恢复肉刑并不是加重刑法，而是使那些犯罪情节较轻的人可以用肉刑替代死刑，从而保留其性命。梅陶是赞成恢复肉刑以代替死刑的，认为"轻刑以御物，显诫以惩愚"，对于快速恢复因为战争急速凋敝的人口有益。但另一些人则认为，"方今圣化草创，人有余奸，习恶之徒，为非未已，截头绞颈，尚不能禁，而乃更断足劓鼻，轻其刑罚……不如以杀止杀，重以全轻，权小停之"。就双方观点来看，其立论之出发点前者在于增加人户、恢复经济；后者在于保全皇权专制以及门阀士族的既得利益。从东晋初期的现实国情来说，两者当然都很重要，而增加人户对于繁荣经济、恢复国力似乎更为紧要一些，故而晋元帝也欲从其议。② 复肉刑之议同样反映出梅陶思想中较为务实求进的一面。

梅陶的思想中又有儒法之士刚正严明的一面。梅陶在担任御史中丞时，曾对皇太子傅施以鞭刑，其《自叙》云："余居中丞，曾以法鞭皇太子傅，亲友莫不致谏，余笑而应之曰，堂高由于陛下，皇太子所以得崇于上，由吾奉王宪于下也，吾敢枉道曲媚？后皇太子特见延请，赐以清宴之礼，敬之如师。"③ 梅陶所鞭之对象虽为皇太子傅，但真正的犯法者恐怕是皇太子司马绍本人。所以，在梅陶决定对太子傅施鞭刑之前，才会被众亲友劝谏，因为太子傅受鞭刑也就相当于是对皇太子的惩罚。据《史记·商君列传》记载，商鞅在秦国施行变法时，"令行于民期年，秦民之国都言初令之不便者以千数。于是太子犯法。卫鞅曰：'法之不行，自上

---

① 《晋书》卷三〇，第940页。
② 但此次讨论后并未恢复肉刑。《晋书》曰："议奏，元帝犹欲从展所上。大将军王敦以为：'百姓习俗日久，忽复肉刑，必骇远近。且逆寇未殄，不宜有惨酷之声，以闻天下。'于是乃止。"《晋书》卷三〇，第942页。
③ （清）严可均校辑：《全上古三代秦汉三国六朝文·全晋文》卷一二八，第2195页。

犯之。'将法太子。太子，君嗣也，不可施刑，刑其傅公子虔，黥其师公孙贾"①。梅陶之鞭皇太子傅应该就是对商鞅这一行为的模仿，彰显出儒法之士崇道不崇君的无畏精神。这些表现在政治行为当中的儒、法思想和处事原则，对于务尚清虚的士族玄学行为模式，具有鲜明的互补性与反拨性。梅陶曾著《梅子新论》一书，在《隋书·经籍志》中被列入儒家类典籍，惜乎该书早已亡佚。唐代马总的《意林》卷五著录《梅子》一卷，应即梅陶的《梅子新论》，其中一段文字说："伊尹、吕望、傅说、箕子、夷齐、柳惠、颜渊、庄周、阮籍，易地而居，能行所不能行也。阮籍孝尽其亲，忠不忘君，明不遗身，智不预事，愚不乱治，自庄周已来命世大贤其惟阮先生乎？"② 其盛推阮籍如此，而其所称赞者在于阮籍能"忠不忘君，明不遗身，智不预事，愚不乱治"，可见他真正信奉的人生行为模式应该是在自然与名教当中寻找到的一个平衡点。

除《怨诗行》外，梅陶尚留存一组《赠温峤诗》，当作于咸和元年（326）温峤赴任江州刺史之际。诗共五章，第一章从晋室中兴落笔，历数元帝、明帝、成帝弘固晋室基业之功，言朝廷上下当以"有乱同符，恢我王纲"为务。第二章赞颂温峤，云其"知文之宗，研理之机"，于是王命有所托焉。余篇皆仿《诗经》中的雅诗，作典诰语，勉励温峤勤于为政，不负王命。如其第三章：

　　帝曰尔祖，往镇江土。俾尔旄麾，授尔齐斧。昔周之宣，有熊有武。在汉五页，营平作武。推毂委诚，惟余与汝。

其对温峤的劝勉语词恳切，虽说出于应酬，但多少也能反映出梅陶的政治寄托。若与同一时期郭璞、孙绰的赠诗稍作对比，梅陶的济世思想则更加

---

① 《史记》卷六八《商君列传》，中华书局1959年版，第2231页。
② 《意林》作者云："按其书晋人也。"（唐）马总：《意林》卷五，文渊阁四库全书本。（清）马国翰《玉函山房辑佚书》又于《太平御览》卷九六二、卷九六七中辑得《梅子》文字两条，题序曰："《梅子新论》一卷，晋梅氏撰……隋志注云'梁有《梅子新论》一卷，亡。'……御览引有梅陶书，又引梅陶自叙，似梅子即梅陶。然隋志不标名，未敢悬定。"《玉函山房辑佚书》第四册，广陵书社2004年版，第2620页。

突出。① 郭璞《赠温峤诗五章》首先构筑了一个五彩斑斓却又迷离恍忽的仙人世界，此中人物"清规外标，朗鉴内景。思乐云蔼，言采其颖"②。诗人以此仙境赞叹友人脱俗的情志和人生态度。末云"尔神余契，我怀子情。携手一壑，安知尘冥"，淡淡的玄思与离别情绪融为一体。而孙绰《赠温峤诗五章》全篇奢谈玄境，如其一："大朴无像，钻之者鲜。玄风虽存，微言靡演。邈矣哲人，测深钩缅。谁谓道辽，得之无远。"③慨叹道之不易，玄思难得，唯有"哲人"有此能力，是一组标准的玄言诗。反观梅陶的《赠温峤诗》，基本没有玄学义理成分。这也再次表明梅陶与当时的玄学人物不同，虽说处于东晋玄学炽热的时期，他的主导思想却是儒家的王化大道与法家的严明之治。而当这一政治理想在现实社会中遭遇挫折，其所奉扬的王化大道与法家之治无处可求时，诗人本身又不认同道家玄学人物的优游山水、忘情销忧之策，于是赋闲独居低徊吟哦之际，便有了这篇伤怀怨愤的《怨诗行》。就此来说，虽然晋乐府取曹植的《七哀诗》（明月照高楼）作为《怨诗行》的最新配辞，将女性面对"恩情中道绝"时的悲哀泣诉作为该乐府曲目的中心意旨。但在宫廷之外，以梅陶《怨诗行》、陶渊明《楚调怨诗》为代表的"托诗以怨"之作，才真正体现着"诗可以怨"的乐府怨歌精神。

　　由于晋室南迁，以及玄言诗风盛行，汉魏乐府传统至东晋发生历史断

---

① 笔者按：郭璞《赠温峤诗五章》当作于晋明帝太宁二年（324）温峤被王敦任命为丹阳尹还都建康之际。不久，郭璞因阻谏王敦谋逆被杀。在此之前，郭璞曾与温峤同为王敦手下（温峤为王敦左司马，郭璞为王敦记室参军）。太宁二年，王敦任命温峤为丹阳尹，欲用他监视朝廷的动向，温峤还都后立即向明帝告发。还都前，温峤曾向郭璞占问吉凶，据《晋书·郭璞传》载："王敦之谋逆也，温峤、庾亮使璞筮之，璞对不决。峤、亮复令占己之吉凶，璞曰：'大吉。'峤等退，相谓曰：'璞对不了，是不敢有言，或天夺敦魄。今吾等与国家共举大事，而璞云大吉，是为举事必有成也。'于是劝帝讨敦。"由此可见，郭璞与温峤情义匪浅，且在王敦谋逆一事上的立场心存默契。其《赠温峤诗》有云"义结在昔，分涉于今。我怀惟永，载咏载吟"。恐非仅仅出于应酬。孙绰《赠温峤诗五章》可能作于晋成帝咸和四年（329）平定苏峻之乱后，温峤的功绩达到顶峰，故诗中极力称赞其功德。曰："长崇简易，业大德盛。体与荣辞，迹与化竞。经纬天维，翼亮皇政。""狡哉不臣，拒顺称兵。矫矫君侯，杖钺斯征。鲸鲵悬鳃，灵浒载清。"郭璞、梅陶、孙绰三人的《赠温峤诗》，写作时间先后不一，并非同时之作。但整体来看风格的差别还是挺明显的，加以对比并不影响本文结论。

② 逯钦立：《先秦汉魏晋南北朝诗·晋诗》卷一一，第864页。

③ 同上书，第897页。

层,这一点基本为学界所共识。① 这一"历史断层",不仅是汉魏乐府诗"缘情叙事"写作方式的中断,也表现在东晋文人对于乐府诗创作的普遍不感兴趣。这与西晋文人如傅玄、陆机等人大力取用汉魏乐府旧题进行拟作的复雅思想,形成强烈反差。从郭茂倩《乐府诗集》的著录情况看,东晋文人袭用汉魏乐府旧题创作的乐府诗仅有七篇,分别是:张骏《薤露》一首、《东门行》一首,陶潜《挽歌三首》、《怨诗》一首,梅陶《怨诗行》一首。其中陶渊明为东晋后期作家,晚于梅陶。而张骏虽与梅陶同时,但其为前凉统治者,并非东晋人士。如此看来,在汉魏乐府传统由于种种原因发生历史断层,在吴声艺术尚未广泛进入士人创作视野的东晋前期,梅陶的这首《怨诗行》成为延续汉魏乐府传统的一线余脉,与西凉地区张骏的《薤露》、《东门行》遥相呼应。也正由于有此二人作品的遗存,或许也可以说汉魏乐府缘情而作的诗法虽于东晋十六国时期不幸"藕断",却仍能游丝相连。

综上所述,本文对东晋诗人梅陶《怨诗行》的篇旨及其文学史意义进行首次阐释与发掘,从中窥见梅陶独立于玄言诗风之外的创作旨趣。其《怨诗行》有深刻的人生体验,有艰难的人生选择,折射出东晋前期部分士人面对出处行藏问题时的特殊心理状态。诗人尝试用玄学人物倡言的于山水远游中体道、悟玄的方式消解现实忧闷,希望在名教与自然之间寻找到既能全身远害又不违心志的契合点。然而诗人的情怀终究以儒家思想为主导,同时东晋前期希图复兴的政治时局,也使他在心理上始终倾向于"王猷"。而历经徘徊、疑惑之后的选择,更显其志向之坚定。

(原载《中国诗歌研究》 第八辑)

---

① 如钱志熙师所说:"东晋前中期玄言诗风流行的时代,文人乐府诗的创作几成绝迹。主要原因是由于这时期崇尚简贵、典雅、玄远、祛情的文学思想,与乐府诗的艺术传统相差太远;其次也与西晋末遭遇乱离,礼乐坠失有一定关系。"《乐府古辞的经典价值》,载《文学评论》1998年第2期。

唐人墓志盖题诗考论*

梁海燕

唐人在墓志盖面上题刻诗句的现象，近年来始受关注。[①] 2008年12月，笔者曾在河北正定县的文物收藏店发现十多方刻有诗句的唐五代时期的墓志盖。上面所刻诗句，有些可以用来校证陕西碑林博物馆所藏墓志盖之题诗，然多数作品为学界新见。这些唐诗文物资料，不仅具有拾遗补阙的文献价值，也为后人直观展示了唐五代民间丧葬礼俗中的诗歌文化形态，是我们了解唐五代民间诗歌的珍贵标本。笔者先利用所寓目的墓志盖文物资料，对此前学界公布的唐人墓志盖题诗重新予以校证，使这部分唐诗资料更加完备。在此基础上，对这些墓志盖题诗的艺术特点进行分析，揭示此类文献的发现对于研究唐代民间诗歌文化的重要意义。

一

利用文献简称及出处如下：

挽歌：陈忠凯、张婷《西安碑林新藏唐—宋墓志盖上的挽歌》，后附墓志盖图版。李均明主编《出土文献研究》第八辑，上海古籍出版社2007年版。

丛考：金程宇《稀见唐宋文献丛考》第204页"新见唐人志盖题

---

* 本文是教育部人文社科青年项目"唐代民间俗体诗的文本整理及诗学研究"（10YJCZH081）阶段性研究成果。

① 2007年11月《出土文献研究》第八辑刊载陈忠凯、张婷合撰《西安碑林新藏唐——宋墓志盖上的挽歌》，最早披露唐人于墓志盖上题刻诗句的现象。2009年第3期《浙江大学学报》发表胡可先《墓志新辑唐代挽歌考论》，辑录唐人墓志盖题诗17首。

诗"，中华书局 2009 年版。

胡文：胡可先《墓志新辑唐代挽歌考论》，《浙江大学学报》2009 年第 3 期。

山西卷：张希舜主编《隋唐五代墓志汇编·山西卷》，天津古籍出版社 1991 年版。

北京卷：张宁等主编《隋唐五代墓志汇编·北京卷（附辽宁卷）》，天津古籍出版社 1991 年版。

碑林：赵力光《西安碑林博物馆新藏墓志汇编》，线装书局 2007 年版。

施拓：河北省正定县三义厚古玩店施荣珍所拓带题诗墓志盖。[①] 笔者对现有拓片作了编号，图版见本文附录。

剑镜匣晴春[(1)]，哀歌踏路尘。名镌秋石上[(2)]，夜月照孤坟。

（1）晴：《挽歌》图五题"两剑匣青春"。施拓图四此字作"情"。（2）秋：施拓图四此字作"金"。

录文据《挽歌》图一《李神及妻郭氏墓志》。墓主葬于唐开元二十三年（735）十二月二十九日。盖题"唐故李府君夫人墓志"。施拓图四盖题"唐故申府君夫人墓志"，下葬年代不详。

阴风吹残阳[(1)]，苍苍度秋水[(3)]。车马却归城，孤坟月明里。

（1）残："胡文"、《碑林》皆阙。（2）苍苍：《碑林》作"仓仓"。此诗《挽歌》本作"孤坟月明里，阴风吹残阳。苍苍度秋水，车马却归城"。句序有误。

录文据《挽歌》图二《张国清及妻杜氏墓志》。夫妻合祔于唐咸通十二年（871）七月十一日。盖题"大唐故张府君墓志铭"，周匝刻诗。

人生渝若风，暂有的归空。生死罕相逢，苦月夜朦胧。

---

① 施荣珍个人收藏唐代墓志盖约八十套，部分志盖未及拓下。

西安碑林新藏，录文据《挽歌》，未见图版。题为《郑宝贵墓志》，墓主葬于唐龙纪元年（889）八月十三日。盖题"大唐故郑府君墓志铭"。

　　阴风吹黄蒿，挽歌渡西（溪）水(1)。车马却归城，孤坟月明里(2)。

（1）西：《挽歌》、《丛考》、"胡文"皆未校。施拓图一作"青"。（2）后两句《挽歌》图四本作"孤坟月明里，车马却归城"。

录文据《挽歌》图四，校以施拓图一。《挽歌》图四盖题"唐故府君夫人墓志铭"，年代不详，周匝刻诗。施拓图一盖题"大唐故郭府君墓志铭"。按：此诗为于鹄之《古挽歌》①，载《文苑英华》卷二一一、《全唐诗》卷三一〇于鹄名下，曰："阴风吹黄蒿，挽歌渡秋水。车马却归城，孤坟月明里。"于鹄为大历、贞元间人，有《古挽歌》四首。《乐府诗集》卷二七著录于鹄《挽歌》两首，其一即此诗。

　　两剑匣青春(1)，哀歌踏路尘。风悲陇头树，月吊（一作照）下泉人(2)。

（1）两：《丛考》作"雨"，误。（2）吊：施荣珍藏《唐故府君夫人墓志铭》志盖题诗此字作"照"。

录文据《挽歌》图五，盖题"唐故李公夫人墓志铭"。年代不详。周匝题诗。环刻八卦字符。

　　篆石记文清(1)，悲风落泪溋（盈）(2)。哀哀传孝道，故显万年名。

（1）记：《碑林》图版319、357作"继"。（2）落：施拓《唐故万府君夫人之铭》志盖此字作"乐"，同音讹字。溋：《挽歌》、《丛考》皆

---

① 金程宇《稀见唐宋文献丛考》（中华书局2009年版）一书中也指出该诗为于鹄所作。书中"新见唐人志盖题诗"所披露的六首唐诗同样是根据西安碑林博物馆收藏的带题诗唐人墓志盖。

校作"温",误。"溋"当是"盈"的民间书写形式,如第10首书"血"作"洫"。

录文据《挽歌》图六,盖题"大唐故夫人墓志之铭",年代不详。施拓图七《唐故刘府君夫人志铭》与此诗全同。又《碑林》图版334《李公素妻王氏墓志》盖面也题此诗,墓主咸通十五年(874)八月十日葬。

篆石继文清,悲风落泪盈[1]。礼泉彰孝道,幽壤万年名。

(1)风:《碑林》图版357《任君妻赵氏墓志盖》作"凉"。然施拓《唐故万府君夫人之铭》志盖、《唐故种府君墓志之铭》志盖,此字均作"风"。

录文据《碑林》图版319《任素妻李氏墓志》志盖。墓主葬咸通三年(862)十月十四日。

阴风吹黄蒿[1],苍苍渡春水[2]。贯哭恸哀声,孤坟月明里。

(1)首句施拓图六作"春风吹白杨"。(2)春水:施拓图六作"秋水"。

录文据《山西卷》第162页图版《张怀清妻石氏墓志》。墓主葬于唐大中九年(855)二月二十三日,盖题"清河郡张府君夫人武威郡石氏墓志铭"。施拓图六盖题"唐故府君夫人墓志铭",年代不详。

哀歌:片玉琢琼文[1],用旌亡者神。云埋千陌塚[2],松鐷九泉人[3]。

(1)文:《挽歌》作"丈",误。(2)塚:"胡文"作"冢"。(3)鐷:"胡文"作"锁"。

录文据《山西卷》第174页图版《张兔及妻唐氏合祔墓志》。墓主葬于唐中和三年(883)二月二十九日。"张君之志"四字篆书,分居盖面四角。盖中心题"哀歌",楷书。

坟树草欺(萋)斜日落[1],断洪(鸿)飞处西风愁[2]。云连乐惨哀声发，苦痛人和洒泪流。

（1）欺：《挽歌》、"胡文"皆未校。斜：《挽歌》、"胡文"作"那"，误。（2）洪：《挽歌》、"胡文"未校。西风：《挽歌》空阙，"胡文"作"长兄"，误。

录文据《山西卷》第185页图版《李行恭及妻陈氏合祔墓志》。墓主葬于后晋开运三年（946）十二月二十三日。盖题"晋故李府君夫人墓志"。周匝题诗。

三代幽儿（?）葬此园[1]，神灵潜隐车光烟（?）[2]。□□□流黄泉下，万古千秋□□坟。

（1）儿：图版不清，疑为"儿"字。（2）烟：图版不清，疑为"烟"字。此诗残损严重。

此诗首次披露。录文据《北京卷》（第三册）第173页图版《王君妻田氏墓志》，盖面有磨损。墓主葬五代后汉乾祐二年（949）。原石现藏山西省榆社县化石博物馆。盖题"汉故秦国太夫人墓志"。周匝题诗。

明神无所鉴，贞良命不延。送终从此隔，号恸别坟前。

录文据《碑林》图版231《郭远墓志盖》。盖题《大唐故郭府君墓志铭》，周匝刻诗。墓主葬于贞元十五年（799）十一月二十日。

阴风吹白阳（杨）[1]，苍苍度秋水。冠哭送泉声[2]，孤坟月明里。

（1）阳："胡文"、《碑林》未校。（2）泉：《碑林》校作"哀"，误。

录文据《碑林》图版318《刘让墓志盖》。盖题《大唐故刘府君墓志铭》。墓主葬于咸通三年（862）八月二日。

儿女□（恸）声哀[1]，玄堂更不开。秋风悲垅树，明月照坟台⁽²⁾。

（1）阙字：据施拓图十《唐故李府君墓志之铭》此字作"恸"。
（2）坟：施拓图十作"玄"。

录文据《碑林》图版325《孙昊及妻关氏墓志》。盖题《唐故孙府君夫人之铭》。墓主葬于咸通十一年（870）九月二十一日。

洒泪别离居，孤坟恨有余。铭松春石上，残叶半凋疏。

录文据《碑林》图版332《青陟霞及妻万氏墓志》。墓主葬于咸通十五年（874）二月七日。盖题《唐故青府君夫人志铭》。

冥寞夫人路，哀哥（歌）是宋钟（送终）。目玄（眩）寒树影，声散叫长空。

录文据《碑林》图版356《宋佛进墓志盖》。盖题《唐故宋府君墓志铭记》。墓主葬于天祐三年（906）十月二十九日。

残月照幽坟，愁凝翠岱云。泪流何是痛，肠断复销魂。

录文据《碑林》图版367《裴简墓志盖》。盖题《大周故裴府君墓志铭》墓志盖。墓主葬于后周显德二年（955）十一月八日。

父子恩情重，念汝少年倾。一送交（郊）荒外，何时再睹形。

录文据施拓图二。志盖中心题"唐故元君白氏墓志之铭"。

逝水东流急，星飞电忽光。奄丧悲年早，永别与天长。

此诗首次披露。录文据施拓图三。志盖中心题"大唐故夫人墓志之铭"。

　　　　松柏韵增哀，烟云愁自结。灵车逝不回，泣慕徒呜咽。

此诗首次披露。录文据施拓图五。志盖中心题"唐故焦府君墓志之铭"。

　　　　白玉奄（掩）泉台，千秋无复开。魂名何处去，空遗后人哀。

此诗首次披露。录文据施拓图八。志盖中心题"唐故王府君夫人墓志"。此诗见刻于数方墓志盖面。施拓《唐故胡府君夫人墓志》志盖上题诗"奄"即作"掩"。

　　　　生前名行契，殁后与谁论。一剑归长夜，人间去主（住）分。

此诗首次披露。录文据施拓图九。志盖中心题"大唐故袁府君墓志铭"。

　　　　杳杳归长夜，冥冥□垅丘。德风雕万载，松柏对千秋。

此诗首次披露。录文据施藏《唐故府君王夫人志铭》原石抄录，无拓片。

　　　　岭上卷舒云势掭，桥边呜咽水声愁。人生到此浑如梦，一掩泉台万事休。

此诗首次披露。此诗据施藏《大周故裴府君墓志铭》原石抄录，无拓片。

二

　　一般情况下，墓志盖的功能是简洁地表明死者生前的职位及生活朝代，常题作"故某朝（或某官）某君墓志铭"，周边或刻生肖、花纹、八卦符号，起装饰点缀作用。就目前学界所见，在墓志盖面上题刻诗句，是唐代始有的现象。上述墓志盖题诗作为哀祭挽诗的特征十分明显。句中所用词汇、意象常见于唐代墓志铭文，如用"镜剑"、"两剑"喻夫妇，以"阴风"、"黄蒿"、"孤坟"、"明月"、"松柏"、"烟云"等摹状坟场。而在《张免及妻唐氏合祔墓志》的墓志盖上，那首题名为《哀歌》的五言诗刻在了盖面中间，"张君之志"四字篆书却分居盖面四角。这提醒我们，唐人在墓志盖四周题刻"哀歌"的心理寄托，绝非等同于一般的刻绘花草纹饰、八卦符号等行为。也就是说，墓志盖面四周刻绘的诗句，除用为装饰外，还有着更深刻的社会文化内涵。

祭悼亡人、寄托哀思是这些墓志盖题诗的主要文体功能。"阴风吹黄蒿"诗，情景浑然，高古通俗。蒿草漫漫，阴风凄凄，此情此境令亡魂畏惧，生者难安。而亲人之牵念，正如笼罩孤坟的缕缕清光，无尽绵长。再如："冠哭送泉声，孤坟月明里。""名镌秋石上，夜月照孤坟。""风悲陇头树，月吊下泉人。""秋风悲垅树，明月照玄台。"抒情视角接近，诗篇营造的情境氛围如出一辙。或有因爱生怨、责问上苍的，曰："明神无所鉴，贞良命不延。送终从此隔，号恸别坟前。"或有直抒胸臆、慷慨陈怀的，曰："白玉奄（掩）泉台，千秋无复开。魂名何处去，空遣后人哀。"又有感悟生死茫茫、不能释怀的，曰："人生渝若风，暂有的归空。生死罕相逢，苦月夜朦胧。"字字离情，句句哀声，蕴涵着生人对于亡者深深的依恋。抒写生死离别之痛，正是此类哀挽诗承担的主要诗学任务。随着墓志盖埋入土中，刻于墓志盖面的这些挽诗也将生者对死者的哀悼、怀恋封藏于墓门之内，守望、陪伴着九泉下的亡魂。

除此之外，人们也往往通过颂扬亡者彰显忆念之情。不过，对于芸芸众生而言，既没有可歌可泣的义举，也缺乏卓著不朽的战功，那些惊天动地的伟业与他们更有距离，那么，如何铭记一位自己身边的普通人呢？从上述墓志盖题诗来看，孝道、德义是人们审视较多的一个角度。如第六诗、第七诗，一云"哀哀传孝道，故显万年名"，一云"礼泉彰孝道，幽壤万年名"。第九首《哀歌》："片玉琢琼文，用旌亡者神。云埋千陌塚，松镳九泉人。"玉石铭刻其霄云之志，青松标举其巍然之德，身形虽灭，声名永存，此足以告慰亡灵。当然，这里面不排除有夸大之嫌，但道德方面的东西最难以量化，只要我们有歌颂的意愿，对象就是最广泛的。"生前名行契，殁后与谁论。""德风雕万载，松柏对千秋。"此类诗句，都是就这个方面立意。其所彰显的思想意义，不仅是对亡者最好的安慰，也是对生者莫大的激励。

上述墓志盖题诗，多数为生者哀挽亡者所作，但也有例外。如："洒泪别离居，孤坟恨有余。铭松春石上，残叶半凋疏。"此诗以亡者口吻道出，是一篇自挽诗。首句述其与生前居所告别后，只能独宿孤坟。无独有偶，笔者在《唐代墓志汇编·续集》看到一篇墓志铭文。铭文前十二句为四言，末四句换用五言，曰："悲伤辞旧室，哀痛宿新坟。野云朝作□（伴？），孤月夜为邻。"[1] 这段五言四句的铭文，艺术手法与墓志盖上的"洒泪别离居"诗非常接近。此类自挽诗，溯其远源，当自晋陶渊明的《挽歌》三首。不过，唐五代的墓志铭文，绝大多数用肃穆端庄的四言体或四六骈体，或用长于抒情的骚体形式，五言诗不多，七言诗更少。胡可先《墓志新辑唐代挽歌考论》文中提到的唯一一例唐人墓志自挽诗："三乐道常，九思不惑。六极幸免，百行惭德。四大无有大患息，一丘乐化永无极。"[2] 其实是四、七言结合的韵语铭词。而上述墓志盖题诗，全为五、七言的绝句体，众所周知，此乃唐代民间最流行的诗歌样式。显然，墓志盖面上的题诗，与魏晋以来逐渐发达的墓志铭文的创作没有必然联系。不过，对照赵力光《西安碑林博物馆新藏墓志汇编》所载碑志铭文，笔者发现：虽然墓志盖题诗与碑志铭文的生成并非同一文体系统，但唐代有些碑铭文还是吸纳了少量与墓志盖面所刻诗句相类的挽歌诗句。前述"悲伤辞旧室"诗即为一证。再如，《唐故吕府君夫人张氏墓志铭》铭文中有这样的句子："富贵荣华府君墓，孝感夫人田宅住。日月圆明照此间，万古千秋安隐处。"[3]《唐故天兴观主太原郭府君墓志铭》铭文又曰："父兮母兮生我身，不惮劬劳受苦辛。秋风明月坟边照，一闭松门经几春。"[4] 令人惊奇的是，此诗又赫然题写在同书所载《郑朝尚及妻栗氏墓志》之赞词中[5]，只字未改。这些七言四句的铭词，语词通俗，立意、风格与墓志盖面所刻诗句十分接近，俱为民间广为流传的俗语诗句。由之看来，唐人于墓志盖面上刻绘诗句现象的发生，其实是唐代诗歌文化的整体发达及在民间形成普及之势的一种状态折射。

---

[1] 周绍良主编：《唐代墓志汇编·续集》，上海古籍出版社2001年版，第1017页。
[2] 赵君平、赵文成：《河洛墓刻拾零》，北京图书馆出版社2007年版，第611页。
[3] 赵力光：《西安碑林博物馆新藏墓志汇编》，第734页。
[4] 同上书，第595页。
[5] 同上书，第620页。

挽歌作为丧葬礼仪的组成部分,起源甚早,送葬时由亲人扶灵车吟诵歌唱。唐代挽歌已用作诗体。从上述墓志盖题诗来看,盖面上题刻什么内容的诗句,视悼亡者与墓主人的关系而定。有些挽诗的使用场合较宽,如"阴风吹黄蒿"诗,有些挽诗有特定的应用场合,如"剑镜匣晴(青)春"诗(《李神及妻郭氏墓志》)、"两剑匣青春"诗(《唐故李公夫人墓志铭》),必须用于夫妻合葬的情况。如果夫妇一人先亡,则铭文多云"镜鸾孤掩,匣剑单沉"、"双鸳泛水,一剑先沉"、"孤鸾舞镜,独鹤栖林"等。故而,在《大唐故袁府君墓志铭》志盖题诗中出现了"一剑归长夜"的句子。"儿女恸声哀,玄堂更不开"一诗,显然是子女悼念先辈的。而那首"父子恩情重,念汝少年倾。一送交(郊)荒外,何时再睹形"诗,显然是一位父亲在哀挽不幸夭折的幼年子女。在施荣珍所藏唐人墓志中有一方《唐故张儿墓志》(志盖题"唐故会稽康张儿志铭"),序文首曰:"亡者韶龀之年,未名,而小字曰张儿。"铭文为其父所撰,末附三首铭词,其三曰:"自从尔归太夜,痛缠心不可抑,触绪有感,杳冥无迹。□荒原兮泪沾臆,念尔□环兮无终极。"这首墓铭词,与"父子恩情重"诗,正可视为同一情感的雅、俗两体表达。奇怪的是,题"父子恩情重"诗的志盖中心却刻着"唐故元君白氏墓志之铭",由于目前尚未找到与之相匹配的墓志,墓主人身份尚难确定,但"元君白氏"似乎不当是少年亡人。依照墓志盖题名的书写常规,似是"元君"与其妻"白氏"之合葬茔。果真如此的话,在"元君白氏"墓志盖上刻写"父子恩情重"这样的挽诗显然非常不适宜。这一错位现象表明:这些墓志盖题诗确为民间社会广为流传的哀祭诗,制作墓志碑体的石匠刻工并非诗作的原始作者;墓志盖题诗独立于墓志铭文甚至碑文中的韵语铭词,是整体发达的唐诗题材系统在民间社会的一个分支形态。上述诗篇虽然体制短小,但异体字、简体俗字、同音讹误现象并不鲜见。与之对应的墓志铭并其序文,刻写却少有错误,文辞也较典雅。对这一现象合理的解释只能是,这些墓主人生前虽为平民,但其家人还是会尽量请文化水平较高的人士撰写墓志铭。刻工依照墓铭文稿进行雕刻,误书几率自然小很多。而墓志盖面所刻诗句,并非墓铭文稿原有,刻工凭借个人记忆或民间抄本进行雕刻,讹误几率自然就高。如在上述二十四首唐人墓志盖题诗中,第二、四、八、十三首乃中唐诗人于鹄《古挽歌》的不同流传版本。其余题诗作者均不可考。我们相信,除去这四篇题诗外,应该还有本为文人创作,流入民间后失去作者姓名的。何况题刻在墓志盖面的诗歌，其所承担的意义功能几乎无关其著作权问题，流传过程中遭受不同程度篡改的情况更易发生。如第六诗与第七诗，两诗后半不同，两种文本在当时却都很流行。孰为原本，孰为衍生本，这个问题已不甚重要。

仔细阅读上述题诗，我们还发现，有些挽诗中有表示季候、节令的字词，可根据出丧时的实际时令进行改换。如西安碑林博物馆入藏之《张国清及妻杜氏墓志》，铭文落款为"唐咸通十二年七月十一日"，时已入秋，故其志盖题诗："阴风吹残阳，苍苍度（渡）秋水。"而《张怀清妻石氏墓志》，铭文落款为"唐大中九年二月二十三日"，志盖刻诗则为"阴风吹黄蒿，苍苍渡春水"。此外，笔者在正定县墨香阁店铺曾见两幅唐人带挽诗墓志盖拓片，两首挽诗仅有一字之差，一作"仲冬节"，一为"孟冬节"，其余文字全同。显然是根据送葬的时令，将同一挽诗的个别字词作了调整。

在墓志盖面上题刻诗句的现象至宋代仍然保留。西安碑林博物馆藏《韩延超及妻王氏墓志》盖面刻诗："肠断恨难穷，交驰远送终。人回何所託，空卷夕旸风。"① 《大宋故申府君墓志铭》盖面刻诗："寂寂起新坟，冥冥对墓（暮）云。四时鸣噎（咽）雁，明月夜为怜（邻）。"② 《大宋故牛府君墓志铭》盖面刻诗："四面悲风起，吹云南北飞。孤坟荒草里，月照独巍巍。"③ 施荣珍女士藏两方墓志盖，一方中心题"大宋故菀府君墓志铭"，周匝刻诗："四面悲风起，也（野）云南北飞。孤坟荒草里，月照独为□（巍巍）。"（施拓图十一）另一方墓志盖题"大宋故兰府君墓志铭"，周匝刻诗："切切悲风动，哀哀欲断肠。交亲无所托，月照寂寞乡。"（施拓图十二）经进一步考证，这些墓志盖多出自唐宋时期的潞州上党郡一带，也就是今天山西晋东南地区。完整出土的话，每一墓志盖应有与之相配套的墓志铭，上述题诗墓志盖有的可以找到墓志铭文，西安碑林博物馆的研究人员经考察后指出："据志文记载，墓主人所在地

---

① 图版见《挽歌》图三、《碑林》图版373。墓主葬宋淳化三年（992）十一月十三日，盖题"大宋故韩府君墓志铭"。

② 录文据《挽歌》图七。墓主下葬具体时间不详。

③ 《碑林》图版374《牛进墓志》，盖题"大宋故牛府君墓志铭"。葬宋至道元年（995）十一月二十四日。

（籍贯或迁徙地）大多为唐之潞州，或称上党郡，即今山西晋东南地区。"① 施荣珍女士的藏品，同样具有碑林博物馆研究员所提及的"墓志盖中部又常见雕塑或阴刻铺首这些特点"。在施女士的碑志藏品中，与上述墓志盖同一时间入藏的墓志铭的铭文所记载的墓主人生前所在地同样多为潞州或上党地区②，这与碑林博物馆研究人员的结论恰好吻合。如下所示：

清河武城人，其祖从官上党，子孙遂家焉。今为潞州。（《唐故处士崔府君墓志铭并序》）

两河懿族，上党高门。（《唐故秦州县令景公墓志铭》）

君讳明，字师替，潞州上党人。（《大周故散官晋府君墓志铭并序》）

潞州壶关③县人也。（《大周秦君墓志铭》）

君讳龛，字弘度，潞州上党人也。（《唐李龛墓志铭》）

公讳元方，南阳西鄂人也，高祖上党中正，因家焉。（《大唐故部戎尉张公墓志铭并序》）

河内人也，远祖因官上党，今为长子④人矣。（《唐故处士逯府君墓志铭并序》）

天水郡人也，继颛顼之雄宗，承襄王之茂族。因官上党，锡土分

---

① 陈忠凯、张婷：《西安碑林新藏唐—宋墓志盖上的挽歌》，《出土文献研究》第 8 辑，第 298 页。
② 施荣珍现收藏唐代墓志铭与墓志盖各约八十种，其购置之初，墓志盖与墓志铭应该是配套的，可惜现在已散乱。只能据现有之墓志铭拓片对墓主人的生前所在地加以考察。
③ 壶关，即今山西省长治市壶关县。
④ 长子，即今山西省长治市长子县。

宗，封树成坟，乃家潞邑，遂居潞川乡求善村焉。①（《唐故昭武校尉秦府君墓志铭并序》）

其先昌邑人也……上党家矣。（《唐故关府君张夫人墓志铭》）

陇西城纪人也……十代祖嵩，汉旧威将军西羌校尉散骑常侍，食采上党之屯留②，因家此焉。（《唐李君墓志铭》）

上述墓志铭文中记载的墓主人卒年，自初唐至晚唐以及唐末五代时期的都有。墓主人的身份，带官职的占小部分，大部分是平民或不入仕途者。显然，施荣珍收藏的这些唐人墓志及其墓志盖，与西安碑林博物馆员报道的带题诗墓志盖来源地基本相同。上述二十四首唐人墓志盖题诗，准确地说，乃是唐五代时期在潞州地区（或称上党郡）流传的与当地民间的丧葬礼俗相结合的哀祭挽诗，是唐五代民间诗歌文化的珍贵标本。

在中国古代文学史上，通俗文体不受重视，民间诗学资料更复难求。上述带题诗墓志盖的发现，对于我们研究唐五代民间诗歌的传播形态、艺术功能、文化意蕴等，都有着极为重要的意义。由此，我们揭晓了唐代民间诗歌的另一种功能形态。如果说长沙窑瓷器题诗主要体现了湘江流域与商业营销结合的民间诗歌形态，敦煌民间通俗诗主要体现了西域敦煌地区与寺院文化教育结合的诗歌形态，而出土于潞州、上党地区的唐人墓志盖哀挽诗歌则体现了与该地区丧葬礼俗结合的诗歌文化形态。这些不同形态的实物也启示我们，唐代民间诗歌的生存样态，不仅是多样化的，同时具有鲜明的地域文化特色。

---

① 今长治市壶关县有小逢善村，或即唐之求善村。
② 屯留，即今山西省长治市屯留县。

唐人墓志盖题诗考论 257

附 施荣珍藏唐五代墓志盖拓片图版十二方

图一

图二

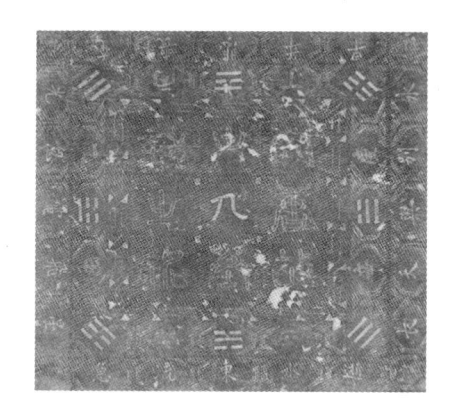

图三

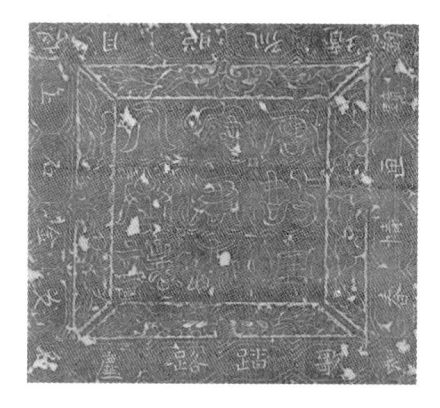

图四

图五

图六

图七

图八

图九

图十

图十一

图十二

（原载《中国典籍与文化》2011年第4期）

《诗经·唐风·扬之水》新论

吴 洋

《诗经·唐风》中有《扬之水》一篇,《诗序》云:"扬之水,刺晋昭公也。昭公分国以封沃,沃盛强,昭公微弱,国人将叛而归沃焉。"① 后世解诗者大多均在这一历史背景下讨论此诗。然而核以史实和诗作本文,《诗序》之说颇成问题。

《唐风·扬之水》中的诗句云,"素衣朱襮,从子于沃。既见君子,云何不乐",又云,"我闻有命,不敢以告人",这些诗句明显都是亲历其事者的口吻,按照《诗序》的说法,则此诗当作于晋昭公时代。然而,根据《左传》和《史记·晋世家》的记载,从晋昭公元年封其叔父成师于曲沃、号曲沃桓叔开始到曲沃武公取代昭公一支成为晋侯为止,前后历时长达六十七年之久。诗人如何能够在六十七年之前预测分封曲沃的后果?

当然,《左传·桓公二年》记载:"惠之二十四年,晋始乱,故封桓叔于曲沃……"引师服曰:"吾闻国家之立也,本大而末小,是以能固……今晋,甸侯也,而建国,本既弱矣,其能久乎?"② 则似乎当时确有识之士具备见微知著之眼光。然而在同年《左传》封曲沃条之前,"晋穆侯之夫人姜氏以条之役生大子,命之曰仇。其弟以千亩之战生,命之曰成师"一段之下,又有师服的一段议论。据《史记·晋世家》的记载,晋穆侯十年生成师,二十七年卒,弟殇叔自立,殇叔四年穆侯太子仇袭殇

---

① (清)阮元校刻《十三经注疏·毛诗正义》(清嘉庆刊本),中华书局2009年版,第768页。

② (清)阮元校刻《十三经注疏·春秋左传正义》(清嘉庆刊本),第3786页。

叔自立，是为晋文侯，三十五年卒，其子晋昭侯立。① 可见从成师降生到被封曲沃，前后历时五十六年。② 师服若对此二事均有评论，则寿命可谓长矣。大概司马迁也意识到师服的年龄问题，在《史记》的记载中，论二子姓名者为"师服"，而论分封曲沃者则改作了"君子"。可见"师服曰"的真实性是值得怀疑的，很有可能是后世史家的增饰，未必属实。古人之预言，除了卜筮之偶中外，大多是后人托言造作，师服也好，《扬之水》的作者也罢，绝不可能预见六十七年后所发生之事，这应该是一个常识。

时间上的疑问尚不足以彻底推翻《诗序》的说法，毕竟《诗序》并未直接提到曲沃代晋之结果③，只是阐明了晋昭公当时的形势，然而即便如此，《诗序》的说法还是难以成立。《诗序》说"国人将叛而归沃焉"，而实际上真正"叛而归沃"的似乎只有大臣潘父一人而已，《左传·桓公二年》记载："惠之三十年，晋潘父弑昭侯而纳桓叔，不克。晋人立孝侯。"④《史记·晋世家》则记载："（昭侯）七年，晋大臣潘父弑其君昭侯而迎曲沃桓叔。桓叔欲入晋，晋人发兵攻桓叔。桓叔败，还归曲沃。晋人共立昭侯子平为君，是为孝侯。诛潘父。"⑤ 可见为了迎立桓叔而杀掉晋昭公的是潘父，而且此举甚不得人心，晋人忠于昭侯而拒纳桓叔，并杀掉了潘父。曲沃代晋之所以会经历六十七年之久，正是因为晋侯虽弱，但仍是正统所在，为国人所拥戴。所谓"国人将叛而归沃"的局面，在晋昭公时代是不曾出现的。况且，即使如《诗序》所说，则《扬之水》之作所为何来？宋人严粲说："若助桓叔而匿其情，则此诗不作可也。亦既声之于诗，使采诗者扬之以讽其君矣，安在其为匿之也？故言'不敢告人'者，乃所以告昭公；言'我闻有命'者，又以见其事已成，祸至甚迫，所以激发昭公者至切切也。"⑥ 严粲所说不错，"叛而归沃"者绝不会作这样的诗泄露如此重大之密谋，所以只能是拥护昭公的人所作用以警告昭公，然而既然拥护昭公，为何又说"素衣朱襮，从子于沃。既见君子，

---

① 《史记》卷三九，中华书局1959年版，第1637—1638页。
② 吴按：《史记·晋世家》中说昭侯元年封成师于曲沃时，成师已经五十八岁。
③ 吴按：其实《诗序》"国人将叛而归沃焉"之"将"字已具预测之义。
④ （清）阮元校刻《十三经注疏·春秋左传正义》，第3787页。
⑤ 《史记》卷三九，第1638页。
⑥ （宋）严粲：《诗缉》卷一一《唐风·扬之水》末章下，文渊阁四库全书本。

云何不乐"这样倾慕曲沃的话呢？为了解决这一矛盾，严粲说这是诗人"设言其人其意，谓国中有相与为叛以应曲沃者矣"。这种没有主语提示、通篇使用第一人称的"设言"，如何能将意思表达清楚？如果没有严粲的注解，真有人能这样理解么？严粲的解释割裂了诗歌的前后文，也违背了传统的语言习惯，而这正是误信《诗序》的结果。其实宋人王质已经指出了此诗《诗序》之可疑，王质说："诗明言沃，故引曲沃之事实之，他于诗未显者，依其辞、绎之意，不敢指其事……世代遥远，文字讹落，惟意事稍叶，若茫然莽以意推，又茫然欲与事合，恐未可为定论也。"① 确实，《诗序》只是因诗中有"从子于沃"之语即比附该诗是为昭公封曲沃事而作，又据以妄言"国人将叛而归沃"，然而《诗序》所言既与当时事势不合，又与诗歌本文矛盾，实在难以信据。

既然《诗序》不足信，那么该如何理解《唐风·扬之水》呢？我以为此诗应该创作于晋献公骊姬之乱时，是为公子申生而作。这可以从以下两方面去论证。

第一，从《孔子诗论》看，《唐风·扬之水》与妇人有关，很可能即指骊姬之乱。

《上海博物馆藏战国楚竹书》第一册有《孔子诗论》一篇，其第十七简中云："汤之水，其爱妇嫠。"②

"汤之水"即"扬之水"，学者没有异议。"嫠"字见于《说文解字》，许慎云："嫠，恨也。从心黎声。一曰息也"③，这也没有问题。至于"其爱妇嫠"的意思，则学者间争论纷纷，莫衷一是。整理者马承源先生将此句断为"其爱，妇嫠"，他认为此句"是说诗篇所言的爱，也是妇人之恨"④。我以为马先生的意见可备一说。或者此句亦可断为"其爱妇，嫠"，意为"其爱恋妇人，令人生恨"。或者亦可直接理解为"爱妇人所恨"。无论怎样，《孔子诗论》的作者都认为《扬之水》一篇与妇人有关，且爱恨相对。

《诗经》中《王风》、《郑风》、《唐风》各有一篇《扬之水》，《孔子

---

① （宋）王质：《诗总闻》卷六《唐风·扬之水》诗末，文渊阁四库全书本。
② 马承源主编：《上海博物馆藏战国楚竹书》第1册之《孔子诗论》，上海古籍出版社2001年版，第146—147页。此处仅列整理者马承源先生破读后的宽式释文。
③ （汉）许慎撰，（宋）徐铉校定：《说文解字》，中华书局1963年版，第221页。
④ 马承源：《上海博物馆藏战国楚竹书》第1册之《孔子诗论》，第147页。

诗论》到底指的是哪一篇呢？学者的意见多倾向于《王风·扬之水》，其诗云："彼其之子，不与我戍申。怀哉怀哉，曷月予还归哉"，朱熹在《诗集传》中以为"彼其之子"是"戍人指其室家而言也"[1]，则此诗为远戍士兵对妻子的思念，多数学者据此认定《孔子诗论》正是就此篇立说。然而明代蒋悌生已经对朱熹之说作了驳斥，他说："以《国风》事类考之，言'彼其之子'凡五：其曰'邦之司直'、'三百赤芾'、'硕大无朋'、'公行'、'公路'，皆指一时卿大夫之有权力者。若君子称其室家，如《北门》之'室人'，《东门》之'缟衣綦巾'，《东山》之'妇叹于室'，若是而已，未见其以此等语目其室家也。又况征戍之人，初无携其室家同行之理，无故而言不与戍申，甚无谓也。"[2] 蒋悌生所言甚是，朱熹之说实难成立。

其实无论是《王风·扬之水》还是《郑风·扬之水》都与妇人无关。二诗均以"扬之水，不流束薪"起兴。而"薪"这一意象的真正含义见于《上海博物馆藏战国楚竹书》第四册的《多薪》一诗，该诗云："多薪多薪，莫如萑苇。多人多人，莫如兄弟。"[3] "多薪"相当于"多人"，"萑苇"相当于"兄弟"。"萑苇"为天然生长之植物，正与"兄弟"的天然血缘关系相类似，而"薪"则为人工采伐、捆扎之柴火，正与"多人"是因为人为的社会关系而联系在一起的性质相合。可见，"薪"这一意象象征非血缘（也即非天生的）关系的社会关系，并从反面衬托了"兄弟"这种血缘关系的亲密。两篇《扬之水》以"束薪"起兴，并感叹"彼其之子，不与我戍申"、"终鲜兄弟，维予二人"，正是采用了"薪"的这种含义，二诗所言皆为兄弟之情，而无关于男女之爱。[4]

如此看来，《孔子诗论》所云《扬之水》应当指的是《唐风·扬之水》。就我们目前所了解的晋国历史来看，能够与"爱妇慼"这一评价相合的只有晋献公时期的骊姬之乱。晋献公不顾占卜结果强立骊姬为夫人，生奚齐，又因骊姬而欲废太子申生，这正是"爱妇"之体现；骊姬为立

---

[1] （宋）朱熹：《诗集传》卷四，四部丛刊三编本（影印日本静嘉堂文库藏宋本）。
[2] （明）蒋悌生：《五经蠡测》卷三《王风扬之水章彼其之子辨》，文渊阁四库全书本。
[3] 马承源主编：《上海博物馆藏战国楚竹书》第4册，上海古籍出版社2004年版，第173—178页。
[4] 吴按：关于"薪"之含义和《王风·扬之水》、《郑风·扬之水》二诗诗意的具体讨论，请参见拙文《上博（四）〈多薪〉诗旨及其〈诗经〉学意义》，《文学遗产》2013年第6期。

自己的儿子奚齐而视太子申生、公子重耳和夷吾为眼中钉，必欲除之而后快，所以她联络优施、梁五、东关嬖五等人向晋献公进谗言，先是将申生派驻曲沃，后又派申生攻伐东山皋落之狄，最后诬陷申生逼其自刭，种种作为正是"妇譖"之体现。不仅大的历史背景与《孔子诗论》的评价相合，具体的史实亦可与诗歌本文相互印证（详见下文），《唐风·扬之水》恐怕不是"刺昭公"之作，而是"伤申生"之诗。

第二，从《唐风·扬之水》本文来看，该诗与骊姬之乱时太子申生的经历相合。

诗云："素衣朱襮。"《毛传》云："襮，领也。诸侯绣黼丹朱中衣。"《郑笺》云："中衣以绡（吴案：郑玄读'绣'为'绡'，本文则仍从"绣"解）黼为领，丹朱为纯也。"① 《尔雅·释器》云："黼领谓之襮。"② 黼为黑白相间若斧形之纹饰，纯为衣服边缘。所谓"朱襮"，即衣服边缘和衣领用朱色绣黼纹。《毛传》、《郑笺》皆谓此句所云指的是"中衣"。"中衣"是"深衣"的一种，《礼记·深衣》孔颖达《疏》引郑玄《深衣目录》云："……深衣，连衣裳而纯之以采者；素纯曰长衣；有表则谓之中衣。"③ 清人孙希旦则说："自深衣之外，与深衣同制而其用不同者有三：一曰中衣，衣于礼服之内者，《玉藻》所言'锦衣'、'玄绡衣'、'绞衣'、'缁衣'之属是也。中衣之所用，与礼服同。……而别以华美之物为之领缘。"④ "中衣"虽然可用华美之物装饰衣服边缘和衣领，然而诸侯与大夫还是有等级之别。《礼记·郊特牲》云："台门而旅树，反坫，绣黼丹朱中衣，大夫之僭礼也。"⑤ 可见，"绣黼丹朱中衣"也就是"朱襮"，为诸侯之制，大夫服之乃为僭越。而金文中的例证向我们显示，天子赏赐给诸侯的有"朱襮"装饰之服为"玄衣"而非"素衣"。陕西扶风县庄白村出土的西周中期的《彧方鼎》铭文中记载："王卲姜使内史

---

① （清）阮元校刻《十三经注疏·毛诗正义》，第768页。
② （清）阮元校刻《十三经注疏·尔雅注疏》（清嘉庆刊本），第5654页。
③ （清）阮元校刻《十三经注疏·礼记正义》（清嘉庆刊本），第3611页。
④ （清）孙希旦撰，沈啸寰、王星贤点校：《礼记集解》，中华书局1989年版，第1378页。
⑤ （清）阮元校刻《十三经注疏·礼记正义》，第3136页。

友员赐或玄衣朱襮衿。"① "或"为彔国族首领，事周王室，屡立战功②，因此王后"剫姜"赐他"玄衣朱襮衿"。"衿"亦为衣领，"朱襮衿"配合的正是"玄衣"。此外，在金文中赏赐诸侯、大臣之衣物又常见"玄衣黹纯"。"黹"，《说文解字》云："箴缕所纰衣也"，段玉裁谓其上部象绣形③，则"黹"不仅有缝补，亦有刺绣之义。"黹纯"大概是为衣服的边缘刺绣花纹以为装饰，估计与"朱襮"亦相类似，而与"黹纯"相连出现的毫无例外亦皆为"玄衣"。据此似乎可以推测西周春秋时期，诸侯之"中衣"或"深衣"当以"玄衣朱襮"为定制。至于"素衣"，则似乎是卿大夫所著。《礼记·玉藻》中说："锦衣狐裘，诸侯之服也。"清人孙希旦注云："愚谓锦衣狐裘，谓狐白裘以锦衣裼之也。士不衣狐白，大夫虽得衣狐白，但用素衣裼之，不得用锦衣也。"④ 这样看来，"素衣朱襮"即是以大夫之服饰以诸侯之饰。孔颖达株守《诗序》，以为这表现了晋人欲拥戴曲沃桓叔为晋君。然而如上文所云，晋昭公封曲沃桓叔时晋国仍以昭公为正统，桓叔亦无必有晋国之把握，既然如此，拥戴者又怎会如此明目张胆地将僭越不臣之心形之歌咏、传于国中？这与第三章所云"我闻有命，不敢以告人"岂不前后矛盾？而且既然是要拥戴其为诸侯，为什么不干脆准备"玄衣朱襮"这样更具实际象征意义的服饰，偏要准备"素衣朱襮"这样不伦不类之服呢？按照《诗序》旧说，这句诗实在不合情理。

然而公子申生的一段遭遇却与此句适相匹配。晋献公听信骊姬的谗言，派公子申生伐东山皋落氏之狄。《左传·闵公二年》记载："大子帅师，公衣之偏衣，佩之金玦。"杜预注："偏衣，左右异色，其半似公服。"⑤《国语·晋语一》则作："衣之偏裻之衣，佩之金玦。"韦昭注：

---

① 《殷周金文集成》（修订增补本）第2册，中华书局2007年版，第1456页。所引释文从宽式。

② 吴镇烽编撰：《金文人名汇编》（修订本），中华书局2006年版，第227页。

③ （汉）许慎撰，（清）段玉裁注：《说文解字注》，上海古籍出版社1988年版，第364页。

④ （清）孙希旦撰，沈啸寰、王星贤点校：《礼记集解》，第806页。吴按：当然，这并不是说诸侯就不可服素衣，据记载皮弁之服即素衣；也不是说大夫不可服玄衣，《礼记·玉藻》中即云："君子狐青裘豹褎，玄绡衣以裼之。"上古服饰制度极为复杂，又乏实物可以参照，因而上文仅是就个人认识围绕"朱襮"所展开的一些讨论，抛砖引玉，以祈就正于方家。

⑤ 阮元校刻《十三经注疏·春秋左传正义》，第3881页。

"裻在中，左右异色，故曰偏。"①韦昭、杜预以为所谓"偏衣"是以衣服背缝为分界线左右异色之服，一边是申生所当服的服色，一边是作为诸侯的晋献公所当服的服色。由于典籍记录不详，我们很难确切了解这到底是怎样性质的一种衣服。然而根据《礼记·深衣》中说"深衣""可以为文，可以为武，可以摈相，可以治军旅"的性质，则若以"深衣"当之，似乎不算牵强。而且《深衣》中还记载"深衣"之制云："负绳及踝以应直"，郑玄注云："绳谓裻，与后幅相当之缝也。"②"深衣"有"裻"，则此处所云"偏裻"亦可落实。不过晋献公虽然已存废立之想，此时尚在游移之间，申生依然是太子身份，晋献公命其将下军、攻皋落，申生以太子而任统帅，代表晋国出征，无论怎样都是相当隆重的一次行动，在这样的背景下，晋献公以"左右异色"这样古今罕见乃至被后人称作"服妖"的衣服赏赐主帅，这种举动委实令人匪夷所思。因此，虽不敢说韦昭、杜预对"偏衣"的解释必然有误，但是保有适当的怀疑还是应该的。不论"偏衣"的具体形制如何，其杂有两个阶级的不同服色则没有问题，而这与《唐风·扬之水》中所云"素衣朱襮"的性质正相仿佛。

而且《左传·闵公二年》记载狐突对此事的评论云："时，事之征也。衣，身之章也。佩，衷之旗也。故敬其事则命以始；服其身则衣之纯；用其衷则佩之度……"杜预解"纯"为"必以纯色为服"③。然而古人衣服借助服色和装饰的花纹以彰显等级，当衣服被外衣罩住的时候，唯有衣领和衣服的边缘显露在外，所以古人对于衣服的这一部分亦极为重视，狐突既然说"衣，身之章也"，那么此处之"纯"似乎亦可理解为"衣服边缘"。在《国语·晋语一》中狐突所说的话直接就是"以尨衣纯"④，这与《礼记·深衣》中的说法非常类似："具父母、大父母，衣纯以缋；具父母，衣纯以青；如孤子，衣纯以素。"⑤可见，"以尨衣纯"或许应该理解作"用非所当用之标准制作衣服的边缘"。如果这一论断不误，则所谓"偏衣"很有可能原本作"偏裻之衣"，本来指的就是在衣服

---

① 徐元诰撰：《国语集解》，中华书局2002年版，第266页。
② 上所引《礼记·深衣》的内容见阮元校刻《十三经注疏·礼记正义》，第3611—3612页。
③ （清）阮元校刻《十三经注疏·春秋左传正义》，第3881—3882页。
④ 徐元诰撰：《国语集解》，第269页。
⑤ （清）阮元校刻《十三经注疏·礼记正义》，第3612页。

的边缘和衣领处使用不当使用的服色，也就是所谓的"素衣朱襮"。

这样看来，"偏衣"之所以引起时人的惊讶与猜疑，是因为其僭越常规违背礼制，而不是因为它怪异荒唐破坏基本的认识。晋献公赐申生以"偏衣"，是以拔擢之姿态掩饰其废立之真心，其用意亦可揣摩理解。而正是因为这是晋献公公开的赏赐，所以诗人可以毫无顾忌地写入诗中。如此看来，《唐风·扬之水》之"素衣朱襮"恐怕正是"偏衣"之另一种表达。

《唐风·扬之水》中还写道："从子于沃。"《左传·庄公二十八年》记载骊姬向晋献公进谗言逐群公子，"晋侯说之，夏，使大子居曲沃，重耳居蒲城，夷吾居屈，群公子皆鄙"①。这正是"从子于沃"之背景所在。

诗中还说："从子于鹄。"《毛传》云："鹄，曲沃邑也。"《孔疏》云："晋封桓叔于曲沃，非独一邑而已，其都在曲沃，其傍更有邑，故云：鹄，曲沃邑也。"然而，"鹄"地具体所在，迄今无考。清人马瑞辰在《毛诗传笺通释》中指出，"鹄"通"皋"，"泽也，皋也，沃也，盖析言则异，散言则通"。因此他认为"《传》云'鹄，曲沃邑'者，正谓鹄即曲沃，非谓曲沃之旁别有邑名鹄也"②。马氏所言可备一说。此外，《左传·闵公二年》记载："晋侯使大子申生伐东山皋落氏。""皋落"既为狄人氏族之名，亦为地名，今山西垣曲县、乐平县、壶关县等地皆有名"皋落"之地。③ 此"从子于鹄"，或许与跟随申生讨伐皋落有关。

诗中还说："我闻有命，不敢以告人。"上文已经说明，此句置于晋昭公封曲沃事中则左右难通，而置于晋献公骊姬之乱中则毫不费解。晋献公废立之事，从申生居曲沃、将下军再到伐皋落赐偏衣金玦，已经愈发明显，晋国大夫在劝谏晋献公和评论偏衣、金玦时已经表现出对形势的清晰判断，而事后之谋主为骊姬亦属心照不宣之秘密，《左传》、《国语》言之甚详。不过申生自到前，尚有太子之虚名，晋献公亦游移未定，而废立之事毕竟属于国家机密，所以诗人虽然已经明知其事，仍然不便公开讨论，以免背负挑拨离间之罪名，唯有写诗寄怀，隐约其词，借以表达对太子申

---

① （清）阮元校刻《十三经注疏·春秋左传正义》，第3866页。
② （清）马瑞辰撰，陈金生点校：《毛诗传笺通释》，中华书局1989年版，第341—342页。
③ 陈槃撰：《春秋大事表列国爵姓及存灭表撰异》（三订本），上海古籍出版社2009年版，第1001—1005页。

生的敬慕惋惜之情。

诗中还说:"既见君子,云何不乐?"据《左传》、《国语》所记,太子申生受到骊姬恶毒的诬陷,然而出于对父亲晋献公之孝心,不兴讼、不逃亡,自刭而死,其德行有目共睹。申生死后,后人怀念不已,屈原在《九章·惜诵》中就曾说:"晋申生之孝子兮,父信谗而不好",在《天问》中还感慨:"伯林雉经,维其何故?何感天抑墬,夫谁畏惧?"① 如此看来,晋国的诗人以追随申生为乐,写诗叹惋申生,则是极为自然之事了。

综上所述,《诗序》所云既不足信,《孔子诗论》的评价与诗歌本文的内容又与晋献公时太子申生之事极相契合,然则《唐风·扬之水》乃是为晋献公太子申生所作之结论当可成立矣。

(原载《国学学刊》2013 年第 4 期)

---

① (宋)洪兴祖撰,白化文等点校:《楚辞补注》,中华书局 1983 年版,第 125、115 页。

从《周颂·敬之》看《周公之琴舞》的性质

吴 洋

《清华大学藏战国竹简》第三册收录有《周公之琴舞》一篇，该篇收录了十篇诗作，其中之一即《诗经·周颂·敬之》，因而学者多以为这篇文献是类似于《周颂》的《诗经》类作品。① 然而如果我们将《诗经·周颂·敬之》与《周公之琴舞》仔细对读，就会发现其中尚有不少复杂的问题有待解决，《周公之琴舞》的性质恐怕也值得再做讨论。

为了便于叙述，先将二诗引在下面。

《诗经·周颂·敬之》作：

> 敬之敬之，天维显思，命不易哉。无曰高高在上，陟降厥士，日监在兹。维予小子，不聪敬止。日就月将，学有缉熙于光明。佛时仔肩，示我显德行。②

《周公之琴舞》中则作（以下简称"简本"）：

> 敬之敬之，天惟显帀，文非易帀。毋曰高高在上，陟降其事，卑监在兹。乱曰：迵我夙夜不逸，敬之。日就月将，教其光明。弼持其有肩，示告余显德之行。③

---

① 李学勤主编：《清华大学藏战国竹简（叁）》下册，中西书局2012年版，第132页。又参见李守奎《清华简〈周公之琴舞〉与周颂》，《文物》2012年第8期。
② （清）阮元校刻《十三经注疏·毛诗正义》，中华书局2009年版，第1290—1291页。
③ 李学勤主编：《清华大学藏战国竹简（叁）》下册，第133页，释文全据李守奎先生整理的成果。

二诗对勘，其中有几处异文极可注意。

第一，诗的第三句《诗经》本作"命不易哉"，这是指"天命"而言，周取商而代之的理论基础就是天命的转移，周人认为商纣失去天命而文王符合天命，并且始终强调保有天命，这也是《诗经》的《雅》、《颂》诗中常见的主题。"命不易哉"，也即《大雅·文王》中所云："骏命不易"、"命之不易"，是说天命不易保守、容易失去。

此句简本作"文非易帀"，李守奎先生以为"文"指"文德"，然而德行属于人事，与前一句"天惟显帀"谈天意难以连贯，后面的诗句又提到"教其光明"、"示告余显德之行"，这样的谆谆教导并非《诗经》中"天"的职责所在，而"文德"这样的抽象概念更不能做其主语，因此，我以为"文"在这里恐怕应该是指代"文王"而言。《诗经·周颂·清庙》中说："济济多士，秉文之德"，郑玄以为即指"文王之德"；《诗经·周颂·武》中说："允文文王，克开厥后。嗣武受之，胜殷遏刘，耆定尔功"，则"文"、"武"是可以用来指代文王和武王的。如此看来，"文非易帀"是指文王的在天之灵不易侍奉、遵从。唯有如此理解，后面的诗句才能解释顺畅。

第二，诗的第六句《诗经》本作"日监在兹"，这与《诗经·大雅》中的诗句如："天监在下，有命既集"（《大明》），"皇矣上帝，临下有赫。监观四方，求民之莫"（《皇矣》），"天监有周，昭假于下"（《烝民》）等的意思相近似，是说天帝时刻监察着下民，因此孔颖达在《正义》中串讲四五六句时说："王无得称曰：此天乃高而又高在上，以为不见人之善恶而不畏，天乃升降以行其事，谓转运日月，照临四方，日日视人，其神近在于此，不为远也。"孔颖达的理解是正确的。

此句简本则作"卑监在兹"，李守奎先生以为："卑，下，指人间"，然而这一意义的"卑"在文献中多做形容词而非动词，"卑监"之"卑"却是动词用法，这恐怕不符合古代汉语的习惯。因此，我以为此处当读"卑"为"俾"，"卑"、"俾"二字古常通用，其例至多，不烦列举。"俾监在兹"，是说天帝命文王监察其人民。在《周公之琴舞》中，成王所作第三首诗有句云"裕其文人，不逸监余"，第四首诗有句云："文文其有家，保监其有后"，这些诗句所表达的意思与"俾监在兹"正好可以相互印证。

第三，诗的第十句《诗经》本作"学有缉熙于光明"。郑玄的《笺》云："缉熙，光明也……且欲学于有光明之光明者，谓贤中之贤也。"王先谦《诗三家义集疏》中指出《韩诗外传》、《淮南子》、《新书》等皆曾引用此句，且并无异文。①

　　更为重要的是，《韩诗外传》卷三《第十六章》云："凡学之道，严师为难。师严，然后道尊。道尊，然后民知敬学。……《诗》曰：'日就月将，学有缉熙于光明。'"②《淮南子·修务训》云："由此观之，知人无务，不若愚而好学。自人君公卿至于庶人，不自强而功成者，天下未之有也。《诗》云：'日就月将，学有缉熙于光明'，此之谓也。"高诱注云："言为善者，日有所成就，月有所奉行，当学之是明，此勉学之谓也。"③可见，无论《毛诗》系统的郑玄，还是三家诗系统的《韩诗外传》、《淮南子》以及高诱注，无一例外均将此句解为向他人学习，而简本此句却作"教其光明"。简本改"学"为"教"，目的是与前面所言之文王相互照应，于是本句的主语从前一句的成王变成了文王，而《诗经》本的主语则与前句统一，都是成王自己。

　　第四，诗的第十一句《诗经》本作"佛时仔肩"，《毛传》云："佛，大也。仔肩，克也。"郑玄《笺》云："佛，辅也。时，是也。仔肩，任也。"《说文》云："仔，克也。"④ 简本此句作"弼持其有肩"，则是取较易理解之"辅弼"取代"佛"，合并同义之"仔肩"为"肩"。这种处理方式亦见与第十句。《诗经》本"学有缉熙于光明"，郑玄《笺》云："缉熙，光明也"，简本则合并"缉熙"与"光明"两个词为较易理解之"光明"一个词。

　　通过以上分析，我们可以看出《周公之琴舞》篇所引《周颂·敬之》有比较明显的改写痕迹，它一方面将《诗经》本的天帝监察下民改写为文王监察下民，另一方面则将《诗经》本中某些难以理解的词做了"翻译"和调整。根据后者，我们已经可以看出《周公之琴舞》产生的时代是后于《诗经》的，而前者所反映的现象同样也能得出类似结论。

---

① （清）王先谦撰，吴格点校：《诗三家义集疏》，中华书局1987年版，第1041—1042页。
② （汉）韩婴撰，许维遹校释：《韩诗外传集释》，中华书局1980年版，第99页。
③ 何宁撰：《淮南子集释》，中华书局1998年版，第1347页。
④ （汉）许慎撰，（宋）徐铉校定：《说文解字》，中华书局1963年版，第165页。

我们知道，天命转移是殷商鼎革的重要理论基础，尽管在周人看来，天命的代表就是文王，但是文王、武王死后，如何继续保持天命、维系统治依然是周人所面临的首要问题。因此，我们在《诗经》的《大雅》和《周颂》中看到对文王（以及后稷以来直至武王的先王）的赞颂几乎与对天命眷顾的强调形影不离。

然而从春秋时期开始，人的德行越来越受到重视，《左传·僖公五年》记载宫之奇的话说："臣闻之，鬼神非人实亲，惟德是依。故《周书》曰：'皇天无亲，惟德是辅。'又曰：'黍稷非馨，明德惟馨。'又曰：'民不易物，惟德繄物。'如是，则非德，民不和，神不享矣。神所冯依，将在德矣。"[①] 于是，文王之德开始越来越被突出出来。《左传·襄公二十九年》记录吴公子季札到鲁国观周乐，乐工为其"歌《大雅》"，季札评价说："广哉，熙熙乎！曲而有直体，其文王之德乎！"乐工为其"歌《颂》"，季札评价说："盛德之所同也"[②]，这是说《颂》诗与《大雅》一样体现了文王之德。季札将《大雅》和《颂》诗归结为"文王之德"，却对天命不置一词，可见当时在《诗经》解释上的倾向。《上海博物馆藏战国楚竹书》（一）中所载《孔子诗论》的第二简中有泛论《颂》和《大雅》的内容，其文云："颂，平德也，多言后。其乐安而迟，其歌绅而荛，其思深而远，至矣。大夏，盛德也，多言……"[③]《孔子诗论》所云与季札之评价很类似，虽然没有提到"文王之德"，但是强调《颂》和《大雅》的"德"却是一致的。

《诗经》本的《敬之》全言天命，而简本则偏于"命"字有异文，将整首诗改做文王监察和教导下民。这样看来，《诗经》本《敬之》应该是产生于西周初期、反映当时周人心态的原始文献，而简本《敬之》则很可能是经过春秋以后甚至战国人更改的再创作。

当然，能够得出这一结论的根据尚不止此。

《周颂·敬之》在先秦两汉的文献中曾屡被称引。如《左传·僖公二十二年》、《左传·成公四年》、《汉书·孔光传》都曾引用了诗的前三句；

---

① 杨伯峻编著：《春秋左传注》，中华书局1990年版，第309页。
② 同上书，第1164—1165页。
③ 马承源主编：《上海博物馆藏战国楚竹书》（一），上海古籍出版社2001年版，第127页。

《汉书·郊祀志》匡衡奏议引诗之四五六句；《韩诗外传》卷三、《淮南子·修务训》都引了诗的九十两句；贾谊《新书·礼容语下》引用了整首诗。① 这些文献涉及《诗经》今古文各学派，时代从战国直到汉代，而其所引字句几乎与《诗经》中所记录的完全相同，对于诗句的理解也几乎没有异议，这只能说明《周颂·敬之》一直以来都有一个比较固定的传本，而《周公之琴舞》中的《敬之》存在大量异文，并且导致了对该诗理解上的不同，这很可能是经过后人有意改造的结果。

除去《敬之》一诗以外，《周公之琴舞》的其他诗句还有沿袭《诗经》中诗句的痕迹。比如开篇周公所作"无悔享君，罔坠其孝，享惟慆币，孝惟型币"，与《大雅·下武》中"永言孝思，孝思惟则"以及《周颂·载见》中"率见昭考，以孝以享"等句相类似；成王所作第二首诗中"允丕承丕显，思攸亡斁"、"用求其定"与《周颂·清庙》中"不显不承，无射于人斯"和《周颂·赉》中"我徂维求定"相类似；成王所作第三首诗中"德元惟何？曰渊亦抑，严余不懈，业业畏忌，不易威仪，在言惟克"与《大雅·抑》中"抑抑威仪，维德之隅。……敬慎威仪，维民之则……慎尔出话，敬尔威仪"等句相类似；成王所作第六首诗中云"其余冲人，服在清庙，惟克小心，命不夷歇，对天之不易"，这与《周颂·清庙》中所云"对越在天，骏奔走在庙"的描写亦相接近，诗中所云"清庙"很有可能就指的是《周颂·清庙》。而整篇《周公之琴舞》与《周颂》中《闵予小子》、《访落》、《敬之》三篇的主旨非常类似。这些现象似乎也能说明《周公之琴舞》的作者是非常熟悉《诗经》的。

尽管《周公之琴舞》一篇改写了《周颂·敬之》，又化用了《大雅》和《周颂》中的某些诗句，但是其性质依然不能说是《诗》，相比较而言，其性质更加接近《尚书》，应该是属于《尚书》、《逸周书》类的文献。

最明显的证据来自《周公之琴舞》的语言。《诗经》中的第一人称代词皆用"予"，而《周公之琴舞》则全用"余"，虽然我们尚不能根据这一差异做时代和地域的划分，但是二者语言习惯之不同是显而易见的。《诗经》中常见的固定词组"予小子"和"缉熙"被《周公之琴舞》改

---

① （清）王先谦撰，吴格点校：《诗三家义集疏》，第1041—1042页。

写替代，而《周公之琴舞》所用之词汇如"余一人"、"冲人"、"孺子"、"多子"、"如台"等，完全不见于《诗经》，但却全都是《尚书》中的常见用语。

从体裁上来说，《周公之琴舞》明确说"周公作多士儆毖，琴舞九卒"、"成王作儆毖，琴舞九卒"，则此篇的体裁当为"儆毖"无疑，而"儆毖"之说亦多见于《尚书》和《逸周书》中。《尚书·酒诰》中说："厥诰毖庶邦庶士越少正御事……汝劼毖殷献臣、侯、甸、男、卫……汝典听朕毖"，王国维在《与友人论诗书中成语书二》中指出"毖"与"诰"、"教"同义。①《逸周书·大开解》中云："维王二月既生魄，王在鄼，立于少庭，兆墓九开，开厥后人八儆、五戒……"又《逸周书》第二十四篇即名为《文儆解》、第四十五篇则名为《武儆解》，其中记录文王戒语的《文儆解》中云："维文王告梦，惧后祀之无保。庚辰，诏太子发曰：'汝敬之哉！……'"②像这样以告诫为体裁的内容，亦见于《逸周书》中的《小开解》、《文传解》、《皇门解》、《大戒解》、《祭公解》等篇，篇中最常出现的就是"敬之"、"敬诸"等字样。相比于《尚书》和《逸周书》，《诗经》中亦有《周颂·小毖》一篇题名与之相符，但是内容却以自伤为主，并非告诫口吻。而真正具有告诫意味的诗，往往又与祭祀、歌颂类的诗难以分辨。可见，《周公之琴舞》的体裁明显来自《书》类而非《诗》类文献，甚至与《逸周书》有某种密切联系。

《周公之琴舞》的"琴舞九卒"似乎与《诗经》类文献的乐歌本质很近似，但是《尚书·皋陶谟》的"元首歌"亦有歌词出现③，《逸周书·世俘解》中也有奏乐的记载④，而所谓"琴舞九卒"的真正含义恐尚需做更深入的研究，因为《诗经·周颂·有瞽》中云："有瞽有瞽，在周之庭。设业设虡，崇牙树羽。应田县鼓，鞉磬柷圉。既备乃奏，箫管备举。喤喤厥声，肃雝和鸣，先祖是听。我客戾止，永观厥成。"《周颂·执竞》中也说："钟鼓喤喤，磬筦将将，降福穰穰。"可见，《颂》诗的演

---

① 顾颉刚、刘起釪著：《尚书校释译论》，中华书局2005年版，第1380、1410页。
② 黄怀信、张懋镕、田旭东撰，黄怀信修订，李学勤审定：《逸周书汇校集注》，上海古籍出版社2007年版，第213、231、484页。
③ 顾颉刚、刘起釪著：《尚书校释译论》，第477页。
④ 黄怀信、张懋镕、田旭东撰，黄怀信修订，李学勤审定：《逸周书汇校集注》，第428—429页。

奏绝非"琴舞"能够完成,那么这里的"琴舞",有可能只是一种新的音乐作品的称呼,有类于刘宋乐府改编的汉魏旧乐府诗,其与《诗经》中"颂诗"的关系恐怕还不如与《逸周书》的关系近。

(原载《出土文献研究》第十二辑)

上博(八)《鹠鷅》与《诗经·邶风·旄丘》

吴 洋

《上海博物馆藏战国楚竹书》(八)有《鹠鷅》一篇,据曹锦炎先生的释文,其内容如下:

子遗余娈粟(鹠鷅)含可。娈粟(鹠鷅)之止含可,欲衣而恶臬含可。娈粟(鹠鷅)之羽含可,子何舍=(舍余)含可。娈粟(鹠鷅)膀飞含可……(第一简)

……可,不织而欲衣含可。(第二简)①

曹锦炎先生指出,简文中的"娈粟"即"鹠鷅",也即《诗经·邶风·旄丘》中的"流离"。简文所叙"鹠鷅""欲衣而恶臬"、"不织而欲衣"的内容,不见于传世文献,对于深入理解《旄丘》一诗颇有启发,而文献中对于"鹠鷅"的描述,似乎也可对此篇个别字句的理解有所帮助。本文试就此略作讨论。

一 从《鹠鷅》看《旄丘》

按照《诗序》的说法,《诗经·邶风·旄丘》是"责卫伯也。狄人迫逐黎侯,黎侯寓于卫,卫不能修方伯连率之职,黎之臣子以责于卫也"。

---

① 马承源主编:《上海博物馆藏战国楚竹书》(八),上海古籍出版社2011年版,第287—291页。

历来解诗者多从其说。

《旄丘》诗的第四章提到了"流离",诗云:"琐兮尾兮,流离之子。叔兮伯兮,褎如充耳。"诗人为什么用"流离之子"来起兴,"流离之子"与"叔兮伯兮"到底有什么关系呢?

《毛传》解释前两句说:"琐、尾,少好之貌。流离,鸟也,少好长丑,始而愉乐,终以微弱。"对于后两句,《毛传》则解释说:"褎,盛服也。充耳,盛饰也。"①"充耳"即"瑱",也即古人冠冕两侧悬挂的玉石做的耳塞,亦见于《卫风·淇奥》"充耳琇莹"、《齐风·著》"充耳以素乎而"、《小雅·都人士》"充耳琇实",各诗均用以形容人物形态、衣饰的华贵。据此,则《旄丘》所谓"叔兮伯兮,褎如充耳"同样也是形容卫国大夫的服饰华美,这与本诗第三章提到的"狐裘蒙戎"正相呼应。

然而《毛传》所云"少好长丑"的特点与后文"褎如充耳"的描述似乎并没有直接的意义关联。二者到底是怎么联系起来的,《毛传》以后的说诗者都没能给出令人信服的解释。而楚简《鹂鹝》的出现,终于让我们解开了这一疑问。

《鹂鹝》说此鸟"欲衣而恶枲"、"不织而欲衣"。《说文解字》中说"枲,麻也",曹锦炎先生在注释中指出枲为贫贱者所穿的粗麻布衣服。可见,鹂鹝的特点是不从事纺织的具体工作却想要穿华美的衣服,这与《旄丘》诗中所描述的衣着华美、生活安逸却不履行自己职责的卫国大夫形象若合符节。所谓"褎如充耳",正是"欲衣"的直接体现,而诗歌的讽刺意味则寄寓在言外的"恶枲"和"不织"之中,也就是《旄丘》第三章所指出的"狐裘蒙戎,匪车不东。叔兮伯兮,靡所与同"。

《毛传》在"褎如充耳"下注云:"大夫褎然有尊盛之服,而不能称也",这种"服美不称"的理解正确揭示出了《旄丘》第四章的含义,如此看来,似乎《毛传》是了解"流离"这种鸟的特征的。然而《毛传》注释"琐兮尾兮,流离之子"时,仅从字面意思作解,就如马瑞辰所指出的:"琐、尾二字同义,《尔雅·释训》:'琐琐,小也。'尾通作微,微亦小也。古小与好义近,孟喜《易中孚注》'好,小也'是也。《传》以琐尾状流离之少好貌,故以少好释之。"②《毛传》将"流离之子"理解

---

① (清)阮元校刻《十三经注疏·毛诗正义》,中华书局2009年版,第642—645页。
② (清)马瑞辰:《毛诗传笺通释》,中华书局1989年版,第143页。

成幼鸟，又根据"琐、尾"二字的字义总结出"少好长丑"的特点，笔者推测这或许是"流离"这种鸟最直观的生态特征，而楚简《鹠鷅》则给我们提供了人赋予"流离"的文化特征，《旄丘》所运用的更加偏向于后者，因此《毛传》流于表面的解释造成了前后意义沟通上的难题。

由于《毛传》已经语焉不详，后人更对"流离"的"文化特征"茫无所知，所以在解诗的过程中造成了越来越多的误解。比如郑玄，他曲解"褎如充耳"为"塞耳无闻知"；而陆玑则更进一步说鹠鷅"其子适长大，还食其母，故张奂云：鹠鷅食母"①。不论陆玑之说是否别有根据，总之是与《旄丘》一诗所要表达的寓意越走越远。

根据楚简《鹠鷅》的内容，我们不仅可以解决《旄丘》第四章的难题，同时似乎也可以与《旄丘》第一章所云"旄丘之葛兮，何诞之节兮"相互照应。

葛是一种藤本植物，可以制为絺绤，《诗经》中常见，如《周南·葛覃》："葛之覃兮，施于中谷，维叶莫莫。是刈是濩，为絺为绤，服之无斁。"葛与枲性质类似，均是当时用作纺织材料的植物，与动物皮毛和丝织品相比品级略低，鹠鷅既"恶枲"，当也"恶葛"，正因为如此，才造成了旄丘之上葛草的"何诞之节兮"。"诞"，郑玄释为"阔"，马瑞辰以为"延"之假借，长也。节指葛之枝条。王先谦以为"何者，惊讶之词"。②"何诞之节兮"是感叹葛草漫无目的地荒芜生长，诗人借此象征根本职责的荒废，从而引出下面"叔兮伯兮，何多日也"两句愤慨的责难。由此看来，《旄丘》一诗首尾呼应，主题明确，而解读此诗的关键在于对"流离"的理解，楚简《鹠鷅》的出现给我们提供了极为宝贵的线索。

二　从《旄丘》看《鹠鷅》

上文已经指出，《毛传》所谓"少好长丑"的提法或许是对"流离"生态特征的总结。那么"流离"这种鸟在幼小的时候应该是具有惹人喜爱的外表的。即使我们不采用《毛传》的这种提法，《旄丘》本文中用

---

① （三国吴）陆玑：《毛诗草木鸟兽虫鱼疏》卷下，"流离之子"条，文渊阁四库全书本。
② （清）马瑞辰：《毛诗传笺通释》，第141页；（清）王先谦：《诗三家义集疏》，中华书局1987年版，第182页。

"褎如充耳"来呼应"流离之子",也足以说明"流离"具有华美的外貌。

在此基础上,我们再来看楚简《鹠鹎》。《鹠鹎》的第四、五句作"娈栗(鹠鹎)之羽含可,子何舍=(舍余)含可"。"舍"字下有重文符号,曹锦炎先生将其释为"舍余",认为舍是给予的意思,"舍余"即"给我",与第一句"遗余"同义。笔者以为这一说法值得商榷。通观《鹠鹎》的行文结构,第一句交代"鹠鹎"的来源是别人所赠予,即"遗余";以下各句两两排比为文,对"鹠鹎"的性质作具体描述,第二、四、六句均从"鹠鹎"的体貌特征赋入,第三句以及位于第二简的最后一句均以"鹠鹎"的品格特性作结。这样看来,第四、五两句"鹠鹎之羽,子何舍余"所表达的内容应该与前后相一致,若仅是重复说明为别人所赠,则不仅与"鹠鹎之羽"没有直接的意义联系,而且与整体的结构相冲突。

笔者以为此句应该读作"子何舍舍"。"舍"与"泽"、"释"相通,《诗经·郑风·羔裘》"舍命不渝",《管子·小问》引作"泽命不渝",胡承珙说:"舍犹释也。……《史记》徐广注:'古释字作泽。'《周颂》'其耕泽泽',《尔雅》作'释释',《周礼》郑注:'舍即释也。'《士冠礼》注:'古文释作舍。'"① 舍为鱼部字,释、泽均为铎部字,古音鱼、铎阴入对转,三字声韵相近,可以通假。而"泽"、"释"、"绎"等字都从"睪"得声,同为铎部字,也可以互通。《楚辞·九辩》:"有美一人兮心不绎",王逸注:"常念弗解,内结藏也。"② 以"解"释"绎",则"绎"即"释"也。《诗经》中有"绎绎",《鲁颂·駉》:"以车绎绎",马瑞辰云:"绎与驿通,《广雅》彭彭、驿驿并云'盛也'。"③ 据此,则"舍舍"大概可以读为"绎绎","子何绎绎"正紧承上一句"鹠鹎之羽",感叹"鹠鹎"的羽毛之盛。"子"在此指代"鹠鹎","何"字则表示对虽然有"欲衣而恶枲"、"不织而欲衣"的劣行却依然羽毛华丽的现象的疑惑以及愤慨。这不仅与《鹠鹎》前后文意相一致,也与《旄丘》中所反映出来的"流离"的性质相符合。

---

① (清)王先谦:《诗三家义集疏》,第347页所引。
② (宋)洪兴祖:《楚辞补注》,中华书局1983年版,第184页。
③ (清)马瑞辰:《毛诗传笺通释》,第1127—1128页。

楚简《鶹鷅》的韵脚极为整齐。除去"含可"这一固定的句尾语气词，共有七个韵尾，分别是：栗（质部）、止（之部）、枭（之部）、羽（鱼部）、舍（鱼部）、飞（微部）、衣（微部）。根据这一现象，我们可以推定《鶹鷅》基本上采用是的两句一换韵的结构。也就是说：第二、三两句为一个段落；第四、五两句为一个段落；而第六句，也就是第一简的最末一句，与第七句，也就是第二简的唯一一句，二者很有可能也同属一个段落，二者在意义上似乎也可相连；考虑到第一句是一支完整简的开头，那么第一句之前其实应该至少缺少一支整简，大约七句、四十五字左右的内容。①

《鶹鷅》第二、三句"鶹鷅之止含可，欲衣而恶枭含可"与第四、五句"鶹鷅之羽含可，子何舍舍含可"各为一段，却又明显排比成文。因此，笔者以为"鶹鷅之止"的意思应与"鶹鷅之羽"相应，"止"字当读为"趾"。古籍中有称"鸟趾"的先例。《礼记·曲礼下》："雉曰疏趾"，孔颖达《疏》云："雉曰疏趾者，趾，足也。雉肥则两足开张，趾相去疏也。《音义隐》云：雉之肥则足疏。故王云：足间疏也。"② 祢衡《鹦鹉赋》中也说："绀趾丹觜。"③ "鶹鷅之趾"即是从"鶹鷅"的脚爪赋入，其"欲衣而恶枭"正是手脚不勤的表现。这或许比曹锦炎先生将"止"释为"鸟栖息"更加切合文意。

此外，关于第六句"鶹鷅𦐇飞"的"𦐇"字，原字从羽、从目、从旁，曹锦炎先生释为"𦐇"字，然而"𦐇飞"甚为不词。笔者以为此字或当读为"翻"。"翻"为滂母元部字，"旁"为并母阳部字，并母、滂母均为唇音，阳部、元部主要元音相同，二字声韵俱近，可以通假。《诗经·周颂·小毖》中云："肇允彼桃虫，拚飞维鸟。"王先谦指出《韩诗》"拚"作"翻"。④ 郑玄的注也以"翻飞"释之。则"拚飞"实即"翻飞"，形容鸟飞翔之貌。另外，《毛传》解释《小毖》的此句诗时说："桃虫，鹪也，鸟之始小终大者。"郑玄则说："始者信以彼管蔡之属，虽

---

① 已有学者指出，《鶹鷅》的两支简可以拼合在一起，甚至可以与前一篇《有皇将起》相互拼合，笔者对后者不敢苟同。见子居《上博（八）〈有皇将起〉再编连》，http://www.confucius2000.com/admin/list.asp? id=4993。
② （清）阮元校刻《十三经注疏·礼记正义》，第2747页。
③ （南朝梁）萧统编，（唐）李善注：《文选》，上海古籍出版社1986年版，第612页。
④ （清）王先谦：《诗三家义集疏》，第1044页。

有流言之罪，如鹪鸟之小，不登诛之；后反叛而作乱，犹鹪之翻飞为大鸟也。鹪之所为鸟，题肩也，或曰鴡，皆恶声之鸟。"①《毛传》以为诗中的"桃虫"即"鹪"，郑玄则引"或曰"以之为"鴡"，为恶声之鸟，古人亦多以"流离"为"鴡"（详参下文），而"桃虫""始小而终大"的特征似乎也与"流离""少好长丑"的特征有异曲同工之处，或者此处之桃虫即是"流离"，那么"翻飞"一词恐怕还隐含着"桃虫"或"流离"的某种特性，是有所指而非泛泛之论了。

三 "枭"、"鴡"与"鹡鸰"

"鹡鸰"（"流离"）到底是一种什么样的鸟，古来众说纷纭。

《毛传》只说其"少好长丑"，《尔雅》、《说文》皆同。

陆玑首先将"枭"与"流离"联系在一起，他说："流离，枭也。自关而西谓枭为流离，其子适长大，还食其母，故张奂云：鹡鸰食母。许慎云：枭，不孝鸟是也。"同时，陆玑认为"枭"与"鴡"是两种不同的鸟，他说："鴡大如斑鸠，绿色，恶声之鸟也。入人家，凶。贾谊所赋鵩鸟是也。其肉甚美，可为羹臛，又可为炙。汉供御物各随其时，唯鴡冬夏常施之，以其美故也。"②

《诗经》中有"鴡"，亦有"枭"，《毛传》均谓之恶声之鸟。《说文解字》中虽然将"枭"与"鴡"视为二鸟，但是许慎说："枭，不孝鸟也。故日至捕枭磔之。"段玉裁注云："《汉仪》：夏至，赐百官枭羹。《汉书音义》孟康曰：枭，鸟名，食母；破镜，兽名，食父；黄帝欲绝其类，使百吏祠皆用之。如淳曰：汉使东郡送枭，五月五日作枭羹，以赐百官，以其恶鸟，故食之也。"③"枭"可食，有"枭羹"。"鴡"亦可食，有"鴡炙"。《庄子·齐物论》："见弹而求鴡炙。"《礼记·内则》中则说："雏尾不盈握弗食，舒雁翠，鹄、鴡胖……"郑玄注云："舒雁，鹅也。

---

① （清）阮元校刻《十三经注疏·毛诗正义》，第1295页。
② （三国吴）陆玑：《毛诗草木鸟兽虫鱼疏》卷下，"流离之子"条和"翩彼飞鴡"条，文渊阁四库全书本。
③ （汉）许慎撰，（清）段玉裁注：《说文解字注》，上海古籍出版社1988年版，第271页。

翠，尾肉也。鹄鸮胖，谓胁侧薄肉也。"① 这是说作为食物的飞禽哪些部位不可以吃，然则"鸮"之可食则无疑。

李时珍在《本草纲目》中多方考证，最终仍将"鸮"、"流离"、"土枭"、"鵩"等视作一物。② 我们很难判断这些学者记载和考证的准确程度，但是我们却可以大致得出这样的结论："枭"、"鸮"同为恶鸟，又同样可食，二字读音亦同，后人往往混为一谈，而"鹡鸰"也因此具有了同样的性质。

有了这样的认识，我们对于楚简《鹡鸰》的作意似乎也可以有更进一步的理解。他人赠予、作者接受恶鸟"鹡鸰"，其目的在于烹调为食、以之为羹，作者只不过借题发挥，阐述"鹡鸰"之恶，以达到必欲啖之而后快的目的罢了。当然，若据汉人之说，则此篇更有可能作于五月五日，并含有禳除的目的。《楚帛书》丙篇有"又枭内于上下"的记载，这是楚人忌讳"枭"的实例。③《包山楚简》中有"枭二筴"的记载，这是楚人以"枭"为食的实例。④ 这样看来，笔者对于《鹡鸰》一篇作意的推测，或许还不算毫无根据。如果这一说法可以成立，那么"鹡鸰"（"流离"）与"枭"、"鸮"的混为一谈绝非是汉以后才发生的现象，其时代可能更早。⑤

此外，《阜阳汉简·诗经》中有《旄丘》一诗的残文。胡平生先生指出，《毛诗》的"旄丘"，三家《诗》作"髦丘"，《经典释文》引《字林》作"堥丘"，而阜阳简则作"鸮丘"。胡平生先生认为，从字音上看，"旄"、"髦"、"堥"、"鸮"等字读音相近、可以通假；从字义上看，"旄丘"是以旗竿顶端之牛尾"前高后下"之状名丘，"鸮丘"则取鸮鸟蹲踞"前高后下"之状名丘，"髦丘"则如马举头垂髦，亦前高之貌；名虽不同，而"前高后下"之义实同。⑥ 如果"鹡鸰"（"流离"）即"鸮"，

---

① （清）阮元校刻《十三经注疏·礼记正义》，第3177页。
② （明）李时珍：《本草纲目》卷四九《禽部·鸮》，中国书店1988年版。
③ 徐在国编著：《楚帛书诂林》卷六，安徽大学出版社2010年版，第433—436页。
④ 刘信芳：《楚系简帛释例》三《器物名例》之五《饮食》，安徽大学出版社2011年版，第230页。
⑤ 吴按：上文已经谈及《周颂·小毖》中的"桃虫"似乎与"鸮"和"流离"也颇有渊源，这样看来，各种称名所指或本为一鸟，其时代可能比我们想象的还要早，到后来由于时代、地域以及人的误解等原因才产生了各种分化与歧说。
⑥ 胡平生、韩自强：《阜阳汉简诗经研究》，上海古籍出版社1988年版，第52页。

《旄丘》一诗又以"流离"起兴，那么是否可以大胆推测，《旄丘》本当做"鸮丘"呢？其义或并非取"前高后下"之义，而是因为此丘为"鸮"所聚，诗人正借以发挥其意。当然这只是一种推测，笔者亦不敢以为必然，或许随着更多资料的发现，我们能够有更确实的认识。

四 从文学史的角度看《鹠鷅》

整理者曹锦炎先生认为《鹠鷅》以及之前的《李颂》、《兰赋》、《有皇将起》等篇均为"楚辞体"作品。笔者以为这一论断恐怕不太准确。从文学史角度来看，"楚辞体"是有着特定含义的，是专指以屈原作品特别是《离骚》、《九章》等为代表的"骚体"文学，其特点并不仅仅是用"兮"字作为唯一的语气词，最关键的两点在于：一是普遍采用三音节的节奏，这与《诗经》二音节的节奏明显有别；二是以抒情为主。而无论是《鹠鷅》还是其他三篇，从句式上来看依然以二音节节奏和散文句法为主，从内容上来看则偏重于说理，尽管有些句式与《九章·橘颂》颇为类似，但《橘颂》是"楚辞体"中的特例，不能作为"楚辞体"的标准。笔者以为《鹠鷅》及之前的三篇，更接近于战国末期的"赋体"，因此用"赋体"来称呼这些作品恐怕更为准确。当然，《鹠鷅》等四篇作品是从"赋"到"骚"的重要过渡，其文学史上的意义是毋庸讳言的，不过这就不是这篇小文所能讨论的范围了。

（附记：本文的写作过程中，得到了胡平生先生的悉心指导与鼓励，笔者受益良多，特此向胡平生先生表示诚挚的感谢！）

（原载《出土文献研究》第十一辑）

释"公曰左之"

吴 洋

《诗经·秦风》中有《驷驖》一篇，诗写秦公田猎之事。《驷驖》的第二章有句云："公曰左之，舍拔则获。"郑玄的《笺》解释说："左之者，从禽之左射之也。拔，括也。舍拔则获，言公善射。"①郑玄以为这是描写秦公从左方向猎物射击，秦公射法高明，一箭命中。

然而春秋车战之法，一乘战车乘三人，郑玄曾经对其人员配置作过总结：一般来说是"左人持弓，右人持矛，中人御"②，有主将时则"左，左人，谓御者；右，车右也；中军为将也……兵车之法，将居鼓下，故御者在左"③。检《左传》所记车战之事，与郑玄所云相合。

既然如此，问题就产生了。郑玄说"公曰左之"是从"禽之左射之也"，如果秦公与猎物同向追逐，那么"禽之左"正当"公车"之右，而按照春秋车战的规律，"车右"并不负责远射，并且秦公也不应该处在车右的位置上。

为了解决这一问题，清代学者提出了一种新的解释。胡承珙引《毛诗明辨录》曰：

> 逐禽左者，逆驱禽兽，使左当人君，以射之。夫周人尚右，何以射兽必左，乃为中杀？盖射必有伤，射其左而右体俱整，仍是尚右之

---

① （清）阮元校刻《十三经注疏·毛诗正义》，中华书局1980年版，第369页。
② 见《诗经·鲁颂·閟宫》"二矛重弓"句下郑《笺》。阮元校刻《十三经注疏·毛诗正义》，第616页。
③ 见《诗经·郑风·清人》"中军作好"句下郑《笺》。阮元校刻《十三经注疏·毛诗正义》，第338页。

义。古之逐禽，射于车上，与今骑射不同。骑射奔马可以逐兽，故有顺驱而射者。车射必有步骑合围，驱兽逆来，然后左向射之，能以中左。若车顺驱，虽在兽左，人不能射其左也。公命御左车者，非为中杀，以兽逆车而来，必在车左，而去车远者矢不能贯兽，故命媚子微左以迎兽耳。①

胡承珙又进一步说：

至驱禽待射者，即系驱逆之车，田仆掌之，虞人乘之。……《笺》云"从禽之左射之"者，谓当禽之左迎射之。若逐禽而出其左，转不便于射矣。……惟兽之来，未必定当车左。设出于车右，而旋车向左，则相背。故"公曰左之"，盖兽自远奔突而来，公命御者旋当其左，以便于射耳。②

胡承珙等人认为，猎物被"驱逆之车"驱赶，迎面奔向公车，猎物之左正当公车之左，秦公处于车左，逆向射杀猎物。至于何以必从左射，则是因为周人尚右，从左射可以保持猎物右边身体的完整，以便用于祭祀典礼。这一说法既维持了郑玄的旧注，又照顾到春秋车战的规律，看起来契情合理，因此今人多从其说。

然而这一说法与文献所载每多冲突，其误不可不辨。

首先，关于"驱逆之车"的理解，胡承珙等人显然沿袭了唐代贾公彦的错误，误解了其含义。《周礼·地官·保氏》贾公彦《疏》云："云逐禽左者，谓御驱逆之车，逆驱禽兽使左，当人君以射之，人君自左射。"③贾公彦的解释实是望文生训的误解。《周礼·夏官·大司马》云大司马"乃设驱逆之车"，郑玄注云："驱，驱出禽兽使趋田者也。逆，逆要不得令走。"《周礼·夏官·田仆》云田仆"设驱逆之车"，郑玄注云："驱，驱禽使前趋获；逆，衙还之使不出围。"④孙诒让解释说："禽兽奔

---

① 见马瑞辰《毛诗传笺通释》卷一二《驷驖》"公曰左之"下所引。（清）马瑞辰撰，陈金生点校：《毛诗传笺通释》，中华书局1989年版，第368页。
② 同上。
③ （清）阮元校刻《十三经注疏·周礼注疏》，第731页。
④ 同上书，第839、858页。

逸在围外者，乘此车驱之，使趋所围厉禁之中也。……禽兽已在厉禁内者，则迎而要之，令不得走出围外也。或驱或逆，皆乘此车，故谓之驱逆之车。"① 可见，"驱逆"是两个词而非一个词，其功用一个在于驱赶野兽进入猎场，一个在于防止野兽外逃，而并非"逆驱禽兽"之义。至于禽兽进入猎场后与猎者的向背，是猎者所要解决的问题，而并非"驱逆之车"的职能所在。

其次，关于"逆射"的解释与文献所载古代礼法是相违背的。《诗经·小雅·车攻》"徒御不惊，大庖不盈"句下《毛传》云：

> 一曰干豆，二曰宾客，三曰充君之庖。故自左膘而射之达于右腢为上杀，射右耳本次之，射左髀达于右䯒为下杀。面伤不献，践毛不献，不成禽不献。②

《毛传》在这里提出田猎中猎杀禽兽的"三献三不献"的原则。所谓"三献"，即可以享用的猎物的三个等级，这些内容亦见于《公羊传·桓公四年》何休注以及同年《穀梁传》范宁注。总结各说，其内容大致是：第一等猎物是箭矢从禽兽的左腹射入，箭头从右肩透出，这样箭矢直接射中心脏，使猎物立即死亡，其肉最为新鲜干净，可以用于宗庙祭祀；第二等是箭矢从禽兽的左腹射入，箭头从猎物的右耳根透出，这样箭矢远离心脏，猎物不能立即死亡，其肉稍逊，可以用来招待宾客；第三等是箭矢从禽兽的左腹射入，箭头从右腰透出，这样射穿了猎物的肠胃，其肉最为不洁，因此田猎者自己食用。由此可见，古人在田猎中是有从猎物左侧张弓射箭的规定的。

所谓"三不献"，就是三种不可以享用的猎物。《毛传》说"面伤不献，践毛不献，不成禽不献"，孔颖达的《正义》解释说："面伤不献者，谓当面射之；翦毛不献，谓在傍而逆射之；二者皆为逆射，不献者，嫌诛降之义。不成禽不献者，恶其害幼少。"③《穀梁传·昭公八年》也说：

---

① （清）孙诒让撰，王文锦、陈玉霞点校：《周礼正义》，中华书局1987年版，第2346页。
② （清）阮元校刻《十三经注疏·毛诗正义》，第429页。
③ 同上。

"面伤不献",范宁的注说:"嫌诛降。"① 可见,古人田猎是比较忌讳逆射的,因为面向自己奔跑的禽兽如同投降的敌人,当面向猎物射箭或已经与猎物错过后再回身射箭都有诛杀已投降之人的象征意义,这是残暴而不仁义的。田猎虽然以猎杀和以军事演习为目的,但是所有的行为都应该有"礼"的节制,体现出仁义的核心价值。所以《穀梁传·昭公八年》说"禽虽多,天子取三十焉,其余与士众以习射于射宫。射而中,田不得禽则得禽;田得禽而射不中,则不得禽。是以知古之贵仁义而贱勇力也"②。《孟子·滕文公下》记载御者王良之事,赵简子要王良专门为嬖奚驾车,王良拒绝说:"吾为之范我驰驱,终日不获一;为之诡遇,一朝而获十。《诗》云:'不失其驰,舍矢如破。'我不贯与小人乘,请辞。"焦循注正引三献三不献等文为说,这是相当准确的。③

据此可知,古人在田猎中是同向追逐而非逆向截杀猎物,并且是从猎物的左侧将其射杀的。"逆射"之说并不符合古代田猎的礼法。

最后,胡承珙等人所认为的由于周人尚右,故而从左射杀猎物以保持猎物右半身体的完整更是站不住脚的,上面所引《车攻》的《毛传》已经说得很明白,田猎当中的猎物是被箭贯穿的,左侧受伤,右侧同样受伤,不存在"右体俱整"的现象。

既然胡承珙等人的解释不能成立,那么该如何理解"公曰左之"这句诗呢?笔者以为古代田车与战车的人员配置不同,田猎之车只有两名乘员,御者在左,猎者在右,正可在同向追赶猎物的时候从猎物左侧射击。孙机、扬之水等先生都曾经指出过这一点,扬之水先生还特别引证了东周的铜器图像。④

我们从战国铜器上所铸造和刻画的狩猎图像上看到,战国时代的田猎车上所配置的确是两个人而非三个人,其中御者居左,居右侧的人则手持

---

① 阮元校刻《十三经注疏·春秋穀梁传注疏》,第2435页。
② 同上。
③ (清)焦循:《孟子正义·滕文公章句下》,《诸子集成》第1册,上海书店1986年版,第242—243页。
④ 参见孙机《中国古舆服论丛·始皇陵2号铜车对车制研究的新启示》,文物出版社2001年版,第13页;扬之水《诗经名物新证》(修订版),天津教育出版社2012年版,第253页。

弓箭或长矛，而所猎杀的对象则与田猎车同向而非逆向。① 此外，河北平山县中山王墓出土有"奸蚉壶"，其铭文在描述田猎过程时有句云"驭右和同"②，亦可见田猎车上的人员配置确是御手和车右二人。

除去铜器上的证据之外，传世文献《周礼》中的记载似乎也能证成这一观点。《周礼·春官·巾车》记载有"王之五路"，也即天子所乘坐的五种车子：一曰玉路，祭祀时乘；二曰金路，会诸侯宾客时乘；三曰象路，上朝时乘；四曰革路，作战时乘；五曰木路，田猎时乘。③ 对应这"五路"，《周礼·夏官》中有"大驭"、"齐仆"、"道仆"、"戎仆"、"田仆"五官分别替天子驾驭五种不同的车辆；但是车右，却只有"齐右"、"道右"和"戎右"三职，其中"齐右掌祭祀、会同、宾客前齐车"，是兼任了玉路和金路的车右，"道右"是"象路"的车右，"戎右"是战车"革路"的车右④，唯独缺少田车"木路"的车右。《周礼》不设田车车右之职，大概正是因为田猎之车只有两名乘员，天子就居于御者的右侧。而从实际的人员配置上来看，猎者所处的位置就是"车右"的位置，因此战国时的"奸蚉壶"铭文有"驭"和"右"之称，二者看似矛盾，其实性质却是一样的。《考工记》总叙中说："兵车之轮六尺有六寸；田车之轮六尺有三寸；乘车之轮六尺有六寸。"郑玄注说："此以马大小为节也。兵车，革路也。田车，木路也。乘车，玉路、金路、象路也。兵车、乘车驾国马，田车驾驽马。"⑤ 由此可见，田猎之车相比于兵车和乘车尺寸要小，所驾马匹也不同，大概是取其轻便，因此其乘员的配置与兵车、乘车不同也是顺理成章的了。上引《孟子·滕文公下》中云："昔者赵简子使王良与嬖奚乘，终日不获一禽……"⑥ 正可说明田猎时车上所配置的确实是两个人。

我们知道田猎具有军事演习的性质。那么只乘二人的田车，是否也可

---

① 参见中国科学院考古研究所编《美帝国主义劫掠的我国殷周铜器集录》，科学出版社1962年版，铜器A745、A774、A800、A843，第1060、1094、1127、1186页。
② 见中国社会科学院考古研究所编《殷周金文集成》（修订增补本）第六册，中华书局2007年版，第5137页。
③ （清）阮元校刻《十三经注疏·周礼注疏》，第822—823页。
④ 同上书，第857页。
⑤ （清）孙诒让撰，王文锦、陈玉霞点校：《周礼正义》，第3136页。
⑥ （清）焦循：《孟子正义·滕文公章句下》，《诸子集成》第1册，第242页。

以应用于战争中呢？从《左传》中的记载来看，几乎所有的战车都是配备三人的。笔者以为，《左传》中所记载的战争细节主要针对当时的诸侯与卿大夫，也就是军队中的领导者，其记载自有其片面性，因此我们似乎不能排除春秋时代有只乘二人的兵车存在的可能，不过在发现更有力的证据之前，我们只能存疑。

尽管如此，《左传》中所记车战的某些细节对于认识田车的实战性质依然是有启发意义的。

《左传·昭公二十六年》记载齐国的子渊捷追击鲁国的洩声子，子渊捷射洩声子，"中楯瓦，繇胸汏辀，匕入者三寸"，楯是战车车厢前竖立的盾牌，瓦是盾牌中间凸起的棱，胸是车衡下套在马脖子上的下曲型的軛，辀是连接车厢与车衡的车辕。子渊捷的箭是从軛上飞过，碰到车辕后继续飞行，最后击中洩声子身前的盾牌，箭头插入盾牌三寸之深。根据箭飞行的轨迹以及一般来说战车上的人员位置，子渊捷应该是从右前方向左后方的洩声子射击，而后者迅速做出了反击，"洩声子射其马，斩鞅，殪"，鞅是马脖子上负軛的皮带，洩声子的箭射断皮带并射死骖马，洩声子则从左后方向右前方射箭反击。① 可见，车左的攻击范围并不只是局限于左前方，田猎过程中练习向右射箭不仅是出于礼法的要求，同时也具有实战的意义。

《左传·襄公二十四年》记载晋国的张骼、辅跞向楚军挑战，郑国的宛射犬为御者，宛射犬驾车驰入楚军，张骼、辅跞二人"入垒，皆下，搏人以投"，宛射犬不等二人即驾车返回，二人"皆超乘，抽弓而射"，看来张骼、辅跞二人是共同承担着车左和车右的职能，二人都可以"搏人以投"又都可以"抽弓而射"。② 据此，则似乎当时的车右亦并非不具备持弓远射的能力。此外，《左传·宣公十二年》还记载晋国的知罃为楚国俘虏，知罃的父亲知庄子率领部属营救，"每射，抽矢，菆，纳诸厨子之房"，菆是指质量好的箭，厨子是知庄子的御者，房即盛放箭矢的箭筒，知庄子珍惜好箭，射箭时遇到质量好的就将其放到御者厨子的箭筒中，御者亦有盛放箭矢的箭筒，则可见御者也有远射的能力，《左传·襄公十四年》记载公孙丁驾车载卫献公出逃，尹公佗追击，"公孙丁授公辔

---

① （清）阮元校刻《十三经注疏·春秋左传正义》，第2113页。
② 同上书，第1980页。

而射之，贯臂"，正是御者射击的实例。① 由此可见，一辆战车上的三名乘员虽然一般各有职司，但并非固定不变，他们都具备远程攻击的能力，在实际交战中，他们也一定是相互配合以达到最佳的杀敌效果的。因此，在田猎中练习射箭，虽然位于车右，也并不会因此而降低实战的功效。

至于为什么《周礼·地官·保氏》中教"五驭"特别提出一个"逐禽左"②，《驷驖》中也特别记载"公曰左之"一语，这一方面恐怕是由田车上人员配置的特点所决定的，另一方面这更是对驾驭马车的一种训练，而这种驾车驱左的技巧是战场上最常用的战术。杨泓先生通过计算战车与戈、矛等的尺寸，指出两乘战车的格斗只有在错毂时才能实现。③ 孙机先生则指出古代车战有所谓"左旋"之法，即从右向左转弯，使右侧接近敌军。④ 可见，无论田车这样的配置是否真正应用于战场，其在各方面所具有的实战意义是毋庸置疑的。

综上所述，《驷驖》诗中所言"公曰左之，舍拔则获"，展现的是秦公田猎时的场景。秦公站在田猎车的最右侧，命令左侧的御者将车驶向向前奔逃的野兽的左侧，秦公搭弓射箭，一箭命中。这里所说的是田猎车上的人员配置和攻击技巧，不能按照春秋时代一般车战的规律来理解。然而这种现象既具有先秦的礼法背景，同时又具有强烈的实战意义，可以说是春秋车战的一种有效的训练手段。

（原载《北京大学中国古文献研究中心集刊》第十二辑，收入本书时有部分修订）

---

① （清）阮元校刻《十三经注疏·春秋左传正义》，第1882、1957页。
② 参见《周礼·地官·保氏》郑玄引郑众注，阮元校刻《十三经注疏·周礼注疏》，第731页。
③ 杨泓：《古代兵器通论》，紫禁城出版社2005年版，第51页。
④ 孙机：《中国古舆服论丛·始皇陵2号铜车对车制研究的新启示》，第13页。

性别变乱与文学书写

——隆庆二年山西男子化女事件的叙事研究

李萌昀

明穆宗隆庆二年（1568）五月，山西太原府静乐县男子李良雨不知为何变成了女子。本来这件事应如中国历史上众多真假难辨的变性传闻一样，迅速湮没无闻，最多成为正史《五行志》中无关痛痒的一则，但是出于某些原因，"李良雨事件"居然轰动朝野，上至穆宗皇帝、阁部大员，下至基层官吏、布衣文人，纷纷卷入事件的传播与书写当中，在官史、私史、诗歌、笔记、通俗小说当中，留下了对此事件的不同叙述。这一事件展现了晚明时期当代题材之文学化的诸种面相，也为我们提供了考察当时的社会心态与思想观念的微观视角。

一 "李良雨事件"的官方叙事

隆庆二年十一二月间，山西太原府静乐县官员报称：该县龙泉都男子李良雨忽转女形，已拘执审实。山西巡按御史宋纁①迅速将此事写成奏折，于十二月二十五日送抵北京。《明史》卷二二四《宋纁传》保存了他的奏折大意："静乐民李良雨化为女，纁言此阳衰阴盛之象，宜进君子退小人，以挽气运。"② 在宋纁看来，这次性别变乱并非寻常的"怪力乱神"，而是有着巨大政治解读空间的灾异事件。

---

① 宋纁，字伯敬，商丘人，嘉靖三十八年（1559）进士，官至吏部尚书，是嘉万之际有名的能吏。《明史》称其"凝重有识，议事不苟"。
② 《明史》，中华书局1974年版，第5889页。

灾异是中国古代政治话语的重要观念。中国传统的宇宙起源论认为，天地万物由阴阳二气化生而成。若二气平衡，自然界与人世间便欣欣向荣；若二气失衡，自然界与人世间便会出现诸种异常变化：地震、火灾、洪水、山崩……以及性别变乱。人类的行为可以对阴阳二气的消长平衡产生直接的影响，而其中影响力最大的因素莫过于朝廷的为政得失。不管是官方话语还是民间话语都承认，正确的政策将有助于阴阳二气的平衡，而错误的政策则会导致灾异的发生。因此，灾异事件常常成为政治斗争与政治变革的工具。

隆庆二年是宋缥在山西担任巡按御史的第二个年头。此时距严嵩父子的垮台不过六年，世宗皇帝驾崩不到两年，国家远远未从嘉靖后期的政治混乱中恢复过来。从《明史》对宋缥奏折的节录中，我们无法明确判断他的上奏意图——是作为监察官员例行公事地汇报灾异，还是出于对国家现状的忧虑借此事件向皇帝进言。我们只知道，在他看来，"李良雨事件"证明了帝国气运已呈阳衰阴盛之势。为了引导阴阳二气重归平衡，应该进行政治变革：任用"君子"，疏远"小人"。按照阴阳二气说，君子属阳，小人属阴。进君子而退小人，则阳气长而阴气消矣。值得注意的是，宋缥奏折中的逻辑是单向的——性别变乱说明气运衰颓，气运衰颓要求政治变革——他没有明示这个逻辑是否可逆，也就是说，政治危机是否是导致气运衰颓的原因？或许在这种有意的模糊中，隐藏着宋缥的真实态度。

相比之下，礼部官员的态度则尖锐很多。《明穆宗实录》卷二七载，二年十二月庚子（二十六日）：

> 礼部类奏：是岁四方灾异比往年特多，而山西天鸣地裂、男子化女及浙江水旱尤为异常，宜痛加省。[1]

此日是宋缥奏折送抵北京后的第二天，礼部官员关于此事的奏折便摆在了皇帝面前。当时的礼部尚书是高仪，嘉靖二十年进士，《明史》称其"掌礼部四年，每岁暮类奏四方灾异，遇事秉礼循法，居职甚称"[2]。《实录》

---

[1] 《明穆宗实录》，台湾"中研院"史语所，1962年，第731页。
[2] 《明史》，第5127页。

所谓"礼部类奏"应即高仪此年的《类报灾异疏》。此疏保存在明贾三近编《皇明两朝疏抄》卷七中。在列举了该年各地诸多灾异事件以后，高仪议论道："窃惟和气致祥，戾气致异，此古今必然之理也。"此句是基于阴阳二气说之灾异观的核心观点，与宋缥奏折相一致，但在接下来的文字中，高仪的看法却出现了矛盾：

> 仰惟圣皇在上，政治维新，虔奉郊庙之祀，勤修朝讲之仪。禁戢近幸，则乾纲奋而威若雷霆；轸念边疆，则宠赉颁而恩如雨露。敬天法祖之道，修己安民之心，宵旰靡遑，已无不至。是宜嘉祥毕集，乖沴尽消矣。乃今四方灾异，无月无之，至于静乐县男子转为女形，尤亘古罕见之异者。意人事不修，臣职未尽，以致上天谴告，固不当委于适然之数也。①

按照阴阳二气说，气和而致祥、气戾而致异是自然的规律，其间不存在人格化的神的作用，但是高仪疏中却出现了"上天"的概念。灾异现象在中国古代政治话语中还有另外一套解释方式，那便是汉代董仲舒确立的"天人感应"观念：灾异是上天对人间统治者发出的警告。相比中性的阴阳二气说，天人感应说有着双重意义：既可以成为"君权天授"的理论支持，又可以成为对君主的绝对权力的限制。高仪引入"上天"的概念，为自己对朝政的批评提供了合法性依据。他认为，"李良雨事件"是"人事不修，臣职未尽"而导致的"上天谴告"，绝非偶然。之后，高仪建议诸臣"深思愆咎，痛戒荒宁"，希望皇帝"仰体天心，俯修圣政"，如此则"天意可回，天变可弭"。对此，穆宗皇帝批示道：

> 上天示儆，朕夙夜惊惕，不敢怠荒，尔内外臣工，其务实心体国，修举业职，共图消弭，以仰承仁爱之意。②

依照明代制度，臣下奏折先由内阁大臣票拟，方上呈皇帝审阅，因此穆宗

---

① （明）贾三近编：《皇明两朝疏抄》，万历刻本。
② 《明穆宗实录》，第731页。

皇帝不过是此段批示名义上的作者，其实际作者应为当时某位阁臣。[①]

虽然宋缥和高仪的奏折可能只是例行公事地灾异汇报，虽然穆宗的批示只是没有实际意义的礼节性表态，但是在"李良雨事件"的书写历史当中，它们却是不可跳过的一环：正是由于最高统治者的关注与正面回应，"李良雨事件"方能引起晚明士人的广泛关注，从而成为在百年间被不断书写的文学题材；更重要的是，穆宗批示和宋缥、高仪奏折一起，构成了对"李良雨事件"的官方叙事，与下文将要分析的诸多个人化书写形成了鲜明的对比，衬托出官方话语之外的思想世界之丰富景观。

二 "李良雨事件"的原始面貌

在分析"李良雨事件"的诸多个人化书写之前，我们首先需要对此事件的原始面貌做一番考索，换句话说，寻找关于该事件的原始叙事。沈德符说："山西男子李良雨化女一事，见之奏牍，天下所信。"[②] 自然，天下之人可以直接接触到奏牍的微乎其微，那么，人们是通过什么样的渠道了解到"见之奏牍"的"李良雨事件"的呢？从明代的信息传播途径分析，我认为应该是邸报。邸报由六科据朱批奏章编纂而成，经在京各衙书手与各省提塘官抄写发行，是明代官僚阶层和知识阶层获取政治及社会新闻的主要途径。宋缥奏折与"李良雨事件"很可能经过六科官员的编纂，被记入邸报，从而广为人知。如果这份邸报存在，那么它便是后来各种个人化叙事之"母本"，也是最能反映该事件原始面貌的叙述。

李诩《戒庵老人漫笔》卷五有这样一条记载：

> 隆庆二年，山西太原府静乐县龙泉都民李良云弟良雨忽转女形，见与岑成都民白尚相为妻。先云父李怀生弟雨，怀病故于嘉靖三十一年，雨年二十八岁，至三十七年娶马积都民张浩长女为妻。四十一年间，两相反目，将妻出与本都民高明金。雨无营计，往本县地名也扒村投姐夫贾仲敖家工作。隆庆元年正月内，雨偶患小肠痛，旋止旋

[①] 按《明史·宰辅年表》，隆庆二年十二月阁臣有四位：李春芳、陈以勤、高拱、张居正。
[②] （明）沈德符：《敝帚轩剩语》，丛书集成新编本，台北：新文丰出版公司1986年版，第593页。

发,至二年二月初九日,卧床不起。有本村民白尚相亦无妻,于雨病时,早晚周旋同宿。四月内,雨肾囊不觉退缩入肚,转变成阴,即与白媾配偶。五月初一日经脉行通,初三日止,自后每月不爽。雨方换丫髻女衣,裹足易鞋,畏赧回避不与人知。九月内,云访闻之,令妻南氏探的。十一月初二日,禀县,拘雨、相同赴审实,稳婆方氏领至马房验,系变形,与妇人无异。又拘雨出妻张氏勘明,娶后三年内往来交合,但未生息,止缘贫难嚷闹,卖离邻里。姚汉周等执结,与前相同。巡按御史宋纁于十二月二十五日奏闻,称男变为女乃阴盛阳微之道,以祈修省。①

此条笔记精确地记录了"李良雨事件"的发生时间、发生地点、相关人物及具体过程,叙事清晰简明,颇类邸报文体,很可能抄自登载宋纁奏折之邸报。有两条材料可以证明这一点。首先是高仪的《类报灾异疏》:

又该,宋纁题称:静乐县申,本县男子李良雨,于本年四月内,将肾囊不觉退缩入肚,转变阴门,就于村民白尚相配为夫妇。

此段叙事与《漫笔》中"四月内,雨肾囊不觉退缩入肚,转变成阴"之语相一致,可以判定为同出一源。《类报灾异疏》关于此事之文字必然直接来自宋纁奏折,由此,《漫笔》之材料来源很可能也是宋纁奏折的某种抄本。另外,李时珍《本草纲目》卷五二云:

我朝隆庆二年,山西御史宋纁疏言:静乐县民李良雨,娶妻张氏已四载矣,后因贫出其妻,自佣于人。隆庆元年正月,偶得腹痛,时作时止。二年二月初九日,大痛不止。至四月内,肾囊不觉退缩入腹,变为女人阴户。次月经水亦行,始换女妆,时年二十八矣。②

此则材料虽与《漫笔》在文字上有详略之别,但是对事件发生过程诸细节的记载却几乎完全相符。唯一相抵牾的是李良雨的年龄。《本草纲目》

---

① (明)李诩:《戒庵老人漫笔》,中华书局1982年版,第181—182页。
② (明)李时珍:《本草纲目》,华夏出版社2002年版,第1943页。

称李良雨于隆庆二年"时年二十八",而按照《戒庵老人漫笔》的记载推算,隆庆二年李良雨应该是四十四岁。《戒庵老人漫笔》亦有一次提到"雨年二十八岁":"先云父李怀生弟雨,怀病故于嘉靖三十一年,雨年二十八岁,至三十七年娶马积都民张浩长女为妻。"那么,此处不同或系李时珍对邸报原文的误读所致。《本草纲目》初刻于万历二十四年,《戒庵老人漫笔》初刻于万历二十五年;而两位作者均于万历二十一年去世,参考对方著作的可能性很小。据此推断,这两则材料应该有着共同的文本来源。李时珍称此事见于"山西御史宋缣疏",由此看来,这两则材料之文本来源即使不是邸报,也应是类似邸报的某种奏疏抄本。《戒庵老人漫笔》之记载较详,很可能直接抄自邸报原件[①],是我们考索这一性别变乱事件之原始面貌的主要依据。

按照这份材料,李良雨应生于嘉靖四年(1525),为山西太原府静乐县龙泉都平民,父李怀,兄李良云。嘉靖三十七年(1558)娶妻张氏,因家贫反目,四十一年(1562)出妻。离异后,因生活所迫,投姐夫贾仲敖家做工。性别变乱的起因是隆庆元年(1567)正月李良雨偶然出现小肠痛(《本草纲目》作"腹痛")的症状。变性过程可分为四个阶段:(一)隆庆元年正月至二年二月患病,"旋止旋发";(二)二年二月初九日起,"卧床不起";(三)四月,"肾囊不觉退缩入肚,转变成阴";(四)五月初一,"经脉行通","自后每月不爽"。是年,李良雨四十四岁。

《内经·灵枢》云:"小肠病者,小腹痛,腰脊控睾而痛。"此病多由客寒蕴热、气滞郁结或气虚不禁所致;发作时多见口疮、痔疮、控睾、疝气等证。从李良雨的身体变化过程看,自病发至肾囊退缩入肚,"控睾"——小腹腰脊处疼痛,并牵引睾丸——很可能是其主要症状。这份材料所谓的"小肠痛"与中医意义上的"小肠痛"自然并非一事,可能是出于这一症状上的相似,才将这种罕见的身体变异冠以"小肠痛"之名。

我们看到,李良雨身体性别的变化始终伴随着社会性别的变化,原因

[①] 很多明代士人都有着抄录邸报的习惯,如顾炎武《三朝纪事阙文序》载:"臣祖年七十余矣,足不出户,然犹日夜念庙堂不置。阅邸报,辄手录成帙。"见《顾亭林诗文集》,中华书局1983年版,第155页。

是他的变性过程始终处于另一个男人（白尚相）的注视之下。李良雨的身体变化有两个关键性标志：首先，隆庆二年四月，睾丸退缩入腹，变成女阴，完成外生殖器的变化；其次，隆庆二年五月初一，月经初至，从此每月不爽，完成内生殖器的变化。从隆庆二年二月李良雨卧床不起开始，本村光棍白尚相昼夜对其悉心照顾，成为其变性过程的见证人。当李良雨完成外生殖器的变化时，二人便相交合。在二人关系之中，李良雨由男性身份转化为女性身份。当他的内生殖器变化完成以后，他才完全接受了自己的女性身份，"换丫髻女衣，裹足易鞋，畏赧回避不与人知"，作为白尚相的妻子，正式扮演起女性的社会角色。可以说，白尚相始终是其社会性别变化的推动因素。

虽然李良雨自己与丈夫白尚相均已接受了他性别变化的事实，但是从"他"变成"她"还需要经过社会和国家的两重检验。首先对他的生活有干涉权力的是他的血亲。隆庆二年九月，李良雨兄李良云访知此事，派妻子南氏探听明白。李良云意识到此事已经超出家族的处理范围，故于十一月初二禀明县衙。县衙是国家权力在基层的代表，拥有提审、勘合、检验的权力。李良雨、白尚相被拘执审问，并经性别问题专家——稳婆检验，确认变性属实，与女人无异。地方政府负有向朝廷上报灾异事件的责任。巡按宋缠很快将此事上报朝廷。关于他的奏章的内容，《漫笔》的记载与《明史·宋缠传》相符，亦称此乃"阴盛阳微之道，以祈修省"。

《漫笔》的叙事至此为止，我们不清楚朝廷对李良雨的最终处置方式，但是于慎行[①]《谷山笔麈》却为我们提供了一个线索，该书卷一五云：

> 隆庆三年，山西静乐县丈夫李良雨为人佣工，与其侪同宿。一夕，化为女子，其侪狎之，遂为夫妇。守臣以闻，良雨自缢死。[②]

万历初年，于慎行参与编修《穆宗实录》，能够接触到"李良雨事件"的原始材料。于慎行另有《晋阳男子行》一诗吟咏此事，证明他对此事抱有非同一般的兴趣。虽然这则笔记在细节上与《漫笔》略有出入，但是

[①] 于慎行，字可远，又字无垢，山东东阿人。隆庆二年（1568）进士，官至礼部尚书。
[②] （明）于慎行：《谷山笔麈》，中华书局1984年版，第177页。

对李良雨结局的记载仍有一定的参考价值。另外，王同轨①《耳谈类增》卷一八"太原李良雨化女"条亦云：

> 嘉靖末，太原之净乐有男子李天②雨，忽肾囊缩入，变成女形，逑夫妇嫁素所美之人为妇。邑以闻，按台行文解验，惭惧缢死。李礼部文虎谈其邻邑事。③

虽然王同轨生年较晚，但是每条记载均标明来源，以示可信，可作为于慎行所记之旁证。关于李良雨的死因，按照王同轨的记载，是因为"惭惧"，换句话说，是由于变性事件被曝光后所带来的社会压力。不过，似乎也不能排除被官府作为"妖异"而秘密处决的可能。

总之，在原始叙事中，李良雨的性别变化出于某种类似小肠痛的未知疾病，并无神秘力量的参与；叙事重点有二：一为性别变化的具体过程，一为家族和国家的反应。另外值得一提的是，按照《漫笔》，变性时的李良雨已是一个四十四岁且饱经艰辛的佣工，恐怕不会有什么姿色。

原始叙事产生不久，便在流传过程中出现了变化。叶权④《贤博编》云：

> 山西太原府静乐县民李良云，弟良雨，兄弟俱毕娶，家甚贫。嘉靖四十五年，良雨是时年二十余，忽病心痛，窘之，因改嫁其妻张氏。良雨有友白尚相，怜其病且贫，就其家扶持之。隆庆元年，良雨阳物忽渐缩入如妇人，俄行月事，病亦愈，遂与尚相通，同卧起如夫妇。其嫂疑之，良雨直以语嫂。嫂言良云，云惊怪告县。县验之，妇人也。因拘其旧妻张氏，问往事。张言前为其妻，实一男子，其阳更壮盛，交接无异，已以家贫夫病而嫁。事闻于朝，时隆庆二年八月十三也。良雨初变妇人，犹羞涩，至闻官，乃妇人妆矣。⑤

---

① 王同轨，字行父，黄冈人。约明光宗泰昌中前后在世。由贡生官江宁县知县。尝纂集异闻，著《耳谈》、《耳谈类增》。
② "天"字讹，当从条目作"良"，盖手民之误。
③ （明）王同轨：《耳谈类增》，续修四库全书本，上海古籍出版社1995年版，第121页。
④ （明）叶权，字中甫，安徽休宁人。
⑤ 叶权：《贤博编》，中华书局1987年版，第17页。

《贤博编》系撰者条述"耳所的闻,目所习见,素心师友所胪述"之"江湖琐事"① 而成,写作时间不会晚于叶权的卒年——万历六年(1578)。对比《漫笔》,《贤博编》的出入应该只是口耳相传过程中自然发生的讹误,并非作者的有意发挥。存之备考。

三 格物热情

"李良雨事件"迅速以各种方式在明代社会流传,引起了士人阶层的广泛兴趣。他们不但将此事记入笔记、私史,而且以之为题材创作诗歌和小说,由于身份、地位不同,思想、趣味各异,形成了众多游离于官方叙事之外的丰富多彩的个人化书写。② 王世贞可能在隆庆四年(1570)便写出了《山西丈夫化为女子》一诗,那时距事件发生不过两年;而褚人获为《坚瓠集》作序时已经是康熙二十九年(1690)了,那时距事件发生已经一百二十年,距明清鼎革也已近五十年。我们的问题是:是什么样的因素促使这么多文人在百多年间对此事进行反复书写?又是什么样的因素促使这些个人化书写呈现出如此丰富多彩的思想面貌?

面对超乎常情的事情,人们常常会表现出一种难以抑制的解释冲动,即将不可理解的事情整合到理性框架之内。关于"李良雨事件",有人从政治隐喻的角度加以阐发,有人从娱乐新闻的角度加以想象——这些实际上都是不同形式的解释活动。不过,我们首先来看一下那些具有较为强烈的格物热情的明代士人。他们关心的问题是,这件不合常理的事情是否真的发生过?如果真的发生了,是否可以通过理性加以解释?需要说明的是,这里所说的理性,是明代的通常理性,与现代的科学理性有很大距离。

---

① (明)叶权:《贤博编》,第3—5页。
② 我们今天可以看到的有诗歌:王世贞《山西丈夫化为女子》、刘凤"鸿蒙乃与阴阳事"诗、于慎行《晋阳男子行》、徐应雷"山西丈夫化女子";笔记小说:徐应秋《玉芝堂谈荟》卷一一"女化为男"条、沈德符《敝帚轩剩语》卷上"牡猿化牝"条、王圻《稗史汇编》卷一七二"男化女"条、褚人获《坚瓠集·庚集》卷一"丈夫化为女子"条等;白话短篇小说:陆人龙《型世言》第三七回《西安府夫别妻 邰阳县男化女》;私史:卜大有《皇明续纪》、沈国元《皇明从信录》等。

性别变乱与文学书写   299

第一次听到这个消息的时候,张凤翼①便不太相信。在他看来,历史上的变性事件多发生于乱世,而大明朝正值盛世,不太可能发生这样的灾异。但是,"遇一山西友于棘闱,问之,云是其佃户李良云之弟,因述其不诬"②。"李良雨事件"发生于隆庆二年,此后张凤翼只在隆庆五年参加过一次会试,那么他从"山西友"口中证实此事便应在此年。李良雨之兄是"山西友"的佃户,在张凤翼看来,他的证词是值得相信的。

并非所有人都有机会遇到此事的目击者,对于大多数士人来说,只能用自己的理性来判断事情的真伪。陈汝锜③也思考过和张凤翼类似的问题:嘉靖朝号称"休明之世",为何也会发生性别变乱的灾异?不过,他没有因此怀疑此事虚妄,而是经过思考,提出了自己的解释:

> 太原男子李良雨,憎其妻貌陋,出之。独居年余,忽变成女子,经脉流行。……予谓此本念想结化,非必尽关兴亡。男思女,思极而男化女;女思男,思极而女化男。神能摄形,体惟心造。始于注存,终乃化迁。兔视月而唇类月,犀望星而角有星。④

陈汝锜的解释离不开他对事件的叙述方式。在他的叙述中,李良雨变成女子是因为他因出妻而"独居年余",对异性思慕迫切,精神的专注导致了身体的变化。从他举出的兔唇和犀角的例证可见,他实际上秉持的是朴素的相似律。自然,此种解释即使对当时人来说也过于简陋,更多的人宁愿在超自然的事情面前持谨慎的存疑态度,例如李时珍和沈德符。

李时珍《本草纲目》卷五二人部结尾有"人傀"一节,言:"人之变化,有出常理之外者。亦司命之师所当知,博雅之士所当识。故撰为人傀,附之部末,以备多闻眚咎之征。"在这一节中,李时珍列举了人类身体的诸多反常现象,并谨慎地提出若干可能的答案。性别变化便是问题之一:

---

① 张凤翼,字伯起,号灵虚,长洲人。生于明世宗嘉靖六年(1527),卒于神宗万历四十一年(1613),为人狂诞,擅作曲,有传奇多种,另有《处实堂集》。
② (明)张凤翼:《处实堂集》,续修四库全书本,第375页。
③ 陈汝锜,字伯容,高安人,早为诸生,学识淹博,尤矜矮自持,嘉靖中以贡授建阳训导。
④ (明)陈汝锜:《甘露园短书》,四库全书存目丛书本,齐鲁书社1995年版,第86页。

> 男生而覆，女生而仰，溺水亦然，阴阳秉赋，一定不移，常理也；而有男化女、女化男者，何也？岂乖气致妖，而变乱反常耶？《京房易占》云："男化为女，宫刑滥也。女化为男，妇政行也。"《春秋潜潭巴》云："男化女，贤人去位。女化男，贱人为王。"此虽以人事言，而其脏腑经络变易之微，不可测也。①

"李良雨事件"被作为此问题的一个案例而记载（上文已引）。李时珍怀疑，性别变乱是"乖气"所致。"乖气"即游离于阴阳二气之正常秩序之外的因素。他虽然列举了将灾异归咎于人事的传统说法，但同时也诚实地表示，男变女、女变男所必需的那些脏腑、经络的微妙变化，已经超出了自己的理解范围。因此，他主张承认人类知识的局限性，以谨慎地态度对待变化无穷的世界。因为，我们虽然清楚万事万物皆出于气之变化，但是对于气之变化的微妙规律，我们还所知甚少：

> 是故天地之造化无穷，人物之变化亦无穷。贾谊《赋》所谓："天地为炉兮造化为工，阴阳为炭兮万物为铜。合散消息兮安有常则，千变万化兮未始有极。忽然为人兮何足控抟，化为异物兮又何足患。"此亦言变化皆由于一气也。肤学之士，岂可恃一隅之见，而概指古今六合无穷变化之事物为迂怪耶？②

沈德符③立论的出发点也是"李良雨事件"的可疑性。《敝帚轩剩语》卷上云：

> 隆庆二年，山西男子李良雨化女一事，见之奏牍，天下所信，近日有传其伪者。

沈德符没有直接表达自己的看法，而是分别举出了他的阅读史中和现实生

---

① （明）李时珍：《本草纲目》，第1943页。
② 同上书，第1944页。
③ 沈德符，字景倩，秀水人，万历四十六年（1618）举人。

活中的两件小事：

> 后见郎氏《七修类稿》云："雄黑猿多有化为雌者。"余怪笑谓郎老儒为人所绐。及见嘉靖间吴兴王济著《日询堂手录》，则云："广西横州山中，猿皆黑，老则转为黄，其势与囊俱溃去，化为牝，与黑而壮者交，辄孕。"此王官彼中所亲见者，盖其地凡为猿者皆然矣。猿既变黄，又数百年则化而为白，但既白之后，为牡为牝，遂不可得而知矣。然则曰白猿公剑术，亦属老牝耶？宇宙中非目睹者，断不可臆断。向传兔生具牝，望月而孕，近偶畜兔，则雌雄各具，其孳尾如恒兽，古语盖难尽信。①

自然，按照现代理性，《日询堂手录》的记载是不足为凭的，不过在此我们没有必要苛责古人。沈德符试图通过这两件事强调的是经验主义的重要性，或者说，是理性主义的局限。如果未经目睹，我们不能轻易否定一件事（"牡猿化牝"），也不能轻易否定一件事（"望月而孕"）。因为，相对宇宙之大来说，我们的理性的确过于渺小。至此，我们可以推想出沈德符对"李良雨事件"的态度：既然不能目验，那么过分地肯定或者否定都是盲目的，存疑可也！

四 作为政治和道德隐喻的性别

在对"李良雨事件"的诸多书写中，与官方叙事最为接近的是王世贞、刘凤、徐应雷等人的诗歌。这些作品与宋缥、高仪奏折和穆宗批示共享着同样的思想根源，但是却比它们增加了现实批判色彩和个人情怀——将性别变乱当作政治腐败和道德沦丧的隐喻，构成了"李良雨事件"之书写历史的主旋律。

隆庆四年七月至十月，王世贞在山西担任提刑按察使。此时距事件的发生刚刚两年，李良雨的故事或许还没有淡出当地人茶余饭后的闲谈。如果王世贞此前从未经邸报等途径获知此事的话，那么在山西三个月的任期足以为他提供听说此事的可能。《山西丈夫化为女子》收于《弇州山人四

---

① （明）沈德符：《敝帚轩剩语》，丛书集成新编本，第593—594页。

部稿》卷二〇：

> 万事反复那足齿，山西男儿作女子。
> 朝生暮死不自知，雌伏雄飞定谁是？
> 谢豹曾闻受朝谒，於菟亦解谈名理。
> 渭南巾帼不可呼，此曹变化无时无。
> 只今龌龊不能去，羞向人间唤丈夫。①

此诗可与刘凤[②]诗同看，其诗见蒋一葵《尧山堂外纪》卷九八"刘凤"条：

> 鸿蒙乃与阴阳事，犹疑天地未分明。
> 有时挺埴作狡狯，倏忽善幻非常情。
> 不见晋人一旦遂为雌，人事反覆绝难知。
> 牛哀已尔成异类，蝉蚹齐后何论为？
> 丈夫作计无自喜，早晚会随风云起。
> 但尔藏头向闺里，世间不复几男子。③

王、刘二诗皆以山西男子化女事件作为感慨世事变幻、难以测度的缘起。王世贞将人类比作朝生暮死的蜉蝣，连自己生命的秘密都无法确知，如何能判断"雌伏雄飞"的真假？刘凤更明确地怀疑阴阳二气变化的可知性，天地的本来面目尚未呈现，人们又如何能知晓纷繁复杂的人事？《后汉书·赵典传》云："大丈夫当雄飞，安能雌伏？""雌伏雄飞"典故的引入为"丈夫"与"男子"成为道德精神的象征作了铺垫，也暗示出诗人"万事反复"、"人事反覆"的感慨背后，其实是对道德沦丧之社会现实的深重忧虑。因此，二诗的结尾皆归于"世无男子"的叹息。

作为帝国政府的高级官员，王、刘二人一方面对社会现实有着比较清楚的认识，有感而发，言之有物；另一方面措辞也相对含蓄、谨慎，甚至

---

① （明）王世贞：《弇州山人四部稿》，文渊阁四库全书本。
② 刘凤，字子威，号罗阳，嘉靖间侍御。
③ （明）蒋一葵：《尧山堂外纪》，四库全书存目丛书本，第480页。

有些晦涩。相比之下，一生以布衣文人自傲的徐应雷[1]则显得意气飞扬、锋芒毕露。徐应雷诗见褚人获《坚瓠集·庚集》卷一"丈夫化为女子"条：

> 山西丈夫化女子，此事平常何足奇。
> 仪衍从来是妾妇，须眉空自称男儿。
> 司马仲达太畏蜀，奸雄甘受巾帼辱。
> 丈夫意气不慷慨，任尔雄飞是雌伏。
> 请看风俗太委靡，天下何人不女子。[2]

此诗意义显豁，不留余地，显系激愤之词。徐应雷称，男子化女之事古来就有，不足为奇。如张仪、邹衍之辈，以口舌弄权柄，自非须眉所当为；至于甘受巾帼之辱的司马懿（即王世贞诗中的"渭南巾帼"），更是男儿中的耻辱。可惜这个雌雄颠倒、风俗委靡的世界，阳刚精神（或者说道德精神）早已沦丧殆尽；天下之大，再没有一个男子！虽然中国历史上向来有以女子骂人的传统，不过在明朝中后期，此风大盛，其开创者实为海瑞。在《告养病疏》中，海瑞说："胡铨之告孝宗曰：'勿听妇人言。'今举朝皆妇人，皇上勿听可也。"[3] 王世贞等人选择"李良雨事件"作为感喟的对象，或许也与此时风有关。

按照宋缵奏折的逻辑，人们从"男变女"的现象，意识到阴阳失衡；同时，阴阳失衡又证明了王朝气运的危机。那么，"男变女"只是阴阳失衡的结果，与政治危机和道德沦丧没有直接关系。但是，在王世贞等人的笔下，阴阳失衡这个步骤被抽去了，"男变女"被直接赋予道德含义，性别变化成为道德沦丧的隐喻。徐应秋[4]《玉芝堂谈荟》卷一一"女化为男"条记李良雨事时引《化书》一条，可以作为王世贞等人诗歌的注脚。《谈荟》中《化书》为节引，原文见《化书》卷二"心变"条：

---

[1] 徐应雷，字声远，长洲人，号白毫子、阆风。生平不喜举子业，补博士弟子，寻弃去。曾应侍郎韩世能、徐显卿聘，母殁后即辞去，言："向直为亲屈耳，今而后，虽三日绝粮，宰相致千金之聘，吾弗顾也。"（清李铭皖等修《苏州府志》卷八〇）

[2] （明）褚人获：《坚瓠集·庚集》，续修四库全书本，第180页。

[3] （明）海瑞：《备忘集》卷一，文渊阁四库全书本。

[4] 徐应秋，字君义，浙江西安人，万历四十四年（1616）进士，官至福建左布政使。

至淫者化为妇人，至暴者化为猛虎，心之所变，不得不变。是故乐者其形和，喜者其形逸，怒者其形刚，忧者其形戚。斯亦变化之道也。小人由是知顾六尺之躯，可以为龙蛇，可以为金石，可以为草木。大哉斯言！①

在传统解释模式下，引起性别变乱的是外部因素（阴阳失衡），化女之丈夫本人不需要为性别变乱的发生承担道德责任。而按照《化书》，丈夫化女是因为他本性"至淫"，也就是说，性别变乱乃内在因素发生作用（"心变"）的结果，"心之所变，不得不变"，化女之丈夫本人必须为性别变乱的发生承担道德责任。之所以出现这种新的解释思路，或许是为了解答这样一个问题：如果你是无辜的，那么为什么阴阳失衡偏偏在你身上体现出来，而没有影响别人？

嘉靖朝是明帝国盛极而衰的转折点。世宗皇帝沉迷道教，严嵩父子弄权乱政，对社会风气产生了强烈的负面影响。王世贞、刘凤、徐应雷三人的诗歌皆作于隆庆中至万历前期，他们借"李良雨事件"大发议论，锋芒所指正是嘉靖以后社会风气的衰颓。经过万历朝的荒殆和天启朝的珰祸，帝国的腐败愈发不可收拾。愤激的士人们重新发现了李良雨的故事，代表为《皇明续纪》等私史与通俗小说集《型世言》第三七回。

最早将"李良雨事件"记入历史的可能是李廷机所撰蒙书《五字鉴》，记隆庆朝事有"灾异宜叠见，男化妇人身"之句。不过，李廷机卒于万历四十四年，《五字鉴》记事至清朝建国，显经后人续补，这样的话，此事是否为李氏所记就要存疑。嘉靖晚期，东莞陈建作《皇明通纪》，以编年体叙洪武至正德史事；其后卜大有作《皇明续纪》，补嘉靖、隆庆两朝事迹。许多晚明史家在此二书基础上增删评点，掀起了私史编纂的热潮。② 卜大有《皇明续纪》卷下云：

　　（隆庆二年）五月，陕西民李良雨忽变为妇人，与同贾者苟合为

---

① （唐）谭峭：《化书》，中华书局1996年版，第22页。
② 如高汝栻《皇明法传录嘉隆纪》、江旭奇《皇明通纪集要》、岳元声《皇明资治通纪》、沈国元《皇明从信录》等。

夫妇。其弟良云以事上所司，奏闻。①

这则记载在晚明影响极大，不但被衍生诸史原封不动地移录，而且通过沈国元《皇明从信录》，间接地影响了陆人龙白话短篇小说集《型世言》的写作。② 比起原始叙事，这则记载已经发生了很多变化，如山西变成了陕西，李良雨由弟弟变成了哥哥、佣工变成了"贾者"，更重要的是，取消了李良雨因病变性的情节，而是"忽变为妇人"，使灾异色彩更加强烈。

《型世言》出版于崇祯五年（1632）前后，陆人龙编著，陆云龙评点。陆氏兄弟是明末杭州重要的白话小说作家和出版家，经营有峥霄馆书坊。虽然身为布衣文人，但是他们始终心忧庙堂、胸怀天下，他们的小说创作也与时事紧密相关：在魏阉事败的第二年（崇祯二年），陆云龙便亲至南京搜集素材，迅速创作出版了《魏忠贤小说斥奸书》；崇祯三年，陆人龙也以"平原孤愤生"的笔名创作出版了时事小说《辽海丹忠录》。《型世言》也是一部有着强烈现实关怀的作品。正是出于强烈的现实关怀，作者敏锐地把捉到"李良雨事件"所蕴涵的批判性，将其改写重述，赋予其新的生命。

集中体现作者批判态度并延续前辈士人之批判精神的是陆云龙所作的小引、回评（"雨侯曰"）和陆人龙所作的开篇诗与入话。二陆非常鲜明地将性别直接与道德等同："人若能持正性，冠笄中有丈夫；人若还无贞志，衣冠中多女子。"③ 所谓"正性"、"贞志"成为性别的唯一标志，完全代替了生理结构上的性别区分。按照这种标准，世间充满了形形色色的"女子"，入话云：

> 故如今世上，有一种变童，修眉曼脸，媚骨柔肠，与女争宠，这便是少年中女子。有一种佞人，和言婉气，顺旨承欢，浑身雌骨，这

---

① （明）卜大有：《皇明续纪》，北大图书馆藏万历刻本。
② （明）陈庆浩：《〈型世言〉：300年后重现于世的小说集》（收《欧洲中国古典文学研究名家十年文选》，江苏人民出版社1998年版）一文谈到《型世言》之故事来源时，将《皇明从信录》当作陈建原作、沈国元续作，忽视了卜大有《皇明续纪》的关键作用。实际上按照《〈从信录〉总例》，《皇明从信录》是在《皇明通纪》和《皇明续纪》二书的基础上，"删芜纳新，削荒引实"而成的。
③ （明）陆人龙：《型世言》，江苏古籍出版社1993年版。

便是男子中妇人。又有一种，蹐跼踽步，趋膻附炎，满腔媚想，这便是衿绅中妾媵。何消得裂去衣冠，换作簪袄；何消得脱却须眉，涂上脂粉？

作为道德隐喻的性别是对王世贞等人诗歌之修辞方式的延续，并非二陆的创新，但是二陆选择性别问题来做文章实际上有着非常明确的现实指向，即天启朝的阉党之祸。入话云：

我朝自这干阉奴王振、汪直、刘瑾与冯保，不雄不雌的，在那边乱政，因有这小人磕头撅脚，搽脂画粉，去奉承着他。昔人道的，举朝皆妾妇也。

宦官专权从正统朝开始，一直是明帝国的痼疾，从王振到魏忠贤，愈演愈烈。二陆生于明末，对天启朝的阉党乱政有着切肤之痛，因此，他们选择了李良雨之性别变乱作为宦官之身体阉割的隐喻。雨侯曰："一雌奸乘政，群雌伏附之，阴妖遍天下矣！""阴妖"只是一个李良雨吗？不，所有依附"雌奸"魏忠贤的小人，都是由男变女的妖异！既然"正性"、"贞志"是性别的唯一标志，那么性别变化的决定因素便存在于每个人的内心："倘能清夜自耻乎，又妾妇而须眉，变亦何必待天！"知耻，便"妾妇而须眉"；无耻，便"须眉而妾妇"。上天对人的性别的干预，反倒是第二义的了。

陆氏兄弟将性别直接等同于道德，措词激烈，矛头鲜明，体现了布衣文人激进的愤世情怀。开篇诗"莫嗟人异化，寓内尽模糊"的感叹更超越了性别变乱的范畴，把目光投向整个王朝秩序的崩塌。是的，那时离清兵入关只有十二年。

作为政治腐败和道德沦丧之隐喻的性别变乱书写，是"李良雨事件"之叙述史的主旋律。在这激昂、愤怒的主旋律之外，也存在着一些另类的音符，虽然不如主旋律厚重庄严，但却提示了当代题材书写方式的其他可能。

我们不清楚于慎行第一次听说"李良雨事件"是在何时，或许是隆庆三年在翰林院编修任上，或许是万历初年参与编修《穆宗实录》的过程中。不管怎样，这件事情给他留下了深刻的印象，不但将其写入《谷山笔麈》，还在《谷城山馆诗集》中留下了一首吟咏此事的五言歌行。《谷山笔麈》是于慎行晚年所作的历史笔记，叙事比较严肃；而《晋阳男子行》[①]一诗则透露出另外一种趣味。诗云：

> 太原有男子，壮烈世所无。身长九尺余，白皙好眉须。自负良家子，募作材官徒。腰中辘轳剑，横击当路衢。并州恶少年，见之伏且趋。

《谷山笔麈》中的记载说明，于慎行显然清楚李良雨的佣工身份，但是在本诗开篇，他偏偏将其塑造成一位横击路衢、威震并州的壮烈男子。这样一个具有强烈阳刚气概的英雄形象的出现，几乎否定了任何性别变化的可能，然而，变化偏偏出现了：

> 一朝揽青镜，侘傺空堂隅。三日不出户，忽然见彼姝。绰绰夫容颜，盈盈玉雪肤。娥眉娟且长，高髻堕马梳。脱我金锁甲，系我绣罗襦。挂我白貂帽，珥我明月珠。

诗人用乐府诗的笔法，勾勒出一个美人的诞生。"脱我"、"系我"、"挂我"、"珥我"的句法，显然是性别变化主题的经典文本——《木兰诗》的投影。《木兰诗》是《晋阳男子行》对话、互文、戏仿的对象。在《木兰诗》中，木兰由女变男、由男变女的两个过程，都是通过装扮实现的，生理结构并未发生任何变化。而在《晋阳男子行》中，我们同样找不到主人公生理结构发生变化的任何证据。诗人在此并未直接交待性别变化的原因，只是为我们塑造了一个揽镜自照的忧郁形象。结果，英雄闭门三日以后，忽然变成了美人。从英雄到美人的变化，仅仅是通过妆扮实现的，而变化的原因，很可能只是心理上的：

> 委心怀燕婉，不惜健儿躯。

性别认同的错位，是英雄"化为"美人的真正原因。虽然不能在事实上

[①] （明）于慎行：《谷城山馆诗集》卷二，文渊阁四库全书本。

改变性别,但是"系我绣罗襦"、"珥我明月珠",也可以略慰性别认同错位所导致的惆怅了。

> 昔为云中鹄,今为水上凫。昔者一何厉,常关十石弧。今者何柔曼,巧笑倾城都。仰观浮云驰,变化不须臾。茫茫窥元运,玄黄无乃渝。世人但云好,不必称丈夫。

其实,真正让人感慨变化无常、元运难测的并不是今昔的巨大反差,而是人之内心世界的复杂微妙。《晋阳男子行》是于慎行对《木兰诗》的戏仿之作,是对"李良雨事件"之历史面貌的解构和重塑。即使我们把"委心怀燕婉,不惜健儿躯"解释为道德批判的隐喻,这种批判仍然是隐藏在戏仿的叙述之中的,相对同时代的王世贞等人来说,要含蓄很多。于慎行的创作独立于主流书写之外,体现了当代题材之文学化过程中的另一面相:游戏情怀。

五　被管制的性别

至此,本文已经分别考察了官史、私史、笔记、诗歌、白话小说诸文体对"李良雨事件"的书写,我们发现,由于时代、文体以及作者身份、趣味的不同,对此事件的书写也呈现出不同的面貌。实际上,即使在同一篇作品中,出于某些原因,也可能并存着相异的思想趣味。让我们再回过头来阅读《型世言》第三七回《西安府夫别妻　郃阳县男化女》的故事吧。本篇是布衣文人演述的白话短篇小说。小说的文本布局上存在着一个巨大的裂缝:其现实批判的文字主要集中在小引、回评、开篇诗与入话;整个正文部分,除了结尾以及中间极少数细节[①],基本与现实批判无关。文本的裂缝源自作者本人意识形态的双重性:作为传统士人精神的信奉者,作者具有强烈的政治敏感和忧患意识,反映在作品中,便是鲜明的现实批判指向;然而作为布衣文人,作者又具有异于正统文人的民间趣味和下层视角,这使得小说在无意中超越了单调的政治和道德批判,转而在传

---

① 如李良雨变成女人之后羞于见人,吕达忽然道:"再看如今,呵卵泡,捧粗腿的,哪一个不是妇人?"

统社会关系中思考这一性别变乱事件所反映出的伦理与身体权利问题。

如果说《漫笔》所记是官方视角下对"李良雨事件"之实录的话，那么《型世言》便是出自民间视角的对此事件的想象性重构。与《漫笔》一样，《型世言》的叙事重点也是性别变化的过程与家族及国家的反应。据此，我们可以将故事分成四个层次：（一）李良雨是如何由男变女的；（二）李良雨是如何接受自己的性别变化的；（三）社会对李良雨的性别变化的反应；（四）国家对李良雨的性别变化的反应。

作者虽然承袭《漫笔》系统的叙述，将疾病作为导致李良雨变性的原因，但是却把"小肠痛"、"腹痛"替换为"广疮"，也即梅毒。之所以作这样的安排，除了增加情节的戏剧性之外，还有三方面用处。第一，梅毒是晚明的"时代病"。虽然早在宋元时期的《岭南卫生方》中便出现了"杨梅疮"及治疗方法，但是此病的广泛传播并引起医家重视实际始于明弘治年间。俞辨《续医说》（出版于嘉靖二十三年）云："弘治末年民间患恶疮，自广东人始。吴人不识，呼为广疮，又以其形似，谓之杨梅疮。"由于晚明社会的放荡风气，梅毒甫一出现便迅速传播，"自南而北，遍及海宇"（《本草纲目》卷一八），很多晚明文人都不能幸免。[①] 本篇小说本来就是对当代题材的再创作，又增入梅毒这种"时代病"作为情节发展的关键因素，使全篇呈现出更强的时代色彩。第二，梅毒的引入使李良雨在变性事件中不再是无辜的。正是因为他本人经不住诱惑，于栾家歇宿，方才患上此病，恰应了《化书》所云："至淫者化为妇人"，"心之所变，不得不变"。第三，也是最重要的一点，梅毒在李良雨和魏忠贤之间建立了联系。《警世阴阳梦》是一部揭露魏阉劣迹的小说，刊刻于崇祯元年七月，写魏忠贤净身是因为"嫖时传染了些毒气，发出时疮来"，"阳物先因疰痄渐渐烂坏了"[②]。这一情节可能源自时人对魏阉发迹历史的传说。陆云龙下过一番功夫搜集魏阉史料，著有《魏忠贤小说斥奸书》，仅比《警世阴阳梦》迟刊两月。因此，虽然《斥奸书》在处理魏阉净身原因时未选择这一说法，但是推测陆氏兄弟熟知此说应该是合乎逻辑的。李

---

① 汪道贯赠王百谷诗云："身上杨梅疮作果，眼中萝卜翳为花。"（《万历野获编》卷二三）汤显祖亦曾有诗调侃屠隆云："非关铅粉药是病，自爱燕支冤作亲。"（《玉茗堂全集》诗集卷一五）而按照徐朔方的考证，汤显祖本人最后也是死于梅毒的。

② （明）长安道人国清：《警世阴阳梦》，春风文艺出版社1985年版，第30、32页。

良雨与魏忠贤的这一联系在小说正文的民间趣味和小说开篇的现实批判之间架起了一座隐秘的桥梁。

在妓者栾氏姐妹家歇宿以后，李良雨很快病倒。最初是"周身发起寒热来，小肚下连着腿起上似馒头两个大毒"，虽然吃了些清凉败毒的药，暂时遏住，然而"不上半月，只见遍身发瘰，起上一身广疮"。此时，李良雨又犯了第二个错误："急于要好，听了一个郎中，用了些轻粉等药，可也得一时光鲜，谁想他遏得蚤，毒毕竟要攻出来。"轻粉即水银，用以治疗广疮见效颇快，然而后患无穷。① 李良雨虽然没有送命，但是却"作了蛀梗，一节节儿烂将下去，好不奇疼……不上几日，不惟蛀梗，连阴囊都蛀下……那根头还烂不住，直烂下去"。在原始叙事当中，李良雨变性仅仅由于疾病，并无神秘力量的参与；而《型世言》却在描写其感染梅毒、下身溃烂之后，插入梦游阴司的情节：

> 这日一疼，疼了个小死，竟昏晕了去。只见恍惚之中，见两个青衣人，一把扯了就走。一路来惟有愁云黯黯、冷雾凄凄，行了好些路，到一所官殿。……良雨偷眼一看，阶上立的都是马面牛头，下边缚着许多官民士女，逐个个都唱名过去。到他，先是两个青衣人过去道："李良雨追到！"殿上道："李良雨，查你前生合在镇安县李家为女，怎敢贿嘱我吏书，将女将男？"李良雨知是阴司，便回道："爷爷，这地方是一个钱带不来的所在，吏书没人敢收，小人并没得与。"一会殿令传旨："李良雨仍为女身，与吕达为妻。承行书吏，免其追赃，准以'错误公事'拟罪，李氏发回。"

自然，下身虽然溃烂，并没有竟溃成个女阴之理。梦游阴司情节的插入，为小说设定了一个民间信仰背景，按照民众习惯的思维方式解决了这一问题，使情节的发展更加合理。由此，李良雨的变性成为命中注定的事件；感染梅毒也不再是一个"偶然"的错误，而是一个"命中注定"的错误。也就是说，即使他避开了这一错误，阴司的指令也会在冥冥中引导他犯下另外的错误，以兑现"仍为女身"的判决。李良雨醒来以后，"暗自去摸

---

① 《本草纲目》卷一八云："近世弘治、正德间因杨梅疮盛行，率用轻粉药取效，毒瘤筋骨，溃烂终身。"

自己的，宛然已是一个女身"。身体上的性别变化至此全部完成。

下面的问题是，李良雨是如何接受自己的性别变化的？换句话说，李良雨心理上的性别变化是如何进行的？李良雨心理的变化始于阴司之梦。在民间意识形态中，阴司是拥有超自然力量的掌管死后世界的权力机关；从具体运作方式看，阴司又是现实世界中的国家权力在死后世界的投影。出于对宗教权力和国家权力的双重敬畏，李良雨迅速接受了阴司对自己的两项判决——第一，"仍为女身"；第二，"与吕达为妻"——为在现实生活中接受自己的性别变化做好了心理上的准备。吕达相当于《戒庵老人漫笔》中的白尚相，《皇明续纪》中的同贾者。在李良雨变性事件中，他起到了重要的推动作用：与李良雨结伴出门行商，引诱李良雨嫖妓，在李良雨病重期间对其悉心照料。李良雨心理上的性别变化是在与吕达的关系中一步步实现的。

首先是"羞惭"。在《漫笔》中，李良雨是一个饱经风霜的中年佣工，即使变成女人，也不会有什么姿色。《型世言》却在一开始就将李良雨设定成二十出头、"媚脸明眸"的"俊逸郎君"，身体变化完成之后，"髭须都没，唇红齿白，竟是个好女子一般"。这时，面对吕达，李良雨生起强烈的羞惭之心，开始与吕达保持身体上的距离："当时吕达常来替他敷药，这时他道好了，再不与他看。"

然而，李良雨的羞惭引起了吕达的疑心："终不然一烂，仫么烂做个女人不成？果有此事，倒是天付姻缘。只恐断没这理。"又想："是了，若不变做女人，怎怕我得紧？我只出其不意，攻其无备。"一日，吕达将李良雨灌醉，"轻轻将手去扪，果是一个女人"，便要强行与他发生关系。在李良雨心理性别的变化过程中，这是最为关键的一步。最初，他还坚称二人都是"一个顶天立地的男子，今日虽然转了女身，怎教我羞搭搭做这样事"，吕达拒不歇手。他便开始妥协："就是你要与我做夫妻，须要拜了花烛，怎这造次？"吕达不为所动，声称"先后总是一般"，终于得手。李良雨万般无奈之下，终于承认了现实，与吕达做了"暗里夫妻"。在身体上接受吕达，实际上意味着他在心理上接受了自己的新性别。

既然已经接受了自己的女性身份，改换女装便是理所当然的事情。然而我们发现，李良雨的换装仍然与吕达有着直接的关系。对李良雨自己来说，他能独立做到的似乎只是放弃自己的男性装束："不带了网子，梳了一个直把头，脚下换了蒲鞋，不穿道袍，布裙短衫，不男不女打扮。"若是完全改换女性装束，仍然需要男性的推动：

> 吕达将出银子来，做件女衫，买个包头，与些脂粉。吕达道："男是男扮，女是女扮。"相帮他梳个三柳头，掠鬘，戴包头，替他搽粉涂脂，又买了裹脚布，要他缠脚。……自此，在店里包了个头，也搽些脂粉，狠命将脚来收，个把月里收做半拦脚，坐在柜身里，倒是一个有八九分颜色的妇人。

在吕达的要求下，李良雨终于完成了装束的改变，在生活中完全进入女性角色，同时承担起女性的社会责任。至此，李良雨的自我性别认同才彻底完成。

自我性别认同完成以后，所要面对的就是家族和国家的干预。对于旁人来说，李良雨的变性事件不过是一件与己无关的"奇闻"，最多满足一下自己的猎奇心理，没有兴趣也没有权利加以干预。但是对当事人的家族来说，这件骇人听闻的事件不但关乎感情、伦理，而且直接关乎经济利益。此处，《型世言》对原始叙事进行了一些巧妙改编。首先，在原始叙事中，李良雨在变性之前已经因贫出妻。当变性事件发生时，他的妻子只是以证人身份出现在大堂上，而没有任何感情上的牵涉。但是《型世言》却将情节改写为二人感情深厚，夫妻和睦，矛盾变得更为复杂。其次，在原始叙事中，李良雨兄李良云派妻子探得李良雨变性属实，便将此事作为怪异通报官府。也就是说，李良云一开始就接受了李良雨变性的事实。《型世言》中，虽然李良雨和吕达对事件的经过毫不隐瞒，但是李良云和李良雨妻子韩氏对李良雨的变性拒不承认。按照当时的正常理性，由男变女的确是无稽之谈，所以李良云称："男自男，女自女，阉割了也只做得太监，并不曾有了做女人的事，这话恐难听！"韩氏称："女人自有一个穴道，天生成的，怎烂烂得凑巧的？"韩氏进而怀疑吕达谋财害命，将李良雨杀害，编出变性的理由加以搪塞。邻舍高陵、童官支持韩氏的怀疑，并进一步推断：吕达杀害李良雨之后，寻得一个容貌相似的妇人，造这一篇谎；既然吕达未将李良雨的本钱返还李良云，愈发证明其谋财属实。最终，李良云将吕达二人告上公堂。我们看到，在亲情之外，对经济利益遭到损害的担心是李良云叔嫂申请国家权力干预此事的主要原因。

在李良雨被提审之前，《型世言》描写了这样一个细节："这番李良雨也不脂粉，也不三柳梳头，仍旧男人打扮，却与那时差不远了。"李良雨恢复男装不只是为了证明自己未遭吕达谋害，实际上，虽然经过阴司的判决，李良雨接受了自己的性别变化，但是在现实世界中，他的新性别仍然需要得到政府的确认。因为，在明人的思想观念中，阳世政府与阴司是生死两界中平行的权力机构，阴司并不因为拥有超自然的神秘力量而居于阳世政府之上。因此，恢复男装既是对阳世政府之权力的尊重，也是对正式获得性别确认的期待。

那么，政府为什么会对性别变化的事件进行干涉呢？李良云在堂上的一句话提供了回答这个问题的线索："老爷，小的哥子良雨上册是个壮丁，去时邻里都见是个男子，怎把个妇人抵塞？"洪武十四年，明太祖命天下郡县编制赋役黄册。黄册详载各户的人丁与产业结合状况，以此定户等，以户等征派徭役。上册人丁之数目、性别的变化，直接影响到政府的赋役征收。因此，一旦出现性别变化事件，政府必须对其加以检验，避免其成为逃避赋役的手段。

当相关人等齐聚公堂以后，性别验证就不再是什么难事。经过众人对李良雨的容貌辨验和言语核对，又经过韩氏对李良雨的身体检查，知县很快承认了李良雨确系由男化女，并作出判决："良雨既在，吕达固非杀命，良雨男而为女，良云之告，似不为无因。他既与吕达成亲已久，仍令完聚。韩氏既已无夫，听凭改嫁。"故事至此，小人物们便该退场了。虽然发生了这样的奇变，但是生活总要继续：

> 良雨仍与吕达作为夫妇，后生一子。李良云为兄弟，如今做了姊弟，亲眷往来。就是韩氏，没守他的理，也嫁了一个人，与良雨作姊妹相与。两个尝想起当日云情雨意，如一梦，可发一笑。

不过对处理此案的官员来说，这个故事还没有结束。由于此系非常灾异，知县将此事通申两院具题，上奏朝廷。在审判过程中，李良雨曾坦言阴司之游，却被知县嗤之以鼻，民间宗教信仰在受过正统儒学教育的政府官员那里暴露了有效性的界限。然而，知县虽然否认了以死后世界、往生观念为特征的民间信仰，却在呈文中理所当然地引入了与民间信仰相对应的另外一个神学因素，即正统士人所信奉的天命观。在故事的主人公退场之后，小说终于出现了一个连通正文故事与小引、回评、开篇诗和入话的桥梁。

李良雨事件为我们揭示了晚明时期笼罩于民众身体上的权力关系网络。在整个故事中，李良雨始终对自己的身体和性别无能为力。影响他的第一种力量是对称于阴阳两界的阴间政府和阳世政府——我们既可以将它们看作宗教权力与世俗权力的平行，也可以将它们作为国家权力在两个世界的双重投影——前者对李良雨作出由男变女的判决，彻底打破了他原本美满幸福的正常生活；而当李良雨接受了性别变化并开始一段新的婚姻之后，仍然需要后者为其性别作出权威认证。影响他的第二种力量是吕达所象征的男性权力。在性别变化的具体过程中，每一个关键变化都是在吕达——阴司指定给他的丈夫——的推动下实现的。影响他的第三种力量是他的弟弟李良云代表的家族权力。正是他的家族将他推上公堂，虽然我们不能否认亲情和爱情在其中所起的作用，然而直接导致双方对簿公堂的仍然是家族对经济利益遭到损害的担忧。

最后再谈一下王圻①《稗史汇编》和褚人获②《坚瓠集》中的李良雨故事。这两则故事虽然用文言记载，但其旨趣却与《玉芝堂谈荟》一类的灾异话语迥异，颇富通俗文学的想象力和娱乐性。《稗史汇编》卷一七二"男化女"条云：

> 洛中二行贾，最友善。忽一年，少者腹痛不可忍，其友亟为医治，幸不死。旬余而化为女。事上巡抚，具奏于朝。适二贾皆未婚，奉旨配为夫妇。此万历丙戌年事也。③

《稗史汇编》成书于万历三十五年（1607）。从表面看，此条故事的核心是友谊，由男化女似乎是上天成全的对朋友的报偿。少者虽化为女，二人却未苟合，而是待巡抚具奏于朝之后奉旨成婚，满足了民众的道德想象和荣誉期待。但是，从深层上说，此条故事更像是对一个同性恋事件的委婉叙述。褚人获《坚瓠集·庚集》卷一"丈夫化为女子"条云：

---

① 王圻，字元翰，号洪洲，上海人，嘉靖四十四年（1565）进士。学问渊博，著述宏丰，传世有《三才图会》、《续文献通考》等书。
② 褚人获，字稼轩，又字学稼，号石农，长洲人。
③ （明）王圻：《稗史汇编》，四库全书存目丛书本，第773页。

  隆庆二年，山西李良甫侨寓京师。元宵夜看灯，夜静，见一女子靓妆而来，侍儿提灯前导。良甫就戏之。偕至寓留宿，化为白鸽飞去。良甫腹痛，至四月中，肾囊退缩，化为妇人。①

  此条在李良雨系列故事中可能较为晚出。② 通篇布满通俗小说的典型意象：京师、元宵夜、看灯、靓妆女子、提灯侍儿、女子化为白鸽，绝类宋元话本中的遭遇艳鬼故事。此时，明王朝已是过眼云烟，曾经附着在李良雨故事上的那些末世的愤怒与忧虑已经脱落殆尽。故事回到故事本身，如一则普通的志怪，湮没于书海中，那么的不起眼。

  至此，我们梳理了百年间关于"李良雨事件"的多种书写。我们看到，关于此事的叙述存在着两种不同的方式。王世贞、刘凤、徐应雷等人的诗歌秉承灾异话语的正统观念，从现实关怀出发，将性别变乱当作政治腐败和道德沦丧的隐喻，构成"李良雨事件"之书写历史的主流。《型世言》、《稗史汇编》、《坚瓠集》则从民众的趣味出发，对此事加以生活化和娱乐化的想象和改编，构成主流叙事的颠覆力量。在这两者之外，还有些士人热衷于从理性上对此事本身加以思考，表现了传统社会中蕴涵的格物精神。如果将"李良雨事件"定性为灾异，那么在中国传统文化语境中，它就是一个意义确定的符号，以此为出发点的文学创作即使由于时代和作者的不同而呈现差异，其基本的意识形态仍然是同一的、封闭的、明确的——甚至可以说是有些单调的。通俗文学将此事从封闭的文化语境中抽离出来，放入广阔的生活世界中展开想象，超越了单一的意义关联，使之获得了更为丰富的可能性面貌，也为我们开掘了进入当时的观念史、生活史的一个微观视角。尤其值得我们注意的是《型世言》、《晋阳男子行》之类具有多重意义的文本——它们的模糊性和多义性本身便是观念史和叙述史研究的重要材料。

---

  ① （明）褚人获：《坚瓠集·庚集》，续修四库全书本，第180页。
  ② 《坚瓠集》虽然成书于康熙二十九年前后，但是此书乃褚人获掇拾群书而成，因而本文对此则故事的断代并非确论，只是从其内在理路出发，推想一种小说史的可能性。

舟船空间与古代小说的情节建构*

李萌昀

旅途之中，舟船是车马之外最重要的交通工具，《史记·夏本纪》便有"陆行乘车，水行乘舟"的说法。与陆路交通相比，水路交通方便、舒适、安全，而且更具私密性，深受旅行者青睐。因此，舟船在古代小说中大量出现，成为故事发生的重要场景。更重要的是，舟船的空间结构及其文化含义影响着相关作品之情节与叙事的具体面貌。

舟船空间通常由三个部分组成：船头、船舱与船艄。船头指位于舟船前端的甲板，为旅行者登船和下船之处。船舱是舟船的主体，位于舟船的中部，是旅行者的起居之所，通常由前舱、中舱、后舱三部分组成。船艄即船尾，是船户的工作和生活空间。由于舟船结构的固定性，各色人等在舟船中的位置也相对固定，导致了舟船空间之等级秩序与文化涵义的形成：船头为外，船舱为内；前舱歇男，后舱歇女；客人入舱，船户当艄。在舟船故事中，舟船内部的空间界线（船头与船舱之间、前中后舱之间、船舱与船艄之间），恰与内外、男女、尊卑之间的文化界线相重合——这正是解读舟船故事之情节建构的关键。本文拟从空间视角出发，以空间界线为切入点，结合船头、船舱、船艄的文化涵义，探讨舟船空间在古代小说之情节建构中的作用。

一 船头与船舱之间：公开性与私密性的张力

船头最基本的空间特点是其公开性。站在船头，旅行者与异乡人之间

---

* 本文系中国人民大学科学研究基金（中央高校基本科研业务费专项资金资助）项目"中国古代旅行故事研究"（批准号 10XNF054）的阶段性成果。

的"看"与"被看"是公开的、有效的、相互的。由此，公开性成为绝大多数船头故事的情节关键：公开的船头与私密的船舱构成内与外的对立。此种对立首先是物理上的：公开的船头为外，密闭的船舱为内。以物理上的外与内为基础，诞生了文化上的内外之别，成为旅行者在舟行生活中必须遵守的行为规范。首先是男女之别：船头为外，是专属于男子的活动空间；船舱为内，标志着女子活动的界限。出于对女性守贞意志的担心，男性对女性的旅行权利多有限制。而当女性迫不得已必须出门时，水路往往是第一选择。《疗妒缘》第一回，秦氏欲陪丈夫朱纶一道进京复试，朱纶称："娘子同去甚好。只是同了家眷，必须水路去。"① 对大户人家来说，船舱成为闺房的延续，妇人必须谨守舱门。

在舟船故事中，内外之别的破坏与维护都可制造出具有戏剧性的情节。水路旅行虽然安逸，但是长期紧闭在船舱之中难免无聊。即使是循规蹈矩的妇人也会趁四下无人之时，偷登船头观赏景致，成为故事发生的契机。如《绣屏缘》第三回，书生赵云客于月夜泊船西湖，看见"旁边大船头上，簇拥一伙妇人，异香袭袭"，"内中一个竟像瑶台上飞下来的"。原来，这正是随父返乡的王玉环小姐：

> 止因他家范谨饬，日间只好在官船中坐。虽则纱窗内可以寓目，外边人却不见他一丝影儿。那一夜月色又好，吹箫击鼓的又去了，正好同夫人侍女在船头上看看景致。不想被那一个有情郎瞧见，正是天生缘分，合着这样凑巧事来。②

出于偶然，王小姐突破了内外的界线，涉足船头这一专属于男子的活动空间。船头的公开性导致她被陌生男子看到真容，引发了后来的爱情故事。虽然小说家将此事作为"天生缘分"而津津乐道，但却仍然有意无意地暗示出王小姐的道德失范，强化了船头与船舱的内外划分。

相比之下，《闪电窗》的主人公林孝廉是内外之别的有力维护者。某

---

① （清）静恬主人：《疗妒缘》，《中国古代珍稀本小说》第6册，春风文艺出版社1994年版，第451页。
② （清）苏庵主人：《绣屏缘》，《古本小说集成》影印荷兰汉学研究所藏本，上海古籍出版社1994年版。

夜，林孝廉泊船苏州。岸上失火，一女子赤身上船，"急急的钻入舱里去了"①。此时，林孝廉正在船头，内外之别变得格外重要。只要进入船舱，便意味着对此女贞节的伤害。于是，他便在船头坐了一夜。船头与船舱之别在林孝廉之性格塑造中起到了重要的作用，凸显出其方正、无私的道德品质。

内外之别的第二层含义是尊卑之别：船舱为内、为尊，是主人的所居；船头为外、为卑，是仆人的所在。在舟行途中，船舱要比船头更舒适安逸。除了登船、离船、观景、送迎，主人均稳居舱中，而仆人往往要在船头侍候。《醒世恒言》卷六《小水湾天狐诒书》中，男仆王福随主人王臣回家奔丧，却在途中邂逅王臣之母所乘之船：

> 众人笑道："这事真个有些古怪。奶奶在舱中唤你，且除下身上麻衣，快去相见。"王福见说，呆了一呆道："奶奶还在？"众人道："哪里去了，不在？"王福不信，也不脱麻衣，径撞入舱来。王臣看见，喝道："这狗才，奶奶在这里，还不换了衣服来见？"王福慌忙退出船头，脱下，进舱叩头。②

在这一场景中，作为仆人的王福与"众人"居于船头，作为主人的王臣与王臣之母居于船舱，界线鲜明。王福之所以遭到主人的喝骂，恰是因为他不相信奶奶还健在的消息，"径撞入舱来"，侵犯了尊卑、内外的界线。确证奶奶健在之后，王福先"退出船头"，脱下麻衣，再"进舱叩头"：一"退"一"进"反映出其对界线的尊重。船头与船舱之间的界线使这一场景获得了清晰的空间感和秩序感。

然而，船头的公开性只是相对的：如果视点在舟船的外部，那么船头自然是公开的，而船舱则是私密的；如果视点在舟船的内部，那么船舱则是公开的，而船头却是私密的。这种与船舱相对的私密性，同样影响着舟船故事的面貌。最为典型的例子是船头谋杀故事。

船头的谋杀发生在旅行者之间。与船户对旅行者的谋杀不同，此类谋杀要求绝对的私密性，不但要避开其他旅行者，而且要避开船户。因此，

---

① （清）酌玄亭主人：《闪电窗》，《古本小说集成》影印中国社会科学院文学研究所藏本。
② （明）冯梦龙：《醒世恒言》，人民文学出版社1956年版，第129页。

船舱与船艄都不可能成为作案的场所。当夜幕降临,或者舟船驶入无人水域之时,船头空间失去了外在的窥视者,也与船舱内的他人相隔绝,从而具有了私密性,便于凶案的发生。如《古今小说》卷二七《金玉奴棒打薄情郎》,莫稽趁夜"哄玉奴起来看月华",出其不意,将其"牵出船头,推堕江中"①。再如《欢喜冤家》第三回《李月仙割爱救亲夫》,"到二更时分,文甫一时间肚疼起来,到船头上出恭"②,二官假意相扶,将其推落水中。

在舟船故事中,小说家熟练把握船头的空间特性,以船头与船舱的界线为着眼点,根据情节需要为船头赋予或公开,或私密的属性,使之积极参与到情节建构中来。不过,船头毕竟只是舟船空间中的次要部分,更为精彩的则是以船舱为背景的故事——其情节张力同样源于空间界线。

二 船舱之内:界线的守护与突破

船舱是舟船的主体部分,其空间结构的复杂程度远远超过船头与船艄。内河航船之船舱通常由三部分组成:前舱、中舱与后舱。紧靠船头者为前舱。前舱是舟船的正舱,是男主人会客与处理公事之处,相当于客厅和书房。因此,前舱与中后舱之间同样构成一种内外之别:前舱为外,中后舱为内。有客来访时,女性不可进入前舱,只能在中舱与后舱活动。与前舱相邻者为中舱,是旅行者的日常生活空间,相当于起居室。紧靠船艄的是后舱,旅行者的卧室,也是船舱中最为私密的空间。当旅行者家庭中有未婚女子时,后舱便可作为闺房。由此,我们可以总结出船舱空间之基本特点:从前舱至中后舱,私密性不断增强。前舱与中后舱之间存在一条内外的界线,标识出船舱中的男女之别。界线的守护与突破导致了戏剧性情节的发生,决定着贞节的保持与丧失,是中后舱故事之核心所在。

先看《二刻拍案惊奇》卷七《吕使者情媾宦家妻 吴太守义配儒门女》。故事发生于董元广一家所乘航船,处于界线两边的是吕使君和董元广的晚孺人。董元广与吕使君旅途邂逅,"栖泊相并",时常往来存问。按照船舱的空间规范,董元广只可能在前舱招待友人;当吕使君来访时,

---

① (明)冯梦龙:《喻世明言》,人民文学出版社1958年版,第438页。
② (明)西湖渔隐主人:《欢喜冤家》,《中国古代珍稀本小说》第2册,第440页。

孺人需要避入中后舱。此时，空间规范便意味着道德秩序，而当道德遭遇情欲的挑战时，空间规范便濒临崩溃。欲火中烧的孺人向界线之外的吕使君发出了信号：

> 但是到船中来，里头添茶暖酒，十分亲热。又抛声调噪，要他晓得。那吕使君乖巧之人，颇解其意，只碍着是同袍间，一时也下不得手。谁知那孺人或是露半面，或是露全身，眉来眼去，恨不得一把抱了他进来。①

孺人的越界之举包括三类。首先是指挥仆人"添茶暖酒"，表示"亲热"。其次是"抛声调噪"：让不受限制的声音飞越界线，向吕使君暗示心意。最后，直接从界线的那一边显露身影，与情人"眉来眼去"。在这一场景中，"里头"、"露"、"进来"一类词语清楚地昭示着界线的存在。孺人虽然大胆，但在丈夫的监视下，仍然不敢做出实质性的越界行为。董元广死后，中后舱失去了关键的守护者。在一个月色正好的晚上，吕使君命船户"把两船紧紧贴着住了"：

> 人静之后，使君悄悄起身，把自己船舱里窗轻推开来。看那对船时节，舱里小窗虚掩。使君在对窗咳嗽一声，那边把两扇小窗一齐开了。月光之中，露出身面，正是孺人独自个在那里。使君忙忙跳过船来。②

既然前舱与中后舱的界线仍未解除戒备，那么就不妨另辟蹊径（"舱里小窗"），等待界线的主动敞开。小窗体现出界线的双重作用：既是屏蔽，亦是入口。在这篇故事中，界线的维护与突破是情节张力的来源，也是叙事的线索和动力。随着界线的崩溃，情欲得到宣泄，张力完全消除，故事从而进入下一单元。这篇故事也说明：界线只会易手，不会消失，船舱内的空间秩序不会改变，妇人依然被禁闭于中后舱中。

船舱故事中，最为精彩的要数《醒世恒言》卷二八《吴衙内邻舟赴

---

① （明）凌濛初：《二刻拍案惊奇》，人民文学出版社1996年版，第141页。
② 同上书，第145页。

约》。故事发生于贺司户一家所乘的航船。与上篇故事相比，本篇的空间布局更加清晰，前、中、后三舱全部出现，且均有故事发生。前舱与中舱之间，有遮堂（或称屏门）相隔；中舱与后舱之间，有可以顶上的房门。此故事的基本矛盾同样是界线的维持与突破，小说家对船舱空间的利用达到了炉火纯青的地步。处在界线两边的是吴衙内和贺小姐，二人的定情伴随着对界线的三次挑战。

对界线的第一次挑战发生在吴府尹父子过船拜访贺司户之时。此段情节的焦点在于，由于双方家长在场，吴衙内与贺小姐虽然在界线两边互相观望，但却始终没能建立有效联系。从吴衙内角度说，他"身虽坐于席间，心却挂在舱后"。而他能看见的，只有作为内外界线的紧闭的屏门，只能心中暗叹。界线的另一边，由于夫人正在午睡，小姐暂时获得自由，听到前舱的声响，便"悄悄走至遮堂后，门缝中张望"：

> 看了一回，又转身去坐。不上吃一碗茶的工夫，却又走来观看。犹如走马灯一般，顷刻几个盘旋。恨不得三四步走至吴衙内身边，把爱慕之情，一一细罄。①

这"走马灯一般"的来回，表现出渴慕之心在界线这一方的不断积蓄，也暗示出界线之权威性已被逐渐架空。"恨不得"一句证明，在内心深处，她早已对界线发起了想象性的主动突破。然而，想象只是想象，无法改变现实。酒席散去，二人依然陌生。坚固但却存在缝隙的界线是这一场景中的空间标志，在作为叙事线索之外，还促进了情节张力的增强。

对界线的第二次挑战是"恨不得"的延续，发生在贺小姐的梦里：吴衙内利用"吟咏之声"克服了界线的限制，与贺小姐建立了联系，进入后舱，二人"成其云雨"；不料，被家人发现，将吴衙内"撇入江里"。这一梦境包含两层意义："成其云雨"说明，贺小姐内心的渴慕极度高涨，即将冲破界线的阻挡；"撇入江里"说明，贺小姐虽然渴望越界，但是却未能摆脱内心的恐惧感和负罪感。

对界线的第三次挑战本身平平无奇：吴衙内与贺小姐发现，"二人卧处，都在后舱，恰好间壁，止隔得五六尺远"；至夜，以剪刀声响为号，

---

① （明）冯梦龙：《醒世恒言》，第603—604页。

"舱门轻叩小窗开",吴衙内跳过这边船来,钻入后舱,成其好事。在吕使君故事中,界线的突破意味着这一情节单元的终结;而在此故事中,界线的突破只是故事高潮的开始:"不想那晚夜半,风浪平静,五鼓时分,各船尽皆开放。"① 在二人发觉以前,吴衙内已经失去了返回的可能。新的空间格局得到确立,内外的界线再次发挥作用:一边是吴衙内与贺小姐,一边是贺司户与贺夫人;本为越界者的吴衙内和贺小姐,如今成了界线的守护者,费尽心机地守卫着二人的私情;本为界线守护者的贺司户和贺夫人,如今时刻想突破界线,寻找女儿饭量大增的原因。由此,界线的守护与突破依然维系着小说的情节张力,并将情节发展推向新的高潮。

不过,在舟船故事中,最为激烈的矛盾并非存在于旅行者之间,而是存在于旅行者与船户之间,反映在空间上,便是船舱和船艄之间的对立。在这种情况下,空间界线不只意味着对空间的物理分割,更标志着界线两边的人物在身份和等级上的差别。

三　越界的船户:空间与身份

船艄也即船尾,是船户的工作和生活空间。在舟船空间的三个部分中,船艄是等级最低的所在,与等级最高的船舱构成尖锐的对立。因此,舟船故事中的船户和旅行者常以敌对面目出现。历史上,水贼之患确为水路交通的痼疾。如杜甫《送顾八分文学适洪吉州》之三云:"况兼水贼繁,特戒风飚驶。"王安石《收盐》亦云:"尔来贼盗往往有,劫杀贾客沉其艘。"古代小说中的水贼故事正是此种历史背景的反映。

旅行者对船户的恐惧和提防来自舟船旅行的特性:首先,行驶中的舟船构成了一个与世隔绝的空间,柔弱的旅行者被迫要与剽悍的船户长时间独处;其次,驾驶舟船的技术被船户所垄断,旅行者必须在旅途中对其完全依赖。船艄是舟船空间中等级最低的所在,相应地,船艄中人也便处于舟船社会的最底层。船舱与船艄之间的界线意味着绝对的尊卑之别。敢于以暴力方式挑战这一界线的船户,便是水贼。

先看《百家公案》第五〇回《琴童代主人伸冤》:

---

① (明)冯梦龙:《醒世恒言》,第608页。

那两个艄子，一姓陈，一姓翁，皆是不善之徒。董家人深恨日前被责之事，要报无由，是夜密与二艄子商量："我官人箱中有白银壹百两，行装衣资极广，汝二人若能谋之，将此货物均分。"陈、翁二艄笑道："汝若不言，吾有此意久矣。"是夜，天秀与琴童在前仓睡，董家人在橹后睡。将近二更，董家人叫声"有贼"，天秀梦中惊觉，便探头出船外来看，被陈艄拔出利刀，一下刺死，推在河里。琴童正要走时，被翁艄一棍打落水中。①

这段文字包含两个场景：一是对越界的密谋，发生于船艄；二是越界的实践，发生于船舱。处于两个场景之间的是这样一句话："天秀与琴童在前仓睡，董家人在橹后睡。"前仓即前舱，在此相对后艄而言，指代船舱的整体。橹后是船艄的别称。这句话为整段故事赋予了基本的空间格局：船舱与船艄的对立。进一步说，空间的对立被赋予了善恶对立的象征意义——船舱为善，船艄为恶：陪侍主人于船舱的琴童忠心耿耿，后来"代主人伸冤"；睡于橹后的董家人与艄子狼狈为奸，害主谋财。

从历史上看，水贼劫杀客人的目的无疑是图财，但在古代小说中，船户劫杀客人更是一种挑战尊卑界线的行为。处于舟船空间最底层的船户由于利刃在手而获得了生杀予夺的大权，原本高高在上的旅行者被迫卑躬屈膝。不过，在威胁与杀戮中获得的满足虽然强烈，但却短暂；而如果可以占有旅行者的妻女——来自社会上层的女性，船户便可将越界的快感延续下去，获得一种身份改变的幻觉。这就是水贼故事中常见的占妻（女）情节。有趣的是，一旦越界进入船舱，船户们便开始下意识地遵循舟船空间的道德规范，换句话说，模仿上层旅行者的行动。最典型的例子是《醒世恒言》卷三六《蔡瑞虹忍辱报仇》。

从小说行文看，蔡瑞虹一家所乘航船分前、中、后三舱。前舱为正舱，平时有仆人侍候，船户陈小四等人便是从此开始行凶的。中舱为起居室，蔡武夫妇在此饮酒行乐，亦在此被害。后舱为蔡瑞虹的卧室。案发之时，瑞虹正在中舱，本想自尽，却被陈小四救下，"抱入后舱"。这一细节耐人寻味。后舱本来便是瑞虹所居，是船舱中的私密之所。船户行凶之后仍将瑞虹送回此处，暗示出其对瑞虹的企图，但同时也表明了其对船舱

---

① （明）安遇时：《包龙图判百家公案》，《古本小说集成》影印与畊堂本。

之空间秩序的遵守。显然，陈小四不只想占有瑞虹，而且想体面地占有瑞虹，将其作为一种身份的象征。因此，他首先与众人在前舱办起"庆喜筵席"，与瑞虹正式做亲；之后，才"抱起瑞虹"，"径入后舱"，"掩上舱门"。只有遵从空间秩序，陈小四才能更加精确地模拟旅行者的行为，实现脱离底层的幻想。

如果说以上情节证明了空间秩序的感染力的话，那么这段情节的结尾便凸显出身份改变的艰难。当陈小四沉迷于扮演上层人士的游戏时，众船户却始终头脑清醒："杀了他一家，恨不得把我们吞在腹内，方才快活，岂肯安心与陈四哥做夫妻？倘到人烟凑集之所，叫喊起来，众人性命，可不都送在他的手里。"众人的离开使陈小四从游戏中惊醒："我若迷恋这女子，性命定然断送。"船户可以通过遵从空间秩序，精确地扮演旅行者，但是这种扮演无法转化为现实。进退两难之际，必须做出抉择：是继续沉迷于虚幻的游戏，还是恢复自己卑贱的身份？经过几番踌躇，陈小四狠心将瑞虹"杀死"，弃了船，"跳上涯，大踏步而去"[1]。

最后再来看一下《拍案惊奇》卷三二《乔兑换胡子宣淫　显报施卧师入定》的入话。与水贼故事一样，本篇同样以船户改变身份的努力为主题，不过，本篇的主人公并非剽悍暴戾的水贼，而是船户的美丽女儿。由此，船舱与船艄之间的界线兼有了尊卑之别、男女内外之别的双重含义。主动挑战这一界线的是船舱中的书生。刘唐卿将一个同心结抛到身处船艄的女子面前。然而，女子却"故意假做不知"。同心结是一个暧昧的符号，如果落入女子的父亲手里，便是书生越界的证据，后果不堪设想。唐卿先是"频频把眼送意"，继而"一发着急了，指手画脚"，最后"面挣得通红，冷汗直淋"，但却始终受界线所限，无能为力。吊足了唐卿的胃口之后，女子才不慌不忙地将信物遮掩，化解了危局。这位俏皮的女子通过对界线的有效利用，展现出一种来自底层的独有风情。

自此，两人"一在舱中，一在梢上，相隔不多几尺路，眉来眼去，两情甚浓"。界线两边不断高涨的情欲催生了越界的行为。值得注意的是，唐卿突破界线，"跳在梢上来"，却没有就地和女子发生关系，而是将其"抱至舱里来"，方才"同就枕席"[2]。这一"跳"一"抱"意味深

---

[1]（明）冯梦龙：《醒世恒言》，第792—795页。
[2]（明）凌濛初：《拍案惊奇》，人民文学出版社1991年版，第554—556页。

长：前者是男子表明心迹的举动，同时成全了女子的矜持与羞涩；后者是女子改变身份的隐喻，在不久的将来，书生或将帮助她摆脱船户的卑贱身份，成为幽居后舱的上层女性。

具有讽刺意味的是，女子将改变身份的希望寄托在两人的私情上，然而正是两人的私情损了唐卿的阴德，导致了科举中式的推迟。当一年之后，唐卿欲践旧约时，女子已经不知下落。这一故事再次证明了舟船空间之等级秩序的稳定性。对船户来说，无论男女，无论采取何种方式，最终只能退回到船艄的卑贱空间之中，隔着舱板想象船舱内的风光。

至此，本文以空间界线为切入点，结合船头、船舱、船艄的文化含义，分析了舟船空间与古代小说之情节展开的关系。我们看到，空间的等级性和秩序性在舟船故事的情节建构中发挥着重要作用；内与外、男与女、尊与卑的界线与空间意义上的界线合而为一，成为解读舟船故事的关键。当前，学界对空间因素在古代小说中的作用日益重视，然而主要限于叙事学角度的探讨。实际上，空间的文化/意识形态属性在古代小说的创作和解读中扮演着更为重要的角色。结合历史背景，对小说中的空间场景展开文化/意识形态分析，可以帮助我们了解古代小说的叙事逻辑，更可由此触及隐蔽的古代思想世界。

江藩的"儒林正史"
——传记文学视野下的《汉学师承记》
李萌昀

《国朝汉学师承记》，江藩纂，嘉庆二十三年（1818）初刻于广州，是了解清代学术史的必读书，然而历来不乏批评者。"门户之见"被公认为该书最大的缺点。不过，由于所持立场不同，批评者对"门户"的界定亦有区别：方东树所谓的"门户"是汉宋门户，故而批评江藩"挟以门户私见"[①]，宗汉学而诋宋学；谢章铤则强调江藩的"偏见私情"，其在著录人物时，会优先考虑和他有"交游声气之情"的学者[②]；支伟成持经学史家眼光，认为是书"坚守壁垒，摈绝今文，是未免失之隘矣"[③]。"门户"，其实就是主观性。批评者认为，江藩在撰述时的主观色彩过于强烈，以致《汉学师承记》未能成为一部客观的、全面的清代学术史。

欲应对以上批评，首先需要确定《汉学师承记》的文体属性。也就是说，江藩是否在自觉地撰述一部严格的学术史？不妨从阮元和汪喜孙为此书撰写的序跋谈起。阮《序》认为，此书的目的在于明"汉世儒林家法之承授，国朝学者经学之渊源"[④]；而汪《跋》在"汇论经生授受之恉"之外，还强调了江藩"通知作者之意"[⑤]。综合二人看法，《汉学师

---

① （清）方东树：《汉学商兑》，《汉学师承记》（外二种），生活·读书·新知三联书店1998年版，第380页。

② （清）谢章铤：《书〈汉学师承记〉〈宋学渊源记〉后》，《赌棋山庄文集》卷四，续修四库全书本，上海古籍出版社2002年版，第304页。

③ 支伟成：《清代朴学大师列传·凡例》，岳麓书社1998年版，第1页。

④ （清）江藩：《国朝汉学师承记》，中华书局1983年版，第1页。

⑤ 同上书，第134页。

承记》包括两方面内容：一是综述清代汉学家各自的学术观点；二是展示他们之间的师法传承。由此看来，《汉学师承记》似乎的确如周予同所说，"是学术史的性质"（《国朝汉学师承记·序言》），那么自然不应该具有过多的主观色彩。

然而，江藩的《自序》却让我们对这一判断产生怀疑。《自序》的主体部分与阮《序》、汪《跋》对此书的定位并无出入：首先追溯三代以来的学术变迁，其次详述汉学在清代的昌明，最后明示编纂体例与目的："暇日诠次本朝诸儒为汉学者，成《汉学师承记》一编，以备国史之采择。""备国史之采择"，明显是一部严格的学术史的定位。问题在于，紧接此句之后，江藩却添加了一段"多余"的感慨：

> 嗟乎！三代之时，弼谐庶绩，必举德于鸿儒；魏晋以后，左右邦家，咸取才于科目。经明行修之士，命偶时来，得策名廊庙；若数乖运舛，纵学穷书囿，思极人文，未有不委弃草泽，终老邱园者也。甚至饥寒切体，毒螫惨肤，筮仕无门，赍恨入冥，虽千载以下，哀其不遇，岂知当时绝无过而问之者哉！①

同样是"经明行修之士"，为什么有的一举登科、"策名廊庙"，有的却屡试不中，"赍恨入冥"？是否只能用"命偶"或"数乖"来解释？这段话的危险性在于，作为学术史家，其关注点应该限定于学术本身，而江藩却流露出对学人命运的"过度"关怀。更危险的是，此种关怀影响了江藩对《汉学师承记》体例的设定："是记于轩冕则略记学行，山林则兼志高风。非任情轩轾，肆志抑扬，盖悲其友麋鹿以共处，候草木以同凋也。"质言之，在述学之外，江藩还想记人。

学术史与传记文学是两种截然不同的文体。虽然史家可以选择用传记体述学，但其重点是传主的学术观点和师承关系，对传主经历则书其大概即可。而对于传记文学来说，无论阐发思想或是记叙经历都只是手段，最核心的任务是捕捉并呈现传主独特的精神与性情。江藩的问题在于，在编纂传记体学术史时，没有克制住对学人命运的关注，导致《汉学师承记》呈现出一种文体杂糅的状况，影响了其客观性。但是，也正是这种文体杂

---

① （清）江藩：《国朝汉学师承记》，第6页。

粲，使江藩不自觉地将学术与学人置于一个关系语境当中。通过《汉学师承记》的叙述我们看到，学术不但塑造着学人的一生，而且塑造着学人对生活的反思。

需要说明的是，《汉学师承记》题"甘泉江藩纂"，表明此书是江藩的"述"而非"作"，如日本学者近藤光男所指出的："江藩署'纂'之实态，乃因《师承记》之构造为就已知之当时所见碑志传状与学者著述，详为检讨分析，再加之江藩一己之编纂方法而成。不仅如此，书中亦贯彻有吴郡惠氏质直中庸之'述而不作'的著述精神。"① 然而，江藩对传状材料并非简单的罗列堆积，而是加以选择与剪裁，再融入个人见闻，最终熔铸成一部关于乾嘉学者群像的总体叙事。因此，我们仍然可以将《汉学师承记》作为一个整体，讨论其叙事的总体倾向与叙事背后隐含的编纂者心态。

作为传记体学术史，《汉学师承记》有一个基本的行文结构：即"学述+行述"。学述无疑是全书重点，虽然其在各传中所占比重并不均衡——在惠栋、钱大昕、江永、戴震诸传中可能达到全文的五分之四，而在汪元亮、贾田祖、李惇、江德量诸传中可能仅有"究心经义"或者"读书好古"等只言片语——但是，依然是全书的叙事焦点和叙事动力，换句话说，决定着传主生活经历的构造。《汉学师承记》的行述部分一般围绕四个话题展开：早年生活，个人性情，人际交往，人生际遇。我们看到，在江藩的叙述中，学术是以上四者背后的带有神秘色彩的决定力量，是学人人生经历的主线。

关于学人的早年生活，《汉学师承记》通常关注三个问题：出生之前的神异、早慧/晚慧、与学术的相遇方式。惠士奇、王昶、纪昀的降生，均有神异的征兆。惠周惕梦明朝内阁首辅杨士奇来谒，"已而生先生，遂以文贞之名名之"②。王昶降生之前，家中兰花"茁两枝，一出土即陨，其一长尺有六寸，森森若巨竹状"；"紫燕栖于楹，同巢异穴"③。纪昀祖父"夜梦火光入楼中而公生，火光遂隐"，因此，人们认为纪昀是"灵物

---

① [日]近藤光男译注：《国朝汉学师承记·解说》，转引自漆永祥《汉学师承记笺释》，上海古籍出版社2006年版，第22页。
② （清）江藩：《国朝汉学师承记》，第19页。
③ 同上书，第53页。

托生"。神异甚至伴随着纪昀的成长:"夜坐暗室内,二目烁烁如电光,不烛而能见物,比知识渐开,光即敛矣。"① 神异的来历为学人后来的成就提供了一个神秘主义的背景,也在二者之间预设了一种逻辑关系:他们似乎是先天便被学术选中的人。

学人们普遍的早慧也可以被看成是一种神异。《汉学师承记》中的学人大多"生而颖异","读书十行并下"且"终身不忘"几乎成了起码的素养。在这样一种语境下,阎若璩的晚慧就显得十分特殊:

> 若璩生,世科爱之,常抱置膝上,摩其顶曰:"汝貌文,其为一代儒者以光吾宗乎?"若璩生而口吃,性钝,六岁入小学,读书千遍不能背诵。年十五,冬夜读书,扞格不通,愤悱不寐,漏四下,寒甚,坚坐沉思,心忽开朗,自是颖悟异常。②

阎若璩的"由钝至悟"在今天的叙事话语中或许会被作为勤能补拙的范例,但在此处,却是神异叙事的一种变体。首先,阎若璩在幼年时便被祖父点出成为"一代儒宗"的潜质;其次,最终的"颖悟"是一次突然发生的神秘事件。那么,"钝"与"悟"之间的十年,仅是其本性显露的障碍而已,不但没有削弱,反而强化了阎若璩早年经历的不凡:他也是一位先天被学术选中的人,只是中间经历了更多的考验。

有的学人由于家学渊源,天生便知"学之所向",如惠士奇、惠栋、卢文弨等——他们与学术的相遇是一种顺理成章的事情。但还有一些学者,虽无父祖师长引导,却由于某种特殊的因缘进入汉学,终成名家。江永少年时本为"世俗学",一日在邱浚《大学衍义补》中读到一段《周礼》的引文,立刻沉迷,"求之有书家,得写本《周礼》白文,朝夕讽诵","遂通经艺"③。江永与汉学相遇的契机竟是一部宋学著作,不能不说是一种奇异的因缘。戴震少时读书私塾,"一字必求其义",塾师不耐其烦,便给了他一部《说文解字》让他自学,"学之三年,通其义,于是

---

① (清)江藩:《国朝汉学师承记》,第92页。
② 同上书,第6页。
③ 同上书,第75页。

十三经尽通矣"①。当然,这些看似偶然的事件其实仍由江永、戴震本人的素质决定,然而这也恰恰可以说明,学术对学人的选择不是盲目的。

关于学人的性情,《汉学师承记》尤其关注的是与学术相关的侧面,以学术写性情,以性情显学术。这可以看成是《汉学师承记》的学术史性质所限——与学术无关的内容不宜纳入传记体学术史的框架——但从另一个角度说,这恐怕也的确是学人性情中最为突出的一面。在这一点上,学术史与传记文学不谋而合。如江声以《说文解字》为宗,故而"生平不作楷书,即与人往来笔札皆作古篆,见者讶以为天书符箓,俗儒往往非笑之,而先生不顾也"。汪中"性情伉直","于时流不轻许可,有盛名于世者,必肆讥弹"。无论"不作楷书"还是"不轻许可",均体现了传主对个人学术观点的偏执和捍卫,学术与性情相得益彰。最为精彩的是阎若璩与汪琬的论争:

> 十七年,应博学宏词科试不第,留京师,与长洲汪编修琬反复论难。琬著《五服考异》成,若璩纠其缪,琬虽改正,然护前辙,谓人曰:"百诗有亲在,而喋喋言丧礼乎?"若璩闻之,曰:"王伯厚尝云:'夏侯胜善说礼服,言礼之丧服也。萧望之以礼服授皇太子,则汉世不以丧服为讳也。唐之奸臣以凶事非臣子所宜言,去《国恤》一篇,识者非之。'讲经之家岂可拾其余唾哉!"昆山徐赞善乾学问曰:"于史有征矣,于经亦有征乎?"若璩曰:"按《杂记》曾申问于曾子曰:'哭父母,有常声乎?'申,曾子次子也。《檀弓》:'子张死,曾子有母之丧,齐衰而往哭之。'夫孔子没,子张尚存,见于《孟子》。子张没而曾子方丧母,则孔子时曾子母在可知,《记》所载《曾子问》一篇正其亲在时也。"乾学叹服。②

这段话貌似论丧礼,其实是写性情。汪琬任性使气的一句挖苦,却引来阎若璩一本正经的长篇大论,一个认真得有些呆气的学人形象跃然纸上,让人忍俊不禁。

需要注意的是,以学术写性情存在着一定的危险性:当学术成为刻画

---

① (清)江藩:《国朝汉学师承记》,第85页。
② 同上书,第9页。

人物的手段之后，易被置于从属地位——这对一部学术史来说是否合适？如上引阎若璩论丧礼的例子，读者根本不需要去了解他的长篇大论的具体内容，只要知道他在喋喋不休，那么叙事的效果其实已经达到了。《汉学师承记》中还存在着一些"过度"的描写。如写张弨雅好金石，"尝登焦山，乘江潮归壑，往山岩之下藉落叶而坐，仰读《瘗鹤铭》，聚四石，绘为图，联以宋人补刻字，证为顾况书，援据甚核"①。此段文字的目的本是介绍张弨的《瘗鹤铭辨》，作为学术史，说清楚其论证方法与结论即可。但是江藩却对他的探寻过程兴致盎然，"乘江潮归壑"、"藉落叶而坐"、"仰读"的细节，甚至不乏诗意，与张弨"隐于贾"的身份形成一种张力。这些"过度"的细节与学术没有直接关联，但却是刻画学人性情的关键，可以作为《汉学师承记》之文体杂糅的例证。

关于学人之间的交往，不外乎两种情况：交好或交恶。背后的原因虽然多种多样，但是在《汉学师承记》中，江藩仅仅突出一点，即学术观点的相近或相左。这一部分内容中最值得关注的是江藩本人与传主的交往，当事人记当时事，可谓了解乾嘉学界的第一手资料。如记王鸣盛对自己的称赞："藩十六岁时，著《尔雅正字》，光禄在艮庭先生家见此书，嘱艮庭先生招藩往谒，奖赏不去口。"②记与袁廷梼的交往："藩与寿阶少同里闬，后携家邗上，寿阶馆于康山，踪迹最密，谈论经史，有水乳之合。"③此书的写作目的是为了张大汉学，在记录汉学家之间的惺惺相惜之外，自然也需记录与对手的论争。嘉庆四年，江藩在万松书院当面指责袁枚："今先生以五七言诗争立门户，而门下士皆不通经史，粗知文义者一经盼饰，自命通儒，何补于人心学术哉？"④袁枚虽然反对考据之学，然对江藩的诗歌赞赏有加。江藩指责袁枚，仅是因王昶批评袁枚在前，"不忍背师立异"，可见清儒家法对学人关系的影响。

学人交往本是学术史的重要组成部分，江藩对此多花笔墨无可厚非。虽然略微偏重"交游声气之情"，却正是作为学界一员的江藩对他所亲历的学林往事的客观呈现。然而，在某些篇目中，江藩未能将对传主的感情

---

① （清）江藩：《国朝汉学师承记》，第12页。
② 同上书，第40页。
③ 同上书，第61页。
④ 同上书，第60页。

控制在一个合适的范围内，导致了一种"过度"的感慨。余萧客在世时，曾嘱江藩补全《古经解钩沉》。江藩作此传时，已由当时十七岁的少年进入知命之年，因而感慨说："藩自心丧之后，遭家多故，奔走四方，雨雪载涂，饥寒切体，不能专志壹心从事编辑。今年已五十，忽忽老矣，叹治生之难，蹈不习之罪，有负师训，能不悲哉！"① 江藩年少时"好诋诃古人"，李惇曾从容劝谏。多年以后，江藩为之传，同时感慨说："呜呼！自君谢世之后二十余年，藩坎坷日甚，而情性益戾，不闻规过之言，徒增放诞之行，可悲也夫！"② 此类感慨已与传主学行无关，而是江藩个人的人生感悟的凝聚，对于传记文学无疑是适宜的，但是对于学术史则显得偏离主题。

那么，这种"过度"的感慨由何而来？来自江藩《自序》中所表露的对于科举时代学人命运的关注。关于学人之人生际遇的思考，其实本不属于学术史的范围，但却是江藩编纂此书的动机之一。在总结乾嘉学术的同时，江藩总是抑制不住地追问：为什么学人精于古学，却总是时乖运蹇？江永便是最典型的例子：

> 考永学行乃一代通儒，戴君为作行状，称其学自汉经师康成后罕其俦匹，非溢美之辞。然所著《乡党图考》、《四书典林》，帖括之士窃其唾余，取高第、掇巍科者数百人，而永以明经终老于家，岂传所谓"志与天地拟者其人不祥"欤？③

江永《乡党图考》、《四书典林》泽惠士林，然而却只能为他人做嫁。原因何在？似乎只能用"不祥"来解释：志与天地拟者，自然会招来天地之忌。汪元亮的命运与江永类似："屡上公车不第，以教授生徒自给，从游者多掇科第去，而君以孝廉终命也。"④《汉学师承记》还写了一位有魏晋遗风的学人武亿，"性善哭"：

---

① （清）江藩：《国朝汉学师承记》，第33页。
② 同上书，第111页。
③ 同上书，第78页。
④ 同上书，第101页。

庚子年，阳湖洪亮吉稚存、黄景仁仲则流寓日下，贫不能归，偕饮于天桥酒楼，遇君，招之入席，尽数盏后，忽左右顾盼，哭声大作，楼中饮酒者骇而散去。藩尝叩之曰："何为如此？"曰："予幸叨一第，而稚存、仲则寥落不偶，一动念，不觉涕泣随之矣。"①

武亿之哭，表达了对学人"寥落不偶"的悲慨。然而，上天对学人的迫害不只不得第一事。徐复死后，其妇被其兄"鬻为土豪妾"，自刎而死。江藩论曰："君生不能叨一第之荣，而身罹六极之备，天之困通人若此之酷耶？其兄之所为，天实为之也。"②"六极"出《尚书·洪范》："一曰凶短折，二曰疾，三曰忧，四曰贫，五曰恶，六曰弱。"六极之事，有一即不堪，然学人六极皆备，可谓上天的弃儿——被学术选择，却又被上天遗弃，这就是江藩所展示的学人际遇。

毫无疑问，"学述"是《汉学师承记》的核心内容和主要价值。但是，江藩以传记体述学，便将"学述"纳入"行述"的框架之中。也就是说，江藩为我们呈现的并非理念中的学术，而是学术的实存状态，包括：学术对学人的影响，以及学人对学术的反思。从这个意义上说，《汉学师承记》堪称"儒林正史"，可与《儒林外史》对比阅读。《儒林外史》讨论的同样是学术的实存状态：当儒学异化为纯粹的考试工具，而不再与日常生活实践相关时，儒林是一种什么景象？相比之下，《汉学师承记》思考的问题是：在这样一种环境中，学术如何成为一种生活？吴敬梓关注的是失去信仰之后的士人，而江藩关注的则是继续坚持理想的士人。

江藩是乾嘉学者的一员，同时，《汉学师承记》的原始材料大量取自其他乾嘉学者（如钱大昕、段玉裁、汪中、孙星衍、凌廷堪、阮元等）所作的传状墓表，因此，我们可以将此书看成是乾嘉学者之普遍观念的集中展现，是乾嘉学者对群体命运的自我反思。通过对此书的叙事话语的分析，我们可以进一步了解汉学家的意识形态。我们发现，学术是《汉学师承记》叙事话语的核心，是江藩选择材料、塑造人物的标准。在此书的叙述中，学术决定着学人的降生，决定着学人的性情，决定着学人之间

---

① （清）江藩：《国朝汉学师承记》，第71页。
② 同上书，第118页。

的关系，最终决定着学人的命运。学术是学人的人生轨迹背后的带有神秘色彩的决定力量。学人甚至相信，即使为天所忌、身罹六极，也是学术所致。从这个意义上说，学人本身的时乖运蹇，就有了一种为学术而受难的悲壮意味。

问题在于，学人们在抱怨"天之困通人若此之酷"的时候，实际上有两种预设（或者说期待）：第一，通人并非常人；第二，学术可以致福。可是，这两种预设都无法成立：通人只是常人中的一员，学术与祸福也无必然关系。正因为心存预设，学人才会在期待落空时格外沮丧，所以有意在学术与厄运之间建立联系，用想象中的受难来自我抚慰。这也可以解释《汉学师承记》与江藩的另外一部著作《宋学渊源记》的文体差异。如果说前者的中心是"行述"框架中的"学述"的话，那么后者的中心便仅仅是"行"。在宋学家的理想中，儒学既不是考试工具，也不是纯粹的知识探讨，而是一种日常生活实践。他们秉持箪食瓢饮、颠沛如是的传统，追求人格的自我完善。因此，读《宋学渊源记》会发现，宋学家很少有汉学家那种对命运的焦虑。相比之下，当汉学家坚持把经学作为纯粹的知识来探究，同时拒绝日常生活实践时，很容易落入另一种形式的异化。

《汉学师承记》之所以备受指责，是因为江藩的"门户之见"（汉宋门户、古文今文门户）。实际上，"门户之见"并非对此书影响最大的主体因素。江藩的确想写一部反映"汉世儒林家法之承授，国朝学者经学之渊源"的学术史，但由于他本人即为乾嘉学人的一员，所记又多为自己的师友，因而在撰述时难免会有主观情绪的渗入。《汉学师承记》与其说是清代学术史，不如说是"我所亲历的清代学术史"，或者说是"江藩口述清代学术史"。而江藩对学人命运的"过度"关注，恰恰因为他本人便是终身不第、时乖运蹇的典型。在《汪中传》后，江藩自述云："藩自遭家难后，十口之家无一金之产，迹类浮屠，钵盂求食，睥睨纨袴，儒冠误身，门衰祚薄，养侄为儿，耳热酒酣，长歌当哭。"[①]《汉学师承记》便是江藩的"哭"。如果说武亿之哭是为了他人，那么江藩之哭则是为了包括他本身在内的学人群体。虽然江藩未如司马迁一般在全书的最后增加一篇《太史公自序》，但他实际上已经把个人的经历与情怀融入全书。因

[①] （清）江藩：《国朝汉学师承记》，第115页。

此，我们甚至可以说，《汉学师承记》在正传、附传、又附的一百一十九位学者之外，还隐含着一部"江藩自传"。

江藩的主体视角与身世之悲消解了《汉学师承记》作为纯粹学术史的性质，使之兼有了传记/自传文学色彩。这种文体杂糅不但没有削弱此书的史料价值，反而拓宽了其意义空间：我们不但可以阅读文本，而且可以阅读文本的叙事方式——后者中隐含的意识形态信息，是历史的重要组成部分。

中国古代叙事诗的乐府传统

辛晓娟

中国古代诗歌辉煌的成就中，主体是抒情诗，叙事诗是第二位的。但这并不意味着中国的叙事诗歌没有坚固的、自我完足的、强大的系统。而这种系统并非通常意义上从《诗经》到乐府的一脉相承的一个系统，而是具有《诗经》和乐府两个不同的源头，分别代表了官方与民间的不同体系，互为补充。如果将这两个系统叠加起来看，则可以完整地体现出中国叙事诗的源流。

一 中国古代叙事诗的两大源头：诗经传统与乐府传统

《诗经》中保存了中国大部分的早期叙事诗歌，大致可分为如下几类。其一是《诗经·大雅》中的《生民》、《公刘》、《绵》、《皇矣》、《大明》等诗，叙述周王朝兴起，是史官和乐工根据史实和民间传说进行的再创作。其二如《小雅·十月之交》、《豳风·七月》记叙上至战争、政权更迭下至人民日常生活的片段。其三如《卫风·氓》，叙述某个具体人物的生活与遭遇。其中大部分都能明确看出官方参与。无论是史官对《生民》等重大题材叙事诗的直接创作，还是《国语》中关于"公卿至于列士献诗"[1]的记载，又或"采诗说"、"删诗说"中透露出官方音乐机构对搜集的民歌的整理改造，都能看到这类叙事诗不可忽视的官方的背景。

而《国风》中保留的《氓》等叙事诗作，虽然诞生自民间，但出于

---

[1] 《国语·周语上》"召公谏厉王弭谤"条，上海古籍出版社1978年版，第9页。

儒家传统对"史"的推崇,要求"以诗存史"、"诗心史笔",让原本较为民间、自发的叙事诗的整理与阐发也带上了浓重的官方气质。孔子删诗的说法,也印证了儒家学者根据"诗史"的观念来甄选、改造了原本发生于民间的早期叙事诗。而这一点在《诗经》成为经典后尤为突出。从汉代一直至于清代,文人又以"诗史"的观念去阐释解读这些诗作,因此《诗经》中保留的叙事诗,无论其诞生的初衷如何,在漫长的经典阐释过程中,都以官方的形式对中国诗歌史产生了巨大影响,而不能简单视为民歌。

儒家"诗史"观催生了中国叙事诗歌的官方系统。此系统有如下特色:官方性、题材重大化、纪实性、史学批判性、伦理性和道德力量。对于这一点,前代学者已有了较多研究,故不再赘述。

与诗经不同的是,汉乐府大部分作品都曾在民间长期传唱,且多数未经官方改订、阐释、经典化①,故较多地保留了其原生状态。其直接表现为,乐府中更富于情节性、传奇性的叙事诗的比例远远大于以抒情诗为主的《诗经》。明代徐祯卿《谈艺录》:"乐府往往叙事,故与《诗》殊。"②可见乐府诗与《诗经》重要的区别就在于更强调叙事性。现存汉乐府大概有一百余首,叙事之作竟多达三分之一,实在是一个可观的比例。正因为看到了汉乐府叙事诗的繁荣,班固《汉书·艺文志》中,继"诗言志"之后,提出了"诗缘事"的概念:

> 自孝武立乐府而采歌谣,于是有代赵之讴,秦楚之风,皆感于哀乐,缘事而发,亦可以观风俗,知薄厚云。③

"皆感于哀乐,缘事而发"是乐府诗的重要特点,亦是和《诗经》的重要

---

① 自汉武帝始,统治者设立乐府机构、采集歌谣,"赵、代之讴,秦、楚之风,皆感于哀乐,缘事而发,亦可以观风俗、知薄厚云"(《汉书·艺文志》)。可看出汉乐府亦经历了官方收集整理,并带有"观风俗"的政治目的。但汉乐府由于未如《诗经》一样被经典化,所以基本保留了其在民间流传时的原貌,并且也未经过后世学者的层层阐释解读,基本仍可视为民间作品。

② (明)徐祯卿:《谈艺录》,《学海类编》第58册,上海涵芬楼民国九年(据道光十一年安晁氏木活字排印本)影印,第99页。

③ 《汉书·艺文志》,中华书局1962年版,第1756页。

区别所在。受《诗经》传统影响，班固所缘之"事"，并非简单的事件本身，而是掺杂了"观风俗，知薄厚"的伦理意义。但考察现存的乐府诗作，我们可以看出乐府叙事诗与"诗史"观的不同之处：伦理教化意义并非一开始就存在，也非作者刻意为之。它们诞生的最初目的自然而朴素：作者用传奇的、戏剧性的、虚构的，甚至掺杂了浪漫与神话色彩的情节来吸引听众，给听众讲述一个有"价值"的故事——这才是缘"事"而发的真正意义。而其中体现的伦理和道德意义，并非主题先行、刻意为之，而是随着讲述故事、塑造人物潜移默化地完成的，是诗歌娱乐价值与道德价值的一次自然结合。

汉乐府产生于民间，长于叙事，并不承担记录重大史实的责任，经过民间艺人一代代整理，呈现出与《诗经》迥异的"娱乐化"特质。这体现为汉乐府中人物形象生动毕肖，事件典型猎奇，叙事委婉生动、高潮叠出。汉乐府篇制短小精悍，题材上也不表现重大史实，却重在情节娱乐性。与诗经传统各自代表了早期叙事史诗的一个方面，发展出迥异的特色，成为中国古代叙事诗两大并生的源头。

二 以娱乐性为标志的乐府叙事传统

民间的流传过程，使得娱乐性成为乐府叙事传统区别于诗经传统的最重要方面。钱志熙先生《汉魏乐府音乐与诗》曾指出："乐府艺术从整体上来看，是一种娱乐型的艺术……乐府诗确实很好地反映了汉代的社会生活，并且揭露了汉代存在的一些问题。尤其是从总体看，汉乐府诗表现出汉代社会普遍的伦理观念。但这伦理是通过娱乐功能而取得的。可以说在乐府艺术中，娱乐功能是第一性，伦理功能是第二性，应该说这是乐府诗的一大特色，甚至是带有经典性的特色，为后来的文人拟乐府诗所难以企及。"[1] 与强调伦理价值的"诗史"观不同，汉乐府作品（尤其叙事作品）呈现出强烈的娱乐性，这是由其发生、流传的需求所决定的。

在人类文明发展的早期，各种叙事文学作品要想得到广泛传播，除了记录有价值的历史史实外，更要叙述一件典型的、传奇的、可看的事件。

---

[1] 钱志熙：《汉魏乐府的音乐与诗·乐府歌辞的娱乐功能和伦理价值》，学苑出版社2011年版，第96页。

由于民间流传的传播特质,娱乐性在这些作品中至关重要。不取悦听众便不可能生存,这是一种天然形成的、以文艺作品娱乐价值为核心的选择机制。为了在这一机制中生存,乐府叙事诗作于叙事手法、故事情节、戏剧冲突及人物形象的塑造上均较《诗经》有很大的发展。具体表现为叙事的情节化、传奇化、虚构化,人物和事件的典型化、戏剧化等几方面。

(一) 情节性、戏剧性

长期传唱的流传方式决定其必须有戏剧性的情节才能吸引听众,情节是否精彩、引人入胜在很大程度上决定了乐府作品在当时能否受欢迎,能否广为流传。对于乐府作品的创作者(其中相当一部分为民间艺人)而言,这可能决定了作品的生死,他们自然会在创作上多加注意。故乐府叙事诗的情节性远远强于《诗经》中的一般篇目。

如《陌上桑》中叙述罗敷采桑路旁,其美貌惊艳众人,之后遇到太守调戏,罗敷不卑不亢、从容应对,叙事首尾完全,情节曲折。《孤儿行》中记述父母双亡、被兄嫂虐待的孤儿,在家要从事做饭、喂马、打水、采桑等各种各样的家务,还被驱使收瓜,瓜车行到半路时,孤儿力弱不能控,瓜车反覆。情节十分丰富,甚至还写到瓜车翻覆后,路上行人"助我者少,啖瓜者多"的细节,逼肖如在目前。此外《妇病行》中病妇托孤、《陇西行》中健妇当门户的故事,虽没上述几个曲折,但同样具备完整且有戏剧性的情节。此类作品中最典型的要属叙事长诗《孔雀东南飞》,全诗长达一千七百八十五字,全景式地记叙了刘兰芝与丈夫焦仲卿的爱情悲剧。叙事围绕一个中心,几个主要人物,完整清晰地讲述事件脉络,首尾完整。且情节张弛有度,一波三折。刘兰芝被驱逐,归家后两度有贵公子求婚,刘兰芝再三推辞,但刘兄威逼利诱,刘兰芝被迫答应婚事,婚事定在三日之后。婚礼举行前的傍晚焦仲卿告假归来,与刘兰芝见面。冲突集中,情节起伏,极具戏剧性。

为了强调戏剧性和冲突,乐府中往往带有"设为问答"的方式,即假托主人公之间的对话,以增强情节的戏剧性与冲突感。如古乐府《上山采蘼芜》,在交代"上山采蘼芜,下山逢故夫"的故事背景后,就是几个回合的对答。旧妇问故夫:"新人复何如?"故夫:"新人虽言好,未若故人姝。颜色类相似,手爪不相如。"旧妇"新人从门入,旧人从阁去。"故夫:"新人工织缣,故人工织素;织缣日一匹,织素五丈余。将缣来比素，新人不如故。"

《东门行》中丈夫回家后，见家中"盎中无斗米储，还视架上无悬衣"的惨景，决定铤而走险，"拔剑东门去"。妻子牵着丈夫的衣角劝说："他家但愿富贵，贱妾与君共哺糜。上用沧浪天故，下当用此黄口儿。"而丈夫却果断地拒绝："今非！咄，行！吾去为迟，白发时下难久居。"由于采取了对答体，叙事的矛盾性和戏剧性都大大增强了。

《陌上桑》中罗敷与太守的对答则更为生动：使君："问此谁家姝？"罗敷答："秦氏有好女，自名为罗敷。"使君："罗敷年几何？"罗敷："二十尚未满，十五颇有余。"使君："宁可共载不？"罗敷："使君一何愚！使君自有妇，罗敷自有夫……"每一句都与太守的无礼要求针锋相对，让人物更加鲜明，事件也更生动丰满。

"设为问答"的方式，增加了叙事的生动性、戏剧性。也加强了矛盾冲突，使读者身临其境。这和乐府文学来自民间传唱，听众要求更生动曲折的情节、更戏剧化的矛盾冲突、更鲜明具体的人物形象分不开。

（二）传奇性、虚构性

汉乐府叙事传统与《诗经》传统的另一项重大区别，就是表现出极强的虚构性与传奇性。乐府诞生于民间，其传播方式也以下层艺人口耳相传为主，因此需要适合普通民众为主的阶层的审美情趣，讲述有虚构性、传奇性的情节；塑造理想、动人、传奇性的人物。汉乐府中所讲述的故事以及故事中的人物，绝不能简单地看作现实记录，而应该看作一种小说化的创造。

《孔雀东南飞》中的爱情悲剧，《陌上桑》中太守与美女的言语冲突，《东门行》中男子因家庭窘困铤而走险的社会事件，都让叙事具备了传奇、可看的一面。如果说这种传奇性还在现实的框架之内，是对现实的甄选、再加工，那么将传说、寓言等引入叙事诗歌，就实实在在地给乐府叙事诗加上虚构的色彩，富于浪漫主义。如《孔雀东南飞》结尾处写两家合葬于华山旁，松柏、梧桐枝枝叶叶覆盖相交，鸳鸯在其中双双和鸣。这显然不是实写之景，而是具有浪漫和神话色彩的想象。这种带着神话色彩的"物化"情节，和其他民间传说如梁祝中的"化蝶"、牛郎织女中化为星辰两两相对的典型情节是一致的，反映了源自民间的大众审美期待和道德取向。《战城南》中，已死去的将士与前来啄食尸体的乌鸦对话的情节,也带有明显的虚构性,是典型的浪漫主义表现手法。

人物塑造上亦是如此,《陌上桑》中的美貌无双、口才过人的秦罗敷,《陇西行》中不让须眉的健妇,《东门行》中拔剑而起的丈夫,都具备一定的传奇性,他们不一定真有其人,而是根据当时听众的爱好,在现实基础上遴选、荟萃加工而成。与此同时,这些人物形象也更加鲜明。乐府是传唱的文学,人物形象的传奇性与鲜明性,是由民间文学特有的口头性与通俗性决定的。阅读文学作品的经验告诉我们,一部作品最初引发观众兴趣、带领其进入的通常是故事情节,但能引发持久讨论,并令人产生长久热爱的,往往是故事中的人物。正因塑造了鲜明而传奇的人物,作品才能给听众留下更深刻的印象,具备生命力。另一方面,一部成功作品在广为流传的过程中,又会得到不断加工,使主人公愈来愈具有鲜明的特性,甚至出现了为其量身定做的、富于表现力的对话。上述作品中的秦罗敷、健妇、丈夫,无一不有鲜明的性格特征。《孔雀东南飞》"共一千七百八十五字,古今第一首长诗也。淋淋漓漓,反反复复,杂述十数人口中语,而各肖其声音面目,岂非化工之笔"[1]。焦母的暴虐,焦仲卿的懦弱善良,刘兰芝的外柔内刚,刘兄的贪财慕势都刻画生动,各具面目。

(三) 非主题先行,伦理价值与娱乐价值的自然统一

后世文人对汉乐府诗歌极为推崇,认为其中包含了极高的伦理价值。但汉乐府诗歌中的道德伦理价值,并不如后世文人拟作的乐府诗一样有意为之,而是因为大众接受的娱乐文本中,本身就反映出了当时纯朴健康的道德价值。正如钱志熙先生指出:"乐府诗文本包涵的伦理功能……不是以文本独立地发挥出来,而是借整个娱乐艺术体制发挥出来的。因此,乐府诗的伦理功能是依附于娱乐的。从接受者的角度来说,是在娱乐活动中自然而然进入文本意义系统中,自然而然地得到教益。"

《妇病行》、《孤儿行》、《孔雀东南飞》等叙事名篇中,文本娱乐价值与道德价值高度统一,但这个统一并非刻意为之。乐府诗歌的作者并未有意确立道德主题,主观上也不以记录史实或宣扬教化伦理为目的,乐府文本中呈现出的另后世推崇的伦理道德价值,其实是一种暗合——当时大众对乐府诗文本娱乐性的要求,本身就包含了道德价值的要求。也只有符

---

[1] (清)沈德潜:《古诗源》卷四,中华书局1975年版,第76页。

合大众道德取向的作品,才能真正打动受众。

总之,叙事诗歌由于有完整的情节、传奇的人物,更易被大众接受,也更易改造为说唱、表演等其他艺术形势,它们不是文人案头经典,而是在民间反复传唱表演,是诗歌中最具最鲜活的生命力的一类。这些叙事诗歌诞生的最初目的是自然而朴素的,作者用传奇的、戏剧性的、虚构的情节来吸引听众,满足大众一定的猎奇心态,同时也满足大众的审美(包括道德审美)取向,从而起到娱乐的效果。值得指出的是,这里的娱乐性应该理解为更丰富的层面,不仅包括"喜",也包括悲的方面,如《孤儿行》对身世的悲叹,《战城南》对战争惨状的控诉。汉乐府中的"娱乐性"其实是一种对观众情绪的正向引导,除了让听众得到欢喜愉悦外,让听众的悲伤、愤怒、郁结得以抒发、宣泄也是重要方面。聆听戏剧性情节,欣赏传奇性人物,有浪漫及神话色彩的场景以满足想象力,感受与现实生活不同的奇妙境界,从感受、同情、共鸣到抒发、宣泄自己心中悲喜,这是人类一种原生态的审美本能,是诗歌娱乐性的真正内涵。这种本能的抒发与释放,造成了汉乐府审美上的独特价值。

三 汉魏文人拟乐府:对两大叙事传统融合的一次尝试

汉魏文人本能地感受到了乐府叙事传统的独特魅力,创作出一大批拟作。这些作品从题目、题材、艺术手法上全面模拟汉乐府,选取有传奇性的故事、典型事件,塑造典型人物,丰富了古代叙事诗艺术。

但让人遗憾的是,这些文人一方面惊叹于汉乐府叙事神奇莫测、变幻诡谲,一方面又感到模拟时的力不从心。因为这些拟作者并没有从根本上理解乐府叙事传统的民间性和娱乐性特质,文人案头创作无法还原汉乐府产生的整体背景、流传状态,也就无法真正把握汉乐府以娱乐功用为特质的叙事艺术。而出于对儒家文艺观的服膺,拟作者常常以《诗经》传统的官方性、批判性、主题先行性来指导"拟乐府"创作。可以说,魏晋文人往往用《诗经》叙事传统,去指导模拟乐府叙事传统。最典型的如左延年、傅玄的《秦女休行》。

左作叙述燕王妇女休为宗报仇,杀人于市的故事。全诗语言上明显模仿《陌上桑》:"始出上西门,遥望秦氏庐。秦氏有好女,自名为女休。

休年十四五,为宗行报仇。"① 叙事上情节曲折跌宕,且加入杂言对白,颇具乐府风貌。左延年是黄初乐工,在黄初年间"以新声被宠"②,其地位大致相当于汉武帝时代的李延年。他的创作目的与后世文人拟作有所不同,娱乐多于教化,故最能接近于乐府叙事传统。胡应麟赞之为"叙事真朴,黄初乐府之高者"③。所谓"真朴",一定意义上是指该诗符合了乐府的叙事传统,更为本色真纯。傅玄同名之作则有显著不同。傅作叙述了庞氏烈妇为父母复仇,持白刃杀人于闹市的故事。题材与左作类似,具有相当的传奇性,情节曲折离奇,人物典型鲜明,亦有大量对话穿插其中,甚至还有"肉与土合成泥,洒血溅飞梁"④ 等细节描写,比左作更为生动详细。但两相对照,可以明显看到文人作品与乐工作品的区别:傅玄受诗经叙事传统的影响,伦理道德批判不仅时常现于行文之中,如"一市称烈义"、"百男何当益,不如一女良"等,而且这种价值判断在本诗中显然比情节更具主导意义,是作者用意所在。诗作最终以伦理阐释结束:"夫家同受其祚,子子孙孙咸享其荣。今我作歌咏高风,激扬壮发悲且清。"鲜明地体现出,在《诗经》传统主导的叙事创作中,再精彩的故事也是为伦理价值服务的。

又如阮瑀所作《驾出北郭门行》,记叙了孤儿受后母虐待之事,在题材和写法都明显模拟汉乐府之《孤儿行》。但从结尾处孤儿声泪俱下的控诉:"亲母何可见,泪下声正嘶。弃我于此间,穷厄岂有赀?传告后代人,以此为明规。"⑤ 亦可看出魏晋文人创作诗歌的目的与乐府作者不同,故事性是第二位的,道德批判是第一性的。

在汉魏文人心中,乐府"缘事而发"的初衷被加上了道德含义,似乎"缘事"并不是讲述一个有审美和娱乐价值的故事,自然而然地创作出来,而是心中先有了道德批判,再选取故事表现之。叙事诗作的教化意义仍是第一位的,娱乐性是无关紧要的点缀,这就违背了乐府作品诞生之

---

① 逯钦立辑校:《先秦汉魏晋南北朝诗·魏诗》卷五,中华书局1988年版,第410页。
② 《晋书·音乐志》:"黄初中柴玉、左延年之徒,复以新声被宠。"中华书局1974年版,第679页。
③ (明)胡应麟《诗薮》内编卷一:"左延年《秦女休行》,叙事真朴,黄初乐府之高者。"中华书局上海编辑所1958年版,第16页。
④ 逯钦立辑校:《先秦汉魏晋南北朝诗·晋诗》卷一,第563页。
⑤ 逯钦立辑校:《先秦汉魏晋南北朝诗·魏诗》卷三,第378页。

初的本意。

总之,汉魏文人在拟作乐府的过程中,其实并未意识到"乐府传统"的真正魅力所在,而是以"诗经传统"去指导"乐府传统",因此在这次整合中,并未真正拟作出符合乐府叙事诗审美风貌和创作规律的作品。

四 两晋—初盛唐,乐府叙事传统的相对低谷

随着诗歌逐渐和演唱等表演方式分离、走向对立发展,诗歌技巧也越发走向成熟,诗人们这种原本对发自民间的乐府叙事传统逐渐感到陌生,难以揣度把握,故从拟作走向了独立创作。从正始到南朝,玄言、田园、山水次第主导了一代诗风,乐府叙事传统乃至整个叙事诗都进入了相对低谷的状态,只有鲍照《代东武吟》等零星篇章。

初唐时期的叙事之作大致可以分为两类。一是"咏史",二是自传,都是极为传统的题材。王硅的《咏淮阴侯》、《咏汉高祖》咏汉初风云人物;宋之问的《浣纱篇赠陆上人》咏西施,卢照邻的《咏史四首》分别咏怀汉代四位名人季布、郭泰、郑泰和朱云;其特点都是简略记录历史人物一生行迹,而将大量的篇幅放在描写及议论上。通过对历史人物的批判评价,展现作者的史学观点。相对于中盛唐以后的叙事诗而言,其故事情节并不完整,人物性格亦不算鲜明。另一类是富有自传性质的叙事篇目。如骆宾王的《畴昔篇》、沈佺期的《答魑魅代书寄家人》,篇幅虽长,却整体以抒情议论为主,情节性薄弱。

盛唐时由于国力强盛,诗歌艺术走向繁盛,叙事艺术也得到了发展。除了咏史、自传等传统题材外,一部分盛唐名家将目光转移到对现实主义题材的关注上来,诞生了一批叙事性较强的诗作,如李白的《秦女休行》、《陌上桑》,高适的《秋胡行》,王维的《桃源行》等。

其中以李白《东海有勇妇》最为传奇化,富于民间特质。诗中记述了一位烈女为夫报仇的故事。而和传统的《秦女休行》不同,这位烈女并非寻常女子,而类似于唐传奇中聂隐娘、红线一类的仙侠。不仅贞烈勇敢,而且武艺高强。"学剑越处子,超腾若流星。"复仇场面"十步两躩跃,三呼一交兵。斩首掉国门,蹴踏五藏行",极具画面感和可读性,完全得到了乐府叙事的精髓。但最后的议论却颇为繁琐,占去全诗三分之一篇幅,其中"十子若不肖,不如一女英"等论缺乏新意,和傅玄《秦女

休行》"百男何当益，不如一女良"如出一辙，对全诗艺术性不能不说是一种损害。

还有另一类作品值得关注：诗人通过对一位现实人物的人生经历描述，选取典型事件、塑造典型人物，通过对个体悲剧的书写，映射整个时代的盛衰。如崔颖的《江畔老人愁》。作者以设为问答的形式开篇，叙某位少年邂逅了一位栖身青溪口边的老翁，鬓眉皓白，孤苦衰朽。询问后却发现他家族是陈梁时候的显贵，因隋代战乱而窜身荆棘，战争结束后避居深山以渔樵为生。全诗情节完整，描写生动，虽然结尾处亦有议论，但并非赤裸裸地道德评判，而是基于人物命运悲剧发沧桑兴亡之感，故较为自然。"人生贵贱各有时"，"说罢不觉令人悲"。通过讲述故事、通过塑造可爱可悯的人物，自然彰显作者的道德立场及对时代兴衰的看法。这类作品从真正意义上继承了乐府传统，也对杜甫乃至元白的叙事作品有着深远影响。

整体而言，从六朝到初唐的数百年间，乐府叙事传统甚至说整个叙事传统都处于低谷状态，直到盛唐才有所改观。但在杜甫之前，盛唐诸家对乐府叙事传统的继承并不够全面。或过多地关注于抒情描写，冲淡了叙事的情节性；或主题先行，议论显得冗长且较为生硬。这与中国诗歌尤其文人诗体系中，叙事诗处于从属地位的整体状态密不可分。在诗人心中，诗歌的主要目的是抒情言志，叙事只是辅助手段。再生动的叙事写人，也是为议论、抒情乃至道德批判服务的。这种情况直到杜甫叙事诗中才得以突破。

正如叶梦得《石林诗话》所言："长篇最难。晋魏以前，诗无过十韵者。盖常使人以意逆志，初不以序事倾尽为工。至老杜《述怀》、《北征》诸篇，穷极笔力，如太史公纪、传，此固古今绝唱。"[1]

五 杜甫对乐府叙事传统的继承

杜诗被誉为"诗史"，在叙事方面取得了极高的成就。杜诗中记录重大史实、承载史学批判、彰显道德伦理之美的方面，继承了《诗经》传

---

[1] （宋）叶梦得：《石林诗话》卷上，何文焕辑：《历代诗话》，中华书局1981年版，第411页。

统,其情节性、娱乐化一方面,则来自汉乐府传统。

《兵车行》中大量生动逼肖的细节,《石壕吏》中设为问答的叙事方式,《哀王孙》、《丽人行》中鲜明的人物形象,《义鹘行》如传奇小说般跌宕起伏的情节,《朱凤行》、《沙苑行》、《渼陂行》夸张神奇、浪漫诡谲的情境,无疑都是向乐府叙事传统学习的体现。杜甫还进一步增强了叙事诗歌的情节性、戏剧性、虚构性、传奇性,创作出《兵车行》、《丽人行》、《哀王孙》、《公孙大娘弟子舞剑器行》等叙事名篇。这些辉煌创作成就的取得,除了杜甫有意吸取乐府传统的叙事手法外,更重要的是继承了乐府传统中思想性上的特点:将道德伦理价值通过具体的、可看的、具备情节性与传奇性的事件和人物去呈现——在叙事写人中,自然地展现诗歌的伦理价值。

杜甫叙事诗中固然有很多直接议论之作,但亦有更多优秀的作品(往往是歌行体)是将史实本身以丰富的,富于细节和传奇性的笔调呈现,让伦理判断自然地包含其中,诗人的议论起到的只是画龙点睛的作用。

如《石壕吏》,通篇不见作者论断,而是以典型的情节来表达对统治者征求无度的批判。杜甫投宿石壕村,恰好在一户没有青壮年的人家,只有老翁老妪儿媳及"乳下孙"。这不是巧合,而是作者有意选取典型的人物,暗中已包含了作者的价值取向。夜晚恰好有吏捉人,则选取了典型事件,激发矛盾冲突。这家的男主人"老翁"逾墙而走,只留下老妪出门与吏周旋,矛盾得到充分发展。吏不见老翁,果然大怒,矛盾被推向高潮。老妪不慌不忙,恳切呈辞,言三子从军,两子战死,实已为这场战争家破人亡,余生的姑媳亦衣不蔽体。最后老妪提出可以随吏前往军中做饭,应付差役。到了第二天,老妪果然被带走,诗人只能独自与老翁作别。老妪被抓走从军役,这个情节本身就有不合理处,历代论家亦多有论辩。其实这个情节大可不必落实,很可能有虚构的成分,是杜甫故意强化了矛盾,以表现"一家之中,父子、兄弟、祖孙、姑媳惨酷至此,民不聊生极矣!当时唐祚,亦岌岌乎危哉!"① 全篇皆为叙事,无一句抒情,无一句议论,但诗人的立场判断都在其中。寓自己的美刺褒贬于一个曲折生动的故事,因而不会带来生硬和概念化之感。

---

① (清)仇兆鳌注:《杜诗详注》,中华书局1979年版,第530页。

《哀江头》写马嵬坡之变，亦是用叙事写人来表达道德批判的典范。诗作追述了明皇与杨妃昔日游宴盛况："忆昔霓旌下南苑，苑中万物生颜色。昭阳殿里第一人，同辇随君侍君侧。"并插入了"辇前才人"仰射云中飞鸟的细节，侧面衬托杨妃的形象："辇前才人带弓箭，白马嚼啮黄金勒。翻身向天仰射云，一笑正坠双飞翼。"《杜诗详注》："一笑，指贵妃。下文明眸皓齿，就笑容言。"① 注解精当。一笑是杨妃见"双飞翼"被射落后的一笑，诗人选取典型场景，作人物特写，生动毕肖。而下句突然转为今日惨状："明眸皓齿今何在，血污游魂归不得"，同是笑容，昔日明眸皓齿，今朝血污游魂，对比触目惊心，仿佛今天电影镜头转换，给人深刻印象，具备乐府叙事传统中典型、矛盾强烈的特点。此诗并未对杨妃作出直接判断，旧注所谓"半露半含，若悲若讽"②。这种半露半含的特点，和本诗寓道德判断于叙事写人的做法是分不开的，与《北征》中"不闻夏殷衰，中自诛褒妲"的直接评价自是两种笔法。

夔州时期所作《负薪行》，亦通过塑造鲜明的人物形象、讲述有地方特色的故事，表现伦理判断。"土风坐男使女立，应当门户女出入"通过记述中原人看来颇为奇特的当地风俗，呈现了一个辛勤劳作的妇人的形象。其年纪已半百，两鬓华发，却仍没有找到夫家，只好以负薪买盐维持生计。既写其人"至老双鬟只垂颈，野花山叶银钗并"、"面妆首饰杂啼痕"；也写其事"筋力登危集市门，死生射利兼盐井"。贫女形象贫老既可怜，服饰又带有鲜明的当地特色，而其所操之业对于封建时代的女性而言更属罕见，故非常典型，具备相当的可看性。但这种"可看"，又是可悲的。诗中指出了造成"夔州处女"悲剧的原因："更遭丧乱嫁不售，一生抱恨长咨嗟。"这一句是全诗关键所在。老女不嫁，不是因为"巫山女粗丑"，而是天下丧乱造成的。《杜臆》："至云丧乱嫁不售，更堪流涕。盖男子皆阵亡，无娶妻者。"③ 战争给人民带来的深重灾难，不必多下议论，已呈现在读者眼前。

综上所述，杜甫叙事诗歌中的优秀篇章，既有深刻的道德伦理价值，又有典型曲折的故事情节、鲜明生动的人物形象。而伦理道德判断的实

---

① （清）仇兆鳌注：《杜诗详注》，第330页。
② 同上书，第332页。
③ （明）王嗣奭：《杜臆》，上海古籍出版社1983年版，第244页。

现，不是如魏晋文人拟乐府时生硬地加在结尾处，亦非仅仅给字句附加上褒贬美刺的深意，而是在叙事写人去中呈现。即用典型的事件、鲜明的人物自然而然地体现道德价值，从而让叙事诗的审美性、可读性大大增加，真正实现了"《诗经》传统"与"乐府传统"的结合，诞生了诸多叙事名篇。

六 中唐叙事诗对乐府传统的开拓

杜诗叙事作品对乐府传统的继承与回归，启发了中唐元白等人的叙事诗作。而结合《诗经》乐府两大传统的尝试，发源于魏晋文人拟乐府，发展于杜甫长篇叙事诗，并在元白手中最终定型。

元白等人高举新乐府运动的大旗，推崇风雅比兴传统，提倡诗歌应关怀民瘼，具备现实主义思想性。在创作实践中，元白的确创作了大量真正以关怀民瘼、讽刺时弊为目的的诗歌，如《秦中吟》、《新乐府》中的叙事篇章。但另一方面，他们也沿着杜甫开创的路线，回归乐府传统，强调叙事诗的情节性、传奇性、虚构性，因而进一步加强其娱乐性。元稹《连昌宫词》、白居易的《长恨歌》即此中代表。在这一类诗作中，作者虽大力标榜讽喻，但其伦理价值实际上相当薄弱，能广泛流传主要是依靠诗中体现的娱乐价值。因此，无论作者创作初衷如何，就此类作品本身来看，其娱乐性无疑比思想性更加重要，是更纯粹的继承乐府传统之作。

仅以《哀江头》和《长恨歌》对比为例，两诗同为吟咏杨妃之死，布局及用语上亦有很多相似之处：

杜甫"昭阳殿里第一人，同辇随君侍君侧"，即白居易"承欢侍宴无闲暇，春从春游夜专夜。后宫佳丽三千人，三千宠爱在一身"[①]；杜甫"明眸皓齿今何在？血污游魂归不得"，即白居易"六军不发无奈何，宛转娥眉马前死。花钿委地无人收，翠翘金雀玉搔头"；杜甫"清渭东流剑阁深，去住彼此无消息"，即白居易"蜀江水碧蜀山青，圣主朝朝暮暮情。行宫见月伤心色，夜雨闻铃肠断声"。而杜甫以"黄昏胡骑尘满城，欲往城南望城北"作结，将主题回归到家国大事之上，并未对玄宗与杨

[①] （唐）白居易著，朱金城笺注：《白居易集笺校》卷一二，上海古籍出版社1988年版，第659页。

妃的爱情悲剧做过多吟咏。白居易之作则描画了明皇回宫后对杨妃的思念，以至于以法术招魂等离奇不经的情节，最后归结于"天长地久有时尽，此恨绵绵无绝期"的爱情悲剧，发展了杜甫所继承的乐府传统，更进一步强调了叙事诗歌的娱乐价值。

《杜诗详注》引黄生言："此诗半露半含，若悲若讽。天宝之乱，实杨氏之祸阶，杜公身事明皇，既不可直陈，又不敢曲讳，如此用笔，浅深极为合宜。"指出杜甫此诗尺度拿捏得当，立意在哀婉与讽刺之间，用语较为隽永，不致过于直白。《哀江头》写杨妃容貌，只用了"明眸皓齿"四字，比《丽人行》简洁含蓄，更比《长恨歌》中的描写得体，自然更符合持君臣纲常的封建文人口味。张戒《岁寒堂诗话》赞曰："其辞婉而雅，其意微而有礼，真可谓得诗人之旨。"①

而对于《长恨歌》中杨妃的容貌服饰描写，大部分封建文人都认为失之轻佻。如张戒《岁寒堂诗话》云："其叙杨妃进见专宠行乐事，皆秽亵之语。首云：'汉皇重色思倾国，御宇多年求不得'，后云：'渔阳鼙鼓动地来，惊破《霓裳羽衣曲》'，又云：'君王掩面救不得，回看血泪相和流'，此固无礼之甚。'侍儿扶起娇无力，始是新承恩泽时'，此下云云，殆可掩耳也。"②宋魏泰《临汉隐居诗话》云："白居易曰：'六军不发争奈何，宛转娥眉马前死。'此乃歌咏禄山能使官军皆叛，逼迫明皇，明皇不得已而诛杨妃也。噫！岂特不晓文章体裁，而造语蠢拙，抑已失臣下事君之礼矣。"③张祖廉《定盦先生年谱外纪》："先生谓《长恨歌》'回头一笑百媚生'，乃形容勾栏妓女之词，岂贵妃风度耶？白居易直千古恶诗之祖。"④

由此可以看出，虽然白居易宣称《长恨歌》有讽喻时弊的作用，其道德力量实际上是很薄弱的，就史学批判价值而言，远逊于《哀江头》。此诗得以成为"自篇章以来，未有流传如是之广者"⑤的名篇，知名度不

---

① （宋）张戒：《岁寒堂诗话》卷上，丁福保辑：《历代诗话续编》，中华书局2006年版，第457页。

② 同上书，第458页。

③ （宋）魏泰：《临汉隐居诗话》，何文焕：《历代诗话》，第324页。

④ （清）张祖廉：《定盦先生年谱外纪》，收入《龚自珍全集》，上海人民出版社1975年版，第632页。

⑤ （唐）元稹：《白氏长庆集序》，《元稹集》卷五一，中华书局1982年版，第555页。

仅超过了《哀江头》，甚至影响海外，主要还是其娱乐价值在起作用。

《长恨歌》相对于《哀江头》而言，更强化其叙事性、情节性、传奇性，呈现出传奇小说般的色彩。正如陈寅恪《〈长恨歌〉笺证》一文中所言："白居易与陈鸿撰长恨歌及传于元和时……陈氏之长恨歌传与白氏之长恨歌非通常序文与本诗之关系，而为一不可分离之共同机构。"① 可以说，《哀江头》是正史版的《长恨歌》，而《长恨歌》是小说化的《哀江头》。

总而言之，杜诗立意更正，最后归于家国之恨，更有"诗史"的价值；而白居易情节曲折，极力刻画，细节生动，颇具传奇性和娱乐色彩。《哀江头》归根到底，还是主题先行的。而《长恨歌》中表现的所谓美刺褒贬，其实建立在提供一个美好故事的基础上。这种美刺褒贬不是刻意给予的，而是暗合的。这和汉代乐府的伦理之美一脉相承。可以说，杜甫在歌行体中将汉乐府情节化、传奇性的色彩加以发挥，但对于汉乐府中"娱乐化"的学习还只是浅尝辄止。真正将杜甫的这一尝试推到更远的是白居易。

中唐时期其他叙事歌行中也明显地呈现出传奇化的特质。如韦庄《秦妇吟》② 写黄巢起义时攻占长安，主人公"秦妇"被义军掠走，辗转多年最终逃出生天的故事。叙事一波三折，极具可看性。长安城破时，上至王侯公卿下至平民百姓，都遭到了无情的屠杀，而秦妇幸运地"全刀锯"，在军中度过三年不堪回首的日子后，趁乱逃出长安，奔往洛阳，九死一生。好不容易逃到洛阳，却又见四周也已化为赤地，盗匪横行。正值走投无路，她又幸运地遇到了金陵客的指点，继续向南逃亡。经历不可谓不传奇。叶圣陶在给俞平伯的书信中，就曾提到诗中的虚构性："重读《秦妇吟》，意谓韦庄此作实为小说，未必真有此一妇。东西南北四邻之列举，金天之无语，野老之泣诉，以及兄所感觉'仿佛只她一个人在那边晃晃悠悠的走着，走着'是皆小说方法。"③ 其实，无论史上是否真有

---

① 陈寅恪：《陈寅恪集·元白诗笺证稿》，生活·读书·新知三联书店 2000 年版，第 4—5 页。
② 此诗不见于韦庄《浣花集》，《全唐诗》亦不收录，敦煌写本发现时得以重见天日。有天复五年张龟、贞明五年安友盛写本等，异文较多。本文采用张龟写、陈寅恪校笺本。陈寅恪：《韦庄秦妇吟校笺》，《陈寅恪集·寒柳堂集》，第 122 页。
③ 俞平伯：《读陈寅恪〈秦妇吟校笺〉》，《文史》第 13 辑，1982 年。

"秦妇"其人,主人公形象之典型,遭遇之离奇曲折,都明显经过了作者的艺术加工,是战乱之中人民苦难遭遇的一次汇总,呈现出传奇小说的特质。又如元稹、白居易同题所作叙事歌行《缚戎人》。两诗都讲述了一位被俘虏、流放的戎人的故事。他本是汉人,早年被戎人俘虏。这些年来不忘汉节,时刻怀念祖国。终于逃回汉地边境时,却又被官军当作戎人俘虏。这个题材在当时可能有一定的事实依据,因其传奇性而得到了两位诗人的重视,同题吟咏。相对于元稹的顺序叙事而言,白居易之作叙事上更加充分多变。白作以一群流放南诏的戎人作为开场,他们经过江水时回忆起了家乡河流,涕泪纵横。其中一位对其他俘虏说,你们的苦难都不如我深沉。随即讲述其不幸遭遇。被吐蕃俘虏后,此人心怀祖国,不顾自己在吐蕃的妻子家室,冒死逃归,却又被汉人当作吐蕃人俘虏流放。全诗充分运用了倒叙、插叙等手法,富于变化,留有悬念。虽然白居易在标题上标明了此诗的意义"达穷民之情也",但这种伦理道德并非生硬地添加,而是在讲述一个可看、曲折故事的基础上去发挥的,正与汉乐府叙事传统正一脉相承。

除了在现实基础上加工外,亦有一部分叙事歌行纯粹出于虚构。如元稹的代表作《连昌宫词》。根据陈寅恪《元白诗笺证稿》第三章《连昌宫词》中的考证,"《连昌宫词》非作者经过其地之作,而为依题悬拟之作"①。考察元稹当年行程,并未真正路过连昌宫。此诗篇首讲述作者路遇年老宫人向自己讲述宫中当年盛况的情节,纯粹出于虚拟。陈寅恪进一步考证,唐明皇与杨贵妃生前也未曾临幸此地。可见《连昌宫词》中:"上皇正在望仙楼,太真同凭阑干立"、"力士传呼觅念奴,念奴潜伴诸郎宿"等细节描写都是想象。故陈寅恪认为:"元微之《连昌宫词》实深受白乐天陈鸿《长恨歌》及《传》之影响,合并融化唐代小说之史才诗笔议论为一体而成。"② 同样的还有《琵琶行》的故事情节。洪迈《容斋随笔》云:"白乐天《琵琶行》一篇,读者但羡其风致,敬其词章,至形于乐府,咏歌之不足,遂以谓真为长安故娼所作。予窃疑之。唐世法网虽于此为宽,然乐天尝居禁密,且谪官未久,必不肯乘夜入独处妇人舟中,相从饮酒,至于极弹丝之乐,中夕方去。岂不虞商人者它日议其后乎?乐天

---

① 陈寅恪:《陈寅恪集·元白诗笺证稿》,第74页。
② 同上书,第65页。

之意，直欲摅写天涯沦落之恨尔。"① 指出其情节有虚构性的一面。

此外如白居易的《古冢狐》写妖狐魅人的故事，元稹《出门行》写少年龙宫盗宝的故事，涉及鬼灵精怪，离奇玄虚，更是充分体现了传奇化、虚构化的特色。这些特点除了中唐时期诗歌受与传奇小说的交互影响之外，也是对汉乐府叙事传统的继承。

从汉乐府到杜甫叙事歌行，直到中唐长篇叙事诗，可以看作是一条完整的链条。诗歌中的情节性、虚构性、传奇性渐渐增加，篇幅增长，细节更为完善，叙事手法更加多样。最终形成《秦妇吟》、《长恨歌》等歌行长篇。它们真正做到了"缘事而发"——以曲折生动的情节、典型鲜明的人物来承载道德判断，强调故事本身的可看性，而非主题先行。

综上所述，在中国古代叙事诗歌中，诗经传统和乐府传统是相互影响但又互相区别的两个部分。古代文人出于对《诗经》的尊崇，将诗经传统视为主流，但又感性地意识到了汉乐府的价值，希望将两者建立脉络的联系。从魏晋拟乐府到初盛唐，诸多文人为此进行了不懈的努力，但更多的是以诗经传统去指导乐府传统，以伦理价值去掩盖叙事作品的娱乐特质，因而未能真正掌握乐府叙事传统的妙处，直到杜甫的出现。老杜携集大成而开千流的不世之才，吸取了魏晋人拟乐府的得失，在叙事上向被忽视的乐府叙事传统回归，从而创作出一批写人叙事与伦理价值完美融合的杰作，是诗经传统与乐府传统的一次结合。白居易等中唐诗人则沿着杜甫回归乐府叙事传统回归的进一步探索，创作出《长恨歌》等叙事名篇，无形中进一步强化了叙事诗作的娱乐功用，标志着乐府传统的彻底复兴。

从魏晋文人拟作，到杜甫叙事歌行，再到元白作品，都是乐府叙事传统上不可或缺的环节，并对唐以后的叙事诗产生了深远影响。强调诗歌娱乐功用的乐府传统与强调伦理价值的诗经传统互为补充，共同构成了中国古代叙事诗的完整源流。

（原载《云南大学学报》2014 年第 1 期）

---

① （宋）洪迈：《容斋随笔·五笔》卷七"琵琶行海棠"诗条，中华书局 2005 年版，第 92 页。

杜甫与高适蜀中关系新论

辛晓娟

老杜一生漂泊，不事稼穑，所到之处多半是投奔朋友，寻求政治上的庇护以及经济上的周济，遭遇到的尴尬不快很多。其中有时是真正的所托非人，比如同谷县所谓"佳主人"，曾主动"来书"，舌灿莲花邀请杜甫前去卜居①，但去了之后却避而不见，让杜甫举家落到男呻女吟的悲惨境地。有时候是造化弄人，刚刚找到靠山，去投奔时则已离任或去世。如杜甫暮年去衡阳投奔中丞韦之晋，刚到不久韦即被调离，很快又卒于潭州。有时候却是对方一开始给予了热情的接待和帮助，最后却也落得交情淡薄的下场。最后一种情况，便不能说只是世态炎凉使然，也有老杜待人处事上不通情理的因素。仅以杜甫与蜀中诸友交游为例。

乾元元年（758），杜甫因受房琯案牵连被出为华州参军，第二年辞官而去，短暂客居秦州后，翻越艰险蜀道，来到了成都。初到不久，杜甫就决定卜居筑宅，修建千年闻名的杜甫草堂。这个过程得到了一些亲朋好友物资上的帮助。除了资金外，大到草木植物，小到日用器具，都要靠朋友馈赠。这些都被杜甫当日的赠诗记录下来：《萧八明府实处觅桃栽》：要桃树一百棵；《从韦二明府续处觅绵竹》：要绵竹数丛；《凭何十一少府觅桤木栽》：要桤木十亩；《凭韦少府班觅松树子栽》，要松树苗；《诣徐卿觅果栽》，要果树；《又于韦处乞大邑瓷碗》，要家具杂物。从这些花木器具名单里，可以看出草堂规模不小，且在众人帮忙下，内外巨细，都建得有模有样。《杜诗详注》引陶开虞语："子美……初营成都草堂，有裴、

---

① 见杜甫《积草岭（同谷县界）》："卜居尚百里，休驾投诸彦。邑有佳主人，情如已会面。来书语绝妙，远客惊深眷。食蕨不愿余，茅茨眼中见。"

严二中丞,高使君为之主;有徐卿,萧、何、韦三明府为之圃;有王录事、王十五司马为之营修。大官遗骑,亲朋展力,客居正复不寂寥也。"①能有这样"大官遗骑,亲朋展力"的待遇,恐怕并非偶然。营建草堂很可能得到了某位"主人"的大力支持。陶注所谓"有裴、严二中丞,高使君为之主",即点名杜甫蜀中"主人"为裴冕、严武、高适。就实际情况来看,杜甫一家在同谷时还无人问津,沦落到家徒四壁的凄惨地步。初到蜀地,营建草堂竟得到这么多官员名士资助,如果没有"主人"的倡导推动是很难的。而《王录事许修草堂资不到聊小诘》记载,"王录事"许诺修缮朝堂的经费,一时没到位,老杜立即遣书去催,且说得极为直白,"为嗔王录事,不寄草堂赀"。若不是早有上司打过招呼,未免于人情上显得有些唐突。

总之,由于初入蜀地得到裴冕为首,包括高适在内的"主人"之照料,草堂的营建还算顺利,杜甫的心情也比较愉快。

而到了这一年的八月,杜甫的情绪有了变化,在《百忧集行》一诗中,对"主人"颇有微词:

> 忆年十五心尚孩,健如黄犊走复来。庭前八月梨枣熟,一日上树能千回。即今倏忽已五十,坐卧只多少行立。强将笑语供主人,悲见生涯百忧集。入门依旧四壁空,老妻睹我颜色同。痴儿不知父子礼,叫怒索饭啼门东。

"强将笑语供主人"似乎说明,杜甫与"主人"相处并不融洽。人前强颜欢笑,并非出自本心,人后"入门依旧四壁空",生计困窘,可见主人的照应亦不如一开始周到。当时裴冕已离任,这里的"主人"又到底指那位或哪几位官员呢?

《杜诗详注》引黄鹤注:"公于乾元二年(759)十二月至成都,是时裴冕为尹。上元元年(760)三月,以京兆尹李若幽尹成都……二年三月,以崔光远尹成都,与高适共讨段子璋。时花惊定大掠东蜀,天子怒,以高适代光远。是年十一月,光远卒。十二月,除严武成都尹。则适代光远在成都,才一二月耳。意止是摄尹也。公素与适善,岂强供笑语者。主

---

① (清)仇兆鳌:《杜诗详注》,中华书局1979年版,第730页。

人当指光远。史云光远无学任气，宜与公不相合也。"① 黄鹤这番考订的主要的目是说，《百忧集行》中的主人主要指崔光远、李若幽之辈，而将高适从"主人"中去除，特意提出"公素与适善，岂强供笑语者"，可谓用心良苦。诚然，高适与杜甫结交于布衣之时，向为知交，于杜甫来蜀后也多有照料，两人篇什往来很多。高适还两次邀杜甫去所在蜀州相聚。若杜甫将高适也放在"主人"之列，看上去于情不通。而两人唱和中流露的那些知己情谊甚为感人，若被老杜说成是"强将笑语"而供之，未免让人感到惶惑。

《读杜心解》浦起龙辩说："黄鹤多方考核，谓主人是成都尹李若幽、崔光远辈。愚案：公在成都，与李、崔会无往还之文，何得强派？且此诗是总慨入蜀以来落寞之况。居草堂席不及暖，之蜀州，之新津，之青城，又尝简彭州高适，唐兴王潜，凡所待命，皆主人也。凡面谈简寄，皆笑语也。奚沾沾胶柱为。"② 认为高适也在主人之中。此说有一定的道理，崔光远、李若幽与杜甫向来没有交往的迹象，"笑语"无从谈起，不能为了把高适摘出，就强行把"主人"的头衔摊派到这两个人身上。此诗中的主人，必当指与杜甫有过交际者（甚至还有过篇什往来）才能说得上"强将笑语供主人"。根据诸官镇蜀的次序，以及与老杜交游情况，应不是单指某一人，而是指曾有交际的官员，即裴冕、高适等人。

裴冕是成都尹，剑南西川节度使，冀国公，名副其实的封疆大吏，很可能也是杜甫来成都投奔的对象。刚入蜀地时，杜甫就写了《鹿头山》诗，诗云："……仗钺非老臣，宣风岂专达。冀公柱石姿，论道邦国活。斯人亦何幸，公镇逾岁月。"夸赞奉承之意溢于言表。集中正式赠予裴冕的诗作不多，《鹿头山》纯粹是投简问路，为封疆大吏粉饰溢美，多有言不由衷处。可看作是"笑语供主人"的注脚。直到《百忧集行》中，才省去了"笑语"，说了真话。与裴冕不同，杜甫与高适为布衣之交。杜甫游食长安时，就曾赠高适诗歌《送高三十五书十五韵记》："十年出幕府，自可持旌麾。"对高适颇为期许，最后高适也果然不负所望，十年左右已做到了持旌麾的节度使。乾元二年（759），老杜因生计艰难离开同谷，翻越艰难蜀道，投奔成都，固然是得到了当时剑南西川节度使裴冕的收

---

① （清）仇兆鳌：《杜诗详注》，第842页。
② （清）浦起龙：《读杜心解》，中华书局1961年版，第272页。

留，高适在蜀中任彭州刺史可能也是一个辅助原因。杜甫一到成都，高适即寄诗问讯，涉及衣食行止各个方面，颇为细心；杜甫答诗也情谊深重。但草堂营建后不就，《百忧集行》中就出现了"强将笑语供主人"等句。怨怼颇深，若被诗中"主人"看到，未免心生罅隙。如果此处仅是指裴冕，裴冕已离职，倒还说得过去。但高适依旧在蜀中，且新任成都尹才两个月。就算杜甫本意只是通称成都地方的高官大吏，并非特指高适，但如果被高适看到，也是难免尴尬。《杜诗镜铨》说此诗："聊以泄愤，不嫌径直。"[1] 将自己对主人的不满，入蜀后生计的艰难写得明明白白。如果说《百忧集行》还只是措辞不够严谨，牵连高适的话，那么广德元年（763）阆州所作的《严氏溪放歌行》就说得更加直白：

> 天下甲马未尽销，岂免沟壑常漂漂。剑南岁月不可度，边头公卿仍独骄。费心姑息是一役，肥肉大酒徒相要。呜呼古人已粪土，独觉志士甘渔樵。况我飘转无定所，终日戚戚忍羁旅。秋宿霜溪素月高，喜得与子长夜语。东游西还力实倦，从此将身更何许。知子松根长茯苓，迟暮有意来同煮。

此诗遣词激愤，于杜集中并不多见。前文提过，草堂营建得颇有规模，看得出杜甫有长居于此的打算。短短几年的时间，情况竟已经变化到"剑南岁月不可度"的地步。平心而论，综观杜甫一生，蜀中岁月都是他漂泊西南几年中最为安稳的。哪怕遇徐知道乱蜀，道路不通，困居梓州的日子，杜甫也得到了当时东川留后章彝的照应。生活上没有大问题，相对于同谷时期举家"拾橡栗"的惨状，不可同日而语。说"剑南岁月不可度"未免夸张。这一点杜甫自己给出了解答。他当时最大的痛苦并不是物资上的，他亦没有否认得到的"照顾"：公卿们肥肉大酒"相邀"、"费心姑息"自己。但这一切在杜甫眼中都是徒劳而伪善的。真正礼贤下士的古人已成粪土，让志士们只好甘心隐没在渔樵之间。从"边头"到"渔樵"几句透露出，杜甫所谓"不可度"，是指公卿不能真正的任用自己，只有虚伪徒劳的酒肉之交。而"独骄"则是指公卿不能听取自己的意见。

"边头公卿"旧注多指章彝。而考察杜甫写下此诗的背景，不难发现

---

[1] （清）杨伦：《杜诗镜铨》，上海古籍出版社1998年版，第366页。

章彝之说不确。章彝是梓州刺史，严武回京后作为东川节度使留后（代理长官），说是公卿还比较勉强。何况他当时并没有参与边战，其名声不佳，就非要扣在他头上，和之前指派"强将笑语供主人"的主人是李若幽之辈如出一辙。《杜诗镜铨》注此诗说："偶然率笔，愤边镇之不好士，而欲与逸人携隐也。"① 提到一点：这个公卿应是镇边御寇之人。而这一时期谁最有镇边御寇的资格？最大可能就是高适。所谓"剑南岁月不可度，边头公卿仍独骄。费心姑息是一役，肥肉大酒徒相要"，很可能便是在发泄对高适的不满：只对其有经济上的照顾，却无法采纳其言。以杜甫与高适之谊，说到如此尖刻地步，似乎有点让人惊讶，所以旧注才多言"公卿"指章彝云云，试图将高适摘出。其实，若察当时史实，可知此诗事出有因。杜甫之所以写下这样的泄愤之词，和这一年发生的历史事件密切相关。

这一年吐蕃犯蜀，高适接任西川节度使，成为蜀地最高军政长官，统兵与吐蕃决战。由于准备仓促，导致战事不利，失去了松州等地。按照老杜《为阆州王使君进论巴蜀安危表》的说法，成都当时已危在旦夕。而这一切，在杜甫看来，和高适不重视"三城戍"有直接的关系。杜甫一向有议论时政的爱好，按照他和高适的关系，很可能曾经向高适进言，表达要增强三城防御以及其他一系列不同的见解，但却没有被高适采用，最终导致了松州失守、成都陷入危险的严重后果。这让杜甫感到异常苦恼，所以写下了"边头公卿仍独骄"之语。回想到高适自入蜀以来对他多有经济上的照顾，杜甫此刻可能更为郁闷。正因为他一向视高适为知交朋友，却在关系国计民生的大事上和他有了重大分歧，这让老杜忧虑、失望、愤怒之情无法言表，最终对曾经有美好记忆的"剑南岁月"给予了一概否定，并认为当时的"肥肉大酒"的邀请，"费心姑息"的照顾都是徒劳的。

高适上任之初，杜甫亦曾寄予厚望。当时吐蕃犯边，蜀地危机，杜甫故作《警急》②一诗，题目下有自注：时高公适领西川节度，明确是赠给高适之作，诗云：

---

① （清）杨伦：《杜诗镜铨》，第468页。
② 仇兆鳌《杜诗详注》：唐代宗广德元年（763）秋末，杜甫在阆州作有《警急》、《王命》、《征夫》、《西山》四诗。第1043页。

>才名旧楚将，妙略拥兵机。玉垒虽传檄，松州会解围。和亲知拙计，公主漫无归。青海今谁得，西戎实饱飞。

大意是说有，高适这样雄才妙略的名将，松州很快就会解围。《杜诗镜铨》引蔡梦弼注："按史代宗即位，吐蕃陷陇右，渐逼京师，适练兵于蜀，临吐蕃南境以牵制之，师出无功，寻失松维等州。"① 高适上任之初，杜甫曾真诚地希望他能发挥才能，为国家解围，可后来的事实并不如杜甫所想。松州旋即陷落，丧师失地，成都也处于危险之中。此刻杜甫对高适颇为失望，作了《王命》、《征夫》、《西山》诸诗以表达不满，并思念严武。

对于这一组诗，仇兆鳌《杜诗详注》、杨伦《杜诗镜铨》俱引用明人杨守陈观点："此下三章，皆为高适作，讥其不能御房也。首冠以才名楚将，妙略兵机，而下皆败北之事，则讥略概可见矣。"② 因后三章写到高适不能御房，连首章的颂扬也成了讥刺，未免求之太过。高适的确称得上名将，又是杜甫故人，任职之初，杜甫有所期望也是常情。"才名旧楚将，妙略拥兵机"的赞誉应是发自真诚。而后三章写于丧师失地之后，其中的批评、失望也是真实的，这才符合老杜一贯正直不阿、公私分明的个性。

《警急》若是寄望，《王命》、《征夫》、《西山》则是批判无疑。松州被围后不久，高适师出无功，"遂亡松、维二州及云山城"③，杜甫的寄望也变成了失望，转而思念起故人严武：

>汉北豺狼满，巴西道路难。血埋诸将甲，骨断使臣鞍。牢落新烧栈，苍茫旧筑坛。深怀喻蜀意，愉哭望王官。（《王命》）

《杜诗详注》："题曰王命，望王朝之命将也。上六叙时事，下二想安边。西戎入寇，和战无功，故诸将之血埋入于甲中，使臣之骨几断于鞍上。今栈阁已烧，而始用旧人，亦已晚矣。此时安得诏书谕蜀以退寇兵乎，故人

---

① （清）杨伦：《杜诗镜铨》，第471页；（清）仇兆鳌：《杜诗详注》，第1044页。
② 同上。
③ 《旧唐书·高适传》，中华书局1975年版，第4681页。

皆恸哭而望王官之至也。"① 王命，就是朝廷真正的命将，言下之意，高适并非可担当王命者。"筑坛"用汉成帝典故，思旧将的意思很明白。《杜诗详注》引钱谦益笺"筑坛"："旧注以为指郭子仪，余谓指严武也，武入朝，而吐蕃陷河西、陇右，又围松州。蜀人思得武以代适也。"又引朱注："王官当指严武，吐蕃围松州，高适不能制，故蜀人思得武以代之。"都说出了事情的本质。

《征夫》意义基本接近，同样是不满高适，思念严武："十室几人在，千山空自多。路衢唯见哭，城市不闻歌。漂梗无安地，衔枚有荷戈。官军未通蜀，吾道竟如何。"《杜诗详注》引卢注："官军未通蜀，仍望严武也。"指出了这组诗是因为高适兵败，杜甫深感失望，遂思念严武代之而作。后人有辩解说不能御虏，历代剑南节度使皆如此，不宜怪在高适一个人身上。诚然如此，中唐以后，对吐蕃战事往往不利。但杜甫对友人高适正可谓望之深责之切，何况两人在"三城戍"的问题上，的确有严重分歧。

三城，是指陷落的松州以及保州、维州。高适稍早曾上《西山三城置戍论》：言平戎以西数城"邈在穷山之巅，垂于险绝之末，运粮于束马之路，坐甲于无人之乡"②，认为松州等三城没有人居住，亦没有战略意义。驻兵防守，物资运送艰难，所以奏请朝廷减少三城的戍兵。

杜甫《西山三首》亦提到此事：

> 夷界荒山顶，蕃州积雪边。筑城依白帝，转粟上青天。蜀将分旗鼓，羌兵助恺挺。西南背和好，杀气日相缠。

"筑城依白帝，转粟上青天。"和高适疏中"穷山之巅，蹊隧险绝，运粮于束马之路，坐甲于无人之乡"可参看，都写出了三城地势险要，守备不易。《杜臆》：因此说"筑城、转粟，见谋国者之失算。高适谏之不听，则有分其过者矣"③。看到了杜甫有责怪高适"有分其过"的意思，但高适之"过"并不是因为"谏之不听"。老杜也做过谏官，并因谏言救房琯

---

① （清）仇兆鳌：《杜诗详注》，第 1044 页。
② （唐）高适著，刘开扬注：《高适诗集编年笺注》，中华书局 1981 年版，第 399 页。
③ 为《杜诗详注》引《杜臆》语，不见于今本《杜臆》。《杜诗详注》，第 1046 页。

葬送一生前程，应该很明白"谏之不听"是很正常的，也不至于以此责备高适。高适之过，恰恰不是上《请减三城戍兵疏》而谋国者不听，而是因为老杜认为此疏中的观点是错误的。

"筑城依白帝，转粟上青天"的描写，说明杜甫认同三城地势险要，戍守补给极为艰难。但并不能因此认为杜甫对于三城的态度和高适是一致的，相反，他恰恰认为，应该加强三城的防御：

> 辛苦三城戍，长防万里秋。烟尘侵火井，雨雪闭松州。风动将军幕，天寒使者裘。漫山贼营垒，回首得无忧？（其二）

"防秋"是专用语，游牧民族多在秋季南下犯边，防秋即为防寇之意。高适有诗："青海只今将饮马，黄河不用更防秋。"（《九曲词》）杜甫亦有诗"雪岭防秋急，绳桥战胜迟"（《对雨》）。从"辛苦三城戍，长防万里秋"一句中可以看出，杜甫虽然认同三城防御的辛苦，但也指出"长防万里秋"说明其战略意义极为重要。

这层意思说得更具体的要属之后作于严武幕府中的《东西两川说》："分汉劲卒助之，不足扑灭，是吐蕃冯陵，本自足支也，量西山、邛、雅兵马卒叛援形胜明矣。顷三城失守，罪在职司，非兵之过也，粮不足故也。"[①] 说明三城的确是形胜之险，足以依仗，如果肯加强兵力，本来可以支撑的。但不到顷刻就已失守，并非战士的职责，而是粮草不足，决策者失职。当时高适是节度使，地区最高军政长官，又曾上书减少戍守三城的兵力，那么这句"顷三城失守，罪在职司"的指向就非常明显了：

> 子弟犹深入，关城未解围。蚕崖铁马瘦，灌口米船稀。辩士安边策，元戎决胜威。今朝乌鹊喜，欲报凯歌归。（其三）

这一首讽刺之意尤甚，"子弟犹深入，关城未解围"的情况下，辩士、元戎还在空奏凯歌。颇有高适《燕歌行》"战士军前半生死，美人帐下犹歌舞"之意。不好说"元戎"一定是指高适，可能是高适旗下的将领。但高适作为当时西川节度使，最高长官，这次倒真当得上"有份其过"。

---

① （清）仇兆鳌：《杜诗详注》，第2210页。

此诗可能是杜甫一时情绪的激烈化反应，并不能代表他平时的判断。《杜诗镜铨》说此诗"偶然率笔"便是此谓。我们不能因为这首诗，就认为杜甫对自己与高适的友情一笔抹杀。反而，望之深责之切，正是由于多年知交，互许知心，却在老杜最为关注的国家大事上有了这样的分歧，才会出此激愤之语。

稍后，杜甫作了一篇《为阆州王使君进论巴蜀安危表》① 奏献皇帝，专论巴蜀战事安危。先说蜀地土地膏腴，物产丰富，"足以供王命也"。而近来有贼臣恶子作乱。巴蜀之人被劳役所扰，却不敢怨嗟。"吐蕃今下松、维等州，成都已不安矣。杨琳师再胁普合，禺禺两川，不得相救，百姓骚动，未知所裁。"即说高适丢失松州之过，又言其决策无能，导致百姓不知所从。解决办法，需立即选派亲贤镇首蜀中，否则"臣窃恐蛮夷得恣屠割耳"。

杜甫为肃宗出了几点建议。最上之策是让亲王封番国镇守。"必以亲王委之节钺，此古之维城磐石之计明矣，陛下何疑哉？"杨伦在此句下有按语："与房琯所建正同。"不仅要封番，并且要如汉代时诸侯国一样，打造一个辅弼的大臣班子。"在近择亲贤，加以醇厚明哲之老，为之师傅，则万无覆败之迹，又何疑焉？"所谓"醇厚明哲之老，为之师傅"不能说没有自荐的成分。这里似能看出杜甫对自己的仕途并未死心。可当年房琯一党触怒肃宗的，就是所谓分封制度。杜甫其因参与此议而获罪，却一直未能醒悟。在暮年时再度上疏，还一再强调："愚臣特望以亲王总戎者，意在根固流长，国家万代之利也，敢轻易而言？"又哪里有被采纳的道理？

若上策不行，中策则是"付重臣旧德，智略经久，举事允惬，不陨获于苍黄之际，临危制变之明者，观其树勋庸於当时，扶泥涂于已坠，整顿理体，竭露臣节，必见方面小康也"。要求选派有旧德的重臣，行事恰当，宿有谋略，能临危制变，不仓皇行事者，来镇守蜀中，才能扶大厦于将倾，带来小康的局面。言下之意即说目前的节度使高适仓促出战，智略有亏，不能临危制变。

除了对高适外，文中也表现了对章彝的不满。严武走后东川节度使虚悬，章彝作为留后代理东川事宜。杜甫提出"应须遣朝廷任使旧人，授

---

① （清）仇兆鳌：《杜诗详注》，第2193页。

之使节，留后之寄，绵历岁时，非所以塞众望也"。据史载章彝"所为多不法，而待杜特厚"①。闻一多亦考证，杜甫出蜀"行旅所资，于章留后之助居多"②。杜甫而上疏中却说章彝"非所以塞众望"，要及时派"旧人"代替，亦是其秉公直言，不徇私情之证。杜甫上疏中还有并东西传节度为一道的建议，总体而言，此表所谓中策就是让严武代替高适及章彝，总领蜀中军政。

这时我们再回头看《严氏溪放歌行》中的"公卿"，主要指高适，或许也兼及章彝。无论是指高适还是章彝，待杜甫都颇为不薄，但杜甫却说"剑南岁月不可度"，倒不是天性凉薄，而是对于自己不得其用的不满。杜甫对自己的政治生涯还未死心，帝王师做不成了，退而求其次，便想着在封番之国做藩王的"师傅"，当然对于"肥酒大肉徒相邀"，只给予经济帮助的公卿们都有所不满。加上政见不合，在《王命》、《征夫》、《西山》诸诗中有所讽刺也是难免的。

一开始，贫病无依，厚禄故人若肯给予照应，老杜是非常感激的。一餐一饭不敢忘怀。但当真正交往日深，杜甫心中却极为期望能给予他一定政治上的帮助。或采纳其政见，或真正委以重任。对于高适、严武都是如此。涉及国事，老杜往往会展示出性格中正直秉公到不近人情的一面。

如果说《王命》、《征夫》、《西山》诸诗只是书生议论，《为阆州王使君进论巴蜀安危表》则可以说得上一次政治斗争。王使君并非常人，而是朝廷安插的谍报人员。陈贻焮《杜甫评传》中就称其为"西线军事情报首脑"③。高适还在任上，杜甫背后通过密使向皇帝上疏，言其所治之郡危在旦夕，又推荐重臣旧德代替之，于人情上便有些说不过去。虽然杜甫分封、为藩王师傅的梦想没有实现，但"中策"却得以执行。严武再次镇蜀，高适与章彝都被免职。章彝后来还被严武所杀，老杜此表看来还是起到了效果。

严武作为高适及章彝的代替者，虽一度被老杜许以厚望，但当严武真正再次镇蜀，杜甫入其幕府后，也是诸多抱怨。对于鲜于仲通、裴冕这样的官吏，杜甫不得不屈意为之美言，可谓伤于世俗；而对于高适、严武这

---

① （明）王嗣奭：《杜臆》，上海古籍出版社1983年版，第176页。
② 闻一多：《少陵先生年谱会笺》，《唐诗杂论》，上海古籍出版社1998年版，第78页。
③ 陈贻焮：《杜甫评传》，北京大学出版社2003年版，第762页。

样的真正友人，又似乎伤于太直。

如上所论，杜甫与高适因为御寇吐蕃之事，有了较大分歧。杜甫作《为阆州王使君进论巴蜀安危表》后不久，高适即被调回京师，集中再不存赠杜甫之作。两人关系可能因此而受到一定影响。

稍早，杜甫有过一篇《寄高适》："楚隔乾坤远，难招病客魂。诗名惟我共，世事与谁论。北阙更新主，南星落故园。定知相见日，烂漫倒芳尊。"其中表现的朋友情谊让人感动。但细品"诗名惟我共，世事与谁论"句，似乎能发现，杜甫认为高适在诗歌与文学方面，是一个可以与自己比肩的人，但在国家大事上，却难有一致见解。很可能便是在感慨高适不能采纳自己的政见。

这时候高适已代替严武为成都尹，而杜甫困居梓州。此时寄诗给高适，是试探是否能回到成都。当时高适作为成都府尹，杜甫又寄诗传达希望回到成都的意思，若高适给予帮助或仅仅是肯定答复，杜甫应会尽早赶回成都。高适答诗不存，不敢妄言情况如何，但杜甫毕竟没有回到日思夜想的草堂，而是辗转梓州之地，或可作为两人关系比之前疏远的旁证。

杜甫回到成都，已是严武再度镇蜀之时。那时高适已离开，杜甫未能送行，作了一首七律：

> 汶上相逢年颇多，飞腾无那故人何。总戎楚蜀应全未，方驾曹刘不啻过。今日朝廷须汲黯，中原将帅忆廉颇。天涯春色催迟暮，别泪遥添锦水波。（《奉寄高常侍》）

这时的赠诗，并不能认为是两人交谊如故的证据，反而恰恰透露出间隙产生后，杜甫试图自我辩解、缓和关系的意味。杜甫上表皇帝要求以严武代替高适镇蜀，虽本出于公议，但于私谊毕竟有不当之处。当时虽说得迫切，但当高适真的离任后，未免又感到有些遗憾，于是寄诗自解。开篇说早年就相逢于汶上，知交多年，不料你后来飞黄腾达，我望尘莫及。这是回忆往昔，叙述知交之始末，言情谊未变，也是朋友有隙后自我辩解的贯有套路。"总戎楚蜀应全未，方驾曹刘不啻过。"则是说你担任西蜀军事长官期间应该没有施展出全力，但你的文采和曹刘相比亦无愧色。这句话恰好可以与"诗名惟我共，世事与谁论"互证，杜甫至此仍坚持自己的观点：高适的长处在于诗而不在于军政。高适因丧师失地而被调离任，

"总戎楚蜀"的经历应该说是不那么愉快的。杜甫此时在寄诗中旧事重提,坚持己见,颇有揭短的嫌疑,固执得可气也可爱。"今日朝廷须汲黯,中原将帅忆廉颇。"是说调你回京是因为朝廷需要你这样如汲黯般刚正的大臣,中原的将帅也思念你这位当今的廉颇。中原将帅一句,旧注多指老杜仍坚称高适不适宜镇蜀。另外一方面,也似乎为自己上表一事开脱。"天涯春色催迟暮,别泪遥添锦水波。"最后论惜别之情,比较泛泛。浦起龙认为此诗写得与其他寄高适之作水平相去甚远,"应未全"三字欠妥。"方驾"句杂。看到了语句有生涩不通处。但若想到当时老杜复杂心情,和难以下笔措辞之处,便似乎能了解这首诗产生的原委。高适集中不存答诗。高适死讯传来后,杜甫还有一首五律致哀,有"独步诗名在,只令故旧伤"之句。

我们不能肯定《为阆州王使君进论巴蜀安危表》是否真的令两人关系起了变化,但朋友间的友谊因政见分歧而受到影响也是常有之事。若与严武之事参看,则或可见老杜为人上的弱点:疏于礼数,于政治国策上又过于正直、铁面无私,不善朋友相处之道,往往令友情始厚而终薄。

回忆老杜初到蜀中不久(上元二年,761),高适有《人日寄杜二拾遗》,写得非常真挚感人:"人日题诗寄草堂,遥怜故人思故乡。柳条弄色不忍见,梅花满枝空断肠。身在南蕃无所预,心怀百忧复千虑。今年人日空相忆,明年人日知何处?一卧东山三十春,岂知书剑老风尘,龙钟还忝二千石,愧尔东西南北人!"

杜甫当时并没有回赠诗流传。但十年之后,杜甫偶然翻检文书,查找那些忘记已久的书信时,突然看到这一篇文章,极为动容,"泪洒行间,读终篇末",作《追酬故高蜀州人日见寄》并序:

> 开文书帙中,检所遗忘,因得故高常侍适人日相忆见寄诗,泪洒行间,读终篇末!自枉诗,已十余年;莫记存殁,又六七年矣!老病怀旧,生意可知。今海内忘形故人,独汉中王瑀与昭州敬使君超先在。爱而不见,情见乎辞。大历五年正月二十一日,却追酬高公比作,因寄王及敬弟。
>
> 自蒙蜀州人日作,不意清诗久零落。今晨散帙眼忽开,迸泪幽吟事如昨。呜呼壮士多慷慨,合沓高名动寥廓。叹我凄凄求友篇,感时郁郁匡君略。锦里春光空烂熳,瑶墀侍臣已冥莫。潇湘水国傍鼋鼍,

鄂杜秋天失雕鹗。东西南北更谁论，白首扁舟病独存。遥拱北辰缠寇盗，欲倾东海洗乾坤。边塞西蕃最充斥，衣冠南渡多崩奔。鼓瑟至今悲帝子，曳裾何处觅王门。文章曹植波澜阔，服食刘安德业尊。长笛谁能乱愁思，昭州词翰与招魂。

"开文书帙中，检所遗忘"，似乎能看出在很长的一段时间里，老杜都已忘记了这篇赠诗的存在，似亦可佐证两人友谊受上疏影响。在高适去世后数年，老杜将这篇旧作翻检出来，可以想象心情之复杂。考究和诗字里行间，或能隐约看出杜甫对高适的一丝愧疚。"叹我凄凄求友篇，感时郁郁匡君略。"既肯定两人情意，又肯定高适的政治见解，与当年"诗名惟我共，世事谁与论"之讯可相对照；"白首扁舟病独存。遥拱北辰缠寇盗，欲倾东海洗乾坤。边塞西蕃最充斥，衣冠南渡多崩奔。"高适去世已多年，边塞西蕃仍然充斥。可见当年御寇不力，非高适一人之责。对比《为阆州王使君进论巴蜀安危表》中对高适的犀利指责，也能看出杜甫心境及政治眼光都有了变化。"鼓瑟至今悲帝子，曳裾何处觅王门。"——如今我想曳裾王门，却也找不到地方了。又似隐约对当年高适给予其经济帮助，自己却说"公卿仍独骄"、酒肉"相邀"的愧怀。若以上臆测有些许合理之处，此诗倒可算杜甫晚年对于自己与高适一生友情的总结。

同样，严武死后，杜甫集中并无只字提及，但一年后杜甫在夔州见到运送严武灵柩回京的船只，却作了《哭严仆射归榇》："素幔随流水，归舟返旧京。老亲如宿昔，部曲异平生。风送蛟龙雨，天长骠骑营。一哀三峡暮，遗后见君情。"

"遗后见君情"，人之常态也。杜甫于友人相处之道，伤于太直，日后追忆相及，愧疚惆怅之情，就更加五味杂陈了。

（原载《中国典籍与文化》2014年第2期）

杜甫歌行中"悲"与"丽"的审美张力

辛晓娟

  杜甫的一生，遭逢大唐王朝由盛而衰的历史转关，后半生主要在战火中度过，目睹了家国沉沦、山河破碎的惨景，也经历了骨肉分离、幼子饿毙的人生悲剧。他坎坷流离的一生，便是中国封建王朝由极盛转衰的历史悲剧的一个写照。很多学者都注意到，杜诗中有"悲"的色彩的诗歌比例远远高于情绪欢快之作，而杜甫成就最高的诗歌也大多为含悲剧色彩、悲剧意象的，甚至杜甫本人的形象，也被定格在"艰难苦恨繁霜鬓"的苦难诗人上——这和李白等盛唐其他诗人意气风发的群像是不太一致的。杜甫将自己悲剧的一生，与整个国家的悲剧结合起来，写下了无数不朽的诗篇，其诗集中最为代表性的诗作，如《秋兴八首》、《诸将五首》、《观公孙大娘弟子舞剑器行》，无不是将个体不幸与山河破碎的重大历史悲剧结合之作。杜甫研究者无不能从杜集中感到杜诗独特的悲剧魅力。学者丁启阵在《论杜甫诗的悲剧主题》曾提出："悲剧永恒，杜诗便永恒。"[①]

  值得指出的是，本文中所提到的"悲"更多的是一种审美风貌，是指诗歌或包含了"落叶"、"飞霜"、"离人"、"黍离"等悲的意象；或抒发了艰难苦恨等悲的情感；或承载了生命永逝、山河破碎等悲剧主题而最终造就的一种审美氛围。这种氛围部分来自诗歌的悲剧主题又不完全等同于悲剧主题，传递了悲的情感，又不等于悲的情感。这样的"悲"归根结底是一种美学范畴，和同样作为审美风貌的"丽"并不是完全矛盾，却又是彼此区别的，在美学上有对立冲突的一面。故可以在诗歌作品中形成动态平衡的张力。

---

  ① 丁启阵：《论杜甫诗的悲剧主题》，《杜甫研究学刊》1998年第1期。

一　从晋宋到初盛唐歌行"丽"的美学基调

从曹丕的第一篇《燕歌行》开始，沈约、谢庄、萧衍、汤惠休等人所作的《白纻歌》、《燕歌行》、《子夜歌》等七言歌行，多声情曼妙，辞藻清丽，题材多抒写离愁别恨，相思怀远之情。这和最初七言歌行诞生之初受民间音乐的影响分不开。这些遣词清丽、韵调婉转的歌行之作，受到了当时人的喜爱，迅速地普及，但也由于其绮丽清空的美学风貌，一直被视为"体小而俗"[1]，无法和典正的五言相提并论，甚至"徘谐倡乐多用之"[2]。到了鲍照《拟行路难》诸作，将士人"悲不遇"之伤，生命易逝的哀叹用七言歌行体写出，无论从声调上还是美学上，都开拓了七言歌行的境界，为唐代七言歌行的诞生打下了基础。总的来说，七言歌行自诞生开始，声情本多为婉转悠扬，辞藻则倾向于绮丽清新。"丽"是这一体的基调。而鲍照诸作，可以说在"丽"的基调中，加入了个体身世的悲剧感，让这一本来清空婉转的诗体有了深重的情感厚度。这对杜甫产生了深远的影响。

唐代最初创作七言歌行的是沈宋等一批宫廷文人。沈宋的七言乐府歌行偶有佳作，但总体说来仍未能脱离声情曼妙、辞藻华丽的基调，带有典型的宫廷文人特征。真正对"丽"的基调作出重大开拓的，要属初唐四杰。

卢照邻的《长安古意》、骆宾王《帝京篇》将赋的手法援引入诗歌，对京华繁华加以恣肆汪洋的描写，辞藻富丽。胡应麟《诗薮》说："唐七言歌行，垂拱四子，词极藻艳"[3]，"卢骆歌行，衍齐梁而畅之，而富丽有余"[4]。所谓"词极藻艳"是说四杰用赋笔入诗，将"丽"的基调推到极致；而"富丽有余"，则是说这一类作品过分铺张藻饰，加上四杰对七言乐府歌行的句法、章法还未掌握到圆熟的地步，时显呆板，读起来真像读

---

[1]　（晋）傅玄：《拟四愁诗序》，见逯钦立辑校《先秦汉魏晋南北朝诗·晋诗》卷一，中华书局1988年版，第573页。
[2]　（晋）挚虞：《文章流别志论》，见严可均校辑《全上古三代秦汉三国六朝文·全晋文》卷七七，中华书局1985年版，第1905页。
[3]　（明）胡应麟：《诗薮》内编卷三，上海古籍出版社1979年版，第47页。
[4]　同上书，第50页。

汉代大赋似的给人以沉闷冗长之感。

由于四杰歌行向赋体靠近，将"丽"这一基调从清丽推向"富丽"，并佐之以宏大气象，铺叙之笔法，可以单从文字而言，到了"丽"的极致，却同时也带来了凝滞的毛病。文字的过分铺排，必然让歌行渐渐脱离其本源的音乐性，失去其曼妙婉转、声情流畅的特色。于是一些有识之士，也在思索如何突破"丽"这一七言乐府歌行与生俱来的特色。

郭震的《古剑篇》词气豪壮，张说《邺都引》慷慨悲凉，从美学上摆脱了六朝诗歌华秾旖旎的风格，以刚健苍凉的笔调开启了盛唐歌行的先河。所以沈德潜《唐诗别裁集》评张诗道："声调渐响，去王杨卢骆体远矣。"[1] 这可以看作对四杰歌行"富丽"有余的一次反叛。但我们必须承认"丽"是七言歌行与生俱来的特点（在七律艺术走向成熟以前，这其实是整体早期七言诗的共同特点），适当的丽笔点缀穿插，呈现或摇曳流转，或秾丽华美的效果，其实是歌行一体中不可或缺的。当彻底否定了"丽"这一基调后，郭张等作品豪迈开阔的方向发展，但同时也失去了歌行本来清空曼妙、精致婉转的特色，带来了"壮而不密"的缺陷，在艺术成就上，仍不能算作第一流的唐代歌行作品。

在四杰、郭张等人从豪放一脉突破七言歌行"丽"的特色的同时，另一部分初唐歌行保留了"丽"的基调，但却在"丽"中加入了深情周至、绵密婉转的一面。形成了"深丽"的特色。其中代表作就是刘希夷与张若虚的作品。

刘希夷代表作《代悲白头翁》，婉转有致，深得六朝歌行声情曼妙的特色并在清丽流转之外，化空疏为深至，从而带来一种更为细密精丽的美学风貌。张若虚的《春江花月夜》则将这一类深丽周至、回味深远的歌行推向了高峰，远远超过了前人和同时代的诗人，被闻一多先生誉为"诗中的诗，顶峰上的顶峰"[2]。

盛唐是中国古代诗歌艺术发展的高峰，其间名家辈出，异彩纷呈。而乐府歌行艺术也在王维、高适、岑参、李白等诸位大师手中被推进到前无古人的高度。他们各施巨笔，为歌行乐府之体增加了异样的光彩，让这一本来诞生自民间的诗体，突破了最初清丽婉转的局限。这些诗作气象雄

---

[1]（清）沈德潜：《唐诗别裁集》卷五，上海古籍出版社1971年版，第157页。
[2] 闻一多：《宫体诗的自赎》，《唐诗杂论》，上海古籍出版社1998年版，第18页。

阔,辞采瑰奇,意境高远,一方面映射出唐王朝上升时期的气象,另一方面也表现了初盛唐时期士大夫昂扬奋发的精神世界。但无论刘张之深丽、王维之典丽、高岑之壮丽、李白之瑰伟奇丽,大体还是不破"丽"的基调。对七言歌行中"丽"的基调的进一步突破与深化,是由杜甫完成的。

二 杜诗以"悲"破"丽"的艺术手法

悲音易好,似乎是自古而然的定论。嵇康于《琴赋序》中云:"琴赋其声音,则以悲哀为主;诗美其感化,则以垂涕为贵。"就读者的欣赏体认和文学史的普遍规律而言,悲剧的确是能格外动人的。用重大悲剧意象打破华丽带来的繁缛凝滞之感,正是杜甫对七言乐府歌行一体的重大贡献。

如果向前追述,在杜甫之前,七言乐府诗中以悲剧色彩中和华丽之风,已被较多运用,最杰出的当推鲍照《拟行路难》:

> 奉君金卮之美酒,玳瑁玉匣之雕琴,七彩芙蓉之羽帐,九华蒲萄之锦衾。红颜零落岁将暮,寒光宛转时欲沉。(其一)

前四句铺叙无边繁华,罗列大量辞藻,美酒、雕琴、羽帐、锦衾尚且不够,还要觞之以"金卮",盛之以"玳瑁玉匣",名之以"七彩芙蓉",饰之以"九华蒲萄",浓艳之极。如果就这样继续铺叙下去,难免有繁缛雕饰之感。然而,"红颜零落岁将暮,寒光宛转时欲沉"之句突然惊拔而起,让整个诗歌的节奏为之一变。华丽浓艳之极的铺陈,插入对宇宙人生的大感伤来,让节奏与境界为之一拔,辉耀全篇。正因如此,前四句无论如何华丽浓艳都不足为过,也不会有空泛凝滞之感,甚至说,只有前面的无尽繁华,才可以衬托后来永恒的悲哀。

初唐歌行中,《老将行》将士人怀才不遇、功高不赏的悲愤,《代悲白头翁》将生命易逝、岁华难久的悲凉纳入了诗歌中,丰富了诗歌的境界。但考察整个初盛唐七言歌行,其中的悲剧意象还是比较单一,主要集中在个体一己之悲,即"怀才不遇"及"感时伤春"这两大汉魏乐府的传统主题上。《春江花月夜》发展了这一主题,将"感时"的主题深化到宇宙时光的无尽广大的背景下,有了哲学深度,获得了不朽的声望。而

《长安古意》、《帝京篇》等写都城的名篇，抒发了今昔盛衰对比之感慨。让这种悲剧色彩有了厚重的历史背景。但由于四杰所在的初唐，唐王朝正在上升时期，士人心中满是建功立业的昂扬激情，这种盛衰的感慨是立足于盛去看往昔之衰，总体上而言，其悲剧色彩还是含蓄的，充满了文人化的凭吊叹惋之情。

与之不同的是，杜甫经历安史之乱，亲眼目睹了大唐帝国盛极而衰的国运转关，且一生忠君恋阙、关怀民瘼，因此从中滋生出常人难以企及的大悲悯、大关怀来。这种悲，不是六朝初唐诗歌常见的感时伤春之悲，而是对于人世兴衰、山河破碎、光阴永逝等重大事件而引发的悲剧意识。唯有这样宏大的悲剧色彩，也唯有"写情圣手"① 杜甫，能够冲破华丽诗风带来的凝滞感，从而将"丽"提高到一种极为深刻的高度。

杜甫的一部分歌行作品如《兵车行》、《茅屋为秋风所破歌》等，可以说彻底打破了歌行体"丽"的基调，沉郁深挚，洗尽浮华。但还有一部分歌行名篇《哀王孙》、《洗兵马》、《哀江头》、《丽人行》、《观公孙大娘弟子舞剑器行》等，是在"丽"的范畴内，不乏清词丽句贯穿，但却同时用重大的悲剧意象，突破了身世沉沦等一己之悲，将个体悲伤和山河破碎、盛世不再的大悲剧结合起来，将"丽"推到一个新的境界。

如《洗兵马（收京后作）》写收复洛阳后，重整朝纲。肃宗复京于朝。其用语典丽正大，完全可以放入初唐应制诗中。浦起龙《读杜心解》注《洗兵马》就曾注意到此诗有华丽恢弘，近于初唐四子歌行的一面："此篇是初唐四家体，貌同而骨自异。"又进一步指出，杜诗风格绝不止粗放一面，清词丽句也是一种常态（尤其在歌行中），并不会因此而损坏气格。"今人好以乱头粗服，优孟少陵，而于四家之清辞丽句，妄加嗤点。不知少陵固尝为之，曾不贬损其气格也。"② 之所以不损气格，正是因为此诗不同于应制之作，而是将清词丽句中加入了浓重的悲剧意象，从而突破了初唐歌行留恋风物的局限，带来重大恢弘的审美效果。这首诗以安史之乱后，皇帝出逃，京都沦丧的国家灾难为背景。作者的"喜"不

---

① 梁启超《情圣杜甫》："我以为工部最少可以当得起情圣的徽号。因为他的情感的内容，是极丰富的，极真实的，极深刻的。他表情的方法又极熟练，能鞭辟到最深处，能将他全部完全反映不走样子，能像电气一般一振一荡的打到别人的心弦上。中国文学界写情圣手，没有人比得上他，所以我叫他做情圣。"《杜甫研究论文集》一辑，中华书局1962年版，第2页。

② （清）浦起龙：《读杜心解》卷二，中华书局1977年版，第259页。

再是泛泛歌颂皇恩之词,"思"也不是简单的不敢忘君,而有了深刻动人的力量。因为这不仅仅是朝廷秩序的恢复,也是一场灾难的终结。这亦不是诗人一个人的"喜"与"思",而是黎民苍生共同的翘首期盼。从以上例子可以看出,正是因为有了宏大的悲剧作为背景,这些精致优美的丽句丽词,才洗去浮华,有了格外动人的艺术魅力。这一点是杜甫自觉运用,并纯熟掌握的,但却不是杜甫独创。从文学史来看,我们可以关注一个现象,重大的悲剧感与华丽瑰奇的美学风格结合,往往催生出伟大的杰作。如《红楼梦》、莎士比亚的戏剧等。就中国传统诗赋的范畴而言,庾信的《哀江南赋》便是这种杰作。庾信的经历与杜甫有所相似。庾信早年曾在梁简文帝门下作文学侍从,从事宫廷文学创作,其文风华美绮丽,被后人与徐摛、徐陵父子合称"徐庾体"。《北史》本传谓其"每有一文,都下莫不传诵"①,可见当时享有极高的声望。今天看来,其早年之作多为宫体,过于流丽而风骨未成。但这段宫廷文学创作生涯对庾信的"老成"并非毫无意义,若没有早年创作宫廷文学的经历,很难锤炼出如此精工的艺术技巧,如此华美丰赡的审美风貌。当这种精工华严到极致的语言艺术,一旦遭逢特殊的机遇,与山河破碎、众生流离的大悲哀结合,便诞生了《哀江南赋》这样的杰作。"月榭风台,池平树古。倚弓于玉女窗扉,系马于凤皇楼柱;仁寿之镜徒悬,茂陵之书空聚",遣词瑰丽,字字珠玑;"畏南山之雨,忽践秦庭;让东海之滨,遂餐周粟"②,用典工稳切当,典丽雍容。正可与杜甫秋兴、诸将等作品参看。

杜甫一生对庾信极为推崇,在《戏为六绝句》中云:"庾信文章老更成,凌云健笔意纵横。"又在《咏怀古迹》中评论其"暮年诗赋动江关"。这种推崇,除了本身性情相近外,或许也正是因为庾信将悲与丽结合的创造,启发影响了杜甫,让杜甫创造出一系列伟大的作品,如律体名篇《咏怀古迹》、《秋兴八首》③;歌行体则有《哀王孙》、《洗兵马》等。

除了加入悲剧意象,破除丽笔常有的繁缛凝滞之感外,抒情性上,杜

---

① 《北史·文苑传·庾信传》,中华书局1974年版,第2793页。
② (北周)庾信著,倪璠注:《庾子山集注》卷二,中华书局1980年版,第94页。
③ 陈寅恪尝论杜甫《咏怀古迹》第一首:"实一《哀江南赋》之缩本"(《庾信哀江南赋与杜甫咏怀古迹诗》,《金明馆丛稿二编》,生活·读书·新知三联书店2001年版,第303页),《杜诗镜铨》引王梦楼云:"子美《秋兴》八篇,可抵庾子山一篇《哀江南赋》。"(杨伦:《杜诗镜铨》,上海古籍出版社1980年版,第649页)

诗也以大量悲痛意象，打破"丽"的定势，使诗歌的抒情强度超越了初盛唐诸家。

初盛唐乐府歌行中，对于"悲"的情感的表达强度也是比较节制的，是要在"丽"的基调中去表达悲伤。"岁岁年年花相似，年年岁岁人不同"，"江畔何人初见月，江月何年初照人"，"独有南山桂花发，飞来飞去袭人裙"，用词秀美，意象清丽。这种悲，是与"丽"完美和谐的悲。使用的意象、景物不出落花、飞霜、秋风、败叶；写人则多曰沈腰、潘鬓。整体而言，抒情的情境是雅正优美的，与"丽"的基调也是统一而和谐的。而杜甫的歌行则不同，杜甫主动地增强了歌行的感情厚度，突破了前人审美定势，打破了初盛唐歌行作品中通常意象，而用悲惨到不可言说的事件，用凄恻到不忍细读的文字，不加修饰地抒发出深刻而真挚的悲伤。

如写战争导致骨肉分离，可以"牵衣顿足阑道哭，哭声直上干云霄"（《兵车行》）；写怀才不遇之悲，可以口发狂言："儒术于我何有哉，孔子盗跖皆尘埃"（《醉时歌》）；写自己大病初愈之态，不是用沈腰潘鬓等常见的绮丽意象，而是"疟疠三秋孰可忍，寒热百日相交战。头白眼暗坐有胝，肉黄皮皱命如线"（《病后遇王倚饮赠歌》）；写苦寒之凄楚，则云："长安苦寒谁独悲，少陵野老骨欲折"（《投简咸华两县诸子》）；写安史之乱后王孙落魄："已经百日窜荆棘，身上无有完肌肤"（《哀王孙》）；等等。这些痛苦惨怛意象的运用，不仅仅是对诗语、诗境的大力开拓，更是杜甫有意增强歌行体的抒情强度的表现。敢于言情，敢于直抒胸臆，将沉痛的悲剧意象不加掩饰地表现在诗歌之中，打破了初盛唐歌行体和谐雅正的抒情局限，加强了诗歌的抒情力度。

三 杜诗以"丽"笔写"悲"的美学创造

一方面，杜诗用重大的悲剧意象，整体上打破了歌行"丽"的整体基调，极大地增强了歌行的抒情强度。另一方面，杜诗又相当程度地保留、利用了"丽"的手法，以"丽笔"书写这些重大的悲剧事件，维持了诗歌的蕴藉典正，为"悲"创造出多层次、浑融深广的境界，更为打动人心。

悲剧具有特别的震撼人心的效果，但真正撕心裂肺的纵声哭泣，并不是诗歌艺术。公安三袁推崇性灵，认为好诗不过近人情："今闾阎妇人孺子所唱《擘破玉》、《打草竿》之类，犹是无闻无识真人所作，故多真声，不效颦于汉魏，不学步于盛唐。任性而发，尚能通于人之喜怒哀乐嗜好情欲，是可喜也。"认为诗歌抒情不存在露骨一说："或者犹以太露病之，曾不知情随境变，字逐情生，但恐不达，何露之有？"① 这种观点在公安末学手中进一步发展到认为妇人号哭是好诗，实乃偏颇。

文学艺术尤其在诗歌中，抒情性与艺术性是相辅相成的。情感需要寄托在艺术的形式下，才能获得动人的力量。每一位读者都有不同的经历与情感，甚至处于不同时代、地域。读者没有义务去为作者的一己之情而反复阅读、不断传唱，除非这种情感引起了他的共鸣。而能产生最为广大共鸣、跨越时空的动人作品，往往是由于诗人役使最精巧的艺术技法，让原本个人化的情感产生了可移植的、普世的效果。正是艺术让情感永恒。如果仅仅将诗歌变成一己哀怨的放声呼喊，并无法产生真正永恒的魅力。家国兴衰等重大的悲剧，正因为其情已惨恻入骨，抒情往往便不能宣泄无余，而需要有技巧的收束、节制，并推波助澜，产生出多层次，富有境界的效果。

在这种过程中，"丽"的审美风格最能够保留诗歌的蕴藉典正的特色，且以辞藻之丽、意象之丽、境界之丽为悲创造出多层次、浑融深广的境界，打动人心。诗人掌握到这一点，才可称得上对"丽"的风格的一种更高的运用。

杜甫早年对"丽"的风格是纯熟掌握的。这无论从他创作的应制七律，还是《丽人行》："绣罗衣裳照暮春，蹙金孔雀银麒麟"、"紫驼之峰出翠釜，水精之盘行素鳞"，《渼陂行》："波涛万顷堆琉璃，琉璃汗漫泛舟人"，《骢马行》："赤汗微生白雪毛，银鞍却覆香罗帕"等丽句中，我们都可以看出，杜甫对辞藻应用的纯熟。之后杜甫突破了丽的樊篱，无事不可入诗，无句不可入诗，遣意豪宕，不避俗语，极大地开拓了歌行乃至整个诗歌的境界。但不可否认，早年对"丽"之一体的纯熟把握，正是他突破的基础。而到他诗法精细的晚年，才能以一种超越后的姿态，再度向丽的基调回归。

---

① （明）袁宏道：《叙小修诗》，《袁中郎全集》卷一，伟文图书出版社有限公司1976年影印影印钟伯敬增定本，第178—179页。

杜甫安史之乱后的诗篇，从很大程度上而言是这种更高层次回归的实践。作者用丽的笔调书写最沉痛的大悲剧情怀，从而产生了《哀王孙》、《洗兵马》、《哀江头》等歌行名篇，七律上则创作出《秋兴八首》、《诸将五首》等不朽之作。宋人李纲《杜子美》诗中说："爱君忧国心，愤发几悲咤。孤忠无与施，但以佳句写。风骚到屈宋，丽则凌鲍谢。笔端笼万物，天地入陶冶。岂徒号诗史，诚足继风雅。""孤忠无与施，但以佳句写"，点出杜甫诗中的思想深度、情感厚度以及其悲剧主题，正是由"风骚到屈宋，丽则凌鲍谢"的佳句书写而出，才获得了不朽的艺术价值。

杜甫早年躬逢盛世，有"致君尧舜上"的政治抱负，但却遭逢安史之乱，眼前是盛世崩坏，天子西狩、庶民流离、藩镇割据的悲惨景象。中年处身唐王朝盛极而衰的运势转关，身世离丧、怀抱沉痛，无以言表。但他出于对国家社稷的热爱，对唐王朝的信心，往往不忍直言其衰，保留气骨。于是在很多诗句中，越悲惨之情，越不堪写之境，便用越秾丽之语道出。这样的含蓄节制，起到了保留诗歌蕴藉之美的作用。同时，富丽风格的辞藻、意象搭起一座盛大而华美的舞台，让家国离乱之悲剧在此上演，对比出诸行无常，盛极必衰之恨，尤其惊心动魄。富含诗意的典故的运用，让人联想到历史兴废、天地改易，丰富了悲的层次，扩展了悲的境界，加深了悲的色彩，从而产生了永恒的审美价值。

比如《洗兵马》写到安史之乱："三年笛里关山月，万国兵前草木风。"是以典丽雅正之笔，写出国家动荡的重大悲剧的典范。胡应麟评价此联"以和平端雅之调，寓愤郁凄戾之思，古今壮句者难及此"[①]。这个评价精当地点出了杜诗"以丽写悲"的妙处——此联之所以取得了古今难及的艺术成就，重要的是要以"雅正平和"的基调，去约束、承载、包含"愤郁凄戾"的浓烈情感。唯有这样，诗歌才能呈现出普通"壮句"难以企及的情感强度和艺术境界。

同样在《洗兵马》中，写大臣随朝仪之再整而重新回到宫禁的场景，杜甫用了"青春复随冠冕入，紫禁正耐烟花绕"一联。京城陷入敌手已久，皇宫想必已物是人非，而唯有烟花年年依旧，寂寞袅绕着宫殿。诸大臣重入其中，怎不作恍如隔世之悲。而空寂已久的宫禁，又如何耐得这烟花鼎盛？一个"复"字，一个"耐"字，点出了无尽伤感之意。却隐藏

---

① （明）胡应麟：《诗薮》内编卷二，第94页。

在工丽的词句下，显得含蓄蕴藉又深情沉痛。歌行一体本长于抒情，杜甫歌行用重大悲剧加深了抒情的力度，但这"力度"却不是一览无遗的宣泄，而是表现为富有层次的力度，可在反复阅读中不断回味，这正是歌行一体的抒情典范。

另一个例子是《观公孙大娘弟子舞剑器行》。作者开篇便以奇壮瑰丽之词，描摹了自己童年时观公孙大娘剑器舞的情状："耀如羿射九日落，矫如群帝骖龙翔。来如雷霆收震怒，罢如江海凝清光。"而后"绛唇珠袖两寂寞，晚有弟子传芬芳"，"感时抚事增惋伤"诸句急转而下，以高度概括而又清丽典雅的句子，写出时世变迁，五十年光阴，令红颜白首，绛袖寂寞。而诗人本身也从童稚走向了垂垂暮年，表达出浓重的生命永逝之悲。此后更进一步将身世之伤推广到家国之悲上："先帝侍女八千人，公孙剑器初第一。"回忆了唐王朝全盛时期，宫廷舞乐的盛况。自古以来，礼乐繁华也是国力鼎盛的代表。但世事无常，盛极必衰，"五十年间似反掌，风尘澒洞昏王室。梨园子弟散如烟，女乐余姿映寒日"。玄宗朝的梨园子弟散如云烟，昔日的宫廷舞伎也流落民间，只有弟子的舞姿映照萧寒的日色。清丽笔触下，盛衰哀乐之感已抒发得淋漓尽致。"金粟堆南木已拱，瞿唐石城草萧瑟。"如今，遥想长安城外金粟堆上，玄宗皇陵上木已合抱，而作者所在的边陲之地，夔州石城秋深，草木萧瑟。抚今思昔，让人更觉悲凉。

而在"金粟"一联中，尤其值得我们注意的是杜诗出神入化的用典艺术。洪迈《容斋随笔》、钱谦益《钱注杜诗》中都曾提到杜甫对玄肃二宗的不同态度。[①] 我们从阅读杜甫大量的诗文中也可以感到，杜甫的忠君更多的是针对于玄宗。不仅因为在玄宗朝他得到了"日绕龙鳞识圣颜"的机会，也因为玄宗从一定层面上代表了大唐极盛的往事。所以杜甫在言及玄宗时，通常思君之心、盛衰之慨交织推进，不可分割。玄宗墓上之草木，其实是国家衰落、盛世不再的象征。"金粟"、"石城"虽是地名，但由于字面或者长期文化积累，已具有辞藻的意义。杜甫用这种藻彩性质的

[①] （宋）洪迈：《容斋随笔·五笔》卷二："唐肃宗于干戈之际，夺父位而代之，然尚有可诿者，曰：欲收复两京，非居尊位，不足以制命诸将耳。至于上皇迁居兴庆，恶其与外人交通，劫徙之西内，不复定省，竟以怏怏而终。其不孝之恶，上通于天。……杜子美《杜鹃》诗：'我看禽鸟情，犹解事杜鹃。'伤之至矣。"中华书局2005年版，第850页。之后钱谦益在《钱注杜诗》（上海古籍出版社2009年版）中对《杜鹃》诗有详细阐发。

词汇加上"木已拱矣"等典丽的故实,即是对玄宗爱之深,不忍言其惨淡,也是用丽笔约束悲痛,从而让悲伤显得更加深沉有余韵。作者通篇不做号哭绝望之态,而是以带着盛唐时风貌的峥嵘气骨,丰丽辞彩,抒写盛衰之叹,沉郁悲壮,格调高标,情悲而词丽,也让悲剧意味更加深沉。

这种在长篇歌行中,选取女子命运写山河破败、国运转关的写作手法,从崔颢《邯郸宫人怨》已肇端倪,在《观公孙大娘弟子舞剑器行》中得到定型。其篇制多为长篇巨制,情节曲折;多用宫廷意象,辞藻丰美;主题则以悲哀为主,以个人悲剧映射出一个时代的沧桑兴亡。这一切无不深刻影响到白居易、元稹等人的歌行创作,一直到韦庄《秦妇吟》,吴梅村《圆圆曲》、《永和宫词》、《萧史青门曲》,以及樊增祥前后《彩云曲》等。

总而言之,杜诗七言歌行常用华彩壮丽之辞,加深悲哀情绪的色彩与深度,造成更为浑融、层次更为丰富的重大悲剧色彩。这是杜诗对丽的一种更高层次的运用,是对七言诗歌艺术的重大开拓。

四 杜诗中悲句与丽句交替出现

除了以"悲"破"丽",以"丽"笔写"悲"外,杜甫七言歌行中往往用悲句与丽句交替出现,展现出荣辱、今昔、盛衰的惊人对比,从而在审美体验上产生巨大落差,展现出一种奇正相生、高下相成的张力来。

如《醉时歌》:"清夜沉沉动春酌,灯前细雨檐花落。"用语工丽,"但觉高歌有鬼神"洒脱自如,但紧接下来"焉知饿死填沟壑"一句,显示出封建社会中士人理想与现实的巨大落差,庸碌的诸公"登台省"位居高位,而高洁之士只能"饭不足""填沟壑",揭示了那个时代儒生的真正命运。让人心为之惊,神为之动。《丹青引赠曹将军霸》第一部分讲述曹霸的家世及师从。而后以富有盛唐气象的壮丽之笔,追忆了当年在唐王朝鼎盛时,曹霸画作的气势不凡:"先帝天马玉花骢,画工如山貌不同。是日牵来赤墀下,迥立阊阖生长风","斯须九重真龙出,一洗万古凡马空",以及君王的宠幸"至尊含笑催赐金",这在当时对于画家而言,是极大的荣耀。但盛世不在,玄宗已去世,这位画家的命运也已落魄。"即今飘泊干戈际,屡貌寻常行路人。途穷反遭俗眼白,世上未有如公贫。"曹霸的贫寒潦倒是与"漂泊干戈"的大背景相联系的,是大唐王朝盛极而衰的一个缩影。杜甫以千钧笔力刻画出了极盛与极衰，将个人的荣辱与时世的盛衰联系，加深了悲剧的力度。此诗可与《观公孙大娘弟子舞剑器行》一作互相参看。都是通过落魄的艺术家的个人不幸，以极丽之笔，书写作者对开天盛世的追忆，用以映照当今天下崩坏，江山衰颓，自己红颜老却、身世沉沦的悲哀。

值得一提的是，这种特点同样表现在杜诗七律中。《秋兴八首》组诗整体是这种悲与丽对比的典范。其二："画省香炉"，昔日宫廷之气象华严，"山楼粉堞隐悲笳"，如今边城之风物凄凉，两相映照，尤觉伤神。其五："蓬莱宫阙对南山，承露金茎霄汉间。西望瑶池降王母，东来紫气满函关"，极力铺陈长安之壮丽，"西望"一联可与王维"九天阊阖开宫殿，万国衣冠拜冕旒"并称书写盛唐气象最灿烂之华彩，而末句则云："一卧沧江惊岁晚，几回青琐点朝班"，顿有好梦忽破之惊。关于《秋兴》组诗中，杜甫以盛衰对照，产生卓越的艺术张力一点，前人述之甚详，且不属于本文主要论述范围，故不赘言。

总之，杜甫七言歌行（也参见于七律），丽句与悲句交替出现的艺术现象并非偶然，而是杜甫匠心独运的有意安排。这种安排除了点出盛衰对比之外，有时也是一种艺术技巧上的体现。当丽笔铺陈到一定程度，读者心理期待着更为盛大的描摹时，诗人突然减力，插入悲凉之句。犹如一条曲线，即将推到高峰之时，突然折返，于是形成一顿挫之感。一如乐章高潮前的休止符，将受众的期待推迟到下一刻实现，往往能取得更为动人的效果。

总之，自歌行一体诞生以来，"丽"便成为歌行艺术的基调（一定意义上讲，这也是早期七言诗的共同基调），杜甫深入研习并纯熟掌握了初盛唐歌行通体高华流利的艺术特征，却一方面做减法，用大量更率意的句子入诗，破其"丽"；另一方面又做加法，用一种超越后的、更高的姿态向丽的基调回归。用重大的悲剧色彩冲破丽的凝滞感，诞生出瑰玮沉郁的艺术效果；用丽的笔调与色彩书写重大的悲剧事件，保留诗歌的蕴藉典正，且为悲创造出多层次、浑融深广的境界；悲句与丽句交替出现，反映今昔、盛衰、荣辱之对比，呈现出悲与丽交相辉映的巨大张力。

（原载《中国诗歌研究》第十辑）

明清之际遗民梦想花园的构建及意义

郭文仪

梦想花园，并不完全等同于"文笔园林"或"纸上园林"[①]，它是文人以梦想——并最终落实到纸笔——为自己精心营造的代表着主人最终理想的虚拟的私人园林；它必须是文人梦寐求之，却因种种原因在现实中无法实现，因而只能在梦想中精心安排的私人花园，它代表了花园主人的梦想，因此是被殷切希望能够成真的。

明清鼎革之际，遗民张岱为自己营造了一座梦想花园——"琅嬛福地"。几乎就在同一时期，黄周星也在《将就园记》中苦心营造了一座"将就园"。这两座花园先后构建于明清鼎革后的三十年内，在此之前，没有可确知的梦想花园的产生，其产生契机乃是其时园林虚化趋向下遗民摆脱现实痛苦的强烈愿望。如果说"琅嬛福地"代表的是张岱对少壮秾华的追忆与升华，"将就园"则代表了梦想花园的另一种模式：它是完全面向未来或完全非世间的，它是黄周星向壁虚构的产物，代表了一种全新的理想生活。这两座明清之际的梦想花园，分别代表了花园构建的两种较为纯粹的典型，此后的梦想花园再未超出这两个向度。而无论哪种向度，梦想花园的构建都透露着人类对精神家园的不懈追寻。

一 "琅嬛福地"——梦想花园的回忆模式

张岱出身世家，半生华胜，国破后避居著书，以"琅嬛"命名文集、

[①] "文笔园林"与"纸上园林"无确切概念，大多用来指代文人在作品中虚构的园林，包括诗词歌赋、散文骈文、小说传奇以及图画等文人作品中虚构的园林。参见关华山《〈红楼梦〉中的建筑与园林》，百花文艺出版社2008年版。

诗集。《琅嬛文集》卷二有《琅嬛福地记》，记述"琅嬛福地"掌故，篇末附本事诗一首。又有《琅嬛福地》一篇，对这一梦想花园宿因、地址、结构、景致细致摹写，是张岱梦想中的终焉之地，原文如下：

> 陶庵梦有宿因，常梦至一石厂，峣窅岩岪，前有急湍回溪，水落如雪，松石奇古，杂以名花。梦坐其中，童子进茗果，积书满架，开卷视之，多蝌蚪、鸟迹、霹雳篆文，梦中读之，似能通其棘涩。闲居无事，夜辄梦之，醒后伫思，欲得一胜地仿佛为之。郊外有一小山，石骨棱砺，上多筠箸，偃伏园内。余欲造厂，堂东西向，前后轩之，后磥一石坪，植黄山松数棵，奇石峡之。堂前树娑罗二，资其清樾。左附虚室，坐对山麓，磴磴齿齿，划裂如试剑，匾曰"一丘"。右踞厂阁三间，前临大沼，秋水明瑟，深柳读书，匾曰"一壑"。缘山以北，精舍小房，绌屈蜿蜒，有古木，有层崖，有小涧，有幽篁，节节有致。山尽有佳穴，造生圹，俟陶庵蜕焉，碑曰"呜呼有明陶庵张长公之圹"。圹左有空地亩许，架一草庵，供佛，供陶庵像，迎僧住之奉香火。大沼阔十亩许，沼外小河三四折，可纳舟入沼。河两崖皆高阜，可植果木，以橘、以梅、以梨、以枣，枸菊围之。山顶可亭。山之西鄙，有腴田二十亩，可秫可粳。门临大河，小楼翼之，可看炉峰、敬亭诸山。楼下门之，匾曰"琅嬛福地"。缘河北走，有石桥极古朴，上有灌木，可坐、可风、可月。①

此文为《梦忆》压轴之作，成于作者晚年，可看作全书乃至张岱一生的总结，因此，无论花园的题名、效仿的原型还是其营造结构，均可见作者构建理想家园的良苦用心。

"琅嬛福地"之题名。"琅嬛"，即"琅环"，是天帝藏书之地。《琅嬛记》载西晋张华误入仙境，为一老者引入"琅嬛福地"，其间尽是上古书篆，生平未见，告辞出洞后，遂失所在。张岱在《琅嬛福地记》中详尽复述了这个故事。因此，"琅嬛福地"最初的意义即是富藏古书的神仙洞府，这一意象亦常见于张岱诗文。如《云林秘阁三首》其二："鼎彝贡使拜，洟唾主人惊。石卧苍霞老，蔓横空翠生。琅嬛真福地，南面有书

---

① （明）张岱：《陶庵梦忆　西湖梦寻》，中华书局2007年版，第104页。

城。"《快园记》:"所陈设者,皆周鼎商彝,法书名画,事事精办,如入琅嬛福地,痴龙护门,人迹罕到。"张岱自言"书蠹诗魔"①,国破后又广搜资料,一意著史,以张华之博物尚不能窥知的"琅嬛福地"自然极符合张岱的喜好与需求,此为以"琅嬛"命名的原因之一。

"回首绝壁间,荒蔓惟薜荔"②,既是神仙洞府,自然环境清幽,这是"琅嬛福地"的第二重含义。张岱于园林造诣极深③,园林审美以"清"、"孤"为贵,因此对"琅嬛福地"的环境也颇为重视:这座园林应依于洞山,"缘溪深入"④,清幽偏僻。

易代之痛,使得张岱的"琅嬛"梦越发强烈,并为这个梦想园林增添了一重新的寓意:遗民避世的要求。《琅嬛福地记》本事诗曰"嬴氏焚书史,咸阳火正炽。此中有全书,并不遗只字"⑤,在明遗民的符号世界中,以"秦"代"清",以"秦火"喻清初暴政,已为常态。⑥"琅嬛福地"是在异族入侵时保存了"全书"的神仙洞府,现实中秦火难逃,只好在梦想中建造一座与世隔绝的庭园,著书修史,保存文化。

此外,"琅嬛福地"于张岱尚具"梦有宿因"的特殊意义。且不言他早期诗文中对"琅嬛福地"的向往及现实造园过程中对"琅嬛福地"的自觉模仿⑦,张岱早年刻印的《徐文长逸稿》,序言为其大父张汝霖所作,钤"琅嬛福地"印,可见"琅嬛"意象与其家族亦有夙因。因此,"琅嬛福地"于张岱又有对家族往事的纪念意义。

层层累加之后,张岱的"琅嬛福地"终于勾勒出轮廓:清幽偏僻,摒绝世俗,其中书画周鼎皆为三代法物,它远离战火,是一处具有回忆和纪念意义的避世胜地。

"琅嬛福地"之原型。"琅嬛福地"是重组并升华张岱一生美好记忆

---

① (明)张岱:《张岱诗文集》,上海古籍出版社1991年版,第294页。
② 同上书,第148页。
③ 参见《祁忠敏公日记》之《己卯弃录》三月初一日有祁彪佳"又以'八求楼'之式询之张宗子"。八求楼是"寓山园"的藏书楼。(明)祁彪佳:《祁忠敏公日记》,国图缩微胶卷。
④ (明)张岱:《张岱诗文集》,第148页。
⑤ 同上书,第148页。
⑥ 明末遗民常以秦火喻清之代明,如受吕留良"文字狱"牵连的沈在宽,因其所著诗集有"更无地着避秦人",遂被处"斩立决"。参见朱则杰《清代诗歌中的一组特殊意象:"秦"与"汉"》,《社会科学战线》2000年第4期。这一意象在张岱诗文中也常常出现,皆指清乱。
⑦ 如将自己构建的梅花书屋喻为"琅嬛福地"。

的花园。"琅嬛福地"来自张岱生命中的各处园林，它们重组在一起，成为张岱笔下的"福地"。如《于园》之记丘壑，《山艇子》记棱石孤竹，《吼山》之记陶氏书屋，与"琅嬛福地"之构局皆有暗合之处。张岱家族园林别业甚多，其中得意之处，多可于"琅嬛福地"中见之。然而"琅嬛福地"最重要的原型大概是龙山后麓的快园，张岱儿时常至此地，在作于1673年的《快园记》中，张岱回忆道：

> 余幼时随大父常至其地……活寿、意园以外，万竹参天，面俱失绿，园以内，松径桂丛，密不通雨。亭前小池，种青莲极茂，缘木芙蓉，红白间之。秋色如黄葵、秋海棠、僧鞋菊、雁来红、剪秋纱之类。铺列如锦。渡桥而北，重房密室，水阁凉亭。所陈设者，皆周鼎商彝，法书名画，事事精办，如入琅嬛福地，痴龙护门，人迹罕到。大父称之谓"别有天地非人间也"。

在幼时张岱看来，那时的快园大概就是"琅嬛福地"了。巧合的是，国破之后，张岱田产尽失，不得不僦居快园，然而此时快园已是败屋残垣，"平泉木石，亦止可仅存其意也已矣"①。于是快园之意遂借"琅嬛福地"以存。

虽然偏僻清幽，"琅嬛福地"的选址似仍在世间。张岱于1647年移居嵊县西南郊项王里。此地为项羽早年流寓之地，张岱《项王祠》曰："天意存三户，兵书敌万人"，"我亦忧秦虐，藏形在越岭"②，于此地颇有身世之感，遂营生圹，李长祥题其圹曰"呜呼！有明著述鸿儒陶庵张长公之圹"③，有终焉之志；《琅嬛福地》又言"山尽有佳穴，造生圹，俟陶庵蜕焉，碑曰'呜呼有明陶庵张长公之圹'"，则项王里是"琅嬛福地"的原型之一。此后在《琯朗乞巧录》序末，张岱自署："庚申八月菊日八十四岁老人古剑张岱书于琅嬛福地"④，似乎是他晚年终于在项王里"寻得"了"琅嬛福地"。

---

① （明）张岱：《张岱诗文集》，第182页。
② 同上书，第66页。
③ 同上书，第297页。
④ 同上书，第412页。

"琅嬛福地"之营造结构。《琅嬛福地》为《陶庵梦忆》的收官之作,成于作者晚年,可看作全书乃至张岱一生的总结,含义深刻:园林中的空间意象是在尝试追踪个人理想的原型,"琅嬛福地"的结构特点就是主人人生期待与理想的投射。[1]

"琅嬛福地"中充满回忆,最终坐落于故乡。张岱少为纨绔子弟,无所不好,无所不精,除了对应举落第的一时不满,可谓一帆风顺。于张岱而言,山阴即是家园归属,这里曾有无限的快乐和眷恋;虽然无法认同于当下的世界,尚可求助于往事。因此国破之后,张岱犹喃喃说梦,"鸡鸣枕上,夜气方回,因想余生平,繁华靡丽,过眼皆空,五十年来,总成一梦……遥思往事,忆即书之……偶拈一则,如游旧径,如见故人"。[2] 因之张岱的梦想花园,归属在人世故乡,构建于梦忆之中,关注的乃是"过去"。

"琅嬛福地"意趣天然,略无雕琢。张岱欣赏的园林风格,多是"愚公谷"之质野、筠芝亭之浑朴,因此,他的梦想花园亦少人工。《琅嬛福地》为《梦忆》的总结,回忆的无不是极琐细的物事,其中的"闲适",隐含的是贵族式的对其曾经占有的历数与眷恋。或许正是以张岱曾经占有之丰富,国破后沉思往事,反能转归于沉静,于是"琅嬛福地"没有美人豪客、奇花异木,呈现出一种绚烂之极归于平淡的典雅闲适。

"琅嬛福地"较少遮蔽,边界淡远。一方面,张岱的园林审美,即"在以淡远取之"[3]。另一方面,张岱学陶学庄,以适世为隐,最欣赏的乃是"立返山中之驾,看回湖上之船,仰望慈悲,俯从大众"[4]的态度,待人极宽,处事极淡。于他而言,梦忆足以淡化心中的痛苦和失望,最终得以在梦境与回忆中寻得逍遥。他始终注视着他的城郭人民,因此他的梦想家园不曾隔绝人世,四周较少封闭,景致简雅温和。

---

[1] 园林被认为是建造者个人形象或"理想形象"的再现,包含了建造者个人的性格、价值观与宇宙观。雅克·阿达利:"几乎一切文学,一切娱乐,从神话到小说……都可以概括为一种被追逐者穿过迷宫的重重障碍的旅行。"参见[法]雅克·阿达利《智慧之路:论迷宫》,邱海婴译,商务印书馆2004年版,第15页。又如"英国园林建筑师杰弗雷·杰里科(1900—1996)在荣格的心理研究中找到了灵感,他相信花园通向集体无意识"。[英]艾伦·鲍尔斯:《自然设计》,王立非等译,江苏美术出版社2001年版,第74页。

[2] (明)张岱:《西湖楼寻》自序,《陶庵梦忆 西湖梦寻》,第119页。

[3] 同上书,第86页。

[4] 同上书,第28页。

"琅嬛福地"是宁静圆融的整体，它是张岱人生的理想之地。或许是受家风影响[①]，张岱自小形成了开放乐观的个性。这种包容通达的个性，帮助张岱度过了国破后的痛苦岁月，并最终达致通明适意的境界。于是风流得意之事，张岱写来波澜不惊；国破家亡之痛，行诸纸上亦是点到为止。"琅嬛福地"，最终是圆融的整体，浩浩落落，并无芥蒂。

然而，无论花园多么圆融宁静并坐落于世间，仍然弥漫着孤介超脱的氛围。"琅嬛福地"几无人烟，其石孤峭，其树苍古，清冷幽僻。张岱欣赏的虽然也有舞扇歌衫的喧闹，但最终属意的仍然是"寒淡如孤梅冷月，寒冰傲霜"[②]的孤意；他固然是关注于世事的都市文人，但内心深处仍然倾向于贵族式优雅的消遣。他始终都是一个优雅的旁观者，始终游离在他所热爱的世俗之外。即是张岱偏向于闲适消遣的态度，仍透露出感伤气息：所谓的通达亦是出于"能不死，更欲出于不有死之上，千磨万难，备受熟尝"[③]。"仓皇不可说，反变为笑呢。苦至无声泪，此笑真足悲！"[④]花园仍然是与现实有距离的世界，透露着对俗世的超脱和苦涩。

"琅嬛福地"是一座梦的花园，它汇聚了张岱所有的美好记忆，对于张岱来说，过去的繁华秾丽就是他梦想的全部，是他后半生的所有寄托，这个花园是如此美好，"唯恐其是梦，又唯恐其非梦"，直愿一梦不醒；然而出于对故国往事的眷恋，张岱的花园始终坐落于人间故土，在生命的最后几年，他最终在"此心安处"以另一种方式寻得了这个花园，也算是可以慰藉的事了。"琅嬛福地"代表的，是梦想花园以回忆构筑、面向过去的模式和向度。

二 "将就园"——梦想花园的想象模式

黄周星为明末著名诗人、戏曲家，初名周星，一名景明，字景虞，号

[①] 心学标举心性，肯定自我的影响，自张岱祖父时，张家即有浓厚的自由气息，张岱祖父汝霖好开玩笑，仲叔联芳更在京师与同辈结曝社，"喋喋数言，必绝缨喷饭"，参见（明）张岱《陶庵梦忆　西湖梦寻》，第78页。

[②]（明）张岱：《陶庵梦忆　西湖梦寻》，第95页。

[③]（明）张岱：《石匮书·义人列传》，续修四库全书本，上海古籍出版社2002年影印本，第687页。

[④]（明）张岱：《张岱诗文集》，第54页。

九烟,鼎革后变名黄人,字略似,号半非道人。他的《将就园记》详述了"将就园"的宿因、地址、布局,为两园胜景各配诗十首。又有《仙乩纪略》、《仙乩杂咏》,谓《将就园记》作成后扶乩,得到帝君赞赏,令力士在昆仑建造"将就园",并令周星蜕世后为"将就园主"。黄周星另一部极重要的传奇《人天乐》也以"将就园"为背景,阐述了主人公轩辕载的"人世"生活和对未来的"幻想"。轩辕载的遭际极似黄周星本人,而且也做了《将就园记》,园中景致与"将就园"如出一辙:文昌帝命天神"按图构造"两园于昆仑之巅,令轩辕载为"将就园主人",得与家人团聚。黄周星另有《郁单越颂》一文,描写佛家乐地"北俱庐州"乌托邦式的生活,为《人天乐》中轩辕载游北俱庐州的蓝本。

黄周星之"将就园",构筑时间约为康熙九年(1670)到康熙十三年(1674)①,但酝酿时间则更长,为"有生以来求之,数十年而后得之"。是园择址于"四天下山水最佳胜之处","亦在世间亦在世外,亦非世间亦非世外"。四维皆山,与外界仅一穴相通,园分为二,"东近将山曰将园,西近就山曰就园,统名曰将就园"②。两园以水分隔,呈太极阴阳之势,有桥连接,但并不总是彼此相通。又分别以水和山为主,将园多水,就园多山,但又都山中有水,水中有山;将园风流富贵,就园清幽古穆,却又两美必合,两得益彰;将园之中有"日就"、"月将"二斋,就园之中有"日就"、"云将"两峰,将就之中更有将就,全为主人对理想世界的构想。园中布置精妙,来皆才子佳人、羽客高士,迥非人间。其题名、原型以至构造,则代表了梦想花园构建的另一典型。

"将就园"之题名。"将就"一词,出自《周颂·敬之》:"日就月将,学有缉熙于光明。"③ 意为日有所成,月有所进,学业精进不止。然而"将就园"之"将就",又另有寓意:"初名将就,今则不伦。将也乾元,就也坤元。大哉至哉,太极浑沦。"④ 无疑,"将就园"是黄周星个人理想的最高境界,"将"与"就"浑然一体,共同构成了他理想的天人宇宙。因此"将就园"呈太极阴阳之势,"将旷而就幽,将疏而就密,将风

---

① 参见黄周星《仙乩纪略》:"余之将就两园经始于庚戌之冬,落成于甲寅之春。"(明)黄周星:《九烟先生遗集》卷五,续修四库全书本,第449页。
② (明)黄周星:《将就园记》,《九烟先生遗集》卷二,第400页。
③ 程俊英编注:《诗经注析》,中华书局2008年版,第977页。
④ (明)黄周星:《仙乩纪略》附《园铭》,《夏为堂别集》卷一,国图缩微胶卷。

流而就古穆,将富贵而就高闲……且将园之中其二斋曰日将月就,就园之中其两峰曰日就云将,将就之中又有将就焉,则主人之寓意可知矣"①。将园之中"美人宾客可更迭之",是为入世;就园之中则多"羽衲游憩者"②,是为出世。"独将门瞰溪有水陆门各一,溪上有桥,桥上有门,即通两园之往来"③,出世入世遂为一体。

然而,既分将就,就注定有所区别:"将者,言意之所至若将有之也;就者,言随遇而安可就则就也。"④ "将"是寄希望于将来或许能有,于是此园仅是"梦里溪山"、"墨庄幻影"⑤。"就"是无可奈何权且为之,"园名将就本虚无,天上谁容将就乎?"在这个意义上,此园又是"随遇而安可就则就",其间的无奈、幻灭之感,不言而喻。因此黄周星自我解嘲道:"假假真真有甚人相问?""我小弟五岳之志,四海无家,不作此游戏,何以逍遥闷怀乎……将就园且将就些儿吧。"⑥ 若将有之,是理想;能就则就,则是现实,"将就园"于是包含了一组矛盾又相关的深意。

"将就园"又有戒恶劝善、修仙成道的色彩,这与周星本人修道飞升以求解脱的追求相关。作者劝导人们像轩辕那样从现实到理想,日将月就,不断精进,就能达到出世升仙的目的。在《人天乐》中,黄周星浓墨重彩地大叙庐州的乌托邦式生活,轩辕载因修善飞升与家人在"将就园"中团聚,作者希以此为"济世之慈航"⑦,引人向善;则"区区之将就园,从此可名为昆仑园,亦可名为天上园矣"⑧。

"将就园"中深隐着遗民符号。遗民们易代叙事为避"文网之禁",指称明王朝最常见的方式就是"日"、"月"并用,且单个的"日"、

---

① (明)黄周星:《将就园记》,《九烟先生遗集》卷二,第403页。
② 同上书,第402页。
③ 同上书,第400页。
④ 同上书,第403页。
⑤ (明)黄周星:《仙乩纪略》,《夏为堂别集》卷一,国图缩微胶卷。
⑥ (明)黄周星:《人天乐》第三十八折《意园》,《夏为堂别集》卷六,国图缩微胶卷。
⑦ (明)黄周星:《夏为堂别集》收驭云仙子为《人天乐》所作《纯阳吕祖命序》,国图缩微胶卷。
⑧ (明)黄周星:《仙乩纪略》,《九烟先生遗集》卷五,第450页。

"月"意象同样也可指代明室。① 因此，当"将就"二字所隐射的"日就月将"、"日就云将"在园中屡屡出现，就不再仅是出于古训那么单纯了，而日就峰前祠堂配祀以"历代节义诸公如张许文谢之属"②，更是其意昭昭。此外，黄周星选择此二字为园名，与其人生经历亦不无关系。明国子监监规有条："今后诸生，只许北堂讲明肄业，专于为己，日就月将。"③明文华殿殿前柱联曰："纵横图史，发天经地纬之藏；俯仰古今，期日就月将之益。"④ 文华殿为明举行经筵之礼和殿试阅卷的重要场所，沈德符言及殿前对联不无叹赏："此等对联，想亦诸殿所无也"⑤，可见此殿在仕子心中的地位。因此，"日将月就"在明时学子心中有着代表文明正统的意义。黄周星天启二年入南雍读书，崇祯十三年中礼部会试，他对这段经历一直是引以为傲的。可推想黄周星对"日将月就"的念念不忘，既是对故国往事的怀念，也是对遗民共有的"文之在兹"的自我价值的认同。

"将就园"之原型。黄周星一生困顿流离，"未尝有园也"⑥，那么"将就园"的灵感何来？明末江南造园盛极一时，黄周星一生足迹遍及闽越吴湘，所游名园自当不少，不乏蓝本。他于园林理论亦颇有研究。此皆为"将就园"得以建造的前提。

"将就园"的意象，来自诸种神圣空间⑦：此园"隔绝尘世"⑧，仅山腰一穴可通人，"终古无问津者"⑨，俨然桃源。"居人淳朴亲逊无器诈，

---

① 如屈大均诗就有："南为天之阳，其人多文明。精神得日月，变怪成文章。""玉门归日月，铁券赐山河。""日月相吞吐，乾坤自混茫。""一代无人知日月，诸陵有尔即春秋。"参见朱则杰《清代诗歌中的一组特殊意象》，《学术研究》1994年第6期。
② （明）黄周星：《将就园记》，《九烟先生遗集》卷二，第406页。
③ 《明会典》卷一七三，四库全书本。
④ 《明宫史》卷一，四库全书本。
⑤ （明）沈德符：《万历野获编》卷三一，续修四库全书本。
⑥ （明）黄周星：《将就园记》，《九烟先生遗集》卷二，第400页。
⑦ 神圣空间乃是诸神临在的场所，是宇宙创建之初的那处最纯净丰饶的圣殿与乐园，大地上所有城市的建立规划，莫不仿效此神圣空间的规制；另一方面，对于非宗教人而言，也会有一些具有重要意义的神圣空间，当他感受迷失或危机，便渴望重返"圣地"重温神迹、寻求救赎。参见［美］伊利亚德（Mircea Eliade）《圣与俗——宗教的本质》，杨素娥译，台北：桂冠出版社2001年版，第113页。
⑧ ［美］伊利亚德（Mircea Eliade）：《圣与俗——宗教的本质》，杨素娥译，第113页。
⑨ 同上。

髫耄男女欢然如一，盖累世不知争斗。地气和淑，不生荆棘，亦无虎狼蛇鼠蚊蚋螫蠚"①，何类华胥？将园又有郁越堂，"郁单越洲有自然衣食，宫殿随身，堂名义盖取此"②。最后，"将就园"借"神力"构筑于昆仑之巅，无疑是对昆仑仙境的向往。

"将就园"之前的一些纸上园林，使黄周星颇受启发。《仙乩纪略》自序即言："昔文衡山待诏，于所作法书帖首，辄用停云馆印。或问公停云馆安在，衡山笑曰：'吾馆即在法帖上耳'。刘南垣司空欲构一园未就，倩衡山作神楼图。杨升庵太守因为作神楼曲。后人多仿此园，曰志曰思，曰梦曰想，曰意先，曰如是，大抵皆空中楼阁，画里溪山也。"③停云馆、神楼阁，均为"将就园"的直接的灵感来源。

黄周星灵感的另一个来源，可能是其好友董说的作品。董说二十余岁时作《西游补》，独出机杼地描绘了一个结构异常复杂但脉络分明的"鲭鱼世界"，"丰赡多姿，恍忽善幻，奇突之处，时足惊人"④，实在与"将就园"有几分相似；而悟空之游"鲭鱼世界"，又不能不让人联想到轩辕载于郁单越的游历。此外，董说为黄周星《郁单越颂》所作序中称此文是回应自己三十年前的少作《昭阳梦史》的。⑤以上种种，可推测董说的作品很可能是黄周星的一个重要灵感来源。

"将就园"之营造结构。与"琅嬛福地"不同，"将就园"择址于人世之外的昆仑。黄周星无法从不堪的人生得到参考和安慰，只能期待将来。他本姓黄，却自幼为周氏领养；寄籍湘潭，与族人不相能，无法从家族得到认同；不久遭逢国难，四处流亡，对遗民身份的自我体认使他失去对整个新朝的认同。生活的艰辛、与现实的格格不入，令其无法对某地产生归属之感：黄周星一生都处于"茫茫何所之"的困惑之中，于是他的花园"无定所"，最后以非人力建造在昆仑仙境。

---

① （明）黄周星：《将就园记》，《九烟先生遗集》卷二，第403页。
② 郁越堂诗曰："恨不身生郁越洲，化宫衣食足优游。而今别有花天地，谁复埋忧与寄愁"，也体现了周星对郁单越的向往。参见黄周星《将就园记》，《九烟先生遗集》卷二，第400页。
③ （明）黄周星：《仙乩纪略》，《夏为堂别集》卷一，国图缩微胶卷。
④ 鲁迅：《中国小说史略》，《鲁迅学术论著》，浙江人民出版社1998年版，第120页。
⑤ 《夏为堂别集》收沙门南潜《郁单越颂题词》："绝叹我旧所作《昭阳梦史》……《昭阳梦史》者，余前三十年癸未木滨纪梦之书也。"董说（1620—1686）中年出家苏州灵岩寺为僧，法名南潜，字月涵。黄周星：《夏为堂别集》，国图缩微胶卷。

"将就园"景致华丽丰饶，亦多人工。黄周星一生潦倒，不曾有过张岱般贵族式的生活，他建造花园的最初目的亦不过是对其漂泊无依的补偿和对郁单越"自然衣食，宫殿随身"的向往，"于是九烟曰有园，天下万世之人亦莫不曰周九烟有园"①。"一个幸福的人绝不会幻想，幻想的动力是未得到满足的愿望"②，现实中的极度匮乏，造成了幻想中的急欲占有，因此"将就园"衣食、宫殿、美人、仙侣、奇花、异草，诸美兼具，是对惨淡的现实的补偿与安慰。

　　"将就园"隔绝人世，虚幻难寻。黄周星少时即有神仙之志，当对一切感到幻灭后，更是一意修真，以希冀生命的超脱。《人天乐·自序》即言："仆久处贫贱，备尝艰险。自丧乱以来，万念俱灰，独著作之志不衰。迩来此念亦灰，独神仙之志不衰耳。"神仙世界是对现实的超越，正是这种超越，使得黄周星的花园坐落于"四维皆山"的封闭环境中，透露着对人世的弃绝。然而，神仙之志也不能使黄周星摆脱现实的痛苦，虚幻的宗教反而使"将就园"蒙上一层缥缈难寻的迷雾。

　　"将就园"是黄周星理想世界的最高境界，为其"有生以来求之"，却不曾达到"琅嬛福地"的圆融，它似合而实分，充满矛盾。黄周星虽有神仙之志，但以其子尚未成人，不能遽了此愿，欲弃绝尘世又无法舍妻子而去的矛盾心情在他的诗文中常有反映。他改号半非，取意"略似人形已半非，道人久与世相违"。略似终非，这种矛盾感纠缠他一生：一方面因无法融入人世生活而希望飞升离世；另一方面在内心深处又始终有着儒者对现实人世的眷注和美好人生的希望，他的非世终是为了乐世。③ 统一中的对立，是"将就园"格局的主题，周星或者希望能够调和这种对立，使他的"将就园"两美兼具；然而"将就园"又始终分为东西两园，

---

　　① （明）黄周星：《将就园记》，《九烟先生遗集》卷二，第400页。
　　② ［奥］弗洛伊德：《创作家和白日梦》，见《现代西方文论选》，上海译文出版社1983版，第142页。
　　③ 罗筠筠在《灵与趣的意境——晚明小品文美学研究》一书中指出明人常有的"情与骨的矛盾"：在情上不能忘却红尘之乐，在骨上又向往逃入山水的清闲，骨刚却情腻。周星的内心矛盾也颇类于此。"情腻骨刚"之说首见于小修："予谓世间自有一种名流，欲隐不能隐者。非独谓有挟欲伸，不肯高举也。大都其骨刚，而其情多腻。骨刚则恒欲逃世，而情腻则又不能无求于世。腻情为刚骨所把持，故恒与世相左，其宦必不远。而刚骨又为腻情所牵，故复与世相逐，其隐必不成。于是口常言隐，而身常处宦。欲去不能，欲出不逐，以至徘徊不决，而婴金木，蹈网罗者有矣。"（明）袁中道：《珂雪斋集》卷十三，上海古籍出版社1989年版，第573页。

隔河相望，截然不同。随着时间的流逝，"将就园"越发虚幻，弥漫作者内心的隐忧与"幻灭"之感也越发强烈。《仙乩纪略》即言："余之将就园……颇自谓惨澹经营，部署不俗，然亦不过墨庄幻影，梦里溪山。"①黄周星一面苦心经营，希望有朝一日弄假成真，一面不断失望，自我怀疑，最终滋生了内心深处的自我否定，"若贱士则有贱士之分，穷猿丧狗，漂泊天涯，四海无家，一枝莫借，固其分也"②，虽为激愤之词，亦颇见其中的绝望。"将就园"的魅力或正在于此，即使是在全力打造的理想乐园中，黄周星仍没有放弃对现实人世的观照，即使这个人世与现实是弃他而去的。这种心理与背后隐秘的无奈乃是黄周星及他代表的明遗民群体的集体心境。

三 两种梦想花园模式的典型性

"琅嬛福地"是在回忆基础上构建起来的，它代表了梦想花园面向过去的向度的典范；与之相对，"将就园"更多地表现了面向过去的向度。它们产生于明清之际，都是为逃避国破家亡的痛苦所建。在此之前，没有确切可知的梦想花园出现；在此之后的梦想花园——无论是基于回忆还是想象，或是两者兼具——也很少超出这两座园林所代表的梦想花园的模式与向度，透露着人们对于精神家园的追寻的永恒主题此为这两座花园模式的意义所在。

"琅嬛福地"代表了梦想花园的回忆模式：借助往事，花园中多是过往繁华。在潦倒之时追怀既往胜境，慨叹世事如梦，本是士人的"心灵积习"之一，大抵家境败落、半生富贵者倾向于以梦忆重建往昔乐园，典型者如曹雪芹之大观园。与张岱类似，曹氏从"锦衣玉食"到"瓦灶绳床"，后半生可谓潦倒之极，于是"暗想当年，人物风流，人情和美，但成怅恨"③。俞平伯曾言："《红楼梦》是部'按迹寻踪'的书，断无虚构一切之理。看书中叙述荣、宁两府及大观园秩序井井，不像是由想象构

---

① （明）黄周星：《仙乩纪略》，《夏为堂别集》卷一，国图缩微胶卷。
② （明）黄周星：《戏为逆旅主人责皋伯通文》，《夏为堂别集》，国图缩微胶卷。
③ （宋）孟元老著，伊永文笺注：《东京梦华录笺注·序》，上海古籍出版社2008年版，第1页。

成的。而且这种富贵的环境，应当有这样一所大的宅第、园林。"[1] 曹氏花园已不可考，大观园也毕竟虚有，然而不能否认的是大观园中充满了曹雪芹对少时生活的回忆与追寻。然而一旦追忆转化为梦境并形诸文字，那么它表达的就不只是个人的意境与无常，而是上升为人类亟欲回归记忆原乡的永恒话题。

"将就园"则代表了这样一种构建向度，园中多是想象期待。大抵一生潦倒不群或一意避世者好为此园。典型者如王也痴之意园、孙坦夫之想想园、吴石林之无是园，皆为主人无力置园而以意构者。如钱泳言无是园："吴石林痴好园亭，而家奇贫，未能构筑，因撰《无是园记》……江片石题其后云：'万想何难幻作真，区区丘壑岂堪论。那知心亦为形役，怜尔饥躯画饼人。'"[2] 考此类园林构建，亦多如"将就"，追慕佛老，凭空结想。"万想何难幻作真"，正是这类花园主人的写照：唯有"幻想"方能抛开现实，满足需要，然而终归虚幻。"幻想"而生成的花园正是主人的"理想形象"，以弥补现实中自我的缺憾。然而当理想越来越高于真实之上，从而与真实相剥离，现实与虚幻的隔阂也愈发鲜明，花园的构建最终成为对宇宙人生的所有理想与希冀，并带有无法回避的幻灭感。

需要指出的是，"琅嬛福地"中并非没有张岱对未来的向往，"醒后忆思，欲得一胜地仿佛为之"自然是对未来的期许；而"将就园"中无所不在的遗民符号也透露了黄周星对故国往事的眷恋。确切地说，"琅嬛福地"是较为纯粹的以回忆构建的梦想花园，因此代表了梦想花园的过去向度；而"将就园"，则是较为纯粹的以想象构建的面向未来的花园。

大多数梦想花园兼具这两种向度，如大观园中有着梦幻泡影的过去，作者"生于荣华，终于苓落，半生经历，绝似'石头'"[3]。然而大观园中所有的又不仅是回忆，俞平伯即言："大观园虽也有真的园林做模型，大体上只是理想。所谓'天上人间诸景备'，其为理想境界甚明。"[4] 大观

---

[1] 俞平伯：《俞平伯论红楼梦》，上海古籍出版社1988年版，第210页。
[2] （清）钱泳：《履园丛话》，中华书局1979年版，第69页。
[3] 鲁迅：《中国小说史略》，上海古籍出版社1998年版，第169页。
[4] 俞平伯：《俞平伯论红楼梦》，第783页。

园又是太虚幻境的人间投射①，而这个"太虚幻境"位于"离恨天之上，灌愁海之中"，更符合想象的模式。人生或许是空无，世界也许是假象，但顽石却不堪大荒山的寂寞而必欲入忧患劳苦世界以亲历人生；曹雪芹当然幻灭于自己及自己的家族，但他仍然要用"假语"重建"梦幻"，于是便同时存在了两个世界，两种向度。大观园的魅力即在于此，它是融合了过去与未来的梦想世界，并打破了梦想与现实的界限，庄梦蝶梦，杳然难分，"其为想也益悲而远矣"。

回忆之中本就不乏想象的成分，毕竟过去往事，其中的起承转合自不能如现实般历历在目，越是念念不忘往事的美好，越是倾向于美化与重建；何况将回忆的碎片重组成梦想的花园，更需要想象的黏合与升华。梦忆于是不在于重述既往史事，而在于将往事中的情境和心境以诗的方式予以重现或复苏。记忆表象是想象的素材，同时在一定程度上被幻想补充着并与幻想结合着；幻想园林不是空中楼阁，它终究是在某些原型的基础上进行创造，并指向未来的期盼。

回忆与想象互相衍生，过去与未来相互交织，是为梦想园林的两个向度的关系，梦想花园坐落于这两个向度之内，且往往两种向度兼具。

四　重返神迹——梦想花园的意义

如上文所言，在梦想花园之前，已有纸上园林的出现，然而真正将"即几席而赏玩"②的文字游戏般转变成渗透着作者惨淡经营的深刻理想的梦想花园的，则是明季遗民的遁世心态，它将神圣性赋予虚拟园林，使出现于明清鼎革之际的梦想花园开始具有更为深刻的含义。

张岱少作与"琅嬛福地""梦有宿因"，周星"将就园"亦是"有生以来求之"，然而若非鼎革之痛，这两座花园未必能让二人一意求之，也未必能够形诸纸端。

---

① 脂批在贾宝玉梦游时批道："已为省亲别墅画下图式矣。"第十七回宝玉随贾政初游大观园，行至一座玉石牌坊之前，"宝玉见了这个所在，心中忽有所动，寻思起来，倒像哪里曾见过的一般，却一时想不起那年月日的事了"。第十六回脂批明说："大观园系玉兄与十二钗之太虚玄境，岂可草率？"俞平伯在《读红楼梦随笔》中曾介绍的嘉庆甲子本批语也指出："可见太虚幻境牌坊，即大观园省亲别墅。"俞平伯：《俞平伯论红楼梦》，第783页。

② 俞平伯：《俞平伯论红楼梦》，第783页。

甲申之后十余年，南明政权相继覆灭，遗民们不得不接受新王朝政权巩固的事实。如何处身立世，成为彼时遗民面对的难题。梦想花园是张岱与黄周星选择的遁世方式，它们的灵感直接来自"琅嬛"、"郁单越"、"昆仑"等神圣空间的意象。神人殊隔之后，重返宇宙创建之初的圣域已不可再得，这一意义上，人人都成为失落纯真乐园的遗民，当遭遇痛苦时，对失落家园的访求遂为生民即有的永恒主题，即使人们"从未意识到这个远古以来的传统"[1]。无论是传统的遗民的"闯于仙"[2]，还是张、黄二人的梦想花园，对"神圣空间"的构建乃是出于对易代之痛的规避，寄托着遗民对现实世界与个人处境的迫阨之感与远游之愿。

一方面，作为一种非常态的人生境遇，王朝换代的沧桑之感，能够最为深刻地勾起人们的红尘幻念和身世之感，他们自然地想要挽留与追忆过去。将流逝的时间凝聚在具有纪念意义的某一刹那的空间的描述中是文人在消逝中把握永恒的基本方法，从而这一空间就具有了提醒并保留这一段时间的纪念价值，于是对空间化的过往时光的雕琢，成为彼时遗民保留过往的一种方式。每当遭遇现实中的苦痛，他们便转而求助于记忆中的原乡，以期回复最初的和平与宁静。"而今而后，余但向蝶庵岑寂，蘧榻于徐，惟吾旧梦是保，一派西湖景色犹端然未动也"[3]，"琅嬛福地"的构筑，亦是出于神圣空间在乱世中的保存与纪念功能。

另一方面，遗民身份意味着改变此前对人生的设想，放弃明确的现世目标，这实际上是个人对世俗社会的自我疏离，与此相伴的则是认同感的缺失与关注现实而无从措手的无奈，遂有一批"刻意尚行，离世异俗，高论怨诽，为亢而已"的"山谷之士，非世之人，枯槁赴渊者"[4]。他们急欲否定现实，否定一切与现实有关联的事物，甚至不惜毁身灭名。对于这些自认为代表了一个时代的文化与价值的遗民来说，社会变动造成了归属感的缺失，遁世是一种自觉的选择。张岱、黄周星亦曾避居乡野。然而当避居田园已不足以帮助他们摆脱现实人生的痛苦与伤害时，唯有求助于超越现实的时空，才能远离现实的无奈，成为摆脱现实人生的痛苦与伤害

---

[1] [美]伊利亚德（Mircea Eliade）：《圣与俗——宗教的本质》，杨素娥译，第99页。
[2] 沈杰：《宋明遗民仙咏的忤世之情研究》，《宗教学研究》2004年第1期。
[3] （明）张岱：《西湖梦忆》自序，《陶庵梦忆 西湖梦寻》，第119页。
[4] 陈鼓应注译：《庄子今注今译·刻意》，中华书局2001年版，第393页。

的唯一去处。

因此，寻求一处神圣空间以保留文化与尊严，遂成为历代遗民不约而同的选择。"琅嬛福地"与"将就园"的出现，亦《黍苗》、《离骚》之遗意也。富藏古书的道教洞天琅嬛福地，成为张岱构筑"琅嬛福地"的主要意象，所暗藏的仍是对于超脱现实痛苦的渴望；其中回归与得而复失的主题，亦是张岱对"终身役役而不见其成功，苶然疲役而不知其所归"[1] 的人生困境的诘问。作为佛教理想乡的郁单越，为黄周星构建"将就园"的主要灵感；而被视为天地之中心的昆仑，代表着宇宙未开之前的鸿蒙，为"俗世之人亟欲回归的永恒乡愁之所在"[2]，是黄周星修仙归隐求得人生解放的最终理想。然而，"园林不是现实的'镜像'，而是对现实痛苦的超越式说明，现实越痛苦，文人愈扭曲，园林越虚幻，树石愈浪漫"[3]，迥绝人世的想象花园背后，却是遗民们家园永失的沉痛与悲哀。

梦想花园虽肇始于遗民的家国之痛，其意义却又超出了遗民的黍离之思。不同于大多数遗民选择寄寓的神圣空间，梦想花园是私人的空间。明末园林虚化和士人对私人领域的强调为梦想花园准备了文化土壤。而张岱的园林之好和黄周星对家园的渴望，促使他们在鼎革之际将园林升华于神圣的幻想。园林之殊胜在于能够把当时可能出现的各类艺术及精神文化全部综合于自己的领域之内，主人通过为其选址、构建，"借着模仿众神典范式的创造——即宇宙的创生，来为自己建构宇宙"[4]，以满足重返最初的救赎渴望，此为梦想花园之花园的意义之所在。花园是封闭的，它隔绝了现实的伤害；花园里应有尽有，满足了主人在现实中不能达到的所有要求；花园中完全自由，因为花园主人就是建造者自己；花园是私人的，没有他人的侵占与打扰；花园是永恒的，它摒弃当下的不足，凝聚了过去与未来；花园甚至是绝对理想的，主人在这里可以实现他天人宇宙和自我理想的所有期待：这无疑是一处比传统道教时空更为完美的私人的虚拟空间。

无论花园模式是回忆还是想象，其共同作用是对现实的超越。回忆的

---

[1] 陈鼓应注释：《庄子今注今译·齐物论》，第46页。
[2] 杨儒宾：《离体远游与永恒的回归——屈原作品反应出的思想型态》，《"国立编译馆"馆刊》第22卷第1期。
[3] 朱力：《心理防御与文人园林》，《美苑》2007年第3期。
[4] ［美］伊利亚德（Mircea Eliade）：《圣与俗——宗教的本质》，杨素娥译，第106页。

美好在于对现实的慰藉，现实越是兴味寡然，记忆越是有着不可思议的魔力。想象则是美的媒介，能令人在悲哀中求得悦乐，提供给人们穿越时空、超越极限的梦幻。忆昔怀旧是人们的痼癖，而幻想未来的白日梦更具自我安慰的作用。"我们从来都没有掌握住现在。我们期待着未来……这乃是由于现在通常总是在制痛着我们。我们把它从我们的心目之前遮蔽起来，因为它使我们痛苦；假如它使我们愉悦的话，我们就要遗憾于看到它消逝了。假使每个人都检查自己的思想，那他就会发现它们完全是被过去和未来所占据的……现在永远也不是我们的目的：过去和现在都是我们的手段，唯有未来才是我们的目的。"① 无论梦想花园是哪一种向度或模式，当下现实总是最终舍弃的存在；或者说正是由于逃避现实这一共同的原因，人们才构建了梦想花园。

花园之美，在于对现实的安慰与补偿。"未有真境之为所欲为，能出幻境纵横之上者"②，这些具有神圣性或被赋予理想色彩的、与现实世界相对的梦想的花园，超越了现实藩篱，迥异人间，比真实的世界更能给予人们任性享乐的幻觉与可能，人们在其中任意地重现自己天人宇宙的构想，塑造个人的理想形象，从而享受其他任何方式都不能得到的内在自由。

梦想的花园，代表了人们重返神迹、寻找精神家园的渴望，寄托着人们对现实世界与个人处境的迫厄之感与远游之愿；然而梦想终究不是现实，于是，花园便会蒙上一层求之不得的失落的情绪与色彩。

余论

在明清鼎革的大背景下，张岱与黄周星几乎同时为自己构建了一座梦想花园。这两座花园的构建固然都是出于明季遗民对现实中王朝兴替带来的痛苦的规避，但却又各具特色。无论是这两座梦想花园所折射出的遗民的隐秘心境，还是它们所代表的人们寻找心灵家园的主题与模式，"琅嬛福地"与"将就园"都具有典型性。在它们之前，尚没有可知的内涵上升到宇宙人生境界的梦想园林的出现；在它们之后，也没有超出它们代表

---

① ［法］帕斯卡尔：《思想录》，何兆武译，商务印书馆1985年版，第93页。
② （清）李渔：《闲情偶记·词曲部》，《李渔随笔全集》，巴蜀书社2003年版，第43页。

的两个模式与向度的虚有园林的诞生。以是，这两座园林足以不朽。讨论这一现象与其后的遗民心境以及梦想花园构建在民族心态上的意义正是本文的初衷。

（原载《文学遗产》2012 年第 4 期）

潘飞声《海山词》所见词体现代性转变之尝试与尴尬

郭文仪

自鸦片战争直到新文化运动的近一百年，中国传统的社会结构与国民思想均发生了剧变。在这一变革下，传统文学无论是创作思想还是艺术形式，都显示出由古典转向现代的特征。然而不同于此时其他文体现代性转变过程的清晰，词体文体特征、审美标准以及受众范围，都使词体的现代性转向处于一种尴尬的状态，也给学者造成了 19 世纪末梁启超等人提出并进行"诗界革命"时"词体缺席"的印象。

然而，且不论近代以来出现的大量反映重大历史事件的词史之作对词体表达范围的拓宽，即使以描写新经验、新事物或以新词语的使用为标准，自 1877 年[①]起，以新兴的广州、广西词坛为中心的词人群体，已然以中西交流影响下的不同心态，创作出具有"现代性"意义的词作。[②] 这

---

① 1877 年 1 月，受马嘉礼教案影响，清政府第一个驻外使馆在伦敦创设，郭嵩焘出任公使，曾纪泽、薛福成、黄遵宪等均在随后出任公使，留下了大量的报告和日记。这一举措也说明了清政府已不得不承认西方文明的强势并必须建立不同于此前朝贡系统的平等的外交关系，实为中国现代转型的一大关键。此后中国文人前往西方者亦较此前大大增多。因此本文时间断限以 1877 年为开端。

② 本文"现代性"的定义见下文。与"诗界革命"的标准相对应，本文的"词体革新"、"词体新变"主要指词作中与西方有关的新事物、新意象和新语言的使用。需要指出的是，"以词记史"实为近代词境的一大突破，张宏生教授在《诗界革命：词体的"缺席"》中指出的词体新变也大多是指这种词，鸦片战争和甲午战争之后均有大量词史之作出现，体现了词体在应对世变和外来文明冲击时表达能力的拓宽和加深。然而考虑到词史现象出现较早，到本文讨论年代以词记史的尝试已屡见不鲜，且已有学者撰文讨论此类作品，因此"词史"之作不列入本文讨论范围。

些尝试主要体现在一些受到西方影响的非传统士大夫的文人笔下，且因种种原因未受关注，也因此为后世学者忽略。其中最为独特且具有代表意义的，便是潘飞声作于讲学柏林期间的《海山词》。

一　近代语境中的"现代性"与"词体革新"

尽管近代史研究者对"现代性"的定义众说纷纭，但大多不会否认"现代性"是一种包括社会制度层面和精神气质（或体验结构）的结构转变的"总体转变"，其中，心态的转变是现代性总体转变过程中最深层和最根本的部分。中国的现代性转变发生在"19、20世纪，当西方的示范展示了一种迥然不同的发展道路时，中国才对自身历史的内部挑战产生了一种多少是变化了的回应方式。这样，中国历史的内部要求与西方文明的示范效应叠加在一起，共同制约着中国现代化的反应类型与历史走向"[①]。因此，王德威教授在《想象中国的方法》中这样论及对中国"现代性"的研究："对新及变的追求与了解，不再能于单一的、本土的文化传承中解决。相对的，现代性的效应及意义，必得见诸19世纪西方扩张主义后形成的知识、技术及权利交流的网络中。"[②] 简言之，近代中国的现代性进程必得纳入西方文化扩张的视域之下。

这一定义下，近代中国文学现代性转向的要义乃在于在西方影响下的体现出心态转变和体制转变的文学革新，因此，开始于19世纪末的"诗界革命"[③] 及其后的"文界革命"和"小说界革命"成为近代文学现代性转向的标志性事件之一。[④] 然而，相对于其他文体革命的如火如荼，词体的表现却显得相对沉寂，这尤其体现在晚清文人，尤其是诗界革命的主

[①] 许纪霖：《中国现代化史·总论》，上海三联书店1995年版，第9页。

[②] 王德威：《想象中国的方法——历史·小说·叙事》，生活·读书·新知三联书店1998年版，第7页。

[③] 一般认为，最先提出诗歌的主张并加以实践的是黄遵宪，他的创作引起了谭嗣同、梁启超等人的注意并效仿。但1899年梁启超率先在《夏威夷游记》中对"新诗"创作作出反思并旗帜鲜明地提出了"诗界革命"所须具备的三要素："欲为诗界之哥伦布、玛赛郎，不可不备三长：第一要新意境，第二要新语句，而又须以古人之风格入之，然后成其为诗。"因此学界多以此为"诗界革命"的开端。

[④] 作为文学现代性转变的重要事件之一，"三界革命"与中国文学现代性之关系论述甚多，此不赘述。

要参与者如梁启超、夏曾佑、康有为、黄遵宪等并没有将诗界革命的主张贯彻到自己的词学创作上。于是，有学者认为，在文学革命这一文学现代性转向的标志性事件中，词体处于"缺席"的状态。①

造成这种印象的原因，一方面是由于"古典诗歌体制与现代语言经验的矛盾与紧张"②在词体这一具有特殊结构与审美标准的传统文体上表现得尤为突出。词独特的格律与句式，注重平仄、章法与对仗，常常要求打破语言的正常语法秩序；而词不可太露、含蓄蕴藉的审美理想，要求避免经验、情境的直接描述，而是以缜密精心的意象安排来呈现感性的经验与情境；这些都形成了词体强大而固定的语码系统和超稳定的审美结构。另一方面，由于缺乏对应的西方文体为参照，词体本身（主要指句法、用韵及结构）在现代性转向中无法直接从外在对象中获得经验，难免让有意于革新者无从措手。

然而，词体自诞生之初，便与体现人心幽微有着天然的联系，所谓"缘情造端，兴于微言……以道贤人君子幽约怨悱不能自言之情，低回要眇以喻其致"③，自不能不与世事人心相变迁。1877年后，中西文人交流日益频繁，如果细细梳理此后的晚清词人词作，就会发现不乏反映中西交流的具有现代性经验的作品。这些现代性尝试往往从用传统词语吟咏新的经验与物品开始，到发现传统的语码难以穷形尽相地描述物品或表达经验之"新"而在题中标明甚至在序中用新词语大段描述，进一步发展到在词句中尝试使用新名词。尽管大多数作者谨守词的含蓄本色而采取前两种策略，但也有作者或是鉴于表达之难而大胆地在词句中掺入习见的新词，尽管这些新变仍然局限在少数作者中并仍然保持着词体的传统体式和审美规范，但正如海德格尔所揭示的："作为为世界开辟道路的道说，语言乃是一切关系的关系"④，新词语的使用正是对传统文言，尤其是诗词语码

---

① 如最早提出这一问题的陈铭指出："十九世纪七、八十年代以后，文坛改革呼喊甚嚣……然而，似乎没有词人敢于提出'词界革命'的口号。相反，梁启超曾把诗词曲称为'陈设之古玩'，诗界可以革命，最后的词真的成为'古玩文艺'了。"陈铭：《晚清词论转变的核心：以诗衡词》，《浙江学刊》1993年第3期。

② 王光明：《现代汉诗的百年演变》，河北人民出版社2003年版，第9页。

③ （清）张惠言：《词选序》，唐圭璋：《词话丛编》第2册，中华书局1986年版，第1617页。

④ ［德］海德格尔著：《在通向语言的途中》，孙周兴译，商务印书馆2004年版，第216页。

这一带有集体无意识性质的古代文人认识世界方式的突破，从这个意义上，这一时期词体在语言、意象方面的革新尝试的意义便不应被忽略。在这些尝试中，最具有代表性的就是潘飞声的《海山词》。

二 《海山词》的词体革新

1887 年，德国颁布了一项帝国法令，决定设立东方语言学院（Seminar für Orientalsche Sprachen），并于 1887—1888 年度教授包括汉语在内的六种语言。[①] 在同一年的中国，出身于行商世家[②]的潘飞声先后经历了丧子与失妻之痛。[③] 此时在广州已小有名气。又因为其出生于行商世家，因此其时的驻粤领事熙朴尔便延其讲学德国。

潘飞声讲学于东方语言学院，待遇相当优渥。[④] 三年约满后，因表现出色，德方曾许加薪续约，但被潘飞声谢绝，于 8 月 26 日启程回国。

在德国的三年中，潘飞声著述颇多，包括记录去程的日记《西海纪行卷》，记录归程的日记《天外归槎录》，游记《游萨克逊日记》，诗集《海上秋吟》[⑤]，词集《海山词》（六十三首）以及《柏林竹枝词》等。最能反映其心境的，就是《海山词》了。

《海山词》作为第一部，可能也是近代唯一一部创作于欧洲的词集，

---

① 早在 1884 年，柏林大学教授中文的候补教授格罗贝（Wilhelm Grube, 1885—1908）即向教育部提出在柏林大学开设相关学院。法令规定的六种语言为：汉语（包括北京话和广东话）、日语、印地语、阿拉伯语、波斯语以及斯瓦希里语。李雪梅：《日耳曼学术谱系中的汉学——德国汉学之研究》，外语教学与研究出版社 2008 年版，第 40 页。

② 潘飞声祖籍福建漳州，先祖潘启（1714—1788）移居广州，从事外贸。潘氏家族约 1840 年在广州十三行街区创立"同文行"，对外贩卖丝织，因经营有道，商贸遍及欧亚，遂成广东首富。但传至潘飞声一支，生活似乎趋于困顿。参见潘祖尧编《河阳世系潘氏族谱》，潘祖尧顾问有限公司，1994 年。

③ 潘飞声与其妻梁霭（1862—1887）于 1879 年完婚，婚后育有二子。次子祖超或因误诊，死于疹疾。梁霭伤心欲绝，于 1887 年 4 月 27 日辞世。参见潘飞声《悼亡百韵》，《说剑堂集》第 4 册，光绪戊戌三月仙药洲刻本。

④ 潘飞声主要教授南音（广东话），与另一位北音（北京话）教师桂林约有学生 20 人，月薪各 350 马克（根据其时帝国统计局所作的生活预算，1894—1902 年间，一个五口的工人家庭维持最低生活水准的费用为每周 24 马克 40 分尼。该数据来自维纳·洛赫《德国史》，生活·读书·新知三联书店 1959 年版，第 538 页）。此外，二人除圣诞休假两周外，春、秋各有两个月假期。张德彝：《稿本汇编航海述奇》第 6 册，北京图书馆出版社 1997 年版，第 117 页。

⑤ 归途为水所污，遂佚。

今存六十三首,这些词作不仅大多与潘飞声在柏林的活动相关,记录了潘飞声在柏林的交游、旅行、恋情以及政治理想,还记录了新事物和新意境,有的更直接以音译新词语入词。对此,同时期的文人评价颇高,姚文栋序曰:

> 花花世界,邂逅群仙。橐其诗词,分为两集,独开生面,妙写丽情。盖古来才人,未有远游此地者。才人来柏林,自兰史始。[①]

又冒鹤亭《小三吾亭词话》:"兰史尝游柏林,氈裘绝域,声教不同,碧腰细眼,执经问字,亦从来文人未有之奇也。"[②] 二人虽然主要关注于潘飞声"妙写丽情"的奇遇,但均言及《海山词》于词境的开拓。

《海山词》中的作品除赠别怀人外,均为记录在德国的交游所作,如《一剪梅·斯布列河春泛》、《蝶恋花·送绮云女史归伦敦,酒阑复歌此调》、《洞仙歌·同媚雅、芬英、高璧、玲字四女史夜过冬园观剧。歌停,日本舞妓阿摩髻出扇索书,赠以此词》等,均为与红颜知己交游所作。《罗敷艳歌·钵丹园看花分咏,得白莲》、《满庭芳·柏崎园观百花会》、《虞美人·槊林太守招饮夜,余以夜深,竟阻听琴之约。伯纯吏部词来,书以畲之》等则是在德国与同仁的分咏赠答。抒怀纪游之作更多前人不到者,如《满江红》:

> 博子墅,译言橡树林也。有布王富得利第二离宫。风亭雪阁数十里相望,大河湾环,明湖迤逦,山光水色,苍翠万重。为布鲁斯第一佳山水。
>
> 如此江山,问天外、何年开辟。凭吊古、飞桥百里,粉楼千尺。邻国终输瓯脱地,名王不射单于镝。看离宫、百二冷斜阳,苍苍碧。
>
> 蒲萄酒,氈罽席。挠饮器,悬光璧。话银槎通使,大秦陈迹。左蠹可能除帝制,轺车那许遮安息。待甚时、朝汉筑高台,来吹笛。

此词为潘飞声游览今德累斯顿的腓特烈二世(Friedrich Ⅱ,1712—1786)

[①] (清)潘飞声:《说剑堂集》第4册,光绪戊戌三月仙药洲刻本。
[②] (清)冒鹤亭:《小三吾亭词话》,唐圭璋:《词话丛编》第5册,第4726页。

离宫所作。作者遥想腓特烈二世的功绩，表达了对晚清国事日蹙的焦虑和富国强兵的强烈愿望。

以上作品均直接记录了中国文人在海外的生活状态，毫无疑问本身即是具有现代性经验的作品。除此以外，潘飞声在词体革新上亦有直接的尝试，如：

> 楼迥。人静。移玉镜。照银桄。琴语定。帘影月朦胧。芳思许谁同。丁东。（《诉衷情·听媚雅女士洋琴》）

> 图画人争买。是边城、晶球摄出，陆离冠盖。绝域观兵夸汉使，赢得单于下拜。想谈笑、昂头天外。渡海当年曾击楫，斩鲸鲵、誓扫狼烟塞。凭轼处，壮怀在。　列河禊饮壶觞载。有佳人、买丝绣我，临风狂态。（自注：余在安德定陵河边酒肆与诸女史修禊，亦有人写入图画。）请缨上策平生愿，换了看花西海。只小杜、豪情未改。自笑封侯无骨相，望云台、相绘君应待。敲短剑，吐光彩。（《金缕曲》）

第一阕为记听媚雅弹钢琴，是此前文人词作中所无。第二阕中"晶球"指照相机，序曰："德兵合操日，姚子梁都转命车往观，柏林画工照影成图，传诵城市。都转征诗海外，属余为之先声。"创作初衷是以观军操而征集海外唱和以求共谋振作，为词史上的一个创举。

从这两首词作还可以看出，这一时期词体在语言、意象方面的革新尝试仍是有局限性的。第一阕如果没有词题加以说明，读者难以感受到所记事物及意境与此前文人创作有什么不同。在第二阕中，潘飞声更感于在词作中无法完整地无法表达"照影成图，征诗海外"的创作意图而以序明之。

然而，尽管潘飞声尽量用"洋琴"、"照影成图"、"晶球"等符合命名传统的词语来命名新事物，仍然无法回避明显不属于传统文言系统的地名、人名的音译。《海山词》六十三首中，出现在词题和词序中的人名与地名音译，比比皆是，如"德意志"、"柏陵"、"夏菲利河"、"帖尔园"、"沙律定堡"、"柏崎园"等等，计五十九处。

在一些作品中，潘飞声更进一步将新名词写入词句中。其中"柏陵"

或"柏城"计两处：

> 伤心事，我正风尘羁旅。萍踪飘泊无据。柏陵花月非侬宅，剩可五湖归去。（《买陂塘·女郎有字莺丽姒者，屡订五湖之约，赋此宠之》）

> 丁香空结，海棠未嫁，还怕莺欺蝶弄。相思同此柏城寒，定忆我、鸾衾独拥。（《鹊桥仙·夜悄有忆》）

"电灯"或"电烛"两处：

> 电灯妒月，荡琼台香雾。笑逐嫦娥听歌舞。正珠帘乍卷，宝扇初开。花影乱、忘了倭鬟眉妩。（《洞仙歌·同媚雅、芬英、高璧、玲字四女史夜过冬园观剧。歌停，日本舞妓阿摩鬘出扇索书，赠以此词。》）

> 华鬘看著手，十洲旖旎，不见愁红。况霓裳漫舞，齐护东风。却恐宵深梦冷，烧电烛、光照帘栊。归情好，河阳旧县，我亦种花农。（《满庭芳·柏崎园观百花会》）

"欧洲"两处：

> 天涯。同宿客舍。有秋愁旧梦，细诉遥夜。破砚敲霜，残镫坐雨，那觅芳原楼榭。云帆待挂。问摇落欧洲，不如归也。指点神山，与君吟袖把。（《齐天乐·题竹君江户琐谈后》）

> 青楼赋，黄衫客。王融扇，桓伊笛。洒欧洲半壁，数行狂墨。君自五陵夸任侠，我怀一刺艰谋食。约重逢、蓬岛醉樱云，听瑶瑟。（《满江红·别金井飞卿，即用见赠原韵》）

另有"天士"（即泰晤士河）与"架菲茶"（即咖啡音译）各一处：

青鸟殷勤寄锦绡。展看图画倍魂销。谁从天士眠鸳浦，长待仙人渡鹊桥。(《思佳客·绮云字自伦敦寄示天士河图，云将迟余于红桥白舫间也》)

也许胡床同靠坐，低教蛮语些些。起来亲酌架菲茶。却防憨婢笑，呼去看唐花。(《临江仙·记情》)

《海山词》中，词句中用新名词的计八处，至如以胡琴代指钢琴，晶球代照相机，蛮娘代洋妓，水晶屏代玻璃等，皆未计入，可见潘飞声的这种尝试并非偶然为之。尽管以上多为音译，但如此大量地、有意识地引入新词语在文人词的发展中仍是极为罕见的。潘飞声的创作实践的成功之处还在于，尽管引入了新的名词和意象，但词作大体仍符合温柔蕴藉的风格，并具有一定的艺术水准，避免了诗体革新中"捃扯新名词以自表异"的弊端。

尽管潘飞声在理论上和《海山词》之后的实践中并未体现出革新词体的要求与自觉[1]，所表现的也仍然是传统文人的情趣和风格，但《海山词》的创新性在于同时作出了相当数量的描写新事物和新经验、以新名词入题序和以新名词入词句的尝试。如前所论，新词语进入传统文学语言的意义并不在于新词语本身，而在于新的语言规则和现实经验要求进入固化的思维方式与审美观念的尝试，这也正是"文体革命"和其后的所有文学革命运动均无法绕过的思路与关隘。在这个意义上，潘飞声在词作中作出的尝试值得肯定。

三　晚清词体革新的尝试与尴尬

1. 晚清词体革新之尝试

在潘飞声之前，现代性意义的词体革新尝试今所见有陈良玉《摸鱼儿·与陈镜周市楼小饮》上阕：

---

[1] 潘飞声与"诗界革命"的主要参与者黄遵宪、丘逢甲、邱菽园等交往密切，为黄遵宪、丘逢甲等人引为"诗界革命"的同道，潘飞声归国后在诗作中也常常体现出"新派诗"的风格，但词作中反而不见此前在《海山词》中的尝试。

怪朝朝、闭门愁坐，与君愁更能几。偃蹇鲸鲵人海阔，旧梦未随流水。看又起。乍霹雳、轰腾逐陈轮船驶。那堪身世。把两字销魂，几番搔首，总付酒杯里。

虽然其时"轮船"一词对广东文人而言并不新奇，但以之入词似乎仍是首次。潘飞声在《粤东词钞三编》自序中自言少时学词于陈良玉，并将陈词集携至柏林，可以想见陈良玉的这种尝试对潘飞声的示范作用。

另有袁祖志《望江南·咏沪上景物十七首》，约作于1883年，句中有"海舶"、"地球"、"铁厂"、"烟筒"及"烟馆"等新名词，所描写的亦是前人不见之境：

申江好，万国竞来同。海舶几多浑莫辨，地球何处不相通。人巧夺天工。（其一）

申江好，铁厂最清奇。自昔公输叹无双，比中灵妙有谁知。从此废工师。（其四）

申江好，风雪不知寒。煤火通红烧屋角，烟筒高耸出檐端。坐卧十分安。（其十一）

袁祖志这组词被黄式权收入《淞南梦影录》，冒鹤亭、郑逸梅亦多有提及，可见当时颇有影响，但未见仿作。

潘飞声之后，许是文人与西方接触的增多，这类尝试渐渐多起来，且不乏大手。

1898年，朱祖谋、张仲炘、裴维侒、王以敏、高燮曾、黄白香等词友有咫村词社的社集，此次社题为"铁路"。如王以敏《长亭怨慢·铁路》：

看千里、庚庚环带。一瞥飙轮，电驰星迈。铸错无端，凿空有力、竟谁悔。乱蚁交织，忽驶入、清凉界。漫俟化人游，怕到眼、卢龙先卖。　　两戒。隔潇湘碣石，甚处玉虹双挂。青天划破，讶意外、鹚飞都退。费几度、堑谷堙山，问连锁、横江安在。付万古销沉，清泪铜仙如海。①

此词实为中俄《旅大租地条约》将东清铁路干路至大连湾等路权均归俄人而作。"鹢飞都退"形容车速之快，鸟似退飞，又《公羊传·僖公十六年》："六鹢退飞，过宋都。"杜预注曰："鹢，水鸟。高飞遇风而退。宋人以为灾，告于诸侯，故书。"王以敏以此喻铁路，其意可知。此词所咏为新事物，曲终奏雅，表达了忧心国事的怀抱，有相当的艺术水准。同是王以敏的《昭君怨·戏咏电报》：

天上投壶谁笑。地上传书人到。两字说平安。诉愁难。　　眼底庚庚横理。铸错九州如此。安得铁丝飞。绾郎归。②

构思巧妙，并以新词语"铁丝"入词。

1897年，林纾翻译《巴黎茶花女遗事》，一时洛阳纸贵，境况之盛，有所谓"可怜一部茶花女，销尽支那荡子魂"之说。至庚子之难，王鹏运、朱祖谋、刘福姚等被困城中，约定每晚选一词牌作词，以遣幽怀，阅三月而有近三百阕，遂编为《庚子秋词》。其中王、朱、刘三人俱有《调笑转踏·巴黎马克格尼尔》，每人以诗为序，述其事迹梗概，而以词抒发感慨，极具特色。如王鹏运诗序及词：

妾家高楼官道旁，山茶红白分容光。愿作鸳鸯为情死，托身不愿邯郸倡。浮云柳絮无根蒂，情丝宛转终难系。漫道郎情似海深，不及巴尼半江水。

江水。恨无已。泪尽题琼书一纸。红香婉地尘难洗。凄绝名花轻委。脸红断尽铜华底。日夕明霞还起。

此外，张仲炘亦有《曲玉管》咏此书，序云："外国小说《茶花女》一册，叙巴黎名倡马克格尼尔事，译笔幽邃峭折，虽寻常昵昵儿女子语，使

---

① （清）王以敏：《檗屋词存》卷四，光绪刻本。
② 同上书，卷六，光绪刻本。

人之意也消，马克与之千古矣。词以咏之。"①但在王鹏运等词坛大手的笔下，《茶花女》小说的梗概均是借序说明，甚至在七律中不忾使用巴黎的音译，但词作表达的却皆是传统的意象与意境，亦可见新词语与词体传统语码的抵牾尤甚于诗。

同时，林纾在其翻译的欧西小说卷首自题长短句。今所见计七首，分别是《买陂塘·并序〈迦因小传〉》、《齐天乐》（《玉雪留痕》）、《烛影摇红》（《红礁画桨录》）、《解语花》（《红礁画桨录》）、《摸鱼儿·安琪拉》（《橡湖仙影》）、《小重山·佳而夫人二首》（《橡湖仙影》），皆咏小说本事，以词代序，但所用仍是传统意象和旧词语。

降至民国前后，邓鸿荃有咏留声机的《沁园春·留音机器和华溪》：

> 四座惊疑，乌有先生，幻作伶官。恁腊筒才动，雅音飐发，螺盘巧转，妙曲能传。最称欢场，也宜文会，只许闲听不许看。休轻视，是葫芦依样，妙出天然。　梨园子弟如烟。忽一派、笙歌几席前。俨霓裳再谱，广寒宫里，管弦叠奏，凝碧池边。中有人兮，呼之欲出，一片神行捉摸难。非非想，合电光为戏，色艺都全。②

和作而能如此栩栩如生，创作水准已到了相当的高度。

到了1926年，廖恩焘任古巴大使，因作《忏盦词》八卷，卷一《初航集》记在美洲事，其中用及新词语的计二十余处，然均仅见于词题、词序。如《西河·游马丹萨钟乳石岩，次梦窗陪鹤林先生登袁园韵》记马丹萨钟乳石：

> 岩在古巴，距都城二百里，平地下百三十余尺。道光末叶，吾国人垦地海岸，得隧道丛莽中，告居人，相率持火入。蜿蜒行小重山十徐里，峭壁四起，滴水凝结，累累如贯珠，如水晶，如玉，作山川神佛珍禽异兽形状，又肖笙磬琴筑，叩之铿然有声，美利坚人沿径曲折，环以铁阑，涧谷则架桥通焉，电灯照耀如白昼，洵奇观矣。相传岩由海底达美国边界，迄未能穷其究竟也。

---

① （清）张仲炘：《瞻园词》卷一，光绪三十一年刻本。
② （清）邓鸿荃：《秋雁词》，民国七年刻本。

烟景霁。钩藤瘦杖融泄。闲寻禹穴下瑶梯,冻岩渗水。素妆仙女散花回,千灯猿鸟娟丽。　绕危槛,看堕蕊。袜罗剪露层碎。晶虬细甲近娜嬛,洞天似呎。有人击壤按商歌,鸾箫吹又何世。　秣成鹤氅半委地。沁残云、雕粉屏绮。壶里沽春无计。向冰泉试约,长房一醉。青玉簪宜寒光洗。①

集中记述美舰士兵纪功碑、古巴总统连任、梅兰芳访美并获赠博士学位等事,亦颇有词史价值。朱祖谋序曰:"惊采奇艳,得于寻常听睹之外,江山文藻,助其纵横,几为倚声家别开世界。"②《忏盦词》取径梦窗甚明,且基本达到了传统词人对此类词体革新所能认同的最高审美标准,因此深得朱祖谋叹赏。

以今所见资料可知,词体革新的尝试自1880年前后开始出现,早于"诗界革命"的提出。仅现在资料所及,已近百首,可以想见随着对清词资料的梳理,会出现更多此类作品。这些创新,一方面成功地加入了新词语或新事物,并且由于一些大师的加入,始终保持着较高的艺术水准,未出现"诗界革命"中"挦扯新名词以自表异"的现象。尽管多数作者并未提出改革词体的要求或主张,但他们在创作上的尝试不应忽视,可以说,在西方影响下,19世纪末确实存在词体在语言、意象和主题方面的创新与开拓;这种革新所呈现出来的内涵和张力,标识了传统词体向现代性转变的可能程度和现代性意义上的词学得以建立的可能性。但另一方面,这些词作仍大多保持着旧风格,甚至极少出现在词句中加入新词语的尝试,这也凸显出词体自身格律对词体新变的束缚与尴尬。

2. 词体现代性转变之尴尬

《海山词》的命运颇可说明词体现代性转变尝试中遭遇的尴尬。以潘飞声本人来说,自然是希望德国诸作可以流传身后的,因此归国后遍请题辞,并于1898年将德国期间作品彙集国内诸作合刻为《说剑堂集》四卷,此即《说剑堂集》仙药洲本;又请居廉作《独立山人图》遍请题辞以为纪念。在潘飞声归国前后,《海山词》的文学价值是获得肯定的,张德彝、姚文栋、承厚、沈宗畸、金武祥、陶森甲、井上哲、金井雄等均为

---

① 廖恩焘:《忏盦词》卷一,民国二十年刻本。
② 廖恩焘:《忏盦词》序,民国二十年刻本。

作序并给予极高评价,之后也得到了如丘逢甲、冒鹤亭等人的赞誉。然而在这些题序中,除姚文栋、井上哲言及"古来词家未有"外,同时诸人题词或是赞赏妙写丽情之才,或是欣羡潘飞声冶游之艳遇。而姚文栋亦颇艳羡潘飞声的遭际:

> 予使太西,始识兰史于百林。年少翩翩,盛名鼎鼎。携镂玉雕琼之笔,作栈山航海之游。草草光阴,流连三载;花花世界,邂逅群仙……独开生面,妙写丽情……读者艳其才,并艳其遇矣。

其余词序大约如此,可见无论是与潘飞声同游柏林者,还是归乡后请题序的同乡,对《海山词》亦主要持"妙写丽情","草窗风调梦窗词,情是三生杜牧之"的观感。这一方面固然是因为《海山词》中有大量描写丽情的词作,所表现的仍然是缠绵悱恻的情趣;另一方面也可见出时人并未注意到潘飞声在词境尤其是词句上的创新,他们所欣赏的仍然是缠绵悱恻或思乡怀人等符合"草窗风调梦窗词"这种传统审美的词作。

《海山词》中词体改革方面的不被重视还体现在"诗界革命"的主要参与者并未继续《海山词》所采取的词体革新策略;而潘飞声本人作为"诗界革命"的参与者之一,也再未在词体上表现出创新的意图和尝试。潘飞声回国后第二年即与黄遵宪订交,黄遵宪因题《独立山人图》:"四亿万人黄种贵,二千余岁黑甜浓。君看独立山人侧,多少他人卧榻容。"[1]现代性意义上的民族国家观念此时已初露端倪。作于1896年的《酬曾重伯编修并示兰史》:"废君一月官书力,读我连篇新派诗。风雅不亡由善作,光丰之后益矜奇。文章巨蟹横行日,世变群龙见首时。手擷芙蓉策虬骊,出门惘惘更寻谁。"[2]首次提出"新派诗"的概念并将潘飞声引为同调。而同为"诗界革命"巨手的丘逢甲在《题独立图》中亦呼应了黄遵宪的变革主张:"举国睡中呼不起,先生高处画能传。黄人尚昧合群理,诗界差存自主权。"[3]可见潘飞声为纪念柏林之行的《独立山人图》是黄

---

[1] (清)黄遵宪著,钱仲联笺注:《人境庐诗草笺注》,上海古籍出版社1981年版,第1238页。

[2] 同上书,第762页。

[3] (清)丘逢甲:《云岭海日楼诗钞编外集》,民国二年刻本。

遵宪、丘逢甲等人表达政见并作出"新派诗"实践的重要载体。丘逢甲还盛赞《说剑堂集》的开拓意义："直开前古不到境，才力横绝东西球。"① 但黄遵宪、丘逢甲等人均未接过《海山词》对词体所作的新变，潘飞声本人也再未在词作中做过类似的尝试。如黄遵宪存词极少，其中《双双燕·题兰史〈罗浮纪游图〉》被钱仲联先生认为有"别开疆宇的作用。作者是晚清诗界革命的旗帜，这词也可作词界革命观"②。而潘飞声对此词极为叹赏，因和之：

> 罗浮睡了，看上界沉沉，万峰未醒。唤起霜娥，照得山河尽冷。白遍梅田千井。见玉女、青青两鬓。恰当天上呼船，倒卧飞云绝顶。
> 　　仙径。有人赋隐。羡蝴蝶双栖，翠屏安稳。烟扃拟叩，还隔花深松暝。谁揭瑶台明镜，应画我、高寒瘦影。指他东海火轮，只是蓬莱尘境。③

此词仍是传统词人的意趣与笔法，与黄遵宪相比，在意象、语言与境界上更毫无创新之处。归国后潘飞声的词作风格大抵如此。也就是说，归国后，潘飞声在诗作方面接受了黄遵宪等人创新的要求，但在词体创作方面却退回了传统词体的领域。

民国二十三年（1934），潘飞声去世，其学生将遗集十六卷请夏敬观、叶恭绰等重新删选，刻为《说剑堂集》六卷本。六卷本中《海山词》只录二十阕，记柏林招妓冶游者皆不存，且以新词语入词者尽未录入，可以说这一版本已不能复见《海山词》原貌及其在词学革新上的尝试。根据夏敬观在序中所言，《海山词》等虽有获誉但"流传未广"，到了民国二十三年，潘飞声的词作原稿不存，则叶恭绰、夏敬观等人可能未及见《海山词》全本。然而从夏敬观在《忍古楼词话》中赞赏廖恩焘《西河》词，认为朱祖谋所评不诬，却未及见《海山词》原稿，一隐一显亦可透

---

① （清）王松：《台阳诗话》下卷，《台湾文献丛刊》第34种，台湾银行经济研究室编，1994年。

② 如张宏生教授所言："黄遵宪所作仍明显使用了传统的比兴手法，需要更进一步的追索，才能将其语意搞清楚。"黄遵宪此词仍然在词体本身取向于苏辛一派的审美框架内。张宏生：《诗界革命：词体的"缺席"》，《南京大学学报》2006年第2期。

③ （清）潘飞声：《说剑堂集》第6册，中华民国二十三年刻本。

露出19世纪末20世纪初词体现代性尝试的尴尬处境。

究其原因，首先是由于潘飞声及其他早期词体革新的尝试还未达到足以树立典范的水平，也没有相关的理论为羽翼。以潘飞声为例，在柏林期间潘飞声不过三十岁，诗词创作尚不成熟，有不少是模仿甚至直接采用龚自珍等人的词句。并且如前所言，潘飞声的海外作品极可能是由于无法从传统语言中找到替代而不得已为之，由其回国后的创作取径也可以看出本人并不重视这一时期的新变。而王鹏运、朱祖谋等大家的作品中此类作品也是极少数，多为社题分咏之类的游戏之作，并不具备典范的意义。

其次，从19世纪末到1931年朱祖谋下世的这段时间内，词坛仍然大多遵循"问途碧山，历梦窗、稼轩，以还清真之浑化"的入门取径，以立意为体，守律为用，即使如文廷式等参以苏辛者，词作风格也依然是吞吐含蓄，"不肯一语道破"，更遑论以新词语入词了。潘飞声本人在归国后，填词重归绮艳一路，显示的正是词学审美上传统力量的强大：当外在施加的影响和冲击消失或不再明显后，作品亦复归于传统语言之中，词体的现代性转变在这一时期仍是被动的。

再次，文人选择文体往往是出于内容的需要，而文体本身又反过来规定了文人写作的方式。词在数千年的传统中，早已形成了或寄兴深微或缠绵绮艳的要眇宜修的文体特质，这正是诗词分途之处。如张宏生教授所言："由于固定字数的长短句形式，以及含蓄幽微的语言特质，它无法完全像诗一样，对于现实生活具有宏大的表现力。"[①]"文体其实是人类把握世界的方式，是历史的产物，积淀着深厚的文化意蕴。时代和群体选择了一种文体，实际上就是选择了一种感受世界、阐释世界的工具。"[②] 当文人感受到西方文明的强势而欲将现实经验宣泄于作品中时，往往会选择具有更大表现力的诗体，这也使得词体的现代性转向要求没有那么紧迫。

最后，正如前文所言，词学在革新的方向上缺乏参照。晚清词家不乏意识到词体与现实经验的巨大脱节而有革新要求的，但他们往往只能"以复古为创新"，或参以苏辛，或主张南北宋合流，或重拾音律，直到1916年后胡适找到了词学的革新方向——白话词，词体向现代词学的转

[①] 张宏生：《诗界革命：词体的"缺席"》，《南京大学学报》2006年第2期。
[②] 吴承学：《中国古代文体形态研究》绪论，中山大学出版社2000年版，第4页。

变才逐渐由暗流而成为显流。①

小结

在以往的清末词学研究中，"词体革新"多被认为处于较为落后的状态，虽有大量的反映时事的词作出现，却因为词意的隐晦、意境的陈旧、语码的固定而缺乏新的风貌。然而经过爬梳词籍，我们发现了一些吟咏新事物、新经验或以新词语进入词题、词序甚至词句的作品。这些作品直接反映了中西交往的过程，或是体现了当时部分文人对西方文化的态度与再诠释，并成为传统词学向现代词学的过渡的一部分。

但不可否认的是，尽管经过翻检词籍发现了不少具有现代性意义的词作，但由"诗界革命中词体缺席"这一普遍印象可见这类尝试并未得到广泛注意，潘飞声等人此类作品的命运也从侧面说明了这一时期的词体现代转型并不成功。直到胡适尝试并推举"白话词"并在1926年编辑《词选》作为中学课本，现代词学才依赖于并不成功的"白话词"运动而开始建立。

因此，本文并不打算拔高1877—1926年之间的带有现代性转型意义的词体革新尝试的意义，而是希望以潘飞声《海山词》为中心，通过对其时"词体革新"作品的梳理，能够揭示出词体本身对于西方文化的隐蔽的应对过程：即使词并没有像诗那样进入主流的文体革命，却仍然体现出词这一文体本身所具有的一定的变革张力。通过联系其他的反映时事的词学创作及词学主张，或许可以进一步说明词学并不是突然完成了其由古典向现代的转向，它一方面由强大的传统语码来表达世事国变，另一方面却有一部分文人已然直接尝试以新词语、新意象入词。然而这些作品的命运，也说明了词体本身对现代变革的制约与尴尬，也正是在对词体本身的表达局限有所认识和反思的过程中，现代词学才得以建立。

---

① 尽管胡适的白话词尝试并不成功，理论建构也十分幼稚，但胡适以白话入词的理论意义在于既部分符合了词体本身来自民间的俚俗的一面，又响应了词体变革所必须面对的语言革新问题；最为重要的是，胡适通过推崇白话词将词体推到从未有过的尊崇地位，客观上造成了词在1927年后的揄扬普及，正如龙榆生所言："自胡适之先生《词选》出，而中等学校学生，始稍稍注意于词，学校中之教授词学者，亦几奉此为圭臬；其权威之大，殆驾任何词选而上之。"

清末文人西方书写策略及其地域特征

——以袁祖志与潘飞声的海外行旅书写为中心

郭文仪

  1883年，时任轮船招商局总办的唐廷枢率员赴欧考察，当时在上海文坛颇有影响的袁祖志也在随行之列。赴欧期间，袁祖志不时有诗文通过电报即时发表于《申报》，引起广泛的唱和。归国后，《谈瀛录》便结集出版，畅销一时，以至于数次再版。《谈瀛录》的成功直接促进了类似海外行旅书写的出版。这些作品以猎奇、异化的书写策略迎合并引导了上海读者的文化品位及对异域的集体想象，又促进了更多类似的海外行旅书写的出现。

  而在稍后的广州，潘飞声接受德国当局的邀请，前往柏林教授汉语。潘飞声逗留柏林期间作品《海山词》等亦在归国后相继刊刻出版。与袁祖志等人的行旅书写相比，潘飞声的作品呈现出一种截然不同的"刻意寻常"的风貌，其作品传播范围与影响也与袁祖志大不相同。而通过这两种面对西方文化的不同书写策略的对比观照，或可对这一时期文人面对西方的复杂态度以及其时沪、广两地文化性格的地域性特征有所了解。

一 清末"现代性"意义的海外行旅书写的产生

  1877年1月，受马嘉礼教案影响，清政府第一个驻外使馆在伦敦创设，郭嵩焘出任公使，此后因中西交流日益频繁，"现代性"意义上的海外行旅书写也开始出现。

  这里所谓的现代性，是指马克斯·舍勒（Max Scheler）所谓的包括社会制度和精神气质（体验结构）层面的结构转变的"总体转变"。在这一定义下，心态的转变是现代性总体转变过程中最深层和最根本的部分。从行旅书写的角度说，当人们初步地具有多元跨国经验时，心态发生转变，中心/边缘、凝视/被凝视的双重矛盾体验和心态构成了现代化总体转变的一个部分。因而所谓现代性意义上的海外行旅书写，就是指能够直接参与到行旅者心态在中心/边缘、凝视/被凝视①的状态下的变化或反映出这种心态变化所带来的矛盾的行旅书写。需要指出的是，本文中的行旅书写主要指能反映此类心态的海外游记文学，不包括政府官员的报告和信札；事实上，清末赴欧官员的报告大多有较为严格的内容与价值取向，也确实不能像私人层面的书写那样更清晰地显示撰写者的心态。

正如近代中国行旅写作研究者所指出的那样，1912 年以前的海外游记文学尽管能够体现在凝视/被凝视、中心/边缘下士人心态的不同程度的改变，但总体而言，仍始终暗藏着"中国中心"为主的普遍性文化想象。尽管在现实中，地理上的中国中心观已被否定，而国力的衰弱也显而易见，但文化意义上的中心意识却依然存在（无论是真心认同或是在被边缘化的焦虑下出于维护自信的需要）。尤其在政治中心的北京，对西学的态度时有变化，彼时朝中对于西方的轻视与畏惧，也自然影响了其后使西官员的言论取舍。因此，对西方"异化"、俯视的倾向也或多或少有官方态度的影子，通过影响当时的士人的言论、游记，又反过来构成了其时人们对于西方的集体想象。而在现代性行旅书写刚刚出现的 19 世纪 80 年代，政治尚称"中兴"，文化上的优越感更是明显，出版于这一时期并首次产生广泛影响的《谈瀛录》，体现出的正是一种文化正统上的自我维护与肯定，《谈瀛录》的成功，也说明了其时人们对这一文化中心主义的普遍认同或需求。然而，稍后的潘飞声在海外书写中体现出的相对客观的态

---

① "凝视"代表着一种居高临下的态度。埃勒克·博埃默在《殖民与后殖民文学》一书中对"凝视"的定义是："在殖民主义叙事文学中充当结构性隐喻或曰概念隐喻的，也许是个最具确定性的因素，那就是文本中欧洲人所采取的统摄俯视的观察角度，它也被称作'殖民者的凝视'。随着一个国家殖民渗透的深入，这一类的凝目注视在一系列的调查、检查、审查、窥探、细察等活动中显化了……在很大程度上露出一副窥淫癖的嘴脸。"[英] 埃勒克·博埃默：《殖民与后殖民文学》，盛宁等译，辽宁教育出版社 1998 年版，第 80—81 页。本文的"凝视"着重于说明一种居高临下的态度，此时中国虽在实际上不处于凝视的位置，但仍通过"文化中心"的自我肯定试图维持"凝视"的态度。

度，则显示了部分士人对西方文明的清醒认识，及在这种焦虑下采取的另一种书写策略。

由于袁祖志与潘飞声周围的文人群体恰恰各以上海口岸文人与广东（包括香港及受到粤东文化辐射的）文人为主，因此两人作品体现出的对西方的书写策略及作品在周边产生的影响亦正可说明这一时期两地文人或读者面对西方文明的不同应对策略；亦可一窥具备"现代性"意义的海外行旅书写在产生之初因空间不同而表现出的不同特征。

二 袁祖志《谈瀛录》与上海新兴文人群体的文化想象

由于近来学者对袁祖志及其《谈瀛录》、王韬及其《漫游随录》有较多研究，因此择要述之。

上海自开埠以来，因经济迅速发展，吸引了大量中下层文人涌入，从而形成了新的文人群体——口岸文人。庚子以前，这些文人大多出身不高，与主流文坛较为隔阂，对西方态度则较为开放，是除了广州文人外对西方接触最多的文人群体，在相当的时间内成为中西交流的主流群体。[①]而《谈瀛录》的作者袁祖志正是一位介于主流文坛与口岸新文人之间的人物。袁祖志为袁枚文孙，致仕后任《新报》主笔，为人慷慨多金，在当时上海的报界文人中，算得上鹤立鸡群。1883年4月18日，袁祖志随唐廷枢考察西欧各国。这种半公家的身份，使得当时大多沉沦下僚的报界文人颇为自豪，从确认袁祖志为考察团成员开始，上海的报人团体便广为宣传。4月21日，《申报》就刊出了孙世澂的送行诗作，将此次游欧比为张骞凿通西域之壮举。此后《申报》不断有送别诗作刊登。如管斯骏送别诗："几万里程囊健笔，一天星外泛灵槎。中朝柔远和邻国，大令征奇访物华……"[②] 不难看出彼时上海文人群体仍是以"一统山河扬帝德"、"车书一统，万国来朝"的上国心态和期许面对西方的。

[①] 1870年之前，"担当着晚近中国交流主体的，并非当时占据社会主流，拥有至高话语权的精英文人——士大夫阶级，而是那些处于知识界边缘的落魄失意的民间文人"。段怀清：《传教士与晚清口岸文人》，广州人民出版社2007年版，第4页。

[②] 《袁翔甫大令应聘出洋，登程忽促，余得信稍迟，未获恭送，诗坛领袖，蓬赴长征，回首当时，益增离索，衷怀瞻瞻，不能无诗》，后被袁祖志收入《海外吟》，《谈瀛录》，同文书局1884年版，第1页。

10月17日，《申报》登载了袁祖志在巴黎的两首七绝，引发了新一轮的诗歌唱和。① 此后，袁祖志不时通过电报在《申报》刊登诗文。1884年1月19日，袁祖志归国，《申报》随即登出《抵家作》二诗，又引起新一轮唱和。这些唱和的范围，无论在时间还是空间上，都大大超过了传统文人的唱和范围，吸引了大量下层文人的积极参与，文人乐于以之饵名，《申报》亦以之吸引读者，造成极大影响。因此袁祖志归国不久，便将海外著作编成《谈瀛录》，由同文书局印行出版，畅销一时。②

《谈瀛录》共六卷，卷一《瀛海采问》类似于官方报告，从政令、民俗、疆土等方面记录了旅行见闻；卷二《涉洋管见》则多为政论文章；而最受欢迎的是卷三《西俗杂志》、卷四《出洋须知》以及《海外吟》。如果说《海外吟》通过收入袁祖志作于海外的诗作及上海文人的唱和作品，从而满足了下层文人追求作品刊录带来的声名和身份认同的需求，获得了洋场文人的广泛赞誉③，那么卷三、卷四则着力于描述寻常民生的独特细节来吸引广大的市民，如《西俗杂志》中对巴黎、伦敦的公共马车、火车、城市污水处理等的不厌琐屑的细致描述：

> 大便之所最为洁净。舟中及层楼之上，一律皆然，既毕，当将水管取提一二次以涤其秽，不得不顾而去，然拭秽则以字纸，不惜也……小便之所亦精巧，通衢僻巷不一其状。最妙者，皆有吸水之管，自朝至暮，任时时涤之，故绝无恶臭。④

甚至大小便之所亦津津乐道，绝不自矜身份，其趣味之趋俗颇满足了其时上海市民的口味，无怪乎大获成功。

《谈瀛录》的另一个重要特征是猎奇。或是出于半官方的身份自豪

---

① 如12月26日《申报》刊登的杨伯润《袁翔甫大令海外寄怀依韵奉答》等。
② 关于《谈瀛录》之成功及成功原因的探讨，已有学者专文论述，大抵由于作者的名人效应、媒体的成功造势、写作策略的恰当以及文笔通俗优美等等，详见吕文翠《晚清上海的跨文化行旅：谈王韬与袁祖志的泰西游记》，《中外文学》第34卷第9期，2006年2月。
③ 如1884年3月19日《字林沪报》即有赵宏《喜读袁翔甫海外吟》诗二首，其后《申报》亦刊登多首题赠，可见此时《海外吟》已集结成册并获肯定。
④ （清）袁祖志：《西俗杂志》，《谈瀛录》卷三。

感，或是出于报纸吸引读者的需求①，或是出于挟洋自重的需要②，《谈瀛录》中时有对西方猎奇、异化的描述。如对妇女的衣着行为大为惊讶："妇女入王宫皆以肉袒为敬，寻常见尊长必以口承尊长者之左右，吻唧有声，极为骇异。"③袁祖志还浓墨重彩地描写了法国的红灯区的种种"骇观"。因此种种，袁祖志对西方虽不乏客观描述和肯定，却仍然同时有着根深蒂固的天朝上国"夷狄不知有礼"的态度：

> 最可骇者，中土父慈子孝，谊笃天伦。泰西则父不恤其子，子不养其父，既冠而往，视同路人。中土女慕贞洁，妇重节操。泰西则奸淫无禁，帷薄不修，人尽可夫，种皆杂乱。噫嘻，风俗之相反至于如此，其极亦乌足以立于人世也耶？④

也或许正因为袁祖志善于捕捉西俗中"骇异"的部分，将之置于中土文明的对立面加以贬低，颇满足了其时上海文人与市民在面对十里洋场的繁华时所急需的文化自信。加上良好的人脉，有力的促销方式，《谈瀛录》自刊刻起便大受欢迎，以至于又再版多次。⑤ 无论袁祖志的这种态度是出于本人的观感还是出于报界文人猎奇的追求，《谈瀛录》以其强大的影响力直接促进了类似海外行旅书写的出版，王韬的《漫游随录》便是随后出版的。

《漫游随录》1887年起以图文连载形式刊登于《点石斋画报》直至1889年2月，可见颇受欢迎。虽晚于《谈瀛录》出版，但王韬早在1867年便出游英法，时隔二十年重新整理当年的游记，确实要比袁祖志客观平和许多。然而早年间王韬有着严重的身份危机，1859年王韬在墨海书局

---

① 袁祖志尚在海外就通过电报寄诗《申报》，《申报》也通过诗词专栏，组织了一轮轮的唱和；归沪后各地文人的赠诗也不啻为《谈瀛录》造势。
② 袁祖志《海外吟》卷下为《海外怀人诗》，均创作于海外，并先后通过《申报》发表，所赠对象多为著名文人与政商名流，如钱昕伯、何桂笙、邹弢、张叔和、孙世瀛等。另《海外吟》中有赠王韬诗："海上当年一识荆，又从海外耳鸿名。"虽是赞誉王韬，却也可看作袁祖志挟洋自重的自期。
③ （清）袁祖志：《西俗杂志》，《谈瀛录》卷三。
④ 同上书，《谈瀛录》卷二。
⑤ 《申报》多次刊登了《谈瀛录》再版的广告，而1887年管斯骏看中此书的商业价值，由自家"管可寿斋"重印《谈瀛录》，可见此书十分流行。

工作，写给亲友的信中屡屡为自己处境而羞愧："学问无所成，事业无所就，徒蹒天蹐地于西人之舍，仰其鼻息，真堪愧死。思之可为一大哭！"①事实上，王韬并非主动出游欧洲，而是由于因通信太平天国而被朝廷缉拿，不得不远走。而在《漫游随录》出版的1889年，上海文人的思想已经大不相同，王韬也早已因游欧经历摇身一变成为一方耆旧，即袁祖志所谓"又从海外耳鸿名"，对早年经历的观感自然大不相同，反倒是早年书信颇能见出早期口岸文人心态中对西方文化的排斥和无法自我认同的一面。在了解了王韬的心态变化与报人经历后，再看《漫游随录》的内容的取舍，便颇可见出其受《谈瀛录》的影响，或者更确切地说，此类作品对其时读者需求的把握。如《漫游随录》详细描述了伦敦火轮车，与袁祖志《涉洋管见》(火轮车记)内容几乎不谋而合，而下段着重描述了伦敦地铁内的隧道市集，亦见于《瀛海采问》。此外，对邮电、报业、下水道、妇女婚嫁、教育制度等的描述也多重合。考虑到《谈瀛录》产生的巨大影响及《漫游随录》采取的连载方式，这些重合就不能单以巧合来解释了。可见袁祖志、王韬二人对沪上读者品味的把握相当一致；亦可窥见当时上海读者对西方文化想象之一斑。

三 潘飞声《海山词》与广东文坛之反响

在上海的海外行旅书写大行其道时，广州十三行之一同文行的后人潘飞声，亦开始了其泰西之旅。潘飞声此时在广州已小有名气，驻粤领事熙朴尔便代表德国政府延其讲学德国。潘飞声一方面出于生计的考虑，一方面可能希望摆脱丧妻失子之痛②，接受了德方的邀请。

潘飞声之所以受到邀请，除"才名为域外所慕"外，恐与其出身关系更大。五口通商之前，十三行在相当的程度上承担了外交中介的任务，在西方有极大的影响。潘飞声尚未赴德，便有亲属写信向德国贵族打听柏

---

① (清)王韬：《弢园尺牍》，中华书局1959年版，第60页。
② 潘飞声与其妻梁霭（1862—1887）于1879年完婚，婚后育有二子。次子祖超或因误诊，死于疹疾。梁霭伤心欲绝，于1887年4月27日辞世。参见潘飞声《悼亡百韵》，《说剑堂集》卷四，光绪戊戌三月（1898）仙药洲刻本。

林生活情况。① 可以想见，正是家族与西方的这种联系，使得潘飞声进入了德国使节的视线。

潘飞声讲学于东方语言学院，待遇相当优渥。② 三年约满后，因表现出色，德方曾许加薪续约，但被潘飞声谢绝，于 8 月 26 日启程回国。在德国的三年中，潘飞声以文字遣怀，除政论文与少量日记外，最能反映其心境的，就是《海山词》（六十三首）了，这也是近代第一部也是唯一一部创作于欧洲的词集。金井雄题《海山词》六绝颇可作其导读，其四曰："歌舞欧西眼易青。冶游休说似浮萍。洋琴试按衷情曲，帘外蛮花解笑听。"③ 点出了《海山词》的两大主题：思乡怀归与交游、恋情。

1. 《海山词》中西方书写的"刻意寻常"

与沪上西方书写不同，《海山词》的基调是思乡怀归。潘飞声以"浮梗飘萍"等意象来表达自己漂泊不定、远离家乡的困境。如《海山词》第一阕为潘飞声西行的赋别词，即有"早萍梗看身世"、"归梦知何际"的感喟。而在柏林婉拒"女郎有字莺丽妮者，屡订五湖之约"时，更直言："伤心事，我正风尘羁旅。萍踪漂泊无据。柏陵花月非侬宅，剩可五湖归去。""柏陵花月非侬宅"一句正可代表潘飞声及其时常驻欧洲的文人对西方生活"江山信美，终非吾土"的态度。潘飞声与柏林友人唱和词作中也屡屡出现"摇落欧洲，不如归也"（《齐天乐·题竹君江户琐谈后》）、"奈年年、漂泊滞欧洲，青衫客"（金井雄《满江红·赠兰史先生》）等思归之叹。

《海山词》的另一主题是交游与恋情。从潘飞声的作品来看，在德期

---

① 根据洪再新在柏林普鲁士档案馆所见"桂林—潘飞声"档（第 10—13 号），为某德国人在广州遇到潘飞声亲属（署名为 Honggua）并要求其转递给潘飞声的一封英文信，时为 1888 年 1 月 28 日。档案中透露，Honggua 于 1887 年 8 月 22 日曾写信给德国黑森州的一位贵族，希望向柏林普鲁士皇室了解潘飞声在德国的生活情况，此时潘飞声尚未启程。转引自洪再新《艺术鉴赏、收藏与近代中外交流史——以居廉、伍德彝绘潘飞声〈独立山人图〉为例》，故宫博物院院刊 2010 年第 2 期。

② 潘飞声主要教授南音（广东话），与另一位北音（北京话）教师桂林约有学生 20 人，月薪各 350 马克（根据其时帝国统计局所作的生活预算，1894—1902 年间，一个五口的工人家庭维持最低生活水准的费用为每周 24 马克 40 分尼。该数据来自维纳·洛赫《德国史》，生活·读书·新知三联书店 1959 年版，第 538 页）。此外，二人除圣诞休假两周外，春、秋各有两个月假期。张德彝：《稿本汇编航海述奇》第 6 册，北京图书馆出版社 1997 年版，第 117 页。

③ 本文所引潘飞声诗词如未指出，均引自潘飞声《说剑堂集》卷四至卷六，光绪戊戌三月仙药洲刻本。

间，除平常的交游旅行之外，还结交了几位"红颜知己"，也有过几段露水情缘。然而最让潘飞声恋恋不忘者，是与琴师媚雅的一段旧情。归国后潘飞声著《在山泉诗话》，有几则专门记述媚雅，自言"自维平生恋别，未有如媚雅者"[①]，多年后的留恋之意，见诸纸间。《海山词》中，亦有七首涉及媚雅，"香肩几度容偷傍。脉脉通霞想"云云，可见二人关系较为亲密。邱苇蓤在《五百石洞天挥麈》中曾详记此事。《海山词》中为数不多的对西方生活的浪漫描写，亦多出现在这一类词作中，如《洞仙歌》（序曰："同媚雅、芬英、高璧、玲字四女史夜过冬园观剧。歌停，日本舞妓阿摩鬐出扇索书，赠以此词。"）上阕曰：

> 电灯妒月，荡琼台香雾。笑逐嫦娥听歌舞。正珠帘乍卷，宝扇初开。花影乱、忘了倭鬟眉妩。

"琼台香雾"指西洋的舞台效果，"电灯"、"倭髻"亦富异域色彩，颇为新奇。又如记冶游的《临江仙·记情》：

> 第二红楼听雨夜，琴边偷问年华。画房刚掩绿窗纱。停弦春意懒，侬代脱莲靴。　　也许胡床同靠坐，低教蛮语些些。起来亲酌架菲茶。却防憨婢笑，呼去看唐花。

"架菲茶"为 coffee 的音译，描写了在女方家听钢琴、学德语、喝咖啡的生活情态。有时在词作中因文体限制无法将意思表达得淋漓尽致，便在词序中写出：

> 中土莲花栽于欧洲者惟极南之意大利有之。柏林则盛夏犹寒，最难培植。此园所得数茎，为玻璃圆屋以护风露，又疑铜管注热水其中，使温煖如中土地气。花时播之日报，倾城来观。

此类直接描写西方日常生活、器物的作品数量不多，与袁祖志夸张、琐屑

---

① （清）潘飞声：《在山泉诗话》卷三，古今文艺丛书本，江苏古籍刻印社 1995 年版，第 28 页。

的风格相比，潘飞声笔下的西方器物与景致较为客观、写实。

潘飞声亦有夸耀艳遇性质的作品，与袁祖志似有相似之处，如《一剪梅·斯布列河春泛》：

> 日煖河干残雪消。新绿悠悠，浸满阑桥。有人桥下驻兰桡。照影惊鸿，个个纤腰。　　绝代蛮娘花外招。一曲洋歌，水远云飘。待侬低和按红箫。吹出羁愁，荡入春潮。

类似如《高阳台·戊子元夜酒座中赠洋妓安那》、《伤情怨》（序曰："德意志柏林城泉甘土沃，花事极盛……游览所及，写以小词。又以见羁人幽绪，随感而伤也"）等词，均极写风景之幽美，佳人之冶艳。然而这类作品下片却往往转入描写羁愁之苦，抒发思乡之情。这也是《海山词》中的一大特色：将情爱交游与思乡怀归相结合，风景越幽美，游伴越冶艳，思乡之情就越发强烈。

潘飞声在诗词创作的处理上，虽然并没有完全回避新的词语、事物的使用，也大多记叙在柏林的交游，但几乎看不出他对自己作为除了林鍼、戈鲲化之外最早赴西方讲学的这一身份的认同或者不满。但这并不代表潘飞声没有意识到欧洲的不同，在政论文和翻译中，潘飞声对欧洲各国的先进之处有着很清醒的认识。而从《柏林竹枝词》来看，潘飞声也比较关注德国女性的婚姻和教育，并有对人体素描和妓院的描写，与袁祖志态度亦绝不相同。如写人体素描"写真别具丹青笔，羞仿华清共浴图"，并自注"《两美出浴图》，风神绝有"，从艺术鉴赏的角度对人体素描做出肯定。

综上所述，潘飞声在作品主的基调仍在于思乡怀归，且未表现出上海文人海外书写时所体现出的或多或少的猎奇、异化或夸大。在诗词中，除必要的地名、物名以及事物交代外，包含异国元素的作品皆与宴游、恋情有关，其中的西洋元素又大多是音译的地名，内容也多是思乡之情，态度也较为写实，很少夸张，更不用说以"骇异的"来形容事物；同时也没有显现出"被凝视"的局促。即使是这些作品，西方的背景也并不明显，若是换个标题换个地点，恐怕也并没有什么不妥。如《诉衷情·听媚雅女士洋琴》：

楼迥。人静。移玉镜。照银桄。琴语定。帘影月朦胧。芳思许谁同。丁东。隔花弹乱红。一痕风。

此词如无词题说明是为听钢琴演奏而作，读者只会当作普通的文人听琴之作来理解。这种"处异境而以为常"的态度，与袁祖志等人的海外游记相比，未免显得有些"刻意寻常"了。

那么，这种过于"寻常"的状态是否是刻意为之呢？也就是说，是否也是一种遭遇另一种文化的应对方式呢？

首先要考虑的，是潘飞声行商的家庭背景是否影响了潘飞声对海外事物的态度。潘氏家族对西人的生活并不陌生，如潘飞声曾祖辈的潘有度有《西洋杂咏》二十首。可以想见，潘飞声对于一些常见的西洋事物和制度并不陌生，不会像袁祖志那样对各种奇巧的机关津津乐道，更不会有像王韬那样排斥不安的态度，这大概正是潘飞声能够淡然处之的原因之一。

然而，无法否认的是，其时潘氏家族早已弃商从儒，这种整个家族对于对官商身份的舍弃，从第一代家长潘振承时代就开始了，其后潘有度更是一度以行贿十万银两的代价获准退商。在这样的家族认知下，潘飞声在十三行退出历史舞台四十年后，以一个不懂德语的有志于科举的传统文人的身份踏上制度截然不同的陌生国土①，并且这一国土普遍存在着对华人的微妙态度，而似乎毫无反应，恐怕就不能以见多识广来解释了。

更重要的是，潘飞声在香港得以立足的政治资本和后半生的社交关系，多建立于此，归国之际各大报纸皆有报道；潘飞声也主动请人为作品题序，并请居廉作《独立山人图》以为纪念，也算是"海外耳鸿名"的成功范例。然而，在潘飞声归国之后的私人作品中，除怀人及最初的请人题序外，极少提及这段海外的经历，潘飞声去世后，这段历史更湮没不闻。② 最意味深长的是他与陈三立为他的《江湖载酒图》题词所进行的唱和，陈三立诗为：

---

① 据洪再新《艺术鉴赏、收藏与近代中外交流史——以居廉、伍德彝绘潘飞声〈独立山人图〉为例》，潘飞声与熙朴尔见面时，均有翻译莱斯德（Reinsdorf）在旁。

② 潘飞声归国后的重要著作《在山泉诗话》中，仅提及欧西之行十五处，俱为背景交代及怀人。而1980年《走向世界丛书》，搜集颇广，却未录潘飞声作品，可见其经历之不传。

>潘侯耸奇骨，壮龄狎瀛海。磨淬万鲸牙，扬袂色不改。藏胸百国书，弃取意有待。引归镜得失，日怵从政殆。果迈鳌极圻，剑挝舞傀儡。蹢躅播歌吟，剩付辋轩采。逃世芰荷衣，骚心籲真宰。获拂载酒图，逸兴平生在。扁舟隔梦看，犹疑听欸乃。公其恋卧游，一醉掷千载。

潘飞声次韵：

>幽癖薄轩冕，奇踪聚江海。时论甘众违，意气独不改。沧桑一弹指，不饮复何待。独怜世饥溺，疮痍洊危殆。譬彼求疗师，望之几傀儡。陈侯逃世者，我夙慕风采。酒与陶潜共，肉笑陈平宰。击磬庸有心，荷锸意常在。掉头托烟水，闻声思欸乃。寂寂采薇歌，惟公荷千载。①

陈三立诗前两句极言潘飞声壮岁西渡之事，复言读百国书归来有意匡扶世事，却事与愿违，最后言其晚年归隐之志，用典妥帖，不愧大家。耐人寻味的是，潘飞声的次韵几乎直接跳过了壮岁西渡的故事，仅以"江海"二字承"瀛海"之喻，事实上淡化了陈诗中"壮龄狎瀛海"的寓意，把词意重新拉回了一般意义上的"江湖"游历。次韵赠答诗虽不必步其意，但自然以能承其意者为佳，以二人的水平而言，步意并无难度。因此，潘飞声略过"西渡瀛海"这种本值得大书特书的一段就很可以看出他的刻意的态度了。

综上，潘飞声的西方书写策略体现出两个突出特征，一是能够相对平等地观照西方文化并在作品中以写实的态度记录下来，一是在西方书写时有着"刻意寻常"的倾向。从《海山词》中屡屡出现的"浮梗飘萍"等意象的选择与使用可以看出，在潘飞声看来，西方再好也终非自己的故土，"柏陵花月非侬宅，剩可五湖归去"，因此或是出于对故国的感情，或是出于对国事的焦虑，他选择将自己从"柏陵花月"中抽离出来，以保留心中的故土。当然，尽管拒绝将感情投入到与故国截然不同的环境中去，潘飞声并没有拒绝在具体的待人接物中投入感情，事实上，潘飞声似

---

① （清）潘飞声：《说剑堂集》卷二，光绪戊戌三月仙药洲刻本。

乎给自己营造了一种环境与故国并无不同的假象，在这种假象中宴游思乡怀人，因此造成了其词给人"刻意寻常"的印象。

2. 广东文坛的反响

与潘飞声对海外经历微妙态度相应的，是与沪上海外行旅书写的热闹相比，潘飞声的游记与词集并没有激起大范围的反响；且同时的广州文人对潘飞声作品的赞誉中并不包括讲学柏林的境遇之奇，在《海山词》诸序中，潘飞声周围的文人所赞扬的乃是词作本身的文学价值或是潘飞声的恋情，唱和题词中多感怀招归之作，颇以潘飞声遭际为苦。

这些反应一方面是出于潘飞声出行性质的不同，以及对《海山词》怀乡作品的回应；另一方面也恐怕与广州作为最先与西方相遇的城市的地域特征不无关系。与其时上海洋场文人对西方文明的新奇、歆羡和依赖不同，广州经历过作为唯一通商口岸的十三行时期，也最先经历了与西方文明的对抗与交流及其后因上海、香港等地的崛起而产生的相对衰落，可以推测，对于和洋商打了近百年交道，并不乏广泛的中西交流经验的广州文人①来说，袁祖志和王韬的泰西之行或许并不是那么新奇，亦不会成为日常炫耀的谈资，引起他们津津乐道的兴趣。而在长期与西方文明的交流与冲突中，潘飞声及其周围的广州文人对西方文明已有了相当的了解与接触，因此当面对西方文化的冲击时，才能较为客观地写入笔端，并在认识到西方的先进之处的焦虑下，以寻常的态度刻意淡化，使之与平日生活无异。

潘飞声西方书写中所流露出的客观态度与对现实的关注在彼时广东士人中具有普遍性。之后的廖恩焘等人的行旅书写亦体现出写实、客观的态度。又如比潘飞声稍前且亦有留洋经验的黄遵宪就深感于西方的发展，成为促成中国文学现代性转变的重要人物之一；受黄遵宪影响的康有为等人更以效仿西方变革维新的姿态登上了历史舞台的。

余论

19 世纪 80 年代后，中西交流日趋频繁。当传统文人在海外旅行中进

---

① 例如潘氏曾在瑞典投资设立了海外贸易公司，潘振承本人也据言曾涉足欧洲。早期林则徐等人主持翻译局所需的翻译，亦均来自广州商人群体。

入到"他者"的文化与地理空间时,必然要与截然不同的西方文明发生接触或碰撞,这种经历往往带有强烈的时间交错和空间位移的特征。在陌生体验的冲击和面对前所未有的强势文明的焦虑下,士人的心理状态必然会发生改变,并将这种改变与应对策略投射到对"西方"的描述中;这种经过再加工的"西方"形象又引起了受众的共鸣、好奇与想象,对所叙述的不能亲见的空间与文明进行个人的幻想:这就是对"西方形象"的集体想象的构建过程。"西方形象"的构建于是经过了三重创造,即行旅者的观看、文字的表述和读者的理解,并在一定的时间和范围内反过来制约了后来者对"西方形象"的构建。

19世纪末中国士人对西方的文化形象的构建过程正是这样经由海外行旅书写完成的,而构建出的西方形象的复杂程度又超出了西方经典行旅书写研究的普遍认识。

以 Mary Louise Pratt[①]为代表的西方学界,对于行旅书写的认识往往弥漫着一种后殖民主义的"迷思":行旅书写往往是用一种凝视的态度,建立于东方主义的情结之上。换言之,欧美人的跨文化行旅书写往往唤起学者们对于探险、扩张、殖民、掠夺、拯救、征服等概念的追忆与讨论,与殖民主义、东方主义甚至女性主义相关。或是鉴于此,近年来欧美的行旅书写研究热点又开始转向殖民地作者的行旅书写研究(当然这种发展脉络也与后殖民主义的思路一脉相承)。而19世纪后半叶中国学者的行旅书写无疑是不同于这两者的,当两个同样强势的文明相遇时,当旅行者感受到文明的强弱对比与转化时,行旅写作遂呈现出复杂而难以概括的状态。

以袁祖志的《谈瀛录》为代表的沪上行旅书写,率先以异化、猎奇的书写策略凝视西方,并在相当的时间内为沪上读者构建了普遍的西方文化形象,可以看出,这些游记带有某种凝视的态度,但有时又隐隐透露出某种被凝视的焦虑。并且由于报纸等现代媒介的发达,读者的偏好成功地影响了作者对西方形象的描述,读者与作者共同构建了西方的形象。

而同时的广东文人,则因与西方文明有了更深一步的接触,并没有那种沪上文人与读者面对急剧变化的外在世界所产生的冲击感,因而采取了

---

① Mary Louise Pratt,代表作如 *Imperial Eyes: Studies in Travel Writing and Transculturation*, *Postcolonialism and the Past* 等,均为当代西方行旅书写与后殖民主义研究的经典著作。

一种淡化冲突的策略，体现在潘飞声及其周围文人的身上，便是在海外书写中"刻意寻常"的风貌及对海外行旅书写中异域色彩的漠视，也体现出广东士人对西方的相对客观态度。然而潘飞声等人的态度在一定的时间内远不如袁祖志浮光掠影式地描述与夸炫受欢迎，这也反映了其时大多数人或某个地域内的多数读者对于西方形象的集体想象。

近代中西方交流的复杂性正在于此：不同人在不同地理空间对自己处于凝视/被凝视、中心/边缘的定位均不相同，所采取的应对策略也各不相同。此外，海外行旅书写对时代亦极为敏感，甲午战败后，人们更明显地感受到被凝视、被边缘化的焦虑，对变革的渴望也愈加迫切，整个社会的精神气质几乎为之一变，此时面对西方文明所采取的策略也截然不同。因此本文所探讨的，只是在现代性意义上的海外行旅书写开始之初，上海文坛与广东文坛的代表作者所采取的有一定代表性的不同书写策略的原因与意义，以期对其时的士人面对西方的复杂心态抱有同情的理解，并对中国近代心态史及现代性转向过程的研究有所裨益。

（原载《江苏社会科学》2014 年第 3 期）

苏轼佚诗辨伪

陈伟文

苏轼集外诗的辑佚工作，至迟从明清时期就开始了，当代的苏诗辑佚则当推1982年中华书局《苏轼诗集》与1998年北京大学出版社《全宋诗·苏轼卷》贡献最大。但前贤在辑佚中也难免出现一些误收重收的问题，不少学者曾撰文商榷。如刘尚荣《苏轼佚诗真伪辨——关于苏轼的补编诗互见诗及其真伪的研究与评价》（《宝鸡师范学院学报》1990年第4期），马德富《苏轼佚诗辨正》（《文学遗产》2002年第5期）、《苏诗辑佚中的一些问题》（中国人民大学中文系《中国苏轼研究》第四辑，学苑出版社2008年版），胡建升《苏轼佚诗小考》（《文献》2008年第2期），陈新、张如安、叶石健、吴富海等《全宋诗订补·苏轼》（大象出版社2005年版）等。除了以上论著所指出者之外，笔者还发现苏诗辑佚中尚有不少误收重收者，今略作考证，以就教于方家。

1.《失题一首》："读书头欲白，相对眼终青。身更万事已头白，相对百年终眼青。看镜白头知我老，平生青眼为君明。故人相见尚青眼，新贵如今多白头。江山万里将头白，骨肉十年终眼青。"（《苏轼诗集》第2784页。辑自史容《山谷外集诗注》卷一七《寄忠玉提刑》"读书头愈白见士眼终青"句下引《王立之诗话》。）

按：此非一首诗，乃五诗联。核查史容《山谷外集诗注》卷一七《寄忠玉提刑》"读书头愈白见士眼终青"句注："《王立之诗话》云：读书头欲白，相对眼终青。身更万事已头白，相对百年终眼青。看镜白头知我老，平生青眼为君明。故人相见尚青眼，新贵如今多白头。江山万里将头白，骨肉十年终眼青。此东坡诗也，用青眼对白头非一，而工拙有差。"辑佚者所据即此注。然此段文字疑有讹误。阮阅《诗话总龟》卷

九、胡仔《渔隐丛话·前集》卷四八引《王立之诗话》，"此东坡诗也"皆作"此坡谷所作也"，《集千家注杜工部诗集》卷六注引《东坡别集诗评》亦有类似评论，亦云"此坡谷所为也"。又，史季温《山谷别集诗注》卷上《和答君庸见寄别时绝句》"平生青眼为君明"句注引《青箱杂记》云："范讽诗：惟有南山与君眼，相逢不改旧时青。杜少陵诗：别来头并白，相对眼终青。东坡诗：读书头欲白，相对眼终青。山谷：看镜白头知我老，平生青眼为君明。其余使白头、青眼甚多，惟此联与苏黄句法相似。"此处引"读书头欲白，相对眼终青"和"看镜白头知我老，平生青眼为君明"两联明确分署东坡和山谷，而此两联正见于史容注所引《王立之诗话》中，可证史容注所引《王立之诗话》"此东坡诗也"为"此坡谷所作也"之误。因此，所引五联并非苏轼一人所作，而是苏轼、黄庭坚两人之作。

今考此数联，仅第一联"读书头欲白，相对眼终青"为东坡作，见任渊《山谷内集诗注》卷二《寄黄几复》"想得读书头已白，隔溪猿哭瘴溪藤"句注引。其余各联皆黄庭坚作。"身更万事已头白，相对百年终眼青"见《山谷诗外集补》卷四《南屏山》。"看镜白头知我老，平生青眼为君明"见《山谷别集诗注》卷一《奉和答君庸见寄》。"故人相见尚青眼，新贵如今多白头"见《山谷外集诗注》卷六《次韵盖郎中率郭郎中休官二首》。"江山万里将头白，骨肉十年终眼青"见《山谷诗内集诗注》卷一《送王郎》。

2.《雷岩诗》："空岩发灵籁，彷佛如风雷。只疑函宝剑，天遣六丁开。"(《苏轼诗集》第2784页，《全宋诗》第9634页。辑自《永乐大典》卷九七六三引《宋苏东坡集》。)

按：此非苏轼诗，乃元揭傒斯《太平山杂咏》二十二首之八，见《古今图书集成·方舆汇·职方典》卷八五四南昌府部，又见雍正《江西通志》卷一五六。雷岩乃江西太平山二十二景之一，揭傒斯为太平山二十二景各作一诗，是为组诗《太平山杂咏》，《雷岩诗》即其中之一。

3.《谢人送墨》："墨月黳云脱太清，海风吹上笔头轻。琐窗冷透芙蓉碧，定有新明到九成。"(《苏轼诗集》第2786页，《全宋诗》第9634页。辑自《诗渊》第八册。)

按：此诗《全宋诗》除收录为苏轼诗外，第50册第31038页收录为杨炎正诗，第55册第34530页又收录为洪咨夔诗。考此诗应为洪咨夔作，见于《四部丛刊续编》影印景宋钞本洪咨夔《平斋文集》卷五《和续古谢送墨》。续古乃高似孙之字，洪咨夔与高似孙多有唱和，除此诗外尚有《和高续古省中雪》、《和续古密术》（皆见《平斋文集》卷五），可证此诗当为洪咨夔诗。

4.《江村二首》其一："野水开冰出，山云带雨行。白鸥乘晓泛，黄犊试春耕。地僻民风古，年丰米价平。村居自潇洒，况有读书声。"其二："野老幽居处，成吾一首诗。桑枝碍行路，瓜蔓网疏篱。牧去牛将犊，人来犬护儿。生涯虽朴略，气象自熙熙。"（《苏轼诗集》第2786页，《全宋诗》第9634页。辑自《诗渊》第十一册。）

按：两首皆戴复古诗，第一首见《石屏续集》卷三，又见《江湖小集》卷八〇、《锦绣万花谷别集》卷二〇，题作《山村》。第二首见于陈起《中兴群公吟稿戊集》卷二，亦题作《山村》。《全宋诗》第54册第33610、33611页亦已收录为戴复古诗。

5.《潮中观月》："璃玻千顷照神州，此夕人间别是秋。地与楼台相上下，天随星斗共沉浮。一尘不向山中住，万象都从物外求。醉吸清华游碧落，更于何处觅瀛洲。"（《苏轼诗集》第2787页，《全宋诗》第9635页。辑自明刻《苏文忠公胶西诗集》转引《胶西志》，清乾隆刊《胶州志》卷八。）

按：此诗载于明刘仔肩《雅颂正音》卷三、吴讷《文章辨体外集》卷三、郭良翰《问奇类林》卷一八、清钱谦益《列朝诗集·甲集》卷一八等，题作《湖中玩月》，作者为张绅。张绅，字士行，号友轩，山东人，元季寓居昆山，洪武中累官浙江布政。工书画，善篆书。张绅《湖中玩月》在明代甚为有名，不仅屡见于各种诗选，还颇得名家赞赏。王世贞《弇州四部稿》卷一四八《艺苑卮言》："七言律至何、李始畅，然曩时亦有一二佳者，如……张士行《湖中观月》：'地与楼台相上下，天随星斗共沉浮。'"朱彝尊《静志居诗话》卷四"张绅"条："其诗不藉雕琢，琅然可诵，如《湖中玩月》诗'地与楼台相上下，天随星斗共沈浮'，亦佳句也。"皆可证此诗当为张绅而非苏轼之作。

6.《雨中邀李范庵过天竺寺作二首》其一："步来禅榻畔，凉气逼团蒲。花雨檐前乱，茶烟竹下孤。乘闲携画卷，习静对香垆。到此忽终日，浮生一事无。"其二："老禅趺坐处，疏竹翠泠泠。秀色分邻舍，清阴覆佛经。萧萧日暮雨，曳履绕方庭。"《安老亭诗》："桥下幽亭近水寒，倩谁□字在楣端。市廛得此尤堪隐，老者于今只自安。饭后徐行扶竹杖，倦来稳坐倚蒲团。眼明能展锺王帖，绝胜前人映雪看。"（《苏轼诗集》第2789、2790页，《全宋诗》第9635页。皆辑自清乾隆刊《吴越所见书画录》卷五。）

按：清人陆时化《吴越所见书画录》卷五著录《宋苏文忠书游天竺寺安老亭诗卷》，诗卷末署："元祐四年九月二日苏轼。"据此，则三诗有苏轼手书诗卷为证，似不应有误。然此所谓苏轼手书诗卷仅见著录于《吴越所见书画录》，其真伪颇为可疑。

考三诗皆互见于明人吴宽诗。其中《雨中邀李范庵过天竺寺作二首》其一见于吴宽《家藏集》卷一〇，题作《雨中与李贞伯沈尚伦诸友过隆福寺》；其二见于吴宽《家藏集》卷一〇，题作《僧舍对竹》。《家藏集》为吴宽亲自编定，不应误收苏轼之诗。两诗又见录于明朱存理《珊瑚网》卷一四、清卞永誉《式古堂书画汇考》卷三〇，题作《雨中同李范庵过天王寺看竹二首》，署名亦作吴宽。又考苏轼交游未见有李范庵者，此李范庵当为明人李应祯，字贞伯，号范庵，官至太仆少卿。《明史》卷二三五有传。李应祯与吴宽同为长洲人，皆擅书画，交往甚密。吴宽《家藏集》中收录两人倡和之作甚多。如卷四《赋黄楼送李贞伯》、卷六《与李贞伯游东洞庭六首》、卷九《寄李贞伯》、卷一一《谢李贞伯送瓦茶炉》，等等。[沈尚伦即沈庠，字尚伦，成化十七年（1481）进士，亦与吴宽同时相友善。]据此可知，此两诗当为吴宽作。

《安老亭诗》，亦见明李日华《六研斋笔记二笔》卷一，乃吴宽题沈周《安老亭图》之诗。《六研斋笔记二笔》卷一云："石田《安老亭图》，仿梅道人洒落成就，晚年笔也。题云：老人欲得安老具，草堂之资空复空。卖书无处可映雪，持疏觅钱如捕风。预先种竹须十个，及早诛茅当一弓。他时会遇王录事，大庇风雨何愁翁。沈周。"其次则为吴宽诗，再次为朱存理诗。朱诗又见朱存理《野航诗文稿》，题作《题沈石田画安老亭卷》。吴宽与沈周同时友善，常互为题跋，如《家藏集》卷三《为周评事题沈石田画二首》，卷一七《题石田古松图谢周月窗治陈宜人病》、《题石田画》，等等。且《安老亭诗》"绝胜前人映雪看"句，与沈周题诗"卖书无处可映雪"相呼应，可证此诗亦当为吴宽之作。

吴宽书法师苏轼，惟妙惟肖，疑后人因其自书诗而伪造成苏轼手书诗卷，陆时化《吴越所见书画录》受骗而著录。

7.《诗二句》："密竹不妨呈劲节，早梅何惜认残花。"（《苏轼诗集》第2791页，《全宋诗》第9638页。辑自《锦绣万花谷》后集卷二。）

按：查《北京图书馆古籍珍本丛刊》影印宋刻本、影印文渊阁四库全书本《锦绣万花谷》后集卷二此句下均未署名，下句方署"出东坡"。故辑佚者定其为苏轼诗并无实据。今考此乃朱熹诗，题作《次秀野咏雪韵》，原为三首组诗，此为第三首中两句。全诗见朱熹《晦庵集》卷三，又见方回《瀛奎律髓》卷二一，是朱熹作无疑。《全宋诗》第44册第27528页亦已收录为朱熹诗。

8.《断句》："阳虫陨羿丧厥喙，羽渊之化帝祝尾。"（《全宋诗》第9637页。辑自邓肃《栟榈集》卷二五诗评。）

按：此非苏轼佚诗，乃苏轼《鼎砚铭》中句，见中华书局1986年版《东坡文集》卷一九，唯"阳"作"旸"。

9.《断句》："竹篱茅舍出青黄。"（《全宋诗》第9637页。辑自王十朋《梅溪后集》卷一九《知宗柑诗用韵颇险予既和之复取所未用之韵续赋一首三十韵》注。）

按：此非苏轼佚诗，乃苏轼词《浣溪沙·咏橘》中句，见上海古籍出版社1979年版《东坡乐府》卷下。全词为："菊暗荷枯一夜霜，新苞绿叶照林光，竹篱茅舍出青黄。香雾噀人惊半破，清泉流齿怯初尝。吴姬三日手犹香。"

10.《探梅》："问信风篁岭下梅。"（《全宋诗》第9639页。辑自《苏文忠诗合注》引《咸淳临安志》。）

按：此乃宋释道潜（号参寥子）诗句，见《四部丛刊三编》景宋本《参寥子集》卷五《探梅》："问讯风篁岭下梅，疏枝冷蕊未全开。繁英待得浑如雪，霜晓无人我独来。"《全芳备祖前集》卷一引亦作参寥子。《江湖小集》卷二〇李龏《梅花集句》其一三一："问讯松篁岭下梅，今朝忽见数枝开。长干白下相逢少，莫负江南鹦鹉杯。"自注首句为道潜诗，则此诗当属道潜无疑。《全宋诗》第16册第10747页亦已收录为释道潜诗。

11.《茶诗》："白云峰下两枪新。"（《全宋诗》第9639页。辑自《苏文忠诗合注》引《咸淳临安志》。）

按：此乃林逋诗句，见《四部丛刊》本《林和靖诗集》卷三《尝茶次寄越僧灵皎》："白云峰下两枪新，腻绿长鲜穀雨春。静试恰如湖上雪，对尝兼忆剡中人。瓶悬金粉师应有，筋点琼花我自珍。清话几时搔首后，愿和松色劝三巡。"《锦绣万花谷》卷三五引前四句，亦作林逋诗。灵皎与林逋交往甚密，唱和颇多，如《林和靖诗集》卷一《送皎师归越》、《闻越僧灵皎游天台山因而有寄》，卷三《闻灵皎师自信州归越以诗招之》。而苏轼交游中则未闻有灵皎者，则此诗当是林逋之诗。《全宋诗》第 2 册第 1225 页亦已收录为林逋诗。

12.《诗二句》："东家近新富，满地有苔钱。"（《全宋诗》第 9639 页。辑自《苏文忠诗合注》引《锦绣万花谷》。）

按：此乃司马光诗句，见《四部丛刊》影印宋绍熙刊本《温国文正公文集》卷一四《和复古小园书事》："饱食复闲眠，风清雨霁天。叶深时坠果，岸曲午藏莲。波面秋光净，林稍夕照鲜。东家近亦富，满地布苔钱。"此诗之后紧接着是《复古诗首句云"独步复静坐"辄继二章》、《光诗首句云"饱食复闲眠"又成二章》，可证此诗为司马光诗无疑。《全宋诗》第 9 册第 6198 页亦已收录为司马光诗。

13.《雨》："风师挟帝令，号呼肆钼征。云师畏推逐，蓄意不敢争。雨师旷厥官，所苟朝夕生。帝眷一夕回，旱议旦暮行。翻然沛膏泽，夜半来无声。青秧发广亩，白水涵孤城。"（《全宋诗》第 9639 页。辑自《苏文忠诗合注》引《锦绣万花谷》。）

按：此乃秦观诗句，见《四部丛刊》影印嘉靖本《淮海后集》卷一《喜雨得城字》。原诗二十四句，此为其中十二句。《全宋诗》第 14 册第 9639 页亦已收录为秦观之作。

14.《寄对闲堂》："莫讶仙翁爱独醒，襟怀和气自氤氲。每缘夜话留佳客，欲假春醪扰近邻。火枣如瓜元有种，冰壶贮月本无尘。相从落拓杯中友，半是逍遥物外人。"（《全宋诗订补》第 258 页，辑自《诗渊》第一册第 733 页。）

按，此宋道士陆维之诗，见元人孟宗宝辑《洞霄诗集》（《丛书集成初编》本）卷六《寄对闲堂》。细味诗意，与陆维之道士身份相称，当为陆诗。

15.《姑苏舟次》："小艇下沧浪，吴歌特地长。斜望半舱月，满载一篷霜。香甑炊菰白，醇醪拆蟹黄。宦游长为口，无怪老江乡。"（《全宋诗订补》第 259 页。辑自《诗渊》第二册第 1495 页。）

按：此陆游诗，见《再造善本》影印淳熙十四年严州郡斋刊本《剑南诗稿》卷一六《舟中晓赋》。唯字句稍异，"斜望半舱月"作"斜分半仓月","醇醪拆蟹黄"作"醇醪点蟹黄","宦游长为口"作"宦游元为口","无怪老江乡"作"莫恨老江乡"。严州刊本经陆游亲自审查刊印,可靠无疑。《全宋诗》第39册第24604页亦已收录为陆诗。

（原载《国学学刊》2010年第2期）

李清照《金石录后序》质疑

陈伟文

李清照《金石录后序》(以下简称《后序》)不仅作为散文名篇被广泛收录于各种选本,而且作为李清照生平研究最重要的文献依据,被古今学者频繁征引。但是,《后序》本身也存在种种疑点,似乎无法得到合理解释。本文拟在前贤研究基础上,对《后序》的疑点进行深入考证,以求教于方家。

一 "西兵之变"与李清照赵明诚夫妇收藏品的散佚

《后序》的核心内容之一,就是叙述李清照赵明诚夫妇收藏品散佚的过程,其中所记最重要的两次散佚事件:

> 青州故第,尚锁书册什物,用屋十余间,期明年春再具舟载之。(建炎元年)十二月,金人陷青州,凡所谓十余屋者,已皆为煨烬矣。……(赵明诚)葬毕,余无所之。朝廷已分遣六宫,又传江当禁渡。时犹有书二万卷,金石刻二千卷,器皿、茵褥,可待百客,他长物称是。余又大病,仅存喘息。事势日迫。念侯有妹婿,任兵部侍郎,从卫在洪州,遂遣二故吏,先部送行李往投之。(建炎三年)冬十二月,金寇陷洪州,遂尽委弃。所谓连舻渡江之书,又散为云烟矣。①

---

① 王仲闻:《李清照集校注》,人民文学出版社1979年版,第179—180页。本文所引《金石录后序》皆自此书,为省繁复,不再一一出注。

根据《后序》的叙述，赵氏夫妇收藏品主要散佚事件有两次：一、建炎元年十二月金人陷青州；二、建炎三年十二月金人陷洪州。

南宋岳珂《宝真斋法书赞》卷九蔡襄书《赵氏神妙帖》有赵明诚跋云：

> 此帖章氏子售之京师，予以二百千得之。去年秋，西兵之变，予家所资荡无遗余，老妻独携此而逃。未几，江外之盗再掠镇江，此帖独存。信其神工妙翰，有物护持也。建炎二年三月十日。①

根据赵明诚跋，赵氏夫妇收藏品似乎主要散佚于建炎元年秋天发生的"西兵之变"。赵明诚自称，在这次事件中，"予家所资荡无遗余"。所谓"荡无遗余"，诚然可能带有夸张成分，未必可以拘泥理解。但是，即使考虑到夸张的因素，仍然不能不承认"西兵之变"是赵明诚夫妇收藏品散佚过程中一次极为重要的事件。

既然"西兵之变"是赵明诚夫妇收藏品散佚过程中一次极为重要的事件，那按照常理，应该与李清照《后序》所述赵氏夫妇收藏品散佚事件能够对应。正是从这个逻辑出发，学者或认为"西兵之变"指建炎元年十二月发生的青州兵变②，或认为指《后序》所述建炎元年金人攻陷青州事件③。但是，这显然都是错误的。第一，人物不符。西兵在宋人一般语境中皆指陕西兵，陕西兵在北宋以善战著称。青州兵变的主要人物王定是青州将官，赵晟是临朐土兵，青州和临朐皆在东部，与"西兵"扯不上关系，故青州兵变不可能称为"西兵之变"。金国在大宋东北方，绝无称"西兵"之可能，故金人陷青州更不可能称为"西兵之变"。第二，时间不符。赵跋明确说西兵之变是在建炎元年秋天，而青州兵变则发生在建炎元年十二月。金人陷青州的时间，据《宋史·高宗纪》及《建炎以来

---

① （宋）岳珂：《宝真斋法书赞》卷九，中华书局1985年影印《丛书集成》本，第141页。
② 黄盛璋：《李清照事迹考辨》，济南市社会科学研究所：《李清照研究论文集》，中华书局1984年版，第327—329页。
③ 黄墨谷：《李清照易安居士年谱》，《重辑李清照集》，中华书局2009年版，第163—164页。

系年要录》卷十二等所载在建炎二年正月，与赵跋所云发生于建炎元年秋天的"西兵之变"明显不符。虽然仅差几个月，但是赵明诚跋写于建炎二年三月，岂会将两个月前刚刚发生之事误记为半年前？何况是导致其主要藏品散佚的大事件？第三，地点不符。根据赵明诚跋所云"再掠镇江"，可知"西兵之变"亦当发生在镇江，故不可能指青州兵变或金人陷青州事件。

最近马里扬提出新说，认为西兵之变指建炎元年八月末李汲等之乱。① 但此说亦不能成立，因为：第一，史书仅称李汲为"溃卒"，马先生谓其为陕西兵溃卒，其实仅出猜测，并无确凿的文献证据。第二，这次兵乱主要人物是博州卒宫仪，史书只是在叙述宫仪兵乱时偶尔提及宫仪杀李汲兼并其众之事而已。李汲在这次兵乱中根本就是很次要的人物，且早早就为宫仪所杀，即使李汲确为陕西兵溃卒，亦不可能称此次兵乱为西兵之变。第三，李汲之乱发生在山东即墨等地，与赵明诚跋"再掠镇江"语亦无法对应。

那么，"西兵之变"究竟指的是什么事件呢？指的是建炎年秋天在秀州、镇江等地发生的一次陕西兵叛乱事件。考李心传《建炎以来系年要录》卷八云：

> （建炎元年八月壬申）延康殿学士知镇江府两浙西路兵马钤辖赵子崧言杭州军变，遣京畿第二将刘俊往捕，又命御营统制辛道宗将西兵二千讨之。②

同书卷九云：

> （建炎元年九月甲午）先是，御营统制官辛道宗奉诏讨贼，军行至镇江府。守臣赵子崧犒赐甚厚，道宗掩有之。行次嘉兴县，始命给军士人五百钱，众皆怒。是夜，其众自溃乱而去者六百人。道宗挺身得小舟，奔还镇江。众推高胜为首，胜者太行山之盗也，谓之高托天。乱兵攻秀州，守臣直龙图阁赵叔近城守，人遗以四缣，贼乃北趋

---

① 马里扬：《李清照南渡事迹考辨》，《文学遗产》2014年第2期。
② （宋）李心传：《建炎以来系年要录》，中华书局1988年版，第200—201页。

平江府。①

又云：

> （建炎元年九月乙卯）是日，贼赵万入镇江府。境守臣延康殿学士赵子崧遣将逆击于丹徒，调乡兵禁乘城为备，居民毋出。良久，府兵败归，乡兵惊溃。子崧率亲兵保焦山寺，贼逾城而入，纵火杀人，莫知其数，万遂据镇江。②

同书卷一〇云：

> （建炎元年十月丙戌）是日，两浙制置使王渊率统制官张俊等领兵至镇江府，军贼赵万等不知其猝至，皆解甲就招。时辛道宗前军将官苗翊犹在叛党中，乃委翊统之，众心稍定。翊，傅弟也，渊寻绐贼以过江勤王。其步兵先行，每一舟至岸，尽杀之，余骑兵百余人，戮于市，无得脱者。③

统观此数条，则所谓"西兵之变"的始末已清晰可见：建炎元年秋，杭州发生军变，辛道宗受命率领陕西兵二千人讨之，行至嘉兴县，兵士因不满辛道宗独吞犒赐而叛变，攻打秀州，随后攻陷镇江，但不久就在镇江被宋军收服。此事亦载于熊克《宋中兴纪事本末》卷二。《宋史·赵叔近传》云："建炎元年，（赵叔近）为秀州守，杭卒陈通反，诏辛道宗将西兵讨之。兵溃为乱，抵秀州城下，叔近乘城谕以祸福，乱兵乃去。"④ 亦可相印证。翟汝文《奏为杭州军贼攻劫提刑不知所在乞朝廷遣重将将兵并力讨杀状》云："臣见事势如此，扼腕痛愤，以谓浙东兵既为贼所诱，不可使战。而浙西兵又皆乡夫怯懦，独有西兵可必破此贼。既闻朝廷遣辛兴宗将西兵二千人前来，臣计期日望收复。而西兵至秀州，忽作乱杀主将

---

① （宋）李心传：《建炎以来系年要录》，第214页。
② 同上书，第226页。
③ 同上书，第236—237页。
④ 《宋史》，中华书局1977年版，第8764页。

辛兴宗，沿路劫掠，复欲回归。"① 则更是当时亲历者的奏议，确凿可信。奏议中明确称"西兵""作乱"，与赵明诚跋所言"西兵之变"正相符合。

那么，赵明诚跋中"未几，江外之盗再掠镇江"指什么呢？应是建炎二年正月张遇陷镇江事。《建炎以来系年要录》卷一二云：

> （建炎二年正月庚子）是日，张遇陷镇江府。初，遇自黄州引军东下，遂犯江宁。江淮制置使刘光世追击之，遇乃以舟数百绝江而南，将犯京口。既而回泊真州，士民皆溃。……翌日，遇自真州攻陷镇江。守臣龙图阁直学士钱伯言弃城去。②

建炎元年九月乙卯赵万陷镇江，十月丙戌宋军收复镇江，次年正月张遇再陷镇江。赵万、张遇先后陷镇江，相隔仅三四月，故赵明诚跋云"未几，江外之盗再掠镇江"③。根据赵明诚跋"再掠镇江"语，可知其前述"西兵之变"中导致"予家所资荡无遗余"的具体事件亦当发生在镇江，然则具体所指应是叛兵赵万于建炎元年九月乙卯攻陷镇江之事，而且当时李清照似寓居镇江。以往学者受《后序》所述李清照事迹的成见影响，因而将"西兵之变"与山东青州相牵连，不知其实枘凿不合、矛盾显然。

以上所考陕西兵叛乱事件，与赵明诚跋中所言时间、地点、人物、事件皆一一合若符节，丝毫无爽，应该是确凿无疑的。根据赵明诚跋的亲述，赵氏夫妇的主要收藏品是建炎元年秋天在镇江的兵乱中散佚的。但是，根据李清照《后序》的叙述，赵氏夫妇收藏品主要散佚于建炎元年十二月金人陷青州和建炎三年十二月金人陷洪州，《后序》甚至根本未提及镇江兵乱之事。这显然是无法弥缝的矛盾。

---

① 曾枣庄、刘琳主编：《全宋文》第149册，上海辞书出版社、安徽教育出版社2006年版，第163页。
② （宋）李心传：《建炎以来系年要录》，第271页。
③ 马里扬：《李清照南渡事迹考辨》认为张遇起事于淮西，不得称"江外之盗"。其实古人称"某盗"，未必指其起事之地，多指其当时所在之地，故同一"盗"可以有不同指称。比如宋江，史书或称"山东盗"，或称"京东贼"，或称"淮南盗"。又如李昱，史书或称"济南寇"，或称"兖贼"，或称"任城寇"。张遇当时自真州攻镇江，称"江外之盗"，正相切合，似无可疑。

对于赵氏夫妇藏品的散佚过程，李清照的自述和赵明诚的自述竟然相互矛盾，这不能不说是难以解释的重大疑点。

二 《后序》其他叙事与史实的出入

《后序》除了对赵氏夫妇藏品散佚过程的叙述与赵明诚所述根本矛盾之外，其叙事还有很多史实不符之处。其中一部分，前贤早以指出，兹在前贤研究基础上详细列举论证如下：

（一）《后序》云："余建中辛巳，始归赵氏。时先君作礼部员外郎，丞相时作吏部侍郎。侯年二十一，在太学作学生。"丞相，指赵明诚之父赵挺之。《后序》称赵挺之在建中元年（辛巳）任吏部侍郎。今考《宋史·赵挺之传》述赵挺之建中元年前后所历官职，云：

> 徽宗立，为礼部侍郎。……拜御史中丞，为钦圣后陵仪仗使。曾布以使事联职，知禁中密指，谕使建议绍述，于是挺之排击元祐诸人不遗力。由吏部尚书拜右丞，进左丞、中书门下侍郎。①

赵挺之元符三年（1100）任礼部侍郎，建中元年（1101）正月拜御史中丞②，后改任吏部尚书，崇宁元年（1102）正月拜尚书右丞③。由此可见，建中元年赵挺之并未官吏部侍郎。又考赵挺之确曾官吏部侍郎一职，只是并非在建中元年。李焘《续资治通鉴长编》卷四九三："（绍圣四年十一月）癸亥，礼部侍郎赵挺之为吏部侍郎。""（元符元年五月）辛亥，权吏部侍郎赵挺之为中书舍人。"据此可知，赵挺之在绍圣四年（1097）十一月至元符元年（1098）五月官吏部侍郎。而《后序》称建中辛巳（1101）赵挺之为吏部侍郎，显然与史实矛盾。

（二）如前所引，《后序》称李清照建中辛巳嫁入赵家时，赵明诚年二十一。考今传欧阳修《集古录》跋尾四墨迹中有赵明诚亲笔跋："壬寅

---

① 《宋史》，第11094页。
② （宋）陈均：《皇朝编年纲目备要》卷二六，中华书局2006年版，第646页。
③ （宋）徐自明：《宋宰辅编年录》卷一一，中华书局1986年版，第694页。

岁除日，于东莱郡宴堂重观旧题，不觉怅然，时年四十有三矣。"① 壬寅为宣和四年（1122），赵明诚时年四十三，据此则建中辛巳（1101）时赵明诚二十二岁，非二十一岁。

（三）《后序》云："（建炎元年）十二月，金人陷青州。"据《宋史·高宗本纪》载："（建炎二年正月）癸卯，金帅窝里嗢陷潍州，又陷青州，寻弃去。""（建炎二年十二月）辛未，金人犯青州。""（建炎三年正月）丁亥，金人再陷青州，又陷潍州，焚城而去。"② 李心传《建炎以来系年要录》卷一二、一八、一九所载完全相同，徐梦莘《三朝北盟会编》卷一一九、一二〇所载亦无异说。而《后序》却称建炎元年十二月金人陷青州，显然不符。

（四）《后序》云："建炎戊申（二年）秋九月，侯起复知建康府。"考江宁府至建炎三年始改称建康府，此处称"建康府"亦微误，然犹可解释为追述之辞偶有笔误，姑置不论。但李心传《建炎以来系年要录》卷七载："（建炎元年七月丁巳）仍起复直龙图阁赵明诚知江宁府兼江东经制副使。"自注："《日历》：明诚明年正月己亥除知江宁府。而《建康知府题名》：明诚以元年八月到任。按江宁要地，无缘彦国死半岁方除帅臣，盖《日历》差误，今附此。"③《景定建康志》卷一四："建炎元年七月翁彦国致仕，八月起复朝散大夫秘阁修撰赵明诚知府事，仍兼江南东路经制使。"据此，则赵明诚在建炎元年八月已经到任江宁府知府，而《后序》称其建炎二年九月起复知建康府，显然不符。

（五）《后序》云："上江既不可往，又虏势叵测，有弟迒任勑局删定官，遂往依之。到台，台守已遁。之剡出睦，又弃衣被走黄岩，雇舟入海，奔行朝，时驻跸章安，从御舟海道道之温，又之越。"此段文字所述李清照避兵所走路线，显然于地理不合。前辈学者早已注意及此，黄盛璋云："这一节所记避难路线，舛讹几不可究诘……这一节一定传抄时钞错了。"④ 黄先生因此抛开文本另行考证李清照逃难路线。浦江清则云："此

---

① 参见吴金娣《有关赵明诚、李清照夫妇的一份珍贵资料》，《上海师范大学学报》1987年第2期。欧阳修《集古录》跋尾四墨迹原本今藏台湾"故宫博物院"。

② 《宋史》，第454、459页。

③ （宋）李心传：《建炎以来系年要录》，第192页。

④ 黄盛璋：《李清照事迹考辨》，济南市社会科学研究所：《李清照研究论文集》，第331—332页。

数句疑有误倒处，按之地理不顺。以余之见，应改为'出睦之剡，到台，台守已遁。又弃衣被走黄岩，雇舟入海，奔行朝，时驻跸章安'，于地理方合。"① 但是，浦先生随意解释为《后序》的脱简、错简，却没有任何版本依据，甚至也找不到校勘学意义上的"讹误痕迹"。这种大幅度的主观调整校改，似有违校勘学基本原则，实难让人信服。

（六）《宋史·高宗本纪》载："（建炎四年正月十八日）辛酉，发章安镇。壬戌（十九日），雷雨又作。甲子（二十一日），泊温州港口。""丁卯（二十四日），台州守臣晁公为弃城遁。"② 可知宋高宗从章安镇到达温州后三天，台守才弃城遁逃。据《后序》所述，李清照到达台州时，"台守已遁"，则此时高宗必然早已离开章安到达温州。又岂会等到李清照从台州辗转到达章安后，还能跟随御舟从章安去温州呢？其时间错乱显然可见。

（七）《后序》文末题署："绍兴二年、玄黓岁，壮月朔甲寅，易安室题。"壮月指八月。据李心传《建炎以来系年要录》卷五七，绍兴二年八月朔日之干支为戊子，非甲寅。李慈铭认为："是月戊子朔，《后序》题甲寅朔，盖笔误。甲寅是二十七，或是戊子朔甲寅，脱戊子二字，又朔甲寅误倒，古人题月日，多有此例。易安好古，观其用岁阳纪岁，月名纪月可知。"③ 但当时自题月日，虽不能说绝无笔误之可能，但此可能性毕竟是微乎其微的。而所谓脱文、误倒，又皆为毫无版本依据的臆测，且"戊子朔甲寅"的纪日法，亦极为罕见。又有学者认为"绍兴二年"当为"绍兴四年"之讹，但据李心传《建炎以来系年要录》卷七九，绍兴四年八月朔日之干支为戊寅，亦非甲寅；而且"玄黓岁"指壬年，绍兴四年为甲寅，更不合。还有学者认为"绍兴二年玄黓岁壮月朔甲寅"是"绍兴五年壮月玄黓朔甲寅"之讹④，但此类毫无版本依据的臆改恐难让人信服。且如其所改，则是以"玄黓"纪朔、以"甲寅"纪日，古籍中亦似未见如此纪时之例。总之，百计辩解，疑点终在。

---

① 浦汉明编：《浦江清文史杂文集》，清华大学出版社1993年版，第152页。
② 《宋史》，第475页。
③ （清）李慈铭：《书陆刚甫〈仪顾堂题跋〉后》，褚斌杰等编：《李清照资料汇编》，中华书局1984年版，第141页。
④ 夏承焘：《〈易安事辑〉后语》，《唐宋词论丛》，《夏承焘集》第2册，浙江古籍出版社、浙江教育出版社1997年版，第171页。

（八）《后序》云："余自少陆机作赋之二年，至过蘧瑗知非之两岁，三十四年之间，忧患得失，何其多也。"所谓"陆机作赋"，用杜甫《醉歌行》"陆机二十作文赋"之典，则"少陆机作赋之二年"指十八岁。而所谓"蘧瑗知非"，用《淮南子》"蘧伯玉年五十而知四十九年非"之典，则"过蘧瑗知非之两岁"指五十二岁。两者相隔恰好三十四年，应无疑义。据此李清照作《后序》时年五十二，《后序》题署"绍兴二年"（1132），据此上推李清照的出生年，当为1081年。然《后序》记事始于建中辛巳（1101）李清照嫁入赵家，则此年李清照为十八岁，据此上推李清照的出生年，却当为1084年。两者相差三年。即使《后序》题署据《容斋随笔》改作"绍兴四年"，但仍然相差一年。学者又因此认为《后序》题署原作"绍兴五年"，但又毫无版本依据，且亦与"玄黓岁"不符。经过众多学者百余年的讨论，李清照的生年、出嫁年问题，迄今未能得到一个令人信服的结论。

三 《金石录后序》流传过程的疑点

《后序》作为《金石录》之序，按照常理本应附在《金石录》中流传。但《金石录》最早的刻本淳熙间龙舒刊本中却并未载《后序》。最早提及《后序》的是洪迈《容斋四笔》卷五："今龙舒郡库刻其书，而此序不见取。比获见元稿于王顺伯，因为撮述大概。"① 洪迈自称从王厚之（字顺伯）处见到李清照《后序》手稿，并撮述其内容大概载于《容斋四笔》中。但是，如果李清照真写过《后序》，那为何淳熙刊本《金石录》未收录？即使淳熙刊本《金石录》偶未收录，南宋之时李清照文集具在，何以在洪迈之前或和洪迈同时的文人学者从未提及《后序》，洪迈亦只能偶然从所谓李清照手稿中得见《后序》？洪迈之兄洪适《隶释》收录了《金石录》部分内容以及赵明诚自序，却未收录《后序》。不仅如此，《隶释》甚至提及"绍兴中，其妻易安居士李清照表上之"，却根本未提及李清照撰有《后序》，显然并不知道《后序》的存在。② 这些，都是让人生疑的。

---

① （宋）洪迈：《容斋随笔·容斋四笔》，中华书局2005年版，第684页。
② （宋）洪适：《隶释》，中华书局1985年影印本，第283页。

学界一般认为，开禧元年（1205）赵不谫重刊《金石录》就已载录《后序》全文。然而，所谓开禧刊本《金石录》不仅今日未见传本，而且历代书目皆未见著录，甚至未见可靠文献记载任何人真正见过。① 学者称有此版本，唯一的依据是明清抄本《金石录》中的一篇跋文：

> 赵德父所著《金石录》，锓版于龙舒郡斋久矣，尚多脱误。兹幸假守，获睹其所亲钞于邦人张怀祖知县。既得郡文学山阴王君玉是正，且惜夫易安之跋不附焉，因刻以殿之，用慰德父之望，亦以遂易安之志云。开禧改元上巳日，浚仪赵不谫师厚父。②

赵不谫此跋只见于明清抄本以及源自这些抄本的清刻本《金石录》中，未见明代中期以前的任何文献提及，其来源并不是特别可靠。因此，是否真的存在载录《后序》全文的开禧刊本《金石录》，是不无可疑的。

以往我们都认为开禧刊本《金石录》载录《后序》全文之后，《后序》开始广泛流传于世。但是，笔者经过仔细考证，发现事实并非如此。在明末以前，绝大多数学者所知的其实仅限于洪迈《容斋四笔》中的撮述，并未见《后序》全文。比如，拙文第二小节考证赵明诚任建康知府的时间，曾引用李心传《建炎以来系年要录》卷七的相关考证，李心传提及《日历》和《建康知府题名》对赵明诚任建康知府时间的不同记载，却完全不提及《后序》的异说，可证渊博的历史学家李心传亦未见过《后序》全文。明末以前《后序》作为散文名篇被收录于众多选本和杂著中，但这些选本和杂著所收录的《后序》居然全部都是《容斋四笔》撮述本。如田艺蘅《诗女史》卷一一、唐顺之《荆川稗编》卷八二、胡应麟《少室山房笔丛》卷四、贺复征《文章辨体汇选》卷三二一、赵世杰《古今女史前集》卷三、刘士鏻《古今文致》卷三、郦琥《彤管遗编》续集卷一七、陈继儒《古文品外录》卷二三、毛晋刊本《漱玉词》附录，等等，所收录者无一例外皆是撮述本《后序》，从未见有收录《后序》全文者。《金石录》在明代的流传甚广，《文渊阁书目》、《内阁藏书目录》、

---

① 上海图书馆所藏十卷宋刻残本，清儒江藩等曾误以为是开禧刊本，但近年被证实为淳熙刊本的后印本。
② 金文明校证：《金石录校证》，上海书画出版社1985年版，第571页。

《宝文堂书目》、《澹生堂藏书目》等明代书目都有著录，曾征引此书的明代著作更多得难以枚举。即上引胡应麟《少室山房笔丛》、贺复征《文章辨体汇选》两书本身就皆曾征引《金石录》，后者甚至还收录赵明诚《金石录自序》，而所收录的《后序》却为洪迈撮述本而非全文，可见其时所见《金石录》皆未载录《后序》全文。如果开禧年间赵不谫重刊《金石录》已经附载《后序》全文，那胡应麟、毛晋等皆是著名藏书家，藏书数万卷，何以皆未见开禧刊本《金石录》，甚至也未见源自开禧刊本的抄本，以致根本不知道《后序》全文的存在？因此，是否真的存在所谓载录《后序》全文的开禧刊本《金石录》，就不能不说是一个疑问了。

在现存文献中，《后序》全文最早的出处是元末明初陶宗仪《说郛》卷四六所载佚名《瑞桂堂暇录》：

> 易安居士李氏，赵丞相挺之之子讳明诚字德夫之内子也。才高学博，近代鲜伦。其诗词行于世甚多。尝见其为乃夫作《金石录后序》，使人叹息。比间见世间万事真如梦幻泡影，而归于一空而已。全录于此，曰：……（引者按：此下载录《金石录后序》全文，省略。）①

据《说郛》所载，《瑞桂堂暇录》原书十卷，今仅存《说郛》摘录二十余条。其作者及成书时代皆不能确考，唯书中记事止于南宋中后期，叙述语气似为宋人，其中一条云："陆放翁为佗胄作碑南园，园已为福国之物，陆碑仆卧庑下。"此条显为记当代事之语气，据此则此书当作于南宋后期。由此可见，《后序》全文确实在南宋后期已经出现。

虽然《后序》全文在南宋后期已经出现，但在相当长的一段时间里并未引起很多学者注意，流传仍然甚罕。明代弘治年间，著名藏书家朱大韶曾将《后序》全文抄录在一部宋刻残本《金石录》后。其书至今仍存，藏上海图书馆，卷末有朱大韶亲笔跋云：

> 丙辰秋，偶得古书数帙，中有《金石录》四册。然止十卷，后二十卷亡之矣。因勒乌丝，命侍儿录此序于后，以存当时故事。易安

---

① （元）陶宗仪：《说郛》卷四六，中国书店1986年据涵芬楼1927年版影印，第7页b。

此序，委曲有情致，殊不似妇女口中语，文固可爱。余凤有好古之癖，且亦因以识戒云。丙辰七夕后再日，前史官华亭文石主人题于钦天山下学舍味道斋中。①

朱大韶虽未明言从何书抄录李清照《后序》，但所抄《后序》末尾有跋云："易安居士李氏，赵丞相挺之之子讳明诚字德夫之内子也。才高学博，近代鲜伦。其诗词行于世甚多。今观为其夫作《金石录后序》，使人叹息不已。以见世间万事，真如梦幻泡影，而终归于一空也。"② 此跋字迹与前引朱大韶亲笔跋迥异，而与《后序》字迹则完全一致，皆为端庄秀丽的小楷，当是朱氏"侍儿"连同《后序》一同抄录者。此跋文字又与前引《瑞桂堂暇录》基本相同，可证所抄录的《后序》必源自《瑞桂堂暇录》无疑。《后序》本为《金石录》而作，而朱大韶却反而需要从僻书《瑞桂堂暇录》中将《后序》抄录到《金石录》中。这难道不是大可怪异吗？可见，朱大韶作为明代中期的著名藏书家，亦未见载录有《后序》全文的《金石录》刊本或抄本，其所见《后序》全文的唯一来源，就是《瑞桂堂暇录》。朱大韶将《后序》全文抄录于《金石录》中，很可能是《金石录》附载《后序》全文的开端。而明末以后，直至清代，各种《金石录》抄本和刊本，无不附载《后序》全文，究其文献来源，也很可能追溯到《瑞桂堂暇录》。

综上所考，《后序》作为《金石录》之序，并非如我们以往所认为的附载《金石录》而流传于世。《后序》全文首见于《瑞桂堂暇录》，直到明代弘治年间被朱大韶抄录于宋残本《金石录》中，才附载《金石录》而流传。这样的流传过程，不能不说是极为可疑的。

四　对以上疑点的解释

既然《后序》的文本内容和流传过程都有那么多疑点，我们就不能不尝试对其作出尽可能合理的解释。对于《后序》中与史实不符之处，

---

① 上海图书馆藏宋刻残本《金石录》卷末朱大韶手跋真迹。皮迷迷女史代为查阅，谨表谢忱。此跋又载潘祖荫《滂喜斋藏书记》卷一，第30页。

② 上海图书馆藏宋刻残本《金石录》卷末。

前贤的解释是：版本讹误或者作者误记。这一解释是否合理呢？

首先考虑版本讹误的解释。古书在刊刻、传抄过程中常常会发生一些文字讹误，《后序》当然也可能存在此类讹误。因此，用文字讹误来解释《后序》个别与史实不符之处，有其合理性。但是，从版本学和校勘学的角度来看，文字讹误一般都会有讹误的痕迹，造成文字不连贯、不通顺，但是《后序》中与史实不符的文字，在表述上大多都是文从字顺的，只是所表述的内容不符合史实而已。这恐怕就不是文字讹误所能解释的了。再者，《后序》与史实不符之处，不仅仅在今存各版本《金石录》所附载的《后序》中存在，而且在宋人《瑞桂堂暇录》本中同样存在，甚至在洪迈《容斋四笔》声称根据李清照手稿所作的撮述中同样存在，这又岂是用版本讹误所能合理解释的？

其次再考虑作者误记的解释。写文章出现一些记忆错误，是很正常的。《后序》开篇第一段"自王播、元载之祸，书画与胡椒无异"句，其中"王播"当是"王涯"的误记，此类误记典故的情况在很多著名作家中都存在，并没什么可疑的。即使是回忆追述自己亲身经历的往事，也同样有误记的可能。因此，用误记来解释《后序》个别与史实不符之处，亦有其合理性。比如前文所考《后序》述金人陷青州时间，结婚时赵明诚岁数之类的小差误，诚然有可能是误记所致。但是，《后序》所述大多都是建炎年间李清照亲身经历的重大事件，仅仅相隔五六年之后的回忆追述，居然会出现如此多的误记，这显然也是不合情理的。更何况，其中一些重大的史实出入，根本不是误记能合理解释的。

我们具体分析《后序》中的部分与史实不符之处，就可以更清楚认识到版本讹误和作者误记不能合理解释这些疑点。比如，李心传《建炎以来系年要录》根据当时《建康知府题名》考定赵明诚在建炎元年八月就已经到任建康知府了，可是《后序》却称"建炎戊申（建炎二年）秋九月，侯起复，知建康府"。这不可能是版本讹误，因为《后序》这段文字是严格按时间顺序叙事，"靖康丙午"、"建炎丁未春三月"、"十二月"、"建炎戊申秋九月"、"己酉春三月"、"夏五月"、"六月十三日"、"七月末"、"八月十八日"、"冬十二月"、"庚戌十二月"、"绍兴辛亥春三月"、"壬子"。也就是说，《后序》叙述赵明诚在"建炎戊申秋九月"任建康知府，是这一完整时间链中的一环，不可能存在大的版本讹误问题。那是否可能作者误记呢？显然不太可能。按照李清照《后序》的记载，赵明诚建炎二年九月任建康知府，建炎三年二月罢任，也即任期只有五个月。但实际上赵明诚建炎元年八月就上任建康知府，任期共十八个月。赵明诚罢任建康知府后半年即去世，五年后李清照写作《后序》，居然会将丈夫赵明诚生前最后一个重要官职的任期由十八个月误记成五个月？须知，建康知府这样的官职是要迁居就任的，而且李清照也随从居住，仅仅相隔五年之后，号称"性偶强记"的李清照回忆丈夫赵明诚建康知府的任期竟然会出现高达三倍以上的误差？这是不合情理的。更关键的是，《后序》叙述的核心事件就是李清照、赵明诚夫妇收藏品的聚集、散佚过程，但居然连这样的核心事件的叙述也与史实大相径庭。这又岂是版本讹误和作者误记所能解释得了的？

既然版本讹误和作者误记无法解释上文提出的种种疑点，那我们就不得不认真考虑另外一种可能的解释：《后序》并非出自李清照之手，而是后人的伪托之作。李清照并未写过《后序》，洪迈《容斋四笔》首先伪称获见李清照《后序》手稿，并杜撰了《后序》的撮述。后来《瑞桂堂暇录》作者又据洪迈的撮述伪撰《后序》的全文。直至明代中期以后，《后序》全文才被抄入《金石录》中并广泛流传于世。这一解释，虽然乍听之下似乎很难接受，但仔细思考上文提出的各种疑点，伪作的解释是合理的。因为这不仅可以解释为何短短二千字的《后序》竟然会出现如此多的史实出入，而且可以解释为何《金石录》最早的刊刻本中并无《后序》，为何明代中期以前在《金石录》流传颇广的情况下却极少有人见过《后序》全文。这也可以解释为何《后序》全文会最早出现在《瑞桂堂暇录》中，为何《说郛》摘录《瑞桂堂暇录》时会保留《后序》全文，为何朱大韶要从《瑞桂堂暇录》中把《后序》全文抄录到《金石录》中。不仅如此，以往学界关于《后序》作年和李清照生平的纷纷聚讼，也可以有较合理的解释。比如，《后序》的作年，洪迈《容斋四笔》明确称是绍兴四年，《瑞桂堂暇录》作者据之伪撰全文，故其题署写作时间亦为"绍兴四年玄黓壮月朔甲寅日"，相互是一致的。但明清各版本、抄本《金石录》所附载《后序》皆题署为"绍兴二年玄黓岁壮月朔甲寅"，其实原因很简单，就是因为后人发现"玄黓岁"指壬年，而绍兴四年乃甲寅年，显然不合，所以臆改为绍兴二年（壬子）以求相合而已。但无论绍兴四年还是绍兴二年，八月朔日皆非甲寅，这就是因为《后序》本来就是伪作，故所题署年月日根本就是错乱的。又如李清照改嫁之事，宋代多种不同史源的文献皆众口一词明确记载，自可信从。但清末反对改嫁说的况周颐等人根据史籍考证建炎三年至绍兴二年张汝舟的行踪与《后序》所载李清照的行踪判然不相及，因此认为两人不可能结婚。况周颐提出的这条证据颇为有力，主张李清照改嫁说的学者似乎并未能对此作出合理的反驳。其实《后序》是伪作，所载李清照行踪本不可完全据信，况周颐提出的证据自然也就落空了。

综上所述，《后序》存在的种种疑点，皆指向其文献可靠性本身存在问题，《后序》很可能是后人伪托之作。对于《后序》这样一篇名作，我们固然不能随意断定其伪；但面对《后序》的种种疑点，如果我们不能得到合理解释，却随意以版本讹误、作者误记去牵强解释，而不去认真思考研究其伪作的可能性，恐怕也不是对待文献的严谨态度。因为随意解释的实质只是回避问题，而不是解决问题。《后序》的种种疑点如果能得到其他合理的解释，笔者自然很乐意放弃对《后序》真实性的质疑。但是，如果这些疑问无法得到合理解释，恐怕我们就不能回避《后序》为伪作的可能性。如果我们总是理所当然地以《后序》为真作，并以此为前提去研究其他相关的问题，拒绝以开放的心态认真研究其是否有伪作的可能性，那我们就有可能自己堵住了一条解决问题的道路。

总之，笔者提出对《后序》真伪的质疑，并非轻率宣判其必是伪作，而是作为一个问题提出来，希望引起学界的注意和讨论，以期在同仁的共同努力下，《后序》的真伪问题能获得最终的裁定。笔者相信，无论《后序》是真是伪，对这一问题的深入讨论无疑都是有益的。

（原载《文学遗产》2014 年第 6 期）

论清初宋诗风的兴起历程

陈伟文

唐诗和宋诗是中国古典诗歌的两大范型，宋代以后的诗人都面临宗唐还是宗宋的选择问题。在明代诗坛，虽然也有一些宗宋的诗人，但总体而言，宗唐可以说占了绝对优势。明末清初钱谦益大力提倡宋诗，并造成一定的影响，但在钱谦益（1582—1664）的有生之年，宗唐仍然是诗坛的主流。这一状况到了康熙朝才有了根本的改变，形成了全国性的宗宋风气，这是清初诗坛最引人瞩目的事件。关于康熙朝宋诗风的兴起，以及王士禛在康熙朝宋诗风消长中所起到的作用，蒋寅先生的论文已作了极富启发性的精到论述。[①] 惟其对宋诗风兴起时间的考证似仍有可商榷之处，兹再作讨论，以就教于蒋先生及各位方家。

蒋先生认为，宋诗风是在王士禛（1634—1711）康熙十五、十六年间大力提倡以后才兴起的。蒋先生认为："起码在到康熙十三年至十五年间，宋诗仍是遭轻视的。即使有陈廷敬、曹禾这样的爱好者，也未形成风气。显然，宋诗风之盛行还有待于王渔洋的提倡。"[②] 其根据是曹禾（1637—1699）作于康熙十三年的《午亭集序》有"今人动诋宋诗"语，吴之振（1640—1717）作于康熙十五年的《次韵答梅里李武曾》有"争诩三唐能咿嘎"等语。但是，这些材料似乎只能证明当时宗唐派尚多，并不能否定宗宋风气的兴起。而所谓"动诋"云云，也未可拘泥理解；

[①] 蒋寅：《王渔洋与清初宋诗风之兴替》，《文学遗产》1999年第3期。此文后稍作修改，收入《王渔洋与康熙诗坛》（中国社会科学出版社2001年版），第26—54页。

[②] 蒋寅：《王渔洋与康熙诗坛》，第30页。

文人修辞，稍事夸张，亦属常事①，未可即据以立论，尚需综合考察其他方面的证据。

邓汉仪（1617—1689）《慎墨堂笔记》云：

> 今诗专尚宋派，自钱虞山倡之，王贻上和之，从而泛滥其教者，有孙豹人枝蔚（1620—1687）、汪季用懋麟（1640—1688）、曹颂嘉禾、汪苕文琬（1624—2691）、吴孟举之振。而与余商略不苟同其说者，则有施尚白闰章（1618—1683）、李屺嶦念慈（1658进士）、申孚孟涵光（1619—1677）、朱锡鬯彝尊（1629—1709）、徐原一乾学（1631—1694）、曾青藜灿（1625—1688）、李子德因笃（1631—1690）、屈翁山大均（1630—1696）等人。②

这条蒋先生首先发现的资料对于我们认识清初宋诗风的兴起有重要意义。虽然我们不可能确考此则笔记的撰写时间，但邓汉仪所列"与余商略不苟同其说者"八人名单中的申涵光卒于康熙十六年六月，足证宋诗风至迟在康熙十六年前就早已兴起。而从邓汉仪"今诗专为宋派"语来看，当时宗宋风气已相当盛行。而且，申涵光对宋诗风进行商略绝不是临死前一两年的事，至迟在康熙十三、十四年就开始了。申涵光序王崇简（1602—1678）《青箱堂诗集》云：

> 诗之必唐，唐之必盛，盛必以杜为宗，定论久矣。近乃创为无分唐宋之说，于是少陵（712—770）、青莲（701—762）、眉山（1037—1101）、放翁（1125—1201）相提并论，其意谓不必专唐耳，久之潜移默化，恐遂专于宋而不觉。……予常谓敬哉先生：唐音不绝，惟先生可以正之。……若宋诗日盛，则渐入杂芜，先生不起而正之，谁望乎？余废诗且十余年，迩者薄有篇什，不自知其鄙陋，亦常

---

① 如吴肃公作于康熙二十二年的《东渚诗文集序》（《街南文集》卷八）尚称"今言诗者率桃宋而祢唐，轩王孟而轻杜韩，杜韩而下悉讳弗道"，又岂可据以认为其时宋诗风尚未兴起？

② 蒋寅《王渔洋与清初宋诗风之消长》引，所出处为："邓汉仪《宝墨堂诗拾》附，北京图书馆藏钞本。"《宝墨堂诗拾》当是《慎墨堂诗拾》之讹。又，经笔者核查，此则材料实出夏荃辑邓汉仪《慎墨堂全集·慎墨堂笔记》。《慎墨堂诗拾》只是全集中一种，因国家图书馆将全集著录为《慎墨堂诗拾》，故蒋先生所注如此。

就正于先生,风气所转,或不免焉。取群言而正其谬,请自光始矣。①

此序未署年月。然其前有曹尔堪(1617—1779)、钱澄之(1612—1693)、蒋伊(1673进士)序,其中钱序作于康熙十三年,曹序、蒋序作于康熙十四年。又据申涵光年谱,申氏顺治十七年废诗不作,至康熙十三年冬始复作,正与序中"余废诗且十余年,迩者薄有篇什"合。可见此序必作于康熙十三、十四年间无疑。由此序可知,当时宗宋者对宋诗的提倡,虽然尚较温和,只是"谓不必专唐耳",并未极端地祧唐宗宋。即使如此,申涵光还是真切感受到了诗坛宗宋风气兴起的压力,甚至因而有唐音将绝之虑,恳请王崇简"起而正之"。并称自己的诗作也可能为"风气所转"。假若真如蒋先生所论,当时宗宋学宋只是三两宋诗爱好者的倡导,或者只是在小圈子里流行的话,我们很难想象申涵光会有这样的反应。须知其时申涵光致力理学,废诗多年;又隐居河北,而不在诗学中心京城。连他都对宗宋风气有如此的感受,大概可以断定当时宗宋风气确实已经具有相当的规模,而且势头正炽。申涵光在序中也确使用了"风气"两字。

那么,这是否可以证明宋诗风在王士禛提倡宋诗之前就已经兴起,王士禛只是顺应风气而非风气倡导者呢?则又不然。实际上,蒋先生考定王士禛康熙十五、十六年始提倡宋诗,也并不确切。王士禛《鬲津草堂诗集序》云:

> 三十年前,予初出交当世名辈,见夫称诗者,无一不为乐府,乐府必汉铙歌,非是者弗屑也;无一人不为古选,古选必十九首公讌,非是者弗屑也。予窃惑之,是何能为汉魏者之多也。历六朝而唐宋,千有余岁,以诗名其家者甚众,岂其才尽不今若耶?是必不然。故尝著论,以为唐有诗,不必建安、黄初也;元和以后有诗,不必神龙开元也;北宋有诗,不必李杜高岑也。二十年来,海内贤知之流,矫枉过正,或乃欲祖宋祧唐,至于汉魏乐府古选之遗音荡然无存者。江河

---

① 王崇简:《青箱堂诗集》卷首,四库存目丛书本。又见申涵光《聪山集》卷一,四库存目丛书本。

日下，滔滔不返，有识者惧焉。①

此序今见于国家图书馆藏《王渔洋乙亥文稿》，故知作于康熙三十四年。②三十年前，即康熙四年左右。而从序中"初出交当世名辈"语来看，更可能指康熙六年王士禛任职京师之时。其时王士禛已经开始提倡宋诗。康熙六年，汪琬作《口号五首》，其四云："渔洋新诗与众殊，粗乱都好如名姝。"王士禛自称："康熙丁未、戊申（即康熙六、七年——引者注）间，余与茗文、公（戬）、玉虬、周量辈在京师为诗倡和。余诗字句或偶涉新异，诸公亦效之。"③汪琬所谓"与众殊"，王士禛所谓"新异"，当指其取法宋诗。而从"诸公亦效之"来看，王士禛提倡宋诗已经有了初步的影响。④因而陆嘉淑（1629—1689）在康熙七年写给王士禛的赠诗中对其一反明以来贬抑宋元的潮流予以很高评价。⑤蒋先生既然认为"唐有诗，不必建安、黄初也；元和以后有诗，不必神龙开元也；北宋有诗，不必李杜高岑也"是王士禛提倡宋诗的具体言论⑥，又怎么能说王士禛提倡宋诗始于康熙十五、十六年呢？"二十年来"，也即康熙十四年左右以来，诗坛已渐矫枉过正，又何待王士禛的提倡？虽然所谓"三十年前"、"二十年来"都只是约略言之，未必精确，但无论如何也不至相差太远。而且，王士禛回顾其"中岁越三唐而事两宋"时说："当其燕市逢人，征途揖客，争相提倡，远近翕然宗之。"⑦所谓"征途揖客"指的应该就是其康熙八、九年间奉使淮南榷清江关，以及康熙十一年典试四川。如果真如蒋所论王士禛康熙十五、十六年始提倡宋诗，那"征途揖客"就落空了。因为王士禛康熙十五年至康熙二十三年末奉命祭告南海前一直任职北京，

---

① 王士禛：《蚕尾文》卷一，康熙五十年刊本。
② 张健似未见《王渔洋乙亥文稿》，考证此文作于康熙三十三年，微误。见张健《清代诗学研究》，北京大学出版社1999年版，第261页。
③ 张宗柟纂集：《带经堂诗话》卷八，中华书局1963年版，第195页。
④ 参阅张健《清代诗学研究》，第367页。
⑤ 蒋寅认为陆嘉淑赠诗"似乎是对渔洋康熙二年（1663）作《论诗绝句》在观念上肯定宋元诗的赞赏"，但并无实据。从我们前面的分析来看，恐怕未必然。况且陆嘉淑整首赠诗都围绕着王士禛反对贬抑宋元而展开，而未提及《论诗绝句》。如果当时王士禛当时不是公开提倡宋诗的话，陆嘉淑又怎么会在毫无说明的情况下在整首赠诗中赞赏王士禛五年前所作的《论诗绝句》呢？
⑥ 蒋寅：《王渔洋与康熙诗坛》，第31页。
⑦ 俞兆晟：《渔洋诗话》序，丁福保辑：《清诗话》，上海古籍出版社1983年版，第163页。

并无所谓征途。而如蒋先生所论，康熙二十三年，王士禛已经开始了返回唐音的步履。

蒋先生之所以认为康熙十五、十六年王士禛始提倡宋诗，其根据是曹禾《海粟集序》：

> 往予与纶霞（1635—1704）、蛟门、实庵（1634—1698）同官禁庭，以诗文相砥砺。是时渔洋先生在郎署，相率从游是正，时闻绪论，益知诗道之难。予辈时时讲说，深痛俗学之肤且袭，而推论宋之作者如庐陵、眉山、放翁、石湖辈，皆卓然自立，成一家之言，盖以扩曲士之见闻，使归其过于倡导之渔洋先生。夫有桃有柠，则有学有不学，是乃世人之学耳，岂论诗者溯流穷源之意哉？①

蒋先生提供了一条非常重要的资料，惜其解读有误。蒋先生认为："渔洋于康熙十一年典四川乡试，随即丁母忧，至十五年五月方补户部四川司郎中，则曹禾等人闻其绪论只能在康熙十五、十六年间，即《居易录》卷五所载丙辰、丁巳间宋荦、王又旦等十子'皆来谈艺，予为定《十子诗》刻之'的时候。"② 然据蒋先生《王渔洋事迹征略》，康熙十五年王士禛返京的当月，曹禾即归江阴。③ 又据曹禾《末庵初集》和汪懋麟《百尺梧桐阁集》考之，曹氏直至康熙十七年才因应博学鸿词返京。而且曹禾序中提到的汪懋麟（号蛟门）康熙九年官中书舍人，十二年就因母丧归扬州，至十五年返京，未几又因父丧南归，直至十八年应博学鸿词复至京师。④ 而康熙十五年汪氏返京时，曹禾早已归江阴。⑤ 显然，康熙十一年七月王士禛离京典四川乡试起直至康熙十八年诸人根本就一天也未聚集过。

经过细考，符合诸人同在京师，而汪懋麟、曹禾、曹贞吉（字实

---

① 顾复渊：《海粟集》卷首，转引自蒋寅《王渔洋与康熙诗坛》，第31页。
② 同上。
③ 蒋寅：《王渔洋事迹征略》，人民文学出版社2001年版，第217页。
④ 据王士禛《蚕尾文》卷二《汪比部传》、曹禾《末庵初集》卷三《汪母李孺人墓碣铭》及汪懋麟《百尺梧桐阁集》卷一一至卷一六诸诗。
⑤ 汪懋麟：《百尺梧桐阁集》卷一四，上海古籍出版社1980年影印本。《醉歌行简田子纶曹升六林澹亭颜修来谢方山兼怀颂嘉南归》："冲炎北征寻旧游，峨嵋山人惜早归。"曹禾，字颂嘉，号峨嵋。

庵)、田雯(字纶霞)"同官禁庭"、"渔洋先生在郎署"条件的,只有康熙九年十一月至十一年七月间。① 这才是王士禛诸人相与提倡宋诗的时间。汪懋麟云:

> 余学诗,初由唐人、六朝、汉魏上溯风骚,规旋矩折,各有源本,不敢放逸。庚戌官京师,旅居多暇,渐就颓唐,涉笔于昌黎(768—824)、香山(772—846)、东坡、放翁之间,原非邀誉,聊以自娱。讵意重忤时好,群肆讥评。②

庚戌即康熙九年,恰与前面所考时间相合。又,李良年(1635—1694)《曹升阶珂雪集序》云:

> 升阶之诗,发源初盛,折入于眉山、剑南,无摹拟之迹,而动与之合,可谓矫然风气之外者。窃先生之意,宁特以自工,其言抑转移风尚将有藉于此也。异时予客京师,追随文酒之会,窥见一时大雅,咸以推陈致新,起衰救弊为任,而齐鲁称诗最富,若安邱、新城,著述聚于一门,此其尤盛者。③

考李良年客京师之时乃在康熙九年、十年间,《秋锦山房集》卷三《清明日沈康臣汪蛟门乔石林曹升阶黄继武曹峨嵋诸中翰招同朱锡鬯高二鲍饮郊外即席限韵送锡鬯之维扬二首》即作于此时。李良年所谓"窥见一时大雅,咸以推陈致新,起衰救弊为任"显然就是指当时王士禛、汪懋麟、曹贞吉诸人相与提倡宋诗,李良年甚至在他们影响下由唐转宋。④ 其时间

---

① 其时汪懋麟、田雯、曹禾、曹贞吉皆官舍人。又据蒋寅《王渔洋事迹征略》,王士禛康熙九年十一月自淮南清江返京,康熙十一年七月初一离京典试四川。(王士禛康熙七年起任礼部仪制员外郎,十年迁户部福建清吏司郎中,除奉使淮南榷清江关外皆"在郎署"。)
② 汪懋麟:《百尺梧桐阁集·诗集》卷首《凡例》。
③ 李良年:《秋锦山房集》卷一四。四库存目丛书本。
④ 朱彝尊《征士李君行状》(《曝书亭集》卷八〇)云:"其于诗初持律甚严,尝抄撮诗中禁字一卷以学诗者,继乃舍初盛而取中晚唐及宋元诸集涵咏之,别出机杼,锵洋淡泊,极唱叹之致。"李良年作于康熙六年的《赠王阮亭客部兼以留别》(《秋锦山房集》卷二)尚主张盛唐,称"天宝以还盛吟咏,纷纷中晚犹秕糠",作于康熙十一年的《题宋人诗后》(《秋锦山房集》卷四)则极力表彰宋诗。可知其由唐转宋之时当在康熙九年、十年间作客京师时期。

亦与前面所考者相合。综上所考，王士禛在康熙六年左右开始提倡宋诗，至康熙十年吴之振入京前，已经形成了以王士禛为中心的宗宋诗人团体，共同倡导宋诗。

这一时间的考定对我们理解清初宋诗风的兴起有非常重要的意义。我们知道，康熙二年，吕留良（1629—1683）、吴之振、黄宗羲（1610—1695）诸人就开始选《宋诗钞》，康熙十年秋刊成。而另一著名宋诗倡导者孙枝蔚，其《溉堂集》从康熙五年起就渐多次韵苏轼、王安石等宋人诗作，化用宋人诗句就更多。在康熙十年吴之振进京前，吴氏似乎与王士禛、汪懋麟、孙枝蔚诸人并无多少交往。也就是说，康熙十年前，吴之振在浙江石门，孙枝蔚在江苏扬州，王士禛诸人在京城，几乎在同一时间不约而同地提倡宋诗。可见宋诗风之所以能兴起，虽与诸公的提倡不无关系，但也实是当时诗坛人心思变的时代潮流有以致之。

康熙十年吴之振的进京，不可等闲视之，他是有备而来，专程去宣扬宋诗的。他携带大量《宋诗钞》[1]，分赠诗坛诸公，并广交诗坛名流，大力倡导宋诗。[2] 而如前所论，在吴之振进京前，王士禛、汪懋麟诸人就已经开始相率提倡宋诗，并取得一定成效。吴之振《八家诗选序》云：

> 余辛亥（即康熙十年——引者注）至京师，初未敢对客言诗。间与宋荔裳（1614—1674）诸公游宴，酒阑拈韵，窃窥群制，非世所谓唐法也。故态复萌，诸公亦不以余为怪，还往唱酬，因尽得其平日之所作而论次之。[3]

吴之振自称见宋琬等人诗"非世所谓唐法"，才"故态复萌"，可见吴氏在京师颇有同好。[4] 因为有了这个基础，吴之振对宋诗的宣扬得到较为热

---

[1] 吴之振《黄叶村庄诗集》（光绪四年刊本）卷首施闰章题词："鼓棹入京师，万卷悉捆致。"
[2] 关于吴之振在京宣传宋诗的情况，张仲谋、张健已有很好的论述，此不赘述。参阅张仲谋《清代文化与浙派诗》，东方出版社1997年版，第108—109页；张健《清代诗学研究》，第369—370页。
[3] 吴之振辑：《八家诗选》卷首，康熙十一年刊本。
[4] 宋琬早年宗唐，"时论以七子目之"（叶矫然《龙性堂诗话初集》），后亦阑入宋调。王士禛《渔洋诗话》称其晚年诗"颇拟放翁，五古歌行时闯杜韩之奥。"其时王士禛、王士禄、田雯、曹禾、汪懋麟、陈廷敬等人皆倡导宋诗，皆与吴之振交往唱和。吴之振《黄叶村庄诗集》卷首有王士禛赠别诗，诗中自注："与荔裳（宋琬）诸公雪夜饮饯梁园水楼，论诗甚畅。"

烈的反响。宋荦（1634—1713）《漫堂说诗》甚至云："至余友吴孟举《宋诗钞》出，几于家有其书矣。"① 康熙十一年，孙枝蔚亦进京，至此三地宋诗提倡者形成合流，这可以说是清初宋诗风兴起过程中的标志性事件，宋诗风也从此应运而起。这可以在很多材料中得到证明。宋荦《漫堂说诗》云：

> 康熙壬子、癸丑（康熙十一、十二年——引者注）间屡入长安，与海内名宿尊酒细论，又阑入宋人畛域。所谓旗东亦东，旗西亦西，犹之乎学王李、学三唐也。②

所谓"旗东亦东，旗西亦西"也就是说随风气而动，以前风气宗唐就学唐，现在风气转而宗宋，就阑入宋调。可见康熙十一、十二年宗宋风气已起。宗唐者对宋诗风的批评也可从反面证明这点。邓汉仪《诗观初集序》（康熙十一年）云：

> 诗道至今日，亦极变矣。首此竟陵矫七子之偏，而流为细弱。华亭出而以壮丽矫之，然近观吴越之间，作者林立，不无衣冠盛而性情衰……或又矫之以长庆、以剑南、以眉山，甚者起而嘘竟陵已之焰，矫往失正，无乃偏乎？③

沈荃（1624—1682）《过日集序》（康熙十一年）云：

> 近世诗贵菁华，不无伤于浮滥，有识者恒欲反之以质，于是尊尚宋诗以救弊。……今之号为宋诗者，皆村野学究肤浅鄙俚之辞，求其如欧阳永叔所云哆兮其似春，凄兮其似秋，使人读之可以喜，可以悲者，百不一得焉。④

---

① 丁福保辑：《清诗话》，第416页。
② 同上书，第420页。
③ 邓汉仪：《诗观初集》卷首，四库禁毁丛书本。
④ 曾灿：《过日集》卷首，转引自蒋寅《王渔洋与康熙诗坛》，第28页。

王庭（1649年进士）《二槐草存序》（康熙十一年）云：

> 嗟乎！方今诗家规模唐人形似，自号正宗，而负才不平者又激而趋于宋。①

叶矫然（1652年进士）《龙性堂诗话初集》（成书于康熙十二年）云：

> 学诗入手，舍初盛而言中晚，则失之纤；舍三唐而究宋元，则失之杂。得手以后，高语初盛而土苴中晚，则边幅而少新警；坚守唐调而抹杀宋元，则拘墟而不广大。今海内趋风宋元，斗秘炫诡极矣，识者又不可不致思。②

各种材料皆指向康熙十一、十二年，再加上前面所述吴之振进京事件，似乎足以证明这就是清初宋诗风正式兴起的时间。③ 当然，万事都有一个发展的过程。我们称清初宋诗风在康熙十一、十二年间兴起，并不是说此前没有人宗宋，也不是说此后宋诗就所向披靡④，只是认为康熙十一、十二年间宗宋风气出现了由量变到质变的历史性转折。

值得我们注意的是，康熙十年吴之振入京大力宣扬宋诗，当时大多数宗唐者并对吴之振并无批评；相反，很多宗唐者甚至表示欢迎。如陈祚明

---

① 王翃：《二槐草存》卷首，康熙十一年刻本。
② 郭绍虞编选：《清诗话续编》，上海古籍出版社1983年版，第940页。蒋寅先生据卷首谢天枢序，认为初集成于康熙十二年前。见《清诗话考》，中华书局2005年版，第251—252页。今考初集中涉及的时事皆无过康熙十二年者，蒋说可从。
③ 此外还有一个佐证：谢正光、佘汝丰《清初人选清初诗汇考》汇集了四十多种清初诗歌选本序跋、凡例等资料，其中成书于康熙十一年以前的二十余种选本资料中皆未见关于唐宋诗之争的议论，成书于康熙十一年的《诗观初集》和成书于康熙十二年的《过日集》始有之，此后则更多。
④ 即使迟至康熙二十九年，宗唐势力仍未必小于宗宋。韩醉白始学唐而后转宗宋，汪懋麟康熙二十三年为之作序，云："予反复其所谓故者，皆得名于时，倾动当世名卿贤士者，久于此取效焉。而所谓新者，倘如予说愈进而无已，恐人之怪而相诋者，又将舍予而及子矣。得无有悔乎？予是以嘉其新并收其故，倘时名是虑乎？则仍故是图，否则愿吾子于其新之见，日新而不惑，庶几不为故之辱也。"（《百尺梧桐阁集》卷二《韩醉白诗序》）宗宋派张云章《朴村文集》卷八《郭于宫诗集序》亦云："癸亥、甲子（康熙二十二、二十三年——引者注）之交，客京师，与汪刑部蛟门数过从论诗，刑部语予：子之诗恐不合于时之好尚，奈何？"

（1626—1676）云："论诗莫为昔人囿，中唐以下侪郐后。何代何贤无性情，时哉吴子发其覆。丹黄十载心目劳，南北两宋撰集就……近日浮响日粗疏，矫枉宜将是书救。"王崇简云："卓识开千古，从今宋有诗。汉唐堪并驾，鲍谢不专奇。"① 陈祚明、王崇简皆是自始至终宗唐，丝毫无宗宋嫌疑的诗家，而其所言如此，由此可见一斑。究其原因有三：一、自明末清初钱谦益等人倡宋诗以来，虽然未形成大范围的宗宋风气，但已潜移默化地修正了世人对宋诗的看法；当时的诗人虽仍大多宗唐，但他们对宋诗的态度已不像明人那样绝然排斥，视为厉禁。二、当时学唐的流弊确已显露，即使宗唐者也并不讳言，甚至认为宋诗的引进或许有助于矫枉救弊。三、最重要的是，当时宗宋风气尚未太盛，而且宗宋派的态度比较温和，兼取唐宋，似乎并无祧唐之意，至少倡导者大多如此。因此大多宗唐者对之并无敌意，并未意识到宣扬宋诗对宗唐派的威胁。但是宗宋风气的发展显然超出宗唐者的意料，因此康熙十一、十二年就开始有不少宗唐者对宋诗风进行抨击，康熙十三、十四年申涵光甚至有唐音将绝的忧虑，请三、四年前曾赞许吴之振宣扬宋诗的王崇简"起而正之"。

康熙十八年是宋诗风发展的第二个重要年份。是年因举博学鸿词科，汪琬、孙枝蔚、江闿麟、曹禾、邵长蘅（1637—1704）、李良年等宗宋派名诗人皆聚集北京，同时毛奇龄（1623—1713）、朱彝尊、邓汉仪、李念慈等著名宋诗风批评者也来到北京，两派展开了激烈的论争。汪闿麟与毛奇龄的著名论争就发生在此时。而论争的结果，似乎是反而扩大了宗宋派的影响。

宋诗风如此持续升温，愈演愈烈，其弊端也必然显露。不仅宗唐者从未停止过批评，很多宗宋者也颇感对宋诗的尊崇已经矫枉过正，走向另一极端，于是转而进行补偏救弊的工作。康熙二十七年，王士禛编成《唐贤三昧集》，康熙三十二年刊刻，表明其返回唐音。同时，宋荦、邵长蘅等一度宗宋者也发出"谁为障狂澜于既倒耶"（宋荦《漫堂说诗》）的感慨。然而，即使如此，宋诗风仍未见立即衰退。潘耒《受祺堂诗序》（康熙三十八年）："迄于今效元白、效皮陆、效东坡、效放翁者盈天下，与之言汉魏盛唐李杜则掩耳疾走，如枘凿之不相入。"② 冯武《二冯批才调

---

① 陈、王诗皆见吴之振《黄叶村庄诗集》卷首。
② 李因笃：《受祺堂诗》卷首，四库存目丛书本。

集·凡例》（康熙四十三年）："今学者多谓印板唐诗不可学，喜从宋元入手……"① 可见宋诗风一直持续到康熙后期。

康熙四十六年，《全唐诗》编成，康熙帝为之作序，谓："诗至唐而众体悉备，亦诸法备该。故称诗者必视唐人为标准，如射之就彀率，治器之就规矩焉。"② 康熙五十四年，下诏以诗取士，一大批唐人试帖诗选和唐诗选本应运而生。叶忱、叶栋《唐诗应试备体》，鲁之裕《唐人试帖细论》，臧岳《应试唐诗类释》，顺学濂《唐人应试六韵诗》，钱人龙《类释全堂诗律》，胡以梅《唐诗贯珠笺》，花豫楼《唐五言六韵诗豫》，牟钦元《唐诗五言排律笺注》，卞之锦《唐诗指月》等皆刊成于是年。沈德潜（1763—1769）《唐诗别裁集》的前身《唐诗宗》也成于是年。③ 沈德潜《唐诗别裁集序》云："德潜于束发即喜钞唐人诗集，时竞尚宋元，适相笑也。迄今几三十年，风气骎上，学者知唐为正轨矣。"④ 沈序作于康熙五十六年，可知康熙末期宗宋风气已经衰退。

（原载《中国诗学》第十二辑，人民文学出版社 2008 年版）

---

① 冯舒、冯班批点：《二冯批才调集》卷首，康熙四十二年垂云堂刻本。
② 《御定全唐诗》卷首，影印文渊阁四库全书本。
③ 参阅韩胜《清代唐诗选本研究》附录《清代唐诗选本编年简表》，南开大学博士学位论文，2005 年。
④ 沈德潜：《唐诗别裁集》卷首，乾隆二十八年刻本。

《宾退录》作者赵与峕考

陈伟文

《宾退录》是一部学术价值很高的宋人笔记,论者以为"可为《梦溪笔谈》及《容斋随笔》之续"①。但关于作者赵与峕的生平,史传罕载,《四库提要》对此进行了考证:"与峕字行之(原注:宝祐五年陈崇礼作是书序,称其字曰德行,与《墓铭》不同,或有两字,亦未可知,谨附识于此),以《宋史·宗室世系》考之,盖太祖七世孙也。《宋史》无传,志乘亦不载其名。惟赵孟坚《彝斋文编》有《从伯故丽水丞赵公墓铭》,曰:……其叙与峕生平最详。"② 《四库提要》首次检出赵孟坚《从伯故丽水丞赵公墓铭》(以下简称《墓铭》),并据以考述赵与峕生平。此后虽有学者指出《提要》的个别笔误③,但大体上都接受其考证成果,在叙述《宾退录》作者赵与峕生平时,无不依据赵孟坚所撰《墓铭》。笔者重新考察文献材料,发现以往的研究中忽视了一个重要事实:《墓铭》中并未提及墓主赵与时著有《宾退录》。因此,墓主赵与时是否即《宾退录》作者赵与峕,很值得怀疑,需要细加考证。

《墓铭》墓主赵与时与《宾退录》作者赵与峕姓名相同("峕"与"时"音义皆通),要弄清楚是否为同一人,最基本的方法就是根据史料分别考证两者的生平事迹,看两者是否有抵牾之处。关于《宾退录》作者赵与峕的生平事迹,最可靠的史料是《宾退录》本书及其序跋。《宾退

---

① 《四库全书总目》卷一一八,中华书局1965年影印版,第1023页。
② 同上书,第1023页。
③ 李裕民指出,赵与峕是宋太祖十世孙,而非七世孙;作《宾退录序》者当为陈宗礼,而非陈崇礼。见氏著《四库提要订误》(增订本),中华书局2005年版,第231页。

录》卷末有宝祐五年（1257）陈宗礼后序：

> 何代无文人，何世无佳公子，兼之为难。……惟吾宋德麟，生华屋而身寒士，心明气肃，文艺亦称，金枝玉叶中，一人而已。余生晚，不可得而见之矣。及得大梁赵君《宾退录》，见其包罗今古，抉隐发微，有耆儒硕生所未及。然后知公族未尝无人，特惜不得升堂叩击以闻所未闻尔。既而又见《甲午存稿》，亦君所吟赋。主以义理之精微，而铸辞以发之。古律清润闲远，不作时世妆；长短句亦不效花间靡丽之习。……余分符章贡，君之子孟适来为宰，余尝荐之于朝曰：有儒生廉谨之风，无公子贵骄之习。盖纪实也。一日，出示二书，又以《甲午存稿》请为之序。翻阅之久，又知宰之所以为宰者，有所自传也。因不复辞，遂书所见以与之。君讳与訔，字德行，尝从慈湖先生问学。①

陈宗礼与赵与訔之子相识，应其所请而为赵与訔著作写序，其所述赵与訔生平自然是确凿可信的。据此可知：（1）赵与訔字德行，是宋宗室子孙，大梁人，生活在南宋中后期。（2）是著名理学家杨简（号慈湖）弟子。（3）除《宾退录》外，尚著有诗词集《甲午存稿》。（4）有一子，名孟适。

《四库提要》称赵与訔"宋史无传，志乘亦不载其名"，实则不然。考《（嘉靖）临江府志》卷七《人物传》：

> 赵与訔，字德行，宋宗室。荫临安户曹，改知仁和，入干审计司，厘正金部板曹弊，擢兼右司。上问"理财何术"，对曰："无逾节用。"上问"大臣类多牵制"，对曰："欲绝牵制，自明公道始。"又谓："方今为黩货之罪，纤计于小官，阔略于大吏。"上嘉之。所著录有《宾退录》十卷，《史翼》一百六十卷。嗣子孟适，太府簿，

---

① 《宾退录》，上海古籍出版社1983年版，第139页。详味序文，似非《宾退录》之序，而应是赵与訔诗词集《甲午存稿》之序，然此序自宋刻本已附于《宾退录》中。疑赵与訔《甲午存稿》未刻，而刊刻《宾退录》时借用此序，故置于卷末而非卷首。

知建昌军。①

又《(隆庆)临江府志》卷十二《人物列传》云：

> 赵与旹，字德行，本汴梁人，祖师炳，举进士，官太理卿。以门荫调临安户曹，待次十年，无书不究。尝游慈湖杨公简门，聆其论议，大有所得。知仁和，历迁至金部板曹，极力爬梳，积弊顿革，按籍督违，老吏缩手，擢将作监兼右司。上问理财何术？对以无逾节用。上谓大臣类多牵制，对以自明公道始，皆嘉纳之。上方欲大用，未及，卒。所著有《宾退录》十卷，《史翼》一百六十卷。②

这是目前所见关于赵与旹的最详传记，但从未见学者提及，故具录之于此。在此传记中明确记载赵与旹著《宾退录》十卷，又称其为宋宗室，本汴梁人，字德行，"尝游慈湖杨公简门"，"嗣子孟适，太府簿，知建昌军"。这些都与上述陈宗礼序文相合。又考赵与旹《宾退录自序》云："余里居待次，宾客日相过，平生闻见所及，喜为客诵之。意之所至，宾退或笔之牍。阅日兹久，不觉盈轴。欲弃不忍，因稍稍傅益，析为十卷，而题以《宾退录》云。"③ 又《自跋》云："嘉定屠维单阏之夏，得疾濒死。既小瘳，无以自娱，而心力弗强，未敢覃思于穷理之学，因以平日闻见，稍笔之策。初才十余则。病起，宾客狎至，语有所及，或因而书之，日积月累，成此编帙。阏逢涒滩之秋，束儋赴戍，因命小史书藏之笈。"④ 嘉定屠维单阏，为嘉定十二年己卯（1219）；阏逢涒滩，为嘉定十七年甲申（1224）。可知《宾退录》是赵与旹嘉定十二年至十七年间在家里居待次时撰写的。这也与《(隆庆)临江府志》称其"以门荫调临安户曹，待次十年"相合，可证其所述赵与旹生平是可靠的。

赵与旹是理学家杨简弟子，故其论学颇有理学气息，但他同时也是一位诗人，《四库提要》称"论诗多涉迂谬，于吟咏之事茫然未解"，似嫌

---

① 《天一阁藏明代方志选刊续编》第49册，上海书店1990年影印版。
② 《天一阁藏明代方志选刊》第35册，上海古籍书店1962年影印版。
③ 《宾退录》，第1页。
④ 同上书，第138页。

过分。赵与峕不仅著有诗词集《甲午存稿》，而且是南宋末期江湖诗派成员之一。考《永乐大典》卷五四一引《江湖集·赵德行〈题张也愚草书中庸〉》："学就右军家数字，笔成东鲁圣人书。鸾翔凤翥三千许，鹤发鸡皮七十余。从昔晋碑那写此，近来燕说正纷如。平生嗜好同羊枣，展玩吟哦又起予。"[①] 此赵德行当即赵与峕，其诗歌收入《江湖集》中，当不止一首。惜《江湖集》未能完整保存，今仅于《永乐大典》残卷中见此诗，据此可知赵与峕为江湖诗派中人，亦弥足珍贵。赵与峕与江湖诗派著名作家戴复古、陈起都有交往唱和。戴复古《石屏诗集》卷四《怀赵德行》、卷五《寄赵德行》，其中《怀赵德行》末句云："细观《宾退录》，亦足慰凄凉。"可证其即《宾退录》作者赵与峕无疑。《江湖后集》卷二四载陈起《雪中简赵德行》。陈起字宗之，号芸居，临安钱塘（今浙江杭州）人。居钱塘棚北大街睦亲坊，经营书肆陈宅经籍铺，是宋末著名出版家，也是江湖诗派的代表诗人。赵与峕曾官临安户曹、仁和知县，与陈起同在临安，两人大概是在此期间开始交往的。《宾退录》最早刊本是宋临安府陈宅经籍铺刻本[②]，当即陈起为之刊印。除此之外，赵与峕交游可考者尚有赵元道。戴复古《石屏诗集》卷四《怀赵德行》题下注："学慈湖，从赵元道游。"赵元道，即赵介如。《宋元学案》卷七〇："赵介如，字元道，浮梁人，从江古心游。其学静深有本，登宝祐进士，通判饶州。元起为双溪书院山长，从者甚众。"[③]

考证清楚《宾退录》作者赵与峕的基本事迹后，我们再对比赵孟坚《墓铭》所载墓主事迹，看是否一致。《墓铭》云：

> 有宋通直赵君行之之墓，在安吉州归安县乡山之原。嗣子孟琥以绍定五年月日奉襄事，乞铭于某，以丙戌进士同登，有是请也。噫！天之所畀，每啬于所宜与。此从古所莫可诘，今又重叹于君焉。君以敏悟之资，秀出璇源，方弱冠已荐取应举。宁考登宝位，补官右选调管库之任于婺、于泰、于衢者三，又监御前军器所，司行在草料场。

---

① 《永乐大典》第1册，中华书局1986年影印版，第104页。
② 国家图书馆与日本尊经阁文库皆藏此宋版《宾退录》，参阅严绍璗《日本藏汉籍珍本追踪纪实》，上海古籍出版社2005年版，第392页；张燕婴《关于存世宋本〈宾退录〉》，《文献》2006年第1期。
③ （清）黄宗羲等：《宋元学案》，中华书局1986年版，第2346页。

蹐踔西阶逾三十年，未尝一日忘科举业也。故自丁卯迄己卯，以锁厅试而举者亦三，春闱率不偶。积阶至忠翊，今上皇帝赉赐子换文阶。旧比宗姓换阶，视见服官品，忠翊则应得京秩。新制裁革，回视初荐，仅循从事丞，处之丽水。君平昔游际贵达，方将汲引。郡侯叶公武子、赵公必愿，咸加奖且荐其才庶有行也，而君疾不可复起矣。悲夫！以半生绩学之勤，裁于制，不得有其有，而下从选调，淹矣！而又夺之年，不得诣高寿。赋与之啬，可诘也夫！君讳与时，年五十七，绍定四年十一月日终，上章告谢，寻通直命，下弗之觌也。曾祖伯颖，故修武郎。祖师古，故秉义郎。父希宜，故桐城令，宣教郎致仕。妻鲁氏，少卿公岂之孙女，今封令人，以男孟珆皇侄右监门卫大将军郊恩也。长男孟瑞，故承信郎。次孟珆、孟璹，女四人，孙一人，奉公之丧丽水者，母弟与善也。恻为之铭曰：谓其可必，天则尔啬。谓其可期，天则不可。知厚其积，乃狭其施。其后人之贻！①

《墓铭》载墓主赵与时履历颇详，然对其中进士与否，叙述稍嫌模糊。故《四库提要》疑之曰："惟墓铭之首称其子孟珆乞铭於某，以丙戌进士同登，则与訔当为理宗宝庆二年进士。而乃称其春闱不偶，殆与孟珆同登进士欤？（原注：孟珆亦非丙戌进士，此文下注代作二字，当为所代之人也。）"其实，《墓铭》称其"春闱率不偶"，只是指其早年多次考进士不中而言，不能据以否定其中士。今考《（至元）嘉禾志》卷一五《宋登科题名》，宝庆二年王会龙榜进士中，有赵与时。《（雍正）浙江通志》卷一二七《选举》，宝庆二年王会龙榜进士中，也有赵与时，并注明："嘉兴人。"然则墓主赵与时为嘉兴人，确实是宝庆二年丙戌进士。

今根据前文所考《宾退录》作者赵与訔的生平事迹，与《墓铭》所述细加比对，发现两者多有抵牾。

表字不符。《宾退录》作者字德行，而《墓铭》墓主字行之。《四库提要》已经注意及此，但未能深考其原因，而是轻率推测赵与訔"或有两字"，实则毫无根据。

籍贯不符。《宾退录》作者本大梁人，先世迁居江西临江府。而《墓

---

① （宋）赵孟坚：《从伯故丽水丞赵公墓铭（代作）》，《彝斋文编》卷四，民国嘉业堂丛书本。

铭》墓主则为浙江嘉兴府人。

亲属不符。《宾退录》作者祖父名师炳，而《墓铭》墓主祖父名师古。《宾退录》作者有一子，名孟适，《墓铭》墓主则有三子，分别名孟瑞、孟珆、孟璠。

卒年不符。《宾退录》作者与《墓铭》墓主生活年代虽然大体相近，但也不尽相同。据陈宗礼序文，《宾退录》作者另著有《甲午存稿》，当为甲午年编成的诗词集。陈宗礼序文撰于宝祐五年（1257），结合赵与旹生活年代，可推知此甲午当为端平元年甲午（1234）。《墓铭》墓主卒于绍定四年（1231），年五十七，可推知生于淳熙二年（1175）。在世期间根本未曾经历甲午年（淳熙甲午是1174年，端平甲午是1234年）。

履历不符。《宾退录》作者未曾中进士，《墓铭》墓主则为宝庆二年进士。《宾退录》作者历官临安户曹、仁和知县、金部板曹、将作监兼右司等，而《墓铭》墓主则官至丽水丞。《宾退录》作者"尝从慈湖先生问学"，而《墓铭》墓主则无此经历。《宾退录》作者著书多种，而《墓铭》墓主则未闻有著述。

综上五证，《宾退录》作者与《墓铭》墓主判然二人，已经显然可见。两人皆为宋宗室后裔，故再考之《宋史·宗室世系表》，两人世系皆清晰可知：

> 《墓铭》墓主赵与时世系为：太祖—德昭—惟吉—守巽—世该—令欥—子煜—伯颖—师古—希宜—与时。与时三子：孟瑞、孟珆、孟璠。①
>
> 《宾退录》作者赵与旹世系为：太祖—德昭—惟忠—从蔼—世雄—令甄—子沂—伯橺—师炳—希垚—与旹。与旹一子：孟蒴。②

《宋史·宗室世系表》所载两人世系，与前引两人传记资料基本可相印证③，更证明了前引传记资料的可靠。《宾退录》作者赵与旹和《墓铭》

---

① 《宋史》卷二一六，中华书局1977年版，第5804页。
② 同上书，卷二一七，第5935页。
③ 唯赵与旹子之名，《宋史·宗室世系表》作孟蒴，他书则作孟适，孰是孰讹，未敢遽定。除此之外，其他所载皆一一相符。

墓主赵与时姓名相同，生活年代亦相近，又同为宋太祖十世孙，故《四库提要》不慎混而为一，后人亦沿袭其误。如上海古籍出版社点校本《宾退录》之《前言》，《全宋诗》、《全宋文》的小传，以及各种人名词典工具书等，都误据赵孟坚《墓铭》叙述赵与旹的生平。故今特详加考辨，以求正本清源，避免以讹传讹，并就教于各位方家。

（原载《文献》2011年第4期）

位移动词"去"的词义句法演变机制

华建光

一 引言

在汉语史研究中,"去"有一个很鲜明的词义句法变化。例如:

(1) 川渊者,龙鱼之居也;山林者,鸟兽之居也;国家者,士民之居也。川渊枯则龙鱼去之,山林险则鸟兽去之,国家失政则士民去之。(《荀子·致士》)

(2) 他去美国了。

例(1)的"去"义为[离开],所带宾语为起点宾语,例(2)的"去"义为[前往],所带宾语变成了终点宾语。

对于这一过程,杨克定、朱庆之、王国栓、徐丹、胡敕瑞、崔达送等先后进行了讨论。[①] 根据这些研究,我们得到以下两点基本认识:一者,东晋佛典文献中,已经可以见到"去"带终点宾语("去+$O_{终点}$")的用

---

① 杨克定:《从〈世说新语〉〈搜神记〉等书看魏晋时期动词"来"、"去"语义表达和语法功能的特点》,程湘清主编:《魏晋南北朝汉语研究》,山东教育出版社1988年版,第24—275页;朱庆之:《佛典与中古汉语词汇研究》,文津出版社1992年版,第176—180页;王国栓:《"去"从离义到往义的变化试析》,《语言学论丛》第27辑,商务印书馆2003年版,第324—328页;徐丹:《趋向动词"来/去"与语法化——兼谈"去"的词义转变及其机制》,沈家煊等主编:《语法化与语法研究》(二),商务印书馆2005年版,第340—356页;胡敕瑞:《"去"之"往/至"义的产生过程》,《中国语文》2006年第6期;崔达送:《中古汉语位移动词研究》,安徽大学出版社2005年版,第102—118页。

例①，而在中土文献中类似格式的用例要到晚唐五代才能见到②；二者，在"去+O_{终点}"格式产生之前，至迟东汉佛典中已有些"去"只能解作［前往］义，而杨克定、崔达送列举的西汉用例，实际上还可以解作［前往］义。③ 由此看来，"去"产生［前往］义在前，尔后才及物化带上了终点宾语。因此，"去+O_{终点}"格式的产生，只是［前往］义"去"的及物化标志，属于句法变化，若以此格式作为确定"去"［前往］义产生时代的依据，显然失之过严。

那么，"去"的［前往］义具体是如何衍生出来的？其及物化过程又具体如何？对此，徐丹、胡敕瑞已有较为深入的研究，但有些细节还值得作进一步的探讨，尤其是从［离开］义到［前往］义的语义演变，需要进一步深入到语义成分层面，探讨到底哪些语义成分发生了哪些改变？这些改变具体又是在哪些句法环境发生的？每一种改变孰先孰后？是否可以找到形式验证来加以确定？

具体来说，［离开］义"去"和［前往］"去"在指示、情状体、语义角色三个方面呈现差异。所谓"指示"，是指位移过程中移动体（本文称为凸体）和说者位置（包括说者实际所在的位置和说者说话时所投射的位置）的关系，［离开］义"去"没有码化［指示］，其起始位置不一定与说者位置重合，［前往］义"去"则码化了［指示］，表达的是一个远离说者的位移。所谓"情状体"是指位移动作抽象的时间结构，［离开］义"去"是［瞬时达成体］，［前往］义"去"则是［持续活动体］。所谓"语义角色"指事件中的参与者，分必有语义角色（主事和客事）和可有语义角色（补事）④，［离开］义和［前往］义"去"都是二价动词，主事均为位移的发出者（即凸体），但客事（即衬体）有别，前者是位移的起点，后者是位移的终点。

既然［前往］义"去"和［离开］义"去"在语义成分层面有上述三个区别，那么由［离开］义衍生［前往］义的过程就可以分解为以下

---

① 朱庆之：《佛典与中古汉语词汇研究》，第176—180页。
② 王国栓：《"去"从离义到往义的变化试析》，《语言学论丛》第27辑，第324—328页。
③ 胡敕瑞：《"去"之"往/至"义的产生过程》，《中国语文》2006年第6期。
④ 主事包括施事、当事、系事；客事包括表事、受事、对象、使事、意事、成事、起点、终点；补事包括工具、处所、时间、度量。各语义角色的界定和例证，参见殷国光《〈庄子〉动词配价研究》，商务印书馆2009年版，第10—13页。

三个方面的语义变化：指示的赋予、情状体的变化和终点论元的赋予。相应地，本文拟分别以三个小节（即第二、三、四小节）来讨论这三个语义变化的形成机制、时间和形式验证。至于"去"的及物化过程，则在第五小节专门加以讨论。

二　指示的赋予：［离开说者］义的"去"

［离开］义的"去"没有码化位移凸体与说者的位置关系；因此，这时的"去"在语义上既和"之、如、适"等码化了［远离说者位置］的位移动词兼容，也和码化了［靠近说者位置］的位移动词"来"兼容。例如：

(3) 去卫地如鲁地，于是有灾，鲁实受之。（《左传·昭公七年》）

(4) 高石子三朝必尽言，而言无行者。去而之齐，见子墨子曰……（《墨子·耕柱》）

(5) 初，鲍国去鲍氏而来为施孝叔臣。（《左传·成公十七年》）

(6) 无往焉而不知其所至，去而来而不知其所止，吾已往来焉而不知其所终；彷徨乎冯闳，大知入焉而不知其所穷。（《庄子·知北游》）

(7) 雁鹄集于会稽，去避碣石之寒，来遭民田之毕，蹈履民田，啄食草粮。粮尽食索，春雨适作，避热北去，复之碣石。（《论衡·偶会》）

例(3)、(4)表明"去"和表示远离说者位置的"如、之"兼容，可以构成"去(+N)(+而)+如/之+N"格式来表达一个包涵位移起点、续段、终点的完整场景，其中［去］的起点也就是说者的位置。例(5)、(6)"去(+N)+而+来"格式则表明"去"也和"来"兼容，"去"的起点［如例(5)的"鲍氏"］是远离说者的位置，其后续的位移动作则是朝向说者的位置。例(7)更有意思，我们可以把凸体［雁鹄］的位移路线示意如下（图1）：

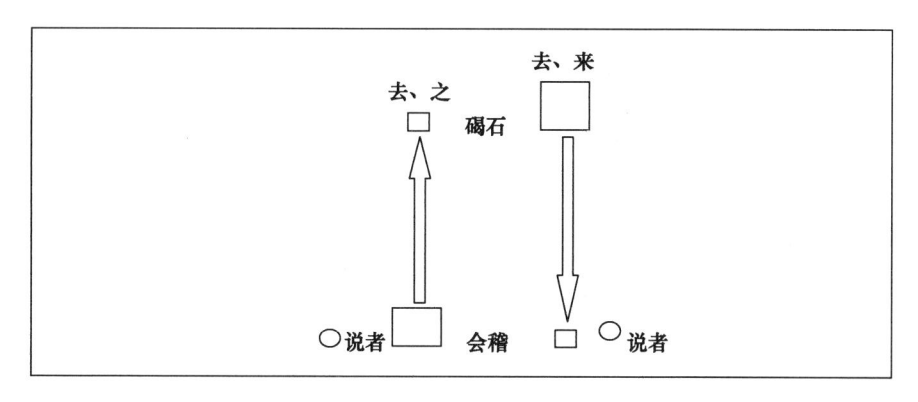

图1 《论衡·偶会》例"雁鹄"位移路线示意图

在往返过程中,说者位置都在会稽山。其中,雁鹄由碣石飞向会稽的过程用"去"、"来"表述,[去]的起点是碣石,后续动作所向的是说者位置;由会稽飞向碣石的过程则用"去"、"之"表述,[去]的起点是会稽,同时会稽也是说者的位置所在。对比之下,我们可以看出,[离开]义的"去",起点位置跟说者的位置既可以重合,也可以不重合。

此时"去"的反义词,确切来说是"至"、"就"、"奔"等表示到达或趋向某个位置的位移动词,比较:

(8) 叔孙所馆者,虽一日,必葺其墙屋,<u>去</u>之如始<u>至</u>。(《左传·昭公二十三年》)

(9) 治国<u>去</u>之,乱国<u>就</u>之,医门多疾。(《庄子·人间世》)

(10) 夫桀纣,圣王之后子孙也,有天下者之世也,埶籍之所存,天下之宗室也,土地之大,封内千里,人之众数以亿万,俄而天下倜然举<u>去</u>桀纣而<u>奔</u>汤武,反然举恶桀纣而贵汤武。(《荀子·强国》)

不过,我们同时也应该注意到,这一时期的确也可以找到很多"去"和"来"对立而言的用例,例如:

(11) 神者,物受之而不能知(及)其<u>去</u><u>来</u>,故圣人畏而欲存

之。(《史记·律书》)

(12) 地来而民去，累多而功少，虽守者益，所以守者损，是以大者之所以反削也。(《荀子·王制》)

(13) 老公去，高祖从外来，吕后言于高祖。(《论衡·骨象》)

(14) 我亦不见来，亦不见去，亦不见住，亦不见终，亦不见生。(《魔娆乱经》，失译，东汉)

根据这一点来看，人们越来越倾向于在说者位置和［去］起点位置相同时使用"去"；也就是说，"去"在词义中逐渐规约了［指示］。从文献来看，"去（+N）+而+来"格式在《论衡》之后就消亡了；相应地，我们可以把"去"规约了［指示］的确切时间定为东汉中后期。

三 情状体的变化

［离开］义的"去"是瞬时达成体，而［前往］义的"去"则是持续体。两者情状上的差异可以图示如下（图2）：

图 2 去(离开)和去(前往)的情状体差异

这一变化实际上也是将位移续段规约进词义的过程：规约前只有位移的起点阶段，规约后则既包括起点阶段，也包括中间阶段。之所以出现这种情状变化，与"去"的下述句式调整有关。王国栓已经注意到"去"在由［离开］义到［前往］义的过程中，有一段时间不带起点宾语，并作了一个初步的统计，结果见表1。[①]

[①] 王国栓：《"去"从离义到往义的变化试析》，《语言学论丛》第27辑，第324—328页。

表1　　　　王国栓（2003）关于"去"带宾语情况的统计　　（单位：例）

	《左传》	《史记》（世家部分）	《风俗通义》（东汉）	《佛说孛经钞》（三国）
总例数	138	206	22	26
带宾语数	132	26	5	2
带宾语百分比	95%	13%	22%	8%

上述统计没有区分"去"的自移用法（无外力致使的移动）和致移用法（有外力致使的移动），这显然会大大影响最终的统计数据，因为致移用法中的"去"基本上以带宾语为常，如果这种用例繁多，势必提升"去"带宾语的百分比。此外，致移"去"所带的是受事宾语，跟"去"的情状体变化没有丝毫联系。因此，我们分开统计了一下自移"去"和致移"去"带宾语的情况，具体结果见表2。

表2　　　上古文献中自移"去"和致移"去"带宾语的情况（单位：例）①

	自动		使动	
	去	去+宾语	去	去+宾语
《左传》	4	34	5	85
《国语》	7	19	2	19
《论语》	3	5	0	5
《墨子》	3	7	1	29
《孟子》	29	20	0	10
《庄子》	16	16	2	32
《荀子》	5	17	3	15
《韩非子》	21	17	4	86
《吕氏春秋》	28	20	8	79
《晏子》	13	7	6	22
《战国策》	68	23	2	18
《史记》	492	84	16	94

---

① 该表未统计所字结构中的"去"、单独作主宾语的"去"，以及［距离］义的"去"。

从上表来看,"离开"义的"去"的确有逐渐不带宾语的趋势。《左传》中以带起点宾语为常,占"离开"义"去"总用例的89.5%。从战国中后期开始,以不带宾语为常(《荀子》是个例外)。到了《史记》中,不带宾语者占了"离开"义"去"总用例的85.4%,同《左传》的情况恰好相反。与此同时,致移"去"则一直以带宾语为常。从这一对比来看,"离开"义"去"逐渐不带宾语,实际上是把"去+N"格式让给了"弃除"义的"去"。比较:

(15) 冬,晋侯围原,命三日之粮。原不降,命去之。……退一舍而原降。(《左传·僖公二十五年》)

(16) 公族,公室之枝叶也。若去之,则本根无所庇荫矣。(《左传·文公七年》)

(17) 初,鲍国去鲍氏而来为施孝叔臣。(《左传·成公十七年》)

(18) 襄公将去穆氏,而舍子良。子良不可,曰:"穆氏宜存,则固愿也。若将亡之,则亦皆亡,去疾何为?"乃舍之,皆为大夫。(《左传·宣公四年》)

例(15)、(16)都是"去之",其中前者是[离开原]的意思,后者是[除去枝叶]的意思。例(17)、(18)都是"去+人名",前者是[离开鲍氏]的意思,后者是[除去穆氏]的意思。显然,[离开]义"去"带了宾语,就会大大增加句子歧义的可能。为了较少歧义,人们对句式作了重新分配,让[离开]义"去"以不带宾语为常;[除去]义"去"以带宾语为常,不带宾语时多半是因为宾语话题化前移到了句首。例如:

(19) 此三族也,世济其凶,增其恶名,以至于尧,尧不能去。(《左传·文公十八年》)

(20) 善人在患,弗救不祥;恶人在位,不去亦不祥。(《国语·晋语八》)

例(19)、(20)中"去"的受事宾语"此三族"、"恶人"均前移做了话题。

在这一句式调整之后,不带宾语的"去"在语义上慢慢就淡化了对起点的凸显；相应地，这类"去"在情状上也就由点状变成了射线状。在词义刻画方面，前者可以描述为［离开］（depart from），后者可以描述为［离开而行］（move from）。例如：

(21) 今子，东国之桃梗也，刻削子以为人，降雨下，淄水至，流子而去，则子漂漂者将何如耳。（《战国策·齐策三》）

带起点宾语的"去"在句法层面凸显了起点衬体，因而此类格式中的"去"不会发生情状体变化；而在例（21）之类的用例中，句法层面不带宾语的"去"会在语义层面悄悄发生重新分析，开始被理解成射线状，语义上跟"行"很类似。

当位移的终点也明确时，不带起点宾语的"去"理解成射线状反而更加自然。例如：

(22) 后十年，陈涉等起兵，良亦聚少年百余人。景驹自立为楚假王，在留。良欲往从之，道遇沛公。沛公将数千人，略地下邳西，遂属焉。沛公拜良为厩将。良数以太公兵法说沛公，沛公善之，常用其策。良为他人言，皆不省。良曰："沛公殆天授。"故遂从之，不去见景驹。（《史记·留侯世家》）

该例中"不"否定的是整个"去见景驹"，说明"去见景驹"的确已经紧缩为连动结构，不可再点断为两个小句。"去见景驹"所试图描述的事件可以完整展现如下：首先张良离开沛公刘邦所在地，接着张良在前往景驹所在地的途中，最后张良到达景驹所在地并拜见景驹。其中的"见景驹"表达的是最后一个位阶段，"去"则存在两种语义分析：甲、分析为［离开］，表达的是位移的起点阶段，此时中间的位移过程则根据语境推理而得；乙、分析为［离开而行］，表达的是位移的起点阶段和中间阶段。相比之下，新分析实际上是把原先由语境推理而得的语义信息规约进了动词"去"，结果导致了部分"去"的情状体变化。通过这一语用推理的规约，最终产生了只能解为持续体的"去"。例如：

(23) 项籍少时，学书不成，去学剑，又不成。（《史记·项羽本

纪》)

该例中的"去"无论如何也不能解读为［离开］义。

四 终点论元的赋予

部分"去"变为持续体的同时，其论元结构也在发生变化，起点日益淡化，从原先的必有语义成分变成了可有语义成分；与此同时，终点却不断强化，从原先的可有语义成分变成了必有语义成分。造成这一转变的句法格式还是不带起点宾语的"去"字句，相应的语用环境则是位移终点的明确化。比较：

(24) 朱英恐，乃亡去。(《战国策·楚策四》)

(25) 柏常骞去周之齐，见晏子曰：……(《晏子·内篇问下》)

(26) 宫之奇谏，百里奚不谏。知虞公之不可谏而去之秦，年已七十矣。……知虞公之将亡而先去之，不可谓不智也。(《孟子·万章上》)

(27) 又前而为歌曰："风萧萧兮易水寒，壮士一去兮不复还！"复为忼慨羽声，士皆瞋目，发尽上指冠。于是荆轲遂就车而去，终已不顾。(《战国策·燕策三》)

例（24）整个语境只点明位移的起点，终点则不清楚，此种环境中的"去"当然不会将终点规约为客事。例（25）整个语境虽然同时点明起点和终点，但两者分属两个位移动词的客事，其中的"去"已经带着起点宾语，自然无法再规约进一个终点客事。例（26）的整个语境点明了位移的起点是虞国，终点是齐国，其中"去"的客事是仍是起点；参照后文"知虞公之将亡而先去之"，可知"去之秦"实际上是"去虞之秦"的省略形式。① 例（27）的整个语境点明了位移的终点是秦国，起点则是

---

① 事实上，"知虞公之不可谏而去之秦"还可以断为"知虞公之不可谏而去，之秦"，请参照："张仪、魏章去，东之魏。"(《史记·张仪列传》)"沛公已去，间至军中。"(《史记·项羽本纪》)

燕国或易水，其中的"去"没有带上起点宾语。在这种环境中，起点和终点看起来都像是"去"的可有语义成分；也就是说，这类"去"实际上可以视为一价动词，此时起点已不是"去"的客事，而终点则尚未成为"去"的客事。

然而，起点和终点之间的平衡只是短暂的。人们在使用"去"时，越来越倾向于点明终点，并且逐渐将终点视为"去"的客事。这一点可以从"所去"的指称变化上得到证实。比较：

(28) 所就三，<u>所去</u>三。迎之致敬以有礼，言，将行其言也，则就之。礼貌未衰，言弗行也，则<u>去之</u>。其次，虽未行其言也，迎之致敬以有礼，则就之。礼貌衰，则<u>去之</u>。(《孟子·告子下》)

(29) 譬如灯炷之明，不自念言我当逐冥去冥也。然灯炷照，不知冥所去处。(《遗日摩尼宝经》，支娄迦谶译，东汉)

例（28）谈论的是什么条件下应该离开君王，什么条件下应该接近君王，其中的"所去"转指的是位移的起点。例（29）说灯一照明，冥（昏暗）就不知道跑到哪里去了，其中的"所去"转指的是位移的终点。从文献用例来看，当"去"用于表达自移事件时，转指终点的"所去"首见于东汉中后期佛经中，在此之前只转指起点。据此，我们可以断定，至晚在东汉中后期，部分"去"的客事中已经包涵了终点论元，再度成为二价动词。

之所以用"所去"来检验终点是否成为"去"的客事，是因为"所"的主要功能就是提取跟动词相关的客事。比较例（28）中的动词"去"和"就"，前者客事是起点，所以"所去"转指的是位移的起点，后者客事是终点，所以"所就"转指的是位移的终点。需要说明的是，能用"所"提取的客体论元在句法层面有两种表现：一种客事直接可以作相应动词的宾语［如例（28）中"去"、"就"的客体论元］，另一种客事则不能直接作相应动词的宾语，一般要用介词引出（如上古汉语中"往"、"至"的客事）。相应地，"所去"的指称变化，也就只能用于证明"去"客事的变化，而不能用于证明"去"的及物化问题。

综上，我们可以断定赋予了［指示］、情状上为［持续］、客事为［终点］的"去"，至晚在东汉中后期已经出现。这个"去"，跟上古文献中的"往"类似,表达的都是远离说者的位移过程,语义上终点都是必有语义角色,句法上则都是不及物动词。

具体来看,我们只能确定"去"的情状变化在先,[终点]论元的赋予在后;至于[指示]的赋予,则跟[终点]赋予的时代差不多,很难分清楚孰先孰后。因此,[前往]义"去"的衍生过程可以图示如下(见图3):

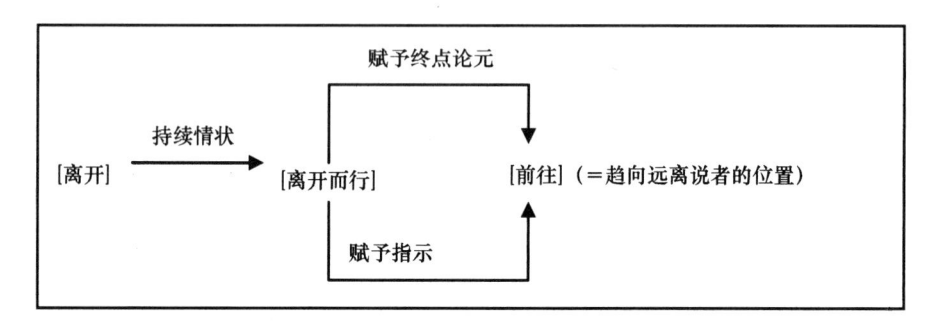

```
                           赋予终点论元
                    ┌─────────────────────┐
         持续情状    ↓                     │
[离开] ─────────→ [离开而行]          [前往](=趋向远离说者的位置)
                    │                     ↑
                    └─────────────────────┘
                           赋予指示
```

图3 由[离开]义"去"至[前往]义"去"的衍生过程

五 "去"的及物化

王力说道:"在现代汉语里,'去'字或者表示古代的'往'(你不去,我去),或者表示古代的'之'和'适'(去上海,去苏联),这样就造成了和古代相反的意义。"[①] 而从上述分析中,我们已经看到,[前往]义的"去",一开始语法功能跟上古汉语的"往"一样,都是不及物动词;尔后经历了及物化过程,才具有了跟上古汉语位移动词"之、适"类似的语法功能。这一部分主要就是要探讨[前往]义"去"的这一及物化过程。

[前往]义"去"产生之后,有段时间里以不带终点宾语为常,例如:

(30)猎者受教,即涉道去;七年七月七日,到象所止处。(《杂譬喻经》,失译,东汉)

---

① 王力:《汉语语法史》,商务印书馆2003年版,第104—106页。

(31）时国王举镜自照谓群臣："天下人颜容，宁有如我不。"答曰："臣闻彼国有男子端正无比。"则遣使请之。使者至，以王告之："王欲见贤者。"则严车进去。已自念："王以我明达，故来相呼。"则还取书籍之要术，而见妇与客为奸，怅然怀感，为之结气，颜色衰耗，惟怪更丑。(《杂譬喻经》，失译，东汉）

(32）汉建安四年二月，武陵充县妇人李娥，年六十岁，病卒，埋于城外，已十四日。娥比舍有蔡仲，闻娥富，谓殡当有金宝，乃盗发冢求金。以斧剖棺，斧数下，娥于棺中言曰："蔡仲，汝护我头！"仲惊遽，便出走。会为县吏所见，遂收治。依法，当弃市。娥儿闻母活，来迎出，将娥回去。(《搜神记》卷一五）

(33）都水马武举戴洋为都水令史。洋请急，还乡。将赴洛，梦神人谓之曰："洛中当败，人尽南渡。后五年，扬州必有天子。"洋信之，遂不去。既而皆如其梦。(《搜神记》卷八）

(34）饥经日，迷不知何处去。(《世说新语·汰侈》）

根据朱庆之的研究①，到东晋前后，才出现一定数量的"去＋O$_{终点}$"格式②，例如：

(35）是时有一异比丘，于竹园去罗阅祇国，适在中间，为蛇所啮。(《玄师颰陀所说神呪经》，竺昙无兰，东晋）

(36）诸比丘夏初月，分是物去余处安居。(《十诵律》，弗若多罗译，姚秦）

(37）亿耳，汝若去东方国土，见佛世尊亲近礼拜，代我如是问讯。(《十诵律》，弗若多罗译，姚秦）

(38）"阿难，汝可起，去静处思惟。"贤者阿难从坐而起，往至林中。(《贤愚经》，慧觉等译，元魏）

---

① 朱庆之：《佛典与中古汉语词汇研究》，第176—180页。
② 胡敕瑞文提到三国时已经有1例"去＋O$_{终点}$"，如下：诸佛本何所来，去何所？(《大明度经》，支谦，三国吴）可该例并不可靠，因为"去何所"存在多种异文，他本或作"去何所至"、"至何所"。

而中土文献中则要到晚唐五代才能见到一定数量的"去+O$_{终点}$"格式，例如：

(39) 自从夫去辽阳，遣妾勾当家事。(《敦煌变文校释·舜子变文》)

(40) 因侍者辞，师问："汝去何处？"(《祖堂集·鸟窠和尚》)

(41) 弟僧从此装里，却去寺主处具说前事。(《祖堂集·宿觉和尚》)

由此来看，相对于《搜神记》、《世说新语》等中土文献，同一时间的佛经文献要更为口语化，因而"去+O$_{终点}$"格式的出现也要早得多。零星的"去+O$_{终点}$"在六朝时期也能找到一些，例如①：

(42) 君是何神，居此几时？今若必去，当去何所？(《古小说钩沉·述异记》)

说者若要在"去"字小句中表达出位移终点，除了"去+O$_{终点}$"格式之外，只能采取以下两种格式：

(43) 萨陀波伦菩萨从三昧觉，作是念："诸佛本从何所来？去至何所？"(《道行般若经》，支娄迦谶译，东汉)

(44) 若人问比丘言："从何处来？"答言："过去中来。""何处去？"答言："向未来中去。"(《摩诃僧祇律》，佛陀跋陀罗共法显译，东晋)

(45) 汝父往何处去，乃令世尊待而不食。(《四分律》，佛陀耶舍共竺佛念等译，姚秦)

(46) 即问言："大德，欲至何处去？"答言："我欲至舍卫国世尊所。"(《四分律》，佛陀耶舍共竺佛念等译，姚秦)

例(43)中采取的是"去+V$_m$+N$_{终点}$"格式，终点成分以另一位移动词

---

① 胡敕瑞：《"去"之"往/至"义的产生过程》，《中国语文》2006年第6期。

的宾语身份进入"去"字句。其余三例采取的是"（P/V$_m$+）N$_{终点}$+去"格式，终点成分以介词或另一位移动词的宾语身份进入"去"字句（如"向何处去"、"往何处去"、"至何处去"），或者直接以状语或主语身份进入"去"字句（如"何处去"）。显然，在"去+O$_{终点}$"兴起之前，终点成分只能通过形成"去+V$_m$+N$_{终点}$"或"（P/V$_m$+）N$_{终点}$+去"格式才能迂回进入"去"字小句。

在"（P/V$_m$+）N$_{终点}$+去"格式中，"去"不可能重新分析为及物动词。而在"去+V$_m$+N$_{终点}$"格式中，情况则有所不同，其中的N$_{终点}$有两种分析：一种是旧的分析，N$_{终点}$被视为另一位移动词的宾语，此时"去"仍是不及物动词；另一种是新的分析，N$_{终点}$被视为"去"何另一位移动词共享的宾语，如此一来"去"就突然成了及物动词。事实上，在"去$_{(前往)}$+O$_{终点}$"兴起之前，中古佛经中可以找到大量的"去$_{(前往)}$+V$_m$+N$_{终点}$"格式。仅以"去+至/到+N$_{终点}$"为例，东汉西晋三国佛经中就可以见到19例，例如：

（47）佛从何所来？<u>去至何所</u>？（《道行般若经》，支娄迦谶译，东汉）

（48）猕猴<u>去至他山中</u>……（《杂旧譬喻经》，康僧会译，三国吴）

（49）诸比丘受佛教，皆<u>去至沙罗提国</u>。（《佛般泥洹经》，白法祖译，西晋）

（50）汝从是<u>去到</u>揵陀越国昙无竭菩萨所，自当为汝说般若波罗蜜，当为汝作师教汝。（《道行般若经》，支娄迦谶译，东汉）

（51）昔有二人从师学道，俱<u>去到他国</u>。（《杂譬喻经》，失译，东汉）

（52）沙门言："汝审欲得者，是间有佛，可往问佛。佛者知当来已去之事，汝往则可得汝子。"母闻是语，则欢喜意解，便随沙门，<u>去到佛所</u>。（《鬼子母经》，失译，西晋）

正是通过对"去$_{(前往)}$+V$_m$+N$_{终点}$"这一常用格式的重新分析，"去$_{(前往)}$"

才突然成为可以带终点宾语的及物动词，这和"往"的及物过程如出一辙[①]。有趣的是，两者及物化的时间也差不多，都是在东晋时期。

六　结论

综上所述，"去$_{(前往)}$"是由一定句法格式和语境中的"去$_{(离开)}$"衍生而来的。部分"去$_{(离开)}$"先是在情状体上经历了由瞬时变为持续的变化（西汉时完成），之后经历了主观指示和终点客事的赋予（东汉中后期完成），由此产生了"前往"义的"去"。尔后，常用格式"去$_{(前往)}$＋V$_m$＋N$_{终点}$"发生了重新分析，N$_{终点}$被分析成"去"和另一位移动词的共享宾语，结果"去"也突然由不及物动词变成了及物动词（东晋时完成）。因此，我们在分析"去$_{(前往)}$"的产生时间时，就必须分清楚是在哪个意义上讨论这个问题，如果是问及物动词"去$_{(前往)}$"的产生时间，那当然如朱庆之所言，是在东晋时期。如果是问不及物动词"去$_{(前往)}$"的产生时间，则是在东汉中后期。

[原载《宁夏大学学报》（人文社会科学版）2014年第1期，此次收入文集时引言部分有调整]

[①] "往"的及物化，参见华建光《位移动词"至"、"往"的及物化过程及其机制》，《语言科学》2010年第2期。

《说文》同音借用类重文疏证

华建光

一　引言

重文乃《说文解字》（以下简称为《说文》①）之基本条例。据许慎《说文解字·叙》，《说文》重文有1163字②，而今本实际字数则多出百余字。因此，今日之重文，其中自有后人附益者。加以甄别，固是许学之要务。故段玉裁《说文解字注》云："重文千二百七十九，增多者百一十六文。此由列代有沾注者，今难尽为识别，而亦时可裁伪。去太去甚，略见注中。"③ 段氏之甄别原则，非异体类重文，大抵归为浅人所增（详下文），然其所疑之重文，多是大小徐本俱载，故此种决断，缺乏版本依据，终嫌于强古人以就己。

欲甄别后增之重文，必先明许书重文之条例。鉴于此，沈兼士于1941年作《汉字义读法之一例——〈说文〉重文之新定义》一文④，明重文与正篆（即字头）之关系，非如往者所谓必音义悉同形体变异，亦有同音借用、同义换读二变例；进而指出后二者属于用字之法，乃许慎兼收经传解诂异文所致。由是观之，重文既为异体材料，亦是异文材料。因此，研习重，须先区分此三类字际关系，尔后再分类逐一研讨之。

---

① 本文所据《说文》版本，为宋徐铉校订本《说文解字》（中华书局1963年版），世称大徐本。同时参考其弟徐锴《说文解字系传》（中华书局1987年版），世称小徐本。
② 《说文》，第319页。
③ （清）段玉裁：《说文解字注》，上海古籍出版社1988年版，第781页。
④ 参见沈兼士《沈兼士学术论文集》，中华书局1986年版，第239—254页。

然时至今日，持"重文即异体"之观念者，仍不乏其人。①其缘由盖因非异体类重文之甄别疏证，一直寥寥无几。就同音借用类重文而言，沈氏之后，所见者仅祝鸿熹、黄金贵《〈说文〉所称古文中的假借字》②一文。③沈文、祝文之甄别，均为示例性质，未志于全面梳理；所甄别者多止于指出假借之可能；部分重文本为异体或同义换读类，而误定为同音借用；少数重文虽甄别为同音借用类，但具体材料和论证有可商之处。鉴于以上四点，笔者剔除二家误置之例，补充二家未提及之例，共甄别出同音借用类重文二十七例（其中十三例为沈、祝、黄所甄别出，十四例为新甄别出），每一例均据构形原则证明重文非正篆之异体，据语音关系和文献实例证明重文和正篆在具体使用中存在假借关系；据重文条例检讨前人校勘此重文之意见。限于篇幅，本文仅列出十二例同音借用类重文，按照《说文》顺序一一加以疏证（剩余十五例，将另文加以疏证）。

二 庄——牂

《说文·艹部》云："庄，上讳。牂，古文庄。"④按，"庄"为汉明帝讳，故许慎未作说解。此字从艹，本义当为"艹盛大貌"（段玉裁说）或"艹平整貌"（朱骏声说）⑤，引申假借之后方表"严敬"之义。此字重文"牂"，诸家皆以为非"庄"之异体，其中段玉裁以为"奘"字，且疑此字为后人所加⑥，沈兼士以为"葬"字，祝、黄则以为"酱"字。从古文字材料来看，后二说值得进一步加以讨论。⑦考甲骨文"葬"有作𦵩者，从歹爿（"床"之初文）声，字形的确近于"牂"，然未见用"葬"

---

① 详见王平《〈说文〉重文研究》，华东师范大学出版社2008年版，第9页。
② 《语言研究》1982年第2期。
③ 此说遗漏了黄天树先生的一篇文章，详参文末附记。
④ 《说文》，第15页。
⑤ 段说见于《说文解字注》第22页。朱说见于《说文通训定声》，中华书局1984年版，第909页。
⑥ （清）段玉裁：《说文解字注》，第22页。
⑦ 甲金文和简帛字形，采自《甲骨文编》、《金文编》、《古文字谱系疏证》、《古文字诂林》四书，恕不一一注明具体出处。

为"庄"之例。又考金文"酱",有作🖻、🖻者,从𠙹爿声①,或作🖻,从戕声,下有饰笔。至郭店楚简中,则有作🖻者,从𠙹从爿爿声,字形更接近于"𤖡"。且郭店此例即借"葬"为"庄",其文云:"与为义者游,益。与庄者处,益。起习度章,益。"(《语丛三》)② 相比之下,视"𤖡"为"酱"之异体更妥。因此,就"严敬"之义而言,先借用"酱"字来记录,后来才改用"庄"字。进而言之,若以"艹貌"为"庄"之本义,则"庄"字亦为借字,以"庄"代"酱",实则以一假借字代另一假借字而已。

三 叜——傁

《说文·又部》云:"叜,老也。从又、从灾。阙。𡨎,籀文从寸。傁,叜或从人。"③ 按,以"老"为"叜"(即今叟字)之本义,无法切合字形之从又从灾。考《说文·手部》有"㪫"字,一训"求"④,即今"搜"字。两字相较,"㪫"字为"叜"字累增手旁而成,从又、从手同意,均示字义关乎手持。⑤ 因此,"叜"本义当为"索求",字形从又从火从宀,会手持火把在屋内找寻之景象⑥;至于"老"义,则为"叜"之假借义,后增益人旁制"傁"字来专门记录此义。简言之,就"老"义而言,"叜"为借字,"傁"为后出本字。《孟子·梁惠王上》云:"叟,不远千里而来,亦将有以利吾国乎?"赵岐注:"叟,长老之称也。"⑦ 此借"叟"(叜)为"傁"也。

---

① "𠙹"象容器,《说文·𠙹部》(第268页)云"东楚名缶曰𠙹,象形"是也。其下隶有"盧、䕌"诸字,亦均表容器。

② 图版和释文分别见于《郭店楚墓竹简》,文物出版社1998年版,第97、209页。另,金文和简帛中还有数例借"酱"为"庄"者,详见《古文字谱系疏证》,商务印书馆2007年版,第1918页;《简牍帛书通假字字典》,福建人民出版社2008年版,第273页。

③ 《说文》,第64页。

④ 同上书,第257页。

⑤ 手部"拯"、"举"、"捧"、"挣"、"援"等字,亦是原字形(丞、与、奉、𢖳、爰)有表手部件,后来又累增手旁而成。

⑥ 朱骏声主此说,详见《说文通训定声》第270页。甲骨文"叜"作🖻,手持火把之意更显,惜均为地名用字,未见本义用例。金文中为人名用字,亦未见本义用例。

⑦ (清)焦循:《孟子正义》,中华书局1987年版,第35页。

四 婚——䌛

《说文·女部》云："婚，妇家也。礼：娶妇以昏时。妇人阴也，故曰婚。从女、从昏，昏亦声。䌛，籀文婚。"① 按，重文"䌛"（䌛）字形显然不贴切"妇家"之义，故段玉裁云："'䌛'字，其会意、形声不可强说。"② 据甲金文，"䌛"字实为"闻"字。甲金文"闻"字作ᅠ、ᅠ、ᅠ、ᅠ、ᅠ诸形，象人倾听状，为会意字，而从耳门声之"闻"字则为后出形声字。③ "䌛"、"婚"上古音文部叠韵，声母一为明母，一为晓母，语音相近，可相通假。④《说文·耳部》"闻"字重文作"䎽"，从耳昏声。⑤ 殳季良父壶铭文云："用盛旨酒。用享孝于兄弟䌛（婚）媾诸老。"⑥ 膳夫克盨铭文云："用作旅盨。唯用献于师尹朋友䌛（婚）媾。"⑦ 此二句"䌛媾"连言，与"兄弟、诸老、朋友"并列，其中之"䌛"，皆假作婚姻之"婚"。

需注意者，列"䌛"为"婚"之重文，并不表明许慎必视"䌛、婚"为一字。《说文·车部》"輑（即輽）"字下文云："䌛，古昏字。"⑧ 两条说法有异，段玉裁根据"婚"下说解，认为"輑"下"古昏字"当作"籀文婚字"。⑨ 此说失之武断。照段氏思路，亦可反过来根据"輑"下说解来校订"婚"下说解。在无版本依据时，不宜先假定何条有误，而应先承认此差异，然后努力寻求解释。上述差异不妨视为许慎以旁见之法体现两种用字现象："婚"字条体现用"䌛"为"婚"，"輑"字条体现用

---

① 《说文》，第259页。
② （清）段玉裁：《说文解字注》，第654页。
③ "䌛"之形体演变过程，跟"䙴、䙴"类似。
④ 明、晓声转之证据甚多，在谐声、异体、假借、又音等多种材料上均有反映，详见黄焯《古今声类通转表》，上海古籍出版社1983年版，第177页。
⑤ 《说文》，第250页。
⑥ 见于中国社会科学院考古研究所编《殷周金文集成》（修订增补本）第6册，中华书局2007年版，第5100页。为印刷方便，本文所引金文直接采用通行字（直接跟论证直接相关的字除外）。
⑦ 中国社会科学院考古研究所编：《殷周金文集成》（修订增补本）第4册，第2866、2868页。
⑧ 《说文》，第301页。
⑨ （清）段玉裁：《说文解字注》，第724页。

"𢡛"为"昏"。后者亦有实例。毛公鼎铭文云："无唯正𢡛（昏），引其唯王智，乃唯是丧我域。"① "𢡛"与"正"反义并举，自当读为昏乱之"昏"。谏簋铭文云："汝谋不有𢡛（昏），毋敢不善。"② "谋有𢡛"即为"不善"，其中之"𢡛"亦当读为昏乱之"昏"。

五 鼛——鞈

《说文·鼓部》云："鼛，鼓声也。从鼓、合声。鞈，古文鼛从革。"③ 又《革部》云："鞈，防汗也。从革、合声。"④ 按，"鼛"大徐注音"徒合切"，上古音可推知为定纽缉部，本义为"鼓声"。"鞈"大徐注音古洽切，上古音可推知为见纽缉部，本义为"防汗"，即指置于马腹两侧之障泥。《淮南子·主术训》云："鞅鞈铁铠，瞋目扼掔，其于以御兵刃，县矣。"⑤ "鞈"与"鞅（鞴之误）、铠"并举，此"鞈"用本义之例。又《兵略训》云："善用兵，若声之与响，若镗之与鞈，眯不给抚，呼不给吸。"⑥ "鞈"与"镗"相对，此借"鞈"为"鼛"之例。《史记·司马相如列传》云："族举递奏，金鼓迭起，铿锵铛鼛，洞心骇耳。"⑦ 此用本字"鼛"。《汉书·司马相如传》引作："族居递奏，金鼓迭起，铿锵闛鞈，洞心骇耳。"颜师古注："闛鞈，鼓音也。……鞈，音榻。"⑧ 此读"鞈"为"鼛"。⑨ 因此，就"鼓声"之义而言，正篆"鼛"为本字，重文"鞈"则为借字。段玉裁、王筠二家皆知"鞈"可借作"鼛"，但均认为《说文》之"鞈"不当两出。段氏疑正篆"鞈"为后人所增；王氏疑重

---

① 中国社会科学院考古研究所编：《殷周金文集成》（修订增补本）第 2 册，第 1534 页。
② 中国社会科学院考古研究所编：《殷周金文集成》（修订增补本）第 4 册，第 2624 页。
③ 《说文》，第 102 页。
④ 同上书，第 61 页。
⑤ 何宁：《淮南子集释》，中华书局 1998 年版，第 616 页。其中"鞅"为"鞴"之误，"县"为"绵"之误，详参该书所引孙诒让、王念孙语。
⑥ 同上书，第 1069—1070 页。
⑦ 司马迁：《史记》，中华书局 1959 年版，第 3038 页。
⑧ 例句和颜注引自《汉书》，中华书局 1962 年版，第 2569—2570 页。
⑨ "鼛"音榻，故又可借"闛"。郑玄注《周礼·大司马》文引《司马法》文云："鼓声不过闛，鼙声不过闟，铎声不过琅。"《释文》："闛，吐刚反。闟，吐猎反，刘汤荅反。"（引自孙诒让《周礼正义》，中华书局 1987 年版，第 1809 页）此"闟"读为"鼛"。

文"鞈"为后人所增，抑或《说文·革部》"鞈"下原有"古文以为瞽字"句。① 二氏所疑皆可不必，《说文》重文原不可仅限以异体解之，《说文》假借亦非仅用"古文以为"条例。

六 直——橴

《说文·乚部》云："直，正见也。从乚、从十、从目。橴，古文直。"② 又《木部》云："植，户植也。从木、直声。"③ 按，"直"之重文"橴（砭）"，上方部件为从囧之"直"，实"植"之异体。《说文》"囧"字训"窻牖丽廔闿明"④，甚是。此字甲金文作⊙、⊙、⊙等形，正象窗牖玲珑交文之状，以表"开明透亮"之义。作为表意部件，"囧"可与表视觉类部件相通。例如，《说文》中从目之"睦"、"省"，重文从囧，分别作"查"、"酋"；从见之"观"，重文作从囧之"鬵"。⑤ 又《说文》有"悳"，重文作"恧"⑥，其中"悳"上方部件（即"直"）之中含有二级部件"目"，"恧"上方部件之中含有二级部件"囧"。结合上文"囧""目、见"相通之例，可推知"恧"上方部件即"直"之异体。与之相类，"橴"上所从亦为"直"之异体，整个字可隶定为"橴"。此字上从直下从木，因部件位置不同而与"植"形成异体。

"橴"（植）之借用为"直"，亦有实例。郭店本《缁衣》引《诗·小雅·小明》文云："情（靖）共尔立（位），好氏（是）贞（正）植（直）。"其中"植"字，字形为牢，正为上从直下从木。⑦ 上博《缁衣》作"正植"。⑧ 今本《礼记·缁衣》及《诗·小雅·小明》有异文，"贞植"均作"正直"。此例"贞（正）植"同义并言，故郭店本作"植"

---

① 段说见于段玉裁《说文解字注》第110、206页。王说见于王筠《说文句读》，中华书局1988年版，第171页。
② 《说文》，第120页。
③ 同上书，第267页。
④ 同上书，第142页。
⑤ 具体说解详参《说文》，第72、74、177页。
⑥ 《说文》，第267页。
⑦ 图版和释文分别见于《郭店楚墓竹简》，第17、129页。
⑧ 图版和释文分别见于马承源主编《上海博物馆藏战国楚竹书》（一），上海古籍出版社2001年版，第46、176页。

者，乃假借为曲直之"直"也。又郭店乙本《老子》云："大考（巧）若仙（拙），大成若诎，大植（直）若屈。"其中"植"字，字形作🪧，亦上从直下从木。① 马王堆帛书甲本、北大汉简本及传世诸本"植"均作"直"。据文例，"植"与"屈"反义相对，故此亦是借"植"为"直"。

七 桓——亘

《说文·木部》云："桓，竟也。从木、恒声。𣘼，古文桓。"大徐注音为"古邓切"。② 又《心部》云："恒，常也。从心、从舟，在二之闲。上下心以舟施恒也。𠄨，古文恒从月。《诗》曰：'如月之恒。'"大徐注音为"胡登切"。③ 按，"桓"之重文"亘（𣘼）"，实"𠄨、恒"之异体。甲骨文有字作🪧，用于指称殷人之先公，即"亘"字。金文中亦有此字，字形作🪧。"亘"本取象于月之周转，以表"永久、常在"之义。战国文字中，"亘"累增卜旁作🪧，衍生出"𠄨"字。又或累增心旁作🪧，此即"恒"字。《说文》所谓从舟，实为从月之讹变。秦文字中，"恒"有字形作🪧者，明"月"之讹为"舟"，由来久矣。④ "亘、𠄨、恒"三字异体，"恒"出而"亘、𠄨"渐废矣。

因此，就"竟"义而言，"桓"为本字，而"亘、𠄨、恒"则为借字。借"亘、𠄨、恒"为"桓"者，亦有实例。《周礼·考工记·弓人》云："恒角而短，是谓逆桡，引之则纵，释之则不校。"郑玄注："玄谓恒读为桓。桓，竟也，竟其角而短于渊干，引之角纵不用力，若欲反桡然。校，疾也。既不用力，放之又不疾。"《释文》："恒，古邓反。又如字，下同。……桓，古邓反。"⑤ 又《诗·大雅·生民》云："诞降嘉种，维秬维秠，维穈维芑。恒之秬秠，是获是亩；恒之穈芑，是任是负，以归肇

---

① 图版和释文分别见于《郭店楚墓竹简》，第 8、118 页。
② 《说文》，第 125 页。
③ 同上书，第 286 页。
④ 《说文》"亘"字之历时分析，主要依据黄德宽主编《古文字谱系疏证》，第 334—335 页相关内容。
⑤ 例句、《郑注》及《释文》均引自阮元校刻《十三经注疏·周礼注疏》，中华书局 2009 年版，第 2023 页。其中《郑注》之"桓"，讹成"挜"，当订正，说详孙诒让《周礼正义》，第 3549—3550 页。

祀。"《毛传》:"恒,徧也。"《释文》:"恒,古邓反,本又作亘。"此例"恒、亘"训为"徧",与"竟"义相足,音为"古邓反",故亦借为"楦"也。①

八 吕——膂

《说文·吕部》云:"吕,脊骨也。象形。昔太岳为禹心吕之臣,故封吕侯。凡吕之属皆从吕。膂,篆文吕,从肉、从旅。"② 按,"吕"甲金文作吕、吕之类形体,中皆不相连,非象脊骨之貌。因此,"吕"绝非"脊骨"义之本字。就字形象二物并列之貌,以"吕"为"侣"之初文,最为融洽。③ 许云"昔太岳为禹心吕之臣",此所引之文,今见于《国语·周语下》,其中"吕"字作"膂"。由此推知许所见之本,乃借"吕"为"膂"。进而言之,借"吕"为"膂"之外,亦可见借"旅"为"膂",而后方附益形旁专制后出本字"膂"。《诗·小雅·北山》云:"嘉我未老,鲜我方将。旅力方刚,经营四方。"此"旅"当读为"膂"。④

九 握——𡕥(𡕩)

《说文·尸部》:"屋,居也。从尸,尸,所主也,一曰尸象屋形。从至,至,所至止。室、屋皆从至。𡕢,籀文屋,从厂。𡕩,古文屋。"⑤ 此列"𡕥"(𡕩)为"屋"之重文。又《手部》云:"握,搤持也。从手、屋声。𡕥,古文握。"⑥ 此列"𡕥"(𡕩)为"握"之重文。按,"𡕥"(𡕩)上象屋顶有覆盖之物或矗立之器,以形求之当为"屋"之异体。许慎深谙形音义互求原则,自当知"𡕥"之构形更切合"屋顶"之

---

① 例句、《毛传》及《释文》均引自阮元校刻《十三经注疏·毛诗正义》,第1144页。
② 《说文》,第152页。
③ 目前,"吕"之本义仍有分歧,详细讨论可参阅周法高主编《金文诂林》,香港中文大学出版社1974年版,第4782—4804页。诸说有一共识,即"脊骨"非"吕"之本义。
④ 此句"旅",《毛传》训为"众力",误。前人已有辨正,详参竹添光鸿《毛诗会笺》,台北:大通书局1920年版,第1365页。另,《尚书·泰誓》"旅力方愆"之"旅",根据上下文语意来看,亦当读为"膂",《后汉书·王梁传》引此句正作"膂",可作为旁证。
⑤ 《说文》,第175页。
⑥ 同上书,第252页。

义，难通于"手持"之义。然又列之为"握"之重文者，盖因"屋"可借用为"握"，欲广字用也，非谓"㩶"即"握"字也。① 文献中可见借"屋"为"握"之例。《淮南子·俶真训》云："是故至道无为，一龙一蛇，盈缩卷舒，与时变化。外从其风，内守其性。耳目不耀，思虑不营。其所居神者，台简以游太清，引楯万物，群美萌生。"高诱注："台，持；简，大也。"② 其中之"台"（繁体作"臺"）乃"㩶"之误字，此即用"屋"为"握"之例。

十　抚——㧒

《说文·手部》云："抚，安也。从手、无声。一曰循也。㧒，古文从亡、乇。"③ 又云："拊，揗也。从手、付声。"④ 又《攴部》云："敂，抚也。从攴、亡声。读与抚同。"⑤ 按，"抚、拊、敂"乃一字之异体，本义均为"抚摸"，故字从手或从攴，引申之后则有"安抚"之义。"抚"重文从亡作"㧒"，字形亦不切合上述二义。祝、黄以为"㧒"、"抚"非一字，"㧒"当为"亡"之分化字，本义为"逃亡"。甚是。文献中可见到"㧒"假借来记录"灭亡"之用例。祝、黄所引"而㧒其邦"（中山王鼎铭文，战国）、"邦㧒身死"（中山王方壶铭文，战国）是也。"㧒"、"抚"上古音明母双声，阳鱼对转，语音相近。许君列"㧒"为"抚"之重文，盖亦因见及借"㧒"为"抚"之现象。惜出土文献之中，"㧒"字甚罕见，故尚未觅得此类用例。

十一　夙——佤、佋

《说文·夕部》云："夙，早敬也。从丮持事，虽夕不休。早，敬者

---

① 段玉裁认为"屋"字下之重文乃浅人所补，不确。段说见于段玉裁《说文解字注》，第400页。
② 例句及高诱注均见于何宁《淮南子集释》上册，第113—114页。该书于此句下详列清人关于此例"台"字之讨论，可参阅。
③ 《说文》，第253页。
④ 同上书，第252页。
⑤ 同上书，第68页。

也。佰，古文夙从人、囧。佰，亦古文夙，从人、丙。宿从此。"① 又《说文·宀部》云："宿，止也。从宀、佰声。佰，古文夙。"② 按，许慎将"佰、佰"列为"夙"(夙)之重文，并认为"宿"(宿)从佰得声。根据古文字材料来看，"佰、佰、宿"实为"宿"字之异体，所从之"丙、囧"本由"茵"（即簟字③）演变而来。甲金文中，"宿"作 ,,,, 诸形，前二形象人坐于席上，会"留止过夜"之义。第三形将表席子之部件竖写，象形程度略减，此形为"佰、佰"之所本；第四、五形累增部件宀，为"宿"之所本。《说文·巾部》"席"字重文作"圂"，"厂"下之部件依稀可见象席子之形，亦由"茵"演变而来。④ 文献中有用"佰、佰、宿"为"夙(夙)"之例。例如，亢叔簋铭文云："丰姞暯用宿(夙)夜享孝于瞰公，于亢叔朋友。"依《说文》条例，许慎若知"宿、佰、佰"一字而欲明借"宿"为"夙"之用字习惯，则当于"宿"下云："宿，止也。从宀、佰声。佰，古文宿。囧，亦古文宿。"或径直云："宿，止也。从宀、佰声。古文以为夙。"今《说文》于"宿"字下云"佰，古文夙"，而于"夙"下连云"佰，古文夙从人、囧。佰，亦古文夙，从人、丙。宿从此"。由此推知许慎的确将"宿"误认作"夙"之异体。造成此状况之原因，仅可从异文角度寻找。"佰、佰"既可假借为"夙"，典籍中"佰、佰"与"夙"构成异文，自属正常。许慎在古文经中见及此异文，在确认词之同一性后，将假借关系认成异体关系，故而有"佰、佰为古文夙"、"宿从古文夙"之类分析。由此可见，此种同音借用类重文，源于许慎对异文背后字际关系之误判。

十二 磺——卝

《说文·石部》云："磺，铜铁朴石也。从石、黄声。读若矿。卝，古文磺。《周礼》有卝人。"⑤ 按，"卝"乃"卵"字，《周礼》"卝人"乃借"卝"为"磺"（即矿字）。对此，段玉裁在此字及"卵"字下均有

---

① 《说文》，第142页。
② 同上书，第151页。
③ 《说文·竹部》云："簟，竹席也。从竹、覃声。"第96页。
④ 《说文》，第159页。
⑤ 《说文》，第194页。

大篇幅讨论。① 彼据《九经字样》"𠂹𡖈：上《说文》，下隶变"和《五经文字》"𠂹，《字林》不见"二语，推定："𠂹"即"卵"字，《说文》"卵"字原本作"𠂹"，今作"𡖈"者，乃后人据《字林》所改。又据《周礼·𠂹人》郑玄注"𠂹之言矿也"，推定"𠂹"非"矿"字，乃假借为金玉朴之矿。此皆不移之论。然段氏又进而认定"𠂹，古文矿"乃浅人所妄增，此则嫌于武断。承认"𠂹"假借为"矿"，与列"𠂹"为"矿"之重文并不矛盾。段氏言"𠂹，古文矿"当删，仍因囿于重文即异体之偏见。

十三 逶——蚒

《说文·辵部》云："逶，逶迤，衺去之皃。从辵、委声。蚒，或从虫、为。"② 按，《管子·水地》云："蚒者，一头而两身，其形若蛇，其长八尺。以其名呼之，可使取鱼鳖，此涸川水之精也。"③《广韵》"蚒"字两见，《支韵》下云："蚒，涸水精，一身两头，似蛇，以名呼之，可取鱼鳖。"④ 又《纸韵》下云："蚒，长八尺，一首二身，似蛇，以名呼之，可取鱼鳖。"⑤ 两处释义均本《管子》，注音一为于为切，一为过委切，两音韵母全同，声母和声调有别，一为影母平声，一为见母上声。《集韵》亦两见，《支韵》下云："蜲，水精也。⑥ 形如蛇，纡曲，长八尺，以名呼之，可使取鱼，通作'蚒'。"⑦ 又《纸韵》下云："涸水之精曰蚒。"⑧ "逶"字之音，大小徐所附反切分别为"于为切"、"委为反"，《广韵》和《集韵》所附反切分别为"于为切"、"邕危切"⑨，中古音均为影纽支韵。结合以上材料来看，"蜲"、"蚒"为异体字，本为动物名用

---

① 详参段玉裁《说文解字注》，第448—449、680—681页。
② 《说文·辵部》，第41页。
③ 黎翔凤：《管子校注》，中华书局2004年版，第827—828页。
④ 陈彭年等编：《宋本广韵》，江苏教育出版社2002年版，第10页。
⑤ 同上书，第68页。
⑥ 对比《广韵》、《集韵》这4条，可知"蜲，水精也"，当为"蜲，涸水精也"脱落"涸"字所致。
⑦ 丁度等编：《宋刻集韵》，中华书局2005年版，第12页。
⑧ 同上书，第91页。
⑨ 见《宋本广韵》，第10页；《宋刻集韵》，第12页。

字，可假借为逶迤之逶，故许慎将之列为"逶"之重文：见母纸韵乃'蛦'用本义时之读音，影母支韵则乃假借为"逶"时之读音。{逶迤}这一摹状形容词，词形甚不固定，历史上有"委也"、"委它"、"委蚭"、"委蛇"、"委施"、"委佗"、"委陀"、"蜲蛇"、"逶迆""逶迤"等多种词形。① 用"蛦、蜲"之先于"逶"，犹用"也、它、蚭、蛇"之先于"迤、迆"。因此，就{逶迤}这个词而言，"蛦、蜲、也、它、蚭、蛇"皆为假借字，"逶、迤、迆"则皆为后出本字。许书正篆无"蜲"、"蛦"，将"蛦"寄于"逶"之下，并不悖于全书条例。

十四 结语

概而言之，《说文》同音借用类重文有两类。一类许慎不知其为同音借用，因析形有误而视之为异体，"宎—俊"、"吕—膂"、"𣎴—仴、仾"之类是也。此类重文，学者都信其为许慎原书所有。另一类为许慎知其为同音借用，置之于重文以明其用，"握—㨔"、"婚—㛰"、"馨—䭯"、"磺—卝"之类是也。此类重文功能类似"古文以为"之条例。其中，有些重文字形在《说文》中常两现，或均见于重文，或一见于重文一见于正篆。段氏多疑此类重文非许书原有，或疑此处之重文为后人所增，或言彼处之正篆当删。其说顾此失彼，亦无版本依据，殊为主观。进一步来看，《说文》同音借用类重文有二十七例，同义换读类重文亦有二十四例左右②，合计五十余例。一概皆以浅人所增解之，甚为轻率。且此二类重文与正篆之假借、换读关系，仅见于先秦两汉文献，皆合于汉人释读之法。此亦可证《说文》原有此二类重文，后人若非熟谙先秦两汉之用字习惯，甚难添益。因此，今日之治此类重文，若无版本依据，自当先信其有，然后结合出土材料和传世文献一一证明之，而不可逞一己之私见任意修剪许慎之《说文》。

附记：拙文刊发后方发现黄天树先生在《〈说文〉重文与正篆关系补

---

① {逶迤}词形归纳，详参尚振乾《联绵词"委蛇"文字考议》，《西北大学学报》（哲学社会科学版）2004年第6期。

② 《说文》同义换读类重文，笔者亦已做全面梳理，将另文加以疏证。

论》一文(该文原载于《语言》第 1 卷,首都师范大学出版社 2000 年版,后收于氏著《黄天树古文字论集》①,中已对《说文》十四例同音借用类重文作了梳理。当时写作时,竟未加以参考,这是个很大的疏忽。细阅黄文后,发现拙文只有三例同于黄文(分别是"婚—䘲"、"㲋—佴、佴"、"磺—卝"),其余九例仍可保留。而对于这三例,拙文与黄文的侧重点也有所不同,窃以为仍略有可取之处,故此次刊发时未删去。

(原载《国学学刊》2013 年第 6 期)

---

① 黄天树:《黄天树古文字论集》,学苑出版社 2006 年版,第 312—323 页。